小説　横井小楠

小島英記

藤原書店

奉命孤臣千里身
青山碧海一望春
此行唯欲尽心事
成否在天不在人

命を奉ず　孤臣　千里の身
青山碧海　一望の春
この行ただ心事を尽くさんと欲す
成否は天に在りて　人に在らず

（「偶作」安政五年三月、福井藩の招請で熊本出発にあたりつくる）

主な登場人物

横井小楠（平四郎）1809-1869　熊本藩士。思想家・政治家。幼名又雄。儒教を理想主義的に読みかえ、徳の政治をめざすが、熊本では容れられず、福井藩主で幕府の政治総裁職になった松平慶永（春嶽）のブレーンとして藩政改革、さらに幕政改革に力を発揮した。尊皇攘夷運動が激化するなかで、全国会議構想や真の開国論をもって政局の打開をめざすが、刺客に襲われ刀を取りに戻ったことを士道忘却の罪に問われて士席を剥奪され、沼山津に蟄居した。明治新政府の参与となるが、病を得て実力を発揮しないうちに、天主教を広めようとしていると誤解され暗殺された。

長岡監物（米田是容）1813-1859　熊本藩次席家老。小楠らと藩校時習館の改革をめざし、実学党を形成する。藩政改革で筆頭家老の松井派・学校党との抗争に敗れて辞職。ペリー来航のとき藩の総帥として浦賀警備に出陣する。その後、小楠と思想的に対立し、実学党は監物の米田派（長岡派、藩士派、明徳派、坪井派）と小楠の横井派（豪農派、親民派、沼山津派）に分裂した。

下津久馬（休也）1808-1883　熊本藩士。奉行、番頭、鶴崎番代などを歴任。小楠の幼馴染で親友、実学党の同志。

元田伝之丞（永孚）1818-1891　熊本藩士。時習館で小楠に兄事、小楠らと会読し、実学党の形成に参加するが、のちに距離を置く。江戸・京都留守居役。宮内省に出仕し、侍読・侍講・宮中顧問官を歴任。井上毅と「教育勅語」を起草する。

徳富万熊（まんくま）（一敬、太多助）1822-1914　熊本の水俣・葦北郡津奈木・佐敷の惣庄屋の長男。小楠の門弟第一号で経済的援助をした。小楠の上国遊歴に随行した徳富熊太郎は弟。長男は徳富蘇峰(猪一郎)、二男は徳冨蘆花（健次郎）。

池辺藤左衛門（いけべとうざえもん）1819-1894　柳川藩士の門人で、同藩に小楠の肥後実学を導入した。藩政改革の中心人物。小楠の福井招聘に動く。明治新政府の会計局判事、柳川中学校長となる。

立花壱岐（たちばないき）1831-1881　柳川藩家老。池辺藤左衛門に師事、小楠に多大な影響を受けた理想主義者で藩政改革を実施。晩年の衰弱した小楠をみて失望する。

松平慶永（まつだいらよしなが）（春嶽（しゅんがく））1828-1890　福井藩主。田安家より養子となり、人材を登用し藩政改革に着手する。小楠を見込んで招聘、藩政改革を実施させる。将軍継嗣問題では一橋慶喜を推したが、井伊直弼ら南紀派に敗北して隠居謹慎。その後、幕政に返り咲き政事総裁職として小楠をブレーンに活躍するが、小楠の失脚後、精彩を欠く。維新政府の議定、内国事務総督、民部卿、大蔵卿兼務、大学別当兼侍読。

村田氏寿（むらたうじひさ）（巳三郎（みさぶろう））1821-1899　福井藩士。藩校明道館の講究師から同館御用掛。松平慶永の命で小楠招聘に尽力。目付役となる。会津征討のとき大義名分論をもって藩内を説得、会津進攻。同藩参政職、大参事となり、廃藩置県後は福井県参事。晩年は松平家の特別相談人だった。

吉田東篁（よしだとうこう）（悌蔵（ていぞう））1808-1875　福井藩儒。崎門学派。門人に鈴木主税、橋本左内らがいる。来福した小楠を弟の岡田準介ともてなし、親交を結ぶ。

中根靱負（なかねゆきえ）（雪江）1807-1877　福井藩士。松平慶永の藩政改革を補佐、側用人。小楠に好意的だったが、挙藩上洛計画で対立した。のち家老格。公議政体の実現を画策。明治政府参与となるが、新政府是正活動に関連、嫌疑を受けて隠棲した。

三岡石五郎（八郎・のち由利公正）1829-1909　福井藩士。上国遊歴で来福した小楠の講義に感銘を受けて、藩財政の問題意識に目覚める。のちに招聘された小楠と協力し藩政改革を実施する。新政府の参与、五箇条御誓文を起草。東京府知事、元老院議官、貴族院議員、子爵。

勝海舟（麟太郎）1823-1899　幕臣。咸臨丸で渡米。神戸海軍操練所を実現させる。軍艦奉行、海軍奉行並、陸軍奉行となる。江戸無血開城の立役者。小楠と親交を結び「おれは、今までに天下で恐ろしいものを二人みた。それは横井小楠と西郷南洲だ」と評価した。明治新政府では海軍大輔、参議兼海軍卿、伯爵、枢密顧問官。

坂本龍馬 1836-1867　土佐藩を脱藩、勝海舟の門人となり、神戸海軍操練所の設立に奔走。海舟を通じて小楠を知り、思想的影響を受ける。亀山社中、海援隊を創設し通商航海業を営む。薩長同盟を実現させるが、中岡慎太郎とともに暗殺された。「当時天下の人物」に「肥後の横井平四郎」を挙げ、新官制擬定書では小楠を参議のひとりに擬した。

第一章　立志

一　時習館

「いかんたい！」

さっきから、そんな言葉を発している。何がいかんのか、自分でもわからなくなっていた。酔いもだいぶまわってている。

――民百姓が困窮しているのは、藩の政策が悪いにきまっている。自宅を放火された訓導の阿部仙吾も確かに厳格な指導で恨まれていたが、だからといって、その屋敷を焼いても仕方がない。そんな小さな問題ではないのだ。だいたい直接、武力蜂起することはなかった。あいつらは無茶苦茶だ。そんな暴挙は、すぐ、つぶされるに決まっているではないか。おまけに、その計画をオイ（俺）には一言ももらさなかった。オイも悪いのか。そうだ、全部、いかんのだ――。

横井平四郎は、酒をあおった。聖人の道を学びながら、現実にたいして何もできない自分が情けなかった。

天保六（一八三五）年十月末の夜である。

先月十九日の未明、熊本藩校の時習館訓導、阿部仙吾の邸宅が放火されて全焼し、藩の探索で、驚きの事実が発覚した。

藩士の子弟が十九人、百姓ら六十余名が捕縛され、彼らが大がかりな反乱をくわだてていたことが判明した。一揆連判状に署名血判し、近在の百姓たちに武装訓練をして鉄砲も用意していたというのである。
ことに藩当局が衝撃をうけたのは、一味に千石以上の大身（たいしん）の嫡子がいたことだ。首謀者は伊藤石之助と大塚仙之助といって伊藤は二百五十石取り楯之助の弟、大塚は百五十石取り五郎右衛門の嫡子だが、同志の岩間小左衛門は千九百石、横山清十郎は千三百七十石、住江庄太郎は千石取りの嫡子だったのだ。

「いかん！　いかん！　いかん！」

叫んで膳をたたいたので、酒をいれた銚子がころがって、あたりをぬらした。

「おちつけよ。平四郎」

おだやかにいったのは下津久馬（きゅうま）だ。

下津邸の奥座敷である。先ほどから、二人は沈鬱な空気のなかで呑んでいた。いや、もっぱら呑んでいるのは平四郎である。

若年のころ、父の晩酌につきあわされて酒の味を覚え、「つよか、つよか」とほめられているうちに大酒呑みとなり、数えで二十七歳になったこのころは、度が過ぎるようになっていた。酒乱である。家族も友も心配していた。

平四郎とは対照的に、おっとりとして酒と議論の相手になっている久馬は一つ年上だが、千石取りの大身下津通喬（みちたか）の嫡男で、名は通大（みちもと）といった。のち隠居して休也（きゅうや）といい蕉雨（しょうう）と号することになる。

すでに十六歳で藩の留守居大頭組見習となり、三年前から家老、中老に次ぐ重職である大奉行を輔佐する六人の奉行のひとりに就任した。この三月から江戸詰め奉行になったが、藩を揺るがした大事件の詳細を知るべく、江戸詰め家老・長岡監物（米田是容）の命で急遽、一時帰国していた。

血気と鋭さが服を着ているような平四郎と違って、大人の風格があった。百五十石取りの下級藩士にすぎない兄の厄介になっている彼とは、境遇がまるでちがうのである。

平四郎は、時習館の「菁莪斎」に寄宿する居寮生だ。

「横井の二男坊は秀才のなかの大秀才」と家人も人もほめそやすが、当時の時習館の制度では、出世に影響する最上級の課程は「講堂」までで、その上の居寮生は、平四郎のように優秀ではあるが、嫡男ではない「厄介」身分の者がゆきどころもないので、さらに学問をしたいと希望して残っている、という感じであった。

ほかに道はなかった。とりあえず、平四郎の目標は「菁莪斎」の居寮長になることだ。そのために、表面はおとなしく教授陣の指導方針にしたがっているが、実は、いろいろと憤懣がたまっていた。

時習館ができたのは、いまから八十一年まえである。名君の誉れ高い八代藩主細川重賢が、堀平太左衛門勝名を抜てきしておこなった宝暦の改革の一環で、士風刷新、人材登用のための教育機関である。

荻生徂徠を祖とする徂徠学を採用し、教授陣には名儒とされる人物を任用した。初代教授が秋山玉山、二代教授が藪孤山、三代が高本紫溟、四代がいまの辛島才蔵（塩井）で、助教をしている近藤英助（淡泉）が、次期教授の候補だった。

この時代、儒学の殿堂は幕府直轄の昌平坂学問所（昌平黌）である。大学頭林述斎を頂点にした天下の学府となっていた。平四郎も「一度は江戸に遊学して門下につらなってみたか」という憧れはある。儒家・林家の隆盛は、そもそも駿府に隠居した徳川家康に儒者藤原惺窩の推挙で弟子の林羅山がつかえたことによる。

羅山は家康の側近として法度・外交文書の起草、公家衆との典故儀礼、幕府文書に関係し、さらに秀忠、家光、家綱の四代につかえて、儒者の地位を大いにひきあげた。幕藩体制のイデオロギーに朱子学がふさわしかったからである。

羅山は上野忍岡に屋敷を与えられ、尾張藩主徳川義直の援助で先聖殿（孔子廟）が建てられた。幕府権力の確立進行で林家の権威もあがり、諸藩の儒者になるものは林家塾の門人が多かった。

孫の信篤（鳳岡）のとき、綱吉が湯島に先聖殿移転を命じて壮麗な聖堂が建てられ、一般に湯島聖堂（焼失、再建をくりかえす）といわれた。同時にこの地の橋と坂の名を、孔子の出身の魯国昌平郷にちなんで改称、聖堂に付属して建てられた講堂が講学の場となった。信篤は従五位下大学頭に任ぜられ、林家は代々、祭酒・聖堂預かり・大学頭を世襲する。

その後、信充、信言、信微（信言の孫。父信愛が早死にし家督を継ぐ）が将軍の侍講を務めたが、信言以後は早死にして家塾も不振となった。

信微のあと信敬が天明七（一七八七）年に富田家より養子に入る。寛政二（一七九〇）年、老中の松平定信（楽翁）が林家に「朱子学擁護の達」を伝え、他流門は幕府に採用しないと声明した（寛政異学の禁）。信敬は幕府の干渉に反対したが早死にして嗣子がいなかったため、幕府は美濃岩村藩主松平乗蘊（のりもり）の子衡（たいら）（述斎）を相続人にえらび大学頭に任じた。そして、寛政九（一七九七）年に幕府は家塾を切り離し、官立の学問所（昌平坂学問所・昌平黌）が成立したのである。

しかし、林家の朱子学を幕府が教学化する流れの一方で、儒学には多様な学派が併存した。たとえば藤原惺窩の弟子でその批判者だった中江藤樹、その弟子の熊沢蕃山らの陽明学派の流れがそうである。陽明学は明代の王陽明が朱子学を批判したものだ。

また山崎闇斎は朱子学の本格的な受容をめざし、弟子の浅見絅斎（けいさい）、佐藤直方を通じて崎門（きもん）学派が形成され、大きな勢力となった。

では、徂徠学とは何か。

荻生徂徠は将軍綱吉の側用人柳沢吉保の家臣だった儒者である。彼は幕藩体制の危機感から儒教を政治思想として再認識し、孔子ではなく礼楽制度をつくった堯舜らを聖王として崇拝すべきであり、彼らの言行を記した古典を正確に理解することが儒教研究の課題だとして、為政者の政治的責任に注目した。細川重賢が宝暦の改革にあたって徂徠学を採用した理由である。

しかし、徂徠学は政治と倫理道徳を切り離すことになり、平四郎は、そこに現実政治と儒者の堕落、腐敗のもとを感じはじめた。彼とて初めは教授や助教の教えをすなおに学んでいたが、いろいろと勉学し、歴史を調べ、現実の問題をみているうちに、かれら儒者たちのあり方に疑問が生じてきた。

いま、平四郎のみるところ、玉山はもっぱら文辞の学をうけついで現実をみようとしなかった。孤山は解釈学に終始した。紫溟は師のいうところを繰り返すだけの小人物にすぎない。政治の現状にはまったく目をつぶっている。要するに訓古の学にすぎないのだ。それを何の批判もなく学んだ藩の重役たちが牛耳る藩政は腐れ切っている、とおもった。

二　悍馬

時習館はその高い理想にくらべて、思うような成果があがらず、子弟の欠席、師に対する不遜行為、退寮などがあとをたたなかった、その反抗的態度は、まずは教授陣の中身、その姿勢にあると平四郎はみていた。

さらにいえば、長い失政によって封建的身分制度に動揺がみられた。軽輩者の士席以上にたいする不敬の行為があらわになっている。実をともなわない権威にたいする若者たちの反逆心は平四郎もよくわかる。

藩校という藩士教育の場に、もろもろの矛盾があらわれるのは当然だった。

何のために学問をするのか、そういうことを形式的にいいはするが、何もしないのである。門人たちに何をしろともいわない。「そういうことは許せない」と、平四郎は呑むたびに久馬にはいってきた。さすがに師である辛島の批判は口にできなかったが、内心では〈小物のジジイめ〉と軽蔑している。

ただし、屈折した心情の一方で、なによりも平四郎は学問が大好きであった。そして政事(まつりごと)に関心が強かった。

また小柄ながら、武術も好み、時習館でならう武道のうち、ことに伯耆(ほうき)流の居合は免許皆伝の腕前である。畳の敷き合わせに立てた竹の箸を、抜き打ちに縦に真っ二つにするのを得意にしていた。新陰流の剣も激しい稽古で、皆に一目置かれる存在になっている。裂ぱくの気合が、稽古相手をすくませる。「こまんちょかくせに、動きがはやい」のである。

文武両道に自負心をもっていたが、登用されて政事をする機会が当藩には開かれていない。その鬱屈が酒に逃げさせている面もあった。

悶々と心楽しまざる平四郎に、久馬は厚い友情をいだいている。平四郎も立場を超えて、久馬にはなんでもいえた。

「処分は重かろう」

平四郎がいうと、

「首謀者の伊藤石之助が粗暴な性格で、かねて素行が悪かったというので、藩は阿部に対する怨恨、逆恨みで、事件をおさめたがっておる。失政はなかったということになろう」

久馬がこたえた。

「それは無理だろう。誰も納得せぬ、失政だ」

と平四郎はくりかえした。

「凶作のせいで、藩内の米は高騰し、民は困窮しておるのに、年貢率は引き下げられず、藩はしぼりとった年貢米を大坂や江戸で高く売り飛ばし、藩財政の赤字をうずめるのに汲々とするばかりじゃやなかと。凶作がひどくなった近年は、救済策も打たんで、どげんもでけん」

「うむ、オイも先だって、そういう現状で、藩が質屋なぞをひらいて利子稼ぎに狂奔するなどもってのほかと批判したばってん、重役たちは聞く耳ばもたん」

久馬も苦い酒を呑んだ。

そういう危機をなんとかしたい、という青年たちの客気が、この蜂起の背景にある。だが、彼らは純粋だが、浅はかで無謀すぎた。

「平四郎、お前のたまらぬ気持ちはわかるが、もうしばらく待てよ！ 血気にはやるんじゃやなか。子供のころから、お前はそうであったから心配だよ」

久馬がジッと平四郎をみつめると、

「待っておって、なにか変わるのか？」

ポツンとつぶやいた。

「ここに勘定所の記録の写しがある」

久馬はいって、紙きれをとりだした。

「このみぎり、上下の人気ははなはだ穏やかならず、根元お役々手薄く（貧乏で）、殊更私曲偏頗（不正・不公平）の取り計らい様々これあるところより、右の通り一揆徒党もさし起こりたるよし、面々の悪事を書き付け、お役々家々は投げ文、張り紙など絶え間なく、辻々の落書き雑言まことに言語道断、他国の評判なおさら甚だしく数万の一揆蜂起し、城下を焼き払い執政太夫を焼き討ちせしなど言いふらし、前代未聞の騒動なり――とね。こういう認識がある。このままでは、藩もなんらかの手を打たざるをえない。うむ、そうだ、もうしばらく辛抱しておれ」

何事かをおもっているのか、久馬は遠くをみた。

ふたりの出会いは、文化十三（一八一六）年にさかのぼる。平四郎が八歳で時習館に入学したときである。当時は幼名の又雄（またお）といった。

習字の授業のときだ。

「おい、おまえ、墨がはねたぞ！」

大柄な少年が、又雄にどなった。

「はねた覚えはなかと！」

又雄がいいかえした。

「見ろ、せっかく書き上げたのが、ダメになった」

「いや、オイではない。自分でやったのじゃろ」

「なにい！」

ふたりが、いまにもつかみあいになろうとしたとき、割って入ったのが久馬だった。

「つまらぬことで喧嘩はするなよ」

おだやかな声が流れたとき、又雄はいっぺんに、この男が好きになった。

久馬の家格の高さも少年たちには影響したが、むしろ、その春風駘蕩（しゅんぷうたいとう）とした風格が、その場の空気をやわらげて、喧嘩はおさまった。

それから、ふたりが一緒にいる時間がふえた。激しく燃えるような又雄と、温和だが芯の強い久馬は、よい組みあわせだった。互いに切磋琢磨し、「句読・習書斎の麒麟児」といわれて将来を嘱望されるようになった。ふたりの会話は他愛のない身辺の遊びなどの雑事からはじまって、成長するにつれて、窮乏する藩の現状や、異国の脅威など時事問題も多くなっていった。

「このままではいかん」

「われら、なにをなすべきか」

そういう話が頻繁に出てくるようになったのは、又雄が十三の年である。

久馬とふたりで城南の田迎（たむかえ）村にある騎射場に騎馬で稽古にいった帰り、轡（くつわ）をならべながら、将来の抱負を語りあった。

「われら、来るべきときには、あいともに国事を振興しようではないか！」

「よし、やろう！」

親友の手が馬上でかたく結ばれたとき、夕陽が赤々と少年たちのほほを染めた。だが、気持ちが高ぶって、紅潮した顔のほうがもっと赤かった。

平四郎は生まれつきの悍馬（かんば）であった。

誕生したのは、文化六（一八〇九）年八月十三日、残暑のきびしいころである。

蝉の声がやかましかったが、それに負けないほど又雄の産声、泣き声は強くけたたましく、近所でも評判になった。

長男の典太郎（てんたろう）は、母のかずが初産ということもあってか、逆子（さかご）でへその緒を首にまいていたから、それは大変な難産になって、その後もひよわさがあった。蒲柳（ほりゅう）の質（たち）である。それに比べて、又雄は産婆が驚くほどポロッと産まれてきた。

幼名の又雄は二男の意味である。

元服して通称を平四郎、実名は時在、呼び方は「ときひろ」「ときあり」「ときのり」といろいろあり、未詳であるが、のち小楠の号で知られることになった。ちなみに兄の典太郎は通称左平太で、実名は時明である。

しわだらけの猿のような顔は並の赤ん坊だが、口が大きく、目に力があってキラキラしていた。父の大平（時直）が指をだすと、強い力でにぎった。

「でかしたぞ、こやつは、ひとかどの男になるたい」

大平は喜んで、妻のかずに語りかけたものだ。

ところで、又雄が生まれた日、横井家の庭前の老松に二羽の鶴が舞いおりたといういい伝えがある。鶴は松に巣をつくらないので、鵠（こく）（白鳥）か鷺か、と詮索することもないだろう。おそらく横井小楠の英雄伝説のたぐいである。

横井家のあった内坪井町は、熊本城の北東に接して南北に長く東西にせまい町で、城の外郭の一部をなし、戸数は百二十軒ほどの武家屋敷町であった。当時は、近くをうねうねと坪井川が蛇行していた。当時、大平は三十一歳、百五十石取りで、穿鑿所目付をしていた。中級の役人である。

なにやら剣呑な名前の職責だが、その淵源は、時習館の新設と同様に宝暦の改革にある。新たに刑法方を設けて穿鑿役（司法官）を付属させ、司法と行政を分離させる画期的な法制改革だった。

当時の刑法は死刑と追放の二つだったが、追放をへらして、笞（鞭）刑と徒刑（重労働の徴役刑）をくわえた。中国の明律を参考にしたもので、のちの幕法の先駆となる。追放は農村が浮浪者をかかえこむことになるため、封建制の根幹にもかかわり、むしろ徒刑の増加は労働力に使える利点があった。

この時代、すなわち文化年間の職制では名称が刑法局の穿鑿所となり、これに穿鑿頭二名、目付二名、穿鑿役八名、横目二名、書記三名、拷問役五名、手伝三名、荒仕子三名という組織になっている。

ちなみに大平は、彼の父の時昆が病弱で家督を相続せず、寛政元（一七八九）年に四十歳で病死したため、翌年、十五歳で祖父時元の跡を襲い百五十石、番方を命ぜられた。

なお、平四郎にとって曽祖父である時元は、その父の時秀の知行百五十石をつぎ、のち勘定局算用所の算用頭となって上士に序せられている。

大平は家督相続のあと、藩の役職を歴任していくが、ここで熊本藩の職制と序列・格について若干ふれてみたい。年代によって違いがあるため、文化年中（一八〇四―一七年）のものである。

まず藩主のもとに家老・中老・大奉行・大目付・目付の重職がある。

熊本藩の職制

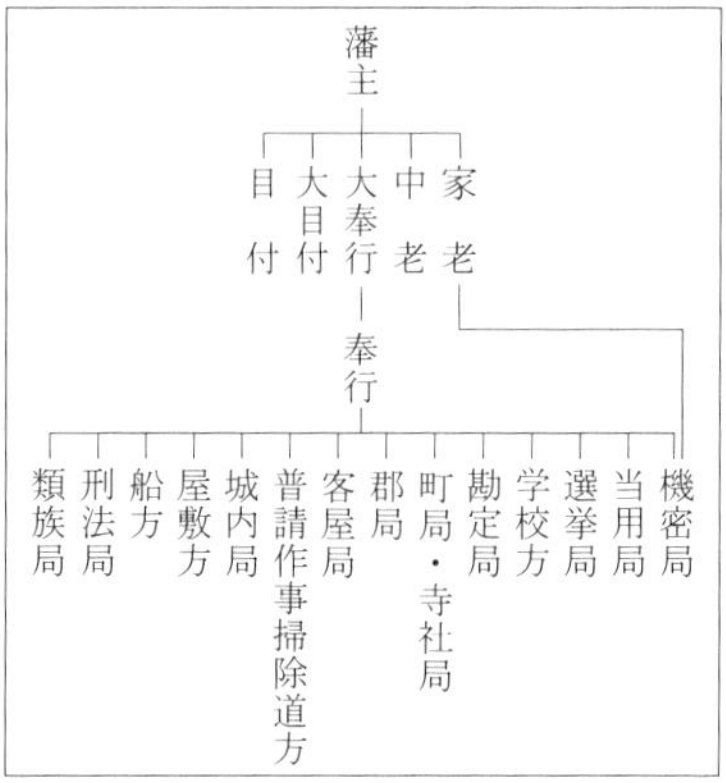

（鎌田浩「熊本藩の支配機構」を元に作図）

大奉行には奉行が付属し、その下に現代の官庁のように局ないし方が配されている。たとえば勘定局、刑法局、普請作事掃除道方、町局、郡局、寺社局、学校方、また家老と奉行直属の機密局など十数局である。

それぞれの局・方に多くの部署が付属し、たとえば勘定局に勘定所や算用所など、刑法局に穿鑿所、普請作事掃除道方に普請作事所や掃除方道方、郡局に郡代局などがあって、役人が配されていた。

これと対応して「序列、格」がある。城中での着座の順である。

上から一門・家老・中老・備頭・側備頭・留守居大頭・大奉行・大目付・組外とあって、これらは千五百石以上の大身である。その下に上着座・中着座・比着座があり、中着座には佐敷番頭（千石以上）や番頭（七百石以上ないし千石）、用人（四百石以上ないし七百石）、小姓頭（七百石ないし千石）、留守居番頭（七百石以上）がある。比着座は八代番頭（七百石以上）、中小姓頭（五百石以上）、奉行（五百石以上）である。上着座を上大夫、中着座を中大夫、比着座を下大夫ともいう。

それ以外に上士、中士、下士の序列があった。

上士は七百石以上・百石以上の者で、留守居（七百石以上）、鉄砲五十挺頭（百五十石以上）、奉行副役（三

百石以上ないし五百石）、鉄砲三十挺頭（三百石以上）、鉄砲二十挺頭（二百石以上）、穿鑿頭（百五十石以上）など多くの役職があって物頭列と称される。

中士は佐敷番方（番方）から郡代（二百石以上）まで十ぐらいの役があり、平士ともいう。下士は三人扶持十石以上、三人扶持二十石から五人扶持二十石のもので、中小姓脇、近習目付などだ。

大平は、昇進に限界はあるが、キャリアの入り口に立ったのである。

ただ、横井家のように、先祖の時昭が新知百五十石で取り立てられたような家柄では、秩禄はそのままつげるわけではなかった。父親の功労と継嗣の能力によってきまる。文武両道に優秀であれば、まず問題はなかったが、普通は、禄を減らしてあたえるのが例になっていたというから、時秀には功労あり、大平も前途有望と認められたわけである。

実際、その後も大平は文武に精進して、二十六歳のとき「犬追物・騎射・数年出精せり」というので、紋付上下一具を賞賜され、翌年も「心がけ宜し」と賞詞をうけている。

そういうわけで横井家は、熊本藩の名家ではない。だが、横井家家系によれば先祖は鎌倉幕府の執権をつとめた北条氏と称している。

家紋は「丸に三ツ鱗（うろこ）」である。

円の中に三角形が三つ重なった紋所は、北条政子の父で鎌倉幕府の初代執権、北条時政が江の島に参籠して、子孫繁栄を祈願したとき、不思議な霊験をみたあとに大蛇のうろこが三枚落ちていたので、それを紋所にしたとつたえられる。

鎌倉幕府最後の執権・北条高時の二男であった相模二郎時行は中先代の乱にやぶれたあと、正平七（一三五二）年に、足利尊氏・基氏父子との一戦に負けてとらえられ、翌年、鎌倉龍ノ口で処刑されて北条得宗家はほろぶ。その子の時満が尾張国に逃げ、それより三代目の時永が横井姓にあらためたという。

時満から五代にあたる時延の第四子時久は、尾張藩主徳川義直につかえている。

彼は豊前小倉藩主だった細川忠利と親しくなり、その参勤交代のたびに尾張鳴海駅で謁するのを例としたが、忠利が寛永六（一六二九）年に下国する際、「何なりと望むことあらば申せ」といった。

時久は「弟の時春の子で、甥にあたる弥次右衛門時次が浪々の身になっているので、これを召抱えるよう」願った。忠利はただちに容れて、時次と弟の時助が家臣となり、忠利の熊本移封にも随従したのである。

のち、横井家は幾流かに分かれた。そのころは、時次の二男時国の長男時慎と二男時昭、それに時次の四男時長の末流が、「三横井」と呼ばれて存続していた。

小楠の家は時昭の流れである。

時昭は元禄十三（一七〇〇）年に、新知百五十石で取りたてられた。だが、妻をめとらず片山平兵衛の二男時秀を養子にした。しかし時秀は三十二歳で死んだ。そのころ、彼の妻きつの実父で時昭の弟の横井時庸が浪人して死んだため、その嫡男時元が時秀の養子になった。そして孫の大平（時直）と家名は続いたわけである。

ところで、又雄、のちの小楠という人物は面白い。祖先を敬うどころか、少しもありがたがっていない。むしろ北条泰時を論じ、「泰時は奸賊のもっともなる者」と書き、義時も批判し、『南朝史稿』では北条高時もその不臣をもって糾弾しているのである。

三　覚醒

さて、真面目で温厚な父の期待にそったのか、そわないのか、又雄の激しさは、成長するにつれ、とんでもない悪戯というかたちで発揮された。

激しい喧嘩をするのは毎度のことで、火遊びで火事を起こしそうになる、花瓶や壺などをわる、作りかけの仕立てものを切ってダメにしてしまう、落とし穴を掘って怪我をさせる、風呂の栓を抜く、ネズミの死骸や大量の虫を女中部屋に放りこんで大騒ぎをおこす、釣り人の糸をたれた水面に石を投げる等々、枚挙にいとまがない。

こんなこともあった。

味噌・醤油を家でつくるとき、そのころの女性にはめずらしく算術が得意の母は、その原材料の数量を算盤でパチパチはじいてわりだして指図書をつくり、女中や下男にてきぱき指示する。実父の永嶺仁右衛門が勘定頭や算用頭をつとめ、実弟の庄次も時習館の算学師範をつとめたから、遺伝であろう。

ところが、準備が終わって点検してみると、大豆の量がばかに多い。

「いったい、これはなんですか⁉」

かずのカミナリが落ちた。

「ちゃんと指図書通りです」

厳格な奥様の激怒に、女中たちは恐慌をきたした。

よくみれば、数字が書き換えられていた。すぐに犯人は又雄であると判明した。このとき、彼女は心の片隅では幼児とは思えない二男坊のしわざに舌をまいたのだったが、ともかく、「食べ物を粗末にすっと、バチがあたるばい」と散々、しぼったので、さすがの又雄も食にかんする悪さはしなくなった。

横井邸の井戸は清正公井と称した。加藤清正ゆかりの古井戸である。

ある日、マクワ瓜を冷やして、食べようとしたところ、全部、消えていた。又雄のしわざだった。

「清正公の化けて出らすけんね！」

母は幼児をさんざん脅かした。

ある日、悪戯に明け暮れる又雄をいさめるため、母はワーワー泣きわめく彼を押し入れに投げ入れ、襖を閉めておさえた。懸命に開けようとしていたが、急におとなしくなったと思ったら、大声で叫んだ。

「母さま、母さま、ウンコしたぞ！　ウンコじゃ！」

かずがあわてて開けると、又雄はすばやく飛び出し、母の手をかいくぐると、廊下から庭さきに走り去った。中を調べたが、大便は落ちていなかった。

「謀られた！」

母は愕然とした。

そういう悪童をいつも擁護して、母をなだめてくれるのは、祖母のしゅん（香樹院）であった。藩侯から舅姑によく孝養をつくしたと、白銀三枚をたまわった婦徳の鑑の人だったが、又雄が四つのとき、五十五歳で他界した。このとき、又雄は号泣した。感情の起伏が激しかった。

「又雄！」

怒髪天をつく勢い、というか、頭のてっぺんから爆発した母かずの金切り声が母屋からきこえてきた。飛び上がったのは二つ違いの兄典太郎であった。

アッという間もなく、遊んでいた庭から門外にとびだしていった。そのあとを、これまた驚くような速さで追っていったのが、小さな又雄である。この年、数えの六歳だ。

「兄上、兄上」

家から近い坪井川の河畔まで走ってきて、ようやく立ちどまった典太郎に、又雄はいった。

「なして逃げたたね？　叱られたのはオイたい」

ハアハア息を切らしながら、

「ハ、母上の、あ、あの声が恐ろしかとよ……」

「確かに、こわかな」

ふたりは笑った。

母のかずは厳格である。少女のころから利発聡明の才女・賢女で有名だったが、横井大平と結婚して、アッという間に夫を尻に敷いた。

長男の典太郎は、又雄に比べればおとなしい。総領の甚六然としたところがあり、真面目で、母の自慢の息子だ。その兄は、あとを追ってきた弟に、

「お前、また、何かやったとか?」

ときいた。

「なんじゃろうな、いろいろあるけんね」

又雄は、舌をだした。

「こいつ」

典太郎が弟の頭をかるく小突いて、

「帰ろう、オイもあやまってやるけん」

というと、弟は、きかぬ顔で、

「いやじゃ!」

というなり、川端の道を走りさった。

残された兄は、自分が叱られるかのように、暗い顔をして家にもどった。

門を入って、ソーッと家のなかの様子をうかがうと、母のガミガミいう声がきこえてきた。

「あなたが甘やかすから、そういうことになるのです!」

叱られているのは父の大平である。

典太郎は座敷にはいることもできずに、縁側にすわって、母の小言をきいていた。

「そげん怒らんでも……男の子なら、ケンカの一つや二つ」

父がボソボソいうと、

「一つや二つじゃありませんよ。物心ついてからズーッとです」

キャンキャンキャン、と母の金切り声がひびいた。

今度は、どうやら、又雄が近所の男の子に大怪我をさせたらしい。相手は右腕を骨折して、両親がどなりこんできたという。母はひらあやまりであった。

そういうことが頻繁にあったのである。

父の大平は又雄が四歳から五歳のとき、宇土・下益城（しもましき）郡の郡代に抜てきされて地方在勤であった。

しかし、悪童ぶりは父の不在が原因であったわけではない。又雄の性格の激しさは生まれつき、母の気性の激しさをうけついだのだろう。


「又雄！」

今日も母の叫びである。

「キツか女子（おなご）じゃねえ」

舌を出して父の真似をした。

「お前は、またなんということを！」

犬猫を殺して川に投げ込んでいるのを、近所の者が見とがめたという。

「狩りじゃ！」

七歳の又雄は、近所の悪ガキどもを指揮して、犬猫の狩りに狂奔した。

時習館の教科には犬追物がある。中世以降、他国ではさびれたが、肥後や薩摩では奨励されていた。

「狩りは武士のたしなみ」

そんな話をつたえきいた又雄が、さっそく、猟を始めたのだ。

手製の弓矢とこん棒を手に、大勢で追いつめ、犬猫を殺し、坪井川に投げいれた。

当然、周辺の飼い主たちは、大いに怒り歎き、横井家に抗議にくる。野良犬・野良猫とて、残虐だと非難する声があがる。

ちょうど、父は藩主に随伴して江戸に在勤していた。父なら、「戦国の武士の子なら」などといって擁護したかもしれぬが、母はたまらずに、又雄を泣いていさめたが、そのうちに気絶した。

ところが、又雄は、いっこうに驚かない。

前にも母は怒りのあまり、昏倒したことがあった。そのときは又雄も驚いて、女中を呼んで大騒ぎしたが、しばらくして実は又雄をおどかし心配させるための嘘とわかった。

〈また、母上がだまそうとしとる〉

だから、平気である。

実際、母は気絶したふりをしている。又雄は騒ぎもせずにジッと様子をみているらしい。

〈なんと、この子は〉

母はあきれた。

又雄は、やにわに母の髪に手をやると、大事にしている銀の簪（かんざし）を引き抜いた。

かずは、アッと思ったが、ここで騒いではいけない。そのままジッとしていると、様子を見守っていた又雄が、さすがにワッと泣き出し、「タイヘンジャ！　タイヘンジャ！　母さまが！　母さまが！」叫びながら、バタバタ走って女中を呼びにいった。母の作戦勝ちであった。


親たち、ことに母のかずは、幼い又雄に兄と同様、『論語』の素読や武芸の基礎を教えこもうとした。しかし、一時もじっとしておらず、脱走するのが常だった。そういう彼が庭先で、父の大平が槍の一人稽古をしているのをみていた。

「突けば槍、なげば長刀（なぎなた）、ひけば鎌、とにもかくにも、はずれあらまし！　十文字の鎌槍はすごかぞ！」

父は、又雄にそんなことを叫んだ。

宝蔵院流の十文字鎌の攻撃面の有利さを強調した、同流の教歌である。

大平は同流を修業し、免許皆伝、道場で門人も指導していた。長さ一丈（三メートル）もの十文字鎌の稽古槍を、軽く振り回している。

日ごろ、温和な大平の、どこにそのような激しさが潜んでいるのか、と思わせるほどに、すさまじい迫力だ。

宝蔵院流は時習館に付属する東・西両榭(しゃ)（講武場）で教える槍術のひとつである。ほかに加来(かく)流と磯野家流があったが、いずれも宝蔵院流の支流である。

流儀は、奈良興福寺の子院である宝蔵院の僧、覚禅房胤栄(いんえい)が開祖である。彼は大膳大夫盛忠の槍術や大西木春見の新当流の槍、高観流の槍など多くの師から教えを受けて、十文字槍を創出したという。謙虚な人柄で、世にいう宝蔵院流という流名も唱えなかった。

その弟子の禅栄房胤舜(いんしゅん)の門人であった磯野主馬信元が熊本で磯野派をつたえた。加来流は熊本藩士の加来平右衛門（平右衛門）永貞が、磯野氏信の門に学んだが相伝をゆるされず、目録を返上して破門され、あらためて松崎流三代の松崎伝助惟清に宝蔵院流を学んで加来流を称した。

ひとしきり汗を流した父が、稽古をみていた又雄に、

「どうだ。持ってみるか」

槍をさしだした。

稽古槍とはいえ、六歳の子供にはにぎっただけで重たい。しかも又雄は年のわりに小柄だ。

「振ってみぬか」

又雄はようやく持ちあげたが、そのままひっくり返った。

思わず父が笑うと、又雄はまっ赤になって怒った。極端な負けず嫌いだ。

立ち上がると、もう一度、試したが、うまくいくわけがない。

「そげに気張らんでもよかばい。お前にはまだ無理じゃ」

「父上は無理なものをやらすとか！」

「これは、おれが悪かった」

気のいい大平は笑いながらひきあげたが、残された又雄は、よほど無念だったか、翌日から子供用にしつらえた木刀をもちだして庭の木を叩き始めた。稽古槍に適当なものがなかったせいもあろうが、あえて木刀を選んだのは、彼にとって使いやすく合理的な武器であり、また、そこには槍が得意な父への反発もあったかもしれない。

子供の力でも木はいたむ。庭木を大事にしていた母のかずが驚いて、制止にかかったが、父は、

「その木をお前にやる。打ち枯らすまでやってみよ」

そういって、木刀の基本的な打ち方を教えた。めずらしく又雄は素直にきいた。

その日から、メチャクチャに木を打ちつづけた。父が江戸に一年半ほど在勤になったあいだも、懸命に木を叩いた。面白いことに、そうしているうちに、ひどい悪戯も次第に影をひそめ、母が懸命に教えて、すぐに逃げだした素読も、だんだん熱を入れてやりはじめた。

早熟な彼は、次第に自分の置かれた状況を認識していったのである。

四　熊本藩

熊本藩も、すべての藩がそうであったように、永年、財政に窮して幕末にいたっている。

寛永九（一六三二）年、幕府は、加藤清正の子忠広の嫡子光正に不届きなおこないがあり、さらに忠広が無断で江戸から母子を帰国させた罪で領地を没収した。

忠広は出羽庄内一万石に移されて、光正は飛騨高山の金森氏預けとなった。この一件は幕府の陰謀が疑われている。そして熊本五十四万石に入封されたのが、小倉・中津三十五万九千石の細川忠利であった。

忠利は治世よろしきを得て、二十四万両もの蓄財をして天守銀として蓄えてあった。

しかし、二代光尚から三代綱利になるころから、急速に蓄財も底をつく。まず光尚の代には、国禁をおかして長崎に入港したポルトガル船警備のため一万余の軍勢を派遣させられ、多額の費用がかかった。

さらに綱利の代には、明暦の大火で江戸城の天守閣が焼失し、修復を命ぜられ準備中にまた大火があって用意した工具や私財を全部うしなった。

このため江戸の借銀だけで五百八十五貫余、江戸城修復のお手伝費の銀二百十八貫余、米二千五百九十石余をついやした。

しかも綱利は豪放で派手な性格だったから、金のかかる積極策をとり、時代も元禄の享楽期であった。彼は巨費を投じて、いまは水前寺公園になっている成趣園をつくり、藩邸のお花畑の館に白川の水をひいて泉水をもうけた。

また参勤用の七十四梃立ての巨船の波奈之丸を、二回つくりかえた。一隻の費用は銀三百貫ほどかかったらしい。米換算でおよそ五千石という。
綱利が甥の宣紀に家督をゆずったとき、江戸の借財だけで三十七万両をこえていた。宣紀は財政難に苦しみながら死んで、子の宗孝がついだが、宣紀の訃報をきいて出府する旅費にもこまって冥加銀を課したほどだ。

そして西日本が大凶作、藩は六千百余人の餓死者をだすほどで、幕府からの拝借金二万両ではとてもたりずに、富裕な商人、農民から寸志上納による士分取り立ての制を本格化し、幕府に許可を願い出て藩内かぎり通用する銀札を発行した。

宣紀は妻妾六人の子だくさんだったので、その死後も、宗孝は係累の生活費や婚礼費用にもこまった。本人の婚姻費用すら手当がつかず延期した。さらに幕府から利根川の改修を命じられ、十五万三千両をつかった。

その在位十六年のうち十二年は毎年、凶作だった。銀札も信用がなくなり中止したが、財源払底で再発行した。これで熊本町では富商打毀しがおこって銀札を停止したが、十年後には大坂蔵屋敷におくる米もなくなって、三度目の銀札を発行するが、信用のなくなったものが流通するわけもなく発行を停止した。

不運な宗孝は最後まで悲劇的だった。

江戸城内大広間の北側の厠で斬られて死んだ。人違いだった。犯人は譜代旗本の寄合衆板倉修理勝該で、かねて「狂癇の疾」のため、本家の板倉佐渡勝清が家の断絶をおそれて修理を隠居させ、自分の庶子につがせようとした。これを恨んでの犯行だった。板倉本家の家紋が九曜巴、細川は九曜丸星で、薄暗い厠では判別がつかず板倉佐渡とまちがわれたのだ。

そこで新藩主として登場したのが弟の重賢(しげかた)である。宣紀(のぶのり)の十三番目の子は、長い部屋住みの生活で鍛えられていた。

重賢は、堀平太左衛門勝名(かつな)を用人から大奉行に登用し、中老、家老と累進させて、宝暦の改革を推進させた。行政、法制、衣服政令細則による倹約、文教、財政・産業、農業におよぶ改革は、一応の成果をみたものの、結局、時代の流れには勝てなかった。

次の斉茲(なりしげ)の治世には、せっかく三十二万石まで圧縮された藩財政が、ふたたび四十六万石にふくれあがった。仕方なく銀札を再発行、三割八分余りの定免（定率の地租）を実施し、節倹策をおこない、はては恩義ある大坂蔵元の加島屋からの借金を「不届きにつき」支払い停止にした。

財政危機は、又雄が二歳になった文化七（一八一〇）年から、九代斉樹(なりたつ)に引きつがれ、一時は好転のきざしもあったが、ふたたび悪化した。

農民はもちろん、藩士も困窮した。知行は手取りが四割。職つきになれば足高(たしだか)が加増されるが、その分、支出もふえる。又雄あらため平四郎が十六歳の文政七（一八二四）年には「当暮れより家禄百石につき十七石手取りとす」とあるように、家計は常にひっ迫していた。

父の大平は優秀な官僚で、役得がつきものの郡代なども歴任して、ほぼ順調な出世コースを歩いた。しかし、淡泊にして廉直(れんちょく)な性格だったから、私腹を肥やすことがなかったのである。

大平は宇土・下益城郡代のときには、百姓の騒動をうまく処理して賞状をうけている。また、下益城の専任郡代の時代には、西本願寺派の寺院に宗意上の異義が生じて、本山から使僧が教化のために熊本にきたが、この問題に「格別心労した」と紋服一着を賞賜され、宇土に所替えとなった。

並の子供ではない又雄は、そういう藩や家の実態を敏感に察知した。

また、二男の冷や飯食いという立場もわかってきた。家督相続は通常、嫡男であり、それ以外の子は一生、部屋住みの厄介者でおわるか、他家の養子になるかしかない。

しかし、養子になるためにも、文武両道にはげむことが必要である。さらに横井家は時昭の代からの新知だから、兄の典太郎にせよ、よほどがんばらなければ、そのままの微禄すらつげなかったのである。

又雄が悪童から脱し、一段と成長するきっかけの一つは、七歳の時、弟三雄（仁十郎）が誕生したことだ。

この悪戯小僧が、なんともやさしく、この弟をかわいがったのである。しかし、三雄は母の弟、叔父の永嶺庄次の養子となって、家を去った。又雄は落胆した。

「どうして、三雄は叔父さまのうちにもらわれていくの？」

「叔父さまは、お子がおんなさらんけんね、かわいそうでしょう。父さまのかわりに、うんとかわいがって下さるとよ。それに、いつでも会えるけん」

諄々と母にいわれては仕方がない。又雄には、どうしようもないことだった。

文化十三（一八一六）年、八歳で又雄は時習館に入学した。すでに典太郎は就学し、優秀で将来を期待されている。母は自慢である。

城の二の丸に、時習館（講文所）と東・西両榭（講武場）が置かれている。

学科は漢学・習字・故実礼式・数学・音楽である。通常、七、八歳で初等科の「句読・習書斎」（斎は学問をする部屋、教室の意味）に入学をゆるし読書・習字をして、十二、三歳で上級の「蒙養斎」に移り、十七歳ぐらいで試験に通れば転昇をゆるされて「講堂」に出席して高等の学科を学んだ。

講堂生のうち希望するものは「菁莪斎」の居寮生にして藩の費用で寄宿勉学させた。居寮生になるのは二十歳以上がほとんどで、期間は三年だが、不行跡がないかぎり何回でも願いつぐことができた。

初等科の子弟は、時習館の授業のほか、それぞれの居住地で藩から指定された句読師、習書師の自宅へかよった。

武道は、東・西両榭で修業する。

射（弓）術、槍術、剣術、居合、砲術、薙刀・長刀、柔術、躰術、組打、捕手、石火矢、陣貝、野太刀、馬術の科目があった。

時習館の授業は、定休日の一日と十五日をのぞき毎日あったが、両榭の稽古日は月に数回あって、各武芸の師範は交代であたった。練習は初心者が昼榭、上達した者を夕榭とわけた。稽古日以外は時習館の授業をおえてから、各自の師範の道場にいって修業するから、たいそういそがしかった。

又雄の悪童ぶりは、ほぼおさまったとはいえ、時々は激しい喧嘩をした。

十歳か十一歳ごろの話だが、朋輩と喧嘩のすえ、小便をひっかけて帰宅した。相変わらず、無茶である。

しばらくして、その者が家におしかけて「敵討(かたきうち)にきた!」とさわいだ。

「武士たるものが、小便をしかけられて、そのままにすませては武士道がすたる」

と、真剣勝負をいどんだのである。

しかし、抜刀して死闘におよべば、勝っても切腹せざるをえない。

又雄は静かに力強くいいはなった。

「小便をしかけられて、黙っていては武士道がすたるというが、そんな馬鹿なことはなか。第一、武士たる者が、小便をしかけられるとは何事じゃ! その時にはもう、お前の武士道はすたれているというもんじゃ!」

相手は、目を白黒させて返す言葉もなく立ち往生し、やがて悄然としてさった。

機智縦横といわれ、機先を制して他を圧倒した小楠の素地はすでにあらわれていた。

ところで、熊本藩では公的教育機関のほかに、家中町ごとに十七、八歳以下の少年たちが自主的に士道にはげみ、文武芸の修練をする団結組織の郷党(連)があった。

この連に所属する少年たちは、時習館の休日に各自の家にあつまって『論語』の会読をし、文武修業の研鑽や品行を確認、不行跡には罰をあたえ、あるいは絶交の制裁をした。絶交された者の前途は悲劇的だった。

平四郎との喧嘩に負けて真剣勝負を挑んだ同輩も、連の所属であった。小便をかけられた一件が露見すれば、はずかしめにあうのは必定だった。

士道を鍛えるため、多くの子弟が親から加入させられたが、一方で弊害もあった。

他連との反目、軋轢が激しく、常に一触即発の状態で、喧嘩争闘が絶えまなかった。侮辱されれば復讐し、親たちも喧嘩に勝てばほめ、負ければ叱った。抜刀しなければ、裁決は時習館の教官にまかされたが、抜刀して殺傷した場合は、最後は切腹せざるをえない。抜刀せずに殺されれば罵言され、逃げれば士籍を剥奪、という士道観があった。

連は指導者が立派であれば、うまく機能したが、多くは殺伐とした空気を醸成した。母のかずは、そういう弊害を憂慮し、自分の子供たちを連に入れなかった。ことに又雄の気性の激しさでは、必ずや刃傷沙汰で命を失う恐れがあったからだ。もっとも連の親たちは、暴れん坊の又雄の不参加を歓迎した。

郷党、連の過激化は、時習館の不穏な空気をさらに剣呑なものにした。子弟の不良化は身分制度もゆるがすと危機感をいだいた藩主細川斉護（なりもり）は、文政十一（一八二八）年二月に家中若者が連を唱えて結党するのを禁止したが、一片の通達で簡単に解消されるものではなかった。

天保四（一八三三）年四月、斉護は子弟教育に実のある学問という意味で「実学」奨励を布達し、家老の松井式部と長岡監物にその実施を命じた。
また十一月には時習館における大身子弟の出席怠慢や、師にたいし不遜の行為があるのを戒めた。しかし、その後も郷党同士が通学の往来で争論がやまず、弊害も少なからずあるため、翌五年一月に松井・長岡両家老名で指定心得方を示達したが、いっこうにやまず二月、さらに訓告したが、事態は悪化するばかりだった。斉護は十一月に松井・長岡両家老に文武芸倡方として文武芸の奨励を指導するよう命じた。

そういう状況で起きたのが翌六年の伊藤石之助らの一揆だったから、斉護は、これも子弟不良化の結果として受け取り、さらに時習館教育の改善をはかることになるのだが、のちに小楠が時習館の居寮長であったとき、郷党（連）の悲劇性について漢文漫録『寓館雑志』に書いている。

「五月念一日、崎村某、竹居某を刃して死せしむ。これより先、幸卯（天保二年）の歳に、井沢某の事あり。皆丱角（小さい子供の髪形）の童子、紛争をもって殺刃におよべり」（原文は漢文）

平四郎は、子供までが殺人をおかす惨事をなげき、こうのべている。

「わが目撃せしところの相殺刃せし者に、薮田若次の河井清十郎における、塚本久之允の鎌田某における、沢山の禿木某における、春木某の蓑田平八における、および崎村の事あり。甚だしいかな相刃するの多きや。春木の刃は崎村の事と同日なり」

朋党がお互いを比べあって、同じ藩の人間を仇敵のように見て、それが子供達にまで浸透している。平四郎が憤りをこめて批判した朋党の病、矯激・狭隘な士道の風土は、のち小楠の悲劇にもつながるのである。

横井兄弟は十五歳で元服し、兄は左平太時明、弟は平四郎時在と名のり、藩侯にお目見えしている。兄が十六歳で、「句読・習書・数年出精せり」と金子を賞賜されれば、弟は翌年、十五歳で、「句読・習書・詩作出精につき」金子二百疋をうける。兄が十九歳で「犬追物稽古、心懸け厚く格別出精し芸術進みたり」と賞詞をたまわると、弟は二十一歳で「犬追物・芸術・学問・居合・槍術・游（遊泳）の出精により」藩主より賞詞をうける、という切磋琢磨ぶりであった。

平四郎はことに居合が好きだった。師範は、伯耆流の入江新内である。同流は、片山伯耆守久安を祖とした。居合の祖とされる林崎甚助の弟子であったとも、伯父松庵より秘太刀をうけたともいわれるが、京の愛宕神社に祈願して、「貫」の一字を夢見て明悟したという。熊本には伯耆守の弟子の浅見一無斎有次からの流が伝わった。熊谷派、星野派などがあった。

居合にはほかに真道流、楊心流、四天流、関口流、新心無手勝流が教授された。

剣術は新陰流を修業している。師は同流の五師範のひとりであった米田元太郎だ。ほかの師範に和田伝兵衛、横田善太兵衛、渡辺角兵衛、速水八郎兵衛がいる。

新陰流といえば柳生新陰流を思い浮かべる人も多いだろうが、熊本藩では柳生流と呼んで新陰流と区別した。これは疋田新陰流のことである。流祖、上泉信綱の直弟子、疋田豊五郎景兼から発した。

疋田陰流ともいう。熊本には、疋田の門人の上野左右馬助景用の流があった。和田伝兵衛は和田新陰流、速水は速水新陰流を称した。

ほかに柳生流、当流神影流、四天流、雲弘流、寺見流、二天流、二天一流がおこなわれた。

五　父の死

父の横井大平は有能であった。郡代を歴任したあと、格上の目付（三百石格）に昇進し足高百五十石、江戸在勤となり藩主下国の際には奉行代をつとめた。

このころ郡代在任中に備荒貯蓄に勤労し紋付上下一具を賞賜され、その後、奉行副役に栄転して足高二百石をうける。副役は奉行とともに、家老・中老・大奉行らの合議に同席する重職である。

しかし、平四郎が十二歳のときだったが、大平は格下の鉄砲二十挺頭・普請作事頭兼帯を命じられ、足高も百五十石に減らされた。これは左遷人事といわれている。

家老の権力争いのとばっちりだった。

文政元（一八一八）年のことである。

八代は筆頭家老の松井家が代々、八代城代をつとめていたが、本藩から派遣された八代城付の藩士と松井家の家臣（陪臣）の反目がかねてあった。

細川家直参ながら左遷意識のある城付藩士がコンプレックスから陪臣を見くだし、陪臣は彼ら直参を軽くみたのである。

十月十八日、八代妙見社の祭礼で警固をしていた両者が衝突し、問題が表面化した。藩庁と松井家の面子（めんつ）の調整は、松井家の特殊な家格をどう位置づけるかという厄介な問題をともなった。というのも、同家は細川家の筆頭家老でありながら、秀吉・家康以来、山城と和泉両国に百七十三石を下賜（かし）されて将軍家直参の性格もあったからである。

　事件を担当した次席家老の長岡監物（米田是睦（こめだこれちか））は、八代城付藩士に不利な裁断をすれば、今後の勤務がむずかしくなることを憂慮し、松井家に譲歩を求めたが、筆頭家老松井山城（督之）の納得はえられず、二年後の文政三年、藩主の斉樹によって松井家有利に裁断が下った。

　このため監物は世襲家老を辞職し、米田家はしばらく凋落（ちょうらく）する。大平が奉行副役から転出したのは、この事件を担当したためである。

　熊本藩には、世襲家老の家に松井（筆頭＝一座）、米田（次席＝二座）、有吉（三席＝三座）があり、松井、米田両家は、細川家ゆかり（細川藤孝の別姓）の長岡姓をゆるされている。米田家当主は代々、「長岡監物」を名乗ることが多かった。

　かねてあった松井派と長岡（米田）派の対立は、いっそう激しさをました。大平は長岡派と目された。これはのちに平四郎の命運にも関係してくるが、その大平は、翌年には江戸に赴任し、藩邸作事に功労があり、紋付上下一具を下賜されて、ひきつづき翌年も江戸詰となっている。

　文政五（一八二二）年、大平は江戸在勤であったが、横井家は住みなれた内坪井町から水道町に転居した。平四郎は十四歳になった。少年期から青年期を過ごし、三十七歳まで住むことになる。翌年、平四郎は藩侯より「句読・習書・詩作出精につき」金子二百疋をうけ、この年に大平は国許に帰っている。

文政七（一八二四）年の七月、大平は二の丸屋形の作事係として「格別精勤した」と紋付上下一具と同帷子一、白銀十枚をうけ、八月にも同様の趣旨で表桜紋付帷子一を賞賜され、格上の鉄砲三十挺頭を命じられた。

兄の左平太が「犬追物稽古心懸け厚く格別出精し芸術進みたり」と賞詞をうけたのは翌八年の二月だが、同月、父は江戸に上った。そして、翌年二月に死去した藩主斉樹の葬儀で、「格別心配したり」と、内方（奥方）より白銀五枚を下賜されている。

四月に帰国するや、「多年、諸役儀を勤めて出精したる」を賞せられて紋付袷一を下賜された。また八月にはあらたに十代藩主となる斉護の家督・元服の用掛をつとめ、祝儀として紋付帷子一を下賜された。

文政十（一八二七）年二月、八代藩主斉茲の末女の「梅珠院葬儀に勤労し、宝塔もすみやかにできた」というので、とくに細川家の九曜紋付上張一を内方（奥方）より賞賜された。同月には江戸ゆきを命ぜられたが、病のため延期を願った。そのまま九月には物頭・穿鑿頭兼帯当分となり、十二月に正式に兼帯となった。翌年十二月には兼帯を辞して物頭専務となる。

文政十二年、二十一歳になった平四郎は、「犬追物・芸術・学問・槍術・游の出精により」、藩主より賞詞をうけた。また左平太も、「学問数年勉励して進歩著しく、射術格別出精して居合・槍術・游も心懸け厚く上達せり」と賞詞をたまわる。翌年には五十二歳の大平自身が「調練竝内稽古を格別出精せり」と褒詞をうけている。

だが、悲しみは突然、やってきた。

天保二（一八三一）年の正月に、大平は火廻並盗賊改を命ぜられている。加役である。二月には左平太が「犬追物稽古心懸け宜しく格別励精し芸術上達せり」と、紋付上下一具を賞賜され、横井家は晴れがましい空気のなかにあった。

大平は五月に普請作事頭兼帯当分となり、六月には正式に兼帯となった。作事面の能力には定評があったのだろう。ところが、七月四日、作事所で突如、倒れて駕籠で帰宅し看病したが、夕刻には死去した。脳溢血（のういっけつ）とみられる。享年五十三である。

横井家は悲嘆と憂愁につつまれたが、さいわいにも十一月、家督相続のほうは左平太が「文武芸心懸け宜しきをもって」大平の知行百五十石を改めて新知として下賜され、番方を命ぜられた。平四郎は父から兄の「厄介」の身分となった。

左平太は、家督相続後に時習館句読師（くとうし）当分を申し付けられたが願いによって免じられ、翌年、穿鑿役当分となる。天保六年に同本役となり、座席が番方の上座になった。翌七年には飽田（あきた）・詫麻（たくま）郡代当分、さらに益城（ましき）・葦北（あしきた）両郡代助勤兼帯から阿蘇南郷郡代に就任した。

さて、平四郎は天保四（一八三三）年六月、二十五歳で時習館の居寮生を命ぜられ、「菁莪斎」に寄宿して講学に専念している。ところが、天保六年に冒頭でのべた訓導邸放火事件と大反乱の陰謀が起きたのだ。

ほぼ一年の吟味をへて天保七年八月に判決が出た。平四郎たちが予想したように、藩は窮民救済の無策などにはいっさいふれず、事件を遺恨のための意趣の企てとして、藩士にあるまじき士道忘却の罪に問うた。

首謀者の伊藤石之助、大塚仙之助、横山清十郎、堀内彦右衛門の四人が死刑(刎首(ふんしゅ))、伊藤はさらに梟首(きょうしゅ)三日、大塚はささ札三日となった。士分の刑は重く、親族にもおよんだが、百姓は軽い処分になった。藩の高度な政治的判断である。

平四郎は同年四月に講堂世話役になっている。翌月、下津久馬が江戸より帰国した。晴れ晴れとした顔で平四郎を訪れ、

「ついに機会がきたぞ。おぬしの力ば貸してくれ。ご家老も期待されとる」

そういった。

久馬はかねて次席家老の長岡監物と親密であった。監物といっても、横井大平が左遷されたときの先代は天保三年に死んで、子の米田是容が二十歳で世襲家老の地位を回復し監物を名乗ったのである。

文政九(一八二六)年に新藩主になった斉護は、松井、米田両家(いずれも細川の別姓長岡をゆるされている)の融和と藩内一致が必要と考え、人事のバランスをとったが、皮肉にもライバル意識がさらに高まり、藩内が二派に割れる結果になっていく。

筆頭家老の松井(長岡)山城(督之)の養子松井式部(章之(てるゆき)=督之の没後、長岡佐渡を名乗る)が十七歳

で家老見習になると、同い年の米田是容（長岡監物）も半年遅れで家老見習を命ぜられた。監物が家老になると、ほぼ同時に式部も父が現職であるにもかかわらず、父子で家老になっている。

天保五年十一月には監物と式部はともに、時習館を監督する文武芸倡方を命ぜられた。しかし、監物は拝命後三カ月余で江戸詰家老となり、天保六年三月、腹心の下津久馬をつれていった。中老の平野九郎右衛門が監物の代理をしている。

翌七年五月、国許にもどり文武芸倡方に復帰した監物は、時習館改革方針を打ち出して斉護の支持をえた。藩主の文武芸奨励の要望にまともにこたえようとしたのは監物で、式部のほうは乗り気ではなかった。斉護はあえて式部の文武芸倡方を解き、熱意にまさる監物に存分に腕をふるわせることにしたのである。

そもそも監物は、勉学に熱心であった。米田家は時習館が創建された宝暦五年に、七代の是福が家塾の「菁々舎（せいせいしゃ）」をつくり家臣の教育にあたったが、その後、おとろえていたのを天保五年に監物が再建し、「必由堂（ひつゆどう）」と改名している。米田家の家儒、笠隼太（夕山）は、山崎闇斎学派（崎門（きもん）学派）の朱子学を学んで、監物に大きな影響をおよぼしていた。

第二章　波瀾

一　藩校改革

「よかご家老じゃ！」

横井平四郎は下津久馬に云った。

深更、ほどよく酒がまわっている。久馬の屋敷である。

「オイはうれしか。ほんなこつ、うれしかたい。もし長岡さまがおらっしゃらんかったら、どうなっておったか……」

不覚にも涙がこぼれた。

久馬が微笑した。今宵は酔いにまかせた得意の舌鋒も鳴りをひそめている。

昼間、平四郎は、時習館と同じ二の丸にある次席家老、長岡監物（けんもつ）（米田是容（こめだこれかた））の屋敷に呼ばれて、直々、懇談した。

監物は天保五年に時習館を監督する文武芸倡方（ぶんぶげいしょうかた）を命ぜられたときから、平四郎の才能に注目して、親しく声をかけていたが、この日の対応は格別であった。

「時習館を改革したい。期待しておる」

そう直接、いわれたのは、天保七（一八三六）年五月の末であった。

監物は、同月二十五日に江戸より帰国したばかりである。家老の最優先事項のひとつが、自分に会うことだったといわれて平四郎は、深く感動した。

彼より四歳年下の二十四歳ながら、清廉な熱血漢は、身分の差を越えて平四郎を遇した。ふたりを取りもったのが、平四郎の心友で監物の信任厚い久馬であった。

監物は藩主斉護の命により、江戸詰からもどって文武芸唱方に復帰し、藩校時習館改革に着手した。そのために久馬の強い推薦で平四郎を求めたのだ。

少壮の家老という力強い同志を得て、平四郎は自分の未来が、ようやく開けてきたようにおもえた。

天保六年に、時習館訓導の阿部仙吾宅が放火され、時習館に学ぶ藩士子弟を中心とする一揆未発事件が露見した。このため、若者たちの過激な行動を未然に防ぐために考えられたのが時習館の改革であった。

だが、そもそも若者たちを一揆という政治的叛乱に走らせた原因は、藩政の失敗に対する絶望にある。しかし、藩主斉護や家老の監物には、藩政を根本から変えようという考えはなかった。時習館改革でこと足れり、とした。その点は、やはり封建支配層の限界であったといわなければならない。人は、時代を超えることがむずかしい。

平四郎も藩政に鬱々とした憤懣を感じてはいたが、天才の彼とて、まだ時代の枠にとらわれていた。

時習館における学問のあり方が、まず批判の対象であり、この段階では、「学校制度を改革して、政治に役に立つ人材を育成するのが先決」とおもっていたのである。

監物と久馬、監物の留守中の代理であった中老の平野九郎右衛門、それに平四郎の会合が頻繁にもたれ、時習館菁莪齋(せいがさい)の改革案が固まっていった。

平四郎は十月には「学問、多年精励して進歩著しく、詩文も出精上達し居合・剣術も数年心がけ厚く、芸術の進歩格別なり」と九曜紋付上下一具を賞賜された。そして十一月に居寮世話役になり、改革が具体化し、新制度の菁莪斎初代居寮長に抜擢されたのが、翌天保八年の二月である。平四郎ははりきった。二十九歳になっていた。このとき久馬三十歳、監物は二十五歳であった。

改革の骨子は、それまで「皆、自己の請願によりて入寮し、その人の才を論ぜず、多くは貧士の自給する能わざる者請うて入ることを得、その員また十人余に過ぎず」という制度であったのを、「藩士の志行才学ある者を撰びて居寮生に充て、かつ藩閥の子弟を撰びて、その艱苦に耐え、因習の弊を除き、人材を養成し、国用に供せんとの旨にて」選抜任命制にし、人員を二十五人に増やし、その奉給も上げて、学芸の成就に専念できるようにしたことである。

志行才学のある者のほか、藩閥の子弟を選抜するのは、彼らが将来、藩政の要となるからであった。新しく居寮生になった者たちは、二月より次々に入寮してきた。

その年の志行才学の者として入寮し、のちに明治天皇の侍講となり、「教育勅語」の起草に参与した元田永孚（伝之丞）によれば、門閥より藪三左衛門、小笠原久米之助、楯岡慎之助、鎌田一之助、澤村八之進（鶴彦）の五名、学才志行をもって元田伝之丞（永孚＝えいふ＝ともいう）、財津直人、藤本常記、右田才助、村上善左衛門の五名。この者たちが、これまでの寮生およそ十三人にくわわった。

なお同藩の記録によれば、ほかに井上久之允、梅田大八、中村甚太郎、長岡銓太郎、柳カ瀬次郎彦、西重蔵等の名がある。

旧寮生は、片山喜三郎、福田角三郎、芳賀五右衛門、永松某、河田楯之助、永田次郎八、成瀬治部左衛門、坂本廉助、元田市太郎、堀田権蔵、軽士に高山乾太、加藤平之允（天保十一年入寮）、草野永太郎がいた。

居寮生は、翌天保九（一八三八）年に十七名、同十年八名、同十一年、十三名が入寮している。

塾長たる平四郎が、寮生の指導に燃えたのは当然である。

監物も、家老の立場で館榭（かんしゃ）（文武）惣教をかねて、率先して自宅に居寮生を集めて会読にあたった。

このため時習館は、「生徒みな奮進（ふんしん）、志を合わせ、あい共に親睦を主とし、悖戻（はいれい）（道徳にそむく）するところなし」（元田）といったふうで、これまでにない熱気につつまれた。

元田は、八月に居寮学問専務の命を受けて入寮し、平四郎に拝命の挨拶にいった。会ったのは、この日が初めてであった。噂にきいていた気鋭の師は、

「ぬしの俊才ぶりは、かねて聞いておる。がんばってくれ」

と、激励した。元田が、

「先生、これから、どう学んでいくべきか、学問の方法をご教示下さい」

ときいた。すると、平四郎は「ウム！」とうなずき、にわかに舌鋒鋭くなって、

「藩校が興った宝暦の盛時にありて、その挙はもとより美なりといえども、学問正大ならず」

と、これまでの時習館のあり方を、痛烈に批判しだした。

元田は度肝をぬかれた。平四郎は激しく言葉をつづける。

「初代教授の秋山玉山は、荻生徂徠を主として専ら文辞の学であった。藪孤山が家学により程朱（宋の大儒の程顥、程頤、朱熹）の学を唱え、その実は政事の才であった。高本紫溟以下は又、小であった。安野のごとき学吏は、才を貴んで、わずかに宋名臣言行録一部を熟読するのみであった」

「はい」

元田が、これまで純な気持ちで尊敬していた諸先儒を、平四郎はこともなげに一刀両断にしたのである。目から鱗が落ちたようだった。すでに平四郎に魅入られたといってよい。一言も聞きもらすまい、と気迫をこめて、眼光炯々たる平四郎をみつめ返した。

そういう元田を満足気にみて、

「およそ学問は古今治乱興廃を洞見して、おのれの知識を達するにあり。すべからく博く和漢の歴史に渉り、近小に局すべからず。廿二史（史記など中国の古代から元にいたるまでの二十一部の正史に旧唐書または明史をくわえる）の書等一読すべし。しからざれば、経国の用に乏しく、共に為るに足らず。かつ文章を学ぶべし。われ、見るところを陳べ、志すところを達するには、文章にあり。而して藩の学者、文章を善くせず、近世、江戸遊学する者ありて、ようやく八家の文を学ぶことを知る。先儒はただ藪孤山のみ！」

そういって、ニコッと笑った。

元田はホッと息をはいて微笑した。まるで長時間、激しい気迫そのものと対峙していたような気がした。疲労が襲ってきた。

平四郎の口調がくだけた。

「要するに、だな。学をなすには、すべからく古今に通じ大義を明らかにし、活見を開いて、これを世務に施すべきのみじゃ。かの詩文のごときもまた、忠孝の天性より発するもの。かれこれ章句に拘々（こうこう）たる（こだわる）者は俗儒にすぎぬ。ともに論ずるに足らざるものじゃよ」

平四郎のもとを辞した元田は、早速、友人たちに平四郎の言を吹聴した。

「その論鋒、気概、識見の雄大、非常人たること間違いなし」

元田はのちに、こう回想している。

「先生は道学中の俊傑である。年少にして志を天下に振起するにあり。私は二十歳で初めて先生に会った。（略）先生は、時に二十九歳、私は師兄として先生につかえ、先生は私を心友として遇してくださった」

これより「もっぱら平四郎について講学する」との意志をかため、その決意をこう書いた。

「経書は人道の規範、忠孝仁義はわが心の素定するところ、その事実に運用し、家国に達するは、識眼を歴史に注ぐにあり。詩は性情をいう、既に好むところ、文を学んでもって我、蘊（うん）するところを発暢（はっちょう）すべし」

元田は、平四郎の教えを守り、もっぱら歴史を読み、文章を学んだ。歴史をともに会読し、一文を作れば、かならず彼に批判してもらった。

その熱心さには平四郎も感銘して、「元田の志行、文才は居寮中の巨擘（きょはく）（いちばん優れたもの）である」

と評した。

二　江戸遊学

新制度の居寮生は、さすがに優秀であった。

元田のみるところ、片山喜三郎の文章の実力は、平四郎に次いでいた。鎌田一之助は文才学力とも元田より優れていた。財津直人は、経済に見があり、経国をもって志とした。楯岡慎之助は気概があって志をなすことあらん、とみえた。右田才助は器量があり沈着、皆ともに厚く交わるところがあった。ところが右田は早く辞し、楯岡と鎌田はまた故あって辞し去り、財津も病で勉学を続けられず、やむをえず辞し去ったのである。

元田は、その後、入寮した者たちのなかで、荻角兵衛（昌国＝天保九年に入寮）、道家角左衛門（天保十年入寮）と親交をふかめ、同室で寝起きをともにした。ちなみに荻は、一揆に加担した荻豊熊の兄であった。

元田の弟の武雄も命を受けて入寮して、「兄弟、同学同校、世人の称賛するところとなったが、惜しむらくは弟は、この時、年壮にして志はもっぱら武にあり、文儒の風を好まず」、強いて辞し去っている。

それにしても、「故あって辞していく者」が多すぎた。

時習館では、月に一回、親睦会をもよおして酒を呑み、胸襟をひらいて議論した。ところが、それが楯岡、鎌田、坂本、澤村らが辞し去った理由であったというのである。退寮者は、新制度改正後の一年で十余人にのぼった。

当然のことに藩の調査が入った。

そして、判明したのは、なんと塾長たる平四郎その人物の欠点であった。

報告によれば、

「塾長を仰せつけられた横井平四郎は、才力これありの人物で、相寮倡方（長岡監物）などが格別心配する理由はあるが、平日、多弁にて、いささか人の和が薄く、信用しかねる族（やから）もある」

というのである。

かねて平四郎の多弁、舌鋒鋭きは有名で、「横井の舌剣には閉口する」といいつのるむきも多かったが、これに酒がはいると、どうにも始末におえなくなる。

たとえば、成瀬治部輔の邸宅へ、寮生一同が招宴されたときのことだ。

日ごろ、平四郎の舌剣にやっつけられていた寮生の澤村鶴彦が、酒の勢いをもって乱暴な言葉を吐いた。平四郎は、よほど癇にさわったとみえて、時習館に帰ってから、議論をむしかえし、澤村へ茶をぶっかけた。皆が制止して収まったが、平四郎は家に帰ってしまった等々のことがあった。

藩庁の見解では「総体に平四郎は酒を好んで、酔っ払うと気荒になって、たびたび、そのようなことがおこった」。このため、自然と寮中、学業で競う気分が失われ、人望も失墜して退寮者が続出した、というのである。

ただし、誰か注意した者があって、最近では静かになったので、「今後、重畳（ちょうじょう）、平四郎が公平専一に教授すれば、藩校も繁昌するであろう」と結論づけた。

長岡監物が、平四郎を説諭したのである。

平四郎の酒癖については、常々、久馬が「ほどほどにせよ」と注意をあたえてきたし、もちろん、厳しい母も、そして兄の左平太も、たびたび諫（いさ）めていた。

しかし、一向にきかなかった。だが、信頼をおく直属の家老の言とあれば、平四郎も従わざるを得なかった。

だが、問題は、それだけではなかった。

彼は、時習館の教授・助教たちからも反感をもたれていたのである。ことに助教で、天保十二年に教授になる近藤英助（淡泉）は、平四郎から時習館の改革について何も知らされず、頭ごなしに決められて不快におもっていた。

しかし、現体制を変えるのが改革の目的だったから、摩擦が起こるのは、やむを得ない面もあった。むしろ、平四郎の奔放不羈な性格が、器量のちいさい謹直の儒者たちには嫌われたのである。たとえば歟（よし）詩会に遅刻して、寮内では「塾長のくせにけしからん」などと評判は悪かった。

この事態を、監物の政敵である筆頭家老松井山城（式部の父）一派が見逃すはずがなかった。責任を追及されて監物は苦境にたった。

ついに天保十（一八三九）年二月、下津久馬は学寮混乱の責任をとらされて奉行を罷免される羽目におちいった。

これにたいして長岡監物は、文武芸倡方の辞任をかけて松井山城に抗議したが、「藩主斉護の深慮のあらわれ」という返事によって不満やるかたなく同三月、同役職を辞退し、桐の間詰となった。

そして、平四郎も二月、居寮長解任のうえ江戸遊学の命が下り、三月には出発することになったのである。その後は、柏木文右衛門が塾長、荻角兵衛が副長となった。

本来、江戸遊学は名誉のことであるが、この件に関しては、明らかに左遷人事である。

平四郎に心酔する元田は「当時、藩を出で他所に遊学するは、私にすることを許さず、故に遊学の藩命を蒙るは容易の才学にして得べからず最も学士の栄誉となす」と書いているが、実体は時習館からの平四郎追放を意味した。

この一見、名誉な措置にいたったのは、監物の弁護がものをいったからである。

「好漢、惜しむべし！」

平四郎はかろうじて面子をたもったのである。

監物派の時習館改革は頓挫した。しかし、江戸遊学は平四郎にとって、またとない好機には違いなかった。長岡監物も、同志たる平四郎が水戸学の藤田虎之介（東湖）ら一流の人物と接触し、中央の知識を吸収してさらに大きくなることを期待した。だが、彼の胸中は複雑であった。

横井家には、五十九歳の母が健在。兄の左平太は穿鑿役（せんさくやく）から栄進して、豊後鶴崎の郡代を勤めている。気がかりは、母の生家の叔父、永嶺庄次の養子になっている弟の仁十郎がまだ若いことである。肉親の情にあふれる平四郎は、「弟永仁と別る」と題した古風一首を与え励ました。「これが三年間の別れなるべし、覚えず涙霰のごとし……心配なのは、お前が年少で、ひょっとしたら志を中途で変えやしないかということだ。精神をゆるめてはいけない」

天保十（一八三九）年三月某日、平四郎は、元田伝之丞、荻角兵衛、薮三左衛門ら菁莪斎で親しかった見送りの者たちを同道して熊本を出立、豊後路をたどる。途中、鶴崎の兄を訪ねる予定である。半日あまりの大津で一泊し、彼らと別れの宴をひらいた。

このとき、平四郎は七絶二首（注・以下、漢詩原文は省略）を詠んだ。

杜鵑（ほととぎす）の声裡、夜沈々
燈華を挑げ尽して此の心を話す
怪しむ莫かれ別離頻りに涙を攬ることを
十年の苦学同衾を想う

史を談じ経を講じ五更（一夜）も短かし
当時何ぞ料らん別離の情
言を為せ学舎の諸君子

手を分かちて前途吾独り行く

平四郎の心は、いまだ後ろ髪を引かれる思いが残っている。

「熊本に残る君たちよ、言をなせ。おれは、これから一人で行くから」

別れの会は、平四郎を失った心酔者にとって、つらいものになった。そのしめった空気を吹き飛ばせ、と平四郎は心から叫んだのだった。

彼はめげない。生来、「プラス思考」の持ち主だ。

早速、「熊府を発す」の七律を詠じている。

十歳検縄の身を将に脱して、一笑飄然たり
東海の雲、白水（川）の灘声（急流の波音）は耳を侵して冷やかに
龍山（龍田山）の花気は衣を撲って薫ず
観風聊か呉児の志を抱く
講学何ぞ商也の文を求めん
目送す飛鷹の万里を搏ちて
雙翼を拂披して已に群を離るゝを

平四郎は、いま十年間の時習館の勉学を脱して、気持ちは一笑飄然としているのである。雲をながめ白川の水音を聞きながら、龍田山の花の香りが旅衣に薫じる街道をゆく。そして、自分の大望は、延陵の季子――呉国の公子――が、各国を周遊して、よく風俗を観かつ民情を察したというのと同じ志をいだいたからには、講学するのにどうして孔門十哲の商（子夏）の文学を求めようか。万里の空に双翼をはばたいて、群れを離れて飛んでゆく鷹がおれだ。

翌朝、平四郎は出立し、高尾野、新小屋、堀谷などの集落をすぎて、阿蘇明神の神話で名高い二重峠にさしかかった。平四郎は「二重峠を過ぐ」という七絶一首を賦した。「頑雲十里霏々の雨」で、着物もしとどに濡れて往生し「纔かに（やっと）一峯に到れば、さらに一峯」と難儀している。

これを過ぎて車帰から内牧、宮地、坂梨を経て豊後の久住にむかった。

坂梨と久住の中ほどの笹倉郷で、郷士の石黒熊太の宅に立ち寄っている。石黒はかつて兄左平太の配下で、その縁で平四郎を迎えて宴を張った。

石黒は、同家に伝わる山水の図二幅に、「題辞を」と願った。平四郎は七絶三首を書いたが、その前書きに「余酔うこと甚だしきも、筆を揮って三絶句を録す。興情の触るるところ、句を練るに遑あらざるなり」とある。いかに酔っ払っても、ここでは「酔虎伝」にはならなかった。

久住、今市、野津原をすぎて、鶴崎まで二日がかりの里程をいそぎ、郡会所（郡代役所）内にある兄の役宅へたち寄った。

「兄上！」

「よう来た、平四郎！」

仲の良い兄弟である。ふたりは床に入っても積もる話で夜を更かした。

鶴崎は、藩船百余、民船六十余が集合する湊で、京坂と往復して繁昌していた。ここの肥後藩邸（御茶屋）は広大で、周囲に濠をめぐらし、あたかも城郭のようであった。

平四郎は兄に土地を案内されて、

「立派なもんじゃ」

と感心し、郡代をつとめる兄を誇らしく思った。

鶴崎橋のあたり北に河口まで、三十町（三・二七キロメートル）ばかり大野川本流とほぼ平行した支流がながれ、その西岸に藩船をつなぐために大小数個の馬蹄形の掘割がもうけられている。そこが藩船の発着する「御上がり場」である。

再会の喜びと、船の風待ちもあって、ここで三日をすごした。

十七日の夜明け方に、平四郎はたたき起こされた。

「船が出るぞ！」

出発の準備はできている。急ぎ左平太の家族に別れをつげて、兄とともに「御上がり場」にはしって乗船した。そろそろ出航というとき、

「平四郎さま、お待ち下さい！」

兄の宅の下男が、船まで走ってきた。

「奥方さまより、これを」

と贈られたのは、酒と塩魚であった。

出航のときとなった。船がはなれていく。暗い埠頭で兄が手をふっている。平四郎も手がちぎれんばかりに手をふった。

船が沖合に出て、包をほどくと、紙片がハラリと落ちた。兄の手で大きな字が書いてある。

「酒は呑むべし、呑まるるべからず」

平四郎は〈この酒と　この魚と　拝謝するに　すべて断腸……〉、そんな詩をよんだ。

三　藤田東湖

船は周防灘、播磨灘を過ぎ、天保山沖より大坂へ。彼は上陸するまでに、「舟中雑詩」七絶十首を賦している。

森江の江外舟を泊する時
海面潮来りて月上ること遅し
夜静かにして頻りに杜鵑の過ぐるを聴き
郷心万緒乱れて糸の如し

平四郎とて郷愁はあった。

淡路をすぎ、突然、船頭が指さすほうに、鯨のような孤島があらわれた。

播洋風穏かに暁雲晴れ
一帯の淡州望裡に横たわる
海面乍(たちま)ち孤島の現るゝを看る
舟人指點(してん)（指さ）す　吸川(きゅうせん)の鯨

「あの辺りは兵庫、伊丹」と、人声がする。

「湊川(みなとがわ)！　湊川！」

平四郎が大声を出す。

「もっと近寄れんかな」

湊川は楠木正成の討ち死にの地である。

平四郎は正成・正行(まさつら)父子が大好きだ。ことに正行。次のような意の古詩を創しているほどである。

ああ、かの小楠公（正行）は、その身を一身に勤王のために捧げつくし、歌を献じて、せっかく賜った宮女を辞退した。その至誠の精神は天地を貫くの概がある……。

小楠の号は、正行への敬慕にある。

兵庫伊丹　看るみる過ぐる時
湊川は何れの處ぞ
水の涯
舟行偏に恨む　意の如くならざるを
遥かに拝す　楠公八字の碑

四月朔日（一日）、大坂に着いた。平四郎は、その繁華な大都市に目をみはる。「大坂雑題」という七律二首を賦した。

仁徳（天皇）都を奠めし王者の地
豊公（豊臣秀吉）雄據して覇を圖し城
金甌（瓦）丹碧　天を摩き峙つ
紫陌（都の道路）の樓臺（高殿）は水明に映る
利密なる豪商　海内を罔し
術窮の侯伯（大名）は蒼生（人民）に寄る（しわ寄せる）
長沙悲憤（賈誼長沙の悲憤）は吾が事に非ず

且つ酒杯を把み　昇平を唱う

詩の前半は、いわば史実と情景描写にすぎない。だが、後半の「利密の豪商」といった言葉は、どこか不穏である。彼は、何をいいたかったか。

大坂の豪商は、全国に網を拡げて利益を吸い上げ、急迫した大名は農民を収奪する。しかし、自分は、漢の文帝に入れられず、長沙王の太傅となって、悲憤の日々を送った賈誼とは違うのである。そして、自分は酒を呑んで天下泰平を唱えるだけである。

藩にいれられなかった自分も、天保六年の一揆の青年たちも、そして同八年に大坂で起きた大塩平八郎の乱のことも頭にはあったろう。だが、平四郎は彼らのようなことはしないという。天下はまだ泰平なのだ。では、何をしたいか、それは「江戸遊学の成果に期する」のである。

平四郎は、淀川をさかのぼり伏見についた。

関ヶ原の合戦の前哨戦で、伏見城にちった鳥居元忠の昔をしのび、「忠勇の名垂え無窮に聞こゆ」と賦した。

江州にはいると、大津馬場の義仲寺にもうで、旭将軍木曽殿の墓に一篇の長歌をささげた。

石部の旅籠についた平四郎は、ここで感動の体験をした。

ふと壁をみると、十二、三年前に江戸詰を命ぜられた父の時直が、ここに宿泊して記念のために貼付した名札があったのである。

「父上！」

思いもかけなかった亡父の筆跡。みるみる感涙にむせんだ平四郎は、ただちに二首を叙した。

疾痛　誰をか呼ばん　久しく愁(うれい)を抱く
孤児豈(あに)計らんや　東に向って遊ばんとは
偶然旅舎に名札を拝し　涙衣襟(いきん)を滴(したた)りて収む可からず

唯夢に時に巖顔に接することあるを
遺物を看る毎に涙潸々(さんさん)　十年の旅舎名札新なり
堂上眞に駑頑(どがん)（のろまで頑固・馬鹿）を叱するが如し

「父上に、馬鹿もの！　としかられたわい……」

平四郎は、亡父の名札に思いを残し、桑名から尾張の桶狭間へ。

「累々たる古墳春草の裡(うち)」に、今川義元の戦死した跡をとむらい、三河、遠江、駿河、相模をとおり、途中で「望遠江洋」「遠駿道中」「題望嶽楼」「踰函関(かんかん)（箱根を踰(こ)ゆ）」の四首を賦して、江戸についたのが四月十六日だった。

平四郎が、まず旅装をといたのは、木挽町(こびきちょう)にあった親戚の不破萬之助の御小屋（肥後藩の建てた藩士の住宅）である。

平四郎は、逗留先の不破家から、五月十一日に芝愛宕山下の某邸に居を移した。そして、江戸で会いたかった人々を訪ね始めている。

五月十七日に諸藩の儒者からなる海鷗社文会に顔を出した。丸亀藩の儒者の赤井源蔵が幹事役で、神戸藩の澤三郎、津山藩の勾谷五郎、島原藩の河喜多喜右衛門らが参会した。まずは小手調べといったところである。

平四郎が、ぜひとも会いたいと思い、長岡監物らも期待した水戸藩御用調役の藤田虎之介、のちの東湖は、期待に違わぬ人物で、ふたりは肝胆相照らす仲となった。

当時、彼は水戸学・藤田幽谷の跡継ぎとして世に知られていた。藩主継嗣問題では、徳川斉昭の家督相続に活躍し、斉昭の信頼が厚かった。斉昭は諸藩士に名君とみられていた。

藤田邸を訪ねると、まだ公務から帰宅していなかった。しばらく待っているとかえってきて、

「ナニ、肥後時習館の居寮長であられた横井平四郎殿とな！」

機嫌よく、即座に応対してくれた。

虎之介は、当年三十四歳の男盛り、色黒の大男で、押し出しもよい。

布（綿）の肩衣、奈良（晒しの麻布）の古帷子、葛の袴を着し、腰の脇差は鉄金具で、木綿糸を太刀巻にして、柄は皮包であった。

平四郎は〈なかなか見事な男ぶりだ〉と感服した。

虎之介も、平四郎を一目みて、〈只者(ただもの)ではない〉と直感した。

小兵(こひょう)ながら、発散する〝気〟の強さが迫ってくる。その面構えがたくましい。浅黒い顔は頬骨高く、大きな口に黒々とした眉がきりりとつりあがり、炯々(けいけい)たる眼光に人をひきつけるものがあった。

口を開けば、朗々たる声音で、ふたりともすぐに打ち解けて、談論風発、初対面ともおもえなかった。よもやま話に花がさくうちに、

「先年の恐慌のおり、水戸藩にかぎり、三年のたくわえがあり、その民の流亡もなかったときいておりまするが」

平四郎がきくと、虎之介は、

「いやいや、それは虚説にござる。小藩にても、その節はごくごく、難渋いたして、わずかに民の飢餓をまぬがれたまででござるよ。まあ、仙台藩などにくらべたら、天災の度合いもうすく、少しは五穀もできたるゆえに、とやかくと押ししのいだばかり。この秋も不作であれば、いっさい、何の手当てもつかざるゆえ、上下とも気づかいしております」

等々、内実を話した。今度は虎之介が、

「それはそうと、お国の風説はどこでも大いによろしく、十年のたくわえもあるという話でござるが」

「いやいや、それがし、農政のことは不案内なれば、そのあたりは、よくわかりませぬが」

「なになに、ご謙遜、ぜひぜひ、肥後のこと、お話しくだされ」

そういわれて、平四郎も、通りいっぺんの話をしたが、

「さすが、感公（霊感公＝細川重賢）以来のご政事、ゆき届かれたことよ」

虎之介は大いに感心したようで、平四郎は素直に喜んだ。

このあたり、平四郎が、多々、問題山積の肥後藩の内情を、どこまで話したのか、あるいは、そこまで深い認識にかけていたのか、小楠「未だし」の感が強い。

藤田虎之介を訪問した後、平四郎は、覚書にこう記した。

「この人、弁舌さわやかに、議論はなはだ密、学意は熊沢蕃山、湯浅常山などにて、程朱流の究理を嫌い、もっぱら事実に心がけたる様子なり」

歴史を重視する平四郎と意見があったわけだ。

「都下花奢（かしゃ）の風を嫌い、もっぱら武事に心がけ、公務の暇には藩中の子弟をひき立て、もっとも鎗術に達したるよしなり」

そして、「常時、諸藩中にて虎之介ほどの男は少なかるべし」等々、激賞したのである。

平四郎は、着府してのちの事情を、書簡で長岡監物に報告した。

六月十七日づけで返書がきた。

それには、平四郎が出立後の時習館でも、居寮生の退寮を願い出でる者が続出し、心配していると書いてあった。また、水戸の藤田虎之介のような令名家と知り合ったとは、いろいろ珍しい話もあるであろう、「実に羨ましきことです」とあった。

監物はつづけて「酒の方はどうですか。いよいよもって厳禁を祈り申します。この儀のみは深く気づかっております。ご千笑々々。下津は辞職後、禁盃の約束であったところ、近日は毎夜ほどに酒宴の物音がきこえます。お笑いですね」と書いている。

みなの心配は当然だが、国許から上府する者があれば、その道の先達が歓迎して、あちこち飲み歩くことになる。酒も、また女遊びの方も、吉原から深川その他の岡場所まで、ひととおりは行って好奇心をみたしたのである。

あの藤田虎之介も、一緒に呑んだときに、こういったではないか。

「それがしの好むものは、第一に女、第二に酒、第三に読書でござる」

平四郎も同感だ。

しかし、残念ながら貧乏な遊学生では軍資金にとぼしかった。

五月二十八日には、湯島に林祭酒（大学頭(だいがくのかみ)の唐名）を訪ねて、門下になった。

幕府の学政の元締め、一代の大儒である。諸藩からの遊学生は、まずは大学頭に謁するを恒例とした。

そこで、林家塾頭の佐藤一斎に対面した。天下に知られた大儒に対する平四郎の印象は、

「一斎、当年七十になる由、壮健なる老人、言語しおらしく、物慣れたる容子(ようす)、言外にみるなり」

であった。

門人たちとも、いろいろ話をして、「河田八之助は文芸ができる」とおもったが、その他二十人ばかりと話してみても、「格別の人は見ず」。

一斎の嗣子（三男）の幸助（新九郎・立軒）は、

「今年十七、八ばかり。世上にて豕児（愚息）などといわれているが、親しく話をすると、聡敏な少年で、いまだ読書はできないが、不才子ではない」

林家に初めて入門してみて、平四郎には驚くことばかりである。

「林祭酒は、天下の儒宗だから、辺隅の国州にいたっても、少しは読書する人なら知らないものはない」

ところが、

「旗本の人が多く出入りするのかとおもっていたら、存外のことであった」

佐藤一斎の書斎である日本橋の愛日楼で行なわれる講釈に、旗本の人は一人もみないほどで、さらに平生、出入りの人もない。旗本に林家のことをたずねても、くわしく知っている人もいない。読書をする人でも、この程度だから、武人一偏の人は、その名も知らないほどであろう。

「これで、旗本の様子も知れる」

旗本文学（学問）はさかんにおこなわれていないとおもわれる。

「古より文学で天下に名をあげるほどの人は一人もいない。まして今日にいたって、もっとも寥々である」

平四郎のみるところ、幕府には当時、「御勘定吟味役の岡本忠次郎（忠豊）殿、御代官の羽倉外記（簡堂）殿のほかにその名ある人物はなかった」。

藤田が岡本と羽倉と意気あい許したというから、平四郎も、それに影響されたのだろう。ほかに甲府に勤番する長野清淑（せいしゅく）という人物と親しくなっている。

平四郎の結論は、

「いわゆるその済世の学流にて、ご政事の格式古実または是非黒白の議論などに心がけは絶無のことにて、予、竊（ひそか）に疑うところありて旗本の人に交り、かれこれと心をつけ、これまで考え来りて、近日、断然と疑い晴れたり」

四　酒失

盛夏になった。

平四郎は七月十二日、羽澤（現渋谷区）の石経山房に隠棲する、肥後生まれで碩儒といわれた松崎慊堂（こうどう）をたずねている。当時、佐藤一斎とならび称された大儒である。会ってみて、

「羽澤松崎慊堂、学問博大、胸中、幾万巻の貯えあることを知らず」

平四郎はただただ、六十九歳の泰斗の人格・博識に心服した。

「人となりは靄然（あいぜん）春風のようで、胸中にはわずかな城郭（隔て）もない。私が音韻（おんいん）のことをたずねると、（慊堂は）例を引き、証（あか）しをたて、その説は二時（ふたとき）（四時間）に及んだ。当時、大儒は一斎・慊堂といわれたけれども、その実、一斎はなかなか慊堂におよばず。ただ一斎は、人物が聡敏（そうびん）で世事に錬通している。これが二家の名を斉（ひとしく）するゆえんである」

これが、平四郎のふたりを比較した結論であった。天下の名儒、佐藤一斎の弱点を鋭くついている。

たとえば、一斎の『言志四録』はすばらしい内容の書である。西郷隆盛が愛読して、人格形成の糧にしたことでも知られる名著だ。

しかし、ひとつの疑問点がないではない。

渡辺崋山の絵に「松崎慊堂像」と、最高傑作ともいわれる「佐藤一斎像」がある。ふたりは崋山の儒学の師である。

平四郎の江戸遊学中におきた「蛮社の獄」に崋山は連座し、二年後に自刃した。

このとき、松崎慊堂は崋山のために老中水野忠邦に嘆願書を上申して、献身的な助命運動をした。

他方、佐藤一斎は、椿蓼村（りょうそん）が崋山の救済運動にくわわるよう頼んだとき、「裁きの結果をきくまで待つ」といった。その後、崋山の処分を予言し、椿に「崋山に懇意であることを示すのは賢明ではない」と忠告した。冷たい仕打ちである。

一斎の父は岩村藩家老の佐藤信由で、俊才の一斎は主君の三男のお相手であった。大学頭の林簡順の門下生になるが、簡順に後継ぎがなく、幕府はこの岩村家の三男をいれた。林述斎である。一斎は親しい仲だが、あらためて子弟の礼をとって、その後、塾長になった。もちろん、実力があり情実ではない。ともあれ、そういう立場がある。

そして、崋山の逮捕が監察である鳥居耀蔵（ようぞう）の讒言（ざんげん）によるものであったこと、背後には、鳥居と伊豆韮山（にらやま）代官の江川太郎左衛門英龍（ひでたつ）との確執があったこと、その鳥居は林述斎の三男で旗本鳥居一学の養子であったこと、そういう世俗の力関係を重くみる保身の術に、一斎の人間的限界があったように思われる。

平四郎の炯眼というべきである。

ちなみに、一斎の長男の慎左衛門は不良青年で不肖の子だったが、その慎左衛門の娘町子は、『日本開花小史』で知られる田口卯吉の母である。田口の自叙伝（未完）に、

「（祖父の慎左衛門は）生来あらあらしき御方にて文を嫌い武を嗜み、相撲、鳶の者などを大路にて打ちこらし玉いし事などありしかば、儒者の家をつぐべからずとて御徒なる我家に婿入りせられぬ」

とある。

富裕な田口家のひとり娘可都の婿になり、幕府天文方山路弥左衛門の配下となった。山路は山路愛山の祖父である。慎左衛門は放蕩で身をもちくずして財産を蕩尽し、十一歳の町子をのこして早死にした。

偉人の子は、どうしても不肖の子とか、愚息とか呼ばれることが多いようだが、慎左衛門の行状は、偉大な父の生き方にたいする反発でもあったろう。「愚息にも一分の理」ぐらいはありそうな気がしないでもない。

さて、平四郎にもどると、立秋をすぎ八月十九日には、幕府の勘定吟味役であった川路三左衛門（聖謨）をたずねている。

川路はこの年、三十九歳である。藤田虎之介が初めて川路を訪問したとき、一見して「その人物、凡ならざるを知れり」と感服したといって、推薦したのである。

平四郎は、

「この人その名を聞くこと久し。はたして非常の英物なり」と称賛した。

彼の覚書によれば、勘定吟味役という職務が、はなはだしく多忙で、朝五ツ半（九時）より登城し、帰りは七ツ半（五時）あるいは暮れにおよび、かつ朝夕、諸役人の応対、書付の調べがあって、就寝するのは必ず九鼓（十二時）におよぶという噂に感心した。西の丸御用というのが特別多用で、いまのように忙しいのは平生はないことだ。

しかも、その忙しいなかに学問武芸をこのみ、朝は啓明に起きて鑓の素突きを二百回というのが課業で、読書の暇もないので、登城往来の駕籠のなかで本を読むという。

面会したとき、川路は「近来、小学（宋の朱熹の指示で劉子澄が編纂）、近思録（宋の朱熹・呂祖謙の共編）を好んで読み、大いに心得になることがありました」と話した。平四郎は、

「いかなる事柄たることは知らざれども、流石（さすが）の英物、今日の実用に当たられたる人なれば、極めて会心のことあるべきと知らるるなり」

と書いている。

会津藩儒で朱子学者の牧原只次郎をたずねたこともあった。

牧原は、六十に近いが、気力豪健、壮者のような人物だった。

「いかなる学問がお好きか」

と問われて、

「史学にござる」

とこたえて軽侮されたが、「大学」について、心性と明徳の別、心の善悪、八条目実践上の弁別等々「精確明断」の説をきかされて、大いに得るところがあった。

「菁莪齋諸友に与ふる書」によれば、「江都の旗本列藩有名の士大抵交を納る」という熱心さ、とにかく、平四郎は人から学ぼうと懸命だった。

ことに藤田虎之介との交情は緊密で、たとえば、「藤田虎之介を訪う、夜話極めて適す、虎之介の韻を和す」と題した平四郎の詩がある。

酒を温めて寒園夜蔬を摘み
虚心膝を交へて総べて予を忘る
議論熱せず水よりも冷やかに
集義内外の書を読むに似たり

蔬菜を肴に酌みかわしながら話していると、興にのったあまり、すべて我をも忘れてしまった。おたがいによく話が通じあうので、議論に熱せず激することなく、水よりも冷やかに、あたかも熊沢蕃山の著『集義和書』や『集義外書』を読むような気がする、というのである。

ただし、このころの平四郎は、いってみれば、「ぽっと出」のお上りさんである。時代の困難さが、いまひとつ見えていない。ご政道についても、能天気なところがある。

徳川幕府は、家斉のいわゆる大御所時代が終わろうとしていた。

十一代将軍家斉は、天保八年に二男家慶に将軍職をゆずったが、実権は握りつづけ、永年の施政の毒は回りきっていた。天保十二年に家斉が死ぬと、家慶と水野忠邦の天保の改革がはじまるのである。

この代替わりについて、旗本で書院番の田邊助二郎にきいた話として、平四郎は、いろいろ書いている。

たとえば、家斉が近習を三等にわけて、第一等の人を右大将家定につけ、その次を将軍家慶に、またその次を自分で選んで西の丸に移った、それが御一代の美事とうたわれたとか、将軍は君子のご生質で、世上では不満の唱えがあっても、その実は温厚成徳の御方様である、とか、去年の冬、家定が鉄砲で鶴をとって家慶に献じたが、家慶は、いまだ朝廷に初鶴を献じていないので召し上がらず、家斉に献じたが、大御所も同じおぼしめしで、鶴は腐ってしまった、この一事をもって、幕府が朝廷を尊敬していることが知れた、二百年余の大平は、ここにもとづいていると「恐れながら敬承奉るなり」等々、そんな将軍家の結構な話ばかりを覚書につらねているのである。

さて、この時期、水戸の藩政改革は重要な段階にあった。

藩主斉昭は江戸定府が決められていたが、藩政を直接指導するために、幕府の許可を得て、翌天保十一年早々に帰国の予定であった。平四郎は、そういう水戸藩に強い関心をしめした。

十一月二十五日に、鶴崎の兄左平太に書簡を寄せた。

「しからば来春は、鶴崎でお話申し上げておいた通り、二月、余寒が去ったころに水戸に遊学するはずです。すでに澤村（太兵衛）御奉行には、内意を申し上げました。

水戸は江戸よりわずか三十余里（約一一八キロメートル）で、特別に遠距離の藩でもなく、かつ、当時は非常にさかんになって、おいおい、江戸より出かけた者から委細様子をきいております。

幸いに水戸藩の藤田虎之介は心友で、都合がよく、出かけるはずでございます。そういうことですので、手紙は月に一度ばかり、後藤善左衛門宛てにお送りくださるようお願いいたします。出発の前に藤田に頼んでおく予定なので、善左衛門から藤田につかわして水戸にとどくよう手配いたします。もっとも他藩に頼むことなので、ごくごく簡易に平安の様子をお知らせいただけばとおもいます。

二月より出かけ、十月ごろには江戸にもどってくるつもりで、片山喜三郎もほぼ同伴するはずです。このついでに、五、六月より仙台・会津・米沢を観国しようとおもっております」

片山喜三郎は、官命で江戸遊学中だった。豊嶼（ほうしょ）と号し、のちに時習館教授。肥後学風の第五期宋学守成期の代表的学者の一人になった人物である。

天保十年の歳もおしつまった十二月二十五日、藤田虎之介は、平四郎ら諸藩の友人たちを邸宅にまねいて忘年会をひらいた。来年はじめには、斉昭にしたがって藩政改革のため水戸に帰るのである。その送別の意味もあった。

宴もたけなわ、平四郎は立ち上がり、藤田虎之介にむかっていった。

「いよいよ来春から藤田殿はご帰藩ありて、改革の道を進まれる。そのご壮挙を念じて、それがし、七言古詩を賦して、わが志を述べさせていただきたい」

すでに酔いは回っていた。

家は各東西千里隔たるも
相逢うて一笑肝膈（心の中）を吐く
漫甕の酒　新に醅（濁り酒）を発し
道味を併せ噛んで眞に適と為す
吾が輩従来文士（学者）に非ず
動もすれば輒ち意気をもって論ずるを癖と成す
上は三代より下は明・清
我が皇朝治乱の迹に及ぶ
是の如くして治り此くの如くして乱る
此は乃ち術を得彼は惜しむ可し
究竟（つまるところ）天下に明君少く
是を以て乱日史冊に満つ
然りと雖も臣と為りては　豈君を尤めんや
彼の君を尤むる者の心は赤（忠心）ならず

赤心忠愛自ら道有り
徐（おもむ）ろに君心を格（ただ）すは是れ臣職
慷慨悲憤気は即ち気にして
恐らくは国家に於て裨益（ひえき）なからん
炎漢朱明（漢や明）の亡ぶに徴（ちょう）す可し
何事ぞ君子心甚だ迫れる
嗚呼臣道豈此くの如くならんや
一点の忠愛魂魄に発すれば
其（そ）の容（かたち）靄然（あいぜん）として春風の如く
其の神（こころ）（精神）凝然として金石の如し
治乱に只是我が心を盡くし
群小と黒白を争はず
聖賢の教（おしえ）此くの如きのみ
万古臣道易（か）う（変える）べからず
而（しかれど）も我輩に在りては動（やや）もすれば気に任せ
一言一行渾（す）べて役（えき）せらる
忠愛君に仕うる何くに在りや

甚だ恥ず頑顔（しかめつらして）典籍に対するを
良会（よい出会い）知る　多く得易からざるを
何ぞ風月を説きて文墨を弄せん
諸君応に各思ふ所有るべし
試みに肝膈を抜きて座に向って擲て

激烈な長詩であった。

「赤心忠愛、自ずから道あり」

水戸藩では、改革派と保守派の党争が激しいが、あい争う非を誡めたのである。

平四郎のいきおいに、当然のごとく虎之介もおうじて詩を和韻した。

宴会がおわって平四郎は、虎之介の詩を書いた紙を懐にして帰った。

酔いざめして、風邪をひいて寝込んでしまい、三日後に、礼状を使いに持たせて藤田までやった。

それを受けとった虎之介は、使いを待たせて返事を書いた。

「過日は、わざわざお越しいただき、近来、これにないほど愉快でした。しかしながら、はなはだ失敬なこともあって汗顔のいたりです。それなのに、懇ろなお手紙をいただき、感謝するところを知りません。お風邪をひかれたよし、お大事になさってください。

さて（詩を）ご高韻され、ついで私も酔いにまかせて筆をとり、詩を韻しましたが、翌朝になって思いおこそうとしたところ、七八句は夢のように覚えておりますが、前後にどのようなことを書いたのか思い出せず、慙愧しごくでございます。もっとも、どれほど酔っていても黒白邪正を取りちがえたつもりはございませんが、忘却して頑鈍迂僻の病はことにはなはだしく、過激な句をはいたかと安心できず、文字の未熟はもちろんでございます。

なにとぞ長者河海の（度量を広く）寛恕くだされ、詩のほうはひとまずお返しくださるべくお願い申し上げます。しきりに醜をおおっているようで、どうかとおもわれますが、源判官（義経）、軟弓を恥じる意をご洞察くだされ、かならず秘密にされ、遠からずお返しくださるよう、千万、これを祈り申し上げます。已上。

十二月廿八日

二啓　忘年会の翌朝、小僮（年少の召使）が室を掃除しましたところ、金二銖（朱）が席上に落ちておりました。きっと貴兄の御嚢中（財布）より落ちたものと思います。これよりお返し申すべく留めおきましたところ、人を寄こされましたので、ただちに二銖をお届けいたします。呵々（大笑）」

平四郎の激越な詩にこたえて、藤田もまた激しい詩をつくったが、酔いが醒めてみれば、調子に乗りすぎたとおもわれた。彼は斉昭の側近である。むずかしい藩政の改革にあたって、軽率なことはできない。そのために、平四郎がもって帰った詩をかえしてくれ、と頼んだのであった。

また二朱の件は、虎之介が平四郎に「旅中では時に困ることもあろうが、都合しましょうか」と同情すると、酔っぱらった平四郎は「なんのなんの、書生だとて、これくらいは持っておりますぞ」と財布の底をはたいてみせた。そのおりに、こぼれ落ちたものであった。

藤田の詩は、おそらく返却されたであろう。

さて年はあらたまり天保十一年の春、二月初めごろである。

平四郎は、いよいよ水戸に出立しようと、熊本の友人に通知すべく「菁莪齋諸友に与ふる書」を書きかけた。全文漢文の諸地方遊歴計画の下書きであった。ところが、大変なことが起こった。

昨年末の忘年会のあと平四郎が引き起こした事件が、江戸詰め重役の知るところとなって問題化したのである。

あの折、めちゃくちゃに酔っ払った平四郎は、会が終わって会津藩士の橋爪助三郎らと帰る途中で、御家人の相良由七郎と作詩のことで喧嘩になり、相良の頭をぶん殴って、あわや抜刀寸前におよんだ。おどろいた橋爪や肥後藩の片山喜三郎が止めに入って、片山が泥酔した平四郎を愛宕山下の家まで送り、翌日、相良をたずねて詫びをいれたため、一件は内々ですんだ。

しかし、事はすぐ片山から肥後藩邸の江戸詰重役、家老代大奉行の溝口蔵人（くらんど）と奉行の澤村太兵衛に伝わった。

平四郎にとって具合の悪いことに、彼らは長岡監物と対立する松井派であった。実は平四郎の言動は、彼らの監視のもとにあった。

それを知ってか知らずか、平四郎は相変わらず酔っ払っていたのである。兄への書状にも「もっとも旅中、万事慎心のうち、酒は別して大切にて一切禁制つかまつり」などと書いていたのに、「お堅いことをおっしゃらずに」とか「まあ、ご一献」と誘われれば、もうだらしがなくなった。

「平四郎め、ついにやったか」

快哉をさけんだのは溝口と澤村である。

事件は内々ですましたものの、「待ってました」とばかりに平四郎の処分をすすめた。修学の身にもかかわらず、遊所にひんぴんと出入りして過酒におよんで不法のこともあるようだ。また他藩の者としげしげと交際し、酒を呑んで藩の秘密が漏れてはこまるし、過酒によって外部の者と問題を起こしたのだ。「外聞も悪い不埒なおこない」。江戸詰の重役としては見すごせなかったという面もある。

江戸より事件の報告をうけ、国許から中老・家老の名で、二月十三日付けの書面が溝口蔵人にとどいた。あらまし次のような内容であった。

「横井平四郎が過酒におよび、他藩の者と問題をおこした件を先便で、（澤村）太兵衛より極秘にしらせてきた内容は承知いたしました。何ともつまらぬことで、笑止なる儀であります。太兵衛の見込みでは、平四郎の禁酒は覚束なく、内々で処理できたとはいえ、先方から報復があるやもしれず、国許へ帰すのが当然とのことでございます。

それはしごくもっとものことですが、国許で話し合ったところでは、平四郎も並の者ではなく、人材もいないなかではまず秀才と申すべきであり、もし帰国させれば、そういう過酒の評価が固まってしまい、平四郎も気力を失い、のちのち、勉学もできかねるようになっては惜しむべきことです。事件が穿鑿方より目付、奉行へ報告されて公然の沙汰となるのは避けたいので、なにとぞ、江戸藩邸のほうで、平四郎に相当のお咎めを仰せつけられ、来年までは引き続き遊学させておきたいとおもいます。しかし、報復の心配があれば、彼の願いもあるように、水戸か奥羽かいずこかにいかせるのもよいのではないでしょうか。禁酒の件は澤村等から教示されたく、また国許からも（長岡）監物・（平野）九郎右衛門より、きっときっと謹慎するよう申しつかわします。太兵衛等の教示ぐらいですめば、それで収まりますが、公になると大変ですので、江戸藩邸でお咎めくださりたくおもいます。それでも、国許でいろいろ議論がおこるでしょうから、そちらでお咎めがあい済み、過ちをあらため、帰国させれば批判の矢さきも少しは鈍ると申すべく、平四郎も深く感謝し、きっと謹慎するであろうと話し合いましたので、とくと太兵衛などにお話合い、よろしくお取り計らいください」

国許では、実に寛容な対応を示した。

五　帰国

ところが、この書状がとどいたときには、すでに平四郎は国許へ出発させられたあとだった。溝口の三月二十五日付けの返書では、

「過酒の件は、このほかにもあり、今春に入っても問題がおこって、禁酒の見込みもありません。友人たちも早く帰国するよう勧めるほどで、本人からも帰省願いがだされましたので、（藩主の）ご内

慮をうかがいましたところ、とくに意見がなかったので、願い通り、さる三日に発たせました。そちらの書面は出立のあとにとどいて間に合いませんでした」

どうしようもなかった。

「其方儀　遊学として御当地へ差し越し置かれ候ところ　内意の趣に付き、この節、御国元指し下さる旨候の條　其意を得させらるべく候

二月九日

御奉行中

横井平四郎殿」

この事件で、ひとつの友情がこわれている。

平四郎の四歳年長で、時習館時代からの友人であった木下宇太郎が、当時、江戸藩邸につめていた。出府後、木下と隅田川に遊んだおり、以前のとおりに腹蔵なく何事も話し合おうと約束していた。

木下はのちに眞太郎と改名して、韡村、犀潭と号し、幕府から召命のあったほどの東肥の碩儒になった人物だ。

ふたりは、天保十一年二月二十四日より同二十六日にいたる三日間に三回、書簡を取り交わしている。

平四郎は、「過酒の件を、木下が時習館訓導の浅井廉次に告げ、それかあらぬか、許可されていた東遊が出来なくなったあとに木下がたずねてきたのは友達甲斐がない。そう決まらない前に大分、日もあったのに」と恨んだ。

この書面を受け取った木下は直ちに返書を寄せて、「平四郎の疑惑は間違っていて、浅井訓導の知ったのは、自分が告げたためではない」と弁明した。

平四郎には、かねて隅田川の盟約以来の木下の疎遠についても不平があった。

「いまのとおりでは、交情とて面白くなく、かえって妨げになると申すべく、そうであるならば、お互い切磋等は、これからしないほうがよい」

と絶交を申し渡した。

木下の最後の返書に、

「お考えと違ったうえは、疎遠のご疑惑ももっともと思います。早速、改めますと申し上げるのも筋かもしれませんが、今後、矯飾（いつわりかざる）のおつきあいになるかもしれませんので、これまでゆきとどかなかったのを推量されて、公の場での交際のみしていただければ、ありがたくおもいます。たびたび、お手紙をわずらわし、これまた恐れ入ります」

とある。憮然とした顔が目にうかぶ。

平四郎が、過酒をどこまで悪癖とおもっていたのか、よくわからない。かつて彼が書いた「大酒呑みの自己弁護」のような文章がある。

彼より前に、江戸遊学を命ぜられた澤村西坡が、気豪にして酒をたしなみ、侠豪の徒とまじわり、随意放縦、気にまかせて人をみるので、「暴虎」の渾名（あだな）をうけ帰国を余儀なくされた。ところが、さらに遊学の恩命をうけた。人々が非難するなかで、当時、時習館にいた平四郎だけは「澤子寛、重ねて江戸に遊学するを送る序」をつくって同情をよせた。

「超凡の士は才を恃(たの)んで、時に常情では容(ゆる)されない放蕩不羈のおこないをする。それをとやかくいって、その長所までも顧みねば、その人は終身浮かぶ瀬もなく死んでしまう。これは士気を欝抑(うつよく)する衰世の風で嘆くべきのいたりだが、明君賢相が上にあれば、卓越した人材はもちろん、小能の士でも棄ててはおかず、失行は矯正して長ずるところの才をとげさせるので、有為の士は、世に出でんと奮い立ち、無能の徒は分を知って僥倖を夢みなくなり、自ら作新淬礪(さいれい)（自己研鑽）の政を見るものだ」

あたかも、いまの自分のことを予見して作ったようなものである。ただし、兄に送った書状で、再遊学後の澤村の業績を厳しく非難したのはご愛嬌だ。

ただし、反省していたのは間違いない。

失意の平四郎に、国許から『湯文正公遺稿』を贈った人物がいた。

時習館の居寮生、荻吉左衛門である。この書を読んだ平四郎はおおいに感激して、所感を跋文の末節にしるした。

「存（時在＝平四郎の名）、何人ぞ、すでに行を破るをもって、清議の責め、これを一身にうく。しかれども、悔ゆるも追うべからず。過ちをあらため、行を力(つと)め、一にもって先生学をなすの教えを法とせば、すなわち顔面の復天日に対するあらん。謹みて巻後に書し、自ら門下士の末に託すというのみ。横井存、盥手(かんしゅ)（手を洗い）して、（愛）宕山下の邸に録す」

彼の心境は、以下の詩からも察せられる。長い題に「私の性格は、酒を愛して乱れることがしばしばであった。かつて一たび酒飲を断ったが、月ならずして弛んでしまった。この春、ついに（肥後藩士・小姓頭・江戸詰）小坂九郎と約束して意を決して酒を厳禁した。この約に背かざることは江河（大河）のごとくならん。詩を賦して心に銘す」とあって、

阿母は神明に祈り　阿兄は飛鴻に託す
千里　何の憂ふるところぞ　唯　酒　この躬を誤るを
生平忠孝の志　一事何ぞそれ蒙なる（はっきりしない）
これを思へば酔の醒めたるがごとく
萬箭（たくさんの矢）胸にむかって叢がる
泣血天地に謝す　不孝の罪　窮りなし
今より厳に禁制し　誓ってすでに始終を保たん
伏して願はくは母・兄の心　幸いに少しく憂衷を安んぜよ
詩を賦して心肝に銘す　三十二の春風

やはり、母や兄に対して申し訳ないという思いが一番、強かったのである。

逆境の平四郎に、うれしい話が、藤田虎之介より持ちこまれた。

「わが主より、貴公を小藩にて登用したいとの御意なれば、受けていただけまいか」

内心、躍り上がって喜んだ平四郎であったが、

「まことにありがたきお言葉でござりまするが、それがし、一旦、帰藩して処分を待つ身でござれば、その儀ばかりは、おうけするわけにはまいりませぬ」

ひたすら固辞する平四郎の存念を察した虎之介は、ようやくあきらめたのだった。

江戸を出発する平四郎は、「客舎壁上に書す」と題した詩を残した。住みなれた客舎を擬人化し「汝」と語りかける面白い趣向のうちに、遊学の成果をしめしている。

住み慣れし邸中の舎、発（出発）するに臨み小詩を題す
一年汝が主為り、豈別離を傷まざらんや
但し是れ人世の事、去留、何ぞ必ずしも期せん
譬へば雲の変態、集散、定時なきが如し
汝に謝す年来の事、来事俗と違ふ
在る時は夜更に坐し、読書思ふ所あり
心に会すれば之を文に編し、情に触るれば之を詩に屬す
或は大いに朋友を会し、議論、肝膈（心中）を披く
慨然たり天下の事、悲歌交もごも巵を把る
淋漓として意気揚れば、酔語四隣に馳す

会する者に俗客なく、多くは是れ天下の奇
奇才豈得易からん、心を殫くして新知に接す
究竟　是れ学士、交游遺れざらんと欲す
汝（客舎）に謝す年来の事、幸に此の生の癡を寛せよ

過酒による大失態で、国許に帰される平四郎だが、江戸遊学は貴重な体験となった。江戸という都を知り、何にもまして多くの人物に出会った。未熟であった平四郎の思想に、未来に飛躍する種がまかれたのだ。

第三章　実学党

一　はぐれ雲

「一片の孤雲去って、西に向かう……」

天保十一（一八四〇）年三月三日、失意の平四郎は、漢詩を一首のこし、数人の同輩に見送られて、内藤新宿駅から江戸を去った。三十二歳である。

「気を落とさずに」

「国許は貴公に好意的だ」

かれらに励まされて、平四郎は胸をはってカラカラと笑う。

「なんの、これしき！」

白雲がうかぶ弥生の碧空をあおいだ。

酒失という不面目によって、国許に追い返される。

〈おれは、あのはぐれ雲のようだ〉

江戸藩邸重役の悪意さえなければ、穏便な処置にとどまったかもしれないが、そもそも長岡監物の政敵の前で失態を演じたのは自分である。情けないが仕方がない。

しかし、平四郎はめげていない。これは天性といえた。

五尺（一五一・五センチ）に足りぬ小躯ながら、その身には、はち切れそうな力がみなぎっていた。

日本国の中心たる大江戸で、一流の人士と交際し、刺激され吸収した養分が、発酵し充満しつつあった。

〈水戸の藤田虎之介のように、おれも藩政改革につくしたい〉

熊本に戻って処分を待つ身が、「何をたわごとを」といわれそうだが、平四郎の胸には火のような情熱がたぎって、いかんともしがたくなっている。

彼の遊学の念願のひとつは、諸国の実情を視察する「観風」にあった。何事もなかったら、二月には水戸に遊学し、五、六月からは仙台、会津、米沢を観国する計画であった。それらが水泡に帰したのは残念だが、帰路もまた、その絶好の機会である。

たとえ、敗走するような身であれ、初志を貫徹するのだ。このため、往路とは道をかえて、まず甲州街道を甲府にとったのである。そこから中山道にはいる予定だ。

途中、甲府勤番の旗本に、江戸で肝胆相照らした友がいる。長野清淑である。彼と再会するのも楽しみであった。

ふたりの交わりは偶然だった。

初めて長野に会ったのは昨秋、秋色を深める十五夜のころ、江戸城の芙蓉(ふよう)の間、甲府勤番の控えの間である。

お互いにひとめ惚れのようなものだ。魂が共鳴したというべきか。意気投合して酒を呑み、その人格識見を知って、さらに親しくなった。

その名のように清廉、禁欲的な長野。それとは対照的に、酒も女遊びも、人間的欲望には逆らえない弱みのある平四郎とは違っていた。

一方、長野は長野で、なんともいえぬ活気に満ちあふれた平四郎と話すのが楽しかった。

平四郎は、旗本の学識のひどさに呆れていたが、清淑は違っていた。多くの書を読んで、とくに朱子学の造詣はふかく、平四郎は自分の浅薄さが身にしみた。

ある日、平四郎の史論を聞いて、こう指摘した。

「朱熹は歴史の解釈が厳酷だが、かえって平允（へいいん）（おだやかな）な解釈の方が、しばしば鉄案をとって翻（ひるがえ）す（歴史の真実に迫り得る）のではないですか」

意表を突かれた平四郎は、自分の歴史の見方を反省した。

長野は不遇である。

俗に「甲の府勤番、山流し」といった。不良旗本の左遷場所のようなところである。長野のように、上司に直言・諫言をも辞さず、賄賂なぞもってのほか、おもねることなき硬骨漢も敬遠された。

清淑は十月の小春日和に甲府に帰った。その後、音沙汰なかったが、平四郎が江戸をたつときいて、甲府から詩をつけて梨が贈ってきた。平四郎はむしょうに嬉しかった。

府中、日野、駒木野を過ぎ、小仏峠の急勾配をこえると、やがて甲府である。

長野清淑は、自邸を清風軒と名づけていた。

「いかにも尊公らしいなあ」

その清風軒で、心からのもてなしを受けて平四郎は癒された。一夜を心行くまで語り明かし、友とのたえがたき惜別の情を詩にこめた。

　説いて明朝は、万里の別れに至る
　百巵（盃）の酒、忽然と醒め
　人の代わりに燭涙すさまじく甚だし
　況や復び芭蕉に雨の墜つる声をや

甲府を発ち、韮崎から上諏訪、下諏訪に至り、中山道へ。それより深山幽谷の木曽路をいった。

「窮山深谷　別して天を為す……」

平四郎は興にのり、詩五首をものにする。

木曽路から美濃路にはいり、大井宿をすぎて、有名な難所の十三峠ではくるしんで、「十三阪を踰ゆ」と題して、こう詠じた。

　山行　苦だ山を厭う　山畳りて路彌窄し
　窮谷雲霧を起こし　峡水巖石を裂く
　人家は望めども見えず　盡（尽）日行客稀なり
　石怪しく虎の臥すかと驚き　林冥く日没するかと疑う

山鬼嘯（うそぶ）きて風あり　　陰気冷にして骨に入る

（後略）

難路に往生した平四郎は、道ばたの岩に腰かけて、懐旧の情にひたる。

〈昨春は、桑名の海上から遠く木曽の山をのぞんで、山水の景勝を想察して詩句をひねってみたが、今日はこれをこえて、かくも窮険の厄にあうとは思わなかったなあ……〉

「険路萬山谷又巓（いただき）」なる木曽路から美濃路へと十日も難渋してきて、太田宿にいたって、木曽川を渡った。

「オオッ！」

平四郎の眼前に、こつぜんと春光あまねき平野の風光がひろがった。ホッとした。

加納、美江寺、垂井を経て、関ヶ原へ。そこで、大坂城を出て戦った石田三成勢を嘲った詩が浮かんでいる。

さらに江州は摩（すり）（摺）鍼峠（はりとうげ）の頂上にある立場（休憩所）の望湖堂にあがって、琵琶湖の風景を賞したあと、草津をとおって京都についた。

その足で、昨秋、江戸で別れたふたりの友、益田君積と井上子柝（したく）を、二条の客舎にたずねた。平四郎は二人に誘われて西山に遊び、嵐山にゆき、「嵐山に到れば　花事正に闌（たけなわ）なり……」と七絶一首を賦した。処分されに国にもどされる身ともおもえない。爛漫の花に浮かれて、ゆうゆうと終日をすごしている。平四郎の神経はたくましい。北野天満宮でも古詩を捧げた。

数日を京都で楽しんだ。

二友は洛外まで見送ってくれた。

平四郎は、伏見より大坂へ淀川をくだる。

往路と同じく、大坂より海路をとり、何事もなく、兄左平太が郡代をしている鶴崎に到着した。

ゆるゆると旅をしたため、四月になっていた。

さすがの平四郎も、故郷が近づくにつれ、さっぱり詩想がわかなかった。兄や母に再会して、どういう顔をしたらいいのか、鬱々として、ふて寝するしかなかった。

江戸で多くのものを学んだ、そういう自負心も、母や兄、一族の悲歎をおもえば、急になえてくるのである。

船着き場で手をふる左平太がみえた。

「兄上!」

平四郎もこたえる。

「平四郎、元気で何より!」

あたたかい兄のほほえみにあって、平四郎は号泣した。

「バカ」

激発するところのある弟の肩を、兄はやさしくたたいた。

郡代の役宅で二日間、左平太のさりげない激励によって、少しは元気を取りもどした平四郎は、阿蘇路をたどって熊本城下へむかう。

龍田山の花の香、白川の水音、往路には心躍ったものどもが、なつかしいはずの故郷の景観が、どこか白々しい。

「おれもだらしがないな」

と、自身に活をいれたとき、

「横井先生！」

「平四郎！」

街道の遠くから、数人の人影が手をふって、近づいてくる。

「おお」

下津久馬（休也）、元田伝之丞（永孚）、荻角兵衛（昌国）らの、なつかしい笑顔であった。

平四郎は走った。久馬らもかけてくる。双方は顔をクシャクシャにして、手を取りあって再会を喜んだ。

咎をうけた平四郎である。その歓迎も、城下外れの某所で、ひそやかにおこなわれた。

そして夜、水道町の兄の邸宅の座敷で、厳母かずのまえに平伏する彼の姿があった。

「母上、誠に面目なく……」

「ほんに情けない、お前という人は」

幼いころから、ひたすら恐ろしい母であった。

平謝りの平四郎に、猛母の叱声が飛んだ。

二　逼塞

平四郎は、また兄の家の六畳間に居候の身である。しかも、無収入になった。世間には冷たい視線があったから、母に気がねして、おおっぴらに出歩けない。

久馬や元田らが、目立たぬようにたずねてくる。

平四郎がかたる江戸の土産話を、皆は興奮してきいた。

久馬がいった。

「ご家老は、お前を擁護されておる。大した処断にはならぬとおもう」

元田が、元気づける。

「澤村さまの前例もあります。大丈夫ですよ。だいたい、松井派の策謀がけしからんのです」

前述したが、澤村西坡は、平四郎より前に江戸遊学を命ぜられた人物である。気豪にして酒を嗜み、侠豪の徒と交わり、随意放縦、気に任せて人をみるので、暴虎の渾名を受け、帰国させられた。

その時の城下は「物論沸騰し、士林（藩士仲間）の棄斥するところ」となったが、平四郎によれば「寛もって意となさざるなり。日に南湖に釣り、塵世の外に脱然として欸乃（舟歌）漁歌もってその心志を楽しむ」うちに、さらに江戸遊学の恩命を受けたので、人は非難した。

だが、ひとり平四郎は澤村を擁護したことがあった。

しかし、平四郎の一件について、見通しは甘くはなかった。藩庁の裁きは、時間がかかった。

「どうなっておる?」

平四郎が久馬にきくと、

「穿鑿（せんさく）方の取調書は、監察（目付役）の遠山強彦から三月十一日に殿（藩主斉護）の閲覧に供されたそうだ」

そういう返事だった。

六月に、兄左平太が、病気を理由に鶴崎郡代を依願免となって帰ってきた。

「だいたい、お前が心配ばかりかけるから」

平四郎のせいだと母は責めたが、左平太は「関係ありません。私が蒲柳（ほりゅう）の質（たち）だからですよ」といなした。

兄弟は、久方ぶりに一緒の生活に戻ったが、どこかぎくしゃくするのはやむをえない。

部屋住みの平四郎は、またもや兄の厄介者である。

左平太は能吏だが、父に似て清廉な性格で、郡代になっても役得に手をそめなかった。いまは病気療養のため、無役となり知行百五十石、父の代よりさらに貧窮している。いよいよ肩身がせまい。

処分は、まだ決まらない。

秋になった。久馬が、

「八月十二日に目付役の白石次郎作によって、殿のご内意をうかがったあと、家老の内覧に供せられた。重役評議の結果をまつだけだ」

ようやく、十二月に、以下のような処分が決定した。

「横井平四郎
右の者、江戸へ遊学仰せつけ置かれ候うち、間々、過酒におよび候うちには、外向きにおいて、不都合の振捌（ふるまい）をもいたし、そのほか、おいおい不慎の儀もこれありたる様子、あい聞こえ、遊学差し越されたる候身分、別して不埒のいたりにつき、七十日逼塞仰せつけられ候事。」


友人たちの予想を上回る、重い処分となった。

過酒のほか、「不慎の儀」とは何か。江戸における他藩の士との親交、そして平四郎のしゃべり過ぎが問題視されたか。

処分が決まった日、久馬らは、「七十日の逼塞は長すぎる」と批判した。

しかし、平四郎は、

「いやあ、七十日は短か。おれは学問をし直すたい。家にこもって誰にも会わんで、書を読んで考える。とても七十日では足らんばい」

カラカラと笑ったので、皆もつられて笑った。久馬がいった。

「お前は、ホンナコツ、よか性分たい」

平四郎は、六畳の一室に謹慎した。

門を閉じ、客を謝絶した。

「さーて、と」

見回す部屋の畳はやぶれ、壁も崩れている。襖もあちこち穴があき、半紙でふさいでいる。やぶれ障子からヒューヒュー、すきま風がはいってくる。

雨戸もない。藁莚（わらむしろ）を軒からつりさげて雨風をふせぎ、縁（えん）は青竹をたばねてあった。

部屋のなかで価値のあるものは、膨大（ぼうだい）な書籍のみ積みあがり、雑然と部屋中に散らばっていた。

平四郎は、やぶれ畳に仰向けに寝転んだ。しみだらけの天井板が不思議な風景にみえる。

ふと外に目をやると、井戸で、下男の茂助爺が水をくんでいるのがみえた。

「茂助！」

平四郎は庭におりて、「おれがくんでやるぞ」。

遠慮する茂助から水桶を取りあげた。

下男と女中がひとりずつ。雑用も多いから、居候の平四郎は、時には水をくんで台所まで運び、飯も炊いた。

兄嫁の清子が恐縮した。

何事につけ厳しい母は、兄の左平太が台所にやってきたりすれば「男子、厨房（ちゅうぼう）にいらず」とやかましいが、平四郎が手伝うぶんには、それが当然とおもっているようだった。

時々、家事を手伝うほかは、部屋にとじこもって書物を読むか、書きものをしている。寝ころがって天井のシミをにらみつけている。

「ウオー！」

時おり、大声でうなるので、若い女中のお静がオロオロする。

「キャッ！」

台所で、お静が悲鳴をあげた。

「すまん、間違えた」

平四郎が、通りしなに尻をなでたのである。

「モウ、なにが、間違えた、ですか」

平四郎をぶつ真似をして憤慨するお静だが、本気で怒ってはいない。平四郎がカラッとしているからだ。

勉学で根をつめたあとは、庭で刀を抜いた。

居合は、伯耆流免許皆伝の腕前である。

縁側からみていた左平太が、

「なまってはおらんな！」

「当り前じゃ！」

左平太は、時おり、弟の様子をのぞく。

「いまは何をしておる?」

「陽明学を考えておる」

しばらくたって、左平太が聞く。

「陽明学は、どうじゃ?」

「偏しておる。やはり程朱の書に求むるべきじゃ」

程朱とは、宋の大儒であった程顥(ていこう)(明道)、程頤(ていい)(伊川)、朱熹(子)のことだ。孔子、孟子の原点に戻り、聖人の道を求めようというのである。

「がんばれ」

左平太は、逆境をものともしない弟を頼もしくおもっている。ふと、部屋の中に目をやると、障子や襖、行燈にまで、「道就於用不是(道用に就けば是ならず)」という言葉が書いてある。

「これは?」

「程明道の句たい」

「どういう意味じゃ?」

「オイにもわからん。わからんが、何かを感ずる」

平四郎は、この句の意味を理解するのに足掛け四年かかった。

このころに、平四郎の門弟第一号になる徳富万熊(一敬)の次男健次郎(徳富蘆花)によれば、「平たくいえば、真理は第一義、ご都合でお茶を濁してはならぬ、という意味」だという。ちなみに長男は徳富蘇峰（猪一郎）だ。

ともあれ、中国二十一史（古代より元にいたる正史）に通じる平四郎という異才は、哲学的思索にめざめていった。

さて天保十二年春、逼塞もようやくとけて、友の往来もはげしくなった。

ある日、元田伝之丞がやってきた。

「先生、私は、菁莪斎（せいがさい）を退寮してきました」

「そうか、やったか」

元田は、平四郎の後任の居寮長になった柏木文右衛門に心服できなかった。寮内で孤立して、入寮後三年半たって、ついに退寮したのである。

しかし、学問をあきらめたわけではなく、菁莪斎の同室だった荻角兵衛（昌国）や居寮生だった薮三左衛門らと会読をつづけた。

元田は、しばしば平四郎をたずねて、消息をつたえている。

「荻さんが、先日来、大いにさとることがあったといいましてね――」

荻は、熊沢蕃山の『集義和書』と、『宋名臣言行録』に『孟子』の三書から、読んで感じた要点をぬきだして、元田にみせたという。彼もなるほどとおもい、それを抄録した。

「私も、いろいろと考えていますが……」

元田は、道理を求めて、荻生徂徠の『政談』や『鈐録』、熊沢蕃山の『集義和書』『集義外書』、そして『韓非子』『宋名臣言行録』などを通読したといった。

だが、結局、

「汪洋として、帰着するをえざるがごとしでした」

そこで、あらためて『孟子』を読んでみた。

すると、冒頭「梁恵王章句」にある「王何ぞ必ずしも利をいわん、また仁義あるのみ」や、公孫丑章句上篇にある「人皆、人に忍びざるの心あり。……人に忍びざるの心をもって、人に忍びざるの政を行はば、天下を治むること、これを掌上に運すべし」などの句をみて、

「忽然とさとるところがあったのです」

元田は、天下を治めるのは「吾が心の仁」にあって、外に求めてはならないということがわかった、といった。

それがわかってのちに、『論語』や『大学』を読みかえしてみると、みな符合しているではないか。

荻が三書を示したのは、ちょうど、そのころであった。

元田は、

「荻生徂徠の経世学は、政治と個人の倫理を切り離す点で、ダメだ」

とおもうにいたった。

彼が評価するのは熊沢蕃山で、「その経国は王道であり、その学の蘊蓄の測るべからざるを敬慕し

ている」と平四郎につっげた。そして、

「孟子を読んで、進んで聖人の書を学ぼうと志を立てたのですが――先生は、どのようにお考えですか?」

ときいた。

平四郎は、元田にいった。

「君らの考えに賛成だ。下津もそういうだろう。ともに朱子学をやろうではないか」

その言葉に、元田も荻も、大いに勇気づけられた。

さきごろ、平四郎は、ブラリと下津久馬をたずねている。

天保十年に、平四郎の一件で責任をとって、奉行を辞めさせられた久馬は、勤めから解放されてのびのびとし、交際も多くなり、酒もずいぶん呑むようになった。

その後、復活して番頭、大奉行などの要職をつとめたが、このときはまだ、乗馬を楽しみ、弓術に気を晴らし、詩を作り、書を習い、李白ではないが、ずいぶん気ままな暮らしをおくっていた。

「結構なご身分だな」

平四郎が、よくからかった。

だが、久馬は、どこかむなしかったのである。

自室で何気なく『論語』を読みかえすと、「ムム」、いままで気づかなかったことが多々あるではないか。

「そうだ、やはり『論語』だ」

快然としてさとった久馬は、鎌田苔次をまねいて、日夜、『論語』の講読をはじめていた。

鎌田は時習館の訓導のあと目付をつとめたが、嫡子の新一郎が天保六年に起きた伊藤石之助・大塚千之助の乱にくわわったため、役を免ぜられ逼塞、のち隠居している。篤学謹行の人として尊敬された。

そこへ、平四郎がきて「朱子学によって聖人の道を学ぶ」といったのだ。

大いに盛りあがった話をすると、元田、荻のふたりも「下津先生もご同様のことをお考えであったか」と感激し、ともに会読する機会が出来た。

三　時務策

天保十二(一八四二)年の秋である。

平四郎は、いつものように久馬の家をたずねた。

「ところで、これをみてほしい」

平四郎が、風呂敷包をあけて原稿をわたした。

「うむ、時務策とな」

久馬がジッと平四郎をみた。

「これを監物さまに、おみせしたいのだが」

逼塞がとかれたとはいえ、藩庁には平四郎にたいする根深い悪感情がある。

彼が直接、提出する機会はない。また、できたにしても、まともに取りあげられる可能性はない。

久馬がパラパラと頁をめくっていく。こう書いてある。

　天・節倹の政を行うべきこと
　地・貨殖の政を止むること
　人・町方制度を付ること
三本柱の献策書だ。

「太平二百余年におよび、風俗自然に凌夷（陵夷＝ものごとが次第に衰えること）して、紀綱法度弛み乱れ、素朴倹約の政行なわれず、世の中奢美に流れ行き……」

格調の高い文章がつらねてある。久馬はじっくりと読みはじめた。

かねての持論が展開されているが、酒を呑んでの大言壮語とはちがって、あらためて文章になると、また重みもでてくる。

久馬が声をだして読みはじめた。

「すべて、これまで仰せ出でたる節倹は、上のご難渋によりて、諸事お取り締まりにおよばれ、御家中、手取り米を減ぜられ、または町在（町といなか）に懸け、寸志銀を取らるる道行（次第）にて、一口にいえば、上のご難渋を下より救い奉るゆえに節倹を行わせらるると言い筋にあたり、これは節倹というにてなく、聚斂（過重の租税をとりたてる）の政というものなり」

これまでの節倹は、藩の財政が苦しいため、家中や民に倹約を強制して、余裕分を少しでも藩庁が取り上げようというもので、それでは聚斂の政治だ、との主張である。

久馬が目をあげて、平四郎をみていった。

「厳しいな」

平四郎がニヤリとした。久馬がつづける。

「聖人の道の節倹は、上下持ち合い、不便利に暮らし立ち行きつくることにて、いささかも上一人の便利を謀る筋合いにはあらざるなり……そのとおりだよ」

真の節倹は、官府に利す心を捨て、一国の奢美を抑えて士民ともに立ち行く道をつけることだから、上だけの便利をはかる筋合いではないのだ。

久馬は読みすすむ。

「うむ、地・貨殖の政を止むること、か……国計取扱の道は、『礼記』の、入るを計り出を制すの一句にありて、すべて産出あたりの釣り合いをもって出方の幅を縮め、一国上下節倹の道を行うべきこと、これ聖人治国の本意なり。産出の幅、釣り合わぬとて、出方の幅を縮めずして、貨殖の扱いをなし、償を外に取りて不足を補うは、これ聚斂の者の仕事にて、士民の心を失う第一の悪政なり……」

肥後藩では、十八世紀半ばにおこなわれた細川重賢の「宝暦の改革」いらい、藩営の金貸業で収入を確保することがはじまった。

この貨殖の利政が、「今日の大弊害の本を開いた」と、平四郎は主張するのである。

官府を富ますのではなく、士民の利益になる道を世話するのが富国の道なのだから、それに反する貨殖の筋はいっさい撤廃しなければならないではないか。

そう考えたのは、むろん平四郎ばかりではない。

諸役所が、藩士や領民に積極的に拝借金を貸しつけては利子をとる貨殖政策は、かねて識者には評判が悪かったのである。

「御役人の面々、貨殖の扱いを国政の第一義に心得……あるとあらゆる利を括り取り、刀筆（書記。小役人を侮っていう）の小役人ども、その風筋を仰ぎ、毫毛（ほんの少し）の利も余さぬように手をつけ、またご郡中は会所々々にて集銭をもって田地の質入れ、年貢の立払に貸付け……一国を挙げて聚斂の利政に因み、ご家中は大抵、無手取りになり、町在は利息の取り立てに苦しみ、あるいは家蔵を封印し、又は田地を引き上げ、渡世を失う者甚だしき……」

久馬は、夢中で読み上げていく。

「櫨方・平準方・蝋〆（締）所を崩し取り払い、小物成方は元来、国初よりご軍用のお貯にて、ご知行ならびに受藪代等入金を仰せ付けられ、大切なる処なれば、そのままに致し置き、一切、ふやし方をあい止め、入るところの米金を厳重に納貯うるまでにあい極め……ご郡中会所々々の振出金も同様……貨殖の筋いっさい御止方仰せ付けらるべき……」

読み終わった久馬が、平四郎に笑みを投げかけた。

「よう書いたぞ！　平四郎。要は第一に、これまでの節倹令は、上の難渋を救うためだけの聚斂の政であり、藩主・藩庁が率先して節倹すべきこと。第二に、諸役所が藩士や領民に積極的に拝借銭を貸し付けては利子をとる貨殖政策を禁止すること。第三に、城下町の風俗を正し、奸商を取り締まるため、町方分職奉行の指揮とは名ばかりで、実際には町方根取（総務）が支配している城下町に、町奉行を復活させせよ――そういうことだな」

「頼みの綱はご家老だ」

「よし、わかった。しかし、この献策はまた守旧派を警戒させる。これは宝暦改革を、霊感院さまのご事績を批判しているわけだからな」

「いや、おれは宝暦の改革をすすめた堀平太左衛門さまは尊敬しとるたい。いまは、堀さまの志が生かされておらんのじゃ」

久馬は表情をひきしめた。

この献策の論理は、経験主義的な徂徠学の色がある。荻生徂徠は朱子学を、事物に即しないで、「意」や「理」にもとづいて古典を解釈する方法として批判したが、平四郎は朱子学こそ聖人の道を求める原点だと考えはじめている。その思考もゆれているのだ。堀平太左衛門の評価にも、それがうかがえる。だが、消極的な政策ながら、上ではなく下を利するのが、本当の富国であるという「小楠思想」の萌芽がみられるのは確かだ。

久馬は平四郎とともに、長岡監物邸に出むいた。

『時務策』をみせられた監物は、少なからず衝撃を受けた。一万五千石の小大名級の世襲家老の視線からはなかなか気づかない、下からの批判をみとめたからである。

監物は、その年の十二月、

「同志の先覚を会し、一夕、道を論じ、談学の字におよび、偶々（たまたま）大いに感発するところありて、たちまち既往三十年の非を悔悟し、汗流れて背を浹（しょう）す」

と書いている。それには、この『時務策』のことがあった。

「あいわかった」

監物は快諾し、平四郎の献策を自らのものとして藩に提出した。それにこたえて、時間はかかったものの、翌天保十三年暮れに、藩庁は若干の制度改革をした。

すなわち、十一月に、平準方と水前寺蝋〆所を櫨方に統合して、複雑な貨殖機関の整理をはかった。また十二月、新町一丁目町会所を寺社町奉行所として、町方分職奉行を日勤させることにした。それまで根取まかせであった城下町支配ではなく、いわば奉行の陣頭指揮制としたのである。

平四郎の献策が、少しは活きたのだった。

とりあえずは、満足せねばなるまい。


平四郎や久馬に、元田らが接触を深めていたころだ。

久馬がきて、平四郎につげた。

「監物さまが、『通鑑（つがん）綱目』の会読をされたいそうじゃ。とくに平四郎は歴史がことのほか得意ゆえ、いろいろ教えてもらいたいというておられる」

平四郎は、すなおに喜んだ。

「ちょうどよい機会ではないか。監物さまは、朱子学にご造詣がふかい。この際、みなでおしかけて、ご教示をたまわろう」

『資治通鑑』は、宋の司馬光が、英宗の詔を奉じて撰した史書で、周の威烈王から五代の終わりまで、千三百六十二年間の歴代君臣の事跡を編年体に編纂したものである。

これを宗の朱子（熹）らが綱（大要）と目（詳注）に分類して編集したのが『通鑑綱目』だ。

監物は山崎闇斎派（崎門学派）の朱子学をやって経学に通じていたが、歴史は得意ではなく、きちんと学びたいと思うにいたった。

一方、平四郎は、史学は得意でも経学に通達できていなかった。いま、久馬や元田、荻らとともに朱子学を本気で学ぼうとする平四郎は、本格的に監物に教えを乞うことになった。

平四郎は元田に、こういっている。

「大夫（長岡監物）史学に乏しきをもって、吾儕（われわれ）を招いて学友となす。その志（こころざし）優なり。吾儕未だ経学に達せず。何ぞ大夫に就（つき）て経（学）を講ぜざるべけんや」

彼らは『通鑑綱目』と『近思録』の会読から始めた。

『近思録』は、朱熹と呂祖謙が、先輩の周濂渓（れんけい）、程明道（ていめいどう）、程伊川（いせん）、張横渠（ちょうおうきょ）の著述からとってえらんだものである。

監物の屋敷の書院には、平四郎、久馬、元田、荻が定期的にあつまるようになった。

のちに元田は、「この五人の会が、実学党の始まりである」とのべているが、次第に監物の私塾の参加者はふえていった。

監物の日程表をみると、たとえば天保十四年の三月は、五の日が朝、『通鑑綱目』、横井（平四郎）列会、ただし二十五日は馬事があって休会、九の日は夕方に『近思録』、尾藤（助之丞）列会、十の日は朝、横井列会——と月五回である。

月十回、二十回、あるいは隔日、毎日という月もあった。

彼らは真剣だった。

議論は白熱することもあるが、難しい経義につきあたったり、時事の解説が困難だったりするときには沈黙が支配する。すると、

「それはですな」

いつも、当意即妙、人の意表を突くような発言をして、局面の打開をはかるのが平四郎で、それに思慮ぶかい賛意をしめすのが久馬だった。

そうして一同の議論のあとに、監物が道理をもって結論を確定し、落ちつくのであった。

彼らがめざしていたのは、「中国古代の堯舜の道」「聖人による理想政治」である。

「徂徠学が政治と個人道徳を切り離し、政治は政治、個人は文辞に遊ぶようにしたところに起因する現実政治の堕落・腐敗がある」というのが、彼らの認識にあったのだ。

会読が、どういうふうに行なわれたかは、元田が書いている。

「……治国安民の道利用厚生の本を敦くして、決して智術功名の外に馳せず、眼を第一等に注け、聖人以下には一歩も降らず、日用常行孝弟忠信より力行して直ちに三代の治道を行うべし。これすなわち堯舜の道、孔子の学、その正大公明真の実学」

と格調が高いのである。

しかし、

「世の人で、これを知る者は鮮い。俗儒者は記誦詞章に拘泥して、おのれを修め人を治める工夫を知らない。政にあずかる者は、法制禁令の末を把持して治国安民の大道を知らない。漢儒以後、謬伝してその道をうしない、宋にいたり、周・程・張・朱初めて千載不伝の学を得て、しこうして後末、能くその真伝を得る者は幾希なり」

そういう中で、指針とすべき人物は誰か、といえば、

「吾邦の学、古昔は論ぜず。慶長以後、儒者輩出すといえども、修己治人、道徳経綸、真に道を学び得たるは熊沢（蕃山）先生にして、そのあとは吾藩の先輩大塚退野・平野深淵先生のみ」

彼らが評価したのが熊沢蕃山であり、肥後では大塚退野、平野深淵である。時習館の初代教授、秋山玉山は徂徠学派で、朱子学の大塚・平野は反主流派として用いられなかった。しかし、いまや難問山積する現状を何とかするためには、徂徠学的な宝暦改革の尾をひく肥後藩政や、時習館の学風は変えなければならないのだった。

自分たちがこの「実学」を覚得したのは、「独一身の幸のみならずして一藩の幸、また天下の幸であっ

た」と彼らは自負した。

注意すべきは「実学」の意味である。この言葉は平四郎らだけのものではない。多くの学派が「実学」であると主張した。以前の学問は空理空論の〝虚学〟であり、自分たちの学こそ実学であるといって否定したのである。もちろん、実際の改革、現実の打破に役立つ学問でなければならない。

この場合、とりあえずは徂徠学の否定であろう。実学党の実学、さらに小楠の実学がどういうものになるか、まだわからないが、ともあれ、会の中心人物である長岡大夫（監物）は地位も高く、学徳ともにそなわっている。そういう人物を擁するこの状況を拡充して一国におよぼし、さらに天下におよぼすは難しいことではないとおもわれた。

「しかし、その効を求めるのは即功名心であって、最もまさに痛く戒むべきである。唯、勉めて己の知識を進め、己の心を正しくし、その気質を変化して、各聖賢の地位にいたるべきである」というので、みなみな相互に切磋琢磨して、その知見のいたらないところを進め、その意思の誤るところを正し、その気質の偏向したところを開き、ことごとく則を古聖賢の言行に取った。その克己力行・講学求道は、それぞれの地位や、その性質によって、切実の工夫をするよう、勉励したのだった。

四　実学党

天保十四（一八四三）年春であった。

長州に旅した荻角兵衛が帰国して、平四郎たちに、

「これぞ、名君と思われる」

一冊の言行録を差し出した。

長州藩主で、天保七年に二十三歳の若さで死んだ崇文公（十二代藩主毛利斉広）の言行録「見聞私記」だった。

平四郎らは、それを読んで感嘆した。

「崇文公は、けだし、大賢の資をもって、篤く聖人の道を信じられた。民を治めるには、必ず身を修めるのが本であり、身を修めるのは必ず、閨門（統治者）より始めなければならないとわかっておられた。だが、惜しいことに在位は、ひと月にも満たなかった」

その冬、平四郎は「題見聞私記後」と題する感想文を大意、こう書いた。

「方今（現今）の天下に盛んな列藩をみれば、一、二の名公がないではない。しかるに、みな私智にまかせ、あるいは気節（気骨）をもって志をなし、あるいは功名をねらったものである。一時的には藩政が振興するようでも、実は秦・漢以下の邪道をふんでいるのだから、とても貴ぶに足るものではない。孔子はいう。之を道びくに徳をもってし、之を斉うるに礼をもってす、と。徳礼は治をなすゆえんの本であり、徳はまた礼の本である。これにもとづかずに民を治めたのでは、あるいは速効があるかもしれないが、あとで必ず害が出てくる。

徳川太平三百年、天下三百諸侯、これだけ年月がたち、これだけ藩の数があっても、聖人の道を信じ、本当に吾が身を修めた徳で民を治めたのは米沢の上杉鷹山公だけである。だから鷹山公の没後でも、その徳業は民心に深く染みて忘れられない。これが本当の聖人の政治なのだ。徂徠学的な功利権変をもって民を治めては、政治をやればやるほど弊害が大きい。それを、いっこうに悔悟しないのはどういうわけだろうか」

この時点で、平四郎の思考には徂徠学的な要素はもうない。朱子学の立場が鮮明になっている。

天保十五年（十二月五日より弘化元年）正月二十日のこと、長岡監物は上書「御内話之覚（おぼえ）」を藩主細川斉護に提出した。

「文武芸の儀、近年年々に人数あい増し、形をもって見申し候えば盛んなるの極とも申すべきや、しかるに実学・実芸の人と申し候ては絶えてござなきほどのことにて、ここより申し候えば衰えの極とも申すべきか、かくのごとくなり来たるゆえんを尋ね求め候えば、新知の面々、跡目相続、芸術をもって御取り扱いにあい成候、宝暦の御良法、……近年手数のみのご誘掖（ゆうえき）筋、繁多にまかりなり、どうもすれば御銀を下し置かるるの、役付仰せ付けらるるのと、すべて利誘の筋にのみ陥り、……」

つまり、「文武の儀は士人の当然の職務」であるはずが、「跡目相続や報奨金・役職のための利益誘導の筋に堕落している」と指摘し、その弊を改めて時習館の風紀を一新すべきことを強調した。この上書で、はじめて「実学」の語をもちい、彼ら「実学党」の党名の由来になった。実学とは、ほんとうの学問、実践の学という自負である。

ところで、天保八年以降、時習館の改革をしようとした第十代藩主の細川斉護は、宗家の出身ではない。

文化二（一八〇四）年、支藩の宇土藩三万石・第七代藩主細川立之（たつゆき）の長子に生まれ、文政元（一八一八）年、父の死で家督相続し第八代藩主立政（たつまさ）となった。

ところが宗家第九代細川斉樹（なりたつ）に嫡子がなく、跡目を将軍家斉の子にしようという声が藩内にあがった。しかし、長岡監物の父是睦は「細川家の正統が断絶するにしのびない」と反対して宇土支藩からの継嗣を主張し、文政九（一八二六）年二月、立政は斉樹の養子となり宗家を家督相続して斉護と改名し、宇土藩は弟の行芬（ゆきか）に相続させた。その意味で斉護は長岡監物を信頼するかたむきがあったのである。

肥後藩では、筆頭家老職の松井家と次席家老職の長岡（米田）家の対立があり、支藩からきた斉護には、重臣たちに対する遠慮があった。

斉護は両家の融和と藩内一致が必要と判断し、人事の均衡をはかろうとするが、かえって藩内が二つに割れる誘因となった。

こと時習館改革では、斉護は、松井式部（長岡佐渡）より長岡監物の能力と熱意に期待したものの、一度は挫折してしまった。

「今度は、実学によって改革をはかりたい」

と監物は藩主にのべた。

監物の上申をいれた斉護は、同年七月、ふたたび監物を文武芸倡方に任じ、時習館の総指揮をとらせることにした。

「実学の思想が実現できるぞ」

平四郎らは素直によろこんだ。

監物は新方針で、

「時習館の教育は、詩文学偏重ではなく、実学実芸、実践倫理である儒学が必要である」と強調した。さらに翌八月に、藩主の直書にそえて、教授・助教に訓示し、また十一月には学校目付にも訓示した。そこでは、学問の内容以前に、時習館の規律指導が要求された。天保六年におきた伊藤石之助らの一揆の再発は未然にふせがなければならないのである。

上下の別・長幼の礼を重んじ、自然と礼譲（れいじょう）の風にいたらしめることを目標とし、凌虐不遜（りょうぎゃくふそん）をもって勇気ある態度と誤解している弊風を改めるべく、教導に己をつくす覚悟で、平素のみずからの言辞応接に注意し師の威権の回復に努めよ、と強調したのである。

元田はこれについて、「実学の一藩に行なわれんとするの機会」と題して、

「長岡大夫の建議するところ、文武の道を興隆し、礼譲の風を誘導し、疎暴浮薄の俗を更（あらた）むる等、皆公（藩主細川斉護）の嘉納するところたるをもって、ついに学校教授および武芸の師範に教諭書をしめし、大いに更張するところあらんとす。これ実学の一藩に行なわれんとするの機会にして、余（私）また自ら謂（おもえ）らく、聖賢また遠からず進んで不息（やまず）、果していたるべし」

と期待している。

監物による時習館の旧弊刷新の動きとともに、五人で始まった実学の会はますます盛んになってい

く。

ひとつは時代の動きである。

天保十二年五月十五日、老中首座水野忠邦によって主導された幕府の天保改革が、将軍家慶の上意をもって幕をあけた。

享保・寛政の改革を模範とし、その政事を復古する仁政をめざしたが、要は崩壊の危機にある幕藩体制を立てなおすため、財政再建をはかるものだった。

実学をもって藩政改革をめざす監物の存在は、にわかに大きくなった。

この動きに対しては、当然、藩政主流派の松井派が反発を強めた。

そして、斉護が憂慮したような、藩政中枢部を二分しての争いに発展していった。

このころから、監物や平四郎らの一党は「実学派」「実学連」「実学党」などの名称でよばれる一方、主流派は「学校党」「反実学党」などといわれるようになった。

天保十五年、藩政主流派の学校党が、ひそかに内偵した実学党参加者ないし賛同者の推計などをみてみると、藩士だけで四十七名を数えた。

これには、禄高千石以上が十四人もおり、役職も家老の監物をはじめ中老の大木舎人(とねり)・備頭の尾藤助之丞、当時は無職だが家老の家柄の松野亘、備頭・留守居大頭・大目付等を歴任した藪家の子息の藪三左衛門、奉行・稲津久兵衛、同副役上野十平、番頭・下津久馬・志水新丞・三宅藤兵衛・長谷川十之允、その他、錚々たる顔ぶれであった。

これより先の天保十四年、病のいえた兄の左平太は天主方支配頭当分、続いて本役になった。兄の役付き栄転で、藩の慣行として「御用あり」と唱えて縁家、同僚、朋友、知己を招き祝宴が開かれた。このとき、平四郎は接待役を引き受けて、みごとな采配、芸達者ぶりをみせ大勢の賓客を歓待し、大いに面目をほどこした。

「僻物(ひがもの)に案外の才覚よの」

日ごろ、平四郎を嫌うやからも、そんなことをいった。

横井家には、久かたぶりに明るい気分がもどってきた。

そして、平四郎は「われ、これを得たり！」、悪戦苦闘、試行錯誤の思想遍歴も、ようやく実学に方向性を見出していた。

そのころ、平四郎を徳富万熊（一敬）という青年がたずねてきた。

葦北(あしきた)郡佐敷(さしき)の惣庄屋の長男で、彼の母は、葦北郡津奈木(つなき)の徳永家の娘である。その徳永家から熊本の武士の不破家に養子がはいっているが、平四郎の兄左平太の妻清子は、不破家当主敬次郎の二女である。そういう縁続きがあった。

万熊は、まず近藤英助（淡泉）の塾で勉強し始め、不破家や横井家には、若い叔父の徳永一瓢(いっぴょう)とともに遊びにきて、ご馳走になる機会もおおかった。

平四郎が時習館の居寮長になった日の夜、十七歳だった万熊と一瓢は、横井家の玄関に寝かせてもらいながら、襖ごしに横井兄弟のしんみりした寝物語をきいて感動したことがある。

万熊は平四郎を尊敬していた。ところが、その敬愛する人は江戸遊学を酒失でしくじり、無念の帰国をした。逼塞がとけて、ふたたび活動をはじめた平四郎をたずねた万熊は、

「ぜひ、内弟子にして下さい」

そう頼みこんだのである。

「わしでいいのか？　知っての通りの部屋住みで貧乏暮らし、お前の寝るところもないぞ」

「もちろんです。私は先生ほど素晴らしい方にまだ巡りあったことがありません。淡水先生なぞ問題ではありません。私はこれまで学問をしてまいりましたが、この歳をすぎて、いつまでただの本読みでおるのかと情けないおもいでおりました。心機一転、学問をやり直したいとおもいます」

押しかけ弟子の熱気に負けて、平四郎は万熊を内弟子にした。

寝る場所は、三畳の下男部屋に茂助の迷惑をかけることになったが、茂助はこころよく好学の青年を歓迎した。万熊は感激した。

弟子をとることにした平四郎の教授方針は、

「道徳は経国安民の本(もと)にして、而して(しこう)知識によりて進む。これゆえに孔門大学の教え、格物致知(かくぶつちち)（朱子学では、後天的な知を拡充［致知］して、自己およびあらゆる事物に内在する個別の理を窮め、究極的に宇宙普遍の理に達する［格物］ことをめざす）をもって先とす。己れを修め人を治める内外二途の別なし」

という点に要約される。

一番弟子の万熊は、すぐ下の弟の熊太郎（一義）、その次の弟で江口家に養子に行った純三郎（江口高廉）、さらにその次で母方の徳永家へ養子に行く郡太と、三人の弟を次々に平四郎の弟子にした。

万熊に矢島源助という心友がいた。

近藤塾の同輩で、中山の惣庄屋の矢島忠左衛門直明の長男である。親同士が昵懇のうえ同年だったふたりは仲がよく、万熊が平四郎に入門すると、源助もただちに入門した。

ふたりの性格は、万熊が謹厚なら、源助は鋭敏であった。

源助は、妹の順子の夫で、米相場でしくじり養家を破産させて流浪していた竹崎律次郎（茶堂）を平四郎の門に誘った。

しかし、竹崎の実兄は、時習館の試験で士分にとりたてられた俊秀の木下眞太郎（犀潭）であった。平四郎より四歳上の兄が、江戸遊学時代、平四郎と絶交したことを知っていた。

その兄には負けないつもりの竹崎は、たった三つ年上の平四郎に教えをうけるのは面白くおもわなかった。それでも、源助の真剣さに動かされて平四郎に会い、そのほとばしる英気にうたれて、ついに弟子になった。

阿蘇郡の布田で再起の道を歩み始めた竹崎は、五里の道を平四郎の塾まで、月に三回は通うようになった。そして養家の竹崎家の義理の息子新次郎も門に入れた。

徳富万熊、矢島源助、竹崎律次郎の三人は門人中の最古参、いわば小楠堂の鼎の三足ともいうべき存在となった。

人物の鑑識に鋭いものがあった平四郎は、彼らの教育にあたって、こう評している。

「竹崎は器用すぎて、考えが深くおよばぬ。徳富は考えが綿密すぎて、決断がたらぬ。矢島は不凡で眼もみえ果断だが、後がつまらぬ」

初期の門人は、彼ら豪農・郷士の子弟たちであった。

なにぶん平四郎は、藩の主流派から憎まれた存在だから、藩士の子弟は、なかなかその門をたたけなかったのである。しかし、彼の名が高まるにつれて、藩士や他藩からも入門者が増えてくるようになった。

草創期にいち早く入門したのが、柳川藩士の池辺熊蔵（藤左衛門）である。

藩校伝習館の訓詁学に不満の彼は、かねて肥後藩の時習館改革に注目し、平四郎が塾をひらいたことを知るや、熊本にやってきた。

池辺によって柳川藩に導入された平四郎の実学は、肥後学と呼ばれて定着し、同藩中の有志輩の十中七、八は肥後学派に帰依していたといわれるほどになるのである。

ともあれ、家塾が誕生して自立の拠点ができ、実学党の活動もさらに熱をおびた。

教授の謝礼が入るようになったのは大きかった。

謝礼はまちまちで、万熊は、年末に兄弟各ひとりにつき十両をおさめた。竹崎律次郎と新次郎は米三、四俵をもってきた。

これで、部屋住みの遠慮は、ずいぶん緩和できる。厳母の機嫌もよくなって、孝心あふれる息子はすこし安堵した。

なにしろ、それまでは大好物の酒も、無収入のうえに謹慎していて、おおっぴらには呑めなかったのである。

こういう話がある。

平四郎は、ある日、とうとう我慢できずに神棚のお神酒を盗み呑みした。いつばれるか、と思ったが、母のカミナリも落ちない。それどころか、呑んだはずの酒が全然、減っていないのに気づいた。

〈ハテ?〉

それをいいことに、しばしば盗み酒をしていて、ある日、気がついた。兄嫁の清子が姑の目をさけて、減った分だけ、そっと後から後から注いでおいたのだった。平四郎は兄嫁に頭が上がらなくなった。

五　小楠堂

弘化三(一八四六)年七月に、兄左平太は、精勤ぶりを賞されて座席が組頭列に進んだ。横井家は暮らしに余裕ができて、水道町から相撲(すもう)町にひっ越した。

邸内に十二畳の一室を建築して、それを平四郎の居室兼諸生会読の場とした。さらに、弘化四年三月、そまつな普請だが家塾を新築し、「小楠堂」と名づけ、万熊ら二十余人の諸生を寄宿させた。

「小楠」は平四郎が敬愛する楠木正行(まさつら)からとったもので、のちに「小楠」と号し、これがもっとも世に知られた名前となる。平四郎三十九歳である。

小楠堂には自筆の「掟」がかかげられてあった。

礼儀を正し高声雑談致す間敷事

師範引廻しの申図違背致す間敷事

酒禁制の事

簡にして要を得た「掟」だが、「酒禁制」の一項は時習館居寮生のための四カ条の書札からとられた。自制、自虐かユーモアか。

相撲町の横井家塾は、にぎわった。

平四郎の講義は、教材に朱子学の原典をもちいながら、時事の問題をあつかうのでわかりやすかった。そして、門人たちに修身から治国平天下までを教授した。

師弟の間はむつまじく、講義の合間には囲碁に打ち興じた。勝負には師匠も弟子もなかった。

「待った！」

「たとえ先生でも、こればっかりはいけません」

「そこを何とか、頼む！」

だが、次の勝負では、形勢逆転。

「待った！」をする門人に、平四郎は、

「そればっかりはのう」

容赦しないのであった。

「コラ、バカモン！」

激しい性格の平四郎は、弟子が粗相をすると、癇癪（かんしゃく）をひんぱんに爆発させて、よく叩いたが、カラッとした爽やかな性格だから、後に引きずらない。

撃剣の稽古もあった。

「すごか！」

彼らが驚いたのは、平四郎の腕前であった。

「あのちっこい身体（からだ）で」

すさまじく動きが早いのである。弟子たちは必死にかかっていったが、ポカスカ撃たれて、

「マイッタ！」

「まだまだ！」

激しい稽古は続いた。

また畳のへりに、箸を立てて抜き打ちに二つに斬っては、弟子たちを感歎させた。

通ってくる弟子たちは、

「二、三里前から、足が軽うなる」

と通学のよろこびを話していた。これは素晴らしいことである。

しかし、ときおり、平四郎は狂的なふるまいにおよんで、みなを当惑させることがあった。

「オイ（おれ）は脱藩する！　脱藩してしまう！」

そんな叫び声をあげて、身悶えした。周囲はただただ、なぐさめるしかなかった。

肥後という閉塞的な世界。その窮屈な世界では、毛色の変わった人間はにらまれ、疎外される。

この鬱屈による激情は、平四郎が肥後にとどまるかぎり、これからの人生でも、たびたび爆発する。のちに沼山津（ぬやまづ）に閑居していたときにも、急に立ち上がるや、家人をよんで蓑笠をもってこさせ、それをかぶって門から飛び出した。

走りながら「オイは脱藩するぞ、もう、オイは脱藩してやるぞ」と叫んだ。しばらく走って、ようやく家人や弟子たちが追いつき袖にすがってひきとめた。

平四郎は我に返って「おう、心配するな。すまん、オイが悪かった。オイが悪かった」といい、家にもどって家人に酒をもってくるようにいいつけ、大笑して一気に大杯を呑みほした。

〈おれはもっと自由になりたい〉

だが、実行はできない。

その憂さを散じるのが酒であり、猟であった。

鉄砲撃ちも、投網も、釣りもうまかった。

屈託のあるなしにかかわらず、銃をかついでフラリと山にゆく。よく竹崎の家のある阿蘇の布田あたりまで遠征して、子鳩を撃ち、彼の家に何日も逗留した。

「万熊、網を打ちにいくぞ!」

夕方、平四郎が声をかけると、塾生らは、大喜びで支度をする。

師弟が網を肩にしていくのは、熊本城下から二、三里のところを流れ、島原湾に注ぐ加勢川の流域で、ここで夜をてっして網を打つのである。

「大漁ですね、先生」

平四郎も満足したころは、明け方になっていて、彼らは猟宿に戻り、持ってきた握り飯を食う。そして、ぬれた網を肩にして熊本へもどり、そのまま会読をはじめたりした。

ともあれ、苦心惨憺の実学の道は、確実な目標へ彼を近づけている。

弘化二(一八四五)年四月、平四郎は「感懐(かんかい)」と題した十首の詩を、友人たちに寄せている。たとえば、学問の基本的姿勢について、聖人にいたらんと志す熱き思いを、こう詠んだ。

書を読みて古人を見るに
反(かえ)って思う　志の高からざるを
前賢直ちに自ら期す
磨礪(まれい)(錬磨)何ぞ労を厭(いと)わん
汗血(かんけつ)(名馬)、鞭影(べんえい)に驚き
奔帆(ほんぱん)、雪濤(せっとう)を截(き)る

経営（功利）の心を消除し
超達すれば即ち人豪なり

また、肥後朱子学の先学である大塚退野を尊敬する真情を素朴に、こう詠（うた）っている。

吾は退翁の学を慕う
学脈（がくみゃく）淵源深し
万殊（ばんしゅ）の理に洞通（どうつう）して
一本此の仁に会す
進退を天命に任せ
従容（しょうよう）として道心を養わん
嘆息す　百年の久しき
伝習（でんしゅう）幾人かある

しかし、平四郎の精神が、かくも高揚するいっぽうで、実学党をかこむ形勢はにわかに不利になっていった。

幕府の天保改革が、士民多数の利害と対立して、怨嗟（えんさ）の声満ちるなか、江戸・大坂近傍の私領を収公する上知令にたいする反発を直接の契機に、天保十四（一八四三）年閏九月、水野忠邦が老中を罷免されて頓挫したのである。

さらに、翌天保十五年五月には、水戸の徳川斉昭が幕府より致仕謹慎を命じられた。失脚の理由は、調練で鉄砲の揃い打ちをしたことや、幕府に申し立てた財政不足が、それほどの急迫状態ではないと判断されたこと、蝦夷地支配をたびたび願い出たり、浪人を召し抱えたりしたこと等々であった。改革派の中心にいた藤田東湖・戸田蓬軒らも蟄居になった。急速な軍事力強化などが恐れられ、斉昭に対する大奥の反感もあった。

熊本の実学党は、かねて主流派から、

「水府藩士と意気相通じ、学風やや似たる」

などとみられていたから、排斥の動きはさらに強くなった。

「もしこの一派をして志を得せしめば、わが藩もまた幕府の忌むところとなり、その禍のおよぶところついに君侯の罪に帰するにいたらんも測りがたし」

というのである。

誹謗中傷が、とくに監物と平四郎にあびせられた。

弘化三（一八四六）年、藩主斉護は、世襲家老の長岡佐渡（松井）と長岡監物（米田）の対立を解消しようとして、支藩、御一門の斡旋を依頼したが、無駄であった。ふたりは互いに顔をあわせるのをさけて役所にも出勤せず、にらみあいをつづけた。両者の対立は泥沼化し、時習館の館生にも分裂がひろがった。

「放置できぬ」

斉護は、横目に監物の私塾＝実学党の実態を調べさせた。それによると、

「……博覧多識を忌み、詩作文章を卑しめ、四書ならびに近思録・朱子家訓あるいは近代の故先生にては大塚退野先生・森小斎などの語録よりほか取り扱いこれなく、会読の節は文義一通りざっとあい済まし、前後、物に譬え証拠を引くなどいたし候て、今日、諸生の授用にあいなり候話のみ多くこれあり、文義次第には古今ご政事の得失・お役人の善悪をも勝手に論説これあり、館中の学風は以前より俗学虚学、何先生は実学の罪人などと自賛毀他の話もこれあり候ところより、深く実学に立ち入り候面々は、講堂出席・諸先生の会読は固く禁忌にあいなりおり候よし……何様異躰の学風を、学校教官衆をはじめ笑止なることと嘆息いたし候」

これでは、実学党は「独善的徒党」の印象である。

報告を読んだ斉護は、監物に対し「私塾の生徒たちを学校へ出席させよ」と説諭した。

「形勢、利あらず」

監物は同年十二月、久馬、平四郎と相談し、

「佐渡こと政務筋に心を用い申さず……」

と、同僚の家老・中老を激烈に非難する上書を出して、

「ともに政務を議するにたえず！」

家老辞任を願い出た。

斉護は慰留するが、翌弘化四年三月、ついに辞任を認めた。

その翌月、「奉行など重職に実学党の者を任用するばあいは、事前に長岡佐渡（松井章之）へ伺うべき」との方針が打ち出され、藩の人事は松井一族が掌握して、公然と実学党は圧迫された。

世襲家老の家柄にして、先代に続いて家老職を追われた長岡（米田）家中は、沈鬱な空気につつまれた。

「ご家老を辞任に追い込んだのは、横井平四郎が悪かったからだ」

憤激する者が多く、「平四郎がやってきたら、斬り殺そう」と息巻いた。

このため、監物は家来たちをいろいろ教え喩し、

「どうしてもききいれなければ、一人、二人斬りすてる」

といったが、それでも心配で、一番近い荻角兵衛の家に、

「危ないから平四郎を家にこさせるな」

と急報した。

荻は「横井先生を説得できるのは伝之丞しかいない」と、元田に連絡した。

驚いた元田は、夜道を走って、平四郎に急をつげた。

「わしは懼（おそれ）んぞ！」

平四郎の意気や豪壮であったが、元田の必死の説得に従って監物邸に行くのをやめたため、大事にはいたらなかった。

平四郎が、

「ここにいたって動かざるは、お前とおれだけだ」

と、もっとも信頼を寄せた元田だったが、用人の父三左衛門が四月に、江戸から帰ってきて、

「長岡大夫さまの忠賢、一国の人物たるは、もとより論をまたない。しかし、その言行が当世にあわず家老職を辞されたのは、大いに君公の心に違却するところがあったからだ。君公に拝謁したところ、おまえの子の伝之丞は監物派のひとりだ。なんじ、心を労するならん、と懇々とはなされた。おまえは、しばらく実学をやめて、監物の会読にも出るな」

と説教した。

「臣子の道は忠と孝のみ」

である。元田は、進退極まった。

すぐには従えず、悶々とするうちに、心労からか、ひどい眼病にかかった。

一時は両眼ともみえなくなり、六月から交友を謝辞し、監物の門にもいかず、平四郎、久馬とも疎遠になった。

「余が一身を処する、誠に至難にして、未だもってその宜しきを得ず、独自反顧して道に造ること能わざるを愧づるゆえんなり」

元田は苦悩した。

結局、定期的な監物の会合は、中止のやむなきにいたったのである。

第四章　英気満々

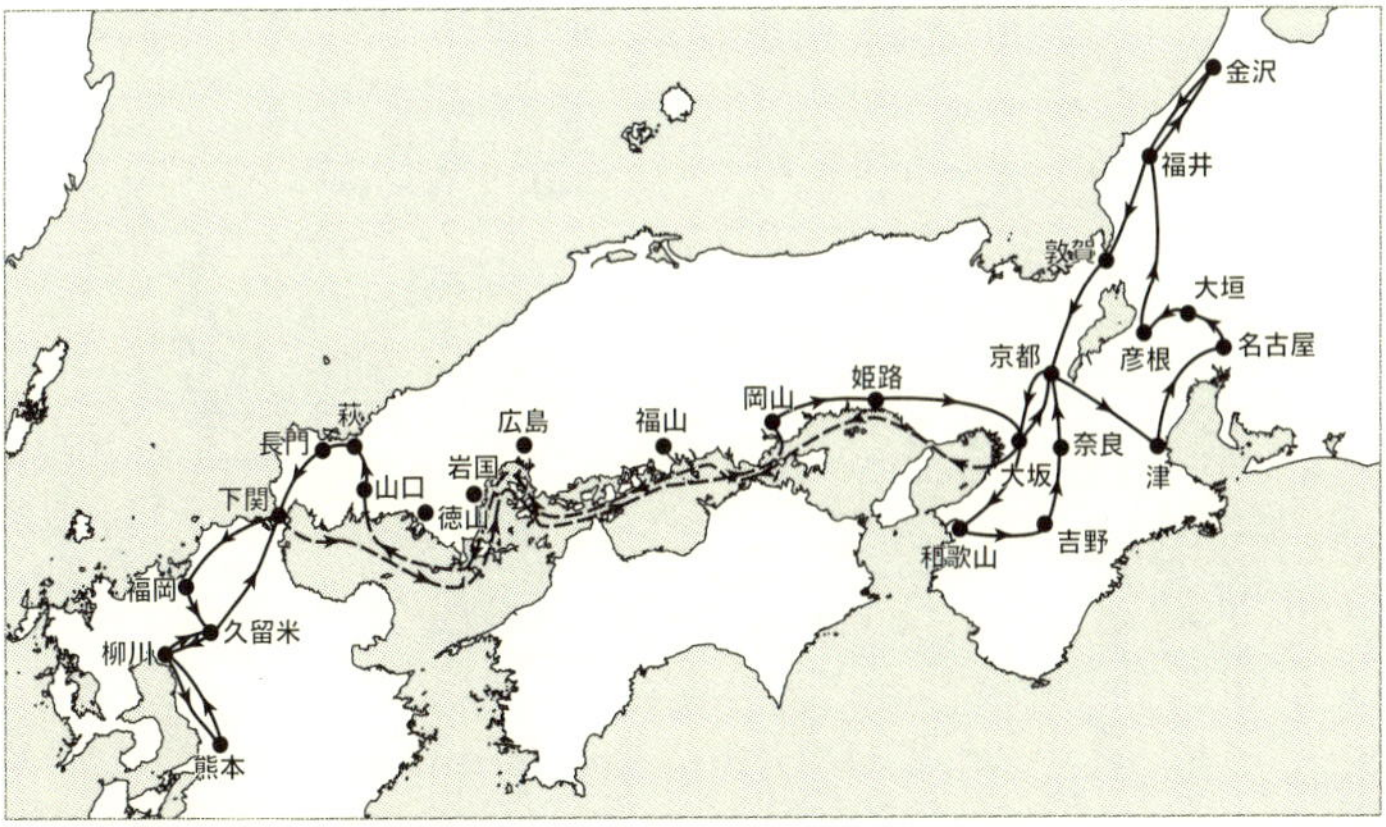

小楠の上国遊歴の主な地名とルート（破線は海路）

一　門人

「あげん素晴らしか先生は、おらっしゃらんとです。私は、どうしても小楠堂にはいりたかとです」

十八歳の嘉悦市之進（氏房）は、ヒタと母勢代子の目をみた。

何がなんでも退かぬ気でいる。この話は、母でなくてはならぬ。

彼のみるところ、父の元久は、一口でいえば小人物だ。禄高三百石の藩士で、自己保身以外は考えていない。そのくせ、ささいな問題にやたらうるさく、晩酌をしながら、母にネチネチ小言を延々と言いつづけるような男だ。

そんな父に話したら、結果は目にみえている。

熊本藩のなかで、実学派、横井派は排斥されている。藩校時習館の秀才でとおっている自慢の息子が、実学に心をかたむけたと聞いただけで、

「オイの顔をつぶす気か！」

怒り狂って、つぶしてしまうに違いない。

その点、母の勢代子は良妻賢母の見本である。子供の目からみても、父と母の人間の違いがわかる。これも悲しい。

息子の熱弁を、おだやかな表情できいていた母が、口をひらいた。

「よう決心しなはった。ああたの先生は、横井先生しかなかとおもうとった。父上のことは、どぎゃ

んでんするけん、心配せんちゃよか」

市之進は、ホッとした。母が、そういうのをなかば予想してはいたが、それでも、ここまで勢代子が横井平四郎という人物を評価していたとは意外だった。

母は、この件を夫に秘密にした。

市之進は何くわぬ顔で、昼間は時習館にかよい、夜、父が寝たあとに小楠堂へいった。平四郎は、そういう弟子を喜んでむかえた。

勢代子は、夜なべ仕事をしながら息子の帰りをまち、その夜の平四郎の説話を息子からきいてともに学んだ。

嘉永三（一八五〇）年は、横井平四郎、四十二歳である。

私塾小楠堂も、はじめたころの門人は郷士、豪農の子弟たちが多かったが、弘化から嘉永年間になると、こういう藩士の子弟がポツポツはいってきた。そのうちに、郷士・富農層より武士の割合が二倍にもなっていくが、当時の藩論に抗してまで入塾するには、大変な覚悟がいったのである。

安場一平（保和）も、そのひとりだ。

安場家は家禄二百石。数え九歳で時習館に入学し、優秀な成績で居寮生になるが、嘉永二年、十四歳のとき、父の源右衛門が、小楠堂の評判をきいて息子を入塾させた。

ところが、これを知った親戚どもが大騒ぎをした。

「小楠堂に学んでは、一平の将来がない！」

源右衛門につめよって、退塾をせまった。はじめは泰然としていた父も、忠言苦言のくり返しに、しだいに不安になってきた。「どげんしたもんじゃろ」。腕をこまぬいたが、ここで動じなかったのが母の久子である。

「一平もわたしたちも、横井先生を尊敬しちょります。横井先生はえらか先生です。絶対にやめさせません。みなさんも、ご一緒にご教示をうけられたいかがですか」

親戚一堂のまえで、宣言したものだ。

賢明にして剛毅、偉丈夫の風あり、といわれた女傑である。そして、嘉悦勢代子も、同じく門人だった山田武甫（ぶほ）（初めの名は牛島五次郎）の母由以子も女丈夫で、三人は「熊本実学連の三婆さん」とよばれた。こういう女性たちが、平四郎の熱心な支持者であったのが面白い。

覚悟して平四郎の門人になった中流武士層の若者たちは優秀であった。いまあげた三人に宮川小源太（房之）をくわえて、のちに「小楠門下の四天王」とよんだ。

「識の嘉悦、徳の山田、智の安場、勇の宮川」

といわれ、明治維新後は、薩長土肥の藩閥時代に、それぞれ皆、健闘している。

安場保和は、胆沢（いさわ）（岩手）県・酒田（山形）県の大参事、熊本県権大参事をへて、大蔵大丞、租税権頭。岩倉具視らの欧米視察に随行し、福島・愛知・福岡の各県令、元老院議官、貴族院議員、北海道長官などを歴任し男爵。胆沢県大参事のとき、県庁の給仕だった後藤新平（満鉄総裁、逓信・内務・外務大臣、東京市長）を見いだして援助し、のちに娘の和子を嫁がせた。

嘉悦氏房は、安場のあとの胆沢県大参事。八代県・白川（熊本）県の権参事などを歴任したが、安岡良亮県令を批判して辞職、実学派の私塾広取黌をひらく。緑川製紙場を経営。県会議長、九州改進党を結成し、衆議院議員にもなった。娘の孝子は私立女子商業学校（嘉悦学園）の創立者だ。

山田武甫は熊本県少参事、熊本洋学校や古城医学校の創設に尽力し、熊本県参事、敦賀県令、帰郷後、殖産興業に貢献、九州改進党の中心人物で、衆議院議員。立憲自由党の結成に参加した。

宮川房之は、長崎県令になった。事績はよくわからないが、長崎病院内に医学場設置を示達したとある。

そういう熱心な藩士子弟が入塾してきた小楠堂は、活気にみちていた。

熊本城下相撲町。兄左平太の屋敷の一角にある塾は、正六ツ半（午前七時）には、もう活発な人のうごきがある。

同年九月一日、新たな講義がはじまった。十二畳の教場は、すでに熱気をはらんで、二十余人の塾生たちが正座している。

彼らのまえには、清澄な秋の冷気を吹き飛ばすように、火のように熱い平四郎がすわっている。最古参の徳富万熊が号令をかけ、一同が唱和する。

「おはようございます！」

「おはよう、眠かもんはおらんな」

「ハイッ！」

弟子たちとの元気な挨拶がおわると、師匠の凛とした声がひびきわたる。

「学んで時に習う、また説ばしからずや……諸君もよく知っておる孔子の言葉である。この学而の章（『論語』）は、開巻の第一義にして、もっとも大切なる義なり！」

塾生の表情がひきしまる。

「学の真義とはなにか。それは、まず我が心の上について理解すべきである」

師の気迫に呑まれたように、弟子たちは夢中になって、その言葉をきいている。

「朱子の注釈にも詳細に説いてあるが、ただし、注意しなければいかん」

一瞬、間を置いて平四郎が、一同の顔をながめわたす。

「よいか。それによって理解すれば、すなわち朱子の奴隷になってしまい、学の真意にふれないきらいがある」

先生が何をいい出すのか、と入門間もないものの戸惑い顔もある。

「後世において、学者といえば、ただ書を読み、文を作るくらいの者をさすようである。そうじゃな、万熊君」

徳富が、

「はい、道学者といういい方もありますから……」

そう答えると、

「うむ、じゃが、古のことを考えてみれば、決して、そんなに簡単なものではない。堯舜以後、孔子の時代には、いまのようにたくさんの書物はなかった。また、古来の聖人や賢人が読書のみに精励したということも、トンときかん」

門人たちは、すでに平四郎の弁術のとりこになっている。

「しからば、古人のいわゆる〝学〟というのは、はたしてなにかと考察すれば、それは書物の上の修業ではなくて、まったくわが心の修行である。人々がめいめい持っておる天賦の性能をおしひろげ、何事にかぎらず、日用事物の上で工夫をもちうれば、すべて、それが学でないものはないのである」

わかるか、という顔をして、平四郎は塾生たちを見まもる。

「たとえば！」

いちだんと声が大きくなる。

「たとえば、父子・兄弟・夫婦のあいだから、君につかえ、友に交わり、賢者に親しみ、衆人を愛したり、あるいはまた、あらゆる技術者や農・商業の者とも親しく語りあったり、それより、ひいては、博く山河、草木、鳥獣の類にいたるまで、実地にその物事について、その理を解したりして、しかるのち、なお己の見聞を確かむるために、関係ある書を読みて、古人の実歴や成法（法則）を考え、すべての事物にたいして、義理（道理）の窮りなきものだという事を知り、孜々として勉めやまず、わが〝心〟を日々、霊妙に活用させること、これがすなわち真の学問でもあり、修行でもあるのだ」

弟子たちは、得心した表情である。

「堯舜も、かようにして一生涯、修行された。古から聖賢の学というのは、このほかになにがあろうぞ！」

師匠の高調子に、思わず、手をたたきそうになる塾生もいる。

「しかるに、後世の学者は、日用離るることのできぬ事物の上には、まったく心を活用しようとせず、ただ書物の上ばかりで物事を会得しようとしておる。このやり方は、自分がいうところの古人の学んだところを学ぶのではなく、いわゆる古人の奴隷というものである。古人の奴隷じゃぞ！」

中には、自分がしかられたような気がして、思わず下をむくものもいる。

平四郎の高調子が一段とさえる。

「いま、朱子を学ぼうとおもうならば、朱子が学んだ方法は、どうであったか、それをいうことが先決問題である。もし、しからずして、いたずらに朱子の書につくときは、まったく朱子の奴隷である」

彼の教え方は、常に具体的だ。

「たとえば、詩を作る者が、詩聖の杜甫を学ぼうとおもうなら、杜甫はいかなる方法で詩を学んだか、ということを考え、しだいに研究をすすめて、漢・魏・六朝までさかのぼらなければならない」

「かつまた、普通の人では、道理をきけば、一応の理解はするようでも、それがただ、その場かぎりの説話と消えて、実践躬行（きゅうこう）の実なきものなら、耳からききいれ、口からだすだけの、いわゆる〝口耳三寸の学〟であって、学者の深く警（いまし）むるところである」

ここで平四郎は、大きく息をいれた。

「ゆえに、せっかく〝学〟に志すものは、これが至極の道理だと考えたなら、そこにしっかりと地歩をしめ、尺進して一寸でも退歩してはならぬ。これこそ真の修行である。ゆめ忘れてはならない！」

弟子たちの表情が輝いている。

朗々とひびく名調子を、ただきいているだけで、気分が高揚させられるのだ。

平四郎の講義は、『論語』『大学』『孟子』の会読である。

そして、実例を和漢古今の歴史上の人物にとって、わかりやすく門人に理解させた。

この日用事物の上に実践躬行させる努力は、朱子学の「格物致知」の方法である。

彼は、大事なところは、熱をおびて繰りかえし繰りかえし話をした。門弟は、その啓発に感奮し、精神が向上していくのをおぼえた。講義がおわると、みんな一種の法悦にひたるようであった。

二　朱子学者

門人には、熊本藩外の士もいた。

草創期に、隣藩の柳川藩士、池辺藤左衛門が入門して、柳川に肥後学を根づかせたが、九州以外からも、たとえば越前藩士の三寺三作（みつでらさんさく）のような人物があった。彼が平四郎の存在を越前に知らせたことが、のちに同藩からの招聘（しょうへい）につながった重要な出会いだ。嘉永二（一八四九）年十月十五日に平四郎をたずね、同月十九日から十一月十日まで、小楠堂に滞在している。

三寺家は家禄百五十石、三作は当主剛右衛門の弟で厄介の身分。この年二十九歳で、山崎闇斎の系譜の崎門（きもん）学者である。藩の政教刷新にかんする五カ条の建白を、藩主の松平慶永（春嶽）にして、そのなかにあった「天下の大儒を聘し学校を興し教育を盛んにせよ」という案がうけいれられ、全国各地を遊学して、「朱学純粋の学者」を他藩より探すよう命じられた。

三寺は京都の崎門派学者である梅田雲浜をたずねて、熊本藩家老の長岡監物は見識があるときいて、その家臣で同門の家儒、笠隼太（夕山）宛ての紹介状をかいてもらい持参した。

笠は、「私かねて水魚の交りいたし候人」と、平四郎のところへつれていった。その識見に感服した三寺は平四郎に師礼をとり、対話をするうちに越前招聘もにおわせた。

三寺は小楠堂を辞すとき、

「先生のお考えがよくわかる、もっとも代表的な著作をいただけませぬか。国許にて披露したく存じまする」

と願った。

平四郎は原稿や書簡のひかえから、漢文の「恭題恭勝公和歌巻後」「題見聞私記後」「読諸葛武侯伝」の三点、「感懐」と題する十首の漢詩とその序文、そして同年八月に書いたばかりの久留米藩の教授本庄一郎に宛てた手紙「奉問条々」をあたえた。本庄宛の手紙をえらんだのは、ここに平四郎の最新の思想がのべてあったからだ。

ところで、平四郎は、この本状宛ての手紙をかく直前の閏四月に長岡監物と論争をしている。弘化四年に断絶した会読は、元田伝之丞（永孚）の出席がないまま、このころは復活していたのである。

平四郎は、監物に手紙をおくって、その存念をただした。

「近来、監物さまのご勤学が以前のようでないようにおもわれます。ご会読・お咄(はなし)などの席でも新得のご高論を拝聞つかまつらず、ご誠意の人にうつり候ところなんとなく以前とあいかわり候ように感じられます。万一、そういうことであれば、この道の衰廃、国家の傾運甚大であります……」

監物は、こう返書をおくった。

「一昨夜のご書面、反復熟読、ご教示のおもむき、深く忝(かたじけな)く存じます。新得の説を披露しなくなったのは、去年の夏ごろからだとおもいますが、これは存念があってのことです。しかし、誠意の人にうつり候ところ、前日に異り候という指摘をうけて反省してみれば、なるほど、この道を世にも人にもという志が、近来はなはだ薄くなって、唯我一人と申すようなる心地に陥っているのです。これは誤っていたので、遠慮なく注意していただきたい」

この通りいっぺんの返書をうけて平四郎は、また申しいれる。

「存念があって新得の説を人に話さないのは、いわゆる（『論語』憲問篇の）己れのためにする（他人に認められるためでない）ところで、学者がもっとも心を用いるべきところであるのはもち論のことです。しかし、この〝理〟はもとより極みのないもので、当人が発明新得だとおもっていても、あるいは覚えず私見に随していたり、あるいはいまだ理をつくしていなかったりすることが多いから、その人によっては、咄合えば存外の益を得るというものです。そのためにこそ、同学の人が集まって学事の詮議をするのではないでしょうか。

さらに、この道を世にも人にもという志が薄くなり、唯我一人と申す様なる心地になったのは間違いだと反省されておられるようですが、これまた私の存念とはいささか違っております。私が考えますには、内にあるものは必ず外にあらわれるものでございます。

たとえば唯一人と考えていらっしゃれば、そのように他人にうつり、また世にも人にもと考えていらっしゃれば、そのように他人にうつります。心のなりに他人にはうつるものです。そのうつったところで、わが心の正・不正、厚薄・深浅は、顕然とあい知れるものですから、これについて省察するのが、外に因って内を制するの工夫ではないかともおもいます。

それに、この道を世にも人にもと志すのは、おそらくは〝気〟の上より生じたことで、真実底心に思い入り候ことではありません。これを我が身に体して考えますには、以前は世にも人にもとおもっておりましたが、現在の心はいささか変わってきて、何か己を成就せんとおもう意思になっており、いまの心の方が好いようにおもうのです……」

どうやら、学問討究にだんだん嫌気がさしてきたらしい監物の心境を無視して、平四郎は食いさがり、正論をもってせめる。

だが、監物は短い返書で「もちろん一々敬服いたし候」と書きながら「紙上にては意をつくしかねる」と論議続行を拒否した。

平四郎は監物の態度に不満だ。いま朱子学者として満々たる自信を持ちはじめた彼としては、学問討究の相手であった監物の昨今の態度に、はりあいがないのである。

そこで八月になって、彼は朱子学者として高名な久留米の本庄一郎に長文の「奉問条々」を送りつけ、いまの自分の学問論を展開して、「ご面倒ながら（批判があれば）遠慮なく書きいれて送り返してください」と頼んだのである。

要約すれば、こうである。

「朱子以来、宋・元の儒者は、盛大の気象はとぼしかったが、たいていは師の説を守り、支離滅裂の病はなかった。明・清の儒者にいたっては、いっこうに頭脳これなきより、格致（格物致知）の訓を誤り、いたずらに書を読み、その義を講ずるをもって問学と心得ていた。これは（明の永楽帝勅選の）『永楽大全』の陋習で、俗儒の無用の学におちいったのである」

「永楽大全は挙業（業績誇示）のためにつくられたもので、天下万人のために道を明らかにするという本意ではない。だから、『朱子語類』から朱子の言葉を採択収録するに際しても、主として文義を解説したところのみ用いている。それはもち論大切だが、しかし、意味があるのは、（朱子が）往々文義を転じ、現在工夫の実を示され、あるいは古今時世にわたり、事の得失義理の当否を説いたところである。そういうところこそ、この理の活動をもっとももって味わうべきことなのだ」

「王陽明が、この俗儒の弊害をみて、良知の説を唱え別に寂禅異端の幟を立てて、朱と王（朱子学と陽明学）の二つに分裂したのは、この道の大害で誠に嘆かわしいことである。陽明の非は元より論ずるにおよばずだが、一方の朱子学も格知の訓を誤り、和漢古今ともに無用の陋儒におちいり、天地のあいだに有益これなき学問になってしまった。そこで、いささか性気材識あるものは、この俗儒をみて朱子学と心得、あるいは良知の説（陽明学）におちいり、あるいは功利（徂徠学）にいり、または学問は無用なるものとして、いっさい学事を廃してしまうなりゆきは、もっとも当今天下のあり様で、その起こったもとはすべて俗儒の陋にあり、慨嘆のいたりである」

「朱子学は後世の朱子学者によって骨抜きにされ、それがいまも続いているのである。明一代の真儒は薛文靖（せつぶんせい）とおもうが、そのほか朝鮮の李退渓（りたいけい）がいる。朱子以後はこの二賢にとどめをさす。日本では藤原惺窩（せいか）がとくに傑出の人豪である。一生、権現様（徳川家康）につかえず、その志は高大である。家康は、聖賢の道を尊信したわけではなく、儒学者が物知りだから顧問にして、和漢古今の種々のことを調べる道具に使われた。林羅山が、まさにそうである。（家康の場合）治国のことは、かえって仏教を信じていて、天海・南光坊のごときが黒衣の宰相ともいうべきである。

藤原惺窩のあとは山崎闇斎である。朱子学の書を世にひろめたからだが、拙藩の先儒、大塚退野は、本人（闇斎）の修養はあやしかったと語録でいっている。山崎門で傑出しているようにみえるのは浅見絅斎だろう。しかし近ごろの崎門派は、講義だけを学問と心得て闇斎・絅斎の学意を失い、固陋（ころう）寡聞の偏屈の儒者に落ち、おかしく思われる」

「近ごろ朱子学を唱える人では、大坂懐徳堂の中井竹山がある。しかし、この人は道をかしここにみて我が事をいたさず。人事の義理は明かにあるけれども、徳性を尊ぶの実地はいっこうに忘却し、心術まったく功利の上に馳せている。これは要するに徂徠学にして朱学を唱えるもので、この学の大くるいは竹山である。徂徠は公然と功利を押しだしたので、その非が明らかだけれども、竹山は表に飾りをつけているので、なかなか非がみえない。これをきちんと批判することが必要だとおもう」

待ちに待った本庄の返書がきたのは、翌嘉永三年の四月であった。

「ご議論、一々正当にて、拙者等異見ござなく候……ただし古人を指謫（指してとがめる）する意が重くなり、失礼ながら、自ら涵養温潤の気象を求めることが乏しいかと……」

彼の手紙に意見を書き入れたものに、こういう返書がそえてあった。

「なんじゃ、これは……」

平四郎は失望した。

「この先生は何もわかっていない」

いま平四郎の思想は、陽明学の主観主義でも徂徠学の功利主義でもない。それらが批判した堕落した朱子学ではない真の朱子学を、自分はものにしたと確信していた。

この「奉問条々」でもっともいいたいことは、「（朱子が）往々文義を転じ、現在工夫の実を示され、あるいは古今時世にわたり、事の得失義理の当否を説いたところである。そういうところこそ、この理の活動をもっとももって味わうべきことなのだ」。つまり、重要なのは、現実政治に対する関心、現状把握と学問的対応にある。朱子が現実の問題に対処したように、我々もしなければならない。

「そこがわからない本庄もまた俗儒にすぎない」

この書き込みのある手紙を三寺にわたした平四郎は、

「（本庄には）いささかの卓見もなく、本意に背いたものである」

といった。

平四郎は、別れに際して次の言葉をそえて、近年、さかんに勉強している朝鮮の大儒李退渓の言葉を書きあたえた。

「三寺君、来訪せられ、学を講ずること二旬（二十日間）、道同じく心合す、ままこの言をもって、これに告ぐれば、すなわち深くもって然りとなす、君まさにその国に帰らんとす、各国千里再会なんぞ期せん。すなわち拙筆を顧みず、この語を録しもって贈言に代う」

三寺は深い感銘を受けて、福井に帰藩した。その持ちかえった平四郎の文章は、確実に藩内に影響を与えたが、招聘の話は具体化しない。なぜか。

三寺の礼状に、こういうことが書かれてある。

「弊藩執法の浅井八百里が私の留守中に死にました。あなたのご学風を八百里にきかせられなかったのが、千載の遺憾です」

浅井政昭、通称八百里。藩主松平慶永の側近・補佐役で側向頭取・目付として藩政改革につとめ、「君子」といわれたが、三十七歳で没した。

のちに慶永は「余のまた幸福というは浅井政昭なり」として、福井藩主となった慶永を「余の学問上より国家の為に力を尽し、明君ならん事を望」んで、ひそかに心を労した功を多として「余が今日の名誉を保つは、全く政昭を以て巨魁となす」と書いている。「執法」は目付の異称。八百里は、福井藩の関係史料が整備されていないことを憂いて、古記録を調べて藩史『執法全鑑』二十八巻をまとめている。

三寺は「厄介の身分」だ。いかに君命で純粋の朱子学者を探しにいったにせよ、直接、主君に復命できない彼は、平四郎のことを八百里に話して、慶永を説得してもらうつもりであったのだろう。

「万事多言を費やさず、右八百里病死の一事にてご推判なしくださるべく候」

八百里の死によって、招聘の話も白紙にもどったという苦衷を暗にのべている。

ところで、三寺が帰ったあと、十一月九日に、細川斉護の三女勇姫が、松平慶永に嫁した。肥後藩と福井藩の関係が深くなったが、当面、平四郎には関係がない。


嘉永三年六月、平四郎はひさびさに、水戸の藤田虎之介（東湖）に宛て、手紙を書いている。江戸遊学で親交をえたものの、その後、平四郎は酒失によって逼塞、また水戸の方も斉昭が幕府から致仕謹慎、藤田らも免職蟄居を命ぜられるなど災厄があって、音信は途絶えていた。

そこへ荻昌国が、久留米藩の参政である村上守太郎（量弘）からきいた話として、水戸斉昭の冤罪も解け、藤田らも幾分かの自由をえたと平四郎に話した。

村上は平四郎の直接の知人ではないが、弘化三年に死んだ前久留米藩主有馬頼永の側近として藩政改革をすすめ、また水戸学を信奉する天保学連を、真木保臣（和泉）らと結成した人物である。

平四郎は、荻を通じて江戸の村上に藤田への書簡を託した。

それには久潤を叙し、水戸の危難や世の中の外夷にたいする不覚悟等々を痛憤し、いまは南朝のことを書いていること、あるいは薩摩の調所笑左衛門（広郷）の醜聞などを報告していた。

ところが大事件がおこって、手紙は藤田にとどかなかったのである。村上が江戸藩邸で、家老有馬飛騨と会談していた参政の馬淵貢（みつぎ）を背後から刺そうとして失敗、飛騨に取りおさえられて同席していた有馬主膳に刺殺されたのだ。

政治的対立であった。この年、頼永の弟で藩主になった頼咸（よりしげ）に、将軍家の養女精姫との婚姻話がおきた。これに村上は反対して、頼永の政策を続行し、財政的余裕をもって軍事強化をすすめるべきであると主張した。しかし、藩は結婚を承諾、馬淵が担当することになった。

このため莫大な費用がかかり、借金は増大、頼永時代の節倹の風もくずれて、財政改革も頓挫した。村上は鬱々として精神的な不安定におちいり、馬淵が先君の遺志をないがしろにしていると激怒して発作的犯行におよんだようである。

ところで、十二月には、思想史的な意味で、幕末史を大きく変える端緒になった出来事があった。この年二十一歳の吉田松陰が、九州を遊歴したのである。長州藩の下級武士である杉百合之助常道の二男に生まれ、五歳のとき山鹿流軍学師範の叔父吉田大助賢良が死んであとを継いだ。彼を軍学師範にそだてるために、叔父の玉木文之進はもう烈な英才教育をほどこした。

成果はめざましく、十歳で藩校明倫館にでて家学の講義をおこない、十一歳で藩主に『武教全書』『戦法論』の三戦を講じた。玉木の理想どおりの秀才軍学者に成長していった彼を思想的に目覚めさせたきっかけは、十六歳で長沼流兵学の師範だった山田亦介につき、世界の大勢を教えられたときである。十九歳で独立の師範になるが、彼がさらに大きくなっていく節目は、なんといっても、この時の九州遊学のあたりからであった。

旅行中、すさまじい読書をした。平戸に滞在した五十余日に八十冊、長崎の二十日余りで二十六冊である。さらにオランダ船も実際に目にした。

また、平戸滞在中に読んだ会沢正志斎の『新論』で、自分は日本のことをほとんど知らないことに気づかされる。

十二月九日から十三日、熊本に滞在して、砲術家の池辺啓太や山鹿流軍学者の宮部鼎蔵と会った。ことに宮部とは意気投合した。

宮部はこの年三十一歳。国学者の林桜園が開いた家塾の原道館に学んだ尊皇攘夷論者で、のちに同門の河上彦斎らと肥後勤皇党に参加して京都で活躍、元治元年、池田屋で新選組に急襲されて自刃している。

このころの平四郎は、藩政主流派の学校党に敵視されていたこともあり、現状改革の意志をもつ彼らとは親しかった。藤田虎之介ら水戸学派に対する信頼も、憂国の心情である。だが、のちに平四郎が開国論に転じて疎遠になった。

三　上国遊歴

嘉永四（一八五一）年、平四郎は四十三歳になった。

「学問は実学でなければならぬ」

頓挫した江戸遊学、あのころ抱いた諸国の実情を視察しようという情熱は、いまだにふつふつと心にたぎっていた。

その間、天下の形勢はさらに大きく動いている。

弘化年間にはいって、異国船の渡来はひんぱんである。

弘化元年にオランダ軍鑑が長崎に来て、オランダ国王の開国勧告書翰をもたらした。同二年にアメリカの捕鯨船が浦賀に、英国の測量艦が長崎に来た。同三年には米東インド艦隊の提督ビドゥルの軍鑑二隻が浦賀に来て通商を求め、嘉永二年に英船が浦賀に、等々、四海の波は高くなっていた。

「諸国遊歴に出よう」

平四郎は決意を固めた。

〈自分の学問の到達点から諸国の政治をながめ、人物に会おう。真正の朱子学者なら、その志を天下の政治に実現すべきである。各地を実際にみて、その手順を考えよう〉

三寺の来訪もいい刺激になった。

「真儒を招こうという越前藩とはいかなるものか」

それを知るのも大きな目的だ。

宮部鼎蔵から吉田松陰の遊歴のこともきいた。平四郎は、この若者に会いたくなった。遊歴の計画を話し、

「ぜひ紹介してもらえまいか」

とたのむと、宮部は、

「喜んで紹介状ば書きまっしょ。ついては、私にもお願いがあるのですが」

自分を藤田虎之介に紹介してほしい、といった。

「うむ、藤田殿にはもう一度、手紙を書こうとおもっているから、君のことも書いておこう」

門人たちに遊歴の計画を話すとみな大賛成で、徳富万熊（一敬）ら富裕な者たちが旅費をつくってくれることになった。

お供には、万熊の弟の熊太郎（一義）と、長岡監物の家臣笠隼太（夕山）の子の左一右衛門が決まった。熊太郎は兄を上回る才があり、また体が大きく腕力が強かった。葦北から熊本に行く道に「三太郎」という大きな三つの坂があるが、その道を鎧櫃（よろいびつ）をかついで往来したほどだ。

「先生が倒れられても、ひっかついで歩きます」

そういう頼もしいお供であった。

笠隼太は平四郎と親しい。左一右衛門は門弟ではないが、特に儒学と砲術を修め、砲術の見聞を広めるため、監物と笠の頼みで同行をゆるされることになった。

平四郎は、藩庁に遊歴を願いでて許された。

「嘉永四年　左平太弟　横井平四郎

右は用事に付き、紀州・尾州・越前国へ罷(まか)りたく、往来日数三百日願い、二月十八日、御国出立仕り候事」

実際の行程を先に書けば、まずは、隣の柳川から久留米、秋月、下関、長府、徳山、岩国、広島、福山、岡山、姫路、兵庫、大坂、岸和田、和歌山、大和、河内、奈良、宇治、京都、大坂、大津、津、山田、桑名、神戸、名古屋、大垣、彦根、府中（武生）、鯖江、福井、大聖寺、金沢、福井、敦賀、大坂、中ノ関、三田尻、山口、萩、赤間関、大里、赤間、小倉、福岡、博多、大宰府、久留米、柳川と回遊した。「上国遊歴」である。

出発の三日前の日付（十五日）で、藤田に手紙を書いた。

平四郎は、多年の無沙汰をわびて、

「古今天下の禍は、必ず朋党の二字にあり、当今天下の列藩の大病根」

と、お互いに党派の争いで志がとげられないのを嘆いた。まえに手紙を託した久留米の村上守太郎の一件は「誠に悲痛、憤怒にたえない」とし、また熊本藩の宮部鼎蔵が今度、遊歴してうかがうからよろしく頼むと書いた。

二月十八日、熊本を出発、途中まで見送りの門人が多く、矢島源助は長州まで同行している。十九日に柳川に着き、二十三日まで逗留した。

ここは古い門人の池辺藤左衛門がいて、肥後実学を普及させている。池辺亀三郎、浅川鶴之助ら藩校伝習館の句読師も直弟子で、ほかに準門生も多い。平四郎は大歓迎をうけた。兄左平太夫婦への手紙に「けしからず（大層な）馳走に逢（あ）い」と書いて、喜びをあらわしている。

二年ぶりに池辺藤左衛門に会ったところ、

「けしからず進歩つかまつり、知識も格別にあいみえ申し候」

彼は昼夜、勉強に励んでおり、

「柳川藩にては池辺一人、隠然と柱石にあいなり申し候」

と弟子の成長に満足しほめたたえた。

この訪問の主目的は、かねて池辺よりきいていた人物、柳川藩十二万石立花家の一族で、のちに家老になる立花壱岐（いき）に会うことだった。ところが風邪で面会できず、帰路の八月に面会し、夜を徹して語り合っている。隣藩の重臣と意気投合したのは頼もしいことだった。

立花は天保二年生まれで、二十一歳。十時（ととき）三弥助惟治（これはる）の三男で、天保九年に家老の立花親理（ちかのり）の養子となり幼名を熊五郎から峰五郎にあらためた。名は親雄。同十三年に養父が死んで家督をついだ。十一代藩主の立花鑑備（あきのぶ）から壱岐の名をあたえられ、禄高千五百石、大組頭となる。十五歳で学に志し陽明学を学んだあと池辺藤左衛門につく。弘化四年に藩校伝習館の督学兼陣場奉行、嘉永元年暮れに病をえて職を辞し、同三年秋まで療養していた。

平四郎の柳川藩に対する評価は、おおむねよい。

「かねてきいていたように樸実無文（飾り気がなく質朴）で、祖宗いらいの節義の家風がよくよく一定し、士人いずれも気概があって、もっぱら武事に心がけている。しかし、以前よりは、すこし衰えたようすで、藩士が慨嘆している。だがこの士風は西日本では希少である。先々侯いらい君侯は木綿服を着用し、夏袴は葛麻という。これにより、ご家中いずれも綿服を着て、家内は帯・袖口・髪飾りまでが帛を用い、帯は縮緬、八丈までである。宴会もいっさい豪華を禁じられ、酒も痛飲することはない。芝居・三味線・おどりの類も停止で節倹政策も、ほどよくゆきとどいている。ただし、凶荒対策がなりゆきまかせでみるべきところがない」

つぎの久留米には二十四日に着いて、二十八日に出発した。この藩は、

「士風温和にして圭角がない」

倹約もきびしく励行されていて感心するが、

「珍客のわしを歓待するのに、これか」

はまぐりの吸物に肴の二品で、食べられるものがない、と不満におもったのがおかしい。

生真面目な徳富熊太郎が、

「先生、贅沢はいけません」

とたしなめた。

前藩主の有馬頼永からの倹約政策が、騎虎の勢でつづいているが、いまは人々がきつがって、節倹政策がゆるむのを期待しているので、いずれ廃止されるのではないかと気遣っている。

それにしても、村上守太郎の刃傷事件のことが気になった。あちこちで話をきけば、

「人となり敏捷ではあったが、その本心は紫（筋）肝（悪心をもつ）で、陰険な性質だった」という。

「筑後守（頼永）の逝去後、本性をあらわし、ことのほか身勝手になった」

等々、悪口ばかりで、むしろ馬淵貢の方が、

「学問の力はないが、剛直者で、筑後守の顧命のひとり。平生、守太郎の心底を見抜いていたので、貢のことを憚り心苦しくおもっていたことから論談のすえに刃傷におよんだ」

と聞いた。

しかし、平四郎は、

「国論は裏腹なるもので、いちがいにはききとれない。なにぶん、外に宜しくいうものはない。さまざまなことをきいたが、すべて誹謗のことどもだ」

とおもった。

ともあれ、藩政府には、七十過ぎの老家老・有馬織部（照長）以外、棟梁たる人物がいない。

本庄一郎にも会ったが、予想したとおり「通例の一老儒にてなにもこれなき人物」であった。

ただ民政に力を入れているようすで、凶荒の手当てとして穀類を買いあげることに熱心だ。木村三郎というものから「肥後からの抜米がおおいのは久留米のしあわせだ」と笑い話にきかされ、「さてさて残念」と書いている。

ほかに、筑後川の川床があさくなって、この十年、洪水がひどく、とくに去年の夏の洪水氾濫がは

なはだしく、べつに川を掘るかと詮議中だというので、現場をみにゆき、「九州水害第一の所」とおどろいた。

ついで秋月藩を訪問した。

福岡黒田藩の支藩で五万石、筑前筑後両国をつうじていちばん要害の地だが、河がとぼしく水運がない。土地はせまくて余裕がない。

「士風軽浮にて樸実の風これなく、ただただ利に馳せ候ゆえ、文武の道、いささか実を務め候ところござなく」と酷評している。

ただし、伊藤吉左衛門が家老だったころ、倹約政策を実施して、それが十八年もつづいているので、若いものは芝居も三味線も見もききもしないほどだという。

みるべきところは、蝋の藩営だ。櫨方（はぜかた）が発行している札で櫨を買いあげ、蝋にして大坂に出し、金銀をもちかえって札とひきかえることが、とどこおりなくおこなわれるので、札の価値が安定している。櫨は櫨方が全部を買い占めず、商人に売りわたすこともゆるされているが、藩庁のほうが値段がいいので、たいていはこっちに出している。

ところが去年から、本家の福岡藩が秋月藩のまねをして、藩営専売をはじめたので仕組みに支障がおこり、札の値段もくずれて困っているようすだ。宗藩のことだから何もいえないが、福岡のほうはこの仕組みにはなはだしい数の役人がはいっているので、悪だくみをするものも出て、「いずれ三年もたてば失敗するだろう」と実際は笑っているという。

ともあれ、この櫨買い上げの仕組みは、平四郎に強い印象をのこした。のちに越前藩で実施する殖産興業政策にいかされている。

四　天下、人材大払底

関門海峡をこえて山陽筋にはいった。

まずは長州萩藩の下関。この管内は、みだりに藩士が立ちいるのを厳禁、他国に行くのと同様、免許のうえ認めている。

それは、ここが大きな港で、青楼(妓楼)が大坂についで繁栄し、士人がおうおう身を失って風俗を乱すゆえだという。西国の大港都だから諸問屋六百軒余。諸問屋・青楼などの運上金が毎年一万金ときいておどろいた。

平四郎が朱子学者の原五郎左衛門をおとずれると、思いがけない人物にであった。

「おお、上田先生!」

「横井先生、ここでお目にかかるとは」

加賀藩の儒者、上田作之丞(幻斎)である。平四郎がたつ二日前に熊本を発し、故郷にもどっていった。

上田は加賀藩では異端の儒者で、経世家の本多利明の愛弟子でもあった人物だ。歳は六十四歳で平四郎より二十一も年長である。

嘉永三年七月から西国視察にでて、翌四年二月、熊本に滞在して平四郎をおとずれ、意気投合し、詩文のやりとりなどもした。

儒学を社会に活かさねばならないという思想の持ち主で、藩学からは排斥された点で、立場がにている。年齢をこえて互いに尊敬した。

「加賀に来訪の節は、拙者におまかせください」

「では、近々、お目にかかります」

萩にむかう上田は三月五日、平四郎一行とたち、吉田でわかれた。

下関で見送りについてきた矢島源助が帰国した。平四郎一行は、ここで舟をやとい、海路をとって岡山まで各地を歴訪する予定だ。

長府藩にはいる。長州藩の支藩で五万石。実際は十七、八万石はあるだろう。士風まずは柔弱でみるべきところなし。学問は風流を主とし都会風。ただし倹約政策はおこなわれている。

同じく支藩の徳山四万石。「士風、長府藩と同じ」だ。

この藩は、二十年前から家老粟屋主水、中老東藤太の苛政がつづいていた。

四年前に藩士井上弥太郎が弊政を批判、誣告罪で蟄居させられたが、旧冬の凶荒によって百姓がさわぎ、井上は弊政のすじを本藩萩の郡奉行に訴えでて、本藩がうごき、主水と藤太を蟄居させ、彼を目付に登用して改革をはじめた直後で、きびしい倹約政策がとられている。

しかし、残念ながら二十余年来の傾廃で、家中の士気は一切消滅、みんな弊習に馴染んで井上のほかにはひとりの人物もいない。

井上は十数年前に熊本にきて、時習館教授だった辛島塩井に師事したことがあるので、平四郎も知っていた。さらに井上は大坂の大塩平八郎の門にも学び、十哲のひとりに数えられた。大塩挙兵のときは脱走して隠れるなどの経歴がある。面会した弥太郎は「学校係の儒者がすべて時世におくれ、一人の人物もおりませぬ」と慨嘆していた。

徳山から岩国に入国した。

吉川広家を祖とする岩国藩は、宗藩萩の毛利家と家格問題で亀裂が生じた。支藩ではなく、家格が下の末家あつかいで、萩へは五年に一度くらい参るという。

当主の吉川経幹は当年二十三歳、

「よほどの明主にて誠に学をこのみ、はなはだ治道に心がけている。いずれ行く先は盛んになる」

士風は温良和易で軽薄の風がない。つまるところ、江戸への参勤が、藩主一代に一度しかなくて都会の風にながれず、いたって樸実である。山陽道筋にはまれな風俗だ。一昨年、藩校（養老館）を建て、玉乃小太郎と二宮元輔がおもに世話をしている。程朱の学というが、一体に正学（昌平黌のいわゆる朱子学）であるのが残念だ。

倹約政策は誠にきびしく、平四郎はじゅうぶん、珍客としてもてなされたのに、一度も酒肴のふるまいにあわなかった。藩士もはなはだ気の毒がり、そのたびに弁解した。倹約はいいけれど、酒肴がでないのは、平四郎、内心、おおいに不満である。

「やれやれ」

師匠の酒好きには、徳富熊太郎も処置なしの体だ。

一行は東上し、安芸国にはいった。

広島四十二万石の外様大藩で、当主は松平安芸守（浅野斉粛）である。

「士風傾廃限りなく、文武衰微山陽道第一」と、評価が低い。

政治は利政のみで賄賂公行はなはだしく、豊島屋某は役人に賄賂をおくり御用達になって二十年くらいのうちに七、八万両の富豪になり、藩政府の御用と称して札で市中から二万金ほど買い上げたので金銀は大払底。ついに捕えられたが、まだ罪が決まらない。

去年の冬に農村が難渋して、救恤を願いでたところ、「極貧のものを書きだせ」とのことゆえ、救ってくれるのかと思ったら、藩政府は「この連中は、無用だからどこかへ立ちのかせろ」との沙汰であった。それで隣国には広島領をおわれた飢民がみちている。暴政はなはだしい。

人物では、一門三家の浅野遠江（忠）が三十二歳で、よほど器量才識があり、ふかく国家の大弊をうれえているが、上は暗君、下はすべて利欲者どもで、いっさい手がだせない。遠江の家来で学者の吉村秋陽（重助）と会読をかさねるしかない。吉村は五十五歳、佐藤一斎の門人で、三月十三日には平四郎らの乗った舟をたずねてきて話し、十四日は平四郎らが訪問して、晩餐と酒をご馳走になり、夜がふけるまで語りあった。吉村は陽明学であったけれど十分に話もあい、「山陽道中には第一の人物」とみうけた。

窮すれば復る道理で、江戸にいる世子（十代慶熾、このとき十六歳）はことのほか聡明らしい。今日の弊政をすでにみやぶって、学問の修行をしている。それでこの藩の人物とされる程朱学を奉じる金子徳之助と加藤太郎蔵が侍読（じどく）をつとめており、志あるものは、世子を頼りにして、遠からず気運が回復するだろうと期待している。ちなみに改革派が期待した慶熾は七年後の安政五年に襲封したが、わずか半年で急逝、二十三歳だった。

次は備後福山藩だ。

譜代十万石、藩主の阿部正弘は老中首座である。しかし、幕末の政局を動かした阿部という人物にたいする平四郎の関心はうすい。熊本できいていたのとようすが違い、いたって仁愛があり順良の人物らしいのが意外であった。

正弘は、先々代阿部正精（まさきよ）の六男だが、父の死後六代藩主となった三男正寧（まさやす）が病弱のため、五年でひいたので家督をついだ。正精は明君で、国家老、江戸家老ともよく補佐し、中国筋ではかくかくたる政事であったが、正寧のとき、一時、政事がゆるんだ。

士風は三都の風弊をうけいれず、樸実、順良な風義で、中国筋ではめずらしい。学校、文武とも出精、剣・槍は当時流行の旅人流の長しないは用いず、袋しない、めん、こ手で稽古をしている。砲術は荻野流が盛ん。学問は程朱学を宗とするというものの、たいていは江戸の古賀精里の学流で、いまだ徹底していない。

倹約もきびしく、去年からは調練を命じて盛ん、因循のもようはみえない、といたって高得点である。

次の、備中松山はたちよらず。評判をきいただけなので、間違いもあろうか。

藩主は、のちに老中になった板倉勝静（かつきよ）である。

陸奥白河藩主松平定永の八男で、松山藩六代藩主板倉勝職（かつつね）の養嗣子となった。嘉永二年に家督相続。陽明学者の山田方谷を知り、元締役兼吟味役に抜擢、翌年から、藩政改革を断行した。これが成功し、老中への道がひらける一因となった。

「楽翁（松平定信）のご孫子にあたり、なかなか聡明、勇決、非常の英主」

と評価している。

次にむかったのが、名君といわれた池田光政が初代の備前岡山藩だ。希有の好学大名で、かの熊沢蕃山を用いた。平四郎の観察も綿密になる。

だが、

「士風の傾廃が広島についでひどい。士人の町人に対する威風がまったくなく、町人が武士を軽蔑しきっているようにみえる」

それでも、

「聚斂（しゅうれん）の利政（過酷な収奪政治）にならないでいるのは、池田光政と熊沢蕃山がつくった制度がいまも変わらないでいるからだ」

池田光政はえらかった。

「芳烈公（光政）のことは熊本できいていたより格別の英君で、聡明勇決、表裏へだてなく、規模はなはだ広大にして真に（堯舜）三代以上の御方とおもう」

大変な賛辞をていしている。平四郎は、光政が蕃山を信頼していたから、彼も陽明学だとおもっていたが、実は程朱学だったのも驚いた。蕃山以外のお抱え儒者はすべて朱子学者だった。

「しかるに、今日にいたっては万事衰廃し、ことに儒官は代々世襲になって、不学文盲、なんの話もできない。誠に変わってしまった。だが、祖宗以来、学意が正大なので、その面々でも実学がよろしいということだけは承知している。さすがに烈公の余風だ」

藩校のほかに、光政が民間子弟のために創建した閑谷黌（しずたにこう）がある。

岡山で舟をすて、陸路をとった。城下から東へ八里ほどゆくと、深山幽谷、まことに澄心の地で、「若者どもの学業に無類の地」と光政が選んで「閑谷」と名づけた。はじめは茅（かや）ぶきの粗末なものだったが、子の綱政のときに、江戸の聖堂をのぞけば天下にこれほど壮麗な学校はないというものに建てかえた。これにくらべ講堂のそばの藩主の休息所は、ことのほか粗略な普請で、柱には節のある末木のようで、先が細くなっているのもそのまま荒かんなをかけて用い、天井は矢篠竹だ。ここだけは光政の代のままというので、「誠に感じ入り申し候」。

寮には近村の郷士、医生、他国もの十人ばかりがつめていた。学校では月に六度、近村の百姓を講堂にあつめて講釈をきかせるという。

平四郎一行は、閑谷黌を四月一日に出立した。晴れていた。

山越えして備前と播磨の境の三石にでて、有年（うね）坂峠を越えて片島駅。姫路までいこうとおもったが、某国藩主の参勤で止宿だというので、しかたなく正條の駅に泊まった。

二日に姫路城下。ここは譜代十五万石の酒井家。下馬将軍といわれた大老酒井忠清の家系で、大老になる家柄だが、養子の当主酒井忠宝（ただとみ）は二十三歳で、「政事は、万事、家老まかせ」とみている。国老の高須隼人は若手だが、もっぱら家中をひきたて、文武にはげんでいるようすだ。

学校は、林大学頭の林門と山崎闇斎の崎門の二派が対立していた。崎門は弊がはなはだしく固陋におちいり、林門は詩文多識、これを統率できる識力ある人を欠くために、林門、崎門の学官が隔日に出席して、公然と両途にわかれている。

五日、姫路を出立。曽根天神の松、高砂の松、尾の上の松、尾の上の鏡などをみて明石領の大久保に泊まる。

この道すじは山陽第一の広濶の地で、田畑も肥え、麦、菜種がことのほかよくみえた。明石はみるほどのものがないので、通過。翌日は、この旅行で第一の奇観、舞子の浜の風景を観賞し、一ノ谷の敦盛（あつもり）塚を訪れ、須磨寺にもうでて兵庫泊。

七日は雨、楠公の廟を拝し、風雨が激しいなか、夕刻に大坂へ。熊太郎は、

「今日の苦しさはこれまでの旅中、第一なり」

と書いている。

中之島の松屋という旅館に泊まって、翌日から、ほうぼうを見物してまわる。

九日、大坂城代の土屋采女正寅直（うねめしょうともなお）（土浦藩主）の公用人である大久保要（かなめ）（黙之助）に面会した。水戸の藤田虎之介らと親しいので、情報をえるためだ。

大久保は藩主に重用されて学館頭として藩校郁文館(いくぶん)（文武館）を改革し、人材を育成して士気をたかめた。また尊皇攘夷の士で、水戸斉昭の解慎運動にも努力し、寅直が大坂城代になると公用人になった。この年五十四歳。

平四郎がその後、五月六日付けで長岡監物におくった書状に、

「この人、温然たる人物にて、才識もなかなかあり、底強き気性にて愛すべき人物である。学問はさして深くはみえないが、水戸学で大道ははなはだ明白である」

とある。

この手紙では、これまでの遊歴で出あった人たちについて「天下人材は誠に大払底、これまで敬服するほどの人には一人も出会わなかった」としながらも、せめて指を屈せば「柳川に池辺藤左衛門、徳山に井上弥太郎、芸州に吉村重助、京都に春日讃岐守（潜庵）」、そして「大坂に大久保要」の五人がいたと書いている。

お供の徳富熊太郎が大久保にもった印象は、「人となりはやわらかで明敏、重厚、篤志人をうごかす」というものであった。

大久保は平四郎に、水戸の会沢正志斎の書幅をあたえた。千早城における楠公を詠んだ七律で、彼の所望にこたえたものだ。平四郎は、その書後に「辛亥の夏、余（私）大坂に遊び、大久保要を訪ない、二夕快談す。別れにのぞみ、贈るにこの書をもってす」と記した。

十日に大坂をたった。

大坂から堺、和泉大津、岸和田とたどり、貝塚に泊まって十一日に出立、紀ノ川をわたり、和歌山についた。南龍公・徳川頼宣が藩祖の御三家和歌山藩の城下町で、のちに十四代将軍家茂になる慶福（よしとみ）がまだ六歳で当主だった。

だが、

「士風陰険なるところがあり正大ならず、御三家をもって恭遜の態がなく、万事、自負の意がある。忠信質実の風にむかわず、機変知巧を貴ぶ」

反感を感じた。

藩の学問はいぜんから徂徠学で、学者の栄誉は著述をだすことだ。詩文にも出精し、学生といえどもひと通りは作るから「文国」といえるだろう。しかし、月に六度、城中で家老以下諸役人へきかせる講釈では、徂徠学派の儒官が朱子の註を使っており、これは江戸が朱子学を正学としているのに対応したものだろう。

紀州藩の制度・仕置は南龍公（徳川頼宣）の遺制である。吉宗と治貞が名君で、この二代は文武節倹に力を入れたとされるが、いまはだいぶゆるんでいる。武士で下男をひとりでもつれているような身分のものは大抵は絹を着ている。社倉（しゃそう）もあるが、近年は貸付も金で利子をとるようになって、米穀を蓄えておく本来の意味を失っていると批判がでている。

しかし、勧農には今日も力がつくされているとみえ、九州、中国、五畿内をつうじて、紀州ほど藩士が耕作にくわしいところはない。農具も発達していて、熊本で三度も鋤き立てるところは、紀州では一度でできるような農具がある。これにより、紀州領の麦や野菜は格別にみえる。激賞である。

和歌山に丸二日滞在、十五日に出立。

紀ノ川をわたり、川にそってのぼり、途中、名手郡西柴村の周三郎という農夫と同行して、唐芋の囲いかた、その植えかた、水田の水の替えかた、稲の干しかた、木わたの手入れ、大根の作りかた、堤を平地に掘る方法、蜜柑の囲いかたなどをきいている。平四郎は気さくで研究熱心だ。

十六日早朝に峠の宿をたち、橋本から大和の境をすぎ、六田で渡船。吉野川にそってゆき、山へ。護良親王に仕え身替わりで戦死した村上義光の塚をすぎ、一目千本へ。宿を決め、吉水院にもうで、太閤秀吉の吉野の花見のときの遺物の屏風、義経居間の跡、皇居の址などをみる。如意輪寺の上の御陵（後醍醐天皇塔尾陵）を拝す。ここで酒をそそいで奉じ、記念に石をいただいて引きかえした。

如意輪寺に寄ると、寺僧がまめまめしく宝物を取りだしてみせた。なかに勅作の御像、天皇の御像があって拝観した。そこで楠木正行の鏃で彫った和歌の拓本をもらい受け、平四郎は、楠木正成および後醍醐天皇の皇子で南朝の征西大将軍懐良親王を奉じた肥後の菊池正観公（武光）の像や自作の詩を奉納する約束をして宿へ。

十七日早朝、奥の院にのぼる。峻険な道をたどって金剛山の頂上にいたれば、河内、和泉など数カ国の山々の展望がひろがった。くだって正成の千早城址をみて、千早村に投宿。

翌朝、再び千早城址へのぼり、図をつくる。記念に石や竹をたずさえてかえった。村にくだり、観心寺の楠公首塚、後村上帝御陵を拝す。竹内町に宿泊。

十九日、畝傍（うねび）山、福生院、神武御陵などを拝し、奈良に投宿。二十日、興福寺、春日神社、三笠山を途中までのぼり、手向山東大寺、木津町。茶摘みをみて、茶の施肥の法、摘みかた、手入れ法、製法を取材する。この遊歴では「百工・技芸・農商の者と話し合い」も重要であった。

二十一日早朝にたち、宇治で「花橘」という煎茶と、「一森」という茶を買いもとめた。小半斤（四半斤＝一五〇グラム）で金百三十七文だ。平等院、源頼政の塚に詣でた。

伏見をへて京都東洞院四条上ルの肥後藩御用聞き井筒屋嘉平の家へ。梅田源次郎（雲浜（うんぴん））が来訪したので、四人で川原町の医家内田藤造宅をたずね、一行は一間を借りて当分、滞在の予定とする。平四郎がひとり途中で大坂にくだり四泊するが、滞在は半月におよんだ。

梅田雲浜は、小浜藩士で崎門学派の儒者である。尊皇攘夷の志士で、のちに安政の大獄の最初の犠牲者となった。かつて父の矢部岩十郎が藩の用事で熊本にいったときに随行し、平四郎や長岡監物らに会って国事について話しあったことがある。また平四郎のお供の笠左一右衛門の父隼太と親しく、三寺三作とも懇意であったので、平四郎の一行に非常に好意をもっていて、世話役を買ってでたのである。

二十二日に、雲浜がきた。昼から福井藩士の岡田準介もたずねてきて、ともに夜まで語りあった。岡田は福井藩儒・吉田悌蔵（東篁（とうこう））の弟で、重臣の稲葉正博の家臣である。雲浜が福井藩の同志と親交ができたのは、稲葉の好意があった。

二十三日、肥後藩邸に白杉専九郎をたずね、酒をだされご機嫌。根取（事務職）の栗崎敬蔵が同席した。

午後、雲浜をたずねて、一緒に清水寺にいく。鳥辺野の浅見絅斎（けいさい）、清閑寺の西依成斎（にしよりせいさい）（熊本出身の儒者）の墓に詣で、三十三間堂などを見物して雲浜宅で夕食を馳走になり、夜、帰宿。

二十四日、井筒屋嘉平と御所を拝観。二十五日、烏丸通の陽明学者、春日讃岐守（潜庵）をたずねた。潜庵は内大臣久我建通（たけみち）の執事でもある。勤王家として国事に奔走して安政の大獄に連座し投獄された。維新後は奈良県知事となったが、幕府通謀の疑いで投獄、蟄居している。平四郎のみるところ「聡敏明達にしてはなはだ虚懐の人物」であった。

二十六日は、岡田準介がきた。二十七日、強雨のなか、岡田とともに儒者、中沼了三（葵園（きえん））をたずねて、夕方まで話した。二十八日、岡田と雲浜がくる。井筒屋嘉平父子も同道で、白川殿で麻裃を着て御所内侍所の御殿を拝した。春日潜庵宅にいく。二十九日、雲浜をたずね、夜、また雲浜がくる。三十日、春日潜庵をたずねる。晩、雲浜がくる。

五月一日、井筒屋又之進の案内で竜安寺、金閣寺、大徳寺などに詣でる。崎門の儒者の千手謙斎をたずねた。晩、雲浜がくる。

五　好き嫌い

二日、徳富と笠を京都にのこし、早朝からひとりで大坂にいき、五日まで滞在した。大久保要にあうためだ。

このとき、緒方洪庵の適塾にいた越前藩の橋本左内にも面会した。左内のことは岡田準介からきいた。左内は十八歳だったが、この俊秀な若者とよほど肝胆相照らしたのか、二度も会っている。福井に帰っていた岡田に、左内が宛てた手紙に、平四郎のことを「いよいよその造詣の深きようにおもわれる」とある。

平四郎は左内に、熊本藩の侍医で、洪庵の門の塾長を務めた「奥山静叔に学んだらどうか」とすすめた。左内の心はうごき、吉田東篁もすすめたが、父が反対するうちに死んで、実現しなかった。

六日の昼ごろ、京都にもどる。熊本へ数十通の手紙を書く。

実のところ、この遊歴の時期、世の中は大変なことになっていた。前掲の長岡監物宛の手紙に、飢民について詳細にふれている。

「中国筋長防・三備・芸州は別して風水の二害をこうむり、困窮はなはだしく、飢民が道路につらなっていました。飢民はたいてい京・大坂にむかい、この二都がはなはだしいです。すでに大坂で先月初め、城代の手許に達した餓死者数は二百余人、その実は五倍もあるよし、私どもも大坂でいま死のうとしているのをみてあわれ悲しみました。大坂はいまもって救恤はないですが、京都は去年の霜月（十一月）よりおこなわれています。中心になっているのは石田梅岩がはじめた心学社中で、京都の豪商、町奉行なども信ずるむきがあって、まず官府から米五百石に銀二十五貫目をだし、社中の豪商によびかけて総計一万両ほどの金をあつめ、三カ所に施行所をもうけたので、京都には餓死者がでなかったそうです。京都に儒学者の数は多いのに、こういう事には全然気づかず、かえって心学の者が実行するとは一笑のかぎりです」

米価政策について興味深い観察をしている。

「北国は去年は平年よりも米の出来かたがよかったが、外に出ししぶったので、大坂では米が例年より三分の一ぐらいになって払底した。そこで町奉行より値段の引き下げを命じ、富豪が過分に買い入れるのをかたく禁じた。このため値段は下がったが、米がはいってこないため、小売値は相変わらず高値のままである。たいてい白米一升につき百七十文ほどだ。しかし、京都では強制値下げ策をとらなかったので、かえって米が出まわっているという」

いまの言葉でいえば、市場を無視した強制値下げは、かえって支障がでることに、平四郎は気づいているのだ。

なお監物への手紙の末尾、尚々書（なおなおがき）に、

「ご示教の酒は大禁制つかまつり、何方（いずこ）にても聊（いささ）かにても酔い申すようには給（たべ）申さず、三杯にかぎり断り申し候。ご安心下さるべく候」

と書いているのが、ほほえましい。

七日、昼ごろ、雲浜をたずねた。八日、昼ごろから中沼、春日をたずねる。井筒屋がきたので荷造りを依頼した。九日、昼ごろから梁川星巌（やながわせいがん）をたずねた。

星巌は美濃国安八郡曽根村の郷士の出で、漢詩人として名をなしていた。雲浜らと親交があって、安政の大獄では捕縛直前にコレラで死んだ。

星巌は、平四郎を朝廷の教育機関である学習院に推挙しようとしたが、これをことわった。福井藩

士で橋本左内の後任の明道館御用掛になった村田巳三郎（氏寿）は、のちに平四郎と親交をむすんだが、その『関西巡回記』で、小楠が星巌を「道学中の姦雄」と評したと書いている。

人の気の合う合わないは、むずかしい。

平四郎の世話を焼いた雲浜は風邪をひいていたが、十日にたった平四郎との別れを惜しんで、秦勤らと同道し、天候不順のなか大津から三井寺、石山寺などをまわったが、十二日に別れた。

平四郎は岡田準介にあてた手紙で、雲浜の厚情を謝しながらも「この人、あい替らず偏固にござ候段、迷惑なる人物、さてさて笑止に存じ奉り候。この種の人ほどいたしにくきはござなく候。御一笑々々」と書き、吉田東篁への書簡でも「この人、陽に正直をかざり、陰に利心をさしはさみ、都会儒者の情態、一笑に耐え申さず、聊か付記一笑を供す」と書いている。

吉田松陰も雲浜と交わったが、どうも合わなかったようである。江戸在勤の肥後藩士、松田重助は、萩の松陰にあてた手紙で「誠に恐るべき人物で、僕はあえて遠ざけた」と注意を喚起している。のちに雲浜には「勤王家の山師」という悪口もあったから、平四郎が嫌った理由があったということだろう。ただし、雲浜のほうは岡田準介に平四郎について「実に英邁の質、精練の学、一世の高材と仰感に堪えず候」と書き、心底、畏敬したようすである。

十三日、鈴鹿峠で平四郎の一行は茶屋の女どもに無体に引っぱりこまれて、心ならずも餅などを食べ、真っ昼間から酒を呑んでいる。けっきょく上機嫌である。

十四日、津で投宿。津藩は藤堂高虎を祖とする外様の大藩だ。平四郎らは藩校有造館の督学参謀である平松喜蔵（楽斎）をおとずれた。実学を尊び学政に功績があり、大横目、郡宰（奉行）としても活躍したが、この翌五年に六十一で没している。

十五日、津をたって伊勢神宮へ。外宮神官で国学者、歌人として高名な足代権大夫（弘訓）をたずねた。

足代は国典をきわめ、千余巻を考証した人物で、国史を宮中に講じるなど栄誉をえている。洋夷の跋扈を憂え、諸国から志士が多く訪問した。平四郎との会談では、「もっぱら海防を心がけている」といって、いろいろ文献をみせた。書籍が山のようにつんであった。平四郎は写本の交換を相談して、帰国後、実行している。

十六日は、大神宮、天岩戸を拝し、櫛田で投宿。十七日、津に戻り、夕方、平松喜蔵宅で藩校の督学である斎藤徳蔵（拙堂）も列席して話した。

斎藤は昌平黌で古賀精里に学んだ朱子学者である。有造館創建とともにまねかれて、講官、侍読をつとめた。平松のあとの郡奉行としても活躍したのち、有造館督学として文武学政をみた。才識明達をうたわれ、交遊もひろかった。アヘン戦争で危機感をもち、西洋の文物も採りいれることを主張、洋学や種痘の採用にも努めている。

そういう斎藤を交えた会合は大いに盛り上がり、晩八ツ（午前二時）に帰宿した。斎藤、平松ともに郡宰を務め、大いに活躍したことから、もっぱら話題がそちらに行って、拙堂の学才・博識ぶりは発揮するところがなかった。このため、平四郎の拙堂評は、

「学派は朱学なれども、まったく功利に落ちおり、まず吏才ある人とみゆ」

でしかなかった。

旅籠大和屋にもどった平四郎、笠、徳富の三人は、寝酒を呑んで、自然、故郷の話になった。二月十八日に熊本を発し、すでに三カ月だが、予定の半分にも達していない。

郷愁にかられた熊太郎が地図をだしてきて、

「このあと、いくつ国があるんでしょう」

と数えると、

「尾州から始めて十三国ですよ。前途遙遠ですねえ……」

悲しそうな声をだした。

「おいおい、しっかりしろ」

平四郎が愛弟子をたしなめて、詩ができたといって、大声で詠みあげた。

　山陽、幾甸（いくでん）（多くの地）浪（さすろう）て遊をなす
　観国、風（習）を訪ね、かつ掩留（えんりゅう）（久しく留まる）す
　倦客（けんかく）、帰るを思えども帰り得ず、なお余す西北の十三州

「まあ、こんなとこだ」

ニヤッと笑った師匠につられて二人も笑った。少し元気がでたようだ。

十八日に津を出立、上野、神戸、追分、四日市をすぎ、桑名で一泊した。十九日、名古屋につく。ここには約半月、長期滞在した。尾張が横井家発祥の地であり、本家に挨拶して系図などを写しとるのが、今度の旅行の公式目的のひとつだったからだ。

投宿のすぐあと、尾張藩士で春日潜庵門下の傑出といわれた鬼頭(きとう)忠次郎（忠純）をたずねて、本家の横井次郎吉方に「同姓懸け合い」の斡旋をたのんだ。鬼頭は、当時、藩主慶恕(よしくみ)（のち慶勝(よしかつ)）の側近にして町奉行だった田宮弥太郎（如雲(じょうん)）に重用されていた。

二十日、藩校明倫堂儒員の奥田文次郎（桐園）をたずねて、海防の話でもりあがる。昼ごろに鬼頭がきて、酒と飯をだしてもてなした。鬼頭は早朝に横井宗家に出むいて、平四郎のことを申し入れ、「後刻、家来をさしだす」という報告をもたらした。

談話中に、横井家の家来がきて、平四郎が名古屋にくることは熊本三横井家の横井牛右衛門より報知があり、待っていたとのべ、ただし、「当主次郎吉は当年十五歳、幼少のため実家の横井次郎右衛門かたに同居し、いま屋敷には家来のみ留守をしているので、二十二日に来訪されたい」との口上であった。

二十一日も奥田をたずねたが、不在だった。

二十二日、午前、本家の家来がむかえにきて、平四郎は当主次郎吉を白壁町屋敷にたずね、脇差をみやげに贈った。

面談して、昼飯後、『次郎吉家系』一冊、『横井一統系図』二冊を一覧して『次郎吉家系』を借りうけ、酒肴の饗宴をうけて夕刻、帰宿、拝借した家譜を筆写し、翌日昼過ぎに完了した。『横井一統系図』も借りたかったが、これは総本家の横井伊折介時泰・同孫右衛門時朝・同作左衛門時久の三家以外の分家は所持できないことになっていたので、写しを所望した。結局、平四郎は二十六日に総本家の横井伊折介邸を訪問し、用人に会って当主との対面、系図写取りを申しいれ、知行所、墓所、菩提寺、系図などの質問をし、みやげに槍をさしだして帰った。九月に謄写されたものが熊本に送られてきた。

二十三日、足代派の国学者、神谷伝右衛門をたずねたが、不在で、明倫堂教授次座の秦寿太郎をたずねると、これは慎み中とのことで会えなかった。薄暮に鬼頭が来訪した。

二十四日、鬼頭邸にゆき、夕刻、神谷をたずねる。彼は梧屋（きりのや）という味噌溜製造業の富商でもあった。奥田文次郎から酒肴がとどけられた。

二十五日、昼ごろ、奥田が来訪、海防談議をした。

二十六日、平四郎は総本家に挨拶にゆき、徳富らは三河に出かけ宿泊した。

二十七日、平四郎は、横井次郎吉の菩提寺三淵正眼寺（せいげんじ）に墓参。夕方、町奉行の田宮弥太郎をたずねた。平四郎の田宮にたいする評は、「人となり、沈静にして明敏、実に国天下を荷う忠誠の人」である。

田宮は、一つ年上で大藩の重役にもかかわらず、平四郎に教えを乞うた。

「治国の根源はいかが」

と田宮にきかれ、平四郎は、

「大臣が事を興し、君意にもとづかないときは、根のない政事ゆえうまくいかない。なにとぞ、君主の非心（悪心）を正し、君徳を補佐して、大臣たるもの、そのことをなしたきものであります」と答えた。「徳のある君主の意志で国を治めなければ、下の者がいくら努力してもダメだ」というのだ。

尾張藩は継嗣問題が続いた。

天保十年に十一代藩主斉温（なりはる）が嗣子なきままに没し、田宮は、支藩高須家の世子秀之助（のち慶恕・慶勝）の擁立をはかった。しかし、幕府が田安斉荘（なりたか）を十二代にしたので、秀之助を跡継ぎにするよう運動したが失敗した。十三代には斉荘の養嗣子慶臧（よしつぐ）が就任したが、子なきまま疱瘡（ほうそう）にかかって嘉永二年に没し、ようやく慶恕が十四代藩主となって、田宮を藩政改革に重用することになった。

だが、この内紛が尾を引いて、改革は容易ではなく、田宮は悩んでいたのである。

平四郎に感謝の手紙を送っている。

「半宵（はんしょう）（半夜）の話、十年の書にもまさり、さてさて種々有用のお咄（はなし）どもうけたまわり、歓喜に堪へず存じたてまつり候」

平四郎も、田宮を高く評価した。帰熊後の翌年正月、遊歴中に世話になった岩国の藩学養老館教授の坂本格と井上司馬太郎への礼状のなかで田宮にふれ、「尾張には大身の人傑がある。よほど志これあり。いささかもご三家や大身の尊大さをみせず、道を求める心が切実にみえる」と称讃した。ふたりの親密な関係は、その後も続く。

六月二日には、藩校明倫堂の典籍次座の澤田良蔵（眉山）をたずねて肝胆あい照らし、三、四度も会って、以後も文通をした。

嘉永六（一八五三）年正月の澤田宛て書簡で、「田宮君はあい変わらず君側にお勤めとおもいます。はばかりながらこの地位はもっとも大切の大根本にて、第一等の人物が少しも離れてはいけません」と書き、「尊藩のご隆盛は真に天下列藩の大勢に大いに関係がある」「尊藩は以前、ご内乱より十六年余になる。この間、士風民俗が悪しき方にのみ培養されたので、なかなか一朝一夕にはあらたまらないでしょうが、寛大なるご趣向第一で助長されることのないよう申し上げます。釈迦に説法ですが」等々、のべている。尾張藩への期待が田宮の存在と重なり、「君づけ」は同志扱いである。

第五章 邂逅

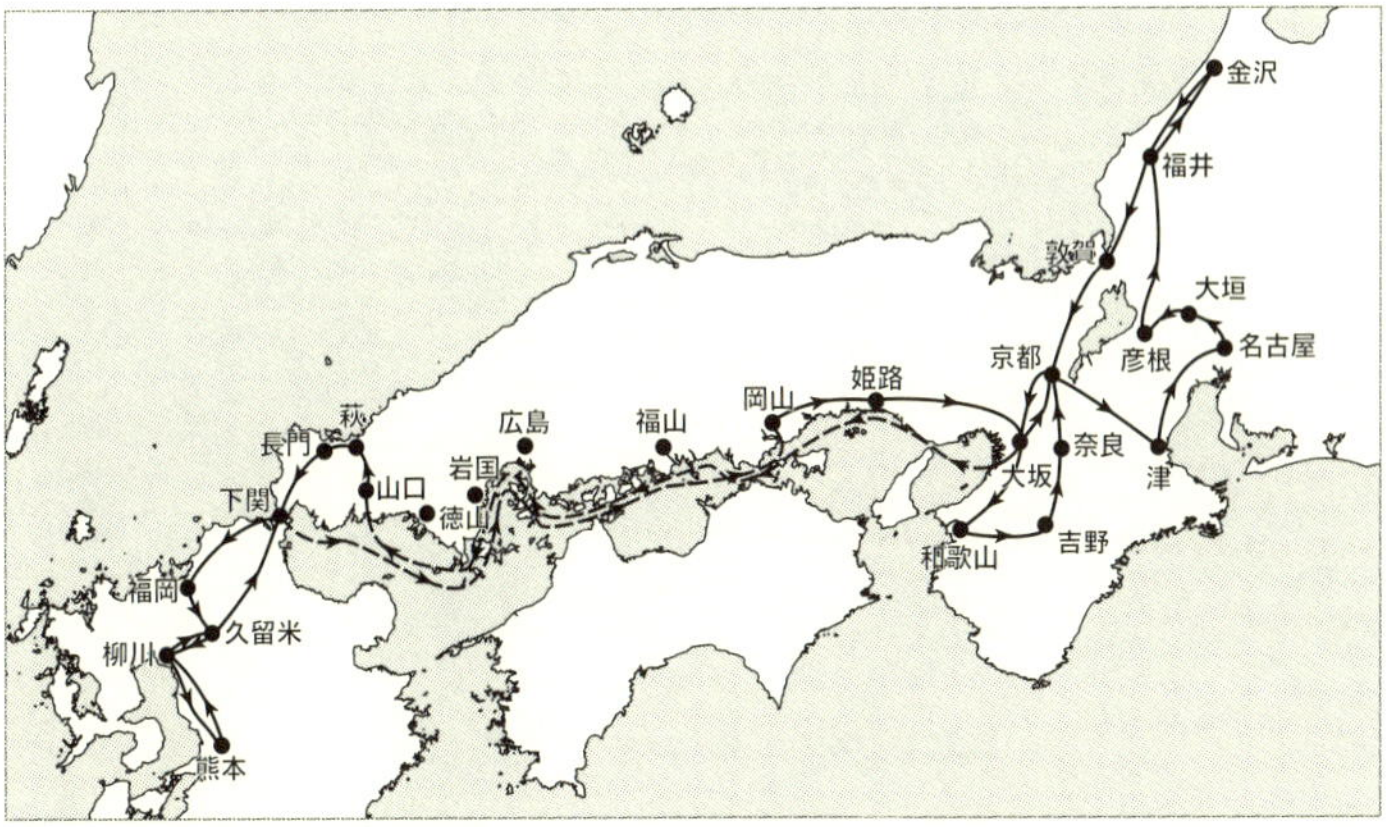

小楠の上国遊歴の主な地名とルート（破線は海路）

一　福井藩

「横井宗家を訪問し、系図を調査したい」

これが、藩情視察とともに、名古屋をおとずれたおもな理由であった。

宗家の横井次郎吉は今年十六歳、会ってみれば、きわめて賢い若者で、平四郎は素直に喜んだ。目的はいちおう片づいたので、次郎吉に自分の書を送って激励し、旅立つことにした。

六月六日は晴天で風があった。朝、名古屋を発った。

旅に同行してきた笠左一右衛門は、砲術で習うべきことがあるといって残り、あとで追いつく手はずだ。しばらくは門人の徳富熊太郎とふたり旅である。

名古屋から美濃路を西へもどる。大垣、垂井、関ヶ原をへて近江にはいり、六月八日、彦根についた。彦根藩は三十五万石の格式、猛将井伊直政を藩祖とする譜代大藩である。

平四郎は翌日、詩文家の田中栄（さかえ）（芹坡（きんぱ））をたずね、藩主の井伊直弼（なおすけ）のことなどをきいた。田中は藩校弘道館の教授から、やがて会頭になる男だ。かれによれば、

「当公（直弼）は、三百石ばかりで久しく部屋住みの身であられ、出家しようとさえおもわれた」ということだが、「そのころより『中庸』を信用して読まれ、家督後も同じく『論語』を読まれる」ということから、重臣の免役・登用も断行して、田中の師の藩儒中川禄郎（漁村）を督学にした、という。

「学はもちろん朱程の学だ」ときいて、大いに好感をいだき、彦根藩の将来に注目しようとおもった。

これより二年後のことだが、中川は、嘉永六年のペリー来航に際して直弼から意見を求められ、藩内のみなが攘夷を申したてたなかで、ひとり「それは然らず」として、「四海の内、皆兄弟なり。通交も可なり」と主張し、直弼の開国の意志をかためさせた。中川は洋書を読まず、長崎に一度いったぐらいであるにもかかわらず、開国論をもった人物だが、安政元（一八五四）年十二月、五十九歳で死んだ。

このときの平四郎には、当然ながら、安政の大獄の予感はない。

十一日には藩主が江戸より内着のはずということで、藩内はあわただしく、話もきけないので、十日には出立した。平四郎の気持ちは、はや福井にある。

長浜をすぎ、木ノ本で投宿。翌日は今庄に宿をとった。十二日、湯の尾峠をくだって府中（武生）、鯖江をとおり、七ツ（午後四時）ごろ、福井につき、石場縄屋に旅装をといた。暮れに、京都で親しくなった岡田準介がたずねてきた。その後、すぐに岡田の門人がひとりくわわって深更まで話しこんだ。岡田は儒者・吉田悌蔵（東篁）の実弟で、福井藩重臣である稲葉正博の家臣だ。

吉田悌蔵は文化五（一八〇八）年の生まれ、平四郎のひとつ年上の四十四歳であった。

かれの父の金八は「鉈差し」と俗称された軽輩だった。吉田は藩校正義堂に学び、京都の崎門学者の鈴木撫泉に私淑し、私塾を開いた。「学は実践にあらざれば不可なり」として、時務策を論じ、その門人に藩重役の鈴木主税や浅井八百里、また橋本左内ら俊足をだしている。その鈴木によって、嘉永四年に士分に抜擢された。

十三日昼前に岡田の同僚の坂部簡介が来た。午後、吉田・岡田の兄弟が訪問して、おもいもよらぬことを平四郎につげた。

「稲葉さまのご厚意により、ご当家の別荘である遊仙楼にお宿を用意いたしました。炎暑のなかをご足労ながら、これよりお移りくだされたく」

滞在中は稲葉家がいっさいの面倒をみるという。遊仙楼は、すばらしい邸宅であった。平四郎は「ご主意ありがたく身にあまる」思いを吐露した。

暮れに、三寺三作がくわわって深更まで学話にもりあがった。

翌日も吉田・岡田兄弟、三寺がおとずれて、また深更まで学話にもりあがる。その内容は、志の一条から諸生の誘掖（ゆうえき）（導き助けること）、君主の非の匡正（きょうせい）（正しなおすこと）、政治の得失、天下の興亡、古今の治乱などにおよび、実に勇ましいものだった。

十五日は、早朝から来客があり、その後、吉田悌蔵宅へ。諸生が数十人もあつまって話しこみ、深更に帰った。十六日も早朝から客。午後、平四郎は吉田をたずね、また吉田と一緒に帰って対談、深更におよぶ。

その後も同様で来会者はふえ、十七日は「千乗之國」（大諸侯の領国）の御会、十八日の飯のあと、「徳礼政刑」の御会、夕方は「克己復礼の章」の御会をひらく。そのあと吉田がたずねてきた。十九日も来客がおおく、夕方から「克己の脩目（しゅうもく）」の御会。吉田が稲葉家のもうひとつの別荘・含翠軒（がんすいけん）にかかげる額字を頼んだ。

二十日は早朝から揮毫し、午後に吉田宅で「大学」三綱領（明明徳、親民、止至善）の御会をする。これには、なんと七十余人があつまった。薄暮から饗応の宴。晩に岡田の同僚で歌人・茶人の野村淵蔵がたずねてきた。

この日の御会に、十九歳だった三岡石五郎（八郎）がいた。五カ条の誓文の原案を起草した、のちの由利公正である。『由利公正伝』には、

「（横井小楠）はじめて福井に来遊し、大学の三綱領を講演し、堯舜孔子の道をもって国家を経綸するの学となし、道徳は経国安民の本として知識によりて増進す。ゆえに格物致知を先とし己を修め、人を治むる内外二途の別なしと説く。石五郎（公正の初名）これを聴きはじめて読書の趣味を覚え、反復大学を読み、自らこれを実行せんことを誓へり」

とある。

平四郎の講義は、無味乾燥な儒者の講義とはちがって刺激的で、実に面白かったのである。

感銘をうけた三岡は、早速、「実行」をめざす。その手はじめに、福井藩の財政を調べようとした。だが、藩の統計があまりに杜撰なのにあきれはてた。

「このうえは、自分で調べるほかはない」と、五年かけて足で調べまわって統計をつくった。いろいろと疑問がわいてくる。たとえば米は絶対量が不足しているはずなのに、他領に輸出している。要するに、自藩の百姓の大半が米を食べていないという現実があるのだ。また歳入と歳出をくらべてみると、毎年二万両ずつ不足する計算になる。一体、どうするのだ。将来の対策はどうなるのだ。三岡

はその疑問を奉行の長谷部甚平にただすが、答はえられなかった。
そういう現実的な改革の萌芽を、平四郎の講義はあたえたのだった。のちに三岡は平四郎とともに、福井藩の殖産興業政策を推進するが、それはまだまだ先の話である、

平四郎は、この一週間ほどで、大いに福井の人士たちと交流し、自説を披瀝した。ここで、ひとまず加賀藩の金沢までゆくことにした。

「上田翁も、首を長くして待っておられよう」

三月初めに下関で別れた上田作之丞が、懐かしくおもわれた。

二十一日の朝はちょっぴり雨がふって、暑気をまぎらわせたものの、昼からは晴れた。午後のうだるような暑さのなかを、諸君子にいとまごいして出立した。岡田と坂部が福井の北の森田にある舟橋まで見おくってくれた。九頭竜川の急流にかかる橋だ。この日は大聖寺で投宿。翌日は晴。小松から間道に入って、湊から手取川を渡り、水島に着く。宿をとった旅籠の「たばこ屋庄左衛門」で、研究熱心な平四郎は白米や酒の値段、男女の給金などをきいている。

二十三日も晴天で暑い。ついにたえかねて、平四郎たちは松任で氷を買って食べた。

「おお、口ん中がすびきょる（冷たい）ばい！　朝から、あの白山に鹿子まだらにのこった雪を眺めて歩いてきたが、それを食べようとはおもわんかったなあ！」

「生きかえります！　まさに一生の奇珍ですねえ」

子弟の会話も、のんびりしている。ともかく暑い。

正午、犀川をわたり、金沢の香林坊下の旅籠・大浦屋幸左衛門に旅装をといて、ただちに加賀藩の上田作之丞に手紙で到着を知らせた。

翌二十四日も晴れた。

朝、早速、上田翁をたずねてゆく途中、むこうから手を振り振り、やってきたのは上田翁ではないか。

「これはこれは上田先生、こちらから、おうかいするところで」

「ワハハハ、待ちきれず、でてまいりましたわい」

とりあえず宿に引きかえして、みやげ話に花がさいた。

「横井先生、やはり拙宅にいらしていただきたい」

ということで、同道して上田邸をたずね、また話しこみ、七つ（午後四時）ごろに宿に帰った。

「暑い、たまらん」

平四郎たちは、また氷をほおばった。

宿では、城下の芝居小屋跡やら、青楼、銀札、氷売り等々のことを熱心に質問している。

二十五日、今日も晴れて、朝から暑い。上田翁をたずねて、いっしょに城下見物をする。

二十六日も晴。昼ごろ、金沢藩士の東郷栄之助がおとずれて、数刻、談話した。八ツ（午後二時）ごろから、平四郎たちは藩校明倫堂儒員の大島清太をたずねた。碩儒といわれた故大島贄川（忠蔵・惟直）の子だ。酒肴がでて、薄暮に帰る。

二十七日、晴。昼飯のあと上田翁邸にゆき、藩士泉沢弥太郎と同道し、関沢房清をたずねた。関沢は通称を六左衛門（のち安左衛門）といい、やがて割場奉行として藩政改革にたずさわる人物だ。佐久間象山とも親しかった。

客が八、九人あって、手厚い饗応をうけた。平四郎は関沢を「北陸でえた知己」とおもった。七ツ（午後四時）ごろ、夕立で雷鳴がした。暑気がややゆるんでホッとした。暮れ五ツ（午後八時）過ぎに宿に帰る。夜半に関沢と宇野直作が来訪し、夜明けまで話して帰った。

二十八日、晴、夕立がちょっと来たが、平四郎は暑気にあたって気分がすぐれず、夕方に犀川のあたりで納涼した。

二十九日も晴天。田中専次がたずねてきて懇談する。宇野、泉沢が見舞いにきて、三人も一緒に上田翁宅へ。十四、五人も客がきて深更に帰った。

七月朔日、晴、東郷が来訪し、朝飯のあと、上田翁をたずねるが不在で、明倫堂の助教西坂天錫（てんしゃく）の家へいった。午後から大島方へ。藩校の教師が三人きて、話は深更におよんだ。

三日、晴。明日は福井にもどるため、上田翁にいとまごいにゆく。酒飯の馳走になり、別れの情がせつなかった。

四日、晴。早飯をとって金沢を出立。この日は小松に泊まる。

六日、晴。正午には福井につき、遊仙楼へ。わずかな不在であったが、何やら懐かしい。平四郎はへたばっていた。薄暮より川原で納涼。晩、雨がひとしきりふって、すこし涼をはこんできた。

七日は、曇。平四郎がもどってきたので、諸士の来訪があいついだ。八日は晴れた。吉田家へゆく。

九日、晴。早朝より諸士来訪、夕方から「西銘（万物一体の思想をのべた北宋の張横渠の著書）」の御会をする。しかし、中頃ごろから平四郎は気分が悪くなり御会は中止。積日の過労と炎暑のため、倒れたのである。

翌日、洋方医の笠原白翁が来診。今日から諸士の応対を謝絶する。十一日もはなはだ不快。諸士の見舞いがひきもきらない。

十二日になって、平四郎の容態は快方にむかった。

「先生、よかったですね！」

徳富と笠は安堵した。吉田、三寺らが心配してやってきたが、皆、ホッとした。晩は川端へ納涼にでた。

十三日は雨になった。吉田、岡田、三寺ら諸士がおとずれ、吉田が、

「暑さは尋常ではござらぬゆえ、もそっと涼しき場所へお移りいただけばと思いましてな」

彼が用意したのは、稲葉家のもうひとつの別荘・含翠軒であった。

「ほう、これは涼しい」

平四郎は吉田の厚意に感謝した。含翠軒は北に面した家で、座敷はひろく、庭のつくりがこっていた。さしわたし三間（五・四五メートル）ほどの池は水をたたえ、水草がおいしげっていた。木立もふかく暑さをさけるには絶好の場所だった。

十四日も猛暑だったが、平四郎は元気を回復してきた。諸士の来訪がおおく、朝から三更（午後十一時から午前一時ころ）まで学談がつづいた。揮毫もして、吉田宛てに感謝の手紙も書いた。

十五日も来訪がおおく、昨日と同じようにすぎた。十六日は、朝飯のあと、「忠恕」について会談。夜に吉田の門人の伴圭左衛門、三寺、村田巳三郎（氏寿）、末松某がきた。

十七日、飯のあと、「論語」「首章」の会。七ツ（午後四時）ごろから新田義貞が討ち死にしたという伝説のある燈明寺の新田塚へいった。

薄暮から、岡田らと愛宕山（現足羽山）にのぼり、継体天皇の宮に参拝。この山は秀吉が柴田勝家を討伐したときに陣したところだ。山頂で酒をくむうちに、月がでて、日本海の涼しさがただよってきた。四ツ（午後十時）すぎに含翠軒に帰った。

十八日、昼過ぎて夕立。飯後、大谷助六、野村列ら四、五人がきた。十九日は晴れた。朝、医師笠原白翁の門弟で敦賀の人がたずねてきたので、帰途、敦賀をとおるときの宿を頼んだ。同地では結局、伊勢外宮で面会した足代弘訓の知友の吉田宗左衛門宅に泊まることになる。この日も大谷、末松、市村、岡田らがきて、あとから吉田もやってきた。

二十日、曇っていたが、その後、晴れた。笠原の家にゆく。買い物をして帰ると、諸士がたずねてきた。大谷や吉田もきた。薄暮、吉田をたずねる。晩に岡田ら七、八人がきた。

「名ごりはつきませぬが、故郷の母のことも心配になりました。いつまでも、というわけにも参りませぬ。明日は、お別れでござりまする」

かねての予定通り、平四郎はみなみなに別れをつげた。吉田悌蔵が別れをおしんで七絶二首を平四郎に贈った。

何事ぞ　秋風に鱠羹を問う
陽関一曲　情に堪えず
帰鞍至る処にて　知己に逢わば　為に報ぜよ
非才も末盟を　辱くしたりと
（この宴は何事なのか、と、私は秋風に問う。そうか、横井先生の送別の宴なのだ。
――渭城の朝雨　軽塵を潤す
客舎青々　柳色新たなり
君に勧む　更に尽くせ　一杯の酒
西の方　陽関を出づれば　故人無からん――
王維が友を送った別れの詩が詠われ、私は感に堪えない。帰られるとき、あちこちで知己にお会いになったら、非才（吉田）も盟友の末につらなったと伝えてください）
もう一首に、こうあった。

千里の帰心　雁声に先だつ
高山流水　交情を奈んせん
知らず　何れの歳か　西窓の燭重ねて

白頭を照らして　玉觥（ぎょくこう）に酔わん

平四郎も悌蔵も、涙で顔がクシャクシャになった。

また儒者の矢島立軒（剛）が、一文を草している。

「横井先生は肥後の人で、福井藩に友をたずねてこられ、しばらく滞在された。私はほんのすこし、その教えに接しただけだが、先生に経義を問えば、その根本と枝葉を開示され、取捨選択されて新たなことを教えていただいたのは、理を窮（きわ）めておられるからだ。ご自身に公的な職責があるわけではないが、慨然（がいぜん）として当世のことに志があって、国家の利病（痢病か）や生民の休戚（きゅうせき）（喜び悲しみ）など常に隠憂をいだいておられ、これをもってか、議論は英発懇惻（えいはつこんそく）、人を動かした。

先生は九州より各国をへて福井藩にこられた。他国を観察訪問するのは、声気の同じものを知って、斯道（しどう）を天下に維持しようと欲しているからだが、私がおもうに、先生のごときは、いわゆるその人ではないのか。久しく謦咳（けいがい）を承（う）けて箕掃（きそう）を執（と）らん（そばにいて教えを受けたい）と欲したが、滞在わずか二旬余（二十余日）で、親をおもい帰国されようとしている。わが藩の先生と道義をもって交わるものたちは、みな別れを惜しんでいる」

福井の人々にとって、平四郎の講学は衝撃であった。興奮をあたえるカンフル剤であった。

そして、かくも福井の知己から貴賓の処遇をえて、諸士にここまで慕われた平四郎の感動は、筆舌につくしがたいものがあったのである。

二　旅の終わりに

福井の人々にとってはあまりに短い平四郎の滞在だったが、かれには金沢往復の十五日を通算して四十日におよぶ長逗留となった。新暦換算で七月十日から八月十七日までという最も暑い時期は、体調にも支障をきたした。

翌年正月、旅の往路で世話になった岩国藩の藩校養老館教授であった坂本格、井上司馬太郎に出した手紙で、福井藩を絶賛した。要約すれば、こうである。

「なかんずく、当時、盛大なるは、福井にしくところござなく候」と書き、「ご政事むきはいまだそれぞれお手つき申さず候えども」、全体の士気が高くて君公もよほど賢明で、当時のところは「君臣上下ともにこの学事に必死に志し、修行最中にて、よほど然るべき人物も出来（しゅったい）いたし、何れ（いず）五、七年も経（へ）候えば、君臣ともに丈夫にお成りなさるべく」「政事にもお乗り出しなされ候えば、きわめて一ト通りのことにてはござあるまじく」「全体、学術の本意もっぱら程朱を宗とし、綱常彝倫（こうじょういりん）（三綱と五常、人の道義、常に行うべき道）より政事におしおよび候」「いわゆる己を修め、人を治めるのところにこれあり」等々、賛辞をつらねた。

七月二十一日、平四郎一行は、諸士の見送りをうけて福井をたった。一里先の荒井で諸藩士と別れ、さらに浅水までついてきたものと別れた。そこへ滞在中、身辺の世話をしてくれた奥村坦蔵が駆けつ

けてきて鯖波まで同道したので、留別の酒杯をもよおした。平四郎は、

「福井におりましたときには、熊本のほうの空を眺めて、懐郷の念にかられたが、さて、辞去するとなると、福井がかえって故郷にようにおもわれます」

そういって、奥村に賈島の唐詩、七絶「桑乾を度る」を半紙半分大の紙に書いてあたえた。

　　并州（山西省太原）に客舎して已に十霜（十年）
　　帰心　日夜　咸陽を想（憶）う
　　端無くも（はからずも）既に（更に）度る　桑乾（河）の水
　　却って并州を望めば是れ故郷

また美濃紙大に別離と激励の言葉を書いて贈った。平四郎はうれしかったのである。

「千差万変ひとつとしてきわまりなきものは人事にあらずや、而して心を一処に置くは是心の神明死せるなり、安んぞ之を学と謂う可けんや、此の理を会得し縦横推究し必ず人事の義を盡くして止めば、則ち志明らかに意誠に大学八條の工夫もって其の要領を得可きなり。

奥村君送りて鯖波に別る。余深くその篤志に感ず。すなわち平生記するところを録してもって別となす。横井存拝（原漢文）」

二十二日、朝は雨がふっていたが、昼ごろから晴れた。鯖波をたち、湯ノ尾峠、今庄をとおり、二ツ屋の福井藩関所をすぎて木ノ芽峠をこえ、敦賀へ。かねて依頼してあった新田の吉田宗左衛門方に宿泊した。

二十三日は晴。吉田と金ヶ崎城(敦賀城)址にのぼった。老松がしげり、ススキや荻が道をふさいで荒涼としていた。戦国時代の朝倉一族の居城という本丸跡や、麓には足利氏と新田義貞の戦いのとき、義貞の嫡子義顕が死んだ場所などがあった。敦賀は戸数三千余で、北海で一、二の湊(みなと)のようにみえた。

二十四日も晴。敦賀を発し、琵琶湖にでて海津(かいづ)から船便にしたが、風波がつよく今津の一里北に着岸し、今津に泊まる。夜は雨になった。二十五日は朝、雨だった。今津を出立し、上小川村で中江藤樹の書院をたずねた。衣川泊。二十六日、晴。衣川をたち、唐崎の松、明智光秀の城跡(坂本城跡)、坂本村の壺笠山、志賀の村(南滋賀)の志賀山(宇佐山)城址などを見物し、大津をへて、伏見から夜、船で大坂へ。帰心、矢のごとし、である。ただし、平四郎には、まだいくつか、たずねたいところ、会いたいひとがあった。

二十七日も晴。小倉船へ乗りこみ、海路、兵庫、福山沖をすぎ、三十日、芸州御手洗に寄って潮をまち出帆。八月一日、広島沖、室積沖を通航、二日早朝、中ノ関に上陸した。東風がつよかった。そこから三田尻をへて山口で昼食、大内義隆の城址を見物し、大内家の菩提寺龍福寺をたずねた。一ノ坂峠をこえ佐々並で泊まる。長州・毛利氏の萩まで四里(一五・七キロメートル)の距離だ。萩藩は外様三十七万石、当主の毛利敬親(たかちか)は天保改革に成功して、藩の政情は比較的安定している。

平四郎はその地で、かねて宮部鼎蔵から話をきいていた吉田大次郎（寅次郎＝松陰）に会いたいとおもっている。また同藩の天保の改革に辣腕(らつわん)をふるい、いまは隠棲している村田清風（織部）をたずねるつもりである。

三日も東風がつよく吹いた。佐々並をたち、正午ごろに萩、瓦町の宿につく。吉田大次郎と蘭医の松村多仲に手紙をやると、吉田は江戸に遊学中で、松村は病気で返書がなかった。平四郎は少し気落ちした。

四日、晴、あい変わらず東風がつよい。儒者で藩校明倫館の前学頭、山縣半七（太華）をたずねたが病気（中風）で応対できないので、昼ごろから明倫館をたずねた。昨日、知らせておいたので、教授の平田新右（左）衛門が応対した。

明倫館は享保四年に開設されたが、毛利敬親が襲封するや、弘化三年に学事興隆を命じて、下江向の地に嘉永二年二月、規模を拡大させた新学館を落成し、西洋医学・兵学など洋学を取りいれ、時勢にあわせようとしている。

五日も天気は前日とおなじ。朝飯後、宍道直記(しんじ)をたずねると、実兄の柳井孫太郎がきた。江戸留守居をつとめた人物で応対ぶりはものなれているが、さして学問があるとはおもえなかった。宍道も同様だ。暮れに明倫館へいく。村田清風の甥で文武の達人の山田亦介ほか三人が同席した。山田は吉田松陰に長沼流兵学を教えて、免許をあたえた人物だ。

六日、同様の天気。飯のあと、城下見物。山田がきて、明倫館を参観した。

七日、風がやんで雨。早朝に森重政之允と近澤敬蔵がいっしょにたずねてきた。その後、山縣半七の養子の半蔵（宍戸璣）がきて、養父が病気で会えないことを謝した。夕刻、宍道直記をたずねて深更に帰る。

八日、雨がやんだ。山縣半蔵が書物をたずさえてやってきた。七ツ（午後四時）ごろから、山田をたずね、深更まで話した。道家龍助、近澤らが列席した。

九日、晴、風立つ。早朝、明倫館の平田へいとまごいにゆき、朝飯のあと出発。道家方に立ちよってオランダ製の鞍をみせてもらい、造船法をきいた。

八ツ（午後二時）ごろ、三隅郷澤江村に村田清風をたずねた。彼は自邸に私塾の尊聖堂を設け、子弟教育にあたっている。

「よう、お出でなされた！」

清風は中風で、家内を歩くのもやっとという状態で、不自由な足をかばって杖をついていたが、闊達な老人であった。

（みごとな面構えじゃな！）

平四郎は内心、感心した。眼光鋭く、眉太く、鼻梁たくましく、口をへの字にむすんでいる。しかし、その眼はどこか慈眼ともいうべき色がある。話好きだった。時勢論から萩藩の富国強兵・人材育成などに話はおおいにもりあがったが、村田には、長州藩を超えて日本国家という意識がつよいのがわかった。

こういう和歌を詠んでいる。

「西北に風よけをして幔(まく)を張れ　我が日の本の桜見る人」

「敷島の大和心を人とはば　蒙古のつかひ（使い）斬りし（北条）時宗」

識見高邁で、人を人ともおもわないところがあった。

十七歳のとき、江戸にのぼったが、途中で富士山をみて、高吟した。

「来て見れば　聞くより低し富士の山　釈迦も孔子もかくやありなん」

とうとうと弁じたてる村田は、ときどき、「そうじゃろ？」といって、いたずらっぽく眼に笑みをうかべて平四郎をみた。

いつもの平四郎なら、「お言葉ながら」と異論をとなえて、高拍子に反駁の論陣のひとつもはるところだが、これは相手がちがった。「ご説ごもっとも」とばかりにもっぱら聞き役に徹している。熊太郎らが、面白そうにみている。

村田は平四郎にたずねた。

「貴公はなんの訳にて天下を経歴いたし候か、その趣意いかん？」

平四郎はこたえた。

「いずれ、天下の政(まつりごと)はひとつになります。いまのような幕藩体制の一国一国の政事ではあいすまなくなるとおもいまして、あちらにはこういうよいところがある、こちらにはこういう得るところがあると、各藩の是非得失を考えあわせ、一途政体となるように念願して遊歴して、国政の善悪を視察しております」

すると、村田は、

「そのお志、まことに感服つかまつり申した。しからば、その国にはいり、その政の善悪是非は何をもって識別さるるや?」

「まず、その国にいたり、武士の容体が質朴であれば、その士風がさかんなるところです。また町家の繁栄していれば、その国は富んでいます。農政がゆきとどき、民心を得ているところは、かならず、仁政がおこなわれております。この三条を目的にして、それがあるところでは、その国に人材があるわけですから、その人に問うて細目を正し本体を明らかにすれば、多くは相違もございませぬ」

村田がいった。

「いま一事、見るところがあるのにお気づきではないか?」

平四郎は「さて?」と首をひねっていたが、

「いや、とんと考えつきませぬ。願わくばご教示たまわりたいのですが」

村田は、例のいたずらっぽい眼になって、

「市中に玩物(無用の物・奢侈品)多く、売りもののあるところは、決まって奢美の国でござる」

「なるほど、そういう視点がございましたな」

大笑いしながら、平四郎は、この老人にはかなわないとおもった。

数刻も話しこんで、暮れすぎにとりあえず投宿の手続きを熊太郎にさせて、村田とは深更まで話を続けた。

村田は天明三（一七八三）年生まれの六十九歳、門閥士族で中士上等の大組士五十石、村田四郎右衛門光賢の長男として三隅郷澤江村で生まれた。藩主の毛利斉房、斉熙、斉元、斉広（なりとう）、敬親の五代につかえて、百六十一石。

明倫館に学んだのち、江戸の塙保己一（はなわほきいち）に国学をならい、兵学や西洋事情にもつうじた革新派。文化五年、二十六歳で斉房の近侍、斉熙のときに用談役となった。

藩主が敬親になって、天保九年、五十六歳で江戸の財政整理担当である行相府仕組掛に抜擢された。銀八万貫をこえる借財のあった藩財政の改革をまかされ、当役用談役兼手元役となり、藩費を節約し、下関に越荷方役所をもうけ、藩特産品の統制緩和などを実施した。しかし、あまりに厳しい節倹策が反発をまねいて、行相府の座をさった。だが、かわって政権を担当した坪井九右衛門の緩和策も失敗し、弘化三年、ふたたび政権交替がおこなわれたが、前年に三隅に致仕して自宅の尊聖堂を子弟教養の場としていた清風は動かなかった。

のち、安政二（一八五五）年にいたって海防費などの増大で、またもや窮迫した藩財政を再建するため、仕組掛を命じられ、敬親から直々に登城をうながされた。しかし、三日後の五月二十五日、にわかに倒れ、七十三歳で没している。

十日、晴、東風強し。朝飯後、村田翁をたずね、すこし話したあと、槍剣の稽古を見学し、また翁と談話し、漢の古鏡・玉の文鎮・菅相公の筆などをみせられた。

村田は壁に「武内宿禰応神天皇を懐くの図」をかかげて、泣きながら、

「君、武内の苦衷をみずや。外は三韓の役あり、内は熊襲の変あり。而して禍は蕭牆（身内）の裡よりおこりて、忍熊王の反乱となる。彼はこの時において寡婦孤児を輔け、もって内外の大難を靖す。千載の下、誰か彼の精誠を諒とするものぞ！」

そう叫ぶようにいった。武内宿禰は大和朝廷の初期の伝説的な人物で、景行・成務・仲哀・応神・仁徳と五代の天皇につかえ、補佐したとされる。

新羅征討中に仲哀天皇が没し、神功皇后が筑紫で誉田別尊（のちに応神天皇）を産んだとき、忍熊皇子は、次の皇位がこの異母弟にきまるのを危惧して反乱をおこしたが、武内宿禰に輔けられた皇后の軍に滅ぼされた、という。歴史学的には実在が疑われる伝説だが、ともあれ、当時は信じられた逸話に感泣し、愛国の情を披瀝した村田の激情に、平四郎も感動した。

平四郎は、熊本に帰ったあと、吉田東篁に宛てた手紙で、こう書いた。

「村田には、ゆるゆると話しました。以前に中風をわずらい家内の歩行もようやくできるくらいで、まことに六十九歳の老翁でございますが、なかなかの人傑で、その精神も気魄も旺んで、人を圧するところは驚きいりました。ただ、惜しむべきは学術が純正でなく、ついには一個の私見に陥っております。右の次第ゆえ、これよりはいっさい親しくはいたしません」

人物には魅力があったが、学問の筋が違う、朱子学ではないから、議論のしようもなく、中風のご

老体の高説を、ひたすら拝聴したということだろう。

昼飯のあと、村田に別れをつげて、深川の湯にはいり、大寧寺で大内義隆の古墳をみた。薄暮に八幡というところで宿を頼んだが、ことわられて三里先の西市までいって泊まった。

十一日、晴。早朝に発たて七ツ（午後四時）ごろ、赤間関（下関）へついた。往きに世話になった原五郎左衛門をたずね、いっしょに阿弥陀寺町に納涼にでて深更にもどる。

十二日、晴。原にいとまごい。船で小倉へ。翌日、小倉をたって赤間で投宿。十四日、早朝に出立し、箱崎八幡宮に参詣して、博多の中の島で宿をとる。夕方、福岡藩の教官の櫛田駿平をたずねたが、国禁を理由に面会をことわられた。十五日、ときどき夕立。博多をでて大宰府へゆき、観音寺に立ち寄った。聖廟に参拝、田代で投宿。

十六日、曇。早朝にたち、四ツ（午前十時）ごろ久留米について投宿する。平四郎の人気は大したもので、藩校明善堂教官の池尻茂左衛門や本庄一郎、山本左次郎らといっしょに、水戸学信奉者の天保学連を代表する真木和泉守（泉州）、木村三郎、梯譲平がたずねてきた。夕方から山本宅にいって深更まで話した。講釈方の佐田脩（修）平もきて、中村淵蔵、梯謙次、三原顕蔵らも同席した。

十七日は雨。四ツ（午前十時）ごろ、宿を出立する。池尻、中村、山本がいとまごいにきた。真木和泉守をたずねると、そこへ本庄一郎がきて、終日、話をした。琵琶、和琴をきいて、深更まで話しこみ、真木宅に泊った。真木和泉守はやがて勤王党の宮部鼎蔵らと活躍して、平四郎とは思想的にへだたったが、このころは意気投合するものがあったのである。

十八日は晴れた。朝飯のあと、和泉守の家をたって、上野町までおくられた。昼ごろに柳川についた。愛弟子の池辺藤左衛門はあいにく病床にあってこられなかったが、井本辰之允、池辺亀三郎、浅川鶴之助が宿にたずねてきた。その後、笠間太仲、山田彦四郎もきて、深更まで話した。井本・池辺・浅川・笠間・山田は藩校伝習館の句読師で、池辺と浅川は平四郎の直弟子、ほかは準門生である。

十九日はときどき、雨がふって、夕方からはつよくなった。朝から藩士が挨拶に来訪した。「立花壱岐さまが、野町の別墅（荘）でお待ちでございます」というので、昼食後、舟で沖端川をさかのぼり、瀬高からあるいて野町にいった。城下から三里（一一・八キロメートル）ばかりのところで、往路には会えなかった壱岐と会談した。「磊落真に人傑」、平四郎はおおいに感動し、夜をてっして朝五ツ（八時）前まで語りあかした。

二十日、晴。昼前に立花の別荘を出立。北の関で越境し、肥後領をしめす境木をみて「先生、肥後ですよ！」、徳富らは感激した。南の関の総庄屋・木下の家に泊まる。熊本に「明日、到着」の飛脚をたてた。そこへ門人の竹崎律次郎が迎えにきた。師弟は手を握りあって再会を悦んだ。

翌二十一日は雨、早朝に出立し、七ツ（午後四時）ごろ熊本城下に入った。これまで、ひたすら残暑のなかを歩き続け、ようやく本格的に秋らしくなったところだ。出町口には門生の永岩寿太郎、元山才七郎、高橋鐵之助、そして出町内に永嶺仁十郎、矢島源助が出迎えた。旅に同行した笠左一右衛門とは寺町で別れ、自宅近くで全塾生の出迎えをうけて平四郎は、さすがに目がうるんだ。

玄関にはいるや、杖を放りだした平四郎は、

「アア疲れた！　天下広しといえども、ひとりとして語るべき人物がおらんかったわい！」

そう叫んだ。兄たちの顔を見て、一気に緊張がゆるんだ。この長旅に、ひとまず確かな手応えはあった。多くの同志もえた。しかし、自分を超える人間はいなかった。疲労困憊するなかで自負と失望が混在する激情が、そんな言葉をはかせたのである。

「なんです、お行儀の悪い！」

叱声が飛んで、平四郎はあわてて姿勢をただした。厳母かずの出迎えである。

「平四郎、ただいま、もどりましてござりまする」

平伏する姿に、兄たちが大笑いした。夜になって同志の荻角兵衛（昌国）がたずねてきて、夜半まで話しこんだ。

翌朝、徳富熊太郎が郷里の葦北にもどっていった。

「半年間、いろいろ、世話になったな。親御さまに、よろしく伝えておくれ」

「めっそうな、旅中、いたらぬことばかりで、ご迷惑をおかけしました」

謙虚な熊太郎は、さわやかな笑みをうかべて、敬愛する師匠に挨拶をした。

昼過ぎに平四郎をたずねてきたのは、「新堀隠居」であった。心友、下津久馬のことである。

「いや、すまぬ。すまぬ。昨日は、ちと体調がな」

久馬は世禄千石の家柄で、天保三年には奉行、その後、江戸城二ノ丸増築普請に功績があり、同十年の荒凶や、借用金対策に奔走した。弘化元年から番頭・鶴崎番代をつとめたが、昨年（嘉永三年）

に病をえて四十三歳で隠居し、長子の縫殿（ぬいどの）にあとをゆずった。名を休也とあらため、号を蕉雨とし、悠々自適の生活をおくっていた。円満、寛容な質はあいかわらずだ。

「おお、ご隠居、暑気あたりじゃろ。オイも旅ではだいぶん難儀した。お互いに歳じゃな」

「長旅のあとじゃ、ゆっくり休めよ」

「そうもできんたい、楽隠居じゃないからな」

軽口をたたきながら、平四郎は、気持ちがおちつくのを覚える。やはり竹馬の友である。

「で、どうであった？」

「天下に人はおらんものじゃのう」

「うむ、お前からみれば、そうじゃろうな」

「だがな、手応えはあったぞ」

「ふむ」

平四郎が本音をはける相手である。

「これまではな、オイの志を、どう実現したらいいか、道筋がさっぱりわからんかったが、各藩の実情をみて、多くの人士と交わって、すこしはみえてきたようじゃ。こんな肥後一国を相手にすることはないんじゃ」

そういいながら、平四郎には福井藩から歓待された思い出がよみがえってきた。

「ことに福井……」

平四郎は友の温顔をみて、ニコッと笑った。

三　学校問答書

門人は師を待ち焦がれていた。

みんなの顔をみた平四郎は、長旅の疲れも、どこかへふきとんで、早々に講義を再開した。まず『大学』の八条目「格物・致知・誠意・正心・修身・斉家・治国・平天下」からはじめた。

「古の明徳を明らかにせんと欲する者は、まずその国を治む。その国を治めんと欲する者は、まずその家を斉う。その家を斉えんと欲する者は、まずその身を修む。その身を修めんと欲する者は、まずその心を正しうす。その心を正しうせんと欲する者は、まずその意を誠にす。その意を誠にせんと欲する者は、まずその知を致す。知を致すは物に格るにあり。物に格ってのち、知至り、知至りてのち、意誠に、意誠にしてのち、心正しく、心正しうしてのち、身修まり、身修まりてのち、家斉い、家斉いてのち、国治まり、国治まりてのち、天下平かなり！」

久ぶりの平四郎の凛声に、門人たちは安堵し、そのあとから流れてくる平四郎の諸国遊歴による体験談に心をおどらせた。

「いわゆる明徳を天下に明らかにするうんぬんとは、天下の人をして、おのおのその聡明を開発せしむるの規模にして、区々一方一隅に止まるべからず。その規模大にして任重く、国家を治斉し、身心を修正するいよいよ切にして、誠意格致の学、はじめて着実なり」

平四郎は一同をみまわす。

「諸君、井の中の蛙では、いけんぞ！」

平四郎は忙しかった。まず、実学党の同志たちと遊歴の体験談をもとに、せっせと会合をこなした。

「藩の監視は、まだ厳しいかの」

「オンシが旅にでたことは、殿も大いに警戒されておったようだが、その後は、とくにどうということもなか」

平四郎の遊歴の報を江戸でうけた藩主細川斉護は、国許の家老に四月晦日（みそか）付けで書状を送り、その後の詳細を調べるよう指示し、実学党の動向を気にしたというのである。不穏の輩（やから）あつかいである。その話をきいて平四郎はほとほと情けなくなった。しかし、実学党への圧迫は、どうやらすこしずつ緩和されてきているようにもおもえた。

暇をみて、旅中、世話になった人たちへ、礼状やその後の消息をしたためた。とくに福井で出会った儒学者たち、ことに吉田悌蔵（東篁）やその弟の岡田準介らとの書簡のやりとりは多く、学問的交流も活発化した。

嘉永五（一八五二）年の正月、岡田準介から『中庸』にある「聖人生知安行（聖人は生まれながらにして人の道を知り、何の努力もなく人の道を行う）」について意見を求めてきた。

ちなみに孔子は『論語』で「生まれながらにして、これを知る者は上なり。学びて、これを知る者は次なり。困（くるし）みして、これを学ぶはまたその次なり。困みて学ばざるは、民にして斯（これ）を下となす」といっている。

『中庸』には「あるいは生まれながらにして之れ（人の道）を知り、あるいは学んで之れを知り、あるいは困んで之れを知る。その之れを知るに及びては一なり」とある。それぞれ「生知」「学知」「困知」と生来の才能に違いはあるが、一度悟りをひらけば同一であるという。

朱子によれば「生知」は堯・舜・孔子であり、「学知」は禹（舜の禅譲を受けたという伝説の聖王）・稷（堯舜時代の名臣）・顔回（孔子の高弟）である。「困む」とは実践が不十分だとの意であると述べている。

岡田の問いにこたえて平四郎は、一月十五日付けで返事をした。

「お説につき、愚意を申しのべます。聖人の生知安行は天授で、凡人は困んで知り、困んで得るのに、聖人は困まずに知り、困まずに行うというのですが、私は、天理を体現し至善に達したのが聖人というより、至善は終に極まりのないものであるから、聖人の御心では、いよいよもって不足におもうところが聖人ではないかとおもうのですが、いかがでしょうか。凡人の学者は、心に不足がないゆえに進歩の道もないのであって、これは至善の目当てがないからです。至善の目当てがあれば、一歩進めばまた一歩また一歩、この一歩の進みは限りがないのです。進むに随って不足の心がいやましに盛んになるのです。終に聖人になっても、あい変わらず不足の心の状態にあるのです。これは至善を極まりと見てはならず、限りがないのが至善と私が申していることなのですが、どうでしょう。またご意見をお聞きしたいとおもいます」

平四郎の手紙を読んで、岡田らは驚いた。

『大学』には、「至善に止まる」とあるからだ。

学問の仕上げとしてなすべきことは、その生まれつきの立派な徳性を発揮することであり、それによって俗習になずむ民衆を新鮮にすることであり、かくして最高の境地にふみ止まることである、と書いてある。

止まるべきところがわかってこそ、めざす目標が定まり、目標が定まってこそ心も乱れず平静になれ、平静であってこそ安らかになれ、安らかであってこそ、ものごともよく考えられ、よく考えられてこそ、止まるべきところに止まるという目的も達成できる、と。しかし、この横井先生の考え方だと、「至善に止まる」ことが不可能になるではないか。

岡田らは、いろいろ討議した結果、「至善」を「事上と心上」にわける説をたて、平四郎に問うてきた。これにたいして平四郎は、七月十日の書簡で、こう答えた。

「至善を事上と心上に分けるという高論はもっとももって明白で、重々同意いたします。しかるに事上と心上は二つのものではなく、その時点の事について、これが「至善」であると判断して処理するのはいいが、これで安心とおもってしまうと油断になり、たちまち事理を失うことになるから、この心は未だに不足であるとおもっていなければならない。心上の至善は無窮であって、事において処する至善も、結局、そういうことなのです」

つまり、「無限の努力が可能だからこそ聖人なのだ」という平四郎の見解は、かねて聖人を遠くおよばない存在にしてしまい、実現不能な建前だけの目標にすぎなくさせてしまう従来の朱子学の考え方よりも現実的といえる。

ところで、岡田が「聖人生知安行」の説をきいてきたころ、その福井藩では学校を興そうという議論がおこり、吉田悌蔵らから平四郎に学校の制について問うてきた。同藩は文政二（一八一九）年、十三代藩主松平治好（はるよし）が城下桜馬場に藩校正義堂を設立したが、経費の問題などがあって天保五（一八三四）年に閉鎖されていた。平四郎の福井訪問が、学校再建の動きに火をつけたのである。

これにこたえて平四郎は、『学校問答書』を執筆して送った。さらに吉田宛て三月二十五日の書簡で、

「学校の下問につき、問答書をさしだしましたので、ご一覧下さい。尊藩の学校を建てるのはぜひともおやめになって、後日、その時宜がまいってから興されるよう祈っております。かの備前新太郎（池田光政）少将は十四歳で家督をついだのに、学校を建てられたのは五十五歳のときです。さすがに芳烈公だとおもいます」

と念をおした。

「聖人」の見解と『学校問答書』の考えは、この年、四十四歳になった横井平四郎が到達した道徳政治を実現させる運動論で、その成否の鍵を「君主」「藩主」に置いたからである。すでに彼は優れた儒者の域をこえて、類まれな思想家になりはじめていた。

福井藩は、平四郎がおとずれた諸藩のなかでもっとも高い評価をあたえた藩であるが、「いまは、その時宜（じぎ）ではない」という判断は、以下、問答書に大要がしめされる。

問　政事の根本は人材を生育し、風俗を敦くする（篤実になる）ことにあるならば、学校を興すことは、第一の政でしょうか。

答　和漢古今の明君がでると、かならずまず学校を興すのですが、その結果をみるに、学校から出類の人才がでたためしがなく、いわんやこれによって教化がおこなわれ、風俗が敦くなるのをみたことがありません。まず漢土（中国）をみると、漢・唐・宋・明の賢人君子と称される人が大学生からでたことはなかった。唐の太宗が大学を興し、生徒を八千人も集めたが、このなかからひとりの人才もでていません。いたずらに盛んでも虚名に帰しているのです。

かつ当今、日本の天下の列藩で、学校を設けていないところはないくらいですが、章句や文字をもてはやすまでのものにすぎず、これまたいっこうに人才がでる勢いがありません。そうなる理由はあるのですから、それを深く考えてみなければなりません。

問　和漢古今の学校の実績は、そうでした。しかし、こうなったのは、学問と政事が二つに離れ、学校は読書所になって無用の俗学に帰したからであって、いま、明君がでて、この弊習を深く知って、学政一致の道に心を置き、学校を興し人才を生育し、風俗を敦くしようと志されたら、そうはならないのではないでしょうか。

答　その思案はもっともなようですが、深く基本を考えていないとおもいます。まず考えてごらんなさい。大和でも漢土でも、古も今も、学校を興したのは、その国、その天下の明君のときではないでしょうか。この明君の興された学校であれば、はじめより章句、文字無用の学問になるのを深く戒められ、かならず学政一致に志し、人才生育に心を留められることでしょう。その学政一致ともうす心は、人才を生育し、政事の有用に用いようとする心です。

しかし、この政事の有用に用いようとの心が、安易なかたちで一統の心に通ってしまい、諸生はいずれも自分が有用の人才になろうと競争するあまり、『論語』にいう「己の為」の学問という根本を忘れ、政事運用の末節に馳せ込み、その弊害はたがいに忌諱娟疾（いみきらい、媚びる病）を生じ、はなはだしいばあいは学校が喧嘩の場所になってしまいます。これはすなわち人才の利政（功利主義的教育）というもので、人才を生育しようとして、かえって人才を害い、風化を敦くしようとして、かえって風俗を壊し、そのあげくには、あつものにこりて人才をいやがる心になり、はては章句文字の俗儒の学校になっていく勢いの止まらなくなるところであります。

問　では、学政一致の心は非なのでしょうか。

答　学政一致はよいのですが、秦・漢いらい、この道の本当の意味がわからなくなってしまいました。天下古今、賢知も愚夫もおしなべておもっているのは、学問というのは、己を脩めることだけだとして、書を読み、その義を講じ、篤実謹行にして心を世事に留めず、ひとり修養することをもって真の儒者と称し、また経書を講じ史を談じ、文詩にたっする人を学者だといっております。これにたいして才識器量があって、人情にたっし世務につうじる人を経済有用の人才（政治家）といって、簿書に習熟し貨財につうじ、巧者で文筆達者であるのを能吏と心得ております。そして学者は経済の用にたっせず、経済者は修身の根本をうしない、本末体用（事物の本体と、そこから生じるはたらき）あい兼ねることができなくなってしまいました。
漢の宣帝が「漢家みずから王覇を一緒に使う」といったのも、その時代の儒者が政事をわからなくなっていたので、政事は覇者功利の人を用いるしかなかったのです。今日ではもう誰もこの心得で明白に学政を二つにわけてしまっています。この二つに離れた学政を一致せしめようと欲するのは一応もっともですが、元来、本がないのに治を求める心が急なために、人才の利政となって学政一致ではなくなる。これが古今の明君の通病であります。

問　では、学政はほんとうに一致するのでしょうか。

答　あらためて申すまでもなく、天地の間に理は一つです。人間のありようは千差万限りないですが、その帰するところは心の一つです。それならこの心を本として、そこから推して人におよぼし、万事の政になれば、本末体用という区別はあっても、学問と政治が二つに分離してしまうことはありません。政事といえば、ただちに己を脩めるに帰し、己を脩めれば、すなわち政事に推しおよぼし、己を脩め、人を治めることを一致させるのが真の学問なのです。
堯舜禹三代の昔にまだ真の道がおこなわれていたときは、君主は臣下を戒め、臣下は君主を儆め、君臣がたがいにその非心を正し、それから万事の政に推しおよぼし、朝廷にはお互いに戒めあい励ましあう声がみちていました。これは朝廷ばかりでなく、父子兄弟夫婦のあいだも、たがいに善を勧め過ちを救い、天下政事の得失にもおよんだのは、これまた講学の道が一家閨門のうちにもおこわれたからです。

このような気風が下にうつり、国天下をあげて人々家々に講学がおこなわれ、その至りは、この屋封ずべし（堯舜の徳によって、家なみのどの家の人もみな封ずるに足る、政事をまかされる人物になっていた＝「漢書」王莽伝）となったのです。君臣父子夫婦であっても、その道がおこなわれるところは、朋友講学の情誼で学政は一致し二つにわかれません。しかし、後世では明君と称されるほどの人も、父子兄弟夫婦のあいだに種々彝倫（いりん）（人として常に守るべき道）の乱れを生じるのみならず、君臣儆戒（けいかい）（君主は臣下を戒め、臣下は君主を儆（いまし）める）の道がおこなわれず、朝廷はただ政事の得失を講じるところとなります。これはすなわち、その根本なくして政事の末節をもって国天下を治めようとする覇術功利の政であって、この心で学校をおこすから弊害を生じるのは必然で怪しむにたりません。

問　では、学校は興さなくてもよいのでしょうか。

答　いや、学校は政事の根本だから固（もと）より興さなくてはいけません。国天下に学校がないときは、彝倫綱常が確立せず、人才志気を養えず、風教治化もおこなえません。皆がそれぞれの意見を正しいとして、君子と小人の争いのみでなく、君子人であってもたがいにあい容（い）れず、朋党を立て流脈をわかち、ついには国天下の大患となってしまう例は和漢古今に歴々としてすくなくありません。いわんや後世は種々の異端邪説があって、天資の高い人でも、その教習に惑わされ、身心をあやまり、人道をそこなう者がすくなからず。これみな天理自然学術一定の学校がないからです。明君がでて学政一致の根本がすでに確立すれば、必ず学校を興すべきであります。

その学校は、上は君公をはじめとして大夫士の子弟にいたるまで、貴賤老少を問わず、職務の繁多な有司でも、文字に暗い武人でも、皆出て講習し、あるいは心身の病痛を儆戒し、あるいは当時の人情・政事の得失を討論し、あるいは異端邪説・詞章記誦の非を弁明し、あるいは読書・会業経史の義を研究し、徳義を養い、知識を明らかにすることを本意となすべきであります。学校は朝廷（君主が政治をとりおこなう場所）の出会所ぐらいにおもえば、学政一致になるのです。

問　では、教官の選択をどうするのですか。

答　学校の風習が善となるも悪しくなるも、教官しだいですから、この選択がもっとも大切であります。ここに二人の人があって、一人は知識が明らかで心術が正しくても、経学文詩の芸に達しておらず、もう一人は篤実勤行だが、知識が明らかでなく、しかしながら経学文詩の芸は格別にあるとします。大方の人は前者は側用人・奉行等の役人に選んで、後者を能力のある教授先生というでしょう。これこそ、体あって用なき人を儒者とする後世の見方の誤りであって、だから学校が記誦詞章の場所になってしまうのです。

一藩の教授先生と仰がれる人が、知識が明でなく心術も正しくなくて、どうやって人の神智をひらき、人の徳義をみがき、風俗を正しくさせることができるのでしょう。たとえ文芸は十分でなくても、前者でなくては、教養の道はおこなわれません。いわんや知識が明で心術正しく、この道の大旨を会得した人で、聖賢の書を一通り読めないはずはありません。

しかし、こういう人物は一国第一等の人で、せいぜい一人か二人しかいないでしょうから、その人を教授にすれば、側用人・奉行の要職に人材が欠乏する憂いもあります。しかし、側用人・奉行・教授の三職は、元来は一体であれば、別々の人が役目につけば、自ずと不一致が生まれて、かならず弊害を生じるのも道理で、一人がかならず統轄すれば、宮中・府中学政一致になり、情義よく通じ隔絶の憂いもないのみならず、学校の勢いは自然に重くなるのです。

問　学校の設備はどうするのがよいのですか。

答　聖堂があり講堂（君公以下諸生に至るまで集まって講学するところ）があり、居寮（俊秀を撰び日夜ここに詰めさせて修行させるところ）があり、句読所・習書所あり、算学天文所あり、武芸所（剣槍・弓馬・砲術等の師範一人に各稽古所をあたえ、日々ここにでて稽古させるところ）あり、国中の士人が朝から暮れまでこの学校にあつまり、文武の道に励ませます。

教官制度は、惣教（家老一門等の大身のうちで人を撰んで学校の政を司らせる）あり、教授（これがすなわち前にのべた人物で、文武をわけずにすべて司らせる）あり、訓導（教授を助けて諸生を教育する）あり、寮長（居寮生の長である）あり、習書師・句読師あり、大抵はこれらの設営であるが、くわしいことは列藩の学校制度を斟酌（しんしゃく）しておこなうべきである。

関西では長州の制度がもっともよろしきをえている。ただ、場所は朝廷の隣に設ければ便利である。君公も左右の人まで召し具して日々、出て、大夫以下の人も暫しの暇にも出席し講学するのがもっとも学校の本意であります。

右問答の本意は、人君の一心に関係いたし、人君が君となり師となりたもう御身でなくては、いかに制度がよろしくても、たちまち後世の学校になって益がありません。学校の盛衰は君上の一心にあり、その他は論じるにおよびません。

つまり藩主の松平慶永（よしなが）は明君といわれているが、まだ二十五歳と若く、そういう人君・聖人になっていない。そうなるまで待て、というのである。

「思い切ったことを書いたな。福井ではみな、さぞ、あわてておろうな」

そういったのは新堀の隠居、下津休也である。長岡監物邸で会読の後、平四郎は荻角兵衛と休也の隠宅によった。

「やはり、福井の松平が一番、有望ですか」

荻がきくと、

「そうだな。本当なら肥後、といいたいところだが」

みながさびしく笑った。藩主の細川斉護は、いまや筆頭家老の松井佐渡（式部）を信じて、長岡監物や横井平四郎ら実学党を危険視し、次席家老の長岡監物は辞任にいたった。けっきょくは藩主しだいなのである。

「それと水戸ですか」

「うむ、あい変わらずご老公（斉昭）への期待は強いな。あとは尾張、ここには田宮弥太郎殿がおる。

また賢者といわれる井伊さまをいただく彦根が今後、どうなるか」

彦根の井伊直弼には注目し、福井藩の吉田悌蔵ら同志に彦根への働きかけを頼んでいる。諸藩を分析しながら、平四郎の頭の中で、実学による改革への道順が、多少は現れてきている。

四　文武一途の説

ちょうど、そのころ、嘉永五年の三月。葦北の徳富家より、平四郎に悲報がもたらされた。遊歴に同行した愛弟子の熊太郎が、疫病で倒れ危篤だ、というのである。平四郎は、とりあえず、門人で蘭医の内藤泰吉を走らせた。

兄の太多助（万熊、のち一敬）によれば、熊太郎と妻、妹が熱を発して倒れ、妹は十四日の朝に死んで、妻はその夜に逝った。熊太郎は、その夜から重症となって、翌十五日の払暁、兄にむかって、

「汚れた衣装と夜具をかえて、座敷に床をうつしてください」

と頼んだ。

また介抱するのに女たちの手は借りたくない、といったので、その通りにした。そして、「わたしは、ぜひとも踏みとどまり快復する」

と自分を励まし、妻と妹の死をきいても、涙をこぼさず、養生につとめたが、十七日の昼ごろからさらに重くなった。

十八日には必死の症状がでたので、人を遠ざけ、枕元に兄の太多助と実弟の江口純三郎、徳永郡太

がすりよって、「どうじゃ」ときくと、「もはや必死と覚えます」というので、

「さらば、心を平にし、安んじて天命の性に復り、身体をまっとうして帰せ。また、遺憾のことがあれば申してみよ」

というと、熊太郎は、ニッコリほほ笑んで、

「ほかに遺憾のことはないですが、この道において得るところもなく終わるのが遺憾におもいます。よって兄弟たちで力をつくして私の未踏の地を得てください。実でなければならぬ、実でなければならぬ」とくり返しいって、呼吸が荒いなかで、七言絶句を唱えた。

幸いに阿兄に従い　斯道に入る
斯道滔々として門を窺わず
是より兄弟が全力を竭す
却って余は未だ淵源を索むるに至らざる

これを弟の純三郎に記述させ、平四郎といった遊歴のさいに持ちかえった千破劔（千早）城跡の竹を、筆管にしてこしらえてあった筆を吉田東篁へ一本、岡田準介へ一本、さしあげるよう、また、そのほかの人に托したことなどを申しおいたが、苦痛がしきりにおこり、翌十九日の朝まではげしく苦しんだ。しかし、その日の四ツ（午前十時）ごろから苦痛がうすれたといい、人をよんで部屋の襖や障子を

取りのぞいて掃除させるなどして、母の前では、

「今日は活路をえたので薬を飲みます」

などといったが、これは両親に苦痛をみせない配慮だった。

二十日の明け方、意識が朦朧となった。平四郎が見舞いに贈った菓子、素麺などをやったところ、ことに嬉しいようすでおしいただき、意識がもとのようになって、素麺を一、二本食べた。しばらくすると、また苦痛が激しくなって意識もおぼろにうわごとのように何かいった。よくきくと、吉田東篁に会って話をしているようで、帰宅後に自省録を読んだことなどを話していたが、八ツ(午後二時)ごろ、容態が急変して死んだ。二十八歳の若さだった。腸チブスと見られる。三歳の娘が残された。

「熊太郎……」

二十里の道を愛弟子のためにかけつけた平四郎は、大声をあげて泣いた。二十五日付けで吉田に宛てた手紙に、

「誠にもって悲傷のいたり、言語に絶し申し候」

とある。

熊太郎の弔問で滞在するあいだ、平四郎は付近の川まで鰻釣りに出かけた。

「あん先生は、釣りばなさっとる」

「無遠慮なこつば、しなさるたい」

地元の人たちは眉をひそめた。

だが、平四郎にしてみれば、心の鬱を大好きな釣りでまぎらし、鰻のかば焼きが大好物だった熊太郎の霊前にそなえてやろうと思っただけなのである。忌みや穢れといった俗世間の観念や迷信、しきたりは、平四郎にとって無縁のものだった。

実は、平四郎も忙中多難な年であった。

七月末から瘧（おこり・マラリア）を患って、八月中は寝たきりで、その後、すこしずつ快方にむかい、十一月一日に、ようやく外出できた。およそ百日も病床にあって、手紙も書けない状態だった。

十一月十日、平四郎は吉田悌蔵に久々に手紙を書いて、病のことを報告した。

この中で、「尾張藩に動きがあり、去年の秋、田宮弥太郎が君側に転じ、藩中有志の第一との評のある肥田孫左衛門が城代の閑職から家老に登用されて、今春から肥田と田宮が主君のお供で江戸詰になった」と報告した。「これまで登用されていた小人の輩は、次第に排斥されているが、（平四郎が）挨拶にいっても面会できなかった総本家の横井伊織介もこの俗人で、病気を申したてて退役した」と書いている。

ところで、病中の平四郎に重大な情報が飛びこんできている。

六月、オランダのジャカルタ政庁評定官だったドンケル・クルティウスが、出島の商館長ローゼの後任として着任した。彼は恒例のオランダ風説書とともにジャカルタ都督の長崎奉行あて書面を携行していた。

提出された別段風説書には、「北アメリカ共和政治の政府が日本に使節を派遣して日本皇帝に書簡を送り、日本人漂流民を送還すること」「日本港のうち、二、三カ所を北アメリカ人交易のために開きたく、かつ日本港のうち都合よろしき所に石炭を貯え置き、カリフォルニアと唐国と蒸気船の通路に用いたく願い立てるであろうこと」「その使節はアウリッキからヘルレイ（ペリー）に交替、アメリカの在清艦隊が増強され、旗艦の蒸気船ミシシッピをはじめ九隻になったこと」「この艦隊は上陸囲軍の用意をしているが、来年四月下旬（旧暦では三月初旬）以前には出帆せず、もう少し遅れる可能性がある」などが書かれてあった。

ジャカルタ都督の書面の扱いに窮した奉行の牧義制（よしさだ）は、幕府に指示をあおぎ、幕閣は都督書面を返答する必要のないものとし、風説書と同様に受け取るよう指示した。書面は八月中旬に受理された。これはアメリカ使節派遣にたいして注意を喚起し、「王命で特に高官クルティウスを送り、彼に日本が西洋諸国と戦争の禍をまぬがれ、国法にも影響しない方便をさずけたので、日本側の委員を任命して商議されたい」と書いてあった。

しかし、幕閣は委員の任命をせず、クルティウスは九月、江戸に帰任する牧に「方便」の内容を書面にして出した。それには、

「アメリカの交易への意志は堅く、また航海を業とする諸国民は日本が船の修理や食糧供給の便宜をはかるよう希望している。きたるべきアメリカ使節は多くを要求するだろうが、すべてを拒絶する

のは今後の確執を防ぐために避けたほうがよい。オランダ以外の船にも入用の品の供給や病人の養生の便宜を与え、日本国に往古より敵対つかまつらざる国々のものには、望みあらば長崎で通商を許すべきである」

と記し、具体的な条約草案を示して、これを提示すれば安全に切り抜けられるはずであると勧告した。

幕閣は、これを黙殺した。オランダの勧告はこれで二度めだった。

ともあれ長崎奉行は、これをいっさい、外に流布しないよう厳令し、通事（通訳）の翻訳は奉行の面前でおこない、草稿はただちに火中に投ずるという徹底した情報規制をした。

しかし、漏洩（ろうえい）はおこった。平四郎のところまで、もれてきた流説によれば、どこかはわからない外国が来年の夏にはかならず来航して、海運の往来を求めるというのであった。

薩摩からきた塾生のいうことには、近年、イギリスが琉球にきて、年々、英人を残しておき、いまも二人が毎年、交代している。これは琉球がアジア州のなかで最も中央の地だから、ぜひとも大交易場をつくりたいのである。琉球人も内輪では利害の説に動いているという。

ヨーロッパで唯一の通交国であったオランダの定期船が年一回提出する風説書は、幕府にとって貴重な海外情報源であった。しかし、オランダはアメリカの独立革命、英仏戦争に巻き込まれ、さらにフランス革命軍によって本国を占領され、海外植民地の大半を英国に奪われた。ジャカルタの東インド総督はフランス側について英国と戦い、ナポレオン戦争でジャカルタは一八一一年から一六年まで占領され、日本との交易の維持に苦労した。

その間、日本にたいする情報供与が十分でなく、また交易に悪影響を与える懸念から、情報の秘匿や虚偽もおこなわれた。幕府はそれでも長崎通詞からかなりの情報を得ていたが、秘匿されている。天保五（一八三四）年にニーマンがオランダ商館長となるや、風説書の情報が詳細になった。アヘン戦争を機に風説書の本文は簡略化し、「別段風説書」としてくわしい情報を添付する慣例となった。弘化元（一八四四）年七月に、オランダ国王ウィレム二世の特使コーブスが長崎にきて、日本国王あて国書をもたらした。それにはアヘン戦争で負けた清国の轍をふまぬよう注意を喚起し、一八四二年の異国船打払令の撤廃、漂流船への薪水給与再開を賞賛して、日本がさらにオランダ以外の西洋諸国との通商をはじめるよう忠告、蒸気船の発展で世界が一体化しつつあり、日本だけが孤立をつづけるのは不可能だと指摘してあった。

幕府はこれを謝絶し、求められた将軍の親書のかわりに老中の通告書を商館長に交付した。日本は祖法として通信の国を朝鮮と琉球、通商の国を貴国オランダと支那にかぎってきたので、貴国と通信するのは祖法に反するから正式の返事はしない、今後も国書はよこすな、というものだった。

しかし、オランダは家康と通信の事実があるし、一八〇五年にロシア使節のレザノフにあたえた幕府の回答でも通信と通商の区別をしていない。そのような「祖法」は、この時点で開国の勧告を断るために創出されたのである。

翌弘化三年、幕府は島津家より、フランスのインドシナ艦隊司令官セシルが琉球にきて通信・通商を要求しているとの報をうけ対策を協議していたが、閏五月、こんどは浦賀にアメリカ東インド艦隊司令官ビドゥルが二隻の軍艦とともにあらわれた。

セシルは琉球官吏の抵抗にあい、宣教師の交替のみで引きあげた。ビドゥルは清と修好通商条約の批准書交換をおえて帰国の途中に、米政府の命令で日本との条約交渉をこころみたが、対日通商に関心がなかったビドゥルは、幕府が拒絶するとあっさり退去した。

時の老中首座、阿部正弘（福井藩主）は、勘定奉行ら三奉行と海防掛（かいぼうがかり）、湾口警備の川越・忍両藩などに海防強化と異国船打払令の再公布を諮問したが、海防掛有司は避戦論をもって反対した。阿部はとりあえず江戸近海の海防強化に着手、江戸湾警備の二大名に彦根、会津が加えられ、台場の増強などがおこなわれた。

阿部は嘉永元（一八四八）年五月、打払令の早期復活と大名への海防令公布を海防掛に諮問したが、これも反対にあった。翌年閏四月、英軍艦マリナーが江戸近海で上陸測量の不法行為をした。阿部が三度目の打払令復活を諮問したが、やはり反対され、海防強化令を布達、江戸湾口の防備再強化をすすめた。

そういう流れのなかでのペリー来航の予告だったのだが、幕閣は具体的な対策は講じ得なかった。

平四郎は考えた。

「もし、来年の夏、異国船がきて、通商をせまったら、どうなるか。国論は武にかたよるだろう。それは理想の儒教国家をつくる構想をこわすおそれがある」

年末になって、平四郎は『文武一途の説』という論文を書き、翌嘉永六年正月付けで福井藩の村田巳三郎（氏寿）に、みなで読んでもらいたいと送った。儒者にして剣の達人でもあった平四郎の面目躍如といった論考だ。

「古の聖賢は大英雄大豪傑であった。禹は洪水を治めるのに、手足にタコを生じるほどに自らはたらき、成湯・伊尹・文武・周公は、雨に浴し風に櫛けずり、自ら干戈をとって天下の乱を鎮めた。孔子でも孟子でも、当時、用いられていたら、天下の乱臣賊子を誅し、四海の反乱を平げたことであろう。朱子はこういっている。豪傑にして聖賢ならざるはあるが、聖賢にして豪傑ならざるはない。また文備をもつものは、かならず武備をもつ、と。

しかるに後世になっては、文武が両端にわかれ、真儒君子といわれる人々までも、志は聖賢を学ぶことにありながら、武事にうとく、撥乱反正（乱れた世を治め、正しい状態にかえすこと）の事業は、英雄豪傑にゆだねなければならないことになった。こうなっては儒者の道は、治乱常変を通じて、天下有用の道とはいえない。

そのうえ、治まった世でも武事はよわり、士気がおとろえては、とうてい長くその治をつづけることはできない。文に偏して武をうとんじれば、乱に趨くのは勢いであり、和漢古今、亡国の例は歴々として明白であるから、武はただ乱を鎮める道であるかに考えるのは、はなはだ愚かなことである。さればとて、武の一面を尚び、治にも乱にも、武をもって国を治めようとするならば、これまたたちまち幾多の弊害を生じて、とんでもない禍を招くであろう。

真の道は体用本末、文武一途におこなわれるべきであろう。朱子は諸葛武侯とともに真の大英雄人と称すべきで、朱子を学ぶ者が武事にうとく、治乱常変に通じないのは、腐儒、俗士、迂闊無用の学者で、いまの司馬徳操たらんとする人の笑いをとること、この学の大いなる耻ではないか」

福井藩の朱子学者たちに活をいれたかたちだが、実際には、なかなかむずかしいことなので、彼らはおおいに当惑した。

同じく正月十五日付け、尾張訪問で親しくなった明倫堂典籍次座の澤田良蔵へ手紙を書き、長く間欠熱（おこり）を患って臥したため失礼したことを報告した。

このなかで、「旱魃・凶荒で民が嘆いているのに、いずこも同様に奸吏俗夫が苦しめているのは痛心のいたり」と憤慨し、また各藩の動静にふれている。

それによれば、「久留米藩は小人輩が敗れて、君子が冤を開いたのは珍重だ」と書くが、近年「朋党（党派）の憂」がはなはだしいのは問題だとして、有望な柳川藩でも「党脈の病」があって、君子は深く心を用いるべきことだと指摘している。熊本も、むろんそうである。

ここで平四郎が注目しているのは薩摩である。「当君（島津斉彬）は余程の明主」と評価している。

五　黒船

嘉永五年は、病以外にも個人的に悩ましいことがあった。

母のかずが前から、やかましくせまっていたのが、「結婚」であった。すでに四十四歳、部屋住みの身分とはいえ、世間では立派な儒者として通っているのだから、母がなんとかしたいとおもったのも道理である。

厳母の眼がねにかなったのが、藩士の小川吉十郎（のち源十郎）の一人娘ひさであった。少女時代はゆえあって横井家にあずけられていて、平四郎が講義をしているとき、よく闖入して「先生、先生」といって邪魔したこともあった。

ふたりは許嫁ということになっているが、平四郎は気がすすまない。母にはめっぽう弱い彼だったが、こればかりは、「母が選んだ娘」ということが引っかかっている。ひさは、おとなしそうでいて、実は一人娘ゆえにわがままである。平凡で蒲柳の質でもあった。平四郎は魅力におもわなかった。

もうひとり、候補があった。門人の矢島源助（直方）の妹、五女のつせ子である。彼女は姉妹のなかでもっとも怜悧、なにごともよくできたから、平四郎も気に入っていた。

ちなみに門人の竹崎律次郎は矢島家の三女の順子を、徳富多太助（万熊、一敬）は四女久子を嫁にしている。

だが、この話は、つせ子の父親である忠左衛門が反対した。まず、かわいくて手放せない。尊敬する横井先生ではあるが、部屋住みの身では正妻がもてない、内縁の妻では困る、というのはもっともである。また、平四郎の厳母が大反対である。矢嶋家は郷士である、「身分が違う」と、そういうことで、話が立ち消えた。

もっと微妙なことがあった。平四郎は四十代の初めに、情欲をおさえきれず、十八歳も年下の女中の寿加に手をつけた。熊本の町家のむすめで、まず横井家の機織りに入り、万事、手際のよさを認められて女中になった。器量は悪いが、気立ても頭もよい働きものであった。以来、男女の仲が続いている。

このことについては、門人たちも、親族も何もいわない。そういう時代である。しかし、寿加は、結婚話がおこると、当然ながらすねて泣いた。聖賢の道も、微妙な男女の問題は教えてくれない。平四郎はただただ当惑した。

気がすすまないが、母の小言・叱声がだんだん激しくなり、ついに平四郎は降参した。ひさとの式は翌嘉永六年二月、と決まった。

母を喜ばせたことはうれしかったが、平四郎の気分はどこか沈んで、勉学に著述に講義に没頭するしかなかった。

そして、年が明け、婚儀もとどこおりなくすんで、ある種の華やかさが横井家をつつんでいたが、三月末に兄の左平太が中風で倒れたのである。さいわいにも少しずつ回復していったが、まさに禍福は糾(あざな)える縄のごとしだ。

これらを吉田悌蔵に報告した五月十一日付けの手紙では、「柳川藩が池辺藤左衛門の力によって学が盛んになっている」とほめている。また肥前佐賀藩に注目して、

「いよいよもって功利におちいり、士俗はいたって軽薄になり、近ごろは学者が功利を唱え道学を忌み嫌うようになった。士風は種々雑多の党脈にわかれ、相互に娟疾がはなはだしく、おのれを是とし人を非とするけわしい人気(気風)になってしまった」

「政事をみると、当主鍋島直正（斉正）が家督をついでより倹約を厳しくし、領内では三味線の音もきかれない。学校を建立し居寮生が二百人ばかり詰めて、もっぱら文武に励み、武事については砲術はいうまでもなく剣槍等も厳しく力をいれ、長崎表の防御も十分に力をいれている。十年来の軍備費用は三十万両にもなっているとのことで、政事はいろいろ配慮しているものの、士風が悪く一人の人才もでていないのは、ひっきょう、功利の学の恐るべきことだ。それゆえ、彦根藩も明君（井伊直弼）がこの道を講明しなければ、肥前流におちいると気づかっている」

とのべた。

肥前佐賀藩が長崎表の防禦に力をいれている直接の契機は、文化五（一八〇八）年八月、イギリスのフェートン号が敵対するオランダ船をよそおって長崎に入港、オランダ商館員を一時拉致した事件にある。

この責任をとって長崎奉行の松平康英が切腹した。当時、長崎警備にあたっていたのが肥前藩で、警備の藩兵をほとんど国許へ引きあげていたため、その過失をとがめられた。長崎にいた藩の聞役が切腹、また藩主の鍋島斉直が百日間逼塞となった。

斉直の跡をついだ直正は、財政改革とともに長崎警備に力をそそぎ、このために洋学を奨励し、長崎湾の入り口の神ノ島と伊王島に台場を築くなど防備施設の洋式化をいそいだ。また嘉永三年には反射炉を諸藩にさきがけて完成させるなど、めだった動きをしていたのである。

平四郎の手紙にもどれば、

「当年は浦賀表に夷船がくるもよう、これについては愚意の次第はあるが略します。とにかく夷船がきたら、あとの処置が問題です」

と書いているが、その翌月、はたしてオランダの予告どおり外夷は来た。

黒船の来航である。アメリカの東インド艦隊司令長官、ペリー提督率いる軍鑑四隻が、六月三日（西暦七月八日）、江戸湾入り口に姿をあらわした。旗艦サスケハナとミシシッピは蒸気船でプリマスとサラトガは帆船だ。その威容は日本人を驚かせるに十分だった。

浦賀奉行組与力の中島三郎助が旗艦を訪れたが、ペリーは浦賀の最高責任者としか協議しないと乗船を拒絶、中島は副奉行といつわって相応の仕官と協議することになった。

ペリーは姿をあらわさず、補佐官を介して話した。外国人を夷狄扱いする日本人と同等の排他主義によって威厳を保つことにしたのだ。また弘化三年、ビドゥルが日本人の乗船を自由に許して侮られたとも考え、乗船も制限した。ペリーは、自分が「合衆国から日本に親交使節として派遣され、皇帝にあてたアメリカ大統領の国書を携えている。その写しを渡したいから、相応の役人が艦までくること、また原本を正式に渡す日を決めたい、と高位高官に伝えるよう」いわせた。

中島は、「国法によれば、外国との交渉は長崎にかぎられ、艦隊はそちらにむかわなければいけない」とこたえた。ペリーは、「浦賀のほうが江戸に近いからきたので、決して長崎にはいかない。しかるべき場所で正式に国書がうけられることを望んでいる」と伝え、「自分は友好的な使節としてきた、侮辱をくわえたら容赦しない、艦を取りかこんでいる舟が即刻退去しなければ、武力で蹴散らす」と警告。中島の指令で多くの舟は散ったが、何艘かのこっていた舟は、武装したボートが出て追い散らした。

浦賀奉行の戸田伊豆守氏栄の幕府への報告書によれば、

「アメリカ軍艦二隻は鉄張りの蒸気船で、大砲は三、四十門と十二門、二隻は大砲二十門あまり、進退は自由自在で、艪や櫂をもちいず、迅速に出没する……まったく水上を自由に動く城である……船中の形勢をみると厳重な警戒をしており、もしここで国書をうけとらねば、ただちに江戸表まで乗りこむといい、もしその際、江戸でも浦賀でもうけとらぬとならば、使命を果たせぬところから、その恥をそそぐことになろう。その際、浦賀から使者がきても、降参の白旗を立ててこない以上、相手にしないとまでいいきり、将兵たちの顔には、はっきり殺気がみなぎっている」

この強硬姿勢の報に、阿部正弘ら幕閣は衝撃をうけた。対応はなかなか決まらなかったが、結局、ペリーの要求をのむしかなかった。幕府は九日、久里浜でアメリカの国書を受領する。国書とは、フィルモア大統領から日本皇帝陛下（将軍）にあてた長文の手紙で、要約すれば、

「わたしが強力な艦隊をもってペリー提督を派遣し、陛下の有名な江戸市を訪問せしめた唯一の目的は以下の通りである。すなわち友好・通商・石炭と食糧の供給および我が難破民の保護である」

幕府の速答がむずかしいと判断したペリーは、その三日後にいったん江戸湾を退去、来春に再び来航して回答を得ることにした。

日本は、黒船によってゆさぶられることになった。

よく知られているが、当時の狂歌に、

「泰平のねむりをさます正（じょう）（上）喜撰（きせん）（茶の銘柄）たった四はいで夜もねられず」

とある。

来航を、流説によって、ある程度は知っていた平四郎だが、七月十三日付けで吉田悌蔵に、大意、こう書いている。

「江戸表に英船（ママ）が来て、さんざんの無礼をあいはたらき、深痛心のいたりでございます。この船は、去年の夏、蘭（オランダ）船に託し前広（あらかじめ）申し入れてきたことで、廟堂（幕府）がちゃんと覚悟しておれば、それぞれの手当も整い、このように寝耳に水のようなことにはならなかったでしょう。ひっきょう、例の因循（いんじゅん）家、何事も無事に無事にというご沙汰だから、このように大驚動になったので、実に慨嘆にたえません。しかし、それはあとの事で、いまさらにいってもしようがありません。とにかく、これより兵禍になるのは必定で、すでに琉球表にはアメリカ船十六艘が来ていて、当年中、なおまた江戸にまいり、返答を迫ると取り沙汰されており（これは現実の事はきいておらず、薩州に問い合わせておりますが、いまだに返事はきておりません）はたして、そういうことであれば、近いうちに干戈（かんか）（戦争）になることも予測がつかず、廟議の決定が、どうなるでしょうか」

「何はさておき、この場に至っては、第一に人材を登用するしかなく、水府（徳川斉昭）老公をお用いになるのが第一でございます。そうすれば、これこそ中興の大機会大有為の時節、重々めでたき御世になるのは、現然のことでございます」

「もし、こういうふうにならず、例の海防家の説がおこなわれ、軍艦の大砲のと防禦の用意までにいたっては、実に寒心にたえません。覆亡は現然のことと思います。とにかく、老公を登用されて、大将軍家自身が非常格外のご処置を天下に令せられれば、実に天下万姓の大幸というもので、この節ほど大機会はございません。ご賢慮、後便を待っております」

アメリカを英国と取り違えるなど情報は不正確だが、この時の平四郎は、外国との戦争は避けられないであろうとみて、幕府の政事を徳川斉昭の登用によって正すことだと考えたのである。この時の平四郎はまだ、水戸学派に肥後実学と同質のものを見て期待していた。

ペリーの来航につづき、七月十八日には、ロシアの使節プチャーチン海軍中将の率いる船四隻が長崎に入港した。

長崎奉行の大沢秉哲(のりあき)によれば、奉行あての書簡で、「ロシアは日本の国法を守って、まず長崎に入港した」と記し、少しも威圧する気配はみせなかった。大沢の急報を受けて阿部正弘は、ロシアの国書を受け取り、江戸へ送るよう指示し、八月十九日、プチャーチンは上陸して国書をわたし、九月十五日に江戸にとどいた。

第六章　転　換

一　水戸斉昭

小楠堂は、異常な興奮につつまれていた。

なにしろ、塾の大先生である平四郎が、

「アメリカは無礼だ！　無道の国は断固、拒絶すべし！」

「戦になるぞ、稽古をおこたるなよ！」

「幕府の廟議、頼むにたらず！　いまこそ水戸ご老公（徳川斉昭）のご登用が必要である！」

いちだんと高調子に唱えるから、門人一同が熱気を帯びないわけがない。目が吊りあがってきた連中もいる。実学党の会合も同様の空気だ。

嘉永六（一八五三）年六月三日のペリー来航で、いっさいが変わった感がある。国難来る、国中が動揺している。日本が滅ぶかもしれない。そうには違いないが、どこかに時代の閉塞、手詰まり感を打ち破ってくれそうな空気があった。

同月二十八日、肥後藩士で在府の永鳥三平が、平四郎らに書面を送っている。

「方今（現在）、天下のこと、内に大故（大事）ありて外敵強寇迫る。上下凡人のみにして火上におることを知らず、誠に危急存亡の機なり」

永鳥は尊皇論者で宮部鼎蔵らと近く、佐久間象山の門にはいり、のちに吉田松陰の密航計画を援助した人物である。

この難局にあたり、老中首座の阿部正弘（伊勢守）は、日本の軍備がきわめて貧弱な現状では、「外国にたいし戦争を開くのは不可能、国が滅ぶ」と考えた。中国がアヘン戦争で国土を狭められたという認識があった。阿部の信任があつく海防掛に任じられていた勘定奉行の川路聖謨も「時間をかせいで武力を充実させ、それが成ってから強硬な姿勢でのぞむべきである」という意見であった。

このころ攘夷派の象徴的存在であった徳川斉昭は、阿部を評して「水越（前老中首座の水野越前守忠邦）などと違い、憤激などはいたさざる性にて、申さば、瓢にてなまずをおさえ候と申す風の人」といっている。「瓢箪鯰」は「つかまえどころのない」という意味である。

阿部は斉昭の意見をもとめるべく、ペリーがいったん退去した翌々日の六月十四日、海防掛の川路と筒井政憲（西丸留守居）を水戸藩邸にいかせた。川路は藤田東湖と親しく、彼を介して斉昭と書簡を交わし信頼を得ていたからだ。

川路は斉昭に、

「幕府は、オランダ貿易品の半額を分けてアメリカに通商を許し、武備の充実するのをまって拒絶する方針で」

ヌラリクラリと言質をとられないよう、いわゆる「ぶらかし」策をとるつもりであると告げた。斉昭は、

「計略としてはやむをえないが、少しでも交易を許せば祖法を破ることになり、後の害は今日これを拒絶するよりもはなはだしかろう」

と反論した。懇談は深更におよんだ。ふたりが藩邸を辞すとき、斉昭は愛用の大刀を川路に、小刀を

筒井に与えている。十八日、川路は阿部の意を体して斉昭を再訪し、海防幕義に参加してくれるかどうか打診したが、確答は得られなかった。

断固たる処置をとれない幕閣は七月一日、外夷対策を諸大名に求めた。これは異例の事態であった。阿部は、浦賀表へ渡来のアメリカ船より差し出した書簡（国書）の翻訳写本を渡し、

「今度の儀は国家の御一大事である。実に容易ならざることだから、この書翰の趣をとくと熟覧しつくし、たとえ忌諱にふれるようなことでも、思う存分、十分に述べるように」

と通達した。

さらに諸大名ばかりでなく、幕府役人、諸藩士、庶民にもよい考えがあれば、申し出るようにと告げた。これまでの幕府の独裁体制に穴が空いたも同然であった。幕末に浪士たちが政治的意見を論じたてる「処士横議」に火がつくきっかけである。

ところで、ペリーの米艦隊が浦賀に来航した時、肥後藩主の細川斉護（なりもり）は江戸にあって、海岸防禦として側用人の志水新丞らに手兵を率いさせ、品川に出張している。志水は長岡監物（是容）の門で実学を学んだ男である。また、平四郎の盟友の荻角兵衛（昌国）は、先鋒士隊の組脇として、藩命で一隊を率いて上京したが、ペリーが去ったため、大坂から引き返している。

斉護は幕府の通達を国許へ送り、嫡子の慶順（よしまさ）（のち韶邦（よしくに））ほか在藩の有司に意見を求めた。藩政府は引退していた長岡監物にも閲覧させた。平四郎はじめ実学党の期待は高まった。〈ここで自分たちの主張がいれられるかもしれない〉。監物は江戸の斉護に、次のような主旨の意見書を出した。

「ペリーの無礼は絶対に許さず、一戦を交える覚悟で彼の罪を糺せ。穏便説の答申をしてはならない。また、藩主は水戸屋敷に出向いて、斉昭の正論を聞き、その方針で動いてほしい」

藩は一門衆と重役の評議でまとめた答申案文を江戸詰家老の有吉頼母、中老小笠原備前へ送り、それをもとに斉護は答申書を八月二十六日、阿部にさし出した。

「（アメリカの）右書翰（国書）には、懇切の情も申し立て、もっぱら和好を結び、博く人民を愛するという言葉もありますが、夷国の情はおぼつかなく、その上、本朝にはご大法があって、交易は勿論、通信の儀を調べられるほかは、一切謝絶され、その願望をさし免されたらば、覬覦（身分不相応な希望をもつ）の念を増すことでしょうから、いかに余儀ない事情をもって願い出てきても、おきき届けにならないように思います」

ここまでは実学党の主張も同様である。だが、後段が違っている。

「しかるに、遼遠の国よりわざわざ使節を寄こしたのですから、ご返事には丁寧をつくされ、アメリカの願いに応じられない余儀ない事情をもってお諭しになり、漂船撫恤（いつくしみあわれむこと）の儀等は、相応にご返事になり、あちらの上書には無礼驕慢の意もみえておりますけれども、それは蛮夷の鄙意（野蛮人のいっていること）と捨て置かれ、一時のご策略、寛なるご権道をもって、急に事破れにならぬよう取り扱われ、そのあいだに一統防禦の備えを、なおさら厳重に調えられるよう仰せられるように思います。

一　前条の通りでも、自然に狼藉におよんだときは、皇国の武威をもって二念なく打ち払えば、順逆曲直の理、名実が正しいので、敵対することにはならないでしょう。しかし、外国は近世の戦争に慣れ、火器の備えも調い、本朝は数百年も昇平（和平）に浴したので、尋常のお手当では難しいかと思われます。

一　国々（各藩）の海岸は申すにおよばず、ご府内（江戸）は人戸が稠密で、放火の恐れもあるから、近海の要害の地へは、新地を築台場にすれば、たとえ内海へ乗り入れても、備禦のお手当が調った上は、一統は驚くことは申すまでもないと思います。最初の急務は士気の奮発応変の奔命に労は申さず、粮穀の運送はさしつかえないよう、要するに富国強兵の儀がご専一と思われます。

右等普通の儀は申し上げるまでもなく廟算（幕府の考え）がおありと思います。今度のご沙汰の趣旨については、深く思慮いたしましたが、確かな定見もなく、是非を弁ぜず恐れ多く思います。しかしながら、この節の儀は誠に御国家の御一大事に思いますので、愚陋を顧みず録（書き記したもの）を挙げました。ひとえにご指揮のほどを仰ぎ奉ります」

これは要するに「穏便に」という説である。ここには平四郎や監物、肥後実学党の見解がまったく反映されていなかった。

大名らの答申書は、阿部ら幕閣が驚くほど多く提出された。大名約二百五十、幕臣ら約四百五十である。「断固、拒絶せよ」と主張した大名も、福井藩の松平慶永や長州藩の毛利敬親（慶親）ら少数いた。しかし、その大多数は、建前としては断固拒絶すべきであるが、夷狄に対抗する軍備もないので、引き延ばし策をとれとか、条件付きで要求をいれよといった穏便策であった。

「ここは積極的に動くべきだ！」

怒った長岡監物は、家老職への復帰を申し出た。

「この時節、家老に再起用されて、江戸に行って腕をふるわせてもらいたい。それがだめなら、この秋から来春まで浦賀など実地見聞旅行を許してもらいたい。それもだめなら、荻昌国を旅行させてほしい」

しかし、藩庁はことごとく不許可の方針を固め、江戸の斉護には、監物より申し入れがあったことだけを耳に入れるよう江戸藩邸に連絡した。江戸では、そのように処置し、荻の旅行も願いが出ても許可しないよう国許に通達した。

「依然たる因循！」

監物、平四郎、荻らは憤慨した。

そのころ、平四郎らにとって唯一朗報であったのは、阿部正弘が七月三日、徳川斉昭を幕政参与に起用したことである。強烈な攘夷論者の起用は苦肉の策であった。これを平四郎らは「ご老公が将軍の後見役になられた」と誤解したが、実際には海防参与であった。

当時、幕政批判の落書が大量に出回っている。その中に「やれやれ伊勢さん、どうしたものよ、叱りちらしたご隠居なんぞをひっぱりだしても、能(よ)い手があるかえ？」というのがあった。伊勢は阿部、ご隠居は斉昭である。落書きのほうが真実をみている。

斉昭の登用は難航した。松平慶永の進言もあったが、幕閣内はなかなか意見の一致をみなかった。

おりしも十二代将軍の家慶が六月二十二日に死去した。阿部はその死を秘し、斉昭の海防参与起用について閣老の同意をとりつけ、三十日に斉昭を訪ね家慶の死を告げて、「内外危急のおり、幕政に参与されたし」と申し入れた。斉昭は再三固辞したあと承諾した。阿部は体制を固めたうえで七月二十二日に家慶の喪を発表した。

一方、阿部は、開明派の伊豆韮山代官江川英龍が建言した品川沖の台場構築計画を全面的に容れて決定し、同二十三日に川路、同じく勘定奉行松平近直、勘定吟味役竹内保徳、江川の四人に台場普請掛、大砲鋳立(いたて)掛を申し渡した。工事の実務は江川の担当で、アメリカ艦隊の再来に備えて江戸の前面の海に一年で十一の台場を構築する壮大な計画である。

ところで、七月十八日に長崎に来たロシア使節のプチャーチンは、日本の国法を守り、まず長崎に入港し、作法も守ってアメリカのように無礼な態度ではなかったとして、大方の反感はそれほどでもなかった。

平四郎もそう受け取った。門人の伊藤荘左衛門に八月七日付けで書翰を送っている。伊藤は葦北郡津奈木の名家の当主で、長じて小楠堂に学び、弟の四郎彦も門人であった。

「さて長崎表にもヲロシアが参りましたが、これは同じ穴の狐ではないようです。全体ヲロシアは御案内の通り世界第一の大国で、イギリスなどは元来その属国であったところ、文政の初めかより強大になって独立し、ヲロシアの命令も受けなくなって、全体仲が悪くなっております。北アメリカも同様で、これらの国の強大化をヲロシアは悦んでいないと思います」

この時期、世界情勢に疎い平四郎の認識は大間違いであったが、

「ですから、これ等の国と申し合わせて、われわれを揺動するようには決して見えず、いまだ使節の主意は一向に知られていないけれども、私の愚考するところ、この節のアメリカの来たことは、一方ならざる大変事であれば、日本側が（ロシアに）重々遠慮を加え、決して疎率にならないように心掛けることとです。またヲロシアから、この節の風波は取り鎮め、無事に取り計らいましょうと申し出るに相違ないようにみえます。そうであれば、日本とアメリカの乱をヲロシアが取り治めた功績は世界にかがやき、かつ日本からは大恩を得たもとになるので、交易も異議なく行われるようになると思っているのではないでしょうか。しからば、この返事は非常に大切なことだと思いますが、いかがお考えでしょうか、承りたく思います」

とロシアのねらいを推測し、

「江戸表水老公（斉昭）は日々ご登城され、まったく将軍家の御後見とあい考えられ、誠に大慶この上もありません。先月十九日には、一万石以下の御旗本が登城出仕の際は、木綿を用いられたとのこと、なかなかきびしきことに思われます。いまだ委細を知らせる書状は来ていないが、いずれに四、五日中にはわかると思います。まず御穏便たるといえども、砲術の修行は江戸中少しも遠慮いたし申さずの段お達にあいなり、この節は江戸中、砲声はなはだ賑々しく穏便と申し参り候」

と書いたが、

「これは江戸のこと、御国（肥後）はさようにてはこれなく候」

で残念なことだが、ともあれ、

「いよいよもって夷船お打ち払いに決し、誠にもって重々めでたき御事、飛び立つばかりに悦び申し候」

てっきり斉昭の後見で夷船打ち払いが決まった、と誤解したのである。

実は斉昭は七月十日付けで阿部老中宛てに建議書「海防愚存」および添付の「付箋」を出している。これは本文では戦を唱えながら「付箋」で「和もやむなし」と認めたもので、主戦論は国内向けの武備充実・民心奮発の手段であるとした。斉昭の「内戦外和の論」である。このように斉昭の内心は攘夷一辺倒ではなかったが、もちろん監物、平四郎ら肥後実学党は知らない。

二　夷虜応接大意

平四郎は八月十五日付けで江戸の藤田東湖に、また十七日付けで江戸に出たはずの福井藩の吉田東篁（とうこう）と鈴木主税（ちから）に手紙を書いている。

まず東湖へは、

「さて夷船の来航で、天下の大騒動となりましたが、これは十年以前からその兆しが顕然としていたのに、廟堂（幕府）が、何の手も打たず、恬然（てんぜん）、無事大平に過ごし、いまになって狼狽するのは、真に痛哭（つうこく）のいたり、言語道断でございます。しかしながら、それよりあとのことは、今更、申しあげるにはおよばないのですが、天命人心は尊（水戸）藩に集まり、老公様は幕府の御後見役にお出になったので、真にもって天下中興の大機会が到来したと悦びにたえません。

この時において、列藩すべて老公様の尊意にしたがって、二百年余の大平因循の弊政を一掃し、鼓動作新して、大いに士気をふるい興こし、江戸を必死の戦場と定め、夷賊を蜜粉（粉砕）し、わが神州の正気を天地の間に明らかに示さなければなりません。これこそ、暴虎馮河（徒歩で黄河を渡る＝血気の勇にはやる）の機会と疑いえません。しからば、小子輩（私）が一番に駆けつけ、いささかのお力にもならなければ申し訳ないのですが、わが熊本藩はなんともお話にならない状態で、俗論が強く、有志の者は動くことができません。真にお恥ずかしいかぎりです。それゆえ、同志の津田山三郎（信弘）と申すものがおうかがいして、藩の事情や内実を相談いたしますので、小子輩の念願など委細をおき取り下さるよう、千々万々お願いいたします。

越前（福井）藩のものとは平生、深く結び、同心隔たりない状態ですので、かねてわが熊本藩の国情はよく合点し、二、三の有志の者が出府（江戸へ出て）して、津田と会い相談する予定です。したがって越藩からもご相談にうかがうことかと思います。

あらためていうまでもなく、拙藩も百万石の一大藩であります。藩祖の細川三斎（忠興）は、東照宮（家康公）の御先手として関ヶ原で大友を打ち破り（ママ＝この事実はない）、一家君臣あげて徳川家のために非常の忠戦をつくしたので、このような大国を給わったわけで、三百年の太平の恩波に浴した感謝の念は決して他藩に一歩も譲ることはできず、いわんや、今日のような徳川幕府始まって以来の未曾有の大変事に、天下のため十分の御用をつくさなくては、わが藩の有志の者の心情はすまず、どうか、そのところを深くお汲み取り下されるよう、神明に懸けてお願い申し上げます。委細は津田より言上させますので、とりあえず謹んで書面をお送りいたしました」

かくも平四郎は、武者ぶるいが出そうなほどに気が高まっていた。

また吉田東篁と鈴木主税へは、

「吉田君よりの手紙、早速拝受いたしました。本多君、鈴木君は七月十九日にお国許を出立して江戸に出られ、吉田君は追ってご出府のこと、今ごろは江戸にご着参と思います。今こそ天下のお大事、天下の有志の者は身命を捨て、奉公すべき時節にて、藤田（東湖）、戸田（蓬軒）も小石川（水戸藩邸）に参っていると承り、きっともうお会いなされたと思います。老公（斉昭）様が幕府の相談役になられても、朝堂（幕閣）あげて頑固の俗論に固まり、十のうち六、七は和議の説を立て、いまだに国是が決定にいたらなかったと承り、さてさて人心の果（断）なさが何ともかとも申しようもなく、深痛しております。大広間詰（外様）等のお大名方はどうしておられるのでしょうか。はなはだ気遣わしいことでございます。

何分、累卵の危うきにある日本ですが、天下の有志の者が身命を捨てて働けば、老公の平生のお志も実現し、三百年来の因循宴安も一時に打ち崩し、一新中興の大機会が到来するわけです。ついては、熊本の有志の者である長岡監物をはじめ小子は一刻も早く出府してご一助となる覚悟一筋でおりますが、かねてご承知の通り、この許（熊本藩）の容体は俗論頑固無限のいたり言語に絶し、一歩も外に出ることができず、慨嘆というか悲痛というか、まことに哭泣の世界、お察し下さい。よって同社中から津田山三郎がさし急ぎ出府しますので、小子輩の念願の次第を同人よりとくとお聞き届け下さり、ご配慮をひとえにお願いいたします。よくよく事情をつくされて失敗なきようご賢慮下さい」

福井藩主の松平慶永は、老中の阿部正弘に、斉昭の意見を聞くように説いて、幕府への答申は拒絶論を出していたから、同志の津田が「水戸藩と福井藩から、肥後藩に圧力をかけ、実学党の見解が藩政に反映するよう圧力をかけてほしい」という願いをもっていったのである。津田は肥後藩士で四百石、実学党の同志で水戸学派と親交があった。徒頭（かちがしら）、江戸留守居等を経て参与、鎮撫使参謀、維新後に酒田県権知事となっている。

平四郎は、夷狄にどう対応するか論稿をまとめておきたいと思い、執筆にとりかかった。題して『夷虜応接大意』。いわば肥後実学党の外交の基本方針で、幕府にぜひ採ってほしい政策である。意訳すれば、こういう論点であった。

「わが国が万国に勝れ、世界で君子国とも称せられているのは、天地の心を体し、仁義を重んじているからである。されば、アメリカやロシアの使節と応接するにも、ただこの天地仁義の大道を貫く条理にもとづかなければならない。もしこの条理を貫かなかったら、和しても国体を損ない、戦えば敗れてしまうに違いない。

わが国の外夷に処する国是は、有道の国とは通信を許し、無道の国は拒絶するという二つである。有道無道を分けず、いっさい拒絶するのは天地公共の理に反しており、ついには信義を万国に失う。

しかるに、その有道の国は、ただ、わが国に対してのみ信義を失わないのではなく、他の国に対してもまた信義を守り、侵犯暴悪の行為をしない、天地の心に背かない国をいうのであって、これらの国が、わが国に通信交易を望む場合には、拒絶すべきではない。

徳川幕府の祖たちは、この理によって中国とオランダの二国に交易を許してこられた。しかるに、万国はこの理に暗く、アメリカの書翰にも、鎖国をもってわが国是の道と述べているのは、わが国是の大道を知らないゆえだ。

外国のみならずわが邦人もまた、鎖国をもって国体なりとのみ思い、信義を万国に貫く天地の仁義を宗とする国是の大道を知らないものがあって、外国の憤怒の心を起こさしめ、大いに国体を誤るにいたっているのは、これを救うすべもない。

しからば、いま外国に答えるには、有道を許し無道を絶つという国是の大本を明示しなければならない。その上で、通信通商を許さなければ、軍艦で攻めるとおどした態度、かつ浦賀に乗り入れ、さまざまの無礼を働き、一切わが法度を守らない無礼無道を責め、このような国とは固く禁絶すると論し聞かせれば、アメリカ使節は叩頭(こうとう)してこれを陳謝し、前非を改め、通信通商を乞うことは必然である。これは朝に無礼をなし、夕に改めるということで、口先だけで改めるのでは信用できないと、またこれをも拒絶し、実際に態度が改まっていることが世界万国に貫徹する時を待ち、通信通商を議論しようとするならば、アメリカも武力を発動する理由がない。ここにおいても、しいて武力に訴えるようであれば、彼我の曲直は明らかであるから、必死に戦えば百勝はすでに顕然としている。なんの懼れることがあろうか。

ロシアの要求はまだわからないが、いかに違っていようとも、これに答えるには、まずアメリカを拒絶する大義理を述べる。もし日本を援助しようというにしても、他国に力を借りるつもりはないと断る。ロシアは必ず国の有道信義がアメリカの類ではない事を述べて、通信を乞うだろう。そこで、これに答えて、わが国がすでにアメリカと対決し、むこうが軍艦で攻めて来たらば、血戦してその罪悪を懲らそうとしているのだ、この時にロシアと通じれば、世界万国はわが国を不勇と唱えること必然の勢いである、これはわが国が深く恥じるところであれば、いま通信通商ともに許すわけにはいかない、これを求めるならば後年、時期を改めて交渉されたい——といえば、ロシアも再陳する理屈はたたないだろう。

およそ天地の間は、ただこの道理がある。道理をもって諭せば、夷敵禽獣といえど服せざることはできない。いまは外虜に接する態度にさまざまな議論があるが、それは大きく四等に分けることができる。

第一に、宴安に溺れて外国の威強に屈し、和議を唱えるものを最下等とする。第二に鎖国の旧習にこだわって、理非を分かたず、あくまで外国を拒絶して必戦しようとするもの、これは、宴安に溺れるの徒よりはまさるけれども、天地自然の道理を知らないので、必敗をとる徒である。第三に、夷狄の無礼を悪み、戦おうと欲するが、わが国二百五十年の泰平に、天下の士気は頽廃して、みな驕兵なのを憂え、しばらくは屈して夷狄と和し、その間に士気をふるいたたせ、国力を強くして後に戦おうとのみ思う見解がある。これは、彼我の力関係を詳らかにして利害の実を得た案のようだけれど、その実は天地の大義に暗いのみならず、実効があるか疑問である。というのは、幕府が方便として和議を結んでしまえば、天下の人心はますます怠惰にむかい、士気がふるいたつ可能性はなく、武器を整備することもできないだろう。いくら命令しても誰も動かず、天下はついに瓦解土崩にむかってしまうのである。

しかれば、必戦の計を決して、幕府が人材登用の道をとることを第一の緊要となす。人材が登用されれば、その政も改まり、天下の人心は大義の有事を知り、士気一新するのも瞬息の間にあって、今日の驕兵もたちまち変じて精兵となるであろう。戦の勝敗は砲熕（大砲）器械の優劣のみではなく、正義の天地に実となっているかどうか、人心がふるっているかどうかが決め手になる。いわんや人心がふるう時は、器械砲熕もまたおのずと実備される。そうなれば百夷千蛮も恐れることはない。こう論じてくれば、利害得失は明らかであろう。

ゆえに戦闘必死を宗とし天地の大義を奉じて外国と応接するのが、今日の最良の策ではないか。わが国が少しも外国の強梁を恐れず、大義を明らかにして、外国を拒絶すれば、夷虜は戦わずして畏服しないわけにはいかない。

内を治め外を固くし、軍艦守備を整え、あるいは通信通商のことは別に論じなければならないので、省略したい。今はただ外国に応接する大義を述べるだけである。それはあくまで応接の大綱領であって、その条目にいたっては機に臨み変に応じ、綱領を拡充して、その節に当たるのはまったくその人にある。ここにおいて応接の人材をもっとも選ばなければならない。わが国の根本の態度は、天地有生の仁心を宗とする国は受け入れ、不信不義の国は、天地神明とともにこれを威罰するというのである。この大義を海外万国に示し、内には士気を振起して、器械砲艦を整えれば、万国醜虜がわが正義に服従しないわけがない。いささか鄙意（自分の意見）を述べておいたので、心ある人にみせてもらいたい」

つまり平四郎の攘夷論は、狂信的な排外主義でも政治的手段・術数でもなく、「有道の国とは通信を許し、無道の国は拒絶する」原則で、アメリカは「無道の国」だから拒絶するのである。しかし、この攘夷論は特異で俗論になじみにくい。そして、わが国の天地仁義の大道を貫く条理と、因循たる弊政という現実の間に横たわる距離の、なんと遠いことか。

さて、長崎に来たプチャーチンの一件である。

前掲したように、幕閣は「すでにペリーから国書を受け取っているのだから、ロシアの国書も拒絶できない」と、阿部が長崎奉行所に国書を受け取り江戸へ送るよう命じた。プチャーチンは八月十九日に上陸し、長崎奉行所で国書を渡した。奉行の大沢秉哲は翌日、国書を江戸へ送った。九月十五日に江戸へ着き、翻訳されて阿部に提出された。国書の要旨はこうであった。

一　樺太、千島列島の日露国境を定める
一　条約を締結して交易をしたい

ロシア皇帝はプチャーチンを使節として派遣し、国書を呈する次第である。

通商に加えて、国境の画定というやっかいな問題を突きつけられた幕閣は、阿部を中心に協議を重ね、要求を拒絶するのは当然としながらも、現状にかんがみて、とりあえず長崎に重臣を派遣して折衝にあたらせ、ロシアの要求を一時的にも緩和せしめることを決定した。徳川斉昭もそういう意見であった。

誰を派遣するか、人選は難航し、十月八日にようやく応接掛として筒井政憲（肥前守）と川路聖謨、目付の荒尾成允（しげまさ）（土佐守）、儒者の古賀謹一郎（増（まさる））が任命された。筒井は七十七歳の老人であったが、阿部の覚えがめでたい人物で、老中に準ずる代表者として西丸留守居から大目付に昇進させた。川路の抜擢は「吟味筋に馴れたる者」という理由で、彼が応接のかなめであった。

こうして応接掛の出発が遅れているうちに、業を煮やしたプチャーチンは十月二十三日に長崎を退去してしまった。出発にあたって「再び渡航したときに幕府の回答が得られない場合は、直ちに江戸に赴く」と通告した。

後に判明したが、一時去ったのは、緊迫した情勢のせいだった。オスマントルコがロシアに宣戦布告して、トルコを支援する英仏も開戦にふみきる可能性が強くなったからだ。このため、上海で情報を収集し、同地の米国領事と日本の開国を促進させるべき提携を協議しようとした。事実、翌年三月に英仏はロシアに宣戦布告して、クリミア戦争はドロ沼化。プチャーチンは英仏極東艦隊の監視を避けながら行動することになった。

「そうか、川路殿がプチャーチンの応接に参らるるのか」

十月下旬、幕府が、筒井政憲と川路聖謨を長崎に派遣するという情報に接した平四郎は、旧知の川路に直接会って自らの意見を談じたい、と思った。

そこへ、ちょうど、肥後勤王党の宮部鼎蔵が、自分より十歳も年下ながら刎頸(ふんけい)の友である吉田松陰をともなって平四郎のもとに現れたのである。

〈ほう、これが噂の青年か〉

小柄でキツネ顔、あばたのある容姿ながら、一見しただけで人を魅了する聡明そうな相貌に清涼な笑みをうかべて平四郎に挨拶した。

「吉田寅次郎です。先年、横井先生のご遊歴のときは江戸におりまして、大変、申し訳ございませんでした。先生のお噂は、かねがね宮部君からきき、ぜひともご尊顔を拝したいと思っておりました。ご交誼のほど、よろしくお願い申し上げます」

「さよう、さよう、わしも吉田君には会いとうて、会いとうて、ほんによかったわい」

ふたりは同時に破顔一笑した。宮部も笑った。

松陰は嘉永三(一八五〇)年、二十一歳のときの九州遊学で熊本に滞在して、ことに宮部と親しくなった。平四郎は宮部からこの若者の話を聞いて、嘉永四年の上国遊歴の際に会おうとしたが、あいにく松陰は江戸に遊学中であった。

その遊学で、松陰は佐久間象山らに師事した。年末に親友の宮部と東北遊歴に出ようとしたが、彼との約束を守るために藩の許可書が出ないうちに出発。翌五年四月、江戸に帰ると東北亡命の罪で帰国命令が出て萩に帰された。ちなみに松陰の号は同年十一月ごろから常用するようになっている。十二月には亡命の罪で士籍を削られ世禄を奪われ、実父の杉百合之助育（はぐくみ）の身となった。

しかし、藩主毛利敬親（たかちか）の意向で嘉永六年一月、諸国遊学の許可がおりた。寅次（二）郎と改称した。江戸に出て六月にペリー来航を聞いて浦賀に直行し、師の佐久間象山とともに黒船を目の当たりにして外国留学を志した。プチャーチンの来航を知り、その船で密航する計画を立てて、象山に激励されて出立、十月十九日に熊本に到着した。その翌日、宮部とともに早速、平四郎に会いに来たのである。そこへ荻昌国が来て談論に加わった。松陰は二十二日にも宮部とやって来て、終日、話し込んだ。翌日の夜には、平四郎が松陰の宿へ出掛けた。

松陰は黒船来航に刺激されて『将及私言（しょうきゅうしげん）』の一文を草している。

「彼ら（アメリカ）はたぶん来春には回答書を受け取りに来るであろうが、もし要求が何一ついれられないときには、そのまま帰るとは思われない。とすれば、来春にはアメリカとの間に一戦を交えるようになるに違いない」「来春までにはもう五、六カ月間しかない。ここで臥薪嘗胆（がしんしょうたん）、君臣上下一体となって防備を固めないと、現状のような長い太平に慣れたままで、あの百戦錬磨のアメリカと戦うことは困難である」等々、論述していたから、当然、平四郎とは意気投合、大いに盛り上がった。平四郎は松陰の志に感銘し、松陰は平四郎の識見の高さに心酔した。

別れを惜しみつつ、松陰は二十五日に長崎にむけて旅立った。

松陰と接触して、平四郎の気持ちはますます高揚した。早速、長岡監物に会って「長崎に行きたい」と相談した。いま、監物は次席家老の職ではないので二十九日、家老の平野九郎右衛門に書簡を送って、平四郎を長崎に送り、川路と面談させることに配慮を要望した。

平野は実学党に共感している。「明日の咄（はなし）合いに諮り申すゆえ、横井には願書を出させるよう」返答し、「万一、異説は出るかもしれませぬが、思し召し通り取り扱うよう支持いたします」と請け合った。監物はただちに平四郎に知らせた。

藩の許可を得た平四郎は、意気込んで熊本を十一月一日に出発、三日に長崎に入ったが、ロシア艦隊はすでに出航し、川路らは未着であった。平四郎はすでに書いていた『夷虜応接大意』を、長崎奉行所に川路まで送ってくれるよう頼んだ。しかし、どこでどうなったか、『夷虜応接大意』は川路の許に届かなかった。

三　和親条約

吉田松陰もまたプチャーチンが出航したあとに到着した。五日間滞在して十一月一日、むなしく引き返し、平四郎とは行き違いになった。十一月五日にふたたび熊本に来て七日まで滞在して萩へ戻ったが、平四郎とは会えなかった。しかし、その間、実学党や勤王党の同志と会合し、また宮部鼎蔵とともに家老の有吉頼母を訪ねて懇談している。

松陰が帰藩して間もなく、肥後から宮部と野口直之允が萩を訪れた。松陰は十一月二十四日ごろ、大坂ふたりをともなって萩を立ち、二十六日、周防の富海から船で東上、十二月三日に大坂に着き、大坂城代の用人大久保要と面談、四日、京都で梁川星巌、梅田源次郎（雲浜）らと会った。宮部は先立ちして江戸にむかった。松陰は伊勢へ出て山田に足代権大夫（弘訓）らをたずね、津、尾張を経由して江戸に出て佐久間象山と会い、出発の時に象山から恵まれた金を封のまま返して、再起を期した。

松陰が、富海から平四郎に宛てた手紙にこうある。

「先般は尊藩をおたずねして、諸君へ大変、厄介になり、感謝しております。出発のみぎりには、図らずも行き違いになり、直接、お別れを告げられず遺憾のいたりです。しかし、宮部君へ委しく伝言されていましたので承知しております。藤田（東湖）に送った詩や『学校問答書』は入手して読み、感服いたしました。追々、萩藩の者にも読ませ、問答書は世子（毛利敬親の養嗣元徳）にも献上しようと考えています」

「宮部君より先生が江戸に出て来られることもあると承り、抃躍（手を打って喜び踊る）とはこのことにございます。北条（瀬兵衛）・中村（道太郎）へも窃かに話したところ、両人も非常に喜んでおりました。愚考しますに、世子の出発前にもしお出になられて、長井（雅楽）、飯田（正伯）等へ篤と天下の事体を合点させれば、弊藩の事についていうべきことがあるでしょう。君公（敬親）も決して正議に与しない人ではなく、また井上（與四郎）・玉木（文之進）等をはじめいずれも志ある者どもでございますが、恨むべくは天下の事体に暗く、ただ一国（萩藩）だけをみている人々ですので、何卒、先生の一言をいただければ、必ず奮発すると考えております」

松陰は平四郎を萩藩に招いて藩主や藩士の再教育をゆだねたいと思った。その後も、この思いは続くが、実現はせず、のちに弟子の高杉晋作もまたその思いをついで、万延元（一八六〇）年十月、当時、福井藩にいた平四郎を訪ね、その翌年には学頭として長州に招聘したいと考えたが実現しなかった。

安政二（一八五五）年、野山獄にあった松陰は、兄の杉梅太郎へ「肥後に到りし時、横井平四郎が党某、しきりに寅（松陰）に経学を進む。また平四郎が学風も大略承り置けり」と書いている。

なお平四郎は長崎から戻る途中、長岡監物の使者として柳川藩に十五日にはいり、翌日、立花壱岐と壱岐の兄十時摂津（長門）の黒崎の別荘で対面した。


一方、ロシア使節プチャーチンの応接掛一行は、交渉の方針を開港と通商については「ぶらかし」策をとり、国境問題は川路の意見をいれ、樺太については北緯五〇度、千島列島はウルップ島まで日本の領土とすると決めて、十月朔日に江戸を出立した。十一月十日、先行する川路は加納宿でプチャーチンの長崎出航を知らされたが、阿部は再来航を考えてそのまま長崎に行くように命令した。

プチャーチンは十二月五日に再び来航した。だが、幕府の応接掛が未着と知って気分を害し、六日より三日以内に到着しなければ、艦隊を江戸にむかわせると告げた。川路は六日、佐賀に入る直前にその報せを受けて先を急ぎ、八日、長崎に到着した。

交渉が開始され、ロシアは条約草案を提出したが、なかなかはかどらず、翌嘉永七（一八五四＝十一月二十七日より安政）年正月八日、プチャーチンは「春に北方の地を巡回後、再訪する」と告げて一時、長崎を去った。この交渉は難航したが、川路はプチャーチンを「第一の人にて、眼ざしただならず、よほどの者なり」と評価し、ロシア側もプチャーチンの秘書官ゴンチャロフが『日本渡航記』に「川路は非常に聡明であった。彼は私たち自身を反駁する巧妙な弁論をもって知性を閃かせたものの、なおこの人を尊敬しないわけにはいかなかった」と書いたように相互の印象がよかった。

嘉永六年の時点にさかのるが、十一月十四日、幕府は肥後藩と長州藩に、相模国備場警衛を命じている。側用人の志水新丞が斉護に勧めて、その警備地総帥に長岡監物を起用することになった。監物はもちろん、平四郎はじめ実学党の悦びはひとしおである。実学党が津田を出府させ、水戸や福井に働きかけた成果があったというものだ。あとは『夷虜応接大意』の方針を貫くのみである。監物は勇躍、十二月十一日、熊本を発した。

ところで元田伝之丞は、実学に対する圧迫を受けて、心ならずも実学党から長く遠ざかっていたが、この壮挙を悦び、出発にあたって意見書を作って監物に送った。監物は下津休也に返事を託した。

「意見の次第、敬服するところ、多年の旧交を忘れざる厚意のあるところ、深くかたじけなし」

その行軍のさまは見事であった。兵士はみな茅鞋（かやわらじ）をはき、長槍、帯刀、あるいは弓矢をもち、先と後に銃器隊を擁し、監物は騎馬で、元田によれば「勇気、中に沈みて満面和気あり、優にしてかつ荘なり。一藩の総帥として誰かその右に出る者あらん。天下の会に列してあえて恥じるところにあらず」。

元田は、こう感慨を漏らしている。

「大夫（監物）、実学の忌嫉に罹りて、身、国政に預からざる七年、一藩俗吏の踈斥するところたりといえども、一旦、天下の事変起こるに遭うや、君公の聡明たちまちに大夫を抜擢せらるるこのごとし。至誠の天地を動かし、公道の天下を享ける決して疑うべからずして、一時の通塞は雲霧の開閉するに異ならず、何ぞこれを患うるに足りんや」

平四郎は十二月十八日付けで、福井の吉田東篁にこう書いた。

「寡君（わが主君＝斉護）、よほどの開明の模様にて、監物へ急速の飛脚にて直書到来、一藩の惣帥申しつけられ、去る十一日に出発つかまつり候。ひっきょう（つまるところ）、尊藩（福井藩）はじめ奉り諸方の御配意ゆえと存じ奉り候。誠にもって有り難き仕合わせ、まことに感涙に沈み申し候」

当初は監物とともに、平四郎や下津休也、荻昌国も出府の予定であったが、結局は取りやめになった。藩庁の警戒心が働いたのである。

監物は嘉永七年正月九日に江戸に着いた。

ペリーはその七日後の十六日、軍艦七隻を率いて江戸湾の小柴沖にあらわれた。当初予告した春という予定を早めたのは、列強の動きである。ペリーは中国南部に、いったんは引き上げていたが、プチャーチンの上海寄港を知ってあせった。また、マカオのフランス艦が行き先も告げずに出航したのを、日本にむかったと疑心暗鬼になり、待っていた大統領から日本への贈り物が到着するやいなや、厳冬の海の危険もじさず出航した。さらに英国の干渉も気になって、早く対日交渉に入った方が有利だと考えたのだ。

ペリーは前回と同じように日本の使者と直接会わず、参謀長のアダムスと交渉するよう指示し、あくまで威厳を誇示した。浦賀奉行が浦賀で交渉するよう提案したが、ペリーは拒否し、旗艦を江戸城がのぞめる場所まで進めた。

狼狽した幕府は神奈川駅のはずれの横浜を選び、ペリーも受諾した。応接掛に儒役の林大学頭（復斎）、町奉行の井戸覚弘（さとひろ）、目付の鵜殿長鋭（うどのながとし）を任じて交渉させた。

幕府の方針は「ぶらかし」策であるが、ペリーはその手には乗らなかった。第一回は二月十日に行われ、ペリーの要求に譲歩しつつ数回の交渉を重ねて三月三日、ついに日米和親条約十二箇条の調印となった。

第一条に永世の和親、第二条に下田の即時開港・箱館（函館）を明年三月より開港し、薪炭・食糧・欠乏品を供給、第三・四・五・十条に遭難海員・渡米民の待遇について、第二・六・七・八条に欠乏品取引の方法、第九条に日本政府が米国人より有利な待遇を外国人に与えた場合は即時に均霑（きんてん）する片務的最恵国待遇、第十一条に下田に領事官駐在、第十二条に批准書交換を約した。五月二十二日、下田で条約付録十三条を調印（下田条約）してペリーは離日した。

その間、徳川斉昭は、「内戦外和の論」を説いていたものの、阿部が「いかに穏和な態度で臨んでも、彼の要求をまったく容れないのでは納得は得られない」「要求のうち無人島を貸与して石炭置場にす

るくらいはわが方に損失はなく、使節の体面も保てるので許容してはいかがか」ときくと、

「ロシアが国法を守り、長崎へ入港したのに、その要求を容れず、国法を犯し浦賀に来て驕傲な態度をとるアメリカの要求を許すのでは今後、外国が競って浦賀に来る口実を与えるのみならず、ロシアの信をも失い、われより自ら国法を破る結果となる」

と反対し、「あくまで交渉によって石炭供給は長崎でおこない、三年後を期してわれより進航して出貿易を試みる」との案を出した。その後、アメリカの対応がさらに威嚇的で要求を通そうとしていることを知って、二月二日、幕府へ七カ条の建議を行った。

「一時の権宜（便宜上の措置）で国体を汚さず、廉を枉げて忍ぶのもやむをえないが、彼（アメリカ）の横行を恐れ、何事も彼の申聞に従うのは、はばかりながら日本国中が焦土になろうとも許容してはならない。しかしながら、覚悟が定まれば知謀計策が肝要で三寸の舌をもって万民の命を救う儀が今日の長策である」

どうも、すっきりしない意見を表明して、五日からは病と称して登城をやめ、幕府がペリーの圧力に屈したあとの三月十八日、海防参与の辞任を申し出た。

なお、アメリカ艦隊が下田に入港した三月二十八日、ミシシッピー号で密航を企図した吉田松陰と金子重輔が発見され、自首して捕縛されている。

一方、長岡監物はかねての主張をしたが、容れられず、失望し総帥職を辞して五月七日に江戸をたち、六月十六日に帰藩した。

遠く肥後にいて、事態の推移について情報不足の平四郎には訳がわからない。水戸斉昭が幕府の中枢にいながら、和親条約が締結されたことが驚きである。さらに頼みの斉昭は、面白くないといって引きこもったというではないか。

「江戸の事情は散々の成り行きで、老公はお引き入り、二ノ丸（監物）も浦賀総帥を御断りの都合にあいなり、どうともこうとも申すべきようもなく、痛心のいたりであります」

四月七日、こう荻昌国に憤懣を書いた。同月二十五日付けの吉田東篁宛て書簡では、「水老公の御模様も実に意外にござ候、いかになりゆき申すべきや、案労この事にござ候」と困惑している。

その斉昭は七月五日に幕府の軍制参与に就任、阿部の同意をえて毀鐘鋳砲計画を打ち出して十二月二十三日には太政官符をもって全国に布告するのである。

「ご老公はまたまた何を考えてのご登営か。根本をないがしろにして軍制でもあるまい。解しかねる」

平四郎は九月二十日付けの本状とさらに十月三日付けの「追啓」を、吉田東篁に書いた。

「近ごろ江戸の様子がいっさいわからないのですが、夷狄との応接は和議の方向がますます固まっているらしく思われます。それなのに水戸老公がまたまたご登営されると承り、解しかねております。もちろん今日のように話が進んでは、今更、戦の方向に引き返すわけにはいかないでしょうから、和議は和議でもう仕方がありません。

しかし、旗本や列藩の因循はぜひとも打破しなければならず、廟堂（幕閣）の主意にそうためにも、老公が出ておられたほうがよいと思います。もし、そのような根本からのお考えではなく、防備の改正や軍艦・鉄砲などの用意だけならば、それは天下への申し訳で、いよいよもって困弊していくと心労しております。先だって藤田（東湖）から（長岡）監物へ手紙が来たのですが、差し控えなければならないことでもあるのか、一向に事情が書いてありません。さだめて尊（福井）藩は事情をご承知と思いますので、どうかお知らせ下さい。

さてまた今日の時勢は、和戦いずれかのことは差し置き、老公はじめ尊藩・尾張公が御一致の上で、この道を明らかにすることにお心をつくされたく思います。しからば老公は申し上げるにおよばず、尊藩・尾張公も列侯方にたいして遠慮なさる必要はないのですから、己を修め人を治める人道の大義理をお諭しになり、お互いに講学をするようになれば、列藩も次第に改まってくるに違いありません。人道の大義についての講学が盛んになれば、人才も上がり、弊政は改まり、士気も振起いたします。このほかに何の手段もないのであって、当初に和戦いずれかと争ったのは、今日になってみれば不見識であったと思います。勿論、またこの問題で改めて列侯にご相談なさるようなご遠慮も無益の事でありましょう。

この趣旨を先ごろ、監物からも藤田に宛てていってやったのですが、いまだ返事が来ません。講学ということなら、廟堂（幕閣）もさして疑惑をもつような筋でもないのに、どういうつもりなのでしょうか。

総じて和といい戦といい、どちらかに決めるのは偏った見方で、時に応じ勢いにしたがい、その局面でよろしきを得た道理が真の道理だと思われます。すでに墨夷（アメリカ）と和親条約を結んでしまったからには、英夷（イギリス）にも同様に結ばなければならないわけで、戦の道理は、最初にアメリカと条約を結ぶ時に決めておくべきでしょう。もはやアメリカと和を結んだ時点で大計を誤ってしまっているのですから、今になって拒絶する論義は時勢を知らないものだと申すべきです。

しかれば、墨・英等の夷国に対する応接にも人物を選び、道理に従って自然の筋をもって打ち明けて話し合い、彼らが少しでも無理なことをいいたてれば論破し、またむこうのいい分が正しければ採用するなど、信義を主として応接する時は、彼らもまた人ですから道理に服すことと思います。それでも無理を通そうとするようであれば、やむを得ず戦争ということになっても、こちらが義で向こうが不義ですから、決して万国を敵にまわすことになりません。このように、わが国の道義を四海（世界）に立てる国是に決定すれば、和親か戦争かいずれかを争うということはもう問題になりますまい。

尊藩のお考えもこのように落着したことと思いますが、どうでしょうか。お聞かせ願いたいものです」

そして「追啓」で、

「別紙書状を認め、まだ発送しておりませんうちに、大坂の事件（プチャーチンが九月十八日に大坂に来航した）のことを聞き、心を痛めております。去年の冬にロシアの軍艦が長崎に来たとき、交易の場所は大坂と申し出ておりましたので、あるいは大坂へまわるのではなかろうかと話し合っておりましたところ、果たしてその通りになりました。

下田はアメリカ、長崎はイギリス、大坂はロシアと、それぞれ場所を決めており、来春までには北海（日本海）にフランスがやってくるのでしょう。四方に敵を受けるわけで、どうなりますことやら。幕府のご決定いかんで治乱存亡どうにでもなることかと思われますが、私など、かゆきところをかかれず（手の届かぬことで）歯がゆいかぎりです。尊藩のご方針をうかがいたいものです。別紙にも書きましたように、今日にいたっては、内は講学をもって列藩君臣の心を一致せしめ、外は応接の人物を選んで自然の理をもって夷人の心を服せしめる、この二つのほかないと思います。これだけ追加いたします」

プチャーチンは幕府の指示によって大坂から下田にむかい、筒井、川路らが十月から交渉に入るが、十一月四日に発生した大地震で下田に大津波が押し寄せ、プチャーチンの乗艦ディアナ号は大破、修理のため戸田に回航中に沈没した。

この地震は東海地震で五日には南海地震が発生、下田、大坂、土佐などに大きな被害が出た。安政年間は地震が頻発し、翌年十月二日、江戸を襲った直下型地震、通称「安政の大地震」とともに安政の三大地震ともいう。

十二月二十一日、日露和親条約が下田の長楽寺で調印された。すでに八月二十三日には日英和親条約が調印されていた。

内容は日米和親条約とほぼ同じで、日露間の国境を定めて、千島方面は択捉（えとろふ）島とウルップ島の間、樺太については「界を分かたず、これまでのしきたりの通り」と決まった。

平四郎は、信頼していた斉昭に対する不審、疑念がどんどん募っている。

安政二（一八五五）年三月中頃、薩摩の鮫島正介が江戸から帰藩の途中で平四郎をたずねてきた。

彼から聞かされた話は、思いがけないことだった。

「なんと、ご老公も和議を唱えられたのか」

愕然とした平四郎は、三月二十日付けで立花壱岐に手紙を書いた。

「鮫島は熊本に一両日滞在し、拙宅でもくつろいで話していったので、だんだん江戸の事情もわかりましたが、相変わらずの様子で痛心のいたりです。水戸の老公もまったく和議を唱えていらっしゃると鮫島からききましたが、鮫島も老公に賛成で、さすが老公の老練のご見識などと申しております。去年の春に和親条約を結んだのもご老公の一言によって決まったということで、梁川星巌などが残念がっているのは不見識と鮫島はいうのですが、私などは依然として和議には反対の旧見のままで、今日にいたっては、弥(いよいよ)もってその心得です。

窃(ひそ)かに天下の形勢をみておりますと、朱子のいった「天下の正義は流俗に破れずして君子の私心に破る」と申すのは、なかなか名言と思っております。ひっきょうは水戸の学問が偏ってしまって、天地の正理を見失い、その流儀の大節義をかえって失ってしまったのだと判断しております。和漢古今の事例を吟味してもよくわかることですが、いったん、恥を忍んで和を乞い、さて後日に勢力を盛り返して中興することは決してありません。古今の聖賢も一人としてこのやり方を是認しているものはありません。このやり方は、まったく利害の私心に出たもので、実に慨嘆のいたりです。

水戸がこのようになり、天下知名の士の大抵がそれに賛成し、鮫島もまた同様、みなが不思議な考え方に変じ、智術の計策のみを尊ぶようになっていくのは、やはりその学問の根底がしっかりしていないからだと思われますが、貴殿はいかにお考えでしょうか。いまはみんながそれにしたがっているとはえ、後日の評価で水戸はどのように書かれるかわかったものではありません。義公（光圀）以来の水戸学節義の伝統も水の泡になってしまいます。たとえ夷狄に勝つ見込みがなくても、水戸はじめ天下の有志が正気の下に敗死すればよいのです。その正気に感じて後の人々が必ず中興するのは必定で、私心で動くようなことではいけないのです。

先日もお話しましたように、天下知名の士は非常の時には自分の利害をはさんで何の役に立たないというのは、後漢の末の例などでも明らかでしょう。中興するのは一向に有名でない意外の人物であります。このことはお互いによくよく考え、肝に銘じて百回も自省しなくてはかなわず、深く私心を去り、本来の正心を守り、天地の大義をおろそかにせず、懸命の努力を続けなければなりますまい。成否など考えず、ただ今日のことを深く慎み、天下の大道を堅く守る以外にないのです」

四　決別

「ご隠居」

ポツリと平四郎が云った。新堀隠居こと下津休也の屋敷で酒を酌み交わしている。

「どうした」

穏和な友のまなざしに、

「水戸学はダメじゃ。ご老公もダメじゃ。藤田もダメじゃ。そして監物さまじゃ……」

「ウム」

「どうにも、やりきれん」

水戸学の限界を悟った平四郎には、江戸で斉昭や藤田東湖らと親交をもった長岡監物に対する不審も心の隅にきざしていた。

「監物さまにはの、水戸学の正体が見破れんかったということじゃ。いまだにご老公を崇拝しておられる」

「一途な、生真面目なお方じゃからな」

「ぬしまで、そんなことを……」

この友は、内輪の争いを丸く収めようとするところがあった。それが長所でもあり短所でもある。〈筋は通すのだが、どうも識見がない〉、そんな不満が平四郎にはあった。

「監物さまは老公を是認し、幕府が因循で困るという藤田の弁明を信じられた。そして我らに水戸は信ずべきであると説得された。オイもそれを信じた。それで水戸の本質を見抜くのが遅れたんじゃ」

帰藩したとき、監物は平四郎らに、老公から揮毫してもらった「精忠」「純孝」の字を自慢してみせたものだ。監物は帰藩する前夜、大雨の中を三十人ほどの家臣を引き連れて水戸藩邸門前に来て、一同平伏し御礼を申し上げて、しばし時を過ごしたというほどの傾倒ぶりをみせたという。

「そのうち悟られるさ」

いつもは慰められるご隠居の言葉が、妙に空しくて平四郎は、

「帰る」

不機嫌に席を立った。

「どうした、泰吉？」

小楠堂の門のあたりで、内藤ら門人がたち騒いでいるところへ、嘉悦氏房がやってきて聞いた。

「先生がまた、飛び出していかれた」

嘉悦も眉をひそめて「困ったもんじゃや」とつぶやいた。

以前から平四郎は、酒を呑むと悪酔いし、悲憤慷慨しては、制止する門人を怒鳴り散らして家を飛び出すことが多かったが、鬱屈がよほどたまったか、このところ、頻発している。

数日前にも、酔っ払って「オイは江戸へゆく！」と叫んで飛び出したばかりである。

このときは、城下の東はずれの一夜塘（いちやども）まで行った。一夜塘とは、寛政八（一七九六）年の大洪水で加藤清正がつくった堤が決壊し、時の藩主細川斉茲（なりしげ）が半年かけて新たな堤防を築いた。工期が短かったため、「一夜塘」とよばれていた。

そこまで来て平四郎は、「だが、熊本は捨てられぬ、母を捨ててはいけぬ」などの思いで、去るにしのびず、立ったまま、オイオイ号泣しているうちに酔いが覚め、悄然として帰宅したばかりだ。

「よし、オイがつれもどす」

そういって嘉悦は間道をとおって先回りし、酔っ払いにしては、やけに早い足取りでやってくる平四郎に、

「いずこにお出でです」

と声をかけた。

「ウン、なんだ、嘉悦か」

酔眼朦朧とした平四郎の袂をつかんで、

「先生、こんどお別れすれば、ふたたび逢うことはむずかしいでしょう。どうか先生の決別の杯をいただきたいと思います。いま、一応、塾に帰ってください。サアサア」

そういいつつ、肩をだくようにして連れ帰り、酒をすすめた。平四郎はアッというまに泥酔して、そのままつぶれてしまった。

翌日の昼ごろ、目を覚ました平四郎は、〈何かあったか〉という顔をした。

酔っ払うと手がつけられない。門人が諭して鎮まることもあるが、いつもうまくいくとはかぎらない。そんなときは窮余の一策で、「先生、ご無礼」、平四郎をたおして、その上から蒲団をかけて、その四隅を力の強いものがおさえて出さず、そのうちに酔いつぶれてしまって、翌日はだいたいケロッとしていた。

横井家は嘉永六年二月に、平四郎が小川ひさと結婚して、ようやく母を安堵させたが、暗い影も忍び寄っていた。

兄の左平太は、天保十一年に病を得て鶴崎郡代を辞し三年間も閑居した。その後、葦北郡代に返り咲いたが、嘉永五年三月にふたたび病を得て職を免ぜられ、留守居番方になっていた。

弟の結婚を自分のことのように喜んだ兄だったが、その翌三月末に中風で倒れ死線をさまよった。多忙にもかかわらず平四郎の手厚い看護ぶりに門弟はじめ感動しないものはいなかった。ようやく回復しはじめたように見えて、皆が安堵したのも束の間、ついに嘉永七年七月十七日、四十八歳をもって逝った。

夷狄による国難の心配もさることながら、兄思いだった平四郎の悲歎は切なるものがあって、七絶を賦している。

長夜　漫々として眠りならず
起ちて孤燈を挑ぐれば　暗又明なり
阿兄　一たび去りて　呼べども還らず
往時を追想すれば　涙縦横たり

左平太の妻清子は、肥後藩士・不破敬次郎の娘で、この年四十四歳。兄夫婦は六人の子をもうけたが、初めの三人は夭折し一女二男が健在であった。長女いつ子が十四歳、長男左平太十歳、二男倫彦（大平）五歳である。

十歳の幼少では家督を継ぐことはできない。とりあえず平四郎が順養子となるよう届けた。とかく藩庁には評判の悪い平四郎のことゆえ、難航も予想されたが、案外、順当に認められ、九月に左平太の知行のまま相続し、番方を命ぜられた。

これから平四郎は、義姉を養母、至誠院として実母同様に忠実に孝行をつくすことになる。相続は亡兄と家名のことを思えば、喜ばしいことだったが、平四郎は悶々として落ち着かない。

九月二十日、福井の吉田東篁に宛てた書簡で、こう心情を吐露している。

「兄左平太儀、久しく煩っておりましたが、養生あいかなわず、去る七月十七日に病死いたしました。これによって小生が名跡相続を願いましたところ、当月十四日に知行相違なく番方に組み入れられました。（略）これまで浪人に決定しておりましたのに、五十歳にむかう身分で、世事を勤めるのは、まことにもって迷惑に思っております。しかしながら、人事の変態は一定ならざることで、今日はまた今日の当然をつくすべきことでございます」

番方は平常の職務はないものの、これより藩に対する奉公の義務が生じたことが煩わしかった。心に怒りがあった。屈託が積み重なっている。

安政二（一八五五）年の春である。二ノ丸の長岡監物邸で開かれた会読の席で、平四郎は監物の見解に異議を唱えて激しいやりとりになり、席を立つ勢いで退出してきたのだった。

城を出ると足は自邸にはむかわず、気がつくとなぜか生まれた土地の内坪井町にいた。眼の前に坪井川があった。おだやかな流れをみながら、

〈やり過ぎたかもしれん〉しかし、〈来るべき時が来たのだ〉

そういう複雑な思いが浮沈をかさねた。

先刻の講義で、監物は『大学』の三綱領である「明明徳」「新民」「止至善」について、

「学問の仕上げとしてなすべきことは、自らの生まれつきの立派な徳性を発揮することであり、それによって、俗習になずむ民衆を新鮮にする（心性を革新する）ことであり、かくして最高の境地に踏み止まることである」

と説明したが、門生のひとりが、

「大学の道は明徳を明らかにするにあり、民を新たにするにあり、とありますが、どちらかが優先するのではありますまいか」

と質問したのに答えて、

「民を新たにするは、まず明徳を明らかにするにある。根幹を培わなければ枝葉の繁茂は望まれぬ。枝葉のみに目を注げば根幹は御留守となる」

と述べた。

「お言葉ではございますが」

口をはさんだのは平四郎である。監物がいつもに似ず、表情に険しい色をみせた。平四郎は、

「それがし、愚考するところを申し述べたい」

そういって、

「明徳を明らかにするは、民を新たにする手段であって、今日の急務は新民でなければならぬと思います」

真っ向から反駁をくわえたのである。それからは互いに一歩も譲らず、険悪な空気のなかで講義は終わり、平四郎は挨拶もそこそこに飛び出してきた。

平四郎は、水戸学派に対する失望もあって、監物の明徳を疑っていたのである。

急にことが起こったわけではなかった。

この数年、ふたりのあいだの違和感はどんどん大きくなった。監物は平四郎の実学を批判し、思想的対立は明確になっていた。

〈茫々十九年……〉

懐旧の情が、坪井川の流れに過ぎて行く。

平四郎が藩校時習館の教育に批判を強めていたとき、眼前に舞い降りた盟主たるべき人が若き次席家老の監物だった。平四郎が二十八歳、監物は二十四歳、志を前に身分と歳の差を超えた関係が、

「時習館を改革したい。期待しておる」

その一言で生まれ、実学党の運動につながり、藩主流派の長きにわたる迫害にたえながら、ようやく少しは勢力を盛り返しつつある昨今であった。

〈決別もやむをえない〉

平四郎は、悄然として相撲町の小楠堂へ帰宅の足をむけた。

二人の関係は断絶した。以前からあった門生間の反目も顕在化して、監物を中心とする米田派（長岡派・藩士派・明徳派・坪井派）と、平四郎を中心とする横井派（豪農派・新民派・沼山津派）に分裂した。

絶交にはさまざまな説がある。

「学問ではなく、国事で意見が合わなかった」

「両者の性格がもともと合わなかった」

しきりに周囲はいぶかしがったが、実学党から距離を保っていた元田は、

「横子（平四郎）は識見の快活・志気の軒昂、前に古人なく後に今人なしともいうべし。我多くの人に交わりたれども、斯程の活見者は見ざるところなり。恐らくは天下の人にも多くはこれあるまじき才なり。しかし、惜しむべきは克己の学に力を用いざる故、気収まらず、何分、大任に当たり衆人を使うに遂に敗を免れじ。是れ一つの短なり」

「米卿（監物）は克己の学に力を用い、能く道を守りて行常あり、有徳の君子ともいうべし。しかし、胸中の経綸乏しく、常理に硬定して機活を失う。君明なる時は実に三公の位に置きて道を論じ、君徳を輔くるにはその材あまりあるべし。国家経綸の事業を為すにはその才足らず」

と、のちに評している。

監物は、絶交のあと、平四郎に一首を贈った。

あげつらふ学びの道はかわれども
心は同じ　君が世のため

平四郎の心は鬱々としていた。水戸に同調した監物への不審は、心に深い傷を残したのである。安政元年末、平四郎は城下を離れ、転居することに決めた。監物との絶交が理由のひとつになったが、主たるものは、経済的事情であった。兄左平太が逝き、横井家は妻ひさに実母と養母、姪ひとり甥ふたり、それに女中の寿加の八人暮らしだ。もとより資産はなく、禄は百五十石だが、無役である。門人の謝礼はあったが、生活は切り詰めなければならない。

門生の内藤泰吉が、城下の相撲町から東南に二里（七・九キロメートル）ばかりの沼山津に適当な家を探してきた。

「屋敷も、さいわい河瀬向きへ綺麗な家がござります。屋敷は沼山津で第一等の遠望すこぶる絶景をきわめ、蔵つきで、南方には山川の配置。まことに好い所でござります」

のちに平四郎の初めての門人であった徳富万熊（一敬）の次男健次郎（徳富蘆花）が、『青山白雲』で沼山津の地をこう描いている。当時の様子もほとんど変化はない。

「四方一面広々とした田畑の真中に、ぽっちり撮んで置いたような、いかにも藪蚊の多い、木がらしの騒々しい、梅雨の頃はめり入る様にしめっぽい、明るいものは背戸の椿の花ばかりといううど暗い竹藪の小村だ。併し一寸村を出ると、後は十里の平野を隔てて遥かに阿蘇の煙を東北に眺め、水が浅くて藻の多い沼山津川が前を流れて、飯田山、釈迦院嶽、甲佐嶽、それから鎮西八郎が昔この山に砦を築いた時、空飛ぶ雁もその強弓を恐れてこの辺を通らなかったという木原山、一名雁回山の峯々が屏風を立てた様に前に列んで、遥西には肥前の温（雲）仙が嶽も薄すり見える。誠に濶々（広々）とした景色だ」

その濶々たる風景の中に、平四郎は屹立した。

〈うむ、ここを終の棲家にしよう〉

「心機一転、田舎暮らしもよかろう」

下津休也に、そういうと、

「竹林の一賢人か」

ご隠居は面白そうに応えたものである。眼が〈そうではあるまい〉と笑っていた。

「まあな」

平四郎は遠い空を見上げた。

安政二（一八五五）年五月、四十七歳の平四郎と家族は、沼山津に転居した。小楠堂の移転は少し遅れた。塾舎は門生が集まって、めいめい木を運び、石をかつぎして新築した。宅の手入れができると平四郎がまず移った。ここを四時軒と命名し、雅号を沼山とした。

平四郎は、沼山津に転居した心境を「村居雑詩」にのべている。

利に勾《すが》り　名に牽《ひ》かれ　三十年
年華（光陰）狂《くる》い　半生の天を了す
知今　渾《すべ》て　流波に付きて去る
却って怪しむ　無心は老禅に似たり

人間閑の是非を説くを止め
一吟一酔　天機を見る
愛す　好好の南陽の老（人）
清濁混同（同視）し渾て違わず

既に栄途を擲《なげう》ち
退閑に甘んず
豈《あに》　将《まさ》に高踏して人間に傲《おご》らんや
将に山水清霊　気を養う
踰《こえる》を欲す　利名　第一關（関門）

前の津（渡し場）にて釣らざれば　即ち（江津）湖に畫(とどま)る
機心（機をみて動く心）　既に去り　鷗梟(おうふ)（カモメにカモ）狎(な)るる
逸民（世をのがれて隠れている人）　豈　清世に無くすべきや
自賛す　富春の厳子の徒（注・漢の武帝の旧友であった厳子陵は、帝が位につくと姓名を変えて身を隠し権力に近づくのを避けた）

閑(のどか)に秋風に臥し　人事稀なり
高山　流水　吟詩に入る
倦きて来れば　又　隣翁を伴い去る
紅蓼(べにたで)の洲頭　落暉(らくき)（夕陽）のうちに釣る

「小楠先生は、このまま隠遁されるのか？」

そういう疑問をもつ者たちもあった。

五　太公望

肥前藩に田中虎六郎という士がいた。

藩校弘道館屈指の人物とされ、天性豪邁、常規にこだわらず、すこぶる奇行に富んでいた。このため藩内に容れられず、東郡に隠棲した。この男が肥後に平四郎を訪ねてきて意気投合し、それから交誼をもった。

滞在中のある日、田中が、厠から着物のすそをたくしあげて出てきて、平四郎にいった。

「厠にふんどしを落としてしもうて、これこの通り」

イチモツが丸見えだ。表情も変えず平四郎は、

「うむ、さらば、これを用いよ」

するすると自分のふんどしをとって、投げ与えた。

「すまぬ」

田中もまた平然と、それをつけた。

そういう、ふたりである。

厠といえば、こんな話がある。

平四郎は客人や門人と話をしていて、ふと厠に立った。

しばらくすると、議論がもりあがってきた。きいているうちに、一言、いいたくなった平四郎は、用便なかばで、厠用の渋団扇を手にして出てきて会話にくわわり、団扇を使いつつ自分の意見をひとくさりのべると、また厠に戻っていった。

人によっては眉をひそめるような、無頓着な性格である。

さて、田中が能文の士であることを知っていた平四郎は、沼山津の風光景観を書いて送り、これをもとに「四時軒記」を漢文で書いてほしいと頼んだ。喜んだ田中は早速、次のような長大で見事な文を寄せた。

「……山水の勝あり。わが居の東南を飯田の山・船底の山という。二山あい対峙して軒にあたって並びに佳色あり。わが居の前は水沢に臨む。江津川・美刀利川これに近く、霖雨に遇う毎に二川の水漲溢し合して一となりて沢中に注げば、浩々渺々として、たちどころに大湖となる。真に壮観なり。その後を鶯原という。広衍にして、馬を馳せ射猟すべく、藩の閲兵の場となす。この敷地はその勝諸を一国に求むるも多くは得ざるなり。而して尽くわが居の外を環れり。われ日々、その中に起臥し、山水の観独焉を縦にし、われ甚だ楽しむ。加之朝暮陰晴の迭に変じ、烟（煙）雲雪月の奇を騁せ、鳴禽、時に換り、草木代わる代わる栄え、春夏秋冬四時の景具わりて、乃ち盡くわが一軒の内に呈せり。因りてわが軒に題して四時軒と曰う……」

続いて、沼山津に住む平四郎の心に思いを寄せ、大要、次のような内容の文を贈ったのである。

「君は有志の士である。古より人の道を懐いている者が、未だにそれを実現する機に遭遇しなければ、山林の中に従容としてその楽しみを楽しむのである。殷（商）の賢相といわれた伊尹が耒耜（鋤）を莘野に負い、太公望が釣り竿を渭水にたれたようなもので、かの巣許（隠者の巣父と許由）のような世捨て人とは違うのだ。自分が師となる帝王と出会う機会さえあれば、その声気が相応じて、よく暴乱を除き、天下を定め、君を翼け、民を救い、国家の基礎を開く功業をなしとげるのである。また朱子（朱熹）も、武夷山の麓に教育研究のため武夷精舎を建て、山水を愛し歌を作って世に出なかったが、慷慨の士の陸放翁の進言を待つまでもなく、ついにはまた盛大となった。君（小楠）の学も朱子を宗とし、その経歴も類している。余（田中）はまたまさに君が他日に大成するところを見たいと思う。遇不遇は則ち天の定めで、余の知るところではない」

こう激励された平四郎が、田中に礼として贈った古詩「田中虎六吾が為に四時軒記を作す。七古詩一篇を謝と為す」を見ると、当時の心情や思想が鮮やかに浮かび上がってくる。

満城の風塵　十丈も颺る
名に奔り　利に走り　人は狂う如し
余　この間を生きる五十年
老いて　両鬢は半ば白霜となる
人事の紛々　厭うべきかな
去って　山碧水清郷に遊ぶ
沼山は城より二十里（中国の里程）離れ
佳地に独り四時の美を擅にす
乃て草屋を結び　琴書（琴棋書画）に寓す
日を家人と與にし　山水を楽しむ

水勢は汪汪（おうおう）として　山勢は雄（おお）し
曠原と大澤（沼・湖）を西東に接し
朝に靄（もや）い　暮れに霞む　風光　殊（とりわけ）なり
況や則（すなわち）　四時の景変は窮（きわま）り無し
四時軒の文　誰か能く記す
迂儒（うじゅ）才人は吾が類に非ず
吾が類は何人ぞ　独り田（田中虎六郎）君なり
君と累（かかりあ）い　此の文字を作らんと欲す
書を寄せて　為に云々語を致す
君曰く　諾（だく）す哉　吾れ其の試みを
幾ばくもなく　寄せ来る　一大の篇
其の文　正大　人をして虔（つつし）ましむ
予期す　古人の真陰の事
吾愚にして　何を以てか　先賢を希（ねが）わん
然りと雖も　君子之道　豈（あに）　世を棄てんや
貴ぶ所は　安民にして経済に在り
試みに此の文を掲げ　読百回

吾をして惰心を奮わせ且つ励ましむ
方今　洋夷　海を擾（みだ）して来る
各藩の戍兵（じゅへい）（守兵）　東西に催し
廟議　紛紛　和して戦を與（あずか）る
経国安民は安（いず）くんぞ在りや
嗚呼　民は貧しく　兵は弱くば何を以てか戦わん
地震は海を飜（ひるがえ）し　天は変を示す
天変人事は　明らかなること日の如し
上下　恬然（てんぜん）として　安宴に在（あ）り
君聞かずや　洋夷各国の治術明らかなるを
励精して　能（よ）く上下情を通じ
人才を公撰して　俊傑挙がる
事有らば衆に詢（と）いて　国論平かなり
薄く税斂（ぜいれん）を征（と）りて　民貧しからず
厚く銭糧を貯えて　勁兵（けいへい）を養う
緑眼紅毛人　幾（ほとん）ど禽獣なるも
尚　人心有りて　盛名を得たり

我は聞く　敵国の強きは　我の力たらん
今　而して　警戒し　国を興すべし
然らずんば　龍闘蛟戦し　山河裂くるを
血雨腥風　兆億を苦しむる
四時軒記は何と快論か
覚えず人をして　乾坤を籲ぶ
危うきを相け　傾きを起こす　其の人有らん
閑人　唯　閑園を払うて応ず
水冷冷として　山蒼蒼
月明風清　一罇を倒す

平四郎は門人たちにいった。

「孔子は用いられずとも、世を恨み憤ることもなかった。人に知られなくとも慍らず。また君子ならずや」

「これ古人が為にするの学にして、存養の工夫なり。一通りの人にして時に用いられざるを慍らずとも、未だ君子と称するに足らず。労力の積もりて信従するもの多く、一代の碩儒ともいうべきほどの人材にして、世に用いられず、逆境に遇う時、少しも慍らざるこそ真の君子というべきなれ」

「孔子は啻にその経綸を天下に施し得ざりしのみならず、却って陳蔡の野に餓死せんとまでしても、君子は固より窮す」

平四郎は、「沼山閑居雑詩十首」に「太公望」の詩を詠んでいる。

周に師尚父（呂尚）あり
八十（歳）にして水濱（浜）に釣りす
その間　幾の治乱あり
頑なに知らぬ人の如し
郷曲（村里の人々）はその迂（闊）を笑う
隣叟（隣の翁）は、その貧を憐れむ
周王（文王・武王）の興るに一遇す
君臣は水魚の親しみあり
鷹揚に殷の紂を伐す
倏ち天地塵を払う
八百年　周は家（王室）あり
功業は老臣に属す

平四郎は「堯舜三代以下で推すべきは、諸葛孔明と程明道だ」と思っている。

彼の本心は、太公望や諸葛孔明のごとく、異日、乗ずべき風雲の機会を待っているのであり、四時軒の玄関には、孔明三顧の礼の図の額を掲げて、弟子にも何かにつけて「志を得れば」といった。

ところで、田中に贈った古詩で注目されるのは、「君聞かずや洋夷各国の治術明らかなるを、励精して能く上下情に通じ、人才を公撰して俊傑挙がる」から「尚人心有りて盛名を得」までだ。現代風に平たくいえば、「意外にも諸外国は民主的な国家で、うまくいっているようだ、無道の国と思っていたら有道の国らしい」という新しく得た知識の披瀝は、平四郎が、それまでの攘夷論から時代に卓越した開国論・積極貿易論に転じていく契機を示している。何があったというのか。

「これは大変な書物が出たもんじゃ」

安政二年初夏、興奮した平四郎に呼ばれた門人の内藤泰吉が、〈はて何事か〉と部屋に入っていくと、

「海国図志じゃ」

平四郎は机上の書物を示しながら、

「万国の情勢がすべて書いてある」

と云った。

『海国図志』は、アヘン戦争で敗北した清国の林則徐が、世界情勢を把握する必要性を痛感し、米国公理会から中国に派遣された宣教師E・C・ブリッジメンの著した地理誌『聯(れん)邦志略』を翻訳した『四洲志』などを魏源に提供してつくらせた。魏源は、これらをもとに情報を充実させ、さらに各国史や

国情を付け加え、また造船・鋳砲・測量・砲台建設・火薬製造・西洋機器の技術解説を付して編集し、まず六十巻を一八四三年（道光二三年）に刊行し、さらに増補され百巻となった。

わが国には嘉永三（一八五〇）年に三部、輸入されたが、キリスト教の記事があったために没収され、嘉永六年にもたらされた一部も長崎奉行所が保管した。

「これは！」

ちょうどロシア使節プチャーチン応接のために同地に来た川路聖謨が、たまたま『海国図志』をみた。即座にその重要性を見抜き、江戸に持ち帰って老中阿部正弘にみせ、将軍家定の許可のもとに儒者の塩谷宕陰（しおのやとういん）、蘭学者の箕作阮甫（みつくりげんぽ）に校訂・付訓を命じ、私費をもって浅草の須原屋伊八に翻刻出版させた。

原本の禁制も解かれて、嘉永七年に十五部が輸入され、幕府御用に七部、残りは競売された。川路らは緊急出版するため、巻一、二の『籌海篇（ちゅうかい）』（議守＝防禦）（議戦＝戦闘）（議款＝外交）に原本の「海国図志叙」「総目」と塩谷の序に魏源伝を載せて『翻栞（ほんかん）海国図志』として嘉永七年七月に二巻二冊を刊行した。

平四郎はこれを読んで、まさに世界観を変えたのであった。内藤によれば「（先生は）俺を相手に毎日談が始まる。昼飯を忘れたことが百日も続いた（『北窓閑話』）」と書いている。

平四郎は内藤に、こういうことを語った。

「ペリーは無礼であった。ゆえにオイはアメリカが無道な国であると思い、拒絶すべきだといった。しかし、この書によれば、夷狄の国々は意外にも治術が明らかで、オイが藩や幕府に求めておるような政治をすでにやっているようじゃ。有道の国、ということだな」

「とすれば？」

「夷狄にはかないそうもないから、ひとまず屈服して和を結ぶ、そういう幕府や水戸の策は間違いだ。そして、力を蓄えて、やがて夷狄を撃つという考えも誤りではないか。それよりもまずわが国は、夷狄なみの政事になるよう改革するのが先決ではないか」

同年九月、立花壱岐に書いた手紙には、

「近頃、夷人の実情を、いろいろ調査いたしましたところ、なかなか以前に一通り考えていましたところとは雲泥の相違で、実に恐ろしきことでございます。もち論、戦争が差し迫っているとも思いません。遠大深謀の考えで、日本のような辺地などを乱暴侵奪などするような者たちでは決してありません」

とある。

第七章

鼓　動

一　運否天賦（うんぷてんぷ）

「でかした！」

そわそわと書院で落ち着かぬ時間をつぶしていた平四郎は、思わず歓声を上げた。「男の子でございます！」の知らせに、飛びあがる思いで産屋にあてた座敷に駆け込んでいくと、妻ひさのかたわらに、小さな命が息づいていた。

産声をあげなかったのが気がかりであったが、「よかったのう。おまえに似て美男じゃ」と微笑みかけると、ひさも笑みをたたえてうなずいた。

ともあれ安政二（一八五五）年、夏。城下を去って沼山津（ぬやまづ）に転居したばかりの横井家は、上を下への大騒ぎであった。

四十七歳にして、ようやく得た子供だけに、感慨無量である。

「名前は又雄としよう」

自分の幼名をつけるつもりが、なんと三カ月ばかりたった十月二十九日に赤子は死んでしまった。平四郎は悲泣のうちに沈んだ。

そして翌月の十一日に、今度は妻のひさが逝ったのである。産後の肥立ちの悪さに、一子を失った衝撃が重なって衰弱させたようだった。

もともと気乗りしない縁談を、厳母の命にしたがって承諾させられたといういきさつはあったが、添うてしまえば情も移る。

平四郎は結婚した時、新妻に人道の講義をして、夫婦で誓書を取り交わしていた。そのひさに与えたものは遺骸に持たせて埋葬し、妻からのものは酒にひたして呑んでしまった。法要の席で平四郎は、その事実を明かした。門人たちは驚きもし感動もした。

悲劇の追い打ちに、強靭な平四郎の神経も少なからずまいっていた。

ある日、鬱々たる平四郎は、気晴らしのため門人の竹崎律次郎（政恒）が住む阿蘇郡の布田まで、山鳩撃ちに行った。むかしから狩猟は好んでいた。

律次郎は、同門で心友の矢島源助（直方）の妹順子と夫婦である。竹崎家の姑の寿賀子も一緒に住んでいる。この寿賀子がなかなかの女傑で、平四郎を熱烈に崇拝していた。

律次郎は伊倉の豪農だった竹崎家の養子である。文政二（一八一九）年十一月に当主の竹崎次郎八が四十一歳で死んで、まだ二十九歳だった妻の寿賀子が残された。一粒種の恒彦（新次郎、政長）が三歳で、このまま豪家を盛り立てていけぬという親類の合議により、同じ伊倉の名家だった木下家の二男で十八歳の律次郎が養子に選ばれたのである。

しかし、律次郎はまだ若い寿賀子と「同居するのはいやだ」といい、寿賀子は「竹崎家を継ぐべき恒彦の母であるわたしが、どうして自分の家を去らねばならんのですか」と強硬に反発した。彼女は熊本藩の大身平野家の家来石村龍右衛門の長女で、頭脳明晰、勝気で有名な女だった。

実は亡夫の次郎八も養子で、義母の須美子は自分の血族を嫁にしなかった腹いせに新妻の寿賀子をいじめた。その試練に打ち勝った女だけに、筋をつらぬいて引こうとしない。困った親族は会議を重ね、それが翌春まで続いた。

ある日、会議に来ていた寿賀子の父龍右衛門が、急用で熊本に帰る駕籠のなかで幻をみた。死んだ婿の次郎八が駕籠脇にぴったり手をついている。その時、龍右衛門はひらめくことがあり、引き返して提案した。

「恒彦が成人するまで寿賀子母子は生家の石村家に身を寄せ、竹崎家の年収は四分六分に分け、四分を母子に送ることにしたらどうじゃろうか」

寿賀子も律次郎も同意して難題も解決した。その後、律次郎が米相場でしくじって養家を破産させ迷惑をかけたが、布田で再起し、矢島の勧めで平四郎の門人になった。寿賀子の息子の新次郎も門に入れている。

寿賀子は息子が小楠堂に入塾して以来、漬物や味噌などを横井家に届け、会読もきき、「女の聴講はわたし一人」と自慢していた。やがて律次郎夫妻の娘の節が七歳になった年に、平四郎の勧めで布田に同居するようになったが、彼女の女傑ぶりを示す逸話がある。

父の龍右衛門は忠誠な人柄を主人の平野に愛されたが、それを同僚に妬まれた。隠居届けを出したところ、妬む輩が主人の辞令を書き改めて、「隠居差許候」を「隠居申付候」とした。「許す」と「申しつける」では大違いだ。この恥辱に怒った寿賀子の弟が、相手の家に斬り込もうとしたのを彼女は止めて、

「御身は石村家を継がねばならぬ大切な体じゃ。わたしは女だし倅も大きくなったから、懸け合いにはわたしが行く！」

そういって、乗り込んだ。相手は留守だったが、寿賀子は座敷にはいって床の間にかかった人物画をみるや、なげしの長刀（なぎなた）をとって鞘をはね、その掛けものの人物を唐竹割りにし、めちゃめちゃに斬りさいなんだ。

別室で手紙を書いていたその家の息子がみて仰天し、「寿賀さんな、気の違いなさった！」と叫んだ。寿賀子は、「気が違いやしまっせんばい。阿父（とと）さんが戻っち来なはったら、ちった頸（くび）が痛うござりましゅう、てち、いうちくだはり！」そういい捨てて帰った。結局、この一件は主人の知るところとなり、父を辱しめた男は罰せられ、寿賀子は褒められた。そういう烈女である。

さて山鳩撃ちに来た平四郎は、彼女たちと雑談をしていたが、ポロリとこんなことをいった。

「わしも嬶（かかあ）が死んで、かえって仕合わせじゃ、よい嬶があったら世話してくれ」

すると、寿賀子の表情が変わった。

「何てちな？　嬶が亡くなってかえって仕合わせたあ、何ちゅうこつば仰るか？　四書の五経の立派なこつばっかりいいなはったてちや、そぎゃんした風じゃ、何ば教えなはるかわかりやせん。そういう人ん所にゃもう内の律次郎も新次郎も上げとくこつあ出来まっせん。今日限りこの方から破門させます！」

息巻きながら荒々しく詰め寄った。

平四郎は仰天した。ちょっとした軽口のつもりだが、寿賀子の怒りはほんものだ。

「いや、そういうつもりじゃなかばい。阿母さんが、あまりくよくよするけん、ついつい口癖になってしもうてな。寿賀子さん、そげん怒らんでんよかろうもん」

「いくら口癖になったというて、ここは布田の竹崎、おふくろさんの前ではあるまいし」

たじたじである。ついに平四郎も、

「いや、わしが悪かった、許せ！　勘弁してくれ！」

ついに、あやまった。その手を合わせる恰好があまりに滑稽だったので寿賀子が吹き出し、みなもホッとして爆笑した。その後、寿賀子は「小楠先生をあやまらしたもんは、わたしばかり」と自慢したものである。

平四郎の周辺には、その人柄にほれた女傑が多い。前にふれたが、門人の安場一平（保和）の母久子、嘉悦市之進（氏房）の母の勢代子、山田武甫の母の由以子の三人は「熊本実学連の三婆さん」と呼ばれた女丈夫であった。平四郎には、そういう女傑たちを魅了するものがあった。

「このまま放ってはおけんたい」

平四郎の周囲では、とつぜん妻子を失った身に同情があつまった。

一度、立ち消えた話が再燃した。門人の矢島源助の妹のつせ子だ。ひさとの縁談があったころ、候補に名前があがったが、厳母のかずが、「郷士の娘では身分が違う」と大反対し、つせ子の父忠左衛門も「かわいい娘が部屋住みの内縁の妻では困る」と手放そうとしなかった。

封建時代の身分制度で、侍の威張り方というのはなみ大抵ではない。平四郎は、そういう感覚が希薄というより無造作で、その理想論からむしろ否定したかったであろうが、厳母の意識は身分制度にどっぷりつかっていたのである。平四郎は沼山津の道を馬に乗って歩くことも多かったが、そういう時、百姓たちはあわてて土下座をしようとする。すると、平四郎は「そのまま、そのまま」と声をかけてやめさせるのだった。

矢島家は七女二男。源助の妹で三女の順子が竹崎律次郎に、四女の久子が徳富多太助（万熊・一敬）に嫁ぎ、五女のつせ子、六女の楫子（かじこ）、七女のさだ子がいた。つせ子は姉妹のうちもっとも怜悧で、平四郎も気に入っていた。

縁談に反対していた忠左衛門が死んだ。部屋住みの平四郎は兄左平太の死で横井家の当主になった。身分の差はあったが、すでに正妻ひさはいない。源助や順子らも縁談に積極的である。生真面目な徳富多太助は「オイが先生の義兄になるのは困る」とためらったが、妻の久子は積極的だった。

つせ子本人は平四郎を非常に尊敬していたし、年齢差も二十二歳ある。とてもお嫁にはなれないと辞退していたが、翌安政三年、ついに周囲の説得に負けて平四郎に嫁ぐことになった。平四郎四十八歳、つせ子二十六歳であった。しかし、正妻ではなく妾の処遇で、婚礼の式もほとんどなかったに等しい。

横井家には、平四郎が頭の上がらない厳母のかず、亡き左平太の妻で義母の清子、平四郎の妾であった女中の寿加、それらの女たちの容赦ない視線のなかで、つせ子は苦労することになる。後年、娘に「私はこの家の雑巾たい」といったのは憐れである。同四年、長男が生まれた。同志社第三代社長となる時雄だ。文久二年には長女みや子が誕生、後に同志社第八代総長（大学昇格後）海老名弾正の夫人となった。

話が少し先へ行ったが、安政二年に戻ると、六月に、福井藩が藩校明道館を開設している。前年より具体化した話だが、「時期尚早」と主張していた平四郎にとっては面白い動きではなかった。また平四郎の目には福井藩主の松平慶永は、いまや水戸斉昭と同様、批判されるべき存在のように思えた。それやこれやで、福井藩の吉田悌蔵（東篁）らとの関係が遠くなった。

松平慶永の命令で、藩校の設立を推進したのは鈴木主税（重栄）である。当時は御省略掛という地位だ。経費節減を主とする藩政改革のかなめである。教授に高野真斎（半右衛門）が起用されたが、高齢でお飾り的な存在で、実質的な指導者は三名の助教のひとりに抜擢された吉田東篁である。明道館は、天保時代の正義堂の失敗を反省して、場所を郊外から城内の三ノ丸に移し、財源も確保され、藩当局が積極的に運営にかかわることになった。

その年の十月二日の四ツ（午後十時）時ごろ、江戸を大地震が襲った。

朝から蒸し暑く、どんよりした日で、「地震でも起こらねばいいが」といった声もあった。

水戸藩邸の藤田東湖は、「何分、気分が悪いが、ぜひ要務があるので出仕せねばならぬ」

といって出掛け、早く退庁して少し酒を呑んで寝た。家の者もみな早寝した。

そこへ大地震が起き、家が倒れ人の叫ぶ声で、東湖は跳ね起きて、子供五人を呼び起こし、母の梅をたすけて、妻の里は四月に生まれたばかりの末娘の清をかかえて庭に避難した。その時、屋敷内の西の方に火の手があがって、母が、

「タイヘンじゃ！　どうしても失うことが出来ぬ大切な品があるから、ちょっと取ってくる」

そう叫んで縁にあがった。東湖は、

「お母さま、危ない！　危ない！」

と、続いて縁へ跳び上がり、座敷へはいった母を引き戻し、抱えて庭へ出ようとした途端、再び揺り上げ揺り下す大震動がきて壁がバラバラと東湖の頭上に落ち、上から太い梁が落ちて頭から背中を打った。その刹那、東湖は両手で母を前に押しやり、梁の下で即死した。享年五十であった。母は肩を打ったが助かった。

この大地震で、東湖とともに斉昭を輔佐し「水戸の両田」と称された戸田忠敞（蓬軒）も死んだ。

大地震の前、柳川藩の池辺藤左衛門が出府して藤田に接触し、その感想を立花壱岐へ送っている。壱岐は、その控えを平四郎に見せたが、平四郎は江戸の大地震をふまえて十一月三日付けで壱岐に宛て、痛烈な水戸批判と自分の意見を次のような長文で展開した。

「江府の大凶変は、誠に前代未聞の事と申すも愚かでございます。尊藩のお屋敷は大破、かつお侍はじめ四人が圧死とのこと、言語に絶えぬ事でございました。しかし、ご類焼がなかったのは不幸中の幸いでした。拙藩のほうは上・中・下各屋敷とも一通りの崩れで死人はなく、大変幸運でした。

そちらへは四日以降の飛脚が着かないとのこと、こちらへは九日発の飛脚が到着し、一通りの様子はわかりました。一番の大凶は水戸屋敷で、戸田（蓬軒）、藤田（東湖）の両士をはじめ士分のものが三十余人圧死したとのことです。これはもう本当に申し述べる言葉もありません。他人はともあれ、この両人をこんな目に合わせるとは天道はどうなっているのでしょうか。痛心のいたりです。

そのほか、大名方も三人圧死されたとか、例の本郷丹後守（御側衆）もそうだと聞きました（注・誤報）。江戸の十分の七は大崩れし、十分の一は焼けたとのことです。市中での死者だけで六万ばかりとか、武家屋敷側の数はまだわかりませんが、総計十万余にもなることでしょう。古今未曾有の大凶変、高説の通りまったく神明の冥罰かと思われます。幕府からのお達しは、ご城内要害の場所は至急修繕し、その他はしばらくそのまま放置するとのこと、また諸家に使番を走らせて、登城出仕におよばずと伝えられ、江戸滞在中の大名は帰国してよいと仰せ出されたとのことであります。以上のこと、九日までの飛脚便で届きました。それ以後のことはわかりません。

総じて、天下の大事件について禍いを転じて福とするには、一通りの君主宰相では不可能で、非常卓越した名賢君相が水魚一致し、心を合わせてはじめてできることです。平凡な君相でも、大変事にあえば心が動いて何とかしようとする意欲に駆られるかもしれませんが、かねてから天下の経綸について明白な見識をもっていないから、第一等の処置に出ていかれず、誰でも同じように考えつく枝葉末節の号令をかけていたのでは、せっかくの機会を失い、果ては何もならず、旧態依然たる状況が再現するばかりです。これも古今の例は明白にあるでしょう。

このたびの幕府のお達しを考えてみますと、諸大名に帰国を許可した一条、これは英断のように受けとられておりますが、明暦の大火（一六五七年）の節に松平伊豆守殿がとられた処置にならっただけのもので、いまの閣老の新案ではありません。最初の号令がこの程度ですから、今後の見通しも心強いとは申せず、どうにも遺憾のいたりです。

小生も藤田のところへは、見舞状を送るつもりにしております。今度の大変では本当に力を落としました。藤田を失ってしまっては、他にいうべき人もなく、ただ黙っているよりほかはありません。こういう時に、貴殿のご意見をいろいろとお聞かせいただき、一々敬服いたしました。以下に私の考えを書きつらねますので、さらにご意見があればまた書面をお寄せ下さい。

一　池辺氏が藤田と会い、水戸藩の「誠」が最近は間違ってきていると書いてこられたこと、そのご意見に私は賛成であります。間違いも間違い、大間違いだと思います。水戸の連中は誠意を内にひそめるのだと主張していますが、恐らくは真の誠意ではなくて、まったく利害の心だけでしょう。〔利害の一心は利己心だというのではありません。事の成否を判断しようとする心で、その心は結局のところ利己心にも通じます〕。そのため何によらず表立って行動するのを嫌い、密かに手をつけることになります。その智術の陰険な感じを天下の具眼の士はもう見破っております。老公は天下の大柱石の身として正大明白なところに立脚されておらず、かえって、なにか陰険な智術を弄されているようになっているのは笑止に思います。これは全体に心術の大間違いであって、決して天下第一等の事業をなそうとされるご心底とは思えません。成否はどうかという観点からものをみるために、かえって小人どもの邪気に触れて失敗してしまうと申すべきです。かといって成否は天命だと考えるのもご料簡違いと思います。

総じて、正大明白といっても、これには真と偽があります。世のいわゆる慷慨家は、ただただ事をなそうと欲して、無理有理をわきまえず、ひたすら押しまくります。これは単に不見識であるのみならず、その心術はもっぱら実は功名心に駆られて義理正大を表看板におし立てているだけの、事こそ変わっても戦国の山師どもと同じ輩で、今日、深く恐るべきことであります。水戸の人たちは、この種の偽物に懲りて正大明白を掲げるのをいやがっているわけですが、これは水戸ばかりでなく、天下老練の士はみなこの種の病気にかかるようです。特に水戸は先年の党派の禍乱があったばかりなので、ひとしお長患いになっているわけで、まことに残念なことです。

一　老公が諸大名を指導なさらないことについての貴殿の高説に私も同意です。これも前に述べたように心術が曲がってしまったためで、成否利害のお心があるから憚（はばか）っていらっしゃるわけです。

いまのご心術では、たとえ諸大名をお説きになるときにもごくごく隠密に、こっそり書面をお遣わしになるか、あるいは殿中などで隠語を使ってひそひそとお話になるぐらいのことでしょう。これについては、二、三の証拠をもっておりますが、そのようなことではかえって人心を失なってしまうでしょう。そのことがまた世間に流布し、智術の益がないのみならず、恐るべきことは明白です。いま天下の事は幕府にかかっており、その幕府の運命は老公にかかっております。天下の根本を一身に背負っていらっしゃる方がこんなに心が曲がっているのでは、誠に頼りないかぎりではありませんか。池辺氏もそこのところにお気づきになったのでしょう。

こんなありさまでは、いかに老公に列侯を指揮していただくよう建白してもご採用にならないでしょうし、たとえ得心されても、さっき述べたような隠密の手段で意見をお伝えになるだけで、正大明白に押し出していくということはとてもなさらないでしょう。残念至極なことです。水戸人は君臣ともに人傑がそろっていながら、このように心術が曲がってしまったのは、要するに学問が偏ったからだと思われます。そこが大切なところで、藤田さえ生きていれば、私のこの意見を伝えて反省をうながしたかったのですが、落命してしまい、本当に落胆しました。もはや誰にむかって心のたけを述べればよいのか、誠に寂然たる光景に思います。

一　老公の最近のご態度について池辺氏に申し送られたことのうち、水戸の考え方を見破れていないところが一つあります。老公が最後の罪はすべて幕府に負わせて自分は隠然として表に出たがらないという病気をもっていらっしゃることについてのご嘆息は私もまったく同意見です。先ごろも津田山三郎が手紙を寄こして、もっぱら幕府に誠意がないのだと嘆いてきましたが、しかし、私はそれだけではないと思います。

もちろん閣老方が老公に大権をゆだねるつもりがないことは申すまでもなく、それはそれでけしからぬことなのですが、しかし、老公のほうでも、天下の大権を一人で引き受け、天下の危急を一身で救おうというお志は薄いのではないかと察せられます。やはりどうも、老中方と共に天下の事をお謀りになられて、誰が主体だとはっきり申されないお心があると思われます。それというのも前条で述べた成否利害のお心からで、ご自身が全責任をもって目的のために突き進むということを避けていらっしゃるわけです。

だから、幕政を老公に一任せよというのは天下有志の念願となっていますけれども、水戸の老練家はかえってこれを深く恐れているのが実情かと思います。池辺氏からも、なまじ天下に先立つ見識を示されたばかりにかえって遠慮があり、山の絶頂に登り、上りも下りもできないありさまだと書いてきました。池辺氏は津田と同じようにその罪を幕閣に着せて、老公を登用したのは名目ばかりで実際は仕事をさせないようにしているのだと書いておりますが、そこが水戸の智術というもので、進退窮したように見せかけて天下有志の責めを逃れているわけです。まったく、心が曲がり誠意がないためなのですが、非常に隠微なところなので天下の有志は恐らくそれが見破れず、水戸の術中に落ち入っているのは残念に思います。

一　総じて人道というものは知識を本にし、「致知力行の養をもって」（知を致すことにつとめて）磨きたてるのだということは、『大学』の教えによっても明白であり、改めて申すまでもありません。だから、『中庸』にも申すとおり、「自明易誠」（天理を明らかにすることによって誠〔良心〕を確認しようとする）が自然の道理であって、何事によらず自分の了見が明白でいささかも疑念がなければ、自分の心もよく一途にとりくめ、雑念がわかないわけです。その一途にとりくむ心が誠なわけで、そのほかに誠はありません。

水戸の君臣は、われこそ天下の先覚者なりと自負しておられ、それはその通りなのですが、誠意がないために天下の経綸を大綱から条目にいたるまで明らかにしていくことができず、利害の心に陥ってしまったのだと思われます。まさにまた、この君臣の令名が天下にとどろき、みな泰山のように仰ぎ奉って、誰一人寸鉄をつくような批判はいわないありさまなので、自然と気位が高く、天下の人才は我一人と君臣ともに思い込んでしまったため、今日のような心の病弊が現れ、せっかくのご聡明もおおわれてしまったのでありましょう。それゆえ、天下に人々をお求めになるというお心は一向にみられず、天下の人才を愛せられるのも、ただ使いたいだけのお心からのようです。これも残念なことです。

一　夷変（夷狄来航）以来の幕府の処置の失敗は、例の十三条の約定（日米和親条約）をはじめとして、大抵は国体を辱しめる結果となっております。これは松平和泉守（乗全）や松平伊賀守（忠固）などの閣老たちのやったことですが、老公も幕政に参加しておられたので、天下有志の者は、老公を頼みにして心底から落胆しないでいるのです。ところが、今にいたり、老公のご処置が天下の人望にかなわない下等の失策ということになれば、もはや頼るべきところもなく、天下の人心は瓦解してしまうでしょう。もし、そんなことになっては天下の事を再び為すことができないと心配でたまらず、それゆえに小生はひたすら水戸のことを気遣い、笑止にもして日夜悩んでいるのです。水戸の君臣に、この赤心を通じさせたいものです。

一　今日の幕府の方針は高説のとおり、大いに節倹につとめること、武備を厳重にすること、糧食を貯えることの三条にあるに違いありません。これをもって富国強兵の政治だと思っているところは本当に嘆息のほかありません。全体、天下の政治に第一等に必要なことを差し置いて、二等、三等の策を実施するなどというのは古今その例がないというお説、一々敬服しました。この三条は、節倹も武備を厳重にするのも糧食を貯えるのも、事は替(かわ)っても同じ企てで、表向きのことだけでしょう。

いまの諸藩の君臣は、みな旧態依然たるもので果たして大節倹ができるでしょうか。武備を厳重にできるでしょうか。糧食の貯えが可能でしょうか。たとえ一日百回の号令をかけ、果ては刑罰に処すとおどしてみても、肝心の諸藩君臣の心が変わらなければ少しも実効はあがらないでしょう。いたずらに表向きを取り繕うだけで終わるのは必然の勢いだと思います。また、いまのように窮乏している諸藩で無理に大砲を作り、軍艦を造り、糧食を貯えるとなれば、どうしても民を収奪するほかないので、これが民百姓の大害となるのも必然でありましょう。このような拙議が出るのは、幕府が江戸一府のことしか考えておらず、天下列藩にかかわった治平を求める心がないからでありましょう。誠に笑止ではありませんか。

一　今日の第一の急務は、諸大名をよく指導して事態に目覚めさせ、諸藩の弊政を改め、君子を用い小人をしりぞけて、政治を一新改正させることにあるとのお説、まったく同意見です。しかし、そのほかにさらに大切な急務があります。それは天下の人材を江戸に召集することです。いったい天下の人々が望みをかけ尊重するのは、人材の集まっているところです。朝廷（君主が政治をおこなう所）に人材があれば朝廷が尊重され、野に人材があれば野が重く、江戸に人材があれば江戸が重く、水戸に人材があれば水戸が尊重され、また尊藩に人材があれば希望は尊藩に託され、拙藩にあれば拙藩に託されます。これが自然の勢いですから、いまの大急務は、天下のすでに名前が知られているほどの人材をすべて江戸に召し寄せ、天下の政事や当今の急務を誠心をもって打ち明け、老公をはじめ老中方から三奉行まで、みな自分たちの貴（身分の高さ）を忘れて講習することです。

そうすれば、天下の利病得失を得られるのです。もちろん集めた人々の相互講習討論を盛んに行えば、それぞれ異なった意見をもった人たちも最後には一本の大道に帰すに違いありません。これが舜の「四門を開き四聡の道を達す」にあたるわけで、天下の人材と力を合わせて政治をおこない、公平正大の道を天下に明らかにするにはこれ以外に道がありません。もちろん一藩の家老級の人間も遠慮なく呼び寄せるのは当然のことで、そうして、そこで議論されて決まったことを現実に政策として実行するようにすれば、諸藩での俗説弊風は自然に氷解してしまい、正大の気風に変化するのに時間はかからないでしょう。以上、ごく大略を述べ、細かいところは省略しました。

一　地震大火後の処置についての貴殿のご高論のうち、江戸滞在中の大名だけでなく奥方お女中も帰国を許されたらというご意見、一々賛成です。

一　この機会に旗本を江戸二十里四方内に在宅せしめ、江戸へは交代で詰めるようにすること。

一　江戸市中の者で、江戸生まれのほかはすべて生国に帰らせる。町奉行がよく調べて、幕府直轄領出身の者はお代官に、私領出身の者はその藩主、知行主に受け取らせ、それぞれの家業につかせること。

ただし大丸・松坂屋などの諸国の豪商の江戸店は一切営業を停止させること。

一　江戸城のお女中は一万余人と聞くが、中国でも後宮三千人という。その三倍もの女をかかえているのが弊風の第一であるから、この機会にお女中を残らず家に帰してしまわねばなりますまい。これは将軍家がその奥向きを改めることからはじめて刷新の風を天下におよぼす第一のご処置になるからです。

一　将軍家はお城をお出になり、どこかそのあたりに陣中の構えでお住まいになって政治をお取りになるとよい。これは古人のいう、非常の変に際しては郊外に廬（いおり）する、の処置であります。

一　諸大名の屋敷はすべて破却し、江戸滞在中は小屋住まいにすること。

一　今後は諸大名の江戸滞在は一年に百日とし、往復の参勤は出陣の格にすること。

一　大坂をはじめとする豪商からの諸大名の借金は十年間据え置きとすること。

右の条文を実施されたら、江戸の人口の十分の六、七は減ってしまうでしょうし、諸藩の無用の支出もなくなり、今日の貧乏藩も三年とたたないうちに大富裕藩に変わるに違いありません」

三　春の足音

平四郎の水戸批判や政策論に、立花壱岐はいちいち納得したが、これをどう実現するか。平四郎は幕府どころか肥後藩の政治にすら関わりをもっていない。一言で云えば孤独な思想家の夢なのである。翌安政三（一八五六）年春、平四郎はうれしい情報を聞いた。立花が三月二十六日に柳川藩の家老に就任したのである。柳川藩は十万石余の中堅藩ではあるが、ともかく一国の家老に同志がなったのである。そこに自己の思想実現の希望の灯をみて、平四郎は喜び勇んで五月十五日付けで壱岐に手紙を書いた。

「三月末でしょうか。御家老職になられたと承り、真にもって珍重の御事、この道のため、邦家（国家）のため、慶賀たてまつります。天下列藩、衰運の末季に、たいていいずこも士君子は閑地に屈しているところに、執事（家老）にご登用されたことは、有志の士は深く大慶つかまつり、大いに望みをかけていますから、関係は大ありで、尊藩だけのことではございません。ついては、小生十余年来（直接会ったのは五年前）のご親交、特別に懸念もありますので、心中、一言献じざるを得ません。旧見の腐廃が恥しいですが、ご容赦下さい」

として、家老としての心構えを書き送った。

「先日、池辺藤左衛門に送ったもので述べた『一徳即国是、国是即一徳、二つこれなき』の書はお読み下さったと思います。和漢古今、明君賢主は必ず人材を登用するが、明君がその臣を始終信任して君臣一徳であるということは未だかつてなかった。これはその人君の不明にあるのはいうまでもないが、その君子（臣）も不明の過りを免れない。どうしてかといえば、古の聖賢はことに出処の間を重んじ、その君の心が明白に確定し、万一も動かないところを見届けなければ決して出処しなかった。すなわち湯王における伊尹（殷の賢相）、高宗（王武丁）における伝説（殷の賢人の名）、文王における太公望、あるいは昭烈（劉備）における武侯（諸葛公明）のごとき初めての出会いの際、君臣始終の一徳はすでに定まっていたので出処し、天下の大事を成就し得たのです。

後世の賢人君子と称せられる人は、元来、三代の道に明らかではありません。君臣一徳、国是一定でなくては、邦家の大事は決して成就し得ないことを本当に知らないから、容易に出仕するのみならず、その初めての君主の誠心を開き導いて、国是の大本を定めるのに心力をつくすことに値しないで、すでに政事に取り掛かり、あるいは号令制度を出し、あるいは改正の新政をしても、元来、その君の心とは契合（ぴったり一致）していないから、民心に徹するところはその君主の政事ではなくて、その執政の政事であります。これはその民心を感動させることはできないのみならず、かえって民心を失うことは必定で、また終に君主から疑われ、国事を誤るにいたるのは、古今、有為の人傑の通患であります」

「方今（現今）、天下に名の知られた諸君子が平生、この道の正大を唱え、その趣向が大いに流俗に違っているようにみえていても、あるいは事変に処し、あるいは登路にあたったなら第一等の道はとても行われず、いささか今日を補佐する志を知らず、覚えず俗見に陥り、平生の言がすべて地を掃うにいたってしまう。これはその立志が三代の道ではないゆえです。いわゆる古今天地人情事変の物理を究めず、格物の実学を失い、その胸中に経綸がまったくなく、現実の大事にあたっては茫乎としてその処置を得ず、すでに事理に明らかでない。これでは何をもって君心を開き、同列有司の人を導けるでしょうか。俗見に落ちるのは当然のことです」

それこそが「水戸の君臣、覆轍（失敗の前例）、目前にこれあり」である。

「天地の間、第一等のほか二等三等の道はなく、ここを真に知らないから、政事の末にかかり、小補俗見に流れ、そのはなはだしい状況にいたっては、まったく利害の私情に陥り、かえって士君子の正言党議を拒絶するような恐るべき事態になります。古人で真に道を知る人は、決して第二等ではなく必ず第一等をなしています。その第一等というのが、その君臣一徳、国是一定であります。それゆえ古人は深く出処進退を重んじて動いて、身を退くのは道が行なわれるか行われないか、事が成るか成らないか、義理利害を明白に徹底しておりますゆえ、その進退にて国家の治乱とあいなります。一国第一等の人才が用いられれば、必ず第一等の政治をするのです。もしそれができない時は身を退き、道を講じ、天地の常経を立てるのです。第一等の人が用いられて第一等の政治をすることができず、また身を退くことができないなら、これを知道の君子といっていいのでしょうか」

平四郎は傷ついていた。手紙は悲痛な叫びをもって終わる。

「二十年来、天下の知名の諸君子で平生、頼みに思っていた面々が、事変のあとの光景は、すべて利害俗見に陥ったのは御案内の通りです。誰の歌でしたか、はかなきものは人にぞありけり、と申すごとく、実に嘆くべき事態ではありませんか。されば、今日、心を述べ、想いを尽す人は執事（立花壱岐）と池辺氏であれば、心の底をたたき、止まれざる真を尽す、小生一片の孤忠（孤独な真のこころ）をお察し下され」


「ほう」

その年の十二月、平四郎は複雑な感慨をもって二通の手紙を受け取った。

福井藩の村田巳三郎（氏寿）と吉田東篁（悌蔵）からのもので、村田は七月十五日付け、吉田は同十九日付けである。遅れに遅れて届いたのは、平四郎が福井藩に心理的距離を感じて便りを絶ち、沼山津への転居も知らせなかったためだ。

手紙は吉田と村田が相談のうえ内容を書きわけたもので、かねて平四郎が時期尚早として反対した学校建設にいたった理由などが書かれてあった。同月二十一日付けで平四郎は、まず村田に宛て、

「一書拝呈つかまつり候。まずもって御両家お殿さまますますご機嫌よろしくお喜び申し上げます。ついで貴殿のご安康、珍重のいたりです。さて、七月十五日にお書きになったお手紙、当月になって届き、有り難く拝見しました。お申し越しのこと忝く存じます。小生よりは一向にお便りも差し上

げず、ご無礼しておりますが、お許し下さい」

と返事を書いた。

「天下の形勢は一変し、関東の地震で水戸の藤田・戸田の両氏を失いご慨嘆のこと、私の方も同じ思いです。夷変以来はことに心を潜めて天下の情勢を黙観しているのですが、三百年にもおよぶ大平の人情はとても義気を発して兵乱にむかうというようになるはずはなく、荀安（因循）姑息無事太平に帰すのが自然の勢いなのでしょう。今日となってはもう前日の処置をもって議論しては駄目で、今日はまた今日の方針をたてなければなりません。その方針は、深く三代の道に達し、今日の事情にもよく通じて、綱領条目巨細分明の大経綸をもった（政治の根本原則から制度の端々にいたるまで十分に心得ている）大有識者の君主宰相でなければ、どうやってこの落日を挽回させられるでしょうか。和漢（日本と中国）で単にあれは明君賢相と称されているくらいの人物では、とても中興の政治は出来ない時運かと思えば、遺憾限りないことです」

と述べ、暗に松平慶永程度の明君ではまだまだと匂わせて、次に疑問に思っていた福井藩の学校建設について、『海国図志』などによって得た知識をもとに見解を述べた。

「尊藩で学校をお建てになった事情はよくわかりました。今日の第一義は儒学の道を明らかにすることにあります。上下ともにこの道を信ずることが、愚夫愚婦が仏を信じているほどになってしまえば、どんな困難も憂えることはありません。これまで皇国（日本）では儒学の大道はまったくなく、三教があるとはいいますけれど、そのうちの聖人の道は学者のもてあそびものと考えられ、神道はまったくの荒唐無稽でいささかの条理もなく、仏教は愚夫愚婦をあざむくのみで、その実は貴賤上下を通じて信心の大道はまったく存在せず、完全に無宗旨、無信仰の国体となっているわけです。これでは何をもって人心を一致させて治教をほどこすべきでしょうか。いま第一義に憂えるところはこの問題でありましょう。

総じて西洋諸国についてこの点を吟味してみますと、むこうには天主教（キリスト教）があります。詳しいことはわからないのですが、天文年間にわが国へ渡来したキリシタンとは雲泥の相違があるようです。いまのキリスト教は、天意にもとづき人倫を主とし、その教法を戒律として、上は国主から下は一般庶民にいたるまで本当にみなその戒律を守っており、政教一致の政治が実現されているのだと聞いています。その教学の根本は経義（事実）を明らかにすることを第一とし、その国の法律解釈を正しくすること、その国の古今の事跡や万国の事情を究明し物産を知ること、天文・地理・航海術・海陸戦法・器械の得失を研究することなど天地間の全知識を集合することが学術だとされているようです。

ロシアの例で申しますと、この国は比達王（ピョートル大帝）の中興から二百年余になりますが、国内の政令がよく行き届き平和が続いております。国王は一年のうちの三分の二は国内を巡見して民情を視察していますが、そのお供はわずかに八十人に過ぎず特別の行在所（あんざいしょ）もつくらず、そこらにある官舎や民屋に泊っていると聞きます。学校は村々の子供たちを男女とも村の学校に入れ、そこから俊秀のものを一郷の学校にあげ、それより一郡の学校・一部の学校と引き上げて、最後にペテルブルクの大学校に入れるとのことです。現在、この大学校構成員は一万余で、政府は何か新しい方針を出す時には必ずこの学校に諮問し、ここで衆論一決した上でなければ、決して国王や行政官だけで決めるようなことはいたしません。また大臣はじめ要路の役人は一国の公論にしたがって任免するともいいます。

以上のようなことが、いまのキリスト教の戒律の第一義になっているのだそうです。また民からの年貢は十分の一と決まっており、このほかには少しも取らないために民はみな富裕だともいいます。経済の第一は土地から金・銀・銅・鉄などを掘り出し、職工を集め工作場を建てて産出物で諸物を造り、その製品を交易した利益で国の財政をまかなうところにあります。要するに、この国の政治はすべてキリスト教の教法にもとづいているために人心は上下に一致してどこからも異論が出ないわけです。

この事情は、西洋諸国どこでもたいてい同じようだと聞いています。ロシアに次いではアメリカが新興国でとりわけ盛大だと承っております。〔最近翻刻された『海国図志』のアメリカの部はアメリカ人の書いた歴史書によっているので、ずいぶん正確ですが、ロシアなどはひどく大雑把で、あれでは事情がわからないと思います〕。ロシアが漢土（中国）と接触し始めたのは康熙帝より前のことですが、そのころは海路が開けていなかったためにアジア州の事情がよく分からず、アジアには聖人の道と仏教との二宗旨があるとは知っていてもその実体は掴めておりませんでした。

わが国の寛政年間にあたるころから海路が開けて、中国や天竺（インド）に使節を派遣して国情を視察し、さらにインドには遊学生を数年間滞在させて学問・政事の実際を調べさせてみたところ、当時のインドはムガール帝国が衰廃し政事に一つも見るところもなく、仏教を研究してみればその教義はまったく荒唐無稽で人道に関係するところは少しもないと驚いて、宗教がこんなものでは政事の道がないのも当然と思ったそうであります。

続いて中国の北京に遊学させてみたところ、ここは乾隆帝の末年で政道は衰運に傾いており、科挙も賄賂に支配されてしまっているほどで、その政治の無道に驚いてしまいました。学者をみると、経書を読んだり詩文を作ったりするだけで、儒学の道がどんなものかさっぱりわからない。ロシア人は聖人の道とはこんなものか、これなら人道と関係のない点では仏教とまったく同じではないかと慨嘆し、アジアの二大宗教がこのように愚昧なものであれば、アジアの国がすべて政道を失い内乱がやまないのも、他国から侵略を受けるのも人道の明であると深く痛心したそうであります。

しかし、その後また北京に遊学させ〔いまから三十五、六年前のこと〕こんどはもっぱら研究目標を儒学にしぼって『書経』『詩経』『論語』の三つをロシア語に訳して国都に持って帰り、大学校で検討してみたところ、第一に規模の広大であること、論旨明快であること、己を修め人を治める政教一致の学説であるところに深く驚いて、三千年もの昔にこのようなすばらしい堯舜の聖徳の道があったことを奇異に思い、これなら自分たちの信じているキリスト教とまったく同じだという結論に達したとのことです。

しかし、後世の中国人たちは、どういうわけで、これだけの大道の本意を見誤って、ただ書物を読み詩文を作ることを学問と思ったのか、後世の治道が衰廃し人道が乱れたのは、まったく堯・舜・孔子の大道が失われたのが原因なのだから、いまの中国人は深くこのところを省察し、無用の文学などやめて、三代の大道を再び明らかにすれば、中国はたちまち中興できる、もしそれをしないで自分勝手な智識で国を治めようとすれば、これは獣を海で猟し、山に魚を漁るような愚昧はなはだしいことだからと、（中国人に忠告してやることに決め）いま述べたような趣旨の序文をつけて経書を印刷し、中国へ送りました。林則徐などはこの序文を読んで感嘆したとのことです。

このロシア人の感想のうち、聖人の道とキリスト教とが同じだというあたりは疑問もありますが、それはさておき、ロシアなどのキリスト教国が国中貴賤の別なく一致してキリスト教の道を奉じ、そのことを政治の基礎としているのは事実なので、そのような国から日本や中国の現状をみれば、道を失った国体に相違はないのです。

ここで深く憂うべき第一は、西洋諸国との交流が盛んになって日本にも各国人が続々とはいってきておりますので、西洋の宗教と政事のことは自然と知れ渡ってしまうでしょうが、そうなると邦人の中の聡明奇傑の人物たちが、本当の聖人の大道を知らないままに彼我の政道の得失盛衰の現実をみて、知らず知らずのうちに邪教に落ちいるのは、十年二十年の間で明らかにそうなるでしょう。佐久間修理（象山）などがすでに邪教に落ちいっているところからもわかります〔象山は邪教を唱えているわけではありませんが、政事や戦法の一切が西洋のほうがすぐれていて、儒学で役に立つのは易の一部だといっているとのこと、これはすでに邪教に落ちたことを現わしております〕。総じて、事の善悪ともに世に行われるのは、必ず人傑がそれを提唱するゆえです。三代の道に明らかでない人が西洋に流溺（ふらふらと魅了）されるのは必然の勢いですから、これが最も心配でなりません。三代の道については、この四、五年間、いささか考えていることもありますが、今度は差し控えておきます。貴殿の方にも定めて新得のご発明がおありでしょうから、後便にて承りたく、楽しみにしております」

平四郎が述べている外国の事情のうち、ことにキリスト教と政治の関係は、今の我々の認識からすれば誤りである。しかし、ここでは平四郎が、「夷狄には自分が主張してきたような学政一致が行なわれているらしい」と思ったのが重要である。それに比べて「信心の大道のない、完全に無宗旨、無信仰の日本」であり「無道の中国」なのだ。つまり「夷狄は無道、中国・日本は有道」という認識がひっくり返ったのである。だが、福井の者たちは、平四郎の転換を知らないから、それを伝えようとしたのである。

村田は明治二十年になって、この手紙を表装して横軸にし、以下のような自記跋文を付けた。

「この書は小楠先生、安政三年辰の十二月、氏寿に贈られしところなり。茲時、春嶽公（松平慶永）、励精して治を図り、学校を興し、海備を修め、切に辺警を憂い、専ら国事に尽力せられしかば、達識俊豪の人を求め、共に謀らんとせらるるに急なりき。公は前に先生を欣慕したまいしが、此書を一読せらるるや、これ余が大いに望むところなりと遂に翌四年三月、氏寿に命じ、先生を招聘せらるるにおよばれたり。されば此書は偶然にも公と先生が尋常ならぬ知遇の媒介者となり、先生の名望も一層盛大にいたりたりし」

福井藩に招聘される大きなきっかけが、この書簡だったのだ。

なお平四郎は同日付けで、吉田東篁へも手紙を出している。

その中で平四郎は、「法外のご無沙汰」を詫びているが、「尊（福井）藩建学、世上に専らご盛事を唱え候事と相聞き、追々、仰山に承り、聊か不審に存じおり候ところ、此般の御書状にて何も安着つかまつり候」として、村田よりの書面で、吉田が君上（松平慶永）の御会業のお相手に出られるのは大慶千万、と喜び、「君上ご見識は弥益し、ご長進遊ばされ候と存じ上げ奉り候」としながらも、三代（堯舜禹）の象（心だて）を養わなくては後世の学に落ちる、三代以下の気象では決して天下の治化は出来ない、と忠告した。

また「来春に尊藩社中が九州・長崎などの事情を見聞しに来られないだろうか。もし、そういうことがあれば、拙藩にしばらく逗留して、話し合いたい」と希望を述べた。

平四郎が福井藩に距離を感じて無沙汰をしていたころ、そこでは藩主松平慶永のもとで藩政改革が加速していた。慶永はペリーの来航で危機感をもち、嘉永六年十月、布達をもって、今後十カ年の間、家格、先例にかかわりなく、非常の「御省略」を命じ、節倹策による軍備一途の体制づくりに突入した。

学校建設について安政二年三月に出された布達によれば、

「文武は政道の基本、士たる者の専務との認識のもとに、かねてから藩主は文武学校の設立を望んでいたが、嘉永期以来、武芸奨励や軍事改革が鋭意、推し進められてきたのに比べ、学問がおろそかにされている現状に鑑み、このたび学問所を設けるにつき、忠孝を旨とし、人の人たる道を修める筋道を研究し、文武一途・言行着実につとめ、風儀が正しくなることを望む」

慶永のもとで改革を主導したのは、吉田東篁門下の三家老である本多飛騨、松平主馬（しゅめ）、本多修理、それに側近の鈴木主税であった。鈴木は藤田東湖が「今、真に豪傑と称すべき者、天下唯鈴木主税、西郷吉之助あるのみ」と賞したほどの男で、天保の改革に寺社奉行としてかかわり、その後、お側向頭取、側締役など藩主側近を務めたが、一時、免職となって金津（かなづ）奉行、ペリー来航のとき江戸に呼ばれて御省略掛として藩政の中枢にあった。平四郎とも懇意で、書簡のやりとりをしている。

ところが、このころ鈴木主税は重病であった。安政三年二月、彼は自分の後継者と目した俊秀橋本左内を枕頭に呼んで後事を託し、四十三歳で死去した。慶永は同三月、福井に戻り、江戸から左内を呼び寄せた。

左内は福井藩の奥外科医であった橋本長綱の長男で、天保五（一八三四）年三月に生まれている。幼少から学問を好んで、吉田東篁についた。十六歳のとき発奮して大坂に出て、緒方洪庵の適塾に入門し西洋医学を学んだ。平四郎は嘉永四（一八五一）年に四十三歳で上国遊歴に出たときに、福井藩士岡田準介の紹介で十八歳の左内に会い、この若者に好感をもっている。

左内は翌年に父の死で家督を相続し藩医となった。安政元（一八五四）年二月、二十一歳の左内は江戸に遊学し、蘭学者杉田成卿（せいけい）に入門、「わが学業を継ぎ得るものは、必ずこの人である」と賞賛された。翌年、福井へもどり、鈴木の考えで藩医を免ぜられて御書院番に抜擢され、再び江戸に遊学し、藩主慶永側近への道を歩んでいた。

「学校は政事の根本、教化の原由にござ候ところ、徒に虚名にあい成り、勇決のご処置これなく、実才ご成就のお見積めお立ちなされず、徒に紛々の議論に日を送られ候」というのが左内の藩校批判で、六月に帰藩、七月に明道館講究師同様心得・蘭学科掛、九月に書院番組から御側役支配になって矢島立軒とともに幹事になる。

翌四年一月に幹事・明道館御用掛学監同様心得となって学校改革を推進する。ただし、左内の学校改革のモデルは水戸の弘道館であり、「実才の成就」をめざすのは、平四郎のいう「人材の利政」におちいる危険性をはらんでいた。吉田東篁はこの点を危惧したであろうが、左内の批判の前にたじたじであった。「儒生の腐談と蔑視されないよう」などと愛弟子からいわれては、おのれの限界を悟らざるを得なかった。二月六日、吉田は藩庁に辞表を出した。

「昨年にいたり教職不相当の一件出来つかまつり、実に不調法至極、言語に絶し候……」

それが受理された二十四日、左内は家老から「横井平四郎申し遣わし候儀」を内談され、平四郎は吉田に代わるべき人物、いやそれ以上に慶永の相談役になる人物として浮上したのである。

四　使者

慶永の君命が三月七日、明道館の訓導をしていた村田巳三郎（氏寿）に下った。

「思し召しをもって、中国ならびに九州筋へさし遣わす旨、仰せつけらる。かつまた御用の次第は御直（おじき）に仰せつけられ、左の通り。

その方、承知の通り、一昨年、明道館創建いたし、文武一致、政教不岐の趣意にこれあり。しかるところ、家中の子弟輩、教育専要のところ、教官その人に乏しく、これにくわえるに近年、外国の一件、容易ならぬ御時体に推し移り、ことに御家は公辺にたいし別格の家柄にもこれあり候えば、この方もおよばずながら黄門様〈ご先祖秀康公御事〉ご意志を継ぎ、公辺のおん為に尽力いたし候覚悟にて、日夜心配いたし候えども、いずれも重大の事件にこれあるにつきては、相談の人物に事を闕（かき）（欠き）候ては、趣意覚悟も成就貫徹、覚束なき儀と深く憂慮いたしおり候ところ、肥後の横井平四郎、その方かねて心安くいたし候由、その人となりのことは、この方にも毎々聞きおよび承知いたしおり候ところ、先日、同人（平四郎）よりその方への来書、家老よりさし出し候につき、篤（とく）と披見いたし候。その見識学力はこれまで聞きおよびたるよりも感心いたすべきことに覚（おも）う。かようの人物を相談人に頼み候てこそ、初めて念願も成就いたすべく、これより平四郎、この表へ参りくれ候よういたしたく、この使い、その方へ申しつけ候あいだ、早速、罷り越し心配いたすべく候。

一　今般、熊本へのご使命をこうむり候につき、道筋京坂（京都・大坂）をはじめ各藩へも立ち寄り、風土・人物・政事・学校等概略取り調べ参りたき旨、相願い候ところ、願いの趣、お聞き届けあいなり、同行、安陪又三郎仰せ付けられ、御貸人、荒子一名（荒子旧藩軽輩）、路費金六拾両、お渡しあいなり、御紋御小柄（こづか）を賜う」

そして慶永は平四郎に与えるよう、一首をそえた。

愚かなる　こゝろに　そゝけ（注げ）　ひらけたる　君の誠を春雨にして

君命をうけ村田は勇躍、三月二十八日に安陪らと福井を出立した。京都から大坂、姫路、岡山、福山、広島、岩国、小倉、久留米、柳川に立ち寄って、五月十三日に熊本にはいった。柳川で池辺藤左衛門に会ったが、これには平四郎招請の件で、柳川藩家老の立花壱岐と池辺に計略があったからである。

壱岐は、かねて水戸藩の藤田東湖を動かして、天下の大機に参じせしめ、自分も東湖によって抱負を達成しようという希望を持っていた。しかし、江戸大地震で東湖が死んで、その希望は水泡に帰した。平四郎が東湖の圧死を伝えたとき、壱岐は「万事休す！」と叫んだ。

東湖にかわる公的な位置にはいないが、さらに識見上回る人こそ肥後で不遇をかこつ自分の師たる横井平四郎であった。このころの平四郎は、すでに水戸学を批判しているが、壱岐の意識はそこまでにいたっていない。

「かくなる上は、横井先生を水戸藩、もしくは福井藩に推薦して、同志の誠意を天下に通じなければならぬ」

壱岐は在府の池辺に手紙を書いた。安政二年十一月十六日であった。すでに池辺は壱岐と申し合わせ、福井藩の鈴木主税に平四郎を招請するよう話をしている。両藩は、柳川藩主立花鑑寛(あきとも)の正室が松平慶永の姉純子(すみこ)という近い関係にあった。

「小生の愚計は、水府両人（藤田東湖と戸田蓬軒）を失ってしまっては、どうしてでも横井平四郎を水府に出すべきことであります。このところ、能々(よくよく)お力をつくされたく、有志の一身、天下のため死しても恨みはこれなく、今度、大変（江戸大地震）によって十万余人の苦死中に両田（藤田・戸田）も同様、其半（そのさなかに）我々はあえて天助に感じ、かつ十万余人の死者のために、天下を一変するという誠意で天下を動かし、泉下（あの世の）両田の眉を開かないわけにはいきません。お力をつくしてください。

もっとも、横井を水府に推薦するという策は容易にはいかないでしょう。先度（先ごろ）、越前の鈴木主税への御状中にあったように、横井を同藩（福井藩）にすすめることには、重々ご同意であり、同藩に出れば忽ち(たちま)天下の応援になると申すべく、いずれは両藩の内に横井を出し置き、天下に通じる道を開くことが当時の大急務であり、何事かこれに過ぎるものがあると申すべきでしょうか。この事が出来れば、以前よりも能く(よ)運び、天下の大計であると申すべきです。この事が出来ないうちは、依然とした今日の面目で、天地百神に対して何分面目これなく、有志者の恥辱、実にこの上もありません。返す返すもご勘考なさって下さい」

壱岐は翌三年の二月、平四郎を沼山津に訪ねて、福井藩に推薦する話を勧めた。しかし、平四郎は煮え切らない。平四郎は書状でこう返答した。

「拙藩、否塞（閉鎖性）のはなはだしきは、ご案内の通りにて、自然、越藩より招に預かれば、いかようなる禍おこるやも計り難き事情のところ、深くお考え下されたく存じ奉ります。幕府より天下の士を召されることになれば異議なきことですが、越藩よりと申しては、きわめてむつかしくあいなり、計られざるの禍を引きおこし、その事もまた行われ申さず筋になりゆくと申すべく、くれぐれご勘考のほど希（のぞ）み奉ります」

平四郎の気持ちは複雑であった。

五月に、平四郎招聘の使命をもった村田が柳川に池辺を訪ねたとき、立花壱岐は江戸にあったが、池辺は村田の熊本行きの話を聞いて「わが道の興起する、何をもってか、これに加えん」と大喜びし、同道して熊本に乗り込んだ。

村田はまず長岡監物を訪問して、尽力を乞うことにしていた。彼が驚いたのは、同志と信じていた監物と平四郎の不和であった。失望は大きかった。それでも村田は、「このたびのお話をぜひ、藩公にお頼みなされたく、また支障なく運ぶようその周旋をお願い申し上げまする」と乞うた。監物はひとかどの人物である。「むろん、全力をもって周旋したい」と答え、招聘の交渉段取りなどについて相談に乗った。

それより村田は池辺とともに、沼山津に平四郎を訪ねた、嘉永以来の再会を喜び、早速、用件を切り出した。松平慶永の歌まで添えた熱心な招請話である。立花の勧めには、肥後藩の出方を心配して躊躇していた平四郎ではあったが、破顔一笑、

「ありがたきお話にござる。もちろんお請け申し上げる」

そう答えた。本音をいえば、平四郎はこの直々の誘いを待っていたのである。かの太公望のように、諸葛孔明のように。村田も玄関に入った途端、掲げてあった諸葛孔明の三顧の図の額をみて、内心〈劉備玄徳とはいかないが、大丈夫だ〉と確信したのだったが。

福井三十二万石の十六代藩主松平慶永は、当代切っての英明君主と評される男である。君主に対する要求水準の高い平四郎からみれば、まだまだ十分とはいえないまでも、親藩の当主として幕政に大きくかかわる点も望ましかった。

すでに厳母のかずも招請話には賛同していた。池辺、立花の運動は実に有り難かった。そして三月九日には、吉田東篁から、村田の派遣と平四郎の招請について情意をつくした手紙が届いていた。村田の来訪以前に、平四郎の心は大きく動いていたのである。吉田はこう述べていた。

「弊藩は従来、大困窮いたしておりました。寡君（慶永）はいたって幼年で家督を相続され、それより今日まで実に精を励んで治を求められましたが、とかく旧弊にあい泥み（略）追々、天下の形勢は一変し、昔の歌は歌われぬ時節とあいなりましたけれども、諸藩は一様の因循にあり、弊藩とても日に月に士気はあい弛み、いろいろと心力をつくしましても、下地の困窮がある上に、天下（の情勢）につれて、このようになりましては、とかく国是も定まりかねておりました。そこで近来、興学を建議になりまして、この両三年、追々、（私も）引立方につき心配しておりましたところ、昨年にいたって初めて形勢が一新され、宿弊も大いに変革され、人心もほぼ一和とあいなり、当時（ただいま）は寡君は申すにおよばず家老番頭をはじめ、諸有司一統、小吏までもその組々で、日々、会読討論し、言路（上に進言すること）が大いに開け、政署もまずまず公論正義にもとづき、大いに前途がみえてきたように思われます」

「ただいま、天下の形勢は前途茫々で、ただ信頼を天下の諸賢に失わず、よく万国の事状（事情）形勢を大観し、時を待つ以外にありません。そういう時に、この小藩へ天下の大賢をお招きしようと欲することについて、ご事情がおわかりにならないようにも思われますが、これには又々大いに子細もありまして、恥をいわねば理が聞こえぬ諺で、右の建学についても、別に天下の賢才をお招きするようなことでもないとはいえ、まず有り合わせのものでは、教授は七十有余で、その上多病、その他の者もあるいは老人あるいは病身で、かねがね何事についても、一統（皆々）、賢丈（平四郎）を煩わすべきであるという公論にあい帰しまして、（まして横井先生には）先年、弊藩へは来賓としてお越しいただいたこともあり、衆望の期するところ、それも全く始終（これからずっと）と申しているわけではなく、せめて三、五年なりともお借り受け申したいということでして、第一に賢丈の思し召し（お気持ち）をうかがわないでは、工夫もいたし難いという衆評となりました。（村田）巳三郎儀は、かねがね（平四郎も）ご承知のことゆえ、極内（極秘に）指し出す（送り出す）ことになりました。なにとぞ、よんどころなく寡君をはじめ諸有志の懇志をご許容いただければ、弊藩の幸慶はこの上なく、別して野拙（私）の大慶もこれに過ぎません。

もっとも尊藩（熊本藩）のご事情はよく存じておりまして、近来、特に難しいようにも承っております。かつ先年と違い（平四郎は）ただ今は御当勤（藩のお勤めがあり）、その上で、弊藩へお出でになられるのは、難しいうえにますます難しいことで、とても長岡君（監物）もご承知もできかねることかもしれません。賢丈にもただ今天下に押し出し、一時に事の出来る時節でもなければ、万々、今度のお願いは難しいことだとは承知いたしておりますが、どうぞ別段のご良計をもって、誠によんどころなく寡君の懇志をお見捨てにならない時は、只々、弊藩のみならず、又、天下に関係いたすことも少なからず、何分にもご許容をあい願いたき事でございます。

しかしながら、いかにいたしても、尊藩へお障りもある時は、これまたいたし方なく、いよいよそういうこともありますならば、ただいまの形勢につき（平四郎より）ご推挙下さる人才がいらっしゃいませんでしょうか。かつ別にご良計がございましたら、ご密授下されたく万々願い上げ奉ります。何分、いま一等押し出すには、ぜひ大賢（平四郎）の助けを求めるよりほかになく、寡君の懇志、諸有司の誠意、これまで詰まりながら、この機会をはずしましては誠に残念至極、日々、論判いたしましてもほかに工夫もなく、ただいま、天下に歯徳（年齢と徳行）兼備と申すは、賢丈よりほかになく、何分、一応、ご所存をあい伺うべきと衆評一決し、巳三郎を派遣する事になりました。何卒、別段のご工夫をもってお見捨てこれなきよう、万々あい願うところにございます。なお委細の儀は巳三郎へ口授仕置きましたので、この方より逐一おきき取り下さい。まず弊藩のあらましの事情は、このごとくにございます。以上」

また「別啓」には、こうあった。

「昨年、（鈴木）主税の没後、さぞ弊藩は無人の境のごとく思っておられるでしょうが、追々、晩進（おくれて進歩した）の者も少なからず、このうち不思議に橋本左内と申す者がございまして、すなわち先年、賢丈がご廻国の折に、京都（大坂の誤り）でご一面あい願いましたはず、そのころは十七、八歳で未だ東西も分からず、その後、東行いたし（江戸に行って）、その頃より確然の定見を立て、当年二十四歳になったものにて、主税も生前より、後事を託すのはこの人と常々倚頼（いらい）いたしていたもので、これから十年もたてば、いかに成長するか、誠に末頼もしく思っております。今、もし賢丈のご教育にも預かりましたならば、その成長は限りがないと思われ、野拙にも将来の見込みはこの人にございます。かつまた（執政）本多修理と申すは、先年、四郎右衛門と申した人で、この人も近来、大いに工夫長進いたしまして、今、賢丈がご配慮されたならば、必ず事は出来る勢いになっておりますので、何分、どうとか一ご工夫を祈るところでございます。以上」

鈴木主税亡きあとは、橋本左内と本多修理がいるというのである。

そもそも福井藩は、徳川家康の二男結城秀康が、大藩加賀前田家に対する備えとして越前一国六十八万石余を与えられ、松平姓に復したのが元である。しかし、後を継いだ忠直が乱行を理由に大分に配流され、かわって高田二十五万石を領していた忠直の弟忠昌が、忠直の長子仙千代（光長）に高田を与えることを条件に越前五十万石（のち二万五千石加増）を襲封し、不吉な北ノ庄の名を忌んで福井と改めた。

四代光通は五十二万五千石を相続するが、弟の昌勝・昌親に分知して松岡藩五万石（昌勝）、吉江藩二万五千石（昌親）が成立、本藩は四十五万石になった。光通は法令を整備し、文教政策にも力を入れるなど藩制の整備につとめ、財政対策のため諸藩に先がけて藩札を発行した。一方で福井大火など不幸もあり、晩年には夫人国姫が自害する悲劇があった。夫人は高田藩主光長の娘だが、嫡子をなさなかった。

一方、側室に一子権蔵ができたが、光通の意にかなわず対面もゆるさなかった。その後、光通が在府中、岳父光長より問われて、将軍家綱の御座所で、実子なき旨を神文に認めて光長に贈ったことがあった。夫人はこの神文を取り返したいと願ったが、甲斐もなく悲観して自殺したのだ。その後、権蔵の一派が家督を幕府に訴え出るという伝聞をきいた光通は、弟の吉江藩主昌親を養子にするという遺書を残して自殺して紛糾、結局、昌親が本家を相続して、松岡藩主昌勝の嫡子綱昌を昌親の養子とすることに落ち着いた。

しかし藩情不安が続いて、昌親は病と称して二年で藩主の座を養子の綱昌に譲って後見役となった。ところが綱昌は病身で、「宜しからざる病気の旨上聞に達し、御大法もこれ有るにつきて、越前守領国召上げ候条」と、将軍綱吉によって改易させられたが、越前松平家が名門であるため、養父で前藩主の昌親に対し、新規に越前のうち二十五万石を与えて七代藩主とし福井藩を存続させ、綱昌は在世中の扶持年米二万俵を与え、江戸藩邸に住まわせることになった。これを「貞享大法」と呼ぶ。昌親は綱吉の諱を拝領して吉品と改称した。この大災厄を利用して吉品は、藩法や職制など諸制度を整備、藩政改革をして基盤を安定させた。

吉品が隠居して、松岡藩主昌勝の四男吉邦が就任、統治がすぐれ名君といわれ、幕府は越前国内幕府領のうち十万三千石を福井藩預所としている。吉邦は実子がなかったので没後は実兄の松岡藩主昌平が本家を相続、将軍吉宗の一字をもらい宗昌とあらため、松岡藩は廃藩、この五万石をあわせて福井藩領は三十万石に増えた。

宗昌も嗣子がなく、藩祖秀康の五男直基の曾孫の宗矩を養子にして十代藩主を相続させた。宗矩は「越前松平家の勢威をとりもどしたい」と願い、家格の再興を考えた。幕府に「徳川一門から養子を迎えたい」と懇情し、一橋家から於義丸（後の重昌）を迎える。九代将軍家重の弟宗尹の長男だ。

これで秀康の正系は途絶した。宗矩の死後、家督を相続し元服して重昌は従四位上少将に任官、宗矩の最終の官位である従四位下少将を上回って彼の悲願を達成した。しかし、重昌は十六歳で病没、武家諸法度は十七歳未満の末期養子を認めていないので、本来はお家断絶だが、親藩のため将軍の特命によって重昌の弟の重富が相続、彼は四十一年におよぶ在職で中将にまで昇進した。

次の治好も中将となる。その嫡男斉承は将軍家斉の息女浅姫を正室に迎え二万石を加増、三十二万石となった。斉承も嗣子がなく将軍家斉の子斉善を十五代藩主に迎えた。斉善も中将になっている。しかし、宗矩の悲願の達成も領民にしてみれば迷惑至極で、これにより従来の質素倹約の藩風が華美贅沢になって財政が急速に悪化した。御用金の賦課は一揆の多発を招いた。斉善のころの財政は疲弊の極にあって、天保七（一八三六）年二月、幕府に救済方の嘆願書を出した。

「私の家政のことは、貞享の時に禄を減らされた後は、それに準じて家来どもの扶助その外も万事省略つかまつり、厳しく取縮めましたが、黄門秀康以来の特別の役柄や筋目の家来どもは減らしかね、かなりの扶助をして、不相応に人数が多く、領地は薄免の（租率の低い）土地で収納米は少なく、文政の時には、二万石を御加増されて三十二万石になりましたが、豊凶を平均しておよそ一箇年に二十九万石ほどでは収納もなく、その後、年をおって入用高が嵩（かさ）んで、近年にいたっては、年々二万六千両ほどずつ不足となって、その上、去る丑年（文政十二年の江戸大火）、霊岸島住居が類焼して、公辺、いよいよ借金を始め、家中は半禄、町在まで用金を申しつけ、ようやくご住居ご普請はかなり出来ましたところ、昨年来、久能御宮その外のご普請の御用を仰せつけられ、そのほかに吉凶につき莫大な入用があって、元来が不如意の勝手向きはいよいよ増し、必至の難渋に落ちいり、昨今は、古借・新借惣高は九拾万両余の借財となり」

という次第で、「本保代官管下の幕府領と当今御預かりの幕府領とを増高にしてほしい」と訴えたが、却下され、結局は三万両の拝借金を負う。藩債は九十万両にのぼっていた。

天保九年八月、斉善は十九歳で病没し、将軍家慶の命により養子として十六代藩主となったのが十一歳の慶永であった。

慶永は、将軍家親族の御三卿（田安・一橋・清水）のひとつ田安斉匡（なりまさ）の八男だ。始祖の宗武（むねたけ）が八代将軍吉宗の二男で、十一代将軍家斉は伯父、十二代家慶は従兄弟である。幼児のころから聡明、大の学問好きで学習のために紙を大量に使ったため、父から「羊のようだ」といわれて、「羊堂」と号している。

就任するや慶永は、まず倹約令を出し、藩札の整理、国産奨励策をすすめ、また御用金の賦課もやらざるをえなかった。財政改革では守旧派の重臣の松平良馬、岡部左膳を罷免、進歩派の本多修理、鈴木主税、中根靭負（雪江）らを重用し、藩政改革を推進していたのである。

五　難航

さて、村田は沼山津で歓待され、小楠が時勢を嘆じ、当世を救う経綸の講習を数日、遠近から駆けつけた門人数十人とともにした。

村田は五月十九日付けで橋本左内に、平四郎の事情を知らせる手紙を送った。それは、福井藩の招聘に平四郎が応じる意志はあるが、この肝入り（周旋）を長岡監物に依頼する計画は齟齬をきたしたので、福井藩主から肥後藩主に表向きの手続きをとるほかない、といった内容だった。左内は自分の意見とその書を同封して江戸の参政中根靭負に送っている。その返事に、

「意外の故障（平四郎と長岡監物の不和）があったけれども、第一の懸念だった横井の老母の一件などはなく、当人（平四郎）も応徴の意志は十分の様子、何分そのところは重畳（この上なく好都合）の儀、長岡との確執はいかにも両雄の持論各論得失あるべきことと思います。それについては、熊本の周旋は託すべき人がいなくなったので、表向きの手続きになるべきことと（村田が）諭るごとく、これは度外のことで違算のようだが、村田生の書面を考察して、（招聘を）遮断するほどの荊棘（障害）もない様子なので、何分、この（江戸）表において正面のお頼みよりほかはないでしょう。（熊本藩江戸詰

め家老）溝口蔵人（の人物）についての探索はなはだむつかしく、有志の塾生などにたずねればよい情報も得られようが、肥後より江戸へ出てきた書生は何方にもないように聞いています。

もっとも、なるたけ考えてみるけれども、なおまた、表（福井）において村田が帰北の上で、お聞き調べになれば、造作もなくわかるようなこともあるだろうし、またわからぬところを今一、往復しあっても、いよいよ（招聘）お頼りと決したならば、正面から熊藩の士人へ尋ねてもよろしい。その上でうまくいかなければ、御直書をもって、然るべく蔵人へも御頼みしても遅くはないように思うゆえ、強いて探索にはおよびません。（中略）この便の飛脚が着くころは、大方、村田も帰着していようから、なおまた実況をきいたうえ、お申し達しになれば、この表において、それぞれ表向きにお頼みの手続きになるべきことと思われます。上（慶永）にもはなはだご悦喜され、（平四郎を）拝借するおつもりであります。（中略）村田氏の書状を返璧いたします。何分、横生（横井平四郎）を動かし、北行（福井行き）の志を決せしめしたのは天晴れなる使節と感佩（かたじけなく心に感じて）いたしております。何分、この上は愈々もって一和の合議にならない半ばでは、横生来臨の詮（議）もありません」

なお、中根は左内への手紙の「別啓」で、

「横井平四郎が招聘に応じて福井に来たときに、左内がいないでは具合が悪いけれども、さりとて江戸表の情勢は一日も早く左内の出府を要するから、福井表はすべて村田にまかせて出府するよう」

に書きながら、また一方、藩内で、

「例の蝸牛角上（の争い）を始めては、横生にたいして外聞もよろしくなく、この辺の調和を図るには村田が相当の場にあるが、英邁に過ぎて調和の方はどうだろうか。また横氏は豪爽俊邁の人であるから、うるさいことは決まって不得手であって、アノイキコノイキ（あの息この息）の斟酌（しんしゃく）等はなく、目玉の飛び出るような大論を発するであろう節に、藩政府の形勢がどうなっているか、はなはだ案じられる。

長期的な見通しを頼んで、刺し違え覚悟の口上で鎮撫するのも難しく、どう運んだらいいか想像すれば、賢兄（左内）の不在がもっとも悩ましいことである。上杉景勝を退治するために徳川家康が攻めているあいだに、上方が蜂起するようなことになってもいかがなものか。こういうことはないのは勿論だが、なおまた本多修理も納得、村田・長谷部（甚平）等もあとを引き受け、たいてい安堵して福井のことをふり返ることのないほどに研究して、定議（する相談して決める）よう祈るところであります。

花見んと　急ぐ小舟に　棹さして　吹けかし　風の吹かであれかし

心迷っています。ご推察ご構想を思い仰ぐところです」

と、心中を吐露した。

中根が心配していたのは、横井平四郎を招聘することについての藩内の（一和の合議にならない）不一致である。いかに君主慶永の英断であり、平四郎を尊敬する藩士が多かったにせよ、藩主の相談役をはるか他藩の熊本から招くということは大変なことで、当然、異を唱える勢力もあった。もともと安政改革派に好意的ではない保守派勢力で、家老の狛山城（孝政）、酒井外記ら門閥層が中心をなしていた。

村田は熊本をたつと、鹿児島から長崎、佐賀を経由して、七月八日に京都にはいり、二日滞在して同月十四日に福井に帰藩した。その足で橋本左内と面会し、平四郎招聘の交渉案を話しあい、執政・参政をへて江戸の慶永に復命し、左内との協議内容を具申した。その結果、江戸でも慶永から直書をもって細川斉護に依頼することが決まった。前にふれたが、慶永の正室勇姫は斉護の子であるから、直接の依頼は無碍にできないだろうという希望的観測もあった。

慶永は八月十二日付けで、熊本の斉護に平四郎招聘の希望を伝える書面をしたためる一方、同日、龍ノ口の肥後藩邸を訪れ、家老の溝口蔵人に面会を求めたが、あいにく漁に出かけて不在のため、義母である斉護夫人に会い、招聘の件を依頼した。その翌日、参政中根靱負が溝口をたずねて、慶永の書面をわたして懇嘱した。慶永の書面はおよそ以下のような内容である。

「近年、弊国において学問所を創設し、家中の子弟を教育しておりますが、元来、教官が乏しいうえに生員も増加して、老年の教官が勤務の繁劇にたえかねる趣になっており、かつまた壮年の者には教官になる見込みはあっても、いましばらくは教官に取り立てかねるところがあり、当惑しております。そういうことで、ご家来の横井平四郎は、先年、諸国遊歴のついでに弊国へまかり越した節、当家の家来のうちには面会し相談などをした族もあって、かねて人柄は聞きおよんでおります。

これにより近ごろ粗忽恐縮のいたりでございますが、尊藩において格別のおさしつかえもないようであれば、右平四郎を当分、お借り受け申し、弊国子弟の教訓の世話を頼み申したく、なにとぞご難題ながら、来冬まで小子（私）へお貸し置き下されるよう頼み上げ奉ります。そうであれば、平四郎は弊国において知る人でありますゆえ、老年教官の者どももそれぞれ力を得、そのうちには壮年の者も取り立てられるよう運び申すべく、都合がよろしいので、何分、懇願の次第、お聞き届け下さるよう、くれぐれも迎望奉ります」

ここでは、平四郎に慶永の政治向きの相談をさせたい、という本音は伏せられた。それが明白になれば、肥後藩の反発は必至と思われたからだ。


ところが十四日に、溝口が常盤橋の福井藩邸をたずねて中根に面会し、さらに慶永にも謁して、平四郎の人物についていろいろと述べた。溝口は、平四郎が天保十年に江戸遊学で問題を起こしたころは江戸詰めの大奉行で、中老、家老と出世した肥後藩きっての器量人という評判の男だが、当然、平四郎に悪い印象をもっている。

「前日の中根さまのお頼みの横井平四郎は、拙子（私）も以前、おりおり面会いたした人物にて、ずいぶん気象（性）もありますけれども、とかく僻物（変人）ゆえ、しきりに他人と取り合い（争い）絶交などして、はなはだもって困り入っております。この節も長岡監物と異論を始めておる由、こういう者を、ご承知もなくご請待（招待）になられてのち、不都合の事など出来しましては、ご大切のお先柄様（松平慶永）ゆえ、はなはだもって当惑しております。もとよりお借り受けの妨げを申し上げるつもりはいささかもないのですが」

そういうと、慶永は即答した。

「平四郎の僻は、かねがね承っております。ご親切には感じ入りましたが、なにぶんいまは、はなはだ教官が乏少で手支え（支障がある）の状況ですので、ぜひぜひお借り受け申したく、後日、不都合等の事は、お手前には少しもご心配これなく」

溝口も、慶永にこういわれては返す言葉もなく、

「それまでの尊慮でござりましたら、かえって安心の仕合わせと申すものでござりまする」

そう述べて帰っていった。溝口には「有毒な語気がなかった」と、中根も橋本も村田も、みな、これをもって招聘には楽観的な見通しをもった。ところが、それは甘かった。肥後藩の態度は頑なだったのである。交渉は頓挫した。

この状況に憤慨したのは柳川藩の池辺藤左衛門である。「天下の是非を弁えがたきことは、この節、越前・福井の儀とあい知れます」と憤慨した手紙を、十月六日付けで江戸の立花壱岐に送り、「かくなるうえは、福井藩を刺戟するほかない」と、十日には江戸の橋本左内にも書き送った。

「御内密（平四郎招聘）のご一件、拝承奉り、天下のお美事、恐れながら感賞のあまり、流涙の仕合わせにございます」と述べて、

「横井師、これまでは極めて閑居の身でございましたが、近来、役職等申しつけられるような趣も内沙汰されて（中略）横井師、もはや五十の老境になり、俗務等の小吏を申しつけられては、はなはだもって迷惑なことゆえ、家貧しくかつ老母を養うため在住（田舎に住む）を願いましたところに、職務を申しつけられては、城下に住んでいなければ万事差し支えがございます。さりとて今また城下転住も心にまかせず、この度の御用召はお断りする気持ちで、かれこれ心配しております。本藩の仕官を固辞する上は、尊藩の御招請も固辞にならなくてはかなわぬ道理でございます。

ついては、尊藩のご相談いよいよもって御誠意御堅確、恐れながらご同志の中重立ちたる御方お一人、急に熊本の方へお出かけになって、是非とも熊本公（細川斉護）ご決心になり、横井師へまかり出られるよう仰せつけられるように運ばれたく、万一、尊藩のご相談筋につき、熊本にてご評定され、ひとまず横井の心底が罷り出る覚悟なのか、ご辞退する覚悟なのか、横井の心底しだいに、越前様（慶永）へお請けなさるべきなどという成り行きになっては、はなはだもってむつかしくなり、かつまた尊藩へさし上げない方便で、役職を申しつける評議になるやもはかりがたし。

憚りながら、これらの時勢、深々ご勘考のうえ必定御堅確のご誠意をもって、横井が罷り出るよう祈っております。実をもって横井氏ご招請の義は、この道の興廃たるところにて天下の御為ですので、速やかにご両藩のご談合が首尾よくすむように陰ながら祈願しておりますところ、右に申し上げた通り、いささかむつかしき時勢、このごとく艱難天命人事常人の知るところではありません。この上は恐れながら尊藩のご処置によると思います」

池辺は同時に在府の立花壱岐へ、状況を打開するよう手紙を送った。壱岐は十月二十四日に受け取って橋本左内に会見を申し込んだ。

その五日前に、中根靱負は溝口に書面で状況を問い合わせたが、やり手の溝口は、「おたずねの一条は藩主の意見で定まることだが、家中一統、偏屈の習癖で異論が出はせぬかと心配していると同僚からいってきたのみで、そのほかのことは未だわかりません」と答えた。

第八章　新天地

一　福井招聘

左内は、池辺の来状や溝口の言葉から、肥後の雲行きが尋常でないと覚ったので、直ちに壱岐を訪問した。壱岐は左内に、こういった。

「賢者を待つにはそれぞれ礼がござる。いわんや他藩の士を招くには、なおさらのこと、器物でも借りるようにそう容易にはまいらぬ。肥後大守が在府でない以上は、慶永公ご自身に肥後にお出あって、直々にご相談あらば、この上もないが、さもなくば、しかるべき御仁をご名代とされて熊本にお遣わしの義、しかるべきかと存ずる」

それをきいた左内は「さほどまでのご挨拶にはおよぶまい」と笑った。と、壱岐は血相を変えて「それがし、ただ今の一言を越前公に献言いたす。貴殿、この場でのかれこれの仰せは御無用にされい」と厳しく迫った。

〈しまった！〉

左内は返す言葉もなかった。

夜、左内は慶永に立花壱岐の献言を伝えた。慶永は急遽、重役会議を開いた。

評議の結果、在藩の重役である秋田弾正を肥後に特派すると決し、ちょうど江戸を発して福井に帰国途中の石原甚十郎を途中でつかまえ、評議の結果を国許に伝えることになった。

翌日、左内は立花壱岐をたずね、破顔一笑して、

「昨日、貴殿の仰せを直ちに寡君に言上しました。寡君もことのほか感服され、早速、重役会議を開き、いよいよ弊藩の重臣秋田弾正を使いとして肥後に遣わさるることとなりました。それがし、君命により子細お知らせいたし、かたわらご高諭のお礼にまで参上いたしました」

と告げた。壱岐は、

「それでこそ外より心配いたして進言した甲斐がござった。さすが越前公でござる」

莞爾（かんじ）として微笑んだ。

慶永は二十五日朝、細川斉護への直書を書き終えた。

ただちに中根靭負が早馬を駆って、急報により大磯で待っていた石原に書を渡し、打ち合わせて引き返した。

斉護への書簡は、

「前回、申し出た時より学館の生徒数が増加し、教官の繁勤たえがたきにいたれば、期待せる平四郎北行に違算をきたせば由々しき不都合を生ずる」として、

「細川家と松平家とは吉凶艱難あい救い合うべき間柄でもあり、また平四郎を永年借り受けるでも貰いきるでもなく、わずかに一両年借用のことだから、勘弁のうえ目下の難渋にたいして救助してもらいたい。今回、秋田を指し出すから自分の心中も国許の景況もきかれて、平四郎を秋田と同道して北行するように越中守（細川斉護）の配慮を切願する」

旨が述べてあった。

しかし、事はまた違う方向に行った。

国許では本多修理ら在藩の重役たちが、秋田派遣に異議を唱えた。「平四郎招聘の目的を達するには、慶永夫人（勇姫）をして越中守を動かしむるべし」というのである。

その理由は、

「秋田が誠意を申し述べたとて、動かぬものを動かすほどの見込みは立たず、柳川藩からそういうことをいって来たからといって、いまだ熊本藩から一応の報せもないうちに、重役を派遣するのは、ちと早まり過ぎではないか。横井を動かすは、熊藩有司を動かすにあり。有司を動かすは、熊侯を動かすにあり。熊侯を動かすは、弾正よりも熊侯にお目見えしたことのある桑山十兵衛のほうが勝るだろう。しかしながら、熊侯は義理道理で激動する人ではなく、その心を動かすのは、御前様（勇姫）のやむなきお歎きに加えるものはないと思われる」

という理屈で、その内容の書面を本多修理より左内に送った。

ところが、書面が届かぬ十一月十七日に、細川斉護から慶永に「横井平四郎招聘の依頼に応ずるあたわざる」旨の書面が届いた。日付は十月二十三日、慶永が重役会議を開く前日である。

「家来横井平四郎儀は、先年、諸国遊歴のみぎり、貴国へもまかり越し、ご家来のうち、面会・相談等いたした族（やから）もあるときおよびなされ、これによって子弟を教訓する世話として平四郎儀を来冬まで貸すようご相談された趣意は承知いたしました。その旨にまかせ、早速さし出し申すべきところ、右の者はご家中子弟教訓の世話などをする教官の場にはいたりかねると申すべく、かねて不安心につき家老どもへもとくと評議させたところ、これも同様のことを申し出ました。そういうことで、さし出してもかえって御用に立たず、そういう見込みの者を差し出しては重畳不本意の次第につき、なにぶん、貴命に応じかね、やむを得ずお断り申し上げます」

これには斉護夫人の「副文（そえぶみ）」が添えられ、「早速、家老どもへも評議申しつけたが、御用に立つ見込みがなく、なにぶん不安心の由を申し出たので、お断り申し上げる」とあった。

肥後藩家老どもの評議の答申はこうであった。

「国家のためになるほどの人体であれば、せっかくお貸し遣わされる詮（かい）もあるべきところ、平四郎儀、もとよりそれほどの見識があるべきようもなく、第一、学流の内には弊害を生じていることもあって、ご政事筋についても不安意の筋があるところから、お国許においてすら選用できない人物であり、しいてご所望に応じる儀は、ご家老どもにおいて、お請け申し上げ難き段を申し上げ、上にもご同様の思し召しにあられたので、お枉（ま）げも出来ず、ことにお間柄のことをわかられてのご頼談ではあるけれども、お望みに応じられては往々までもご心痛になることにつき、幾重にもお断り遊ばされ……」

またその翌々日、中老・家老より江戸の溝口蔵人に書面が送られた。

そこには「おん間柄の儀、いかようの振る舞いをするか計り難く、当時、先（平四郎）は不遇であれば、言葉の端（はし）にもお国の事をとやかく申すかも量り難く、ぜひともお断りするのが当然……」という文言もあって、平四郎が肥後を批判するかもしれない、という懸念もあったのである。

溝口は十一月十七日朝、斉護の返書を福井藩邸に届けさせ、昼ごろ中根を訪ねて招聘謝絶の意を立板に水で敷衍した。

「もともと人物は安心しがたいが、相応に才気はあって、壮年の書生が集まってさまざまの論説をするうちには、いずれ感激して信ずることもあって、それらのところはまず長所とも申すべきでしょうか。

しかし、その長所については大いに弊害がございまして、もともと、熊本には宝暦年間に時習館という学問所が創建され、家中の面々が日々出席しておりましたが、そのみぎりよりの学意が変化しないよう、代々もっぱら世話し最近まで貫いておりました。

和漢の古聖賢かつ治乱興亡等を経史によって講習するのは勿論のことでございましたが、平四郎は別に一見を立てたか、門人は時習館にも出席いたさず、もともとの学問は山崎家（山崎闇斎の崎門学派）と唱えておった様子ですが、実学なども申し、純粋の山崎家とはみえませず、とかく何事も当今のありさまに引きつけ、恐れながら将軍家はかよう、列侯列藩のうち何方にてはかよう、自国の政事、人物、かよう、さよう、と申すかたちで唱えていたところ、門下の諸生が自然と党を結ぶなりゆきになって、その末先は子どもの喧嘩ともいうべきだが、その学意の論より、昨年、大勢、争闘におよび、そのうち刃傷にもいたり、かつまた長岡監物とは無二の莫逆（親友）であったところ、学意の訳か近来は義絶したようで非常に疎遠になって、いまでは在（田舎）中に引き籠もり、門人といっても昨年の争論よりはだんだん減って来たと申します。門人は在中の者までのほどで、まれに旅の書生が参るということです。

右の通りの人物にて、これまで熊本にてさえご選用のなかったような人物を、ご頼談とはいえ、そのままお貸しして、追って重畳ご迷惑の筋にもいたっては、おん間柄もあって別してあいすみ難く、やむをえずお断りになったものです。もっとも、最前、蔵人を召し出された節、懇のご沙汰にて、一癖あることはかねてご承知とあって、その儀はお含みいれられておつかいなさるべき旨おわかりになっての御意もあらせられるにつき、なるべくご頼談の通り進めたいと申しやりましたが、斉護様もご同様の思し召しで、同輩どももっぱら、その才をせいぜい評議いたしましたが、なにぶん不安意で、つまるところ右の通りに決し、かれこれ右のような訳でお答えも延引におよびましたので、悪しからず」

体制派・学校党たる溝口の本音である。

彼らから見た平四郎はとんでもない存在なのだ。そういう男をなぜ欲しがるのか、不思議である。だから、平四郎の悪口・批判をこれだけいってやれば、招聘を断念するだろうと思ったが、案に相違して中根はにこにこと笑みを浮かべて聴いている。

溝口の主張は、福井側は先刻承知のことで、むしろ、その批判されている実学そのものが福井藩が欲しがっている平四郎の長所・特質なのだったから、逆効果であった。

中根は翌々日、溝口に書簡を送り、慶永は招聘を決して断念していないことを知らせ、また特使派遣は中止になったことも触れた。

柳川の池辺藤左衛門は特使の来るのを今か今かと待っていたが、実現しないので、江戸の立花壱岐に不満を述べた。間もなく壱岐は招聘拒絶の報を知り、憤慨して橋本左内に書状を送った。「横平（横井平四郎）借り受けの儀、熊本より闘争・大僻者の由にてお断り申したとのこと、かえって役職のゆえをもって断ったのならばよろしいけれども、右のような名目で断ったのをそのまま放置されるのは、恐れながら君公様のご心底にはないことと恐察いたします」

むろん、慶永は、そのままにはしていない。十二月二十五日付けで「平四郎招聘を飽くまで切望する」と長文の手紙を熊本に帰国した斉護に書いた。

そこには、「教授の高野半右衛門が古希余の高齢で勤続出来かね依願により隠居させたので、さらに繁務となりながら、平四郎の北行を心楽しみに待っていたのに、お断りの返事で当惑している」こと、「平四郎が来ても朋党が別れて学論で蜂起するようなことはないこと、国家の妨害なども起こり得ないし、この辺の儀は自分にまかせてもらいたい」等々、慶永の意がつくされていた。

また、交代で江戸に出府してきた斉護の世子右京大夫（慶順（よしゆき）＝のち韶邦（よしくに））に面会して、書状の趣意を話して事が成就するよう依頼した。慶永の書状にくわえ、世子からの依頼も受けた斉護は、ついに招聘を承諾せざるを得ないと覚悟した。これ以上、断れば、慶永の面子はつぶれる。それだけは避けなければならない。

なお、慶永の書状中「教授の高野半右衛門が古希余の高齢で……隠居」とあるのは、実は藩校のあり方をめぐる軋轢（あつれき）のあと始末であった。明道館を藩主導で改革することに不満の教官（助蒙養師）ふたりが、学生の修行・派遣を担当者に何の相談もなく決めた藩に反発し、高野から異議申し立てをしたが、逆に処分されたものである。この結果、ますます教官のやる気がなくなって、村田巳三郎は苦労させられた。

ともあれ、平四郎の一件は、安政五（一八五八）年二月十九日付けで、藩庁から溝口に「もはや貸し進めるべきというご沙汰があった」と申し送ったため、溝口は三月十七日に福井藩邸に行って中根に会い、やむをえず招聘の件を承諾した旨を告げた。

「横井平四郎の儀、ご所望につきお断りしたところ、再度のご直書でご趣意を述べられ、かつ平四郎の人となりをとくとご承知にて、不都合になりました節のお取り計らい方まで委細を述べられ、かつ右京大夫様へのご口上と申し、なにぶん、よりなきご次第につき、この上はご所望にまかせ、お貸し進められる段を申し上げるよう仰せられ、まかり越しました。

この上、お断りしても、かえって御不本意のことでご所望にまかせられましたが、くれぐれも申し上げたような人物であれば、万端、見直されて、不都合はいかにもご教誨のうえ、ご叱咤下されるよう願うよう申せとのことでございました」

そう述べて、「平四郎は当月下旬、熊本を出立し、福井にまかり越す」と告げた。

中根は、肥後藩がもろくは折れないだろうと思っていたから、思いのほか速やかな運びとなったのに驚き、〈付け針に大鯰（なまず）がかかった心地〉で、「本懐をとげて満悦である」と挨拶した。

慶永はじめ中根、村田、橋本ら関係者の喜び、安堵はひとしおであったが、昨春三月から、ずいぶん時間がかかったのは事実である。

招聘の話がこじれている間に、横井家には慶事があった。前年十月十七日、つせ子が男の子を産んだのである。平四郎の歓びは有頂天といっていいほどで、早速、自分の幼名の又雄と名づけた。悲劇から二年、平四郎は吉兆を感じ取った。二月二十九日、家老の平野九郎右衛門に呼び出され、辞令を受けた。平野は実学党に好意的だ。

「そのもとの儀、松平越前守様のお頼みにより、お国許福井表へさし越され候の条、早々、用意つかまつり候よう、もっともかの表へ学館お取り建てにつき、諸生教導筋につき、お借り受け、当年中もお留め置かせらるご模様に候の条、この段も申しきき置き候よう、奉行所より申し来たり候あいだ、その意を得奉るべく候」

いよいよ招聘が決定した。このような人事は、かつて上杉鷹山が細井平洲を招き、池田光政が熊沢蕃山を招いたことぐらいの珍事であった。門人・関係者の歓喜はいうまでもない。そればかりか、平四郎に距離を置く林桜園（おうえん）なども、酒肴を贈って祝い、かの長岡監物も、二首の歌を詠じて手向けとした。

名に高き　越の志ら山（白山）峰も尾も　赤き心に染めつくしてよ
中垣のへたて（隔て）はあれど　へたてなく　祈るは同じ道の行末

二　成否は天に在り

むろん悪口も多かった。

「二君に仕える行為ではないか」

それを聞いた平四郎は、

「いわせておけ」

一笑にふしている。

三月一日、柳川の池辺藤左衛門を門人の矢島源助がたずねて、平四郎の招聘が決まったと告げた。池辺は「天下の大幸甚」と安堵・歓喜した。

ところで、池辺や立花壱岐らの招聘運動の一方で、平四郎は彼らふたりに柳川藩家老で壱岐の実兄十時摂津（惟信）をくわえて、大きな計画を策しつつあった。「尾張藩と福井藩を同盟させて、幕府の俗論を破る」というのである。尾張の同志は、上国遊歴で親交をむすんだ藩主徳川慶勝の側近（大寄合＝側用人）田宮弥太郎（如雲）だ。

前月の二日、池辺は弟の亀三郎を沼山津にやった。老中堀田備中守正睦の上京について沼山先生（平四郎）の見解を聞くためである。

堀田は安政三（一八五六）年に赴任したアメリカ総領事のハリスが、「江戸に公使館を置き（ハリスは安政五年十二月に公使に昇進する）、和親条約を基礎に通商条約の締結をはかるのが急務である」と迫ったため、安政四年十二月、儒者林復斎（大学頭）と目付の津田半三郎（正路）を、朝廷に条約の勅許を奏請、諒解を得るため上京させた。しかし、埒があかず自ら安政五年一月に上京した。

さし迫った状況に池辺は「京都（朝廷）は戦争などと時勢に昧い正義が主となり、江戸（幕府）は交易を主とし、利害の陋見を免れず、ついに内乱の危険もあるが」と問うたのである。

平四郎の説はすでに「万国と交易を取り結ぶこと」で「天下の正義家の連中が、幕府の悪口をいうのははなはだ無理な状況だ」と思っている。

昨年来、「福井藩と尾張藩が手を結んで、交易によって日本が大強国になるまでの大本論をさだめて、堀田老中に誠心をもって申し入れて、幕府の俗論を破り、諸大名に申し喩し、いまの状況をひっくり返す絶好の機会だ」と判断し、池辺に江戸におもむいて、尾張と福井に申し入れるよう主張していた。年末には「一刻も早く慶永さまにお目通りして、お話ししたい」というようになった。そこで池辺は亀三郎をやって平四郎と相談した結果、とりあえずは亀三郎を江戸に送り松平慶永に平四郎の説を申し上げることになった。

しかし、平四郎は「やはり亀三郎では心もとない」と思い直して、二月九日に柳川の黒崎別荘へ出かけ、十日早朝から十二日まで、十時や池辺と懇談して、池辺の江戸派遣を頼んだが、二十三日になって状況が変わり、また亀三郎を両藩へ派遣することになった。その矢先の招聘決定であった。

「オイが慶永さまに晋謁して、考えを申し上げる」

平四郎の意気は盛んである。亀三郎の随行は、この流れもあって決まったのである。

旅立ちの準備で、急に身辺があわただしくなった。

三月三日付けで、福井藩の大坂留守居、牧村清左衛門に書を送り、「三月十二、三日ごろ、門弟二人をつれて熊本を出発し、二十八、九日ごろまでには着坂する予定である」と告げ、吉田東篁と村田巳三郎に宛てた書簡を同封して、至急、福井に送るよう依頼した。

「尊君（慶永）様のお頼みによりて、その御許に罷り出、御用をあい勤めるよう、筋々の申し渡しがあり、不肖の身、実にもって深く恐れ入りましたが、去秋、村田君ご光来の節、お咄合いの趣真をもって、尊公様ご誠志、感戴奉りまして、不束を顧みずお請け申し上げることにござりますれば、異議なく罷り出ることに決定いたしました。（略）先年、図らずも罷り出、奉別（お別れして）以来は再会も期しがたいと思っておりましたところ、去年、村田君がご来訪下された上、今日、再び御許に参上して、諸君ご講習つかまつりますのは、真にもって人事の変易意料のほかに出たことと感ずるべきことだと思っております」

吉田と村田は、平四郎の福井入りにあたり、諸用向き取調掛を命じられて、かの上杉鷹山が細井平洲を招いたときの待遇を参考にすることになった。賓師の処遇である。なお江戸にあった慶永は、家老どもに到着後の取り扱いについて注意をうながしている。

「平四郎は賓師として迎えたが、到着早々から国政のことまで相談するのは軽浅になってよくない。まずは義理上の研究・人材教育の筋から追々議論して試せば、その実力もわかるから、その上で望んだ人物に相違なければ賓師として処遇し、国政のことも相談することが出来るであろう。細川越中守より注意があったのを再び懇望して承諾を得たのだから」と平四郎の思い入れをやや外した慎重な気配りをみせた。

平四郎にとって留守宅の気がかりは老母と家族の健康であったが、「先生、ご心配なく。われらが見守っております」といってくれたのは、門生で医術を学んでいた内藤泰吉と野中宗育であった。「それに、仁十郎もおることとやし」、平四郎は母にいった。永嶺仁十郎は平四郎がかわいがっている六歳下の実弟で、幼児のころに母の弟（叔父）の永嶺床次の養子になっている。

随行するのは河瀬典次と池辺亀三郎のふたりで、また安場一平（保和）も福井まで同行することになった。

三月十二日、曇空のもと、平四郎は家族、門生、知人に見送られ、まず柳川に直行した。安場は別に出発して、十三日に本郷（現福岡県みやま市）の柳川藩御用を務める富豪浅山平五郎の家で平四郎らと落ち合う予定で、そこまでは主要な門人の徳富多太助（万熊・一敬）、矢島源助（直方）、竹崎律次郎（政恒）らがついていく。浅山邸には、この招聘に尽力した池辺藤左衛門、弟の亀三郎、家老の十時摂津（ととき せっつ）らが集まって送別会が開かれる予定である。

柳川に行く途中、駕籠に乗った平四郎は、側を歩いている徳富多太助に、

「詩ができたぞ。書き取ってくれ」

そういって口吟した。

命を奉ず孤臣　千里の身
青山璧海　一望の春
此の行　唯心事を盡さんと欲す
成否は天に在りて　人に在らず

外は篠突く雨である。

夕刻より雨足が速くなり、すでに豪雨といってよかった。燭台に照らされた座敷は、明るくはなかったが、大きな雨音を消しさるほどの笑声と輝きに満ちていた。

安政五（一八五八）年三月十三日夕、柳川藩本郷在の富豪、浅山平五郎の邸宅で、平四郎のために門下による壮行会が開かれている。

福井藩主松平慶永の招聘に応じて、前日、熊本を発した平四郎は、お供をする門人河瀬典次と、見送りの徳富多太助（一敬）、矢島源助、竹崎律次郎ら古い門人たちをともなって、いったん柳川に寄った。そこで同藩の同志・門人である池辺藤左衛門、家老の十時摂津らと会い、翌日、彼ら門人数十人に、もうひとりのお供である藤左衛門の弟亀三郎をつれて本郷に集まった。そこへ出発の日は別行動をとったお供、というより遊歴のために福井まで同行する門人の安場一平（保和）がかけつけ、送別の大宴会となった。

藤左衛門の送別の辞にはじまり、それぞれが師の門出を祝した。酒がまわるにつれ、剣舞をする者、詩吟を披露する者と、にぎやかな宴は続き、ついには平四郎の居合を所望する声もあって、「酔っておっても手元は狂わぬ」と見事な一閃を決めたところで大拍手が起こった。

藤左衛門が「先生、それではご挨拶を」とうながした。「うむ」といって立ち上がったが、

「諸君……」

めずらしいことに思わず声がつまった。急激に万感の思いが突き上げてきたのである。

「先生、ガマダセ（がんばって）！」

声をかけたのは安場だ。「これ、一平さん！」と生真面目な徳富が注意すると、

「よかよか、今宵はエークリャー（酔っ払い）の天下じゃ！」

平四郎がいうと、満座は爆笑につつまれた。

「諸君、待ちに待った日がついに来た。わしはやるぞ！　幕府の俗論をやぶり、われらが大望を果たす！」

もはや、いうべき言葉はつきていた。平四郎が笑みを浮かべて皆の顔をながめまわし、門下の者たちは手を打って歓声をあげた。

翌朝五ツ半（午前十時）、雨は小降りになっていた。平四郎とお供の河瀬典次、池辺亀三郎、それに安場一平は、見送りの門人たちに別れを告げて本郷を出発した。

松崎、飯塚とたどって十七日朝、小倉から海路をとるが強風にさまたげられ、大坂に着いたのが二十九日朝である。安場は近畿見物のため別行動をとり、平四郎と河瀬、池辺が夜舟で淀川をさかのぼ

り、京都に着いたのが三十日であった。

三　将軍継嗣・条約勅許問題

京都二条の福井藩邸では、橋本左内が待ちかねていた。

左内と初めて会ったのは嘉永四年の上国遊歴の途次である。当時、緒方洪庵の適塾で学んでいたまだ十八歳の俊秀を、大いに気に入った平四郎は二度も会って話をしている。あれから七年がたった。左内は喜色を満面に浮かべて迎えた。

「先生、この度はご招請にお応えいただき、わが君のお喜びは申すまでもなく、小藩にとりまして、誠に名誉なことでございります」

ほんのり上気した左内が、型どおりの挨拶を始めると、

「まあまあ左内殿、お会いしたかった。堅苦しいご挨拶はやめて、ゆるりと話をいたしましょう」

医者の卵だった彼も二十五歳、いまは松平慶永の腹心で藩政の中枢をになっている。知性きらめく清らかな風貌は磨きがかかって、吉田松陰とはまた違った光輝を発していた。〈何という恵まれた男だろうか……〉、平四郎はすでに五十歳であった。親子ほども年の差のある左内をみて、ふと自分の苦い味のする半生を思ってみた。ただ、左内の表情にはどこか陰があり、疲れがみえる。平四郎はいたわりの言葉をかけた。

「いろいろとご苦労がおありと推察いたす」

左内は、鈴木主税亡きあと藩政を主導した中根靭負（雪江）が片腕とも頼み、当然、慶永の信頼も厚く、その懐刀として密命をおびて京都に潜入し、幕府の嫌疑をさけて桃井亮太郎さらに伊織と称して活動していたのだが、それがうまくいかなかった。

いま幕府政局のさし迫った課題は、まずは通商条約の勅許問題だが、もう一つが将軍継嗣問題で、このふたつが微妙にからみ合っている。左内は迷った。〈慶永さまにまだお目通りもしていない横井平四郎という男に、この段階でどこまで打ち明けたものか〉。平四郎が静かにみていると、やがて左内は目をあげて、ジッとみつめた。

「ご承知のことも多く、釈迦に説法ではござりまするが」

左内は、これまでの経緯を話し始めた。平四郎は珍しく静かに耳を傾けている。

「わが君におかれましては、かねて将軍家ご継嗣に一橋慶喜さまをご擁立遊ばされたく、それがしが京にまいりましたのもそのご指示にございます」

平四郎とて、松平慶永が継嗣問題に深くかかわっているのは知っている。しかし、その懐刀が語る話は格別だった。いまの十三代将軍家定が父家慶のあとを襲ったのは、嘉永六年のペリー来航のあとだが、左内によれば「なにぶん将軍家は生来ご病弱にてご凡庸、政務処理の能力もありませぬ。しばらくの間もじっとしておれず、正座もできず、言語も明瞭ではござりませぬ」。

無能力というのはあたらないようだが、どうやら身体障害をかかえていた。子供が出来る可能性も少なく長生きも危ぶまれ、おのずと次の将軍を誰にするかが早々にささやかれた。

平穏な世であれば、そういう将軍でも、さほど問題にならなかったかもしれないし、また継嗣候補となる御三家・御三卿のうち家定とは従兄弟の紀州藩主徳川慶福（のち家茂）にすんなり定まったであろう。

しかし、嘉永六年の時点で八歳と幼く、おりしも黒船来航という国家大変にあたって、脆弱な将軍を立派に後見して次の将軍となるべき名君をのぞむ声が出たのは当然で、英明の誉れ高く当時十七歳、前水戸藩主徳川斉昭の第七子で一橋家を継いだ慶喜を推す声があがった。

慶喜擁立に動いたのが、三卿の田安家から家門筆頭の福井藩主になった松平慶永に、老中首座の阿部正弘、その同志たる薩摩藩主の島津斉彬らだった。

安政三（一八五六）年、家定は島津斉彬の養女敬子（篤姫、島津一族忠剛の娘）を近衛忠熙の養女にして結婚した。これまで関白の鷹司家と一条家から正室を迎えたが、いずれも死別している。

この結婚は、将軍と大奥を慶喜擁立派が有利にうごかすための策謀であった。ところが運動のかなめとなる阿部正弘が安政四年に急逝し、そのあとは松平慶永が中心になる。このころには、宇和島藩主の伊達宗城や土佐藩主の山内豊信らも賛同し、幕臣でも川路聖謨、岩瀬忠震、永井尚志、堀利熙ら開明派の支持も得ていわゆる一橋派が形成された。

これに対して慶福を推す、いわゆる南紀派が生まれた。

もともと幕政の諮問にあずかる溜間詰の彦根藩主井伊直弼ら譜代大名の多くは保守的な血統主義だった。ただし、井伊直弼は対外政策では開国進取説であった。また紀州藩付家老で紀州新宮領主の水野忠央が、その妹で前将軍家慶の寵妾お広の方らの縁故を利用して、慶喜の出身である水戸の節倹の風をきらう大奥にはたらきかけた。阿部正弘のあと老中首座となった堀田正睦はもともと血統主義で、慶永の説得にたいしても曖昧な態度をとった。そして堀田は安政五年一月、条約勅許奏請のため上京した。

島津斉彬が、公式に幕府にたいして将軍継嗣を建白したのが、そのひと月前である。「通商開始、公使駐在はやむをえない」「その対策として英傑・人望・年長を備えた将軍の継嗣を建てるのが急務であり、一橋慶喜こそ、それにふさわしい人物である」という主旨であった。左内は話を続けた。

「わが君は、堀田さまが条約勅許問題で京におもむかれる前に、ぜひとも継嗣問題をかたづけたいと思われたのですが、それはかなわず、勅許さえ得られれば、堀田さまも慶喜さま擁立にかたむかれると判断され、私を京に送り込まれて朝廷に対する側面工作をまかされたのです」

彼は堀田の入洛を追って二月七日に入京し、朝廷が継嗣について「英傑、人望、年長」の三条件をもって選べ（つまり慶喜にせよ）との勅諚を出すよう運動した。

内大臣三条実萬や青蓮院宮に会い、太閤（前関白）鷹司政通の侍講の三国大学や執事の小林良典に接近して太閤を説き、また薩摩藩と連携して、島津氏の姻戚である左大臣近衛忠熙に接触したが、このとき一緒に活動したのが島津斉彬の懐刀の西郷吉兵衛（吉之助、隆盛）であった。西郷には清水寺の僧で近衛家に出入りしていた忍向（月照）が協力した。

当時の西郷は攘夷論者で左内は開国論者だが、継嗣問題では一致し、また西郷は「われ、同輩においては橋本景岳（左内）に服す」と尊敬していた。

ふたりの出会いは安政二年の十二月、水戸藩士原田八兵衛の屋敷で、左内は二十二歳、西郷は二十九歳、左内は西郷のことを「燕趙悲歌の士なり」と備忘録に書いている。『唐詩選』にある銭起の五言絶句「侠者に逢う」の言葉で、中国の燕や趙地方には悲歌慷慨する任侠の徒が多かった。そういう者だ、というのは必ずしも誉めた言葉ではない。天下の秀才は未完の大器をみる目がなかったようだ。

ともあれ、左内は「必至をきわめて八方へ激論説倒し、むかうところその妄議を推破」する奮闘ぶりであった。また慶永も江戸で海防掛の大目付、土岐頼旨、同目付鵜殿長鋭らと、水戸斉昭の悪評をもみ消そうと工作していた。

これにたいし井伊直弼は、「福井藩にいろいろ謀計もある様子で油断はならないが、たとえ慶永がどのように申し立て、薩摩や篤姫からいかなる進言があっても、将軍家の意向にそって、ことを取り計らうのが筋である」として、京都に腹心の長野義言（主膳）を派遣して一橋派の工作に対抗した。朝廷に対する一連の工作を「京都手入れ」と呼んだ。

堀田は条約勅許が得られない。孝明天皇はかたくなな排外思想の持ち主で、外国人をいやしい夷として嫌い、神州に住まわせて商いをさせるなぞもってのほか、と考えていた。公家も同じようなもので、「墨夷（アメリカ）の要求に従うのは神州の恥」「謝絶して戦とならばこれを打ち払うべし」という積極的攘夷論から「大坂・京都を開くのは不可」とする消極的攘夷論を上申した。

朝廷に攘夷思想を吹き込んだのが梅田雲浜や梁川星巌ら尊皇攘夷論者である。左内は苦々しい口調で語った。

「憎むべきは書生のやからが、しきりに流言を流すことでござります。公卿は西洋の事情を話してきかせても、ほとんど理解することもありません。堀田さまの応援が困難をきわめたのも仕方ありませぬ。昔堅気にも困ったものです。公家の迂遠寛漫（うえんかんまん）、恃（たの）むにたらず、政権が武家に移ったのも無理はありません。

二月二十三日に、もう一度、三家以下諸侯の意見を徴したあと再度、勅裁を仰ぐように、との天皇の勅諚（ちょくじょう）が堀田さまに伝えられ、ご老中の面目も失われました。そこで井伊さまのご命令で、腹心の長野主膳が関白九条尚忠の家士島田左近とむすんで関白に策動し、三月十四日に外交は幕府に委任するという勅答を出させるところまで漕ぎつけました」

ここで、左内はひと呼吸おいた。

「ところが、十二日に公卿たちの反乱が起きたのです。彼らは参内して八十八名の連名で幕府への委任の勅答は反対であるという意見書を出しました。若い公家や地下人らも反対の意見書を上申しました。また幕府支持であったはずの鷹司政通も反対の意見に変わりました。ついに二十日、かさねて前回とおなじ勅諚がでてご老中の努力は水泡に帰したのです」

関白案阻止の中心にいたのが、岩倉具視である。

下級の公卿、堀河康親（ほりかわやすちか）の第二子だが十四歳で同じく下級公家である岩倉具康の嗣子になった。養子ではなく実子扱いなのは、公家が養子をする場合、武家伝奏をへて幕府の認可をうける必要があったから、その面倒をはぶいたのである。彼は鷹司政通に接近し、朝廷の制度改革・堂上・地下など朝臣の生活改善策を打ち出し信頼を得た。

ペリー来航を機に熱心な朝権回復論者となり、侍従となってのち政局に登場するのがこの事件だ。九条関白の動きは公家のなかに憤懣をもたらし、議奏久我建通らが反対した。天皇から久我に今度の返答は国家の安危にかかわるので、何とか書き改めになるよう内勅があり、久我が岩倉と大原重徳(しげとみ)を呼んで相談し、ふたりの奔走によって反乱が実現したのである。

他方、左内らは勅許促進を運動する見返りに、将軍継嗣の内勅降下を堀田に斡旋させて、はじめ朝廷は継嗣について「英傑、人望、年長」の三条件をもって選べと伝えるはずだったが、長野の巻き返し工作によって関白九条尚忠が寝がえり、三月二十二日の内勅でその三条件は消え、「すみやかに」との沙汰が下ってしまった。

「困りました。しかし、まだ挽回の余地はあります」

左内は自分を納得させるようにいった。

平四郎が口を開いた。

「大丈夫ですよ。ところで、福井藩は積極開国論に転じられたわけですな」

暗い空気をはらうように平四郎がたずねたのは、前年の十一月、左内が慶永の下問に答えて積極開国論を主張したからだ。水をむけられて左内ははずむように語り出した。

「さようでございます。強兵のもとは富国にあります。貿易によって富国をはかるべきです。アメリカをはじめ道理をもって交易を望む国にたいしては門戸を開き、開港場も下田、箱館、長崎にかぎらず他の良港を三つ四つ開くべきです。貿易は当面は官府の監督が必要で、全国の大名、豪商は会所を通して交易をして租税を幕府に納めるのがよい。当面、開市は江戸、大坂にとどめるべきであります。貿易には海外進出が不可欠であり、アメリカに依頼して公式使節とともに有司・学士・商賈（商人）をワシントンまで派遣し、商館を設けるべきです。中国の広東にも商館を構えます。外交戦略としては清のアヘン戦争の轍を踏まぬよう留意し、イギリス・ロシアの対立に着目して、当面はロシアの歓心を買うべきであります。ヨーロッパ列強に対抗するには、無数の軍艦をつくり、近傍の小邦を併合し、経済交流を活発化する必要があるが、とりあえず蝦夷地の開発と防衛が急務であると考えます」

福井藩は北前船交易にたずさわる越前商人の活躍で、蝦夷地に関心が深かった。

平四郎は大きくうなずいた。

「うむ、さすが、左内殿、わが意を得たりじゃ！　して、政事は？」

「むろん、国内政治も一新する必要があります。賢明の御方、すなわち慶喜さまを将軍の継嗣とし、天下の人材を挙用することが不可欠であると考えます。これらのことはわが君も了解され、藩是ということになります」

慶永と左内は、慶喜継嗣を前提に具体的な政権構想を打ちたてている。

「老中の上に薩摩、肥前、宇和島など外様大藩に因幡、越前（福井）の家門を加えて、豊臣政権のときの五大老のごときものを設け、その上に御三家のなかから水戸の斉昭を総督として据え、幕政を大革正する。その政権のもとで、参勤緩和・大名妻子の帰国を認め、石高にみあった軍役負担・軍艦の建造をすすめる」というものである。

左内はさらに進んだ構想を村田巳三郎（氏寿）に宛てて書いていた。

「第一に将軍継嗣を決め、第二に松平慶永、水戸の徳川斉昭、薩摩の島津斉彬を国内事務宰相とし、肥前の鍋島直正を外国事務宰相にして、これに幕臣の川路聖謨、永井尚志、岩瀬忠震らをつける。そのほかにも人材を御儒者の名目にて陪臣・処士にかかわらず抜擢し、それぞれ宰相の下につける。京都の守護には尾張の徳川慶勝、因州池田慶憲をあて、これに彦根と戸田を添え、蝦夷地にたいしては宇和島の伊達宗城、土佐の山内豊信を用い、そのほか小名・有志を挙用する。いずれにしても日本国中を一家とみた遠大な処置が不可欠である」

左内がふと、いいよどんだ。

「ただし、水戸のご老公は現世に暗き御仁かと思われます」

「うむ、かねて疑問を呈してきたのじゃが……」

まだまだ攘夷論者の水戸老公信仰は根強いのである。

「それがし、急ぎ江戸に立ち戻り、君公の命に服したいと思います」

左内は「全力をつくします」と笑った。平四郎が、対談のはじめから聞きたくてなかなか口に出せなかったことを聞いた。

「君公に直接申し上げたき儀がござる。江戸に召す話は来ておりませぬか？」

「さて、何も……、ともあれ先生には福井に直行されて、藩校のお立て直しをお願いいたします」

左内はさわやかな笑みをはいた。平四郎は内心失望した。彼は左内らの行動に実は賛成ではない。いまの慶永の器量では中央政局の立て直しに奔走するより、国許をしっかりさせるのが先決だと考えている。しかも、いかに優秀だとはいえ、若い左内の才を頼りにしている状況は危うくみえた。しかし、それをいま、いうわけにはいかなかった。

このとき左内は、「引きあわせたい者が来ています」といって、江戸へ行く途中で京都藩邸にたち寄っていた三岡石五郎（八郎）を呼んだ。のちの由利公正である。左内は「開国・交易について優れた識見をもつ男です」と紹介した。

三岡は二十九歳、かつて平四郎の福井訪問のとき「大学」の講義をきいて刺激され経世済民の道に目をひらいた。ひとりで五年かけて藩財政を調査し、福井藩では勘定奉行にあたる御奉行の長谷部甚平（恕連）を閉口させている。三岡は大小銃・弾薬製造掛や製造方頭取、軍艦造船掛などに任用され、安政四年に明道館に出仕し、左内と親交をむすんだ。左内は彼の影響で積極貿易論を確立させた。

彼は、憧れの平四郎に会えた感激をあらわにして、顔を紅潮させながら、持論を展開した。ふたりは馬があった。話すうちに、平四郎はこの男の経済感覚に注目した。計数に明るい武士は珍しい。いつか平四郎は、左内と三岡を相手に、いつもの熱弁をふるっていた。

四　慶永失脚

四月三日、平四郎の一行は福井へ出発し、左内は江戸へ戻っていった。

六日午後、今庄に着くと村田巳三郎が出迎えた。

「横井先生！」

村田はそういったきり、声を詰まらせた。その日は今庄泊りである。そこで村田は意外なことを平四郎に打ち明けた。

「実は吉田（東篁・悌蔵）先生のことで、お話ししておかねばならぬことがございます」

平四郎はいぶかった。

「実は昨年二月、明道館助教役をお辞めになられました。いろいろご事情もございまして」

「なんと！」

平四郎はその直後の三月に、吉田から福井藩招請をのぞむ情意のこもった手紙をもらって、大いに心を動かされている。辞職したというのに、そのような気配はいっさい隠されてあった。東篁は、老いの失態を理由に辞めたが、結局のところ明道館のあり方をめぐる左内の批判に負けたのだ。しかし、それをおくびにも出さず、むしろ左内を褒め称えていた。村田がいった。

「東篁の年来の令名は終わりました……」

平四郎は時の流れの非情さを思っていた。

翌日、府中（武生）に着くと、その吉田が重役たちと待っていた。平四郎は大声をあげ、走り寄って東篁の手を握っていった。

「先生、われらをよくもくくられましたな。われらもまた先生をくくりたる時節が来ましたぞ！」

吉田の尽力で長年の同志が福井でひとつに結束した、そういう思いと失意の東篁にたいするいたわりがこもった平四郎の一声に、吉田はおもわず視界がにじんだ。

麻生津（あそうづ）、荒井、赤坂と城下に近づくにつれ、大勢の藩士が出迎えた。赤坂は福井城下の入り口で、側用人の秋田弾正が迎えて案内し、福井城三の丸南門内にある明道館そばの客館に入ったのが七日夕であった。

ちなみに同館玄関前から太鼓門通りのほうに、塀を左にして二十歩ほど行くと吉田東篁邸があり、その隣の二軒をまわると御奉行の長谷部甚平邸で、その奥が平四郎に用意された寓居であった。その後、明道館は文久二（一八六二）年に八軒町に移り、一年もたたずに足羽川（あすわがわ）河畔に近い木倉町に移転し、平四郎の寓居も移っている。

すぐさま本多修理、山形三郎兵衛、松平主馬の三家老が麻裃（あさかみしも）で挨拶にきて饗応となった。それが終わると明道館に案内され、藩主の間に導かれて着座し、明道館の役輩が名刺を差し出して、盃がかわされた。客館にもどると、助幹事以上のものたちがやってきて献酬があった。たいそうな歓迎ぶりに平四郎は驚きもし、大いに機嫌をよくした。

平四郎の処遇は、賓師待遇の五十人扶持と決まった。門弟の河瀬典次と池辺亀三郎も同居する。雑役のものが数人つけられ、藩からの世話役には平瀬儀作、南部彦助があたって面倒をみるという。翌八日は明道館の教官全員といろいろ議論をした。十日の午後に「横井先生登館式」が荘重にとり行なわれた。

十一日の昼、大坂で平四郎と別行動をとった安場一平が着いた。同日、平四郎は江戸へ行った橋本左内に「道中つつがなく七日にご城下に参着」「今般は非常のお取り扱いにて、有り難く内深痛心つかまつり候」と報告と感謝の手紙を書いている。

連日、来客が多く、その合間に福井見物である。愛宕山にのぼったり、舟橋を見物したり、新田氏戦死の場所を訪れたりした。長谷部甚平も早々に挨拶にきた。平四郎より九歳若く、才気煥発でなかなかむつかしい男だが、橋本左内に手紙でこう書いている。

「ところで小楠堂先生、北行あいかない、実に聖思をつくされ候ゆえと、国家の大幸限りなく恐悦たてまつり候」「横先生、はじめて対面、聞きしに勝る大物、その議論たるや光明正大、しきりに天地経綸の道理を主張これあり」「事実について理を窮(きわ)むるの議論、いちいち明快、実にわが党の先鞭を得候ことこの上なき大慶」

と、平四郎が開陳した朱子学のほか貿易論、富国強兵論等に敬服し、左内の新得の見識と同論に帰したと喜んでいる。このあと、長谷部は三岡石五郎とともに藩政改革のかなめとなり、平四郎も気をつかって接している。

〈これなら大丈夫!〉

平四郎招聘に対する不穏な動きを心配していた村田は、存外、平四郎の受けがよいのに安心して、橋本左内にこう報告した。

「……先生来着。政府かつ学校中、諸役配、追々、面接におよび候ところ、一統心酔悦服におよび」「総教中とも大いに情意よく通じ」「松平主馬、本多修理も讃嘆喜悦」「その他の面々、疑惑融解し」「当分のところ、いささかも支障これなく、上々の都合にござ候」

十六日から早速、客館で会読の指導を始めている。二十日には平四郎の慰労のため、大橋河で漁がもよおされた。大きな鯉が三匹、中くらいのが三匹、鱒一匹、鯰三匹、鮒五匹、漁が大好きな平四郎は十分満足した。

二十五日に明道館の登館・会読日が正式に決まった。平四郎の日課は、毎朝五ツ（八時）から九ツ（正午）まで登館。会読は客館で七の日夕に家老、一の日夕に用人および諸番頭、八の日夕に役人。明道館で三の日朝に高知（家老職で現職でない者）、五の日朝、六の日朝に役輩・学諭まで、四の日朝に句読師・外塾師、二の日朝に助句読師・典籍・外塾手伝までであった。とりあえず一般武士、学生は対象に入っていない。

江戸藩邸の松平慶永から、四月二十五日発の飛脚便で平四郎へ手紙が来た。

「過日、京都の屋敷で左内と会った由、その節のご持論の趣を逐一、左内より承って、いやまして景仰をくわえ、福井城に到着されて、さだめて書生輩がしきりに訪問し、わずらわしていることと想像しています」として、

「福井の学流は固陋狭隘の習気があって、人材生育の路がふさがっていたので、今後は賢者（平四郎）の力に頼り、その宿弊を掃蕩していただくことを望んでいる。風化の根本は小子（自分）一身にある。ことさら、この末世にあたり、光明正大の至道を明らかに推し進めていただきたく懇願している。第一に自分において詳明を講究すべきは実に緊要の義であり、ことに不肖（自分）の学に師伝なく、いまだ頼りにして従うことを知らないので、賢達（平四郎）の啓沃誘導をひとえに期待する情願は魚が水を求めるに等しく、遠からず帰藩して謦咳に接し教えを受けたいが、今般、滞府を命じられて帰るわけにいかず、江戸へ来てもらうのは、拠なき嫌疑もこれあり、決断しかねている」

等々、大藩の君主が招聘した学者にあてた直書としてはきわめて懇篤さがにじんでいた。

「もったいないお言葉……」

平四郎の感激は深かった。なお、拠なき嫌疑とは熊本藩の平四郎に対する偏見や反発が解消したわけではないからである。平四郎は日々、登館して会読を続けた。心服するものも数を増やしてゆき、万事が順調であった。五月十七日に安場一平が「皆様によきお土産話ができます」と晴れやかな表情で帰国した。

天下は大きく動く。

京都手入れに失敗した堀田正睦は四月二十日に江戸に戻ったが、その前日、蕨駅に松平慶永の使者がきて慶喜擁立を力説し、さらに二十一日に慶永自身が訪問して説得した。堀田の心は傾いた。ところが、二十三日、井伊直弼が大老職についたのである。一橋派は隠微に進められた南紀派の策動に気がつかなかった。

井伊大老が早急に解決すべき問題は、勅諚の措置と継嗣問題である。二十五日、大老は御三家以下の諸大名を登城させ勅旨を伝達して意見を求めた。堀田が「叡慮(えいりょ)は外国と戦争することにはなく、幕府は先の奏請した以外の取り扱い方もないが、勅命により再び意見を徴する」と述べた。

同時に堀田はハリスと折衝し、約束した条約調印を三月五日にはできなくなったと説得し、七月二十七日まで延期を承知させた。猶予期間に諸大名の答申書をまとめて再び勅許を得ようという腹である。その条件にハリスはアメリカと調印したのち三十日を経なければ、他国と調印しないことを確認させた。

諸大名の答申は六月初めにほぼ出そろい、ほとんどが条約調印やむなしとしたが、水戸藩主徳川慶篤は「調印すべきでない」と反対し、尾張藩主徳川慶恕(よしくみ)（慶勝）は「叡慮にもとづき朝廷尊崇(そんすう)と公武一和の実をあげるべき」と答えた。また水戸老公・斉昭は「夷狄の願望のままに祖法を変更するのは忠孝の道に反する」と調印反対の答申をした。大老はこれを訂正させるよう工作する一方、腹心の長野を再び上京させ、九条関白を入説して京都の情勢を挽回しようとした。しかし、関白は孤立していた。

ついに継嗣問題は、五月一日に将軍家定から閣老に対し紀州の徳川慶福に決意したと申し渡されて内定したが、一橋派の反対と条約問題への悪影響を憂慮して公表されなかった。他方、大老は一橋派の役人の左遷を始めた。大目付の土岐頼旨を大番頭、勘定奉行の川路聖謨を西丸留守居、目付の鵜殿長鋭を駿府町奉行、京都町奉行の浅野長祚を小普請奉行に飛ばした。

五月二十九日になって、慶永は継嗣が慶福に決定したことをはっきり聞かされたが諦めず、条約問題の答申をわざと遅らせてゆさぶりをかけた。しかし、その最後の抵抗もむなしく六月一日、幕府は御三家以下、溜間詰大名を召集して将軍継嗣を血統の中から立てることを告げ、翌日、朝廷に上申し、朝廷の答が届くのを計算して十八日に慶福を継嗣と発表する予定にした。


そのころ福井では平四郎が六月十五日付けで、横井平右衛門（熊本三横井の一家）に手紙を出している。

「先便と安場の帰郷で委細は承知と思うが」と前置きして、福井藩の「一体の仕懸け、水府などより参り、何事も一ト息に取り懸り急迫にあいなり、人心不処合にござ候ところまったく病症にて、必竟は学術の正路を得申さざる故にこれあり」

つまり、水戸の悪影響で万事観念的で強引な政治になっていたと指摘し、「そこで、家老はじめ重臣たちと相談し、人情を得るよう引きもどし、根本を大切に本末体用の次第、寛急の筋合いを間違えないように注意したので、だいたいうまく行くようになった」と書いた。

平四郎によれば、福井藩が水戸のそういう「余毒」に犯されていたのは、

「例の文武節倹の押し懸け（押しつけ）で、このために大いに人心を失っていた。しかし、藩の当局者も実はもてあまし気味だったので、自分の意見がすんなり通り、うまい具合になったけれども、さても水毒は恐ろしき事と存じ奉り候」

と指摘する一方、

「学校は非常に盛況だ。会読参加者が多すぎて制限を加えるほどだ。残念なのは藩主が江戸にいること。中央政局が大事だからと国許を放置しているけれども、江戸の方も失敗すれば両方ともダメになるのではないか。しかし、いずれ江戸に見切りをつけて帰国なさるだろうと、そればかりを願っている。君公が御下国にあいなり候えば、この一藩は丈夫にすわり申すべく」

と述べた。

六月十八日付けの下津久馬、荻昌国、元田永孚三名宛て書簡でも、「(水戸)老公の無理にて国家を覆亡なされ候は、全く学術の曲(正しくないこと)により候こと、この許にてもそれのみ講習つかまつり候」といっている。

平四郎もかつては節倹策をとっていたが、いまでは民の生活水準を先に向上させるべきだという考えになっていた。しかし、これは藩内の保守派の反発を招き、「平四郎が来て、奢侈の風が起こった」と非難された。

福井の生活は、沼山津(ぬやまづ)の貧乏生活を一変させた。まず収入が安定して「暮らし方余り候ほどこれあり」と、借金も返済し大好物の酒にも不自由しない。藩主専用の御留場の猟場を遠慮なく使うように、といわれ、鯉取りや青鷺(さぎ)打ち、鮎(あゆ)取りと存分に堪能できる。「ここでは熊本の打瀬網(うたせあみ)の倍以上とれる。この前は二百四、五十匹もとれた」と満足するが、「帰り候ても寂寞(せきばく)たる旅館にて」面白くないのは仕方がない。

福井に来て、平四郎は福井藩の生真面目な藩士、儒者たちを驚かす行動をとっている。

自分の居館に芸妓を呼び入れて、酒の呑むこと、たびたびであった。また、客が来ても、そのまま芸妓をかたわらにおいたまま相手をした。万事、格式が高く窮屈な福井藩の士風にはないことで、衝撃を与えるには十分であった。

十八日に予定された慶福の世子発表を前に、不測の事態が起こった。

同日、大老に「下田に戻っていたハリスがポーハタン号に乗って神奈川沖に現れた」ことが伝えられ、継嗣発表は延期された。

ハリスは、十三日と十五日に下田に入港したアメリカ軍鑑と十六日に入港したロシア軍鑑からの情報をもって、幕府にたいし会見を要求、

「アロー号事件を機に起こった英仏と清国の戦争が終わり、天津条約が陰暦五月に結ばれたが、英仏は日本に大艦隊を派遣して通商条約を結ぼうとする説がある、そうなれば日本はアメリカよりももっと苛酷な条件の条約を結ばねばならないだろう。それを防ぐためにはすぐに条約に調印せよ」と忠告かたがた脅迫した。

米艦におもむいた幕府全権の下田奉行井上清直と目付岩瀬忠震は、これを大老に報告した。幕閣の協議で、井伊は「天朝へおうかがい済みにあいならざるうちは、いかほどご迷惑にあいなり候とも、仮条約調印はあいなりがたし」と主張したが、若年寄の本多忠徳だけが賛成し、ほかは「英仏艦隊が

渡来して後に条約を許可したのでは国威を失い、天朝の意志も国体をけがさないようにとの趣旨だから、調印もやむをえない」とした。

井伊は、ひき続き老中らと協議したが、堀田正睦と松平忠固が即時調印、久世広周、内藤信親、脇坂安宅は延期の意見であった。

井伊は井上と岩瀬を呼んで「なるべく勅許を得るまで調印を延期するように談判せよ」と命じたが、井上が、「是非におよばない節には調印してもよろしいか」とたずねると、井伊は「その節はいたし方ないが、なるたけそうならないよう」内諾を与えた。

結局、日米修好通商条約は、勅許を待たずに六月十九日、ポーハタン号上で調印された。十四カ条、貿易章程七則からなり、公使の江戸駐在、神奈川・長崎・新潟・兵庫の開港、江戸・大坂の開市、自由貿易を規定。領事裁判権、居留地の設定等を認め、関税は協定制、税率は主に二割とする不平等条約であった。

井伊大老の調印内諾を知った公用人の宇津木六之丞が諫言すると、彼はその悲壮な覚悟を語った。

「いやしくも敗北し、地（領土）を割き賠償などにいたらば、国辱これより大なるはなし。今日、拒絶して永く国体を辱しむると、勅許を得ずして国体を辱しむると、いずれが重いだろう。いまは海防・軍備は十分ならず、暫時、彼（外国）の願意（要求）を取捨して害なきものを択び許すのみ。かつ朝廷より仰せられた義は、国体を穢さざるようとのご趣意である。そもそも大政は関東（幕府）へご委任され、政を執る者は臨機の権道なかるべからず。しかりといえども勅許を待たざる重罪は甘んじて我ら一人受ける決意である」

これこそ為政者の覚悟というべきだろう。

調印は、堀田ら五老中が連署した書類と別書で朝廷に報告した。この一片の奉書ですませ、特使も上洛させなかった対応が朝廷を激怒させた。孝明天皇は六月二十八日、参内した公卿に対して勅書を示した。

その趣旨を要約すれば、

「条約を結ぶことは神州の瑕瑾で、天下の危亡のもとであって、どこまでも許可しがたい。しかし、幕府が条約に調印したとあっては、まことに存外の次第で、実に悲痛などといっているくらいのことではなく、言語に絶することである。このうえは考えることは何もない。自分が天皇の位にいて世を治めることは、しょせん微力でできない。こうなっては、このまま位についていて聖跡を穢すのも恐れ多いので、まことに嘆かわしい次第だが、英明の人に帝位を譲りたく思う。さしあたり祐宮（明治天皇）がいるが、天下の安危にかかわる一大事のときに、幼年の者（七歳）に譲ってもしかたがないから、伏見・有栖川の親王のだれかに譲りたい」

と天皇の譲位の決意表明であった。

関白九条尚忠は苦境に立った。幕府に至急、御三家あるいは大老の誰かを上京させよと命じた。井伊大老は、三家は処分し（後述）、自分は多忙のため、老中の間部詮勝を上京させることにする。これは九月中旬に実現した。

一方、京都ではまだ一橋派が動いていた。梁川星巌や梅田雲浜、西郷吉兵衛（吉之助、隆盛）らの運動によって、八月十日、朝廷から幕府の禁裏付である大久保伊勢守（忠寛、一翁）に勅諚が渡された。条約調印と三家などの処罰を責めて、幕府は三家以下の諸大名と群議して国内治平、公武合体、内を整えて外国の侮りを受けぬよう方策をたてるようにとしてあった。

しかし、その二日前に水戸藩の京都留守居鵜飼吉左衛門にも同じ勅諚文と、さらに別に、「とくにこの趣旨は国家の大事で、かつ徳川家を助ける考えがあるから十分に協議するよう、ことに三家・三卿・家門には隠居の者にも趣旨を伝えるように」という文書が下された。

鵜飼は、息子の幸吉に勅諚文をもたせ密かに東海道を下らせるとともに、薩摩藩士で水戸藩と縁のある日下部伊三次（くさかべいそうじ）にも勅諚の写しを託して中山道から江戸にむかわせた。この前代未聞の出来事は幕府にとって由々しき事態であった。井伊大老の腹心長野主膳の失態である。これを機に、長野の志士らに対する弾圧、すなわち安政の大獄が始まるのだ。

時間を六月時点にもどせば、井伊は幕閣を改造した。

一橋派に傾いた堀田には条約調印の責任をとらせ、また松平忠固を自分と権勢を競ったことで罷免し、代わって鯖江藩主の間部詮勝、前掛川藩主の太田資始（すけとも）、西尾藩主の松平乗全（のりやす）を任命した。乗全は安政二年に罷免されて再任である。

幕府は日米修好通商条約を「仮条約」としたが条約には違いなく、しかも違勅調印であった。慶福の継嗣発表を明日にひかえた二十四日朝、追いこまれた松平慶永は継嗣と条約勅裁を再考するよう談判するつもりで三宅坂下の井伊邸に押しかけたが、議論するうちに登城刻限の正四つ（午前十時）の太鼓が鳴った。井伊は「登城でござる。改めてお出ましいただきたい」と慶永に告げた。

慶永は怒気をはらんで、

「平常ならばご登城の刻限に出門さるるはもっともながら、継嗣と条約はわが国の安危にかんする重大事件でござる。登城が遅れてもかまわぬではないか。まして大老ともあろうものには天下を統べる責任がござろう」

と詰め寄った。

井伊は慶永をにらみつけて立ち上がり「ただいま登城、登城！」と声をあげ立ち去る。慶永は思わず井伊の左のたもとをつかんだが、井伊が振りはらった拍子に破れた。

定例の登城日ではなかった慶永が、悄然と常盤橋の藩邸にもどる途中、桜田門で中根靭負が迎えに来るのに行きあった。中根が告げるには、水戸公と尾張公の使いが来て、徳川斉昭・慶篤父子と徳川義恕が登城し、継嗣問題と条約の件で大老、老中に建言するので、慶永も登城してもらいたいとの意向であった。彼らも定例日ではなく不時登城である。

しかし、急遽、登城した慶永は家格の違いをもって同席を拒まれた。斉昭らは幕閣に再考を求めたが、たくみにはぐらかされた。三家方は八ツ時（午後二時）過ぎに落胆して退出、待っていた慶永も七ツ時（午後四時）ごろにひき下がった。

雨夜となって、井伊邸は水戸の出方を恐れて厳戒態勢をとった。翌日、将軍継嗣は徳川慶福に決定したと正式発表され、一橋派は挫折した。七月にはいり将軍家定の脚気（かっけ）が重篤となり六日に死亡、三十五歳だった。喪は秘され八月八日に発喪された。

井伊は対外的に強硬措置をとるために、邪魔な斉昭らの不時登城を罪に問うて「内間一洗（うちまいっせん）」（斉昭らの排除）を決意した。

七月五日、徳川慶恕は隠居・急度慎（きっとつつしみ）、徳川斉昭は急度慎、慶篤は登城禁止、一橋慶喜も登城禁止となり、慶永も隠居・急度慎、家督は分家である越後・糸魚川藩主の松平直廉（なおきよ）（日向守、のち茂昭（もちあき））に嗣がせるというものだった。

福井藩江戸屋敷では、家老の狛山城（こまやましろ）が慶永にかわって申し渡し書を受け取り、「公、何の御罪あって、かくのごとき御厳罰をこうむらせらるるや」と号泣したほど驚天動地のさわぎとなった。

慶永はまだ三十一歳である。無念のうちに家臣の動揺を抑えるため訓戒を書いた。

「今般、仰せつけられた件では、不服のむきもあるだろうが、われら従来、丹誠をつくしたのは、ひたすら公辺の御為であって、一身の吉凶禍福を願ったものではない。ますます国内の治平、公辺の永久の御栄を神明に誓ってもっぱら祈るべきであって、家来どもも心得違いせず、各職分を守り、日向守へ忠勤あい励むことが肝要である。万一、感情にたえかね、不平のふるまいがあれば、われらの存意に適（かな）わず」

五　声望

福井へは、失脚の報せや慶永の訓書をもって六日に発した使者が途中の河止めで遅れて、七月十五日薄暮にやっと到着した。藩中は激震にみまわれた。執政ら藩首脳の評議が夜を徹して鶏鳴のころまで続き、ようやく諸藩士を呼びだして事の次第、訓書の趣意を告げ平静を命じた。しかし、

「招請した横井平四郎をどうするか」

その去留が問題になった。十六日の七ツ（午前四時）ごろ、村田巳三郎と長谷部甚平が平四郎の客館をたずね事変を報告して意向をきいた。平四郎は、

「すでに存じております」といって、悄然（しょうぜん）としているふたりに、

「天下の大閉塞を解くには、また必ず大艱難に逢うことは、素（もと）よりこれあること。越（福井）藩のおん徳は、これよりますます天下に照輝いたすべきと存ずる」

と励まし、

「大丈夫（立派な男）は、死生富貴、この度外を惜しみ、小丈夫は齷齪（あくさく）（心がせまい）の見を脱し、これより先へ進む工夫が肝要でござる」

と熱弁をふるった。村田と長谷部は、その所要義理（必要な道理）を明らかにして、志気をふるう平四郎の意志の強さに大いに勇気づけられた。そして、平四郎は、

「かくなる上は、帰国はいたしたいけれども、去留の儀は藩政府の評議の都合にしたがいたい」

と答えた。

ふたりはもどって重役たちと評議し、「このことでは、いまだにお沙汰はないが、横井平四郎にはぜひとも在留してもらいたい」ということになり、翌日、家老の松平主馬が平四郎をたずね、

「こうなっては帰国したいとの考えもあろうが、せっかくあなたの厚き示教にあずかって人心もおりあったところなので、ぜひ逗留を続けて、これからも世話していただきたい」

と頼んだ。平四郎は微笑んで、

「その了簡につかまつるべき。お役に立つなら、いかにもあい勤めましょう。ただし、(福井滞在の)期限の命には限りあり、この儀はよろしく越中守(肥後藩主)様よりお国表にまかりあり、御用勤めるようにというご沙汰があるよう、そうでなくては、いかんともしがたい」

そういった。村田は江戸の左内に連絡した。

「ついては、これは先生の存意もっともに思う。すなわち今般、藍田(あいだ)(側用人・秋田弾正)・桑山(執法・桑山十兵衛)あい心得候ゆえ、その表でご評議にあいなるべく候あいだ、よろしくご配慮下され」「先生の内心は実に慨嘆かつ失望いたされているに相違なく、まことに気の毒に思います。しかし、滞在について厭うような事情はないので、失望といっても第一の御方様(慶永)に逢い難くなったことです。昨日も、明道館へ出られて大いに衆志を励まし引き立てられた」

ただし、平四郎は、この変事が熊本に聞こえて種々の風評がたち、家族・知己・門生が心配するといけないので、一刻も早く真相を知らせようと、河瀬典次に書面をもたせて十七日に帰国させた。

また、池辺亀三郎も、柳川藩主が泉州警備を命ぜられたことで同日、帰藩することになって、随行した門人が一挙にいなくなったので、あとに福井藩の安陪又三郎が入って世話をし、平瀬儀作と榊原幸八が面倒をみることになった。ほかに平四郎には自分の下僕ふたりに荒子（小者）ひとりがいたので、小楠堂の門人がいなくなった寂しさはあっても不自由はなかった。

平四郎が沼山津に書き送った書簡によれば、

「士人は申すにおよばず、下々にいたるまで一統、悲涙に差し迫り誠にあわれ至極の至りです。まさにまた君徳が人心に深漬（しんし）しているのは注目すべきです」

慶永は十月十四日、春嶽の号を用いることとし、霊岸島（れいがんじま）に移って閉居した。

学校は七月二十四日から再開された。

会読は以前に倍して盛んになった。藩士は心のよりどころを平四郎に求めたのである。林矢五郎が江戸にいた明道館句読師の横山猶蔵（ゆうぞう）にあてた手紙に「横井先生、毎朝登館、会読もこれあり、この上なく面白きことにございます。真に非常の先生と思います。この人の到来は御国の大幸この上なきこと、これまでの勢い、まったく水府に擬模して恐るべき弊害があった」と述べてある。

また村田巳三郎は橋本左内へ「近来は世上大いに静定になりました。横先生、平安日々登館、学徒を引き立てられております。おりおり御留川へ参られ、体力壮健これ喜ぶべしです」と報告している。

重役たちが慎んでいる中でも、平四郎は特別だからと勧められて御留川に鮎漁に出たのである。そして客館で平四郎が新しく始めた熊沢蕃山の『集議和書』会読には長谷川甚平ら大勢が出席し、いつも鶏鳴まで討論、「憂愁中の楽事だ」とみんな喜んだ。

八月八日、実弟の永嶺仁十郎に手紙を出した。

河瀬典次を帰したあとの近況を「意外の大変のあと、中将様（慶永）の御名はこれによっていよいよ御隆盛」「隣藩の加賀藩などの暴政もなく、これまでの徳政が顕れ一統服従している」こと、「十五日以来は昼夜心配し、執政をはじめ諸有司と万事相談のうえ、明道館の役輩諸生が昼夜来訪するので誠に困り入り、ようやく昨今、いささか暇も得た」「執政よりすすめられて御留川で鮎漁に二度も行った」こと、「ハリスが日本に心をつくしているのは限りなく、さすがアメリカの国体は世界第一だ」等々、書き送った。また付け紙として、水戸、尾張の人事動静を報じている。

同二十八日、門生の嘉悦市之進、山田五次郎、安場一平、内藤泰吉に宛て、「くわしくは仁十郎より聞いてくれ」と書き、ここでも「小生ことも、この大変につきては他には申されざることながら、いよいよもって一藩の信を取り、俗人有志の差別なく依頼の勢いで日夜、応接にのみ苦しんでいる。いまのままでは来春早々の帰郷の模様もみえず困っている」と困惑するほど、福井藩士の平四郎にたいする信望は、いよいよ厚くなり、人が来て日夜繁忙をきわめたのであった。

こうして、村田が左内に「横先生、つつがなく、毎々時務あるいは講学論は確識卓見また洒落高致みな尋常の企およばざるところ感服のいたり」「分局役配のなか、政府上にも近来、発明（正しい道理を知った）の族もこれあり、いま一期も滞在されたら、その有益は論ずることもない」と書いたように、福井藩では、平四郎を引き続き聘用したいと肥後藩に依頼することになったのである。

しかし、声望が高まる一方で平四郎に対する家老の狛山城、酒井外記ら保守派・反改革派の反感・嫉視は根強く、「横平」と蔑称して誹謗中傷もひどかった。その空気の一端は当時の出版物にうかがわれる。

たとえば『評判合言葉集』にある「西より来て諸人をまどはす物は　成仏しそこなった亡者と横井」とか、『木葉集』の「当世三物揃」に「三残念」として「一、講武所出来して御覧なし。二、横井の御目見なし。三、松原の蟄足（居）」、つまり明道館内に武芸稽古所が出来たのに、慶永が謹慎、帰藩できず御覧になれない、横井も招聘したのにお目見えできない、松原信太郎という保守派が改革を罵って蟄足となったことが残念だ、という悪口。また、「三不拍子」として、「一、横井の出北。二、天狗の出府。三、阿三の江戸詰」とあって、わざわざ横井を福井に呼んだのを批判、また改革派の天狗（本多修理）がしきりに用いられ、江戸に召されたこと、阿三は三岡石五郎のことで、たびたび江戸に呼ばれたことなど改革派に対する批判である。

ただ、反横井派・反改革派にはそれほどの人物がいなかった。その中で目立ったのは目付役で宝蔵院流槍術の達人である土屋十郎右衛門を主魁とする武人たちで、ことごとに反抗した。平四郎が当時の文武芸の旧弊を罵倒し、武器の改良、西洋文物の取り入れを唱えたことが反発を招いたのである。

また陽明学者の廣部鳥道は攘夷論者で、平四郎と時務策を論争し、夜を徹して互いに譲らず、『機務或問三策』を草して平四郎の意見を難詰した。僧侶では福井城下にある孝顕寺の雪爪（のち還俗して鴻雪爪（おおとり）は書簡や詩の応酬をして横井派だったが、三国港の瀧谷寺（たきだんじ）の道雅（どうが）は勤王僧で尊皇攘夷を唱え、開国論者を毛嫌いし反横井派であった。

このころ、平四郎は老母に慶永夫人の紋服をちょうだいするよう希望している。名誉欲の薄い彼としては珍しいことだが、老母の心を慰めようという孝行心の発露であった。そのように故郷に想いが走る平四郎は、熊本に帰った河瀬典次が引き返してくるのを待ちわびていたが、九月二十三日に、八月十九日付けの河瀬の手紙を受け取って愕然とした。

実の弟で母の実家へ養子に行った永嶺仁十郎が流行病（はやりやまい）で八月十七日に急死したとの知らせだった。悲嘆にくれる平四郎を、藩士たちが訪れては慰めてくれた。二十五日に河瀬の代理として門人の竹崎律次郎が来て詳報を告げた。平四郎は国許に手紙を書いて「……（仁十郎）死去の段、承りて前後忘却、唯々夢の様にござ候て」と哀惜し、老母の諦めがよく丈夫であることが「誠にもって有り難き思し召しにて、当惑の心もあい制し」と安堵し、竹崎が来たのを大いに喜んでいると報じた。

弟の死でますます望郷の念がつのる平四郎は、ひとまず老母のために帰国を願い出たが、福井藩としては、実はすでに平四郎の借り受け期間を延期するよう肥後藩と交渉していた。前述したように、慶永失脚のあと平四郎から「もしさし止められるようなら、肥後藩に一応の達示を受けたい」と申し出があり、新藩主の茂昭が「役に立つ横井平四郎を、自分が家督をついで間もないのに、肥後藩に返しては心痛にたえぬから、なおしばらくは聘用したい」といったからである。

したがって、延期の承諾を得ない前に帰国を申し出るのは不得策だ。のみならず肥後藩は平四郎の帰国をまって役付きにしようとの噂もある。そこへ帰国の話を持ち出せば、その実現を誘発する恐れもある。「せっかく釣りあげた大鯰を取り逃がすのも遺憾」だから、帰国が少々遅れても手がたく談判し、またこの際、平四郎の実母と養母に慶永夫人の紋服下賜もとり運ぶようにと、福井藩重役の平四郎に対する気遣いたるや大変なもので、肥後藩は「異存なし」であったのだが、折衝に手間取った。

平四郎がイライラして待つうちに、十一月五日、熊本から河瀬典次が迎えに来たが、許可はようやく十二月に出た。百日の暇(いとま)が与えられたのである。

福井藩からは京都藩邸で懇談して以来、その経済の才に注目していた三岡石五郎（八郎、由利公正）と、ほかに榊原幸八と平瀬儀作の三人が同行し、表むきは送りがてら西日本視察旅行をすることになった。三岡は近年、江戸で将軍継嗣問題や井伊大老襲撃計画に関係する一方、幕府財政を調査し、江戸を中心に流通する貨幣を福井藩に吸収する方策として、「労力を基本として物産を興し、通商貿易するのほか他策なきを」悟り、慶永が謹慎中にもかかわらず物産通商取り調べのため長崎出張を願い出た。

しかし、身辺に大獄の予兆があって、警戒した藩から「外国奉行の湊見分(みなとけんぶん)」の案内をするよう辞令をうけて福井へ呼びもどされた。三岡が帰国の途中の十月二十二日、橋本左内は江戸町奉行所の手入れを受け、翌日に藩邸内に預けとなっている。

三岡は十月二十四日に江戸から帰藩して役務を果たす一方、平四郎をたずねては「物産を興し通商貿易をする手段」を相談した。平四郎は「もうすぐ熊本に帰る許可が出るだろうから、一緒についてきて長崎をみるように」と勧めた。

三岡は、物産興しの資金調達のため藩札を出させるといって、御奉行の長谷部甚平にはかったが、「藩札はこれ以上出せない」と反対された。そこで「五万両を限度に切手を発行させてほしい」と主張すると「それならいいだろう」ということになった。三岡は榊原と平瀬とともに平四郎の帰国に同行し、長崎で藩の船宿を設ける準備や調査をすることになった。計画はとりあえず滑り出した。

平四郎は竹崎と河瀬に福井藩の三人をつれて、十二月十五日に出発した。旅の手配は三岡がした。道中、雪が深く難渋し、平四郎は駕籠（かご）に乗った。

府中（武生）で豪商の松井耕雪に会った。商人ながら巨費を藩に献じて立教館という学校をたて、松山の碩儒、森余山（もりよざん）を教官に招き、俊才を輩出させたので、その功により子息泰次郎は士班に列せられた。慶永の信頼もあつく、平四郎を福井に招聘したとき、慶永の命で藩の財政、産物調査をして書面で平四郎の諮問に答えさせた。それ以来の関係で、初めて会ったのは平四郎が帰国する直前の十二月七日だが、そこで三岡をまじえて物産興し計画の相談をしている。年明けて耕雪も沼山津で三岡と落ち合い、長崎に行く手筈ができた。

宿に泊ると、平四郎はみなに、「雪中の歩きで疲れたろう。早う食事をしてすぐに寝るから手配りせよ。おれは酒は呑まぬ」といったので、早めに寝ると、平四郎が「三岡」と呼ぶ。何事ならんといってみると、「酒を温めるよう手配してくれ」、そう命じて、石五郎だけに夜半過ぎまで講習をした。それが大坂まで毎晩続いたので、下戸で酒の相手も出来ぬ彼はへとへとになりながらも感謝した。平四郎は、この男におのれが信じる道を説いて、政策論を充実させたいと思ったのである。

大坂に着いて三岡は、平四郎が行きに泊った越前蔵屋敷を避けて肥前屋にした。気配りがきいている。平四郎は浮き浮きしていて、「今日は丹醸が呑めるぞ、最上等を命ぜよ」といった。道中の田舎酒のまずさには酒豪も閉口したのである。「三岡も呑め、うまいぞ」といわれて呑むと非常に甘かった。酒はまずいと思い込んで嫌っていたが「初めて酒の味を知りました。これはうまいです」「それは真の好きじゃ」、一同大笑したが、彼はその後、大酒呑みになった。

平四郎一行は三岡らと下関で別れ、年明けの安政六（一八五九）年正月三日の昼前、熊本城下にはいった。出町口には大勢の知己、門生らが出迎えたが、その中に弟仁十郎の顔がないのが悲しかった。京町にあった前妻の実家小川家に立ち寄ってしばらく休み、懐かしい沼山津に帰った。厳母のかず、兄嫁の清子（至誠院）、その子どもたちのおいつ、左平太、倫彦（太平）、そして妻のつせ子、愛息の又雄（時雄）、女中の寿加らが迎えた。

「母上さま、帰ってまいりました」

二人の目には涙があふれた。そして、

「小法主、大きくなったのう」

平四郎は三歳になった又雄を抱いて、ただただうれしかった。

五日は、福井藩主の添書を藩庁におさめるため熊本に出た。夕方、宿所にした至誠院の里方不破家を、元田伝之丞（永孚）が訪ねてきた。平四郎は下津休也と荻角兵衛（昌国）にも会いたかったが、あいにくふたりは熊本にいなかった。一年ぶりの再会で深更まで話はつきず、その日は枕を並べ、翌日は元田が自宅に招いてもてなし、さらに沼山津に送りがてら、そこに泊って帰った。

元田は平四郎からきいた盛り沢山の福井の話を『北越土産』と題して、当時、久住の郡代だった荻角兵衛に送っている。平四郎はこういうことを語った。

「自分（平四郎）が越前でやったのは、これまで熊本で講習してきたことをその通りに実行しただけだ。ただ実際にやったためにいささか会得したところがあり、それが熊本土産だ。

実験して良くわかったのは、天下の事はただ徳の一つに帰着するということだった。その徳とは心中一点の私をいれず公平和順にして、よく人情をつくすことである。この徳があれば道が行なわれ、この徳がなければ道がふさがる。その感応は打てば響くようで、『論語』顔淵（がんえん）篇にいうところの、一日己（おのれ）に克（か）ちて礼に復（かえ）れば天下仁に帰す、が実によくわかった」

赴任して第一年目の方針は、具体的な積極策を打ち出すより、人心の和合に重点を置いたのである。それは藩主慶永が、幕府の処罰で隠居させられる大事件があったからだ。

同藩の弊とみた水戸的な節倹策を緩和し、また慶永と側近派に批判的な保守派を収攬（しゅうらん）しつつ側近派も傷つけない方法は、心中に〝私〟をいれない徳によって可能だというのである。そして福井藩の動揺は平四郎を中心にまとまり、次の積極策を展開する基盤ができた。

「天地間の理は、すべて無用の中にある。有用と思えば、もはや功名の念が胸中に生じて人情をつくさず、自然の理を獲得できない。我に一念なく人のいわんとするところをつくさせ、その中から開発の機を求めれば、道が開けるのだ。この心がまえで、越前に行ってからは一度も論争したことがなく、長谷部甚平のような才力敏鋭、論談人を圧するむつかしき男でも、論争はせず、むこうから了簡を変えてくるようにさせた。論争になっては天地間の道は決して行われないのだと会得した」

こうもいった。

「江戸の大事変以前に出府しなかったのは、自分の深い思慮からだ。数度の召命も、龍ノ口（江戸肥後藩邸）からの命令がなければ応じられないと断り、もし岩瀬忠震など幕府内一橋派が肥後藩邸に手を廻して出府命令を出させるようであれば、病気だといって帰熊しようと思っていた」

慶永は初め、平四郎を江戸へは呼ばないとしていたが、一橋派がきわめて不利になってきた局面で、平四郎の手を借りたいという声も出たのである。だが、

「橋本左内少年の人才、帷幄（本陣）にありて順風を得れば、かえって自分と相抗することになって、とても真の君臣合体がなりがたき機微を知っていたので、江戸に行く意志は絶ったのである」

「左内少年」という表現が引っかかる。平四郎は左内の人才を頼りに動いている慶永のありかたには批判的だったが、自分が江戸に出れば左内と対抗するようなかたちになるのを危惧したのであった。

また、こういうことも述べている。

「江戸の変事の以前は越前一国は順境で、自分には逆境だった。それ以後は逆になった。変事の前は人心の向きが一定せず、苦しんだが、以後は人心も一致したからだ」

第九章　昇　竜

一　東北行き違い

沼山津の新年は心和む団らんの日々だった。あっという間に時は過ぎた。しばらくして長崎に行った三岡と榊原が訪ねてきた。

「首尾はどうじゃ」

「上々にございます」

三岡は明るい表情でこたえた。

長崎では、唐物商の小曽根乾堂（こぞねけんどう）の尽力で浪の平に一町歩の土地を購入し、福井藩の蔵屋敷を設ける準備をした。またオランダ商館と折衝し、生糸・醤油などの販売方を特約する話を進めた。

その用むきが一段落したので、現地に平瀬を残して沼山津をたずねてきて六十余日も滞在した。その間、研究熱心な三岡は肥後の流通経済の状況を視察している。そこへ府中の松井耕雪がやってきた。数日、滞在して三岡とともに長崎に出発した。

福井藩から暇をもらった百日余が過ぎた。

すでに肥後藩江戸詰め重役から福井藩との交渉にもとづいた書状が熊本に届いて、平四郎はふたたび福井行きを申し渡されている。ぐずぐずしているわけにもいかず、四月下旬に沼山津をたった。今回は門生の供はなく下僕ら従者三人である。小倉から瀬戸内海を船でゆき播磨の室津に上陸して陸路をとった。琵琶湖は西岩小松より船で海津に上陸、七里半街道を敦賀へむけて北上し木ノ芽峠を越えたとき、こう詠じた。

身世茫々　渾て驚くに耐えたり
三たび木嶺（木ノ芽峠）を踰えて越前に行く
極めて知る　人事の必（然）を須（用）いざるを
流水行雲に　此の生を寄す

三たびとは、嘉永四年のこともくわえたのだ。

五月十九日、府中で先に帰国していた耕雪と会い、二十日、福井に到着した。みなの歓びは大変なもので、国許への手紙によれば、平四郎の意見を聞きたいと「昼夜、寸暇もなく多用多客にて困り入り申し候」というありさまになった。到着から三十日がたったが、夜九ツ（十二時）前に寝るのはやっと一夕という状態で、いつも八ツ（午前二時）ごろに寝ることができた。おかげで「例の酒もとんと元気づけまでにて、腹内よろしく何の申し分もない」と言いわけともつかぬことを書いている。近日中に鷺撃ちなどにいくはずなのが気晴らしになるだろう。

福井に戻ったばかりの五月二十二日付けで、門人の嘉悦市太郎（氏房）に手紙を書いている。

「（四月に）中将（春嶽）さま、御月代（剃り）・御庭回り等、御免にあいなり（赦され）候」と報じ、中央の政局について、

「降勅の一件に関係いたし、寺社奉行板倉周防守（勝静）殿ご吟味懸かり仰せつけられ、しかるところ板倉公はしごく寛宥の所存で（井伊）大老と合いかね、直にお役御免、そのあと何某殿（姓名失念）、これまた板倉公同様の了簡のよしにて、どうか寛宥の沙汰に落着いたしたように聞いています。もっとも近来にいたり、水府（水戸藩）安嶋弥次郎召し捕られ御預人にあいなりました。安嶋は老公御側用人、当時はお役御免でありました。水戸に対してはなかなか厳重で誠に大困惑です。越前（福井）は昨春、橋本左内が上京しただけで、それ以来、江戸邸よりもお国許よりも、いっさい京師に懸かり合いないゆえ、降勅の一件に関係しておりません。その段は漸々明白、幕府もよほど疑惑を解いたよし、橋本も都合三度、お呼び出しになったまでで、何の模様もなく、これは遠からず無事にあいなるでしょう。外国交易の一条は、幕議いまもって落着せず、金川（神奈川）を改め、横浜にいたしたしとの相談をアメリカが合点いたさず、これも必ずマケ（負け）公事と思います。いずれにせよ江戸前の開港は遠からずあるので、その節は落着するでしょう」

平四郎は安政の大獄のゆくえには楽観的過ぎた。左内の処刑は遠からず来るのだ。

沼山津の実家には、よく便りをして、こまごました用件を伝えている。

五月二十七日の手紙では、至誠院の羽織と内藤泰吉の羽織の染め直しを紺屋に出したこと、七月には府中の面々が熊本に行くので、それにもたせようと思うこと、寿加に約束した帷子の二重染め〝もぐさかすり〟を入手して送ること、奉公を十分にはげむよう申しつけた。

六月十九日の手紙では、先述した「多用多客で困っている」ことを報じたが、「衣類の染め直しはできたので三岡にもたせる」こと、「(甥の)左平太・倫彦(大平)は読書・習書に出精していると思う」こと、「書物類の土用干しを失念なきよう」頼み、「具足、鉄砲・刀等の手入れもひんぱんにやれ」と命じ、また一粒種の「小法主(又雄)は元気よろしく成長するべく、出立いらい五十日余になって、いまは足も丈夫になって走り回っているだろう」と期待している。また「つむぎ嶋はだいぶ出来て、なかなか上品なので、(姪の)おいつに見せたら飛び上がって喜ぶだろう」などと、こまやかな心遣いをみせている。

七月二十五日の手紙では、沼山津から熊本に引き移る話が出てくる。平四郎の家計はずいぶん豊かになっているのだ。

「相応の屋敷があれば、一刻も早く決めてほしい。この件で三岡に内談したので、彼が到着の上、金のことは相談されたい。ただ身分相応の屋敷だと、あまりに狭いので、三百石取り以上の屋敷でなくてはかなわず、坪数が規定より上であれば、越前(福井藩)の依頼で書生が詰める予定だから、身分相応の屋敷ではだめだと、牛右衛門らから屋敷方に内談すれば、さしつかえないと思う。三岡には金子百両ほどと話し合っていて、そのほか彼の三十両もあるから、十五貫目ぐらいの屋敷は買えるだろう」

八月四日付けの荻角兵衛宛てでは、

「三岡石五郎と奈良茂登作が下関、長崎に行き、所用が済んでから熊本に寄る。それは九月末か十月初になろうが、長崎は貿易の用事だが、熊本では、これらの咄合いは誰も遠慮してしたがらないから、賢兄には内実を打ち明けるので、含んでいてほしい。三岡はこれらの筋にはよほど熟していて、見込みもある。このような大変動の世界貿易のことは着眼の大一事と思っている」と明かした。

ところで、三岡石五郎は耕雪とともに長崎から戻ったが、出発前に長谷部甚平と内約した殖産資金五万両の物産切手の発行手筈が整っていなかった。

三岡は怒り、長谷部と激突、大評定となったとき、平四郎が仲裁にはいって調停したが、これにも時間がかかった。さらに切手発行の準備をしながら、三岡は「切手は物産となり、次いで正貨に化するにいたるべきだが、従来の藩札は抵当のない純粋の不換紙幣だから、人情として藩札を嫌うようになるのは理の当然であれば、切手を発行すれば、そのために藩の札所を倒産せしめるやも知れない」と思いついた。長谷部に談判して、いろいろと抵抗はあったが、ついに切手ではなく藩札を増発することになる。

三岡は第一回の長崎出張でまとめた件が藩に承認され、八月九日にふたたび長崎に出立した。平四郎が宿許に出した手紙では「三岡は熊本御用を仰せつけられ、八月初に出立するはずです。下関の用事で少しはひっかかるようだが、いずれにせよ九月中には沼山津に参着するでしょう」ということだったが、府中まで来て母親がコロリにかかった急報で引き返し、看病したが二十七日に母は死んだ。

しかし、三岡は服喪中ながら、藩命で除服までして九月十八日に出かけ、下関、長崎、熊本を経て、翌年三月に帰国している。

この重要な出張で、三岡は長崎での貿易準備を確実なものにしたが、藩の最終決定がもたついた。万延元(一八六〇)年、平四郎の書簡中に、三岡らが長崎で取り決めたことが七月段階ではまだ詮議中で、九月二日に平瀬と加藤儀作と加藤藤左衛門が長崎に出張したことが記されている。

三岡は福井にいて、のちに「産物会所」と呼ばれる組織の設立にむけて奮闘していた。商人たちを集めて計画を説明すると、反対が強かったのだ。三岡は草鞋(わらじ)がけで各村をめぐり、大庄屋・老農を説いてまわった。ようやく同年末に開設が決定した。この段階ではまだ名称はなく、翌文久元(一八六一)年正月の平四郎の手紙に、「第一大問屋という役所を建て」とある。

時を少しもどせば、平四郎が手紙で報じたように安政六年四月、幕府から春嶽のさかやき剃りと邸内歩行がゆるされた。また徳川斉昭にも永蟄居、慶篤に差し控えという寛大な処置がでた。

これで藩内に春嶽宥免の期待が高まり、それを促進させようと改革派家老の本多修理と保守派の狛山城が辞職したが、十月七日に橋本左内が処刑された。二十六歳だった。これをもって反改革派は春嶽側近の中根靱負の責任を追及した。中根は十一日に江戸をたち、十五日、国許で御役御免となった。もっとも反改革派の全面勝利とはならず保守派の重鎮で用人の天方五郎左衛門も不心得の儀あるをもって「内願の通り御役御免」となった。

政治力学は中道に落ち着き、家老の本多飛騨、松平主馬が新藩主の茂昭をもり立てて幕府に従順の姿勢をみせる一方、藩政は改革派の積極策をとることになった。

八月十日、かつての盟友長岡監物が死んでいる。四十七歳だった。十月になって訃報を知った平四郎は、十五日付けで下津休也と荻角兵衛に宛て、哀悼の手紙を出した。七日には左内が刑死しているが、重なる悲報を平四郎はまだ知らない。後日、知った左内の死もまた衝撃であった。

「千里の客居にてこの凶事（監物の死を）承り、覚えず旧情満懐いたし、これまで間違いのことども、すべて消亡、ただただ昔なつかしく、思われざる心地にあいなり、落涙感嘆つかまつり候。誰の歌にて候や、あるときは　ありのすさびににくかりき　なくてぞ人は恋しかりける。心情、御推察くださるべく候。もとより絶交のことに候えば、二ノ丸（長岡邸）に弔詞申し進じ候仔細これなく、御両君まで心緒（しんしょ）拝呈つかまつり候」

まことに「時としては何やらん不平の心も起こり候えども」、「平生の心は依然たる旧交、したわしき想いを起こし候ことは、彼方においても同然たるべきか」。

平四郎は悔いていた。

凶事は続いた。十二月初め、肥後から矢島源助が「ご母堂様の病重篤」との急報をもたらした。驚いた平四郎は、急遽、「存命中に対面したい」と福井藩から許可をもらい、五日に福井をたち強行軍で十八日に沼山津に帰ったが、母はすでに先月二十九日に死去していた。平四郎は虚脱した。厳しい母であった。いたずら坊主のころの叱責はともかく、いい大人になっても門人のいる前で怒鳴られて閉口したが、それもこれも慈愛のなせることであった。横井家墓地の新しい土饅頭が悲しく、墓標のまえに額ずいた平四郎の頬を涙がぬらした。福井からは、千本弥三郎が弔問の使者として来た。福井藩では、江戸詰め重役の秋田弾正から肥後藩に口上書を出し、母の病による平四郎の帰国を報じ、「事の落着次第、福井行きを申しつけられるよう」依頼した。また新藩主茂昭が安政七（一八六〇）年（三月十八日から万延元年）三月に初入国をするはずで、そのまま平四郎を聘用したいという件もあわせて御承諾いただき、あらためて平四郎に仰せつけられたいと願い、肥後藩も同意した。

平四郎は福井に多くの問題を残してきた。悲しみに浸ってばかりはいられない。母のいない松の内の寂寥をすごした平四郎に、福井藩から二月二十日付けの辞令で福井表に戻るよう伝えて来た。早速、平四郎は熊本を発ち、三月、三度めの招聘に応じて福井入りした。道中、こう詠んでいる。

途（みち）に堆（うずたか）き残雪　看（み）て驚くに堪えたり
又　欞峯（れいほう）（木ノ芽峠）を越えて四たび越（越前）に行く
山色依然として笑いて客を迎うるも
慚（は）づ吾が両鬢（りょうびん）に漫霜の生ずるを

平四郎は、もう五十二歳だ。両鬢には白髪がでている。

三月三日、井伊大老は桜田門外で水戸浪士らに暗殺された。四十六歳だった。大老になってもうすぐ二年、彼が身命を賭して守ろうとした幕府権力は、その暗殺によって急速に崩壊していく。橋本左内や吉田松陰、その他の大勢の屍を残して安政の大獄は終わり、元号は万延と変わる。

ところで、福井藩には慶永失脚という大変事のあと、微妙な紛争が生じていた。

「困ったことになったものだ」

平四郎が村田巳三郎の話を聞いて腕を組んだ。江戸の前藩主春嶽と新藩主茂昭を擁する国許家老との対立が深くなったからだ。「東北（江戸と福井の）行き違い」と称される。村田がいうには、

「国許が御小姓頭取の香西敬左衛門を郡方に異動させようとしましたが、春嶽公は香西を温柔丁寧で側向きに必然の人物として留任を希望されました。しかし、家老の本多飛騨さまは異動を強行され、春嶽公は隠居だからないがしろにされた、と憤っておられます」

このギクシャクした状況を打開しようという動きは、新藩主の茂昭が万延元年三月、初めて福井にはいって手を打った。閏三月、本多飛騨と松平主馬が褒章され、同時に香西が側向頭取見習で春嶽の側近に返り咲き、円満に解消されたかにみえた。

二　文久改革派

このころ、平四郎は不調である。

七月下旬から瘧（ぎゃく）（オコリ・マラリア）を発症し、ひと月ほど臥せっていたが、八月下旬になっても「よほど手強き邪気」で、再発はしないものの「老年のことで、全快はきわめて遅鈍で外勤もできかねる」状態が続いた。

ただ熊本から門人の嘉悦市太郎が訪ねてきて、しばらく逗留したのが心強かった。その後も十月末ごろまで快癒にはいたらず、なんとなく精神が疲れ、そのうえ多用が追い打ちをかけ、酒もほとんど呑まなかった。気晴らしといえば刀剣収集で、熊本にもめったにない「相州廣正(ひろまさ)二尺三寸」の名刀を手に入れよろこんでいる。

そのころ、青年武士が訪れて、平四郎を愉快にさせた。

十月一日の朝、門を叩いた男は、馬より長そうな顔に不敵な笑みを浮かべ、「長州藩士、高杉晋作と申します。吉田松陰の門人です」と名乗った。三年後に奇兵隊を組織して活躍する快男児は、この年二十二歳である。師の松陰は一年前の安政六年十月に処刑されている。

平四郎が会ってみると、高杉は、かねて松陰より、平四郎が天下第一級の人物ときいていて、ぜひともご高説を拝聴したかった、と述べた。文学と撃剣の修業のため、藩より東北遊歴の許可をえて八月に江戸を発し、九月に笠間の儒者加藤有隣と信州松代の佐久間象山をたずね、福井にきたのである。

平四郎は不調が嘘のように熱弁をふるった。爽快であった。

そして高杉も平四郎の人物・識見に感銘をうけて、『兵法問答（陸兵問答書）』の全文と『学校問答書』の一部を、旅の日記帳「試撃行日譜」に筆写して持ち返った。末尾に「予、去歳越前に遊び、肥後の人、横井小楠堂をたずね、豪談すること一日、益を得ること少なからず」と書いている。翌年には平四郎を長州藩の学頭として招聘したいとまで考えたが、これは実現しなかった。

嘉悦は九月十九日に帰国し、平四郎は彼に沼山津の家の普請の世話を頼んでいる。老朽化した家屋の新増築工事で、同時に熊本城下に家を探す話も懸案であった。嘉悦と入れ違いに門生の江口純三郎が来た。彼は徳富多太助や惜しくも早死にした熊太郎の実弟で、下に徳永郡太がいる。熊太郎は嘉永四年の上国遊歴で平四郎とともに福井を訪れたから、純三郎の感慨もひとしおであった。

平四郎の体調不良が続いている九月四日、春嶽が「急度慎」を免じられて復権した。

国許はこれを機に人事改革をしようとして、茂昭の承認をえた役替えの原案を江戸の春嶽に差し出した。十月十二日、江戸から春嶽の指図書が届いた。それは国許の原案に春嶽が手をいれて送り返したものだった。ことに春嶽は三岡石五郎を重用しようとしたが、これに松平主馬が反発し、かねて中根靭負の内訴があると疑った。前藩主の人事への介入は、国許の家老たちを不快にした。

「かようなことでは、茂昭さまのお立ち場がない。政府の権も失い果て、国家（藩）の体態もあい立ち申さず！」

「いちいち中根靭負らが春嶽さまに内訴して、茂昭さまのご意志を無視しておるのじゃ！」

家老らの江戸に対する不満は爆発した。その矛先が平四郎にむかった。

「かねて横井先生は春嶽公を尊敬され、中根への信頼も厚い。中根が内訴なぞするわけがないというておられる。しかし、これは異常な事態じゃ。横井先生も中根と同罪ではないか。この際、問い詰めるべきだ」

同月十四日夜、側用人見習の酒井十之丞より平四郎に、「家老一同、先生にぜひお話をうかがいたき儀これあり、十五日夜、お伺いいたしたし」との申し入れが届いた。その夜、平四郎の客館に家老の本多飛騨、松平主馬、山形三郎兵衛、それに酒井十之丞と目付の千本藤左衛門が訪れて詰め寄った。しかし、平四郎は、毅然として突っぱねた。

「春嶽公をないがしろにして、臣たりえようか！」

そもそも藩政改革は松平春嶽という英明な君主によってこそ可能である。それが井伊直弼の恨みを買って飛ばされた。だからといって、新藩主の茂昭の器量で藩政改革ができるわけがない、と平四郎は考えていた。重役たちは天下国家をみていない。真の君主への忠義を心得違いしている。そこで、「たとい国家（福井藩）の御為と心得たにせよ、ひっきょう、君主の御情懐にそむくようになり、逆臣ということになる」と激しく論判した。

家老らは「この度は何分、是非を分析すべし」と迫る。

平四郎は「この度の一議は国家興廃の境にあるが、時宜次第によっては槍一本引っ提げ、即座にも肥後にまかり帰る覚悟である」といった。すると、家老らは「今度はいかな横井平四郎でも先生でも、どこまでも合点ゆくところまで押し詰め、自然、押し詰まらぬことがあれば、たとい先生と決別にあいなっても、引き留めはいたさぬ決心でござる」と返した。

議論は沸騰したが、やがて彼らは諄々と諭す平四郎の論に納得した。ついには落涙にむせび、「出府して春嶽さまに年来の非礼を謝したい」といった。そして「国家万安の基本もあい立つべくにて、近来、追々、先生が講究されている『国是三論』の儀も申し上げ、尊慮を伺い取り申すべく」ということになり、平四郎の指示で酒が出て、酒杯をかさね、彼らは別れたのであった。

翌日、家老らは中根靱負を山形邸に招き、前後の次第を語り、「従来、貴公に対して抱きたる疑惑もまったく氷解した」と謝罪した。中根も自分の立場を釈明して打ち解け、国事を談じて退出した。その足で平四郎の寓居に立ち寄って「まったく先生のお力でござる」と挨拶した。

平四郎もいたく喜んで「誠に昨夜の一会、最初は双方、覚悟のうえであったゆえ、よほど厲しきことになったが、執政衆も大いに感発これあり、初めて国家和楽の春風を生じ、御国へまかりこして以来の労心も昨夜にいたってようやく貫通いたし、本懐このうえなきことでありました」「なお、すべて人心に団結せることはなかなか省吾しがたいのに、実に感心至極でござる」と歎賞し、「彼らも自分勝手があったとはいえ、相当の功績があったことは認めてやらねばならぬ」「彼らが従来の非を悟って真に臣道をつくすうえは君もまた君としての道をつくすべきである」等々、語った。

平四郎が同月十八日付けで嘉悦市太郎にあてた手紙では「執政の面々、大いに開悟にあいなり、東北行き違いもこの節は氷解いたし申すべく、近々、執政・参政・執法、出府にあい極まり申し候」とある。

松平主馬と千本藤左衛門が出府したのは十一月四日だった。

かくて福井藩は、春嶽を頂点とする新たな体制を樹立することになった。翌文久元(一八六一)年一月、新たな人事で中根靱負は側用人に返り咲き、狛山城も家老に復帰した。本多飛騨も遅れて八月に復帰。制産方頭取になっていた三岡八郎の人事は、三月三日、現職のまま奉行役見習となって騒動は決着し、文久改革派が形成された。

さて、家老たちが「春嶽公に申し上げて尊慮をうかがい取る」といった平四郎の「国是三論」とは何か。これは福井へ来て三年近く藩士を指導し、藩政を水戸流の文武節倹策から積極富国策へ転換させる過程で築き上げた国家政策論であった。

三岡らと産物会所創設をめざした体験が、彼の実学をさらに鍛え、荻角兵衛と元田伝之丞に宛てた手紙で「三代（夏・殷・周）秦漢の論（秦漢の私心に落ちず、三代以上をめざさなければいけないという論）は追々、お互いに議論におよび、なおさら真実の工夫にいたり、発明のこともさまざまこれあり」と書いた成果が盛り込まれた。「天・富国論、地・強兵論、人・士道」の三篇よりなり、およそ二万字を費やして、わかりやすく問答形式にした卓見が福井藩の藩是となるのである。

三　国是三論

まず「富国論」は、開国による交易の利害得失から説き起こす。

「鎖国論者によれば、開港の害は六つある。日本から有用の物が出て行き、無用の物が入ってくる。外国に出す物が多ければ国内消費に不足が生じて値段が上がる。利益を得るのはわずかな商人で、被害をこうむるのは全国民だ。金銀は不用で有用の物が減ったことに替らない。すでに交易で物価が高騰し、国民は生活難におちいろうとしている」

しかし、

「鎖国はしみ込んだ習わしになり、その非常に大きな害に誰も気づかない。太平が永く続き、みな贅沢になった。参勤交代はじめ諸用件で金銀の消費は多いが増やす方法はない。人口は増大、面積はかぎられ、生産が消費に追いつかず、困窮に追い込まれる。武士もふくめ遊手徒食の消費者のみ増え、物価が高騰し金銀が不足、四民は困窮する。農工商の三民は勤労しているから暮らしようはあるが、鎖国封建制度のもとで武士は収入が一定し、支出が上回ればお手上げ。大名は民から重税を取りたて、家臣の俸禄を借りあげ、豪農富商から臨時の金を出させ、貧民を絞りあげて急場をしのごうとする。収奪された赤字を埋めようと物価は高騰し、それが武士階級に響き交互の影響は止まらない。上下とも礼節が乱れ栄辱を忘れ、民心は離反し、一揆をおこし、ついには天下の騒乱となることも避けがたい」

では、この窮地を逃れる方法はあるか。

「誰でも考えるのは節倹である。しかし、必要なところを削っては政治の意味がない。しかも贅沢になれて節倹の命令は苛酷な新法と受け取られ、政府と士民は感情的に衝突し、旧来の道徳では治めきれなくなる。世界が自由貿易をしている中で、日本だけが鎖国していれば、必ず外国から武力攻撃を受ける。しかし万事困窮しているから、防備を固め、離反している民を集めて対抗し攘夷の実をあげるのは不可能だ。この窮地が鎖国の害だ」

「封建制のもとで鎖国のもたらす困窮は、何事も一定の桝（ます）の中でまかなわねばならないことからくる。善き政治家は政府が倹約して民の用を足そうとし、善くない政治家は民を虐げ収奪して自分の費用とする。明君も民を虐待しないことで仁政とするまでで、真の仁術をおこなえない。良臣も土地を拓き藩の倉を一杯にするのが務めと心得ているだけで、孟子のいう「民賊（民を賊う者）」を免れない。市場に制限があるので、生産しすぎると滞貨となって値が下がり、あるいは姦商（悪徳商人）の詐欺にかかり大きく価格が下がる。これでは民もばからしくなって努力せず、政府も生産を掌握できない。しかし、こんどは外国と交易の道がひらけている。外国を相手とし、信義を守って貿易をおこない、利益をあげて収入を確保すれば、主君は仁政を施せ、家臣は「民賊」を免れよう。

貿易によって利を得る方法は、これまで商人に売り渡されていた産物を藩が買い上げて藩の倉に集め、買い上げ価格は民に利益があり政府も損のないところにすればよい。福井藩の総生産はおよそ数十万両にものぼるだろうから、その全部を藩で買い上げることはできない。そこで、たとえば福井や三国港などに大問屋を設け、豪農・富商のうちから正直な者を選んで元締とし物産を買い上げるとよい。

商品の生産にたずさわり、増産したい意欲をもちながら、資力がないために意に任せない者が多い。その場合、藩政府は民に資金や穀物を貸し付けて希望どおりにできるようにしてやり、その産物を藩政府に納めさせ、その買い上げ代金の中から貸し付け分を返上させればよい。利息をとらなければ民は非常にたすかり恩恵をこうむるはずである。種子や原料・道具の仕入れや人夫賃・肥料代など、すべて藩より貸し付けて利息を取らなければ、民はお互いに高利の金を借りるという冗費を免れる。藩政府の貸付は元金を失わなければそれでよく、利を取ろうと思ってはならない。藩の利益は外国から取るべきである」

「およそ国を治めるとは民を治めることであり、武士は民を治めるための道具である。もちろん士民ともに孝悌忠信の道を教えるのが政治の本源であるけれども、聖人でさえ富を待って施すべき（衣食足りて礼節を知る）と教えられたくらいであるから、末世の今日においては、なおさら富ますのが先決であろう」

それには財源が必要だが、確保するのにいかなる術があるのか。

「鎖国の昔日にくらべると大いに便宜をえたというべきだ。いまは、民間でどんなにたくさん生産しても、海外に運べば生産過剰で値段が下がることも滞貨の憂いもない。だから、生産にはげませるために民を富まし、その産物の販売を管理して藩を富まし士を富ますべきである。

一例をあげて説明すれば、まず一万両相当の銀札を作って領民に貸し付け養蚕にあたらせ、繭糸（けんし）を藩政府が集めて開港地に持って行き西洋の商人に売れば、およそ一万一千両の正金をえるだろう。こうすれば、紙幣が数カ月を数えることなく正金に換わって非常な利益があるだけでなく一千両の純益がある。藩政府はこの純益を公表して、すべて民の困窮を救うなど福祉的な事業に支出する。また繭糸だけでなく、民間の生産のことごとくにこの方式を適用し、年々正金が入ってくるのをみてさらに紙幣を発行して生産の資金にしていけば、民間の生産も無数に増進し、藩政府にも年々正金が蓄積されていくだろう。

正金が融通自在ならば物価高は憂えることはないし、藩政府が正金の準備をもち、民間に紙幣が流通するというのが上下ともにもっとも便利なのである。藩政府は、その富を多くの民に散じ、困窮孤独の者を救い、刑罰を省き、税のとりたてを減らし、そのうえで孝悌の義（道徳）の教化につとめれば、下の者も仁愛の徳につとめている政府への感謝の念は父母に対するごとくになるだろう。こうなれば教化もいきとどいて、格別の措置をとる必要は何もない。これを日本全体におよぼすこともけっしてむつかしくはない」

だが、天下国家の経綸も、ひたすら交易通商を本とするのなら、すべて西洋風を善として国天下の法則となすのがよいのだろうか。

「通商交易は近年、外国から要求があったため、俗人はそれから始まったように誤解しているが、決してそうではない。外国との通商は、交易の中で大きな比重を占めているが、それだけではない。この道はもともと天地間に固有の法則で「人を治むる者は人に食(やしな)われ、人を食う者は人に治めらる」(『孟子』)というのも交易の道であり、政事も民を養うのが本体であって「六府(りくふ)(日用に役立つ水火金木土穀の資源)」を修め「三事(正徳・利用・厚生)」を治める(『書経』)のはみな交易である。

まず水・火・金・木・土・穀といえば、山川や海に対して地力・人力をくわえて人間の生活に役立てる自然の条理であり、堯舜の天下を治めるのもそれ以上ではなかった。「九川を決(き)り、四海を距(ゆ)き、畎澮(けんかい)を濬(ふかく)し、川を距(へだた)る」のも、「有無を遷(うつ)し居を化す」(いずれも『書経』)というのも、みな水路を開いて舟を通し、民に食物を得させるという交易の政治なのだ。

とりわけ「禹貢(うこう)」の篇にあるように、土地の性質によって金・銀・鉛・鉄を掘り、養蚕染糸などの産業をはじめ、また河海山沢に交通の便を開いて年貢の割り付け制度も定めたのは、大交易の善政であり大手柄であった。「八政」でも食と貨とが先にされ、「九経」でも庶民を子供のようにいつくしんで多くの工人を招くことが説かれている。これらは昔の大聖人が定めた善教仁政であり、万世にわたって永く頼るべき大経大本（大原則）なのだ」

「日本では、中古以来兵乱があいつぐ世となり、王室は衰微し、諸侯は割拠して互いに攻めあい、一般民衆は塵芥（じんかい）のように見捨てられ、夫役や糧食を苛酷にとりたてられてきた。仁政の理念は地を払い（忘れ去られ）、戦争の上手な者が明君、謀略の達人が良臣とみなされる時世となってしまった。

徳川幕府が開かれ平和になってからも、なおその余風が残り、本多佐渡守（正信）をはじめ幕閣の名臣は、みな徳川一家の安定繁栄のために志をつくしたけれども、かつて天下の人民のことを思ったことはない。それ以来現在にいたるまで、明君賢臣と呼ばれた人は多いが、みな先人の方針に従って徳川一家の私事を経営するのみで、諸大名もそれにならって自分の藩の便宜安全ばかりを謀って、隣の藩を敵国とみなしてきた。

そのため、幕府や諸藩で名臣良吏と呼ばれる人材も鎖国の偏見を免れず、一身を君主にささげつくすばかりなので、忠義の度が強ければ強いほど民の幸福をそこない民心の離反を招く。国が治まらないゆえんである。アメリカ使節のペリーが『日本紀行』で、日本を「無政事の国」だと看破したのは実に活眼洞視（かつがんどうし）（よくみている）というべきだ。

いま、忌み嫌われることをかえりみずに論じれば、幕府は当初から諸大名の兵力を削ごうとして、参勤交代を命じたのをはじめ、土木工事の手伝い、日光山・久能山の警固、関所の整備、近年では海岸警備など苛酷な労役を課し、それが民衆の重い負担になっていることをかえりみない。また貨幣をはじめ諸制度も、幕府の権力をふりまわして徳川家に都合のよいように定め、天下を安んじ庶民を子とする政教は少しもない」

「鎖国の制が敷かれ、幕府諸藩が割拠して自分一家の安全だけを考えていたればこそ、幸いにして禍乱敗亡にはいたらなかったけれども、万国の形勢はその間に大きく変わり、政治原則も大いに発展してきた。

アメリカではワシントン以来三大方針を立て、その第一は、天地の間に殺し合いほど悲惨なことはないので、天意にのっとって世界中の戦争を止めさせるのを務めとした。第二は、世界万国から智識を集めて政治や教育を豊かにする。第三は、大統領の権力を世襲ではなくて、賢人を選んでこれに譲り子に伝えない。これによって君臣の関係を廃し、政治は公共和平をもって務めとし、政治法律制度から機械技術にいたるまで地球上の善美と称するものはみな採用し活用するという理想的な政治がおこなわれている。

イギリスでは、民意を尊重する政体で、政府の施策は大小にかかわらず国民にはかり、賛成するところを実施し、反対することは実行しない。開戦講和についても同様だ。それゆえロシアや清朝中国とそれぞれ数年にわたって戦争をし、死傷多数、多額の経費を要しても、だれ一人として怨むものはない。

ロシアその他の国々でも、多くは文武の学校はもちろん、病院・幼児院・聾唖(ろうあ)院などを設け、政治・教育はすべて倫理道徳によって民衆のためにおこなわれ、ほとんど古代中国の三代の理想政治に符合するにいたっている。

このようにすぐれた政治をおこなっている西洋諸国が日本にやってきて、公共の道をもって日本を説き鎖国の方針を改めさせようとした。日本がなおも鎖国の旧方針を固守しつづけ、徳川一家のための幕府政治や、各大名一家のための藩政治をおこない、交易の理を知りえないのは愚行というほかはない。これは中国の場合を考えれば明瞭である」

そして「強兵論」である。まず伝統的な刀や槍の短兵接戦と西洋式の銃陣の優劣利害については、「昔のように日本国内だけのことであれば、どちらでもよかろう。しかし、いまのように航海が発達し、海外の諸国を相手としなければならない時勢では、孤島の日本を守るに海軍よりすぐれたものはない」として、あらまし次のように説明する。

「大国の中国は、自尊傲慢のため兵力が衰弱して諸州の国々から凌辱を受けるようになってしまった。ヨーロッパ州はアジアに比べれば非常に小さく、産物も不足して航海にたよらなければならない。なかでもイギリスは孤島で海にかこまれ、航海に最も積極的で植民地の獲得と拡大につとめている。インドは土地の肥沃・物産の豊穣が他国にはるかにすぐれているので、イギリスは王を追って南・東・中の三地方を領土とし、西部と北部に王がいるだけだ。イギリスは世界に冠たる強国として三十五の植民地をもち、世界総人口の五分の一をかかえて強大無比と称しているが、その強大さの基盤はインドの富庫である。

ロシアは世界に冠たる強大国だが、港は少なく遠方への航海や植民地経営は不利である。そこでインド洋に進出しようとして英国とアフガニスタンを争い、数年にわたって戦い続けている。近年はトルコを攻略して地中海から大西洋に出る航路を開こうとしたが、英仏がトルコを助けてロシアと対立。戦争は数年にわたり、死傷者は数十万にのぼったが、ロシアの軍鑑が地中海に出ないことを条件に講和が成立した。しかしロシアは大志（南下計画）をあきらめず、インド各地の王をけしかけて反乱を起こさせ、英国領を掠略しようと謀った。清朝中国とも条約を結んで黒竜江地方を借り、ウラジオストック港を開き、日本海に出る航路を確保して南進の宿願をとげようとしている。

ロシアは日本と親しい交わりを求めているが、それはこのような意図があると知るべきである。ウラジオストックが繁栄すれば、諸国の船が日本海に集まり、英・ロの戦争も数年のうちに日本海上で起こるかもしれない。日本の出方は二国の勝敗に大きく関係する。当然、両国とも日本を取ろうとするから、日本の危機はもっともはなはだしいというべきである。

今年、英・仏は大挙して清朝中国を討ち、天津を陥落させて北京に迫った。ロシアは、この争いを傍観して一虎がたおれるのを待つに似ている。ロシアが中国を自由にするようなことがあれば、手のつけられないほど強大になるにちがいなく、英国が恐れているのも無理はない。海外の形勢は、このように各国とも日進月歩の勢いで隆盛にむかっているのに、日本だけが太平をたのしみ、役にも立たぬ兵隊に児戯（じぎ）にひとしい訓練をやらせていても、何の効果があろうか。海軍を強大にするほか策はない」

「日本はアジア州に属する東海中の孤島であって、イギリスに似ている。日本の周辺は荒海で台風、暴風の恐れがあり航海はきわめて困難で、国がはじまって以来、外国のあなどりを受けたことがないが、外国の形勢は大いに変わり、特に火輪船（蒸気船）が発明されてからは、千万里もまた隣り合わせのようなものだ。もはや天然の険しい砦も頼みにならないから、日本だけが独立鎖国できるはずがない。

日本も少しは海外の事情がわかるようになったはずなのに、なお旧見に固執して短兵陸戦を本邦の長所と頼み、あるいは、にわかに西洋銃陣をとりいれて侮りを防ごうとするのは実に憐れむべき陋習である。陸軍をもって外国の海軍を待つのは、船に乗って陸上で戦うようなものだ。相手は進退自在で手出しができない。敵が二、三艘の軍艦で近海をうろつくだけで、沿岸の全部を警備しなければならず、疲れ果てて戦わずして敗れてしまうだろう。敵艦が日本の海運を妨げれば、物資流通はとだえて生活困難になり、江戸などは数日のうちに飢餓状態になるだろう」

「日本は地球の中央に位置して海の便は四通八達し、英国に勝ることは万々である。だから、幕府がもし維新の令を下し、わが国固有の鋭勇を鼓舞し、全国の人心を団結させ、軍制を定めて威令を明らかにすれば、外国は恐れるに足らないのみならず、逆に機会を見て海外諸国に渡航遠征し、わが義勇でもって海外諸国の争いを仲裁してやれば、数年もたたないうちに諸外国のほうから日本の仁義の風を仰ぐようになるだろう」

海軍を一藩で実施するにはどうすればいいか。

「幕府の命令によらず、一藩かぎりでは、とても海軍と称するほどのものはできまい。しかし、まず武士のうち当主はもちろん、部屋住みのものも航海の志あるものには、その才能に応じて月俸を与え海岸に居住させ、はじめは漁船で漁業をさせ、商船に乗り組んで他領に航海するなどして風波に馴れさせ、藩政府は洋式船を二、三隻建造し〈軍艦製造を志すものは、この役にあたらせるとよい〉、惣督（船長）の人材を選んで一緒に乗り組ませ、金を二、三千両も与えて収支を問わず、船中の合議によって交易、捕鯨など好きなことにあたらせる。

利益があがれば乗組員全員にわけてやり、元金は再度の仕事の資金とする。利益があがることに進むのが人情の常だから、困窮な武士たちも大いに喜んで航海術をきわめ、その業を楽しむようになるだろう。そこで、人々の好みによって測量術などを学ばせて実地にためさせ、常に他国に往来して見聞を広め、心をゆったりもって、また台風などにあって全船心力をあわせて危機を脱するなどの習練を積み、勇気に満ちあふれて海を見ても平地と変わらない境地にいたれば、幕府の新令が出た場合すぐに海軍の用に立つであろう」

海軍が強兵だというのはどういうわけか。

「武士道を究めさせるのが強兵とする最良の道だが、武士の心胆を練磨するには海軍にまさる手段はない。人は必死の状況にあえば、必ず心が決する。古の兵法家は、船を沈め背水の陣を敷いた。いま、数百年の太平に慣れた弱兵に、いたずらに隊伍を整えさせる訓練をしても、実戦になれば畏怖狼狽してしまうだろう。そのうえ海陸の接戦では主導権は海軍がにぎる。しかも軍艦自体が必死の地だから士卒は一体となって戦うわけである。

孫子も「兵士は甚だしく陥れば則ち懼れず、往く所なくば則ち固く、深く入れば則ち拘し、已むを得ざれば則ち闘う」と書いているではないか。利器は時勢とともに変革せざるをえない。いまは海軍を先としなければならない時勢のみならず、弱兵を強兵につくりかえるのも海軍が最適なのだ。幕府が海外渡航の禁をゆるめる時をまって、列藩に先立ち速やかに交易通商に託して海外諸国に航海し、諸国の情勢を観察し、時には実際の戦争をも体験すれば、精神はおのずからわきあがって太平の習気を脱することができよう。これが強兵は海軍にかぎるという理由である。軍艦の製造法や海戦戦術などは、幕府の命令を待って研究すればよかろう」

そして「士道」論が展開される。

「文武は武士の職分であり、治者の要領であることは誰でも知っている。しかし、いま文を修めるとは、経書・史書に通じ古今にわたる芸で多くは空理空論、博識に流れ、はなはだしい場合には文章語句の暗唱暗記にとどまる。また武は馬術や撃剣で、いたずらに意味を談じ高妙を説き、刺撃猛烈を尚び、勝敗を競うにいたる。そこで、学者は武人が粗暴野蛮で日常の役に立たないと軽蔑し、武人は学者が高慢柔弱で非常時に堪えないと嘲笑する。治者の道の文と武がかえって争いの原因となっているのが日本国中の通弊で、これは文武両道の根本が明らかでないところからきている。

文武が古記録に現われるのは、『書経』の「大禹謨」篇で、舜の徳をたたえて「乃聖、乃神、乃武、乃文」とある。これが真の武、真の文である。当時は読むべき典故(古い例)や習うべき武技があるはずもなく、ただ聖人の徳がおのずと外に現われたさまを指し、その仁義剛柔の様子を形容して文武といったのだ。

これは徳性に関することで技術ではない。後世、文武を二つに分けて並立させるようにしたのは古意に反する」

「日本の中世争乱の時代でも、有識の武将は、権謀・智術・剛勇だけでは衆を服し国を治めることができないのを悟り、弓矢や弾丸が雨あられと飛来するなかで心を治め胆を練り、反省につとめて、おのれを修め人を治める方法を工夫自得した。武道であって武術ではない。いまの武術は上泉氏（新陰流祖・上泉信綱）をはじめ刀・槍その他武技にすぐれた人たちが流祖となって、実戦に擬して技術を伝え、心を鍛錬して生死の外に置くことを教えた。武士は実戦の時代ではなくなったので、師を求めて学ぶほかはなかったが、当時は、教えるものも学ぶものも、心法を先とし技芸を後としたから、技術に長じたものは必ず政治を担当できるだけの心がまえが身についていた。

その後、太平の世が続き、武人の多くは小手先の技芸の熟練のみ心掛け、術の精妙を得ることを終身の務めとし、文字を知らず、文章の拙劣を恥とせず、ただ剣をもって敵に勝つことが君恩に報ずる道だと考え、そのあげく汚れてしまって、数家の免許状を得て名声をあげ、就職の手段とするまでなってきたのは、痛歎のきわみというべきだ」

「元来、武は士道の本体であるから、武士であると心得ているものは武士道を知るために綱常（道徳規範）に従って君父に仕え朋友と交わり、家を斉え国を治める道を講究しなければならない。その本意をつかんだつもりでも実際に適用して効果がなければ、政治に役立たないと反省し、精励刻苦、心法を練って一撃死生を決する武技の修業でおのれを磨きあげ、たとえ天地がひっくりかえっても心は静かに定まって士道に従って誤りのないことを欲している。

そのためには道理を聖人の経書に求め、また治乱の歴史を史伝でしらべなければならない。武の文たるゆえんである。このような考え方で進めば、人に道を強制しなくても自分で道を信じるようになるのだから、本来の武道の講習に力をつくせば、学校などなくても、文武ともに行われることを知るべきである」

「三代の学校は、『大学』の序にもあるように、掃除や人の応対からはじめておのれを修め人を治めるの道を教えるわけで、その人固有の徳性にもとづいて人たるの職分をつくさせようとするだけで強制しなかった。

ところが、いまの学校は、経書・史書を暗唱させ講義し、武術を練習させて鍛錬し、規則や制度を設け、藩士の子弟に強制している。学校という名前は三代と同じだけれども、教えるところは天地の差がある。いまの学校の治教には益がない。およそ人と生まれては必ず父母があり、武士となれば必ず主君がある。君父につかえて忠孝をつくすのは人の人たる道であると知るのは固有の天性で、教えられて知るものではない。忠孝の道をつくそうと思い、徳性にもとづき条理を求め、道を体得した人について正しく導くのが文の道であり、その心を治め胆を練り、その成果を武技や政治でためしてみるのが武の道である。

そういうと、いまのありさまと異ならないようだが、術にすがって心を治めるのと、心を術でためすのとは本末の差異がある。武技によって身体を強くするという考えもよくない。身体を強くしたければ漁師、樵夫、農夫が一番だ。かれらが暑さ寒さに耐えて労役する力は、とても武士のおよぶところではない。かれらの中から特に強壮なものを選んで三、四カ月も武技を訓練して敵にあたらせれば、おそらく武士よりも勝っている。ただ強壮になりたいだけなら山野に狩をし海川に猟し、身体を雨露霜雪にさらして動きまわるほうが、武道場でちょっとやる修業よりはるかに勝っていよう。かりに武技によって農樵夫におとらないほど強健になっても、武士たるの道をわきまえていなければ農樵夫と同じ、いや、農樵夫は勤労によって生産し上に立つものを養っているのだから、武士でありながら武道をわきまえず下を治める職分もつくさないものは武士の名にあたいしない」

「治教の方法は三代の教えにのっとるべきだ。

三代では、大聖人が上におり大賢人が下にいて教えを実行したので、学校もその治道の補助となって人材を出した。君臣ともに文武の道を二つに分けてはならないことを自覚し、君主は慈愛・恭倹・公明・正大の心をもち、古聖賢の言葉に照らして検証し、武道によってその心を練り、人の性情にもとづいて人の守るべき道により、至誠と惻怛（いたみかなしむ）の心をもって臣を率い、民衆を治める。

執政大夫（宰相）は君主の心を体して憂国愛君の誠を立て、傲りをいましめて節倹の徳を修め、みずからの心を苦しめ身体を労し、艱難に屈せず危険を恐れず、全力をつくし真心をこめ、身をもって衆に先立ち、坦懐無我（わだかまりなく己をむなしくして）、意見を容れ、諸役人とはかって君主の盛意（立派な意図）を実現するよう努力し、善は誉め不能なものは教育するようにしなければならない。

諸役人も主君や宰相の意をうけて、あえて自分勝手の意見をはさまず、忠誠無二、勤勉にその職分をつくし、廉介（いさぎよく）正直に士道をもって部下たちを督励して公に奉じ下を治めなければならない。文武の師範には諭して陋習を去って、主君や宰相にならい真の文や真の武を門人たちに教え、政治を助けるよう誨える。

こうすれば、文武の教えが政治組織によって実行され、学校の任務もその中で実現されるから、臣下の武士・諸役人が士道をつくそうとするのは自然の勢いである。人々が主君宰相の心を体するようになれば、経書・史書を読み刀槍の練習をするのも、みな淵源が先にあるわけだから空論や武技偏重に流れる心配はなく、ことごとく効果を現わすにちがいない。これこそ本当の文武の治教であって、風俗は淳厚質実となり、人材もまたこれより出ることに何の疑いもない」

四　春嶽対面

福井藩を騒がせた松平春嶽と国許家老との確執、いわゆる「東北行き違い」は、万延元（一八六〇）年十月十五日、平四郎のはたらきによって解決をみた。

十一月四日には家老の松平主馬と目付の千本藤左衛門が、これまでの事情を春嶽に説明しようと出府して、万事うまく治まり、嬉々安堵して十二月二十五日に帰国した。

前述したように、人事面で騒動が決着するのは翌年（二月十九日より文久）一月からで、中根靱負（雪江）が側用人に返り咲き、狛山城も家老に復帰、本多飛騨の家老復帰は八月である。三岡石五郎（八郎・由利公正）は三月三日、制産方頭取のまま奉行役見習になった。

平四郎は、正月四日、荻角兵衛と元田伝之丞に手紙で、

「執政一人、目付一人、江戸へ出府、中将公（春嶽）に積年以来、君臣否塞の次第を言上におよび、臣は君にお断りを申し上げ、君は臣に過ちを謝せられ、自然に良心の礼譲（礼をつくしてへりくだること）感発いたし、靄然（なごやか）たる春風、窮陰（十二月）積雪の中に発動いたし」両人が帰国した、この事情が自然と国中に風動して、かの俗論なども何となく消融した、と報告している。

『国是三論』の政策により藩が「第一大問屋（のち産物会所）」という役所を設立したことを知らせたのも、この手紙だ。

平四郎の説明によれば、

「（この問屋は）何の品によらず民間の職業の物を買い上げる。その役人は官府では町奉行、勘定奉行、郡奉行で、制産方は当時、もっぱら三岡石五郎が主としてとりはからう。その下役を本じめ役という。これは国中の町・在（地方＝いなか）の豪家の者に申しつけ、（当時は十人で、おいおい増員のはず）、この下に町・在でしかるべき人物を撰び、五十人ばかりをつけて領内をまわり、職業の品を買い、あるいはその本（元手）入れなどの世話をさせる。買い入れた品は諸方でさばくのが大切で、これまた右の役人から国々にも出して取り計らう」

「この問屋が出来たので、市・在一統がはなはだ励みたち、年の明け暮れは品物が莫大になって勢いが非常によろしい。本じめ役などは日夜、問屋に出勤し、官府の役人と討論講習し、自分の家のことは忘却する勢いだ。ひっきょう、人心の向背（なりゆき）は上の心の公私である。これまでは天下

列藩すべて政事は官府四、五人で取り計らい、いささかも衆の言を用いなかったから、下情に暗いのみならず、まず我私心でいっさい下情を拒絶したので、誠に無理不都合な政事の押しつけのみになり、決して治平をなしえなかったゆえんである。

これこそ天下鎖国の私見、誠に道を知らないことはなはだしいというべきだ。しかし、この問屋ひとつで上下一致し、初めて上の仁心が下に通じ、下の良心が上に通じ、これまで収斂（しゅうれん）（収穫・徴税）などの旧習も一時に消融し、ただただ上よりは下の富を楽しみ、下の貧を憂える元来の心となって、下はまたこれまで疑惑・不信の心が解けて上を信じる本心となった。もとよりこの一事で政事がすむのでは勿論なく、これより郡政をはじめ家中の仕置き・強兵の手段など漸々（徐々に）立てることである。しかしながら、これらの政事も末のことだ。その根本は初めにも申した通り、この学の一字、三代以上の心取が第一のことで、これまた申すにはおよばない」

「総じて弊害というのは大抵、法度政令の問題ではなくて、上の心の〝私〟が、たちまち下の心を塞（ふさ）ぐもので、法度政令がいかによろしくとも、下では用いないようになる。だから三代の際より一歩も下がってはいけない。孔子は堯舜を祖述、文武（周の文王と武王）を建章し、天地の時に随（したが）った。孟子も孔子に私淑し、孔子が学んだ通りに学んだ。程朱も同じだ。しかるに孔孟程朱を学ぶといえば孔孟程朱の言行の跡をしらべて、これが道だとか、これが学だとか、心得るのは、孔孟程朱の奴隷というもので、唐も日本も同じく一般の学者の痼疾（こしつ）（ながわずらい・持病）であって、ついに一人の真才もいないゆえんを悲しむべきである」

いまや平四郎は、「孔孟程朱の奴隷」を離れ、天理天命のもと、自分の判断で問題に対応している自信がある。すなわち、

「小拙（私）、平生学ぶところ信ずるところ、この藩にて、いささか行ったのは前に述べた通りで、三年の今日にいたって、この道いささか一藩に行われることになり、いよいよます、この学の真切なる、堯舜の盛大なる、天地のあいだ、この道を知らないのは決して家国を治めることができない実症を合点した」

なお、この手紙で、平四郎は「中将様（春嶽）が（私に）ぜひお逢いなされたく思し召して、江戸へ出府することを、去月（十二月）初めに頼み入れられ、近々、熊本藩に申し込むことになるので、さし支えなければ出府する」可能性のあることを知らせた。

春嶽は、賓師（ひんし）として迎えた平四郎に会いたいと願いながら、諸般の事情でかなわなかったが、今般、東北行き違いを解決した功労もあるうえに、『国是三論』を読んで感服して、どうしても直に話したくなったのである。

平四郎、いや、これからは「小楠」と呼ぶべきであろう。万延元年半ばから、彼は書簡の署名に「小楠」と記すようになる。自他ともに認める号となったのである。

さて、その小楠の出府の件は、前年十二月四日、在府の福井藩側用人秋田弾正が使者となり、熊本藩邸に家老の小笠原備前をたずね、細川越中守（慶順（よしくに）＝韶邦（よしくに））へ口上書をもって申し入れた。

「横井平四郎が福井に来て、おいおい学問所は具合がよくなり、ご大慶に思っておられよう。しか

るに一昨年、不慮のお代替りで越前守（松平茂昭）様が初入国され、平四郎の会読があってうまくいっていたが、来春には参府になり、平四郎も帰省したいと申し出ており、はなはだ残念なので、越前守の参府のころに江戸表に召して今しばらく修業できたら、いよいよ都合がよろしいと思われ、勝手ながら越中守様へお頼みするよう、私が罷り出て委細を申しあげるように仰せつけられた。かつ平四郎の起用は春嶽様が隠居前に頼まれたのに、いまだに逢われたことがなく、出府させるのが好都合と思われているので、なにとぞ、そのようにお頼みしたい」

これを受けて小笠原備前は、「平四郎のことは例の癖もこれあり、長滞留はよろしくないと思うが、別段の頼談につき、この節までは相談に応じられるべきだろうか」と国許へ申し送った。

熊本藩政庁は、正月十五日に回答した。

「平四郎儀、長滞留はあまり好ましからざることであるが、別段のご頼談、この節まではお断りもできない」

小楠に対する不信は根深いものがあるが、出府は許可され、文久元年三月二十四日、萩原金兵衛を供に福井をたち、東海道へ出て名古屋の横井家に立ち寄り、四月半ばに江戸に到着、霊岸島の中屋敷でやっと春嶽と対面できた。

春嶽の小楠にたいする思い入れは格別で、「紀の海の　鯛引きあみの一目だに　はやくも見まくほしき君かな」なる歌まで贈ったほどだから、君主らしく抑制した応対のなかにも、その喜悦ぶりは判然として、近臣たちには微笑ましく感じられた。

到着して間もない四月十九日、小楠は当時、熊本藩から浦賀領地に赴任していた親戚の横井牛右衛門に手紙を書いた。

「小弟（私）も到着以来、誠に寸暇なく、とかくの用事に取り紛れ、外出もむずかしく、龍ノ口（熊本藩邸）に一度、浅草辺まで昼後、閑歩したまでで、どこへも参りませんでした。当方の次第は、福井表もしごく好都合、上下一統一致、国是も採用されて、何の異議もありません。

中将様へは日夜、罷り出て、さまざまなお咄し合いの中、もっとも学術の要領至極にご了解なされ、御父子（春嶽・茂昭）様ならびに執政ご一座のお咄し合いも、すでに四度におよび、九ツ（正午）ごろより暮れにいり、父子君臣、誠に家人の寄り合いのごとくで面白いなりゆきです。小拙（私）へは、あまりにお手厚きおあしらいで、御父子様ともに次の間までご送迎あり、かつ私の足の痛みもご承知で、茵（しとね）（敷物）を敷くように仰せられ、ひとえにお断り申しましたが、お聞きいれにならず、ご自分が立たれたままなので、いたし方なくその通りにしました。誠に心痛のことどもです」

中根靭負は、こう書いている。

「（春嶽公は）横井平四郎、ご招待にて、経義および心法、経済の学をご講習なされ（中略）（平四郎）卓絶の学識ありて古人の糟粕（そうはく）（書物にある古人の用いつくした聖人の言葉のかす）を嘗（な）めず、警惺（けいせい）議論ごとに人の意表に出（い）ず。公にもかねてご景慕をなされしことゆえ、すべて師賓の礼をもってご待接あり」

江戸へ出た小楠の関心事は、まず水戸藩の動向である。

尊攘派の象徴であった徳川斉昭は、前年の八月十五日に六十一歳で世を去っている。とりわけ藩内抗争が激しかった同藩では、朝廷から水戸藩への勅諚降下の混乱のなかで、斉昭を神格化する党派と反対派の抗争が続いたが、小楠は前掲した牛右衛門への手紙で、水戸浪士の一件が武田伊賀の再登用で鎮静化しつつあり、幕府の警戒も遠からず解けていくだろうと観測した。

しかし、水戸浪士は五月二十八日には高輪東禅寺の英公使館を襲撃し、館員を負傷させた。第一次東禅寺事件だ。

もうひとつ問題が起きた。二月三日にロシア艦ポナドニックが対馬に来泊し、占領をもくろんで四月二日に島民と衝突した事件だ。小楠は六月十六日付けで熊本の門生に書いている。

「しかし、列藩中で水戸に同意は、薩州・長州などの少々の馬鹿ものどもで、一体は水戸を是といたす勢いが絶え、ただただ夷人館等の警衛に困窮しているまでで、禍乱となる勢いはない。

対州（対馬）一条、この節は治まると申すべく、しかるところ、これは独り日本の大患と申すだけでなく、世界の大患ともなると申すべきであろう。魯（ロシア）・英の勢力は並び立たず、ついには乱となるというべきだ。魯はすでに黒竜口（沿海州）を取り、しきりに軍艦等の設置を盛んにしているが、黒竜口は九月になると海水が凍り、航海ができず、三月より九月までの海路だから、対馬を手にいれなければ無益である。対馬は朝鮮と五島の中間にあり、唐土・印度等アジア州に出る門関で、この島を英・仏等に取られては、魯はまったく封印されていささかの働きもできない。英・仏からは魯より先に借用申しいれがあったが断った。こういう次第で、魯は必死なのだ。魯と英の戦争がここより始まるかどうかは何ともいいがたく、深く恐るべきは対馬の一条である」

小楠は二十年前の出府で知った川路聖謨らとの旧交も温め、新たな交際範囲も増えた。多忙を極めながらも、人物を求める好奇心は強い。

注目されるのは、勝麟太郎（海舟）と大久保忠寛（一翁）である。のちに徳川幕府の幕引きをしたふたりと小楠は親交を深めた。

この年、勝は三十九歳。前年、日米修好通商条約の批准使節に咸臨丸の艦長として随行し、サンフランシスコを実地に見る貴重な経験をしたが、五月に帰国し翌月には軍艦操練所教授方頭取から蕃書調所頭取助に異動させられた。旗本の格式は小十人から天守番頭格に上がったが、実質的には妹婿の佐久間象山が指摘したように、海軍から追い出された左遷人事だ。うるさいことをいうから嫌われたのである。

勝は、安政三年から五年まで長崎海軍伝習の任にあり、同四年に福井藩の村田氏寿が小楠招聘のため沼山津を訪れた際、長崎に寄って勝と会い、「肥後の横井平四郎という人は、当今の天下第一流でありましょう」と話して関心をもった。小楠も勝の存在に注目していた。しかし、直接、会ったのはこの年である。小楠は、アメリカまで行った勝に多くの知識を求めている。

「ご多忙のところ、勝手に押しかけてきて、あいすまぬことです」

小楠がいうと、

「いや、なに、閑職ですよ」

勝は笑いながら、小楠をみた。

目の前にいるのは、およそ平凡な中年の男である。服装も黒縮緬の給羽織に平袴をはいて、〈ちょっと見には、まるで大名家のお留守居役のようだな〉、多少の意外感があって、そう思った。

〈佐久間象山とは、まるっきり違うな〉

勝は義弟のことを思った。

〈あいつときたら、顔つきがまず一種奇妙、緞子の羽織に古代様の袴をはいて、いかにもおれは天下の師だ、というように厳然と構えこんでいる。覇気の強い男で、漢学者がくれば洋学をもって威しつけ、洋学者がくれば漢学をもって威す。書生がたずねてくれば、すぐ叱りとばし、どうにも始末が悪い。うわさにきく横井小楠も、そんな男かと思うたが、なかなか老生円熟した人物ではないか〉

小楠も若いころは、人を人とも思わないところがあって、傲岸不遜、ことに俗物どもにはずいぶん嫌われたものだが、いろいろ苦労したせいか、ずいぶん穏やかになってきた。けれん、はったりの類はとくに嫌うところである。

勝は話をつづけた。

「咸臨丸で帰朝したときに、さあ、海軍でやるぞ、と思ったんですがね。そんなとき、ご老中が、そちは一種の眼光をそなえた人物だから、さだめて異国に渡り、何か眼をつけたであろう、くわしく言上せよ、なんていうもんですから、人間のすることは古今東西同じもんで、アメリカとて別に変わったことはありません、と申し上げたもんです。するってえと、ご老中は、さようではあるまい、何か変わったことがあるだろうと、しつっこい。面倒になって、アメリカでは、官でも民でも、およそ人の上に立つものは、皆その地位相応に利口でございます、この点ばかりは、まったくわが国と反対のように思いまする、といったら、ご老中が、この無礼者、控えおろう、とね。で、たちまち首が飛んだってわけでござんすよ」

「ワハハハハ、これは痛快！　痛快！　さても、さても、わが国のご政道にある士たるものの質の低さには呆れますな。そもそも治教がなっておらぬ」

小楠は、勝という男が好きになった。弁舌に拍車がかかった。

「すべて三代がお手本でござる。人君は慈愛・恭倹・公明・正大の心をもち、その心を古聖賢の言葉に照らして質し、武道によってその心を鍛練し、人の性情にもとづいて忠孝をはじめとする聖道を教え、至誠の心をもって臣僚を率い、あわれみの心をもって民を治める。執政大夫たるものは、この人君の心を体して憂国愛君の誠を立て、驕傲の私心に克ち、節倹の徳を修め、みずからの心志を苦しめ身体を労し、艱難に屈せず危険を恐れず、士道の要領に従って衆の先頭に立って全力をつくし、また人の意見をよく受け入れ、諸有司（役人）とはかって人君の立派な意図を実現するよう努力し、善くできるものは誉め、不出来のものはさらに教育しなければいけません。諸有司もまた人君や宰相の意をよくくみとって、自分勝手の念をはさまず、ひたすら忠誠無二に、士道によって廉介正直にその職分をつくし、その部下たちを奨励して公に奉じ、下を治めなければなりません」

決して象山のように議論を吹っかけるという野暮な感じはないが、朗々たる声音で諄々と話し出した内容は、やけに格調が高い。

小楠の高説はとまらなくなった。

〈どこまで行くのかな〉

勝は感嘆しつつ、その意気に呑まれながら、やっと話を引きとった。

「アメリカでは士農工商の差別なく、売買交易をことととして、士というのは、いわゆるビュルゲル（バーガー＝市民）、すなわち士にして農商をかねた者で、自分が官途にあって財をなすことができなければ、その子弟に商売交易をさせます。財産の少ない者は数人で連合して、一店あるいは二店を設け、倍利配分するのを事としています。また致仕隠遁すれば、高官でもまた商売に戻っていいのです。生業があって官になれるのは、日本の郷士に似ていますが、あちらでは高官になれますから、根本から違いますねえ」。

小楠はいった。

「武士は民を治めるための道具でなければ」

「まさしく」

「そもそも徳川幕府が、よろしくない。天下庶民のための政事ではない。徳川家のための〝私〟の政事にすぎませんぞ」

「先生もいわれますなあ」

「いや、なにしろ、この酒がうますぎてな、舌が軽はずみになってしもうたわい」

小楠はカラカラと笑った。

「先生、もう一献」

注ぎながら勝も一緒になって大笑いした。小楠の話は続く。

「時に、対州の一件、さても懸念さるることで」

「さよう、それがしも、たいそう心配しております」

勝はその後、神戸海軍操練所設立運営の方針として、朝鮮と同盟し対馬を守ることを緊急の課題にした。

後年、勝の『氷川清話』の有名な回想では、

「おれは、今までに天下で恐ろしいものを二人みた。それは横井小楠と西郷南洲だ。横井は、西洋のことも別にたくさんは知らず、おれが教えてやったくらいだが、その思想の高調子なことは、おれなどは、とてもはしごを掛けても、およばぬと思ったことがしばしばあったよ。おれはひそかに思ったのさ。横井は、自分に仕事をする人ではないけれど、もし横井の言を用いる人が世の中にあったら、それこそ由々しい大事だと思ったのさ。

その後、西郷と面会したら、その意見や議論は、むしろおれの方がまさるほどだったけれども、いわゆる天下の大事を負担するものは、はたして西郷ではあるまいかと、またひそかに恐れたよ。

そこでおれは幕府の閣老に向かって、『天下にこの二人があるから、その行く末に注意なされ』と進言しておいたところが、その後、閣老はおれに、『その方の眼鏡もだいぶ間違った。横井はなにか

の申し分で蟄居（ちっきょ）を申しつけられ、また西郷は、ようやくご用人の職であった。家老などという重い身分でないから、とても何事もできまい』といった。けれどもおれはなお、横井の思想を、西郷の手で行われたら、もはやそれまでだと心配していたのに、はたして西郷は出て来たわい」

そういうことをいわしめた交流のはじめであった。

そして、勝は大久保忠寛を紹介した。

貧乏御家人の息子の勝と違い、直参旗本五百石で小納戸、小姓組番頭格、西丸留守居などを務めた大久保忠向（ただひさ）の一子だ。忠向は性剛直にして義気が強く、弓術に秀で武士のお手本のような人物だった。その気骨を受け継いだ忠寛は、この年、四十五歳。

将軍家斉の小納戸をふりだしに小姓、家慶の小姓、徒頭（かちがしら）、目付・海防掛（かいぼうがかり）、蕃書調所総裁兼務を歴任するが、長崎奉行の発令を辞退して左遷され駿府奉行となった。安政の大獄前夜、骨っぽさを買われて、井伊大老派から京都禁裏付に登用、さらに京都町奉行に栄進した。

しかし、ここでつまずいた。大久保は薩摩藩士の日下部伊三次と親しかったが、大獄の直接のきっかけとなった水戸藩への密勅降下のとき、日下部は水戸藩の京都留守居鵜飼吉左衛門から勅諚の写しを託され、この一件が問題となった。また、奉行所与力の風紀問題に手をつけて、井伊大老の懐刀であった長野主膳や島田左近と対立したことなどから、在任四カ月で排斥され、西丸留守居に飛ばされ、寄合に追われていた。文久元年八月に蕃書調所勤務に復活する直前で、さらに時局が緊迫する中で、外国奉行、大目付兼務と登用されていく。

海舟の大久保評に「性、直諒方正、ややもすれば厳格に失し、往々群小のために忌まれ、永く一職を奉ずる能わず。また倹勤みずから奉じ、閑室（閑職）にあるもさらに惰容（なまけてだらしない姿）なし」とあり、咸臨丸で勝と同行した軍艦奉行の木村摂津守（芥舟）も「人となり峻厳忠摯、およそ事に臨んで侃々、毫も屈従するところなし」と評しているが、略歴をみれば端的にその人物があらわれている。

さて勝と大久保の関係である。

勝は嘉永六年のペリー来航で幕府が広く意見をもとめたとき、無役の小普請ながら、『海防意見書』を提出して注目された。大久保は嘉永七年（十一月二十七日より安政元年）五月に目付・海防掛となって、勝をよんで面談した。それ以来、親交が生まれた。

翌二年一月に勝は、下田取締掛手付として蘭書翻訳をすることになり、同月十九日に幕府の大坂・伊勢方面見分で、勘定奉行の石河政平や目付の大久保に随行した。そして七月には長崎で蒸気船運用伝習をするよう命じられた。安政六年まで長崎にいた勝は、中央の抗争に巻き込まれず、咸臨丸に乗って渡米できたのだ。

小楠は大久保に会って、〈これは傑物！〉たちまち好きになった。大久保もまた小楠を「先生」と呼んだ。

五　榜示犯禁

帰郷の念は、ますます募った。

一時も手元から離したくないふうの春嶽にはいいにくかったが、

「沼山津に帰らせていただきたい」

と願い出ると許可が出て、八月十五日にひとまず福井に戻ることが決まった。

春嶽は別れにさいして、伝来の名刀、鞍鐙、紋付時服を贈り、藩主茂昭からは時服上下、春嶽夫人よりは袴などが贈られた。名刀は結城秀康が越前に入部したとき、家老の氷見右衛門尉が加増のお礼に献上し、その後、松平忠昌が差料にして相伝されていたものである。

小楠は勝麟太郎へ十四日付けで手紙を送った。

「来る二十日に、いよいよ出発の予定で、取り込んでいてご無礼を申し上げています。一昨々日にはふと昼から閑になって、前からの約束もあったので、卒然と大久保忠寛様に会いに行って寛いで話し合いをしました。もはや一夕も閑がないので困っておりますが、朝のうちなら何とか時間がとれますので、ぜひおいとまごいにうかがいたく、十七、八日のうち五つ（午前八時）ごろまでに参ることができると思います。なにぶんご在宅なされますようお頼み申し上げます。亜（アメリカ）よりお持ち越しの小刀を拝領し、ご厚情浅からずかたじけなく、長く重宝にいたします」

しかし、追って十七日には、「風邪をひいてしまって、うかがえない」と断りの手紙を出している。

福井への出発が二十日になったのは、春嶽がこう頼んだからである。

「先生は、写真術なるものはご存知でしょう」

「撮られたことはありませんが」

「先生としばらくお会いできないのは淋しい。よって先生のお写真を先生と思い、そばに置いておきたいのです」

たっての願いで、写真を撮ることになった。

春嶽は十九日、霊岸島の藩邸に写真師の鵜飼玉川（ぎょくせん）を呼んで肖像写真を撮影させた。鵜飼は本名を遠藤幾之助（三次）といい、横浜でアメリカ人のオリン・フリーマンに写真術を学んで同年、江戸薬研堀（やげんほり）に日本で初めて写真館を開いた。翌年になって上野彦馬と下岡蓮杖が開業している。

出来上がった写真をしげしげと見た小楠が、ポツリ「オコゼ……かの？」とつぶやいた。そばにいた萩原金兵衛が思わず吹き出しそうになった。懸命に笑いをこらえている。小楠がいぶかしげにみると、「あ、イヤ、その、先生はまさしく、その、か、兜のようなお顔でござります」といって平伏した。

「うまいことをいいおる」

小楠は破顔一笑した。いまに残る一枚の肖像写真である。

さて、小楠が福井に到着して間もない九月四日、春嶽と茂昭は側用人の酒井十之丞を肥後藩の小笠原備前につかわして、「さらに招聘したい」と要望した。

備前はさっそく国許へ知らせた。この書状の尚々書には、小楠が茂昭や春嶽、同夫人から贈りものを賜ったことが書かれ、「越前にては実に安危の境にあったのを、平四郎の力で一和にあいなり、新政の基本も立ったと十之丞よりきき、これまで失態もなく、安心のことどもにござ候」と記されてあった。

小楠を追って春嶽から手紙がとどいた。

「先生、ご登路後、一時、寂々寥々にござ候。別して雨中などには無聊、日々、写真鏡をひらき、接顔の心地にて万事、北地のことを遥かに想っております」等々、敬慕の念がつづられ、覚えず涙腺がゆるんだ。

小楠は十月五日、福井をたった。藩からは、小楠のかねての希望で藩校の書生七名が修行のため随行した。国許への手紙で「（かれらは客ではなく）書生だから、飯は寮で炊くので、日々、汁、香のものなど一度ずつやればよろしい」と書いた面々は、松平源太郎（正直）、青山小三郎（貞）、堤市五郎（正誼）、奥村坦蔵、山形（県）岩之助、大谷治左衛門、横山強である。のち松平、青山、堤は男爵になった。

親しい藩医の半井南陽（仲庵）が府中（武生）まで見送って送別の詩を詠むと、これに小楠もこたえた。

行くゆく看る間雲　随意に収まるを
悠悠帰臥せん故山の楼（故郷に帰りゆっくりしてきます）
羽川（足羽川）の赤鯉　民を慰む酒
貯えて待て　明年　黄葉の秋

一行は大坂から海路、豊後の鶴崎に上陸し、津守村にある松平忠直の霊廟を参拝し、各地をまわって、青山によれば「いわゆる志士」たちと会合し、十九日に沼山津に着いた。

小楠は十二月五日に江戸の重役に送った消息のなかで、「九州筋は相変わらずで、いずこも鎖国の旧見のみにて、笑止千万」と書いたが、矯激、狭隘な尊攘派の状況は危ういものに思えた。他方、かつて親交のあった肥後勤王党の宮部鼎蔵(ていぞう)らは、小楠の開国論を変節とみて許せなかった。小楠が熊本に帰って間もなく、九州では急速に尊攘激派の動きが強まる。

「おーい」

道ばたで手をふると、待っていた人たちが走り寄ってきた。小楠は沼山津に帰って来た。熊本城下で迎えた門人らをひき連れ、凱旋の勢いである。

「至誠院さま、ただいま戻りました」

兄嫁に挨拶し、

「お前たち、元気で励んどるか」

甥の左平太と大平に声をかけた。

「はい、叔父上さま」

左平太は十七歳、大平は十二になった。

「旦那さま、お帰りなさいませ」

おつせが五つになった又雄(時雄)を抱いて、微笑んだ。

「小法主、大きうなったなあ」

小楠が頭をなでると、又雄は恥ずかしそうに横をむいた。

沼山津で迎えた親戚、門人もくわわって大変なにぎわいになった。小楠にとって残念だったのは、元田伝之丞が藩主に随行して出府しており、荻角兵衛も小国（おぐに）・久住（くじゅう）の郡代として、また城下にはいなかったことである。

亡き母の墓参などであわただしい日々を過ごす一方、講義を始めた。肥後の門生たちに福井からの書生七名をくわえて、講学は熱をおびた。十一月にはいると、福井の七名は見聞を広めるため長崎におもむいた。

同月二十六日の朝だった。

小楠は猟銃をかついで、熊野宮へ趣味の鳩撃ちに行った。獲物をえて帰る途中の村はずれで、弾込めしたままだった銃を、いつもの習いのまま何気なく空にむけて撃った。

「何をしておる！　禁猟場なるぞ！」

武士が走ってきて、小楠をとがめた。

〈しもた！　しくじったぞ〉

「や、横井先生ではありませぬか。またとんでもないことを！」

沼山津の田園、沼地帯には雁や鴨が飛来し、藩主の放鷹地として禁猟場がある。

平四郎をみとがめた武士は榜示横目（ぼうじよこめ）という職で、榜示とは禁猟場を示す標示木のこと。その身回り役だ。小楠が銃を放ったのは、榜示木より十間（約十八メートル）ほど内側だった。「榜示犯禁」は明白で言い逃れはできない。福井では藩主より許されて禁猟場も自由だったから、つい、不注意になっていた。鳥を撃ったわけでもなく大した罪ではないが、横目は強硬で、翌日、小楠は目付の内藤平左衛門と桑木又助に「これより身分いかようにあい心得申すべきや伺い奉り候」と進退伺を出した。下津のご隠居らが大いに心配し、軽くすむよう奔走した。ともあれ、小楠は謹慎して、取りかかった家の普請も見合わせる大騒ぎになった。

ちょうどその日付けで、江戸詰め熊本藩重役より藩政庁に、「福井藩からの招聘継続依頼の件を承諾したと同藩に回答した」と通達が来た。藩政庁は折り返し、小楠が榜示犯禁で僉議(せんぎ)中につき見合わせ、福井藩の酒井十之丞へはほどよく伝えるよう通告した。これを受けて、江戸詰め家老小笠原備前の名で書状が酒井へ送られた。

「同人の身分の儀つき、少し事情があって、取り調べのうえ、(細川)越中守様へ伺いのすじもこれあり、前条ご頼談の通りにはあい達しがたくなりましたので、右のおもむき、よろしく御意を得られるよう、この節、お国元より申してまいりましたので、さようご承知下され、あしからざるよう仰せあげられたく……」

酒井は驚いたが、「福井藩主は横井平四郎の身分取り扱い済みのうえは、いま一度、招聘の希望があって、直接、肥後藩主に頼談あるようだ」との主旨を肥後藩重役に伝えた。

これにたいし「平四郎の身分の件は、よく取り調べた上でなくては、藩主に伺う訳にはいかないので、いまだお耳には入れていない。よって福井藩主からの直接の頼談は断りたい。すでに平四郎の招聘の件は頼談されたすえのことであれば、身分取り扱いがすんだら福井表に差し遣わされることになるだろう」と答えた。

そして三月、藩庁から小楠へ「まず平常通り、あい心得候よう」指図があった。実質的に無罪放免だろうが、まったくの無罪ではなく、諸事謹慎して私的な宴会も憚るようにという軽い処置で収まったのは幸いだった。決定まで時間がかかったのは、とかく藩庁に不評の小楠だったからであろう。

それより前、進退伺を出して、気の晴れない正月を迎えていた十八日、愕然とする悲劇が起こった。親友の荻角兵衛が小国の郡代役宅で自殺したのだ。享年五十、小楠より四歳若いが、時習館以来の親友であった。

荻は十三日に久住を発ち、黒川に泊って翌日、宮原御用宅に入ったときは特に普段と変わるところはなかった。十七日の夜四ツ半時（十一時）ごろ、酒を頼み、九ツ（十二時）過ぎ、「酒をやめる」というので酒肴を下げたところ、「もう一杯呑むか」とまた呑み始め、二、三杯呑んで下げさせて湯を飲んで寝た。翌朝、死んでいるのを発見された。

遺骸は衣服を着替え、羽織・袴を着用し、座蒲団を敷き、突っ伏して、両手で短刀を握り、喉に突き込んで、切っ先は後ろまで出ていた。右に槍、左に刀が短刀の鞘と置いてあり、弟の蘇源太あての書き置きがあった。俊才であったが、川尻・葦北や小国・久住の郡代をしたほかは小吏に甘んじた。

「なんということか……」

小楠は友の心の闇にたじろぎ、ただ涙するのみであった。

第十章　快刀乱麻

一　江戸へ

　そのころ、福井藩の長崎の事業で異変があり、前年十二月末に長崎の小曽根乾堂が小楠をたずねてきた。

　小曽根は三岡石五郎が波の平に福井藩の蔵屋敷を設けたとき世話になった男だが、同藩は彼ら一族に不埒（ふらち）な行いがあったとして縁を切ったのである。すでに福井藩は万延元年に長崎江戸町に福井屋を設け、福井の豪商の三好助右衛門（波静）を支配方に命じ、その弟一太郎を長崎に派遣している。同藩としては、小曽根のような長崎商人に依存した交易体制を早々に脱したかったのだ。

　乾堂は三岡の師匠すじの小楠に直訴におよんだものだが、かえって散々に追い払われた。この一件の顛末（てんまつ）を、小楠が正月十五日付けの手紙で中根靱負にこう書いている。

「小曽根は浪（波）平港を受け持っても、金子の根城がなくては実にいたしかたなく困窮したのみならず、お国と手切れしては長崎中に面目を失い、必死の困窮に落ち入りました。先月、拙宅に参り、さまざま弁解しましたので、いちいち詰問におよんだところ、一言半句の申し訳もなくて引き取っていきました。なお小曽根は当春、お国表に罷り出て嘆願するつもりなので、万一、お国に罷り出ても、平瀬（儀作）の見込み通りに手切れになるようしかるべくお願いいたします」

　さて十一月初めに長崎に行った福井藩書生のうち、山形、大谷、松平が十二月初めに沼山津の小楠塾に帰ってきて、「榜示犯禁」を聞き仰天した。青山、奥村、堤は長崎から平戸、五島へ捕鯨見物に行き、唐津から下関、長州、豊前、筑前、肥前、筑後とまわり、一月下旬に戻って、これまた驚き、心配した。横山はひとりで九州の四、五藩と長州藩を回ってきて、やはり心配している。

処分が軽くすみ、ホッとしたころ、

「君たちは福井へ戻ったら、九州の尊皇攘夷派の動きを報告してくれ」

小楠が帰国の期限が迫った書生たちにいったのが三月末である。

沼山津にいても、情報は小楠に集まる。尊攘派の動きは活発化していた。同月付けで福井藩主に呈する書を書き、手紙とともに、四月上旬にたった彼らに託した。

その大要は「京師より密勅が下って、幕府の非政をあげ、干戈（戦争）を起こすよう仰言があった。干戈は決してしてはいけないけれど、勢い京師に心を寄せる動きが高まり、幕府が対抗措置をとるなりゆきになったら、親藩として幕府に、京師に恭順し非政を速やかに改正するよう言上すべきで、幕府に悔悟がなく京師へ迫ることになれば、それは天地滅却の時、臣子不幸の大変で、決然とお国をさし上げる覚悟をされるべきだ」と「公武一和」を勧めるものだった。「京師よりの密勅」の一件はこうである。

江戸で尊攘激派の秘密結社「虎尾の会」に結集した草莽の志士、清河八郎と同志の伊牟田尚平（薩摩脱藩）、安積五郎（浪人）の三人が、九州遊説のため熊本城下に近い安楽寺村に、医者で肥後勤王党の松村大成をたずねたのが昨年十二月二日であった。この結社には山岡鉄太郎（鉄舟）も参加していた。

清河らは江戸で奉行所の密偵を斬った罪で幕吏から追われながら、「水戸、薩摩を中心に東西の尊攘派を糾合し、回天の偉業をなそう」と京都へ潜入し、大納言中山忠愛（ただなる）の諸大夫で攘夷派の田中河内介を説得し、青蓮院宮（しょうれんいんのみや）の令旨を奉じ、薩摩の志士を招くための書をつくらせ、さらに宮の密旨と称して、肥後、豊後などの志士を招く書も求めたのである。

松村邸では肥後勤王党の宮部鼎蔵や河上彦斎、福岡藩を脱藩して同家に寄寓していた平野次郎（国臣）らと対談した。ただし、肥後勤王党の面々にたいし清河は〈肥後人は議論倒れじゃ。役には立たぬ〉と失望した。十二月七日に伊牟田と平野は薩摩へ、清河は筑前へ、安積は豊後へ散った。

薩摩に行った二人は潜入に失敗するが、同藩の扱いは丁重で御小納戸の大久保一蔵（利通）が話を聞き、島津久光や御改革方御内用掛の小松帯刀（たてわき）に報告した。

薩摩藩の義挙をすすめる過激論は受け入れがたかったが、二人は納得せず、有馬新七、柴山愛次郎、橋口壮助らと密約を交わし松村宅にもどった。

一方、清河は真木和泉（いずみ）に面会して義挙の計画を相談、安積らは豊後岡藩家老の小河一敏を説得して、熊本の河上彦斎宅に泊って松村宅に戻った。二十四日の夜の謀議で、清河と伊牟田は直ちに京都に上って令旨を奉じて戻り、薩摩の島津父子を促して「速やかに義兵をあげる」ことになった。真木と平野、安積は九州の同志を糾合し、清河らを待って共に薩摩にはいると決めた。清河と伊牟田は小河を訪ねて年を越し、文久二年正月、京都にはいった。

肥後勤王党も清河らとの接触に刺激され、宮部と松村が京都視察に出て中央の実情にふれて驚いた。肥後藩は彦根藩同様に親幕藩とみられ、誰も胸襟をひらいてくれなかった。彼らは二月上旬に帰国し、藩論の変革を試みた。藩内は動揺したが、学校党支配の体制は動かなかった。

京都では、「島津久光が一橋慶喜を奉じ、義旗を東海に挙げようとしている」との誤報があって、三月になると同志は続々と京都に集まってきた。

尊攘激派が頼りとするのは水戸藩と薩摩藩だが、その思いと薩摩の藩情は大いに異なっていたのである。

前藩主の島津斉彬の遺命で弟久光の長子茂久（のち忠義）が藩主となり、後事は久光に託されたが、兄斉彬の志を継いで中央で活躍しようと決意し、攘夷派下級武士の誠（精）忠組の実行力に目をつけて、頭角をあらわしたのが大久保一蔵だ。

一方、井伊大老の暗殺で自信を喪失した幕閣は、尊攘運動の圧力をかわし幕府権力を強化するため、孝明天皇の妹和宮を将軍家茂の夫人に迎えようと画策した。公武合体策である。このころ「幕府が廃帝を企てている」との風評が尊攘派を憤激させ、文久二年一月、老中安藤信正を坂下門外に襲い負傷させたが、婚儀は挙行された。

公武合体にまず動いたのは長州藩であった。

藩主毛利慶親の信任あつい直目付長井雅楽（うた）の「航海遠略策」を藩是として「朝廷と幕府が公武合体し、破約攘夷は不可、よろしく開国進取の方針をとって国威をはり、五大州（世界）を圧倒すべし」と主張した。

その活躍に刺激され、薩摩藩も公武合体策に動いた。しかし、藩主ではない久光は実行の大義名分のため、朝廷守衛の勅許を得ようと、兵を率いて入京したかった。尊攘激派は、これを倒幕挙兵の機とみたのである。

久光は三月十六日、大番頭・家老並に任じた小松帯刀以下従士千余人を率いて鹿児島城下を出発、二十三日に熊本を通過した。

小楠は三月二十八日付けで、組頭松野亀右衛門をへて目付の内藤、桑木にたいし「口上覚」を出し、藩主細川慶順（韶邦）に「お目通りしたい」と願った。慶順は江戸から帰藩途中で四月一日に国入りした。五日夕刻に小楠は召し出された。彼がいったのは、前記した福井藩主に呈する書とほぼ同様の主旨であったが、慶順は親幕藩のことゆえ、「京の情勢はさほどさし迫っていない」という現状認識のもとに、口上は「聞き置く」という対応であった。

さて島津久光の入京は悲劇をひき起こした。寺田屋事件である。

久光入京を前に尊攘激派は勢いづき、佐幕派の九条関白や所司代を襲って久光に勅諚を降下させ、反幕の挙兵につなげる計画をたてた。

四月二十三日、伏見の寺田屋に集まった有馬新七ら薩摩の激派は、久光の送った鎮使を拒絶して、斬殺・捕縛され壊滅した。

激派を武力で制圧した久光は、朝廷から浪士取締まりの勅命をあたえられ、大久保らが岩倉具視を説得し、「三事策」の勅命を出させた。①将軍が上洛し、朝廷と攘夷の方策を協議する②沿海の五大藩を五大老に任命、国政と攘夷の責任をとらせる③一橋慶喜を将軍後見職とし松平春嶽を大老として幕政を改革する、というものだ。薩摩の主張は第三策で、第一策は長州、第二策は岩倉の案になり、薩摩の突出は牽制された。

ところで、松平春嶽は文久二年四月二十五日に「先年、ご不興の筋は、ことごとくご宥許（ゆうきょ）あそばされ候あいだ、以後、すべて平常の通りあい心得べく候」と自由の身になった。

五月七日に将軍家茂の召しにより登営して「以来、御用の筋これあり候あいだ、折々登城いたすべき旨」命ぜられた。翌八日、例刻平服登城すべしとの命で、将軍に謁見して「公武の御一和」を強く進言した。五月七日、政務参与となる。

小楠の「榜示犯禁」は軽い処分となり、福井藩の招聘を断る理由にはならず、肥後藩政庁は江戸詰め重役に連絡し、福井藩に伝えられた。

早速、小楠を出迎えるため、三岡石五郎が長崎出張とかねて四月二十日に出立、五月に来熊した。

肥後藩政庁は五月二十三日付けで奉行所から小楠の組頭である松野亀右衛門に命じた。

「その方組横井平四郎儀、松平越前守様よりご頼談の筋これあり、用意済み次第、福井表へさし越され候条、この段達せらるべく候。以上」

小楠は意気揚々と六月十日、熊本をたった。

随行は三岡のほか十三歳になった甥の大平、門生で医者の内藤泰吉で、若党、下僕のほか沼山津の百姓ふたりもいた。同月二十七日、淀川を遡ったとき、「澱水（でんすい）（淀川）舟中（しゅうちゅう）」と題して七言絶句を詠んだ。

生涯を占め得て　沼山（津）に在り
漁樵（ぎょしょう）日日にして　一身閑（のど）かなり
閑身（かんしん）老い去（ゆ）くも　更に多事あり
瀼水舟中　九たび往還す

小楠一行が敦賀の手前の疋田へ達したときだった。江戸の松平春嶽からの急使が早馬で追いついた。直書は至急、江戸へ来るよう命じていた。驚いた小楠は三岡らと別れ、江戸へ急行した。

これより前（さき）、幕府へ「三事策」の勅命を伝えるため、勅使大原重徳、差副（さしぞえ）島津久光は五月二十二日に京都を発し、六月七日に着府した。

幕府の態度は硬化した。慶喜の後見職任命は、将軍継嗣問題以来、幕閣の好むところではない。すでに、これを予期して後見職の田安慶頼（たやすよしより）を免じ、将軍にはもはや後見職の必要がないとの判断を示していた。

また、「春嶽は政務参与にしてあるから、大老にするにはおよばない」という意見だ。他方、福井藩中には、「大老は譜代の職務であって親藩が奉職するのは格下げで、名誉ではない」とする反対意見もあった。

勅使は、「必ずしも名目にとらわれず、慶喜を将軍の輔弼とし、春嶽を政事総裁職とし、後見職または大老職の実権を与えるなら不可ならず」と迫った。幕閣は十八日になって春嶽の政事総裁職を認めたが、慶喜の輔弼には応じなかった。

ところが春嶽は「勅命を奉じて慶喜を登用すべきである」と老中に勧告したが用いられず不満に思い、登営をやめた。

老中は狼狽して大目付の大久保越中守（忠寛）らを遣わして説得したが、二十三日には多病を理由に辞任の内願を提出した。これは島津久光らの勧告・懇請によって翻意したものの、なお病と称して登城せず、政事総裁職就任の内命も承諾しなかった。

事態は窮し、慶喜は親書をもって春嶽の不可を論じて就職を勧告し、大原勅使も直書をもって「就職のこと決せざるにおいては勅使の任を空しうするものなれば、病床に推参して討論におよぶべし」と迫った。

進展しない事態に勅使も久光も憤激し、二十六日、板倉周防守勝静、脇坂安宅の両閣老が大原勅使を伝奏屋敷に訪問したとき、大久保一蔵らは大原の口から「ここで万一、勅旨を奉ぜざるならば」と直接行動をにおわせて脅迫した。一転、二十九日に大原が登城すると、慶喜を後見職に任命することになり、将軍家茂は七月一日、慶喜と春嶽登用の旨を正式に奉答した。

春嶽が小楠を急遽、江戸に呼び寄せたのは、この状況にあって動きがとれず、強力な助言者の意見をきき、進退を決めようとしたからだ。

小楠は昼夜兼行で江戸をめざし、七月六日の黄昏に霊岸島の福井藩別邸に着いた。病床に引きこもっていた春嶽のよろこびは大変なものだった。翌七日、春嶽は小楠を召して、重役たちと、これまでの経緯を語って意見を求めた。小楠は答えた。

「ここまで切迫しているのですから、かねてご評議のとおりご出勤されて、幕府が〝私〟を捨てられ、これまでのご非政を改められるよう、十分に仰せ立てられ、そのご論の通塞（つうそく）により、ご進退をお決めになるのがよろしいかと愚考いたしまする」

春嶽は、その言をいれて総裁職を奉ずべく決意、九日から登営することにした。

翌八日の朝、小楠は側用人の中根靭負とともに、七月三日に側御用取次になった旧知の大久保忠寛をたずねた。翌日、春嶽が登営して意見を述べるにあたり、あらかじめ諒解させる必要があったからだ。会見のあとで時局談議にうつり、小楠は自分の意見を披露した。

「諸侯の参覲（参勤交代）を改め述職（政務の報告討論）に代え、その室家（妻子）を国許に帰らしめ、かつ諸侯のお固め（警備）場を免ずべし」

という三策である。

大久保は、まずは頑強に反対した。

「参覲は幕府の政事の根幹なれば、これを認めるわけにはいかぬ」

小楠は、こう言い放った。

「もし、諸侯が勝手に妻子を国に帰さば、幕府にこれを止める力があるかどうか」

大久保は考え込んだ。小楠はさらに、

「参覲制度を廃すれば、余弊を生ずる恐れもあるが、これを述職に代えるならば、幕府の威力も諸侯に貫徹することとなり、はじめて天下大治の実もあがるでありましょう」

というと、大久保も「うむ、横井先生の申さるること、もっともと感じいった」と賛意を示した。

春嶽は予定どおり九日の五ツ半（午前九時）に登城、御座の間で「叡意をもって仰せ遣わされたるにより、政事総裁職を申しつくる」と台命をうけた。

御用部屋で春嶽は老中と談合し、

「天下安危の境とも申すべきご時節、ことに勅命の趣もこれあり、すべて天下万民、安堵いたすようにしなければ適わざることになりました。これまで国初以来、天下の威権を挙げて徳川家の幕府に帰せられた〝私〟を（この際）棄てられ、ご非政を改められ、天下と共に天下を治められるよりほかはないでしょう」

と勧め、脇坂や板倉の質問に諄々と説いて納得させた。次いで一橋慶喜に会い、同様の趣旨を述べて同意させた。

春嶽の意見は、すなわち小楠の意見である。当時、在府の元田伝之丞（永孚）が小楠に話を聞いて感服した。江戸に着してわずか三、四日で当面する政事の紛糾を解決した手腕に「今にはじまらざる天下の人材ではありますが、この節、ご一新の盛運に逢ってはますますもって天下の人傑ただただ感服つかまつるのみ」と書いている。

春嶽の政事総裁職就任にあたって、小楠は「国是七条」を建言した。大久保に私的に述べた三策を発展させたものである。

〇大将軍上洛して列世の無礼を謝せ
〇諸侯の参覲を止めて述職と為せ
〇諸侯の室家を帰せ
〇外藩譜代に限らず賢を選びて政官と為せ
〇大いに言路を開き天下と公正の政を為せ
〇海軍を興し兵威を強めよ
〇相対交易を止めて官交易と為せ

第一条の将軍上洛は、春嶽が政務参与として主張し、すでに五月二十六日に閣議で議決し、六月一日には在府の大名を登城させ公表している。春嶽と小楠の見解は、とりあえず幕閣に受け入れられたかにみえたものの、その後、閣老の態度は煮え切らず、ただただ逡巡するばかりだったが、そこへ起きたのが生麦事件である。

二　虚々実々

勅使の大原重徳が、ようやく帰京することとなり、島津久光はこれに先立って八月二十一日、江戸をたった。

七ツ（午後四時）ごろ、神奈川に近い生麦村にさしかかった際、英国人男女四名が乗馬して行列を横切ったため、無礼を咎めて従士が一人を殺し、ふたりに負傷させた。

神奈川奉行の阿部越前守正外は組頭を派遣して下手人の穿鑿（せんさく）を命じ、事件落着まで滞留を諭したが、久光はきかず、阿部は箱根の関所を閉鎖させようとしたが、幕閣は逆に阿部を譴責し久光を通過させた。

横浜居留外国人は憤激して強硬措置を要求したが、英国代理公使のニールは冷静に外交交渉による収拾策をとり、とりあえず下手人の検挙、遊歩の保護などを求めて幕府に交渉したものの、一時逃れの言辞ばかりだった。

二十二日、事件の報告を受けた春嶽は、帰邸して小楠や重臣と評議、「こと外国に関しては、大公至正の条理をもって処置せねばならぬ。まずは久光をひき留めて、早々に下手人をさし出すよう命じ、若年寄・老中を横浜に派遣して、英国の情実を公平に聞糺（もんきゅう）し、閣老一人、勅使に差し添い上京して薩藩士暴行の次第を言上すべし」と決めた。

しかし、二十三日に登城した春嶽の強硬意見は採用されず、翌日からひき籠もってしまった。それでも同日朝、大目付の岡部駿河守（長常）を呼んで生麦事件の処置を指示したが、幕閣は煮え切らない。

夜になって報告にきた岡部に、春嶽は「自分が異説ばかり唱えているとみられているのか、しっくりこない、もう登城しても仕方がないから、ひき籠もる」と宣告した。困った幕閣は、「春嶽の背後には小楠がある」とみて、岡部が二十七日、その見解をただそうと自宅へ招いた。小楠には天賦の説得力がある。

「近年来、幕府にはさまざまな不都合があり、人心はさらに服さず、当春来、九州などすでに騒乱の体のところ、薩・長等の一件もあり、幕府も橋（慶喜）・越（春嶽）両公のご出世などで、いささか鎮定の姿を得ましたが、決して真に治まったわけではなく、しばらく動静をうかがっているだけで、追々、お悔やみ改めのご政跡がなくば、又々動乱におよぶべきは眼前のことです。

この節、一度乱世になれば、もはやご挽回はかなわず、恐れながらご滅亡とあい心得ます。治世から乱になったのを、治世の君主が取り返した先例はなく、いまも一度、乱世になれば、もはや取り戻すのは難しいので、治世のうちに気がつかれ、天下の人心に応じたご政道をなされば、またまた太平をお保ちなさるべきか。それとても、やはり創業のお気持ちで、非常果断のご処置がなくては、なかなか覚束ないことでござる」

と天下の危機から説き始め、「さらば、いかにして挽回すべきや？」という岡部に、かねての持論「国是七条」を展開して感服させた。

また春嶽のひき籠もりは「持論が通らないから」といい、岡部が「思し召し通りに行われることとなれば、ご出勤になられるだろうか」ときくと、「その上で、出勤されなくては無体と申すものです」と答えた。

岡部は会見内容を、ただちに営中にもたらした。後見職の慶喜、閣老以下の諸有司一同は、小楠の卓見に驚嘆した。

翌二十八日、小楠が大久保に会うと、

「昨日、岡部駿州に申し聞かせられた先生のお説は、同人が即日、内閣へ申し出て、橋公をはじめ閣老以下諸有司一同、深く感服しました。そのうち、諸侯の参覲を廃する件は、防州宋祖の遺法なれば、廃するのはよくないという大勢だったのを、拙者および駿州の両人が厳しく説破し、ついに了解されたので、春嶽殿のご持論はことごとく貫徹するでしょう。この上は、速やかにご出勤あらせられたし」といった。二十九日も春嶽は登城せず、岡部が春嶽をたずね面会した。

「このほど横井平四郎に面会して、目下の急務とされる国事のご意見を承わり、一々感服しましたゆえ、即日、内閣において一橋殿をはじめ閣老方へ詳細に陳述しましたが、ご一同にも深く感心せられ、いよいよ実施されることに内決し、その内にも諸侯の参覲を廃することは速やかに施行せられるはずです。公のご持論が貫徹することとなった上は、速やかにご出勤、諸事ご用談あらんことを希望いたします」

春嶽は答えた。

「鄙見（ひけん）（自分の意見）を採用されることになったのは本懐なれど、元来、その器にあらざるゆえ、持論ありても弁明が行きとどかず、ために行わるべきことも行われずして、空しく日月を経過し、いかにも慙愧に堪えざれば、もはや出勤はお断り申し上げたき覚悟なり」

自分が主張して通らなかったのに、小楠が説明したら一日でまとまったのでは、「その器にあらず」と自嘲も出る。なおも説得を続ける岡部にたいし、春嶽は告げた。

「手元に〝愚衷〟を認めた書面がある。閣老はじめの一見に入れ、この上の詮議ぶりを承りたい。もっとも辞職の主意に認めてはあるが、今は幕私うんぬんの意見を一見に入れるまでであれば、その心してみられたい」

「愚衷」はおよそ二千六、七百字もの長文で、幕府従来の私政を改め、天下と共に治平を図るべきを説いて、幕府有司が姑息因循し旧習を去る意がなく、いたずらに旧套定格を株守（一向に進歩がない）して政務改革が少しも進まない現状を痛切に叱責した大議論であった。

岡部は小楠に相談した。

「これは、いかあるべき」

「公、たやすくお請けにはおよばざるべし」

板倉老中は閏八月一日、小楠を呼んで、親しくその意見を聞いた。会見は七ツ半（午後五時）から五ツ半（同九時）ごろまでにおよんだ。板倉は、「今日は互いに書生のような心得をもって談話しましょう」といいながら、喫煙具を出してことのほか打ち解けた様子で対応した。

小楠は、おもむろに、京摂以西の事情に触れ、東西の事情が大いにかけ離れ、いずれも容易ならざる状態だなどと述べた。板倉はいちいち了解したので、小楠は春嶽の持論の要旨を説いた。これにも板倉は納得したようだった。そして、板倉はたずねた。

「さて過日来、春嶽公には長々ひき籠もりおられますが、いかがせば元のごとく登営されますか」

「この公は今日に処する意見を、種々に懐いておられますが、材力乏しくて何事も意見のごとく貫徹しないゆえ、拠なく、ひき籠もられています。されば、閣老方がその情実を察し、賛成されたら、無論、登営されるでしょう」

「その儀なれば、明瞭に了解しております。この上はいよいよ創業の心得をもって刑法を除くほかは、いかなる旧章をも改革するに躊躇はありません。速やかに元のごとく登営あるようお願い申し上げる」

「出勤のことは、このほど駿州へ（愚衷の）書面を交付されたことだから、やはり駿州より申し入れられるのがよろしい」

「あいわかった。なお今日、承りたる高論のおもむきは一橋公をはじめ同列一同へも申し出られたし」

小楠は「お聞きあるべしとならば、いずこへなりとも出て申し上ぐべし」と答えた。

ほかに板倉は「薩藩がついに下手人を出さぬときは、いかにすべきでござろう」ときいた。そこで、小楠は「世の中のことは、そんなに案労ばかりしていては始まらず。つまるところ、何事も条理に基づいて処理すれば仔細はござらぬ。最初から、もし出さぬときは、いかにすべきかなどと心を労するのは愚である」といった。

少し先のことになるが、島津久光は下手人を出さない。幕府内にも異論多出で、再三、閣議を開いたが、決しないうちに、英国への回答期限が切迫。閏八月二十九日、春嶽は自邸に岡部駿河守、浅野伊賀守、小栗豊後守らを招いて、小楠も加え評議した。小楠は、

「もし下手人を出さなければ、全国に禍害のおよぶべきことは薩侯とて知らぬはずはない。また堂々たる薩藩主が一藩のゆえをもって天下の禍を好むわけもない。さすれば、幕府はこの理を説いて、幾

回でも督促すべきだ。薩藩にして数十回数百回催促してもなお応じないならば、その時はまた別に処する道があるであろう。それをわずかに一、二度催促したのみで薩藩がもはや下手人を出さないだろうかなどと案労するのは取り越し苦労にすぎないではないか」といったので、皆、これに服した。しかし、薩摩は当初から下手人を出す意思はなかった。英国のニールは本国の訓令をまつ姿勢で、解決は先へ延びた。

板倉と小楠の会見二日後の閏八月三日夜、岡部は春嶽に謁し、「幕府は大改革断行の儀に決しました」と述べ出勤を勧めた。

岡部によれば、板倉閣老は小楠の意見を聞いて以来、大いに開悟し、「ぜひ大改革を行わざるべからず」と主張し、その他の面々も大憤発で、一昨日より御座の間において大政を議し、昨日は暮れ六ツ半（午後七時）ごろまで御前にて大議であったが、大樹公（将軍家茂）もことのほか満足であった。また春嶽が出した「愚衷」の書面は、閣老一同、感服してすでに台覧にいれられ、目下、一橋殿のもとにあるはずなので不日、返進されるであろうと述べた。岡部はきいた。

「さて、廟堂、近日の憤発前に陳述せるごとくなれば、該書面（愚衷）を返進せられし折りをもって、速やかにご出勤あらせられたし」

春嶽もこうなっては仕方がない。四日、重臣と小楠に進退について意見を求めた。皆は、「これでも、やはり出勤せずとあっては固執に過ぎるので、書面を返された上はご出勤ありて、今一応ご尽力ある方がよろしい」との結論で、春嶽も「今後の都合次第、出勤いたす」と内決した。

かくて書面は同日、板倉閣老より直書をそえて返された。翌五日、春嶽は岡部に書簡をもって「出勤すべしとの意なりや」とたずね、岡部は「ご出勤を願う覚悟なり」と返事した。さらに岡部は夕方、春嶽を訪問して「政府改革の議、着々進捗しつつあり、明日よりぜひ、ご登営あるように」と申し立てた。そこで春嶽は六日から登営することになった。

翌七日からの幕議の結果、九日には参観の廃止と述職の新規制度のあらましが決定し、十一日に小楠は板倉、岡部、もう一人の大目付浅野氏祐とで話を詰め、十二日には一橋慶喜のもとで話し合った。慶喜は初めて小楠に会いその卓見に驚き、翌日、春嶽に「非常の人傑ではなはだ感服しました。談話中、ずいぶん至難と覚える事柄に尾鬣（しっぽとたてがみ）をつけて問い試みたけれど、いささかも渋滞するところなく返答したが、いずれも拙者どもの思うところよりは数層立ち昇った意見であった」と褒め称えた。

十五日には将軍家茂が、近く参観制度の改革をすると大名に諭示した。ところが今度は「幕議の因循がいやになった」と慶喜が登城をやめたのである。一方、春嶽はふんばった。その後の議をへて諸制度の変更が二十二日、公布された。

その主なものは、諸侯を春中在府、夏中在府、秋中在府、冬中在府の四種に分け、これまで一年置きの出府を三年に一回とし、在府期間も従来の一カ年を百日間に短縮、ただし御三家・溜詰・同格は一カ年在府とし、筑前、対馬、肥前の三藩は一カ月とした。すべて妻子は帰国を許し、嫡子は参府・在国・在邑とも随意とし、江戸詰め家臣もなるべく減ずる。諸侯在府中は時々登城して政務に就き意見を申し立てる等々である。

かくて小楠の理想は、少しだが実現した。

ところで、彼の卓見に感服する者が多く、慶喜をはじめ板倉や水野和泉守忠精（ただきよ）らから「登用したらどうか」という声があがった。小楠は熊本藩士で越前藩に招聘された一時雇いの顧問にすぎない。それが、たまたま総裁職に就任した春嶽の私的顧問になったのである。だが、かえって幕府に何らしがらみのない無冠の立場こそが、彼の能力を最大限に発揮させる強みであったといえよう。

すでに慶喜は八月二十七日に岡部から小楠の説を聞いたあと、春嶽にこういう手紙を書いている。

「和泉（水野）・周防（板倉）――（周防は特に）が申すには、平四郎を幕府へ召し出され、改革の相談をされたら、実に天下のため、この上ないというので、越中（大久保）・駿河（岡部）へ聞いたところ、両人とも大悦の様子であった。越中は、小楠を召し出す役名や（禄）高などをどうするか議題にして評議したところ、もとより非常出格のことゆえ、いかほどにてもしかるべく、名目は奥詰とすれば、御前へも罷り出、御用部屋はもちろん、時々、罷り出られるようにできると、もとより先規（前例）にかかわらずにすべき趣意に大意は決したけれども、尊慮（春嶽の考え）はいかにあらせられるか、うかがいたい」

書面を受けた春嶽は「あらかじめ本人の意見をたずねられるのがよろしい」旨を返事したが、告げられた小楠は困惑した。

「公儀よりご登用とは冥加（みょうが）至極である。しかし陪臣の身で廟堂の議に携わり、二君につかえることは潔しとしない」

小楠の固辞の意志は強かった。大久保が勧めたが、やはり屑しとせず、中根靭負に、「勝さんの許へ行って、未発に防いでくれるよう」頼んだくらいだが、当時、勝は臥っていた。七月に軍艦操練所頭取になったあと、閏八月十七日に軍艦奉行並に任命されたが、前月（八月）八日にコレラにかかり、一時は危篤状態で、治癒するまで任命は延期されている。

かくも小楠の意志は固く、ついに登用を思い止まった幕府だが、なお「非常の時局には、非常の人材が必要である」との意見が強く、妥協案として、一時、細川家から借り受けの形式で起用すればどうかとの議が起こった。小楠もこれは無碍には断りにくかった。


「先生、コロリが大いに流行っておりますけん、お気をつけて」

などといっていた門生で医師の内藤泰吉が、閏八月初め、嘔吐と下痢で倒れた。医者の不養生かともいっておれない。懸命の手当ての甲斐あって峠を越え、小楠をホッとさせた。

七月初めに疋田で別れた内藤と大平は、いったん福井に二十日ほど滞在し、青山小三郎が出府するのに同行してきた。このころ、全国的にコロリが流行っていたが、江戸でも猛威をふるい、彼らが着いた前夜には春嶽の侍医が死んでいた。

「泰吉も助かってよかったが、勝さんも大変だったそうだ」

などと語っていた小楠が、十五日朝から、はげしい嘔吐、下痢を起こし、夜には危篤に陥った。春嶽は藩医の半井仲庵（南陽）と坪井信良をやって治療にあたらせた。このためか夜半には下痢もとまり、夜が明けて峠を越した。春嶽の安堵はいうまでもない。

「ホンに、よかった」

大平も内藤も笑顔をみせた。大平は毎日、幕府の洋書調所に通い、英学修業中だ。

治療にあたった半井、坪井両医師にたいして、小楠が感謝の意をあらわした古詩があるが、そのなかに「我が命、（虎か狼に食われそうな）鶏の如く、今晨に在り。後事を托さんと欲すれど、其の人無し」の詩文がある。危篤に際して、「いま、政治改革をなし得るのは自分しかいない」という矜持と覚悟がわかる。

小楠を借り受ける話は、療養中の風向きの変化であったが、結局はこれも固辞した。士道の倫理もあったが、その思想的立場からも潔しとしなかったのである。なお、春嶽は閏八月二十三日、霊岸島の中屋敷から常盤橋の上屋敷に移り、小楠もひき移った。

小楠の幕府登用の件を、肥後藩江戸詰め家老の沼田勘解由、松野亘は国許政庁へ詳細に報告している。幕府の高評価は細川家にとっても名誉であり、彼の同家に対する心操と敬意を知り、肥後藩重役もさすがに好意をあらわした。さらに島津久光の上京で肥後勤王党が起こした藩内動揺など政局急変に対応が遅れる同藩にとって、小楠は貴重な情報源になった。江戸詰め留守居の吉田平之助らは、元田伝之丞が親しいことから、元田を介して小楠から幕府の内情を知った。

一方、京都の情勢は大きく変化していた。

生麦事件を起こした島津久光は、京都で急進的尊攘論の高まりに失望して、早々に帰国した。いわゆる「天誅」の横行である。

テロは安政の大獄や公武合体運動、和宮降嫁などで活躍した者を対象に、第一弾は七月二十日、薩摩の田中新兵衛らによる九条家の家士島田左近の暗殺、さらに閏八月二十日に越後浪士の本間精一郎が同志に斬られ、翌々日に九条家の諸大夫宇郷玄蕃、同二十九日に目明しの文吉殺害、十一月には井伊大老の腹心長野義言の妾村山可寿江の生きさらしなどの凶行が続いて行く。

この事態に宮廷では岩倉具視らが官を辞し、岩倉は頭を丸めて京都郊外に隠棲、九条関白も辞職し謹慎する。

長州藩では、攘夷派による長井雅楽の弾劾運動が起きて長井は六月に失脚、一転、尊攘派が主導権をにぎり、同藩論は七月六日、「破約攘夷」説に急旋回する。藩主毛利慶親と世子定広（広封）は入京、朝廷は定広に勅使大原重徳の援助を命じた。

こういう状況下で土佐藩が乗り出してきた。外様だが佐幕であり、前藩主山内豊信（容堂）は穏健な公武合体論者だ。しかし、武市瑞山（半平太）らを中心に土佐勤王党が組織され、文久二年四月に参政吉田東洋を暗殺した。

容堂は薩長の動きに刺激されて中央政局へ野心を持った。同年八月、藩主豊範は尊攘派をひきいて入京、武市は他藩応接掛に就任して尊攘派と提携した。

九月、薩長土三藩主の名で、ふたたび勅使を送り、攘夷の勅命を伝えるよう建議が出された。ここに薩摩藩主の名があるのは不審だが、京都にいた急進派の独断専行である。朝廷は三条実美（さねとみ）を攘夷の勅使として十月、江戸へ下らせる。

三　真の開国

元田が九月十五日、妻を亡くしたあと宿許の事情で江戸詰めを辞して帰国した。小楠へ挨拶に行くと、まだ臥せっていたが、別れを惜しんで金五両を贈り、さらに三十両を貸した。元田が江戸をたった日、沼山津では妻のつせが女の子を産んだ。国許への手紙では「男子なら秋峯院様（兄左平太）のご幼名の武童がよい。女子なれば、どうともよろしく」と書いた小楠だったが、みや（子）と名づけられた娘を「びくに（比丘尼）、びくに」と呼んで愛（いと）しんだ。

同十六日、閣議で慶喜が近々、上京することに決した。「開国のやむを得ざるゆえんを朝廷に言上する」方針である。だが、春嶽と小楠は、朝廷に攘夷の意志が固く、真正面から開国を説いても通らないとみて、次の策を考えた。

「従前の条約は、一時姑息をもって取り結んだもので、国家永遠の計を立てるため取り結んだのではない。加えて勅許を経ずに調印するという不正もあるから、この際、断然この条約を破約し、天下を挙げて必戦の覚悟を定めしむべし。さてこの事が実際に行われたる上は天下の大小諸侯を集めて、今後の国是を議せしめ、全国一致の決議をもって、さらに我より進んで交わりを海外各国に求むべし。

果して、かくのごとくならば、初めて真の開国に進む事を得べし」

春嶽は重臣たちの同意をとりつけ、十九日に登営して発議した。一橋慶喜が「これはしかるべきご考案なれば、なお熟考すべし」と述べ、閣老衆には条約破却をはじめ三事とも異議があり、決議にいたらなかった。

翌二十日、春嶽は黒書院の西湖の間で、「条約を廃し決戦の覚悟を定める」可否を芙蓉の間詰めの大目付、勘定奉行、町奉行らに議させた。

勘定奉行の小栗上野介忠順が異議を唱え「政権を幕府に委任せられるは、鎌倉以来の定制である。しかるに近時は京都より種々のお差綺い（口出し・干渉）あるのみならず、諸大名よりも様々のことを申し立てることとなり、それがため、已定の政務に変更を要することがあるにいたったのはもってのほかの政府の失態なり。この上、赫然（さかんに）、権威をふるわざれば、ついには諸大名に使役せられるにもいたるべし」と抗議した。

すると、尊攘派対策として設置された京都守護職に任命されたばかりの松平肥後守容保が大いに憤激して「京都のお差綺いを拒みては、尊王の大義に悖り、外夷の屈辱を受けては、国威を墜すべし。しか大義に悖り国威を墜さば、幕府の権威いずれのところにか、ふるうを得べき」と反論した。春嶽も「公共の天理によらずして、ひたすら幕府の権威をのみふるわんとするは、一己の私なり。ゆえに己を忘れて議せざるべからず」と述べたが、決議にはいたらなかった。

その夜、長州藩の公武周旋内用掛の小幡彦七（高政）が福井藩邸を訪れ、中根靱負が面会した。中根が「さて開戦も一旦は必用だろうが、今後、どこまでも鎖国していては、富国の実をあげるのが難しいでしょう」ときくと、「勅旨を奉ぜられし上は、もちろん我より開国におよぶべきなり」と答えた。

その翌日、同じく長州の周布（すふ）政之助、中村九郎、桂小五郎（木戸孝允）が、今度は小楠をたずねてきた。不穏な空気を発散する不意の客に、小楠は軽く応諾して、タバコ盆をさげて玄関に出迎え、応接間に案内した。彼らは含むところがあって、面談がはじまると、激しい議論となり、小楠に斬り懸かからんばかりの語気となった。

心配した内藤泰吉は、障子の外で刀を手に様子を見守った。すると、いつのまにか笑い声がきこえ、打ち解けた談話になった。

小楠が、

「違勅の責ある条約を、いったん破棄した上で、日本から進んで条約を結ぶ。そこもとらの攘夷とは、破約すると外国からどんな難題を持ち込まれるかもしれないので、その時には一戦を辞さず、ということですな。それがしが、国と国との修好は天地公共の理にもとづき対等であらねばならぬ、と申すことと変わりはごらぬ」

というと、「ごもっとも」と周布らは答えて、「貴所（小楠）のことはいろいろ聞いており、また京師でも種々の悪評がありしゆえ、実は疑団（心中わだかまった疑念）なきにあらざりしが、今日、謦咳（けいがい）に接し、初めて疑団を氷解した」といったので、小楠は「アメリカびいきの評を受け、世話にあずかり大いに迷惑」と応じた。

帰途、桂小五郎が、

「小楠の舌剣には舌を巻くわい」

洒落ともつかぬ讃嘆の言葉をもらした。

長州勢がひきあげたあと、屋敷では内藤の行為を小楠に密告した者があって、「立ち聞きなぞするな！」と叱っている。

翌二十三日八ツ半（午後三時）に、今度は小幡、周布、桂、中村に佐久間佐兵衛が一緒になって春嶽を訪れた。

会談は長時間におよんだが、小幡らが「過般、藩主のうかがいとりし叡慮は申すまでもなく、京師においても速やかにその議を決せられたし。もっとも一旦、攘夷に決せられし上、さらに我より交わりを海外に結ぶべきは勿論なり」と要望し、春嶽が「拙者はもとより叡慮を遵奉する決心なり」と答えたので、彼らは夜六ツ半（午後七時）に退散した。

同日、春嶽は城を退出して山内容堂をたずねた。

容堂は京師の内情をるる話したが、「さて京師が今日の形勢では、ともかくも幕府は攘夷の朝旨を異議なく奉ぜられるべきである。しかし、これを実地に断行するにはなお、篤と朝旨をうかがわれた上、万全の策を立てられるが肝要なるべし」等々、語った。

これに力を得た春嶽はいよいよ決意を固め、二十五日七ツ（午後四時）過ぎ、退出後に慶喜をたずねた。

岡部や小楠らも召された。春嶽の主張に一座は同意したが、「条約を廃するは難事なり」との意見があって決議にはいたらず、明日、登閣の上、再議を約して、夜六ツ半（午後七時）に帰館した。

二十六日朝、春嶽が登営する前に毛利定広が来邸し、「去月二十七日、京師において重臣を中山殿（忠能）の邸に召出され、夷狄拒絶の件を早々に周旋すべし云々の書面を下付せられた」と告げ、その書面のほか毛利父子より以前、関白へ呈した書面をあわせてさし出した。

春嶽は、それを閣議で慶喜はじめ一座の者に見せた。

慶喜は別に異議を立てなかったが、板倉は「（破約攘夷は）到底、行われ難かるべし」、岡部は「昨夜、横井の申せる主意は、あたかも長藩の説に雷同するごとくで、過日来の同人の持論とは大いに相違している。特に条約を廃せんとする説は、到底、外国人が承諾し得ない。もし強いて承諾せしめんとすれば、たちまち大乱なるべし」と反対した。

春嶽の話をきく者もなく、毛利長門守からさし出された書面には「長州は功名を貪るため、かかる書面を申しくだし、政府の妨碍をなすものとなるべし」という声も出た。春嶽は失望し、翌二十七日からひき籠もった。

二十八日朝、小楠と重役は春嶽に意見をきかれて「幕府の近日の体は、到底、補佐する目的なし。この際、断然、ご挂冠（辞職）のご決心が当然です」と述べた。

春嶽が「すでにその決心なり」といったので、小楠は、

「賤臣（私）が天下のため、いわんと欲するところを残る隈なく申しつくすことを得たのは、もっぱら公（春嶽）の賜であります。その鴻恩、いつの世にかは忘るべき、言の行われざるは天なり」等々

述べて退出した。

翌二十九日、小楠と重臣たちは春嶽の辞職内願書を起草した。しかし、慶喜の上洛が数日後に迫ったいま、辞表を出せば混乱が起きて出発に支障が出る恐れもある、ということで、出発後に提出した方がよいだろうと見合わせた。

その日、大久保が小楠を自邸に招き、「先日の春嶽公の発議に不審がござる」と切り出した。小楠は、こう弁じた。

「不正の条約を廃するには、内地に拠（よんどころ）なき事情があることを、委（くわ）しく彼（外国）に申し入れられるべきは勿論だが、彼があるいは承諾しないかもしれないから、あらかじめ決戦の覚悟云々と申された。また諸侯を会同して国是を定むべしと申されしは、現今の条約を廃するにしても、五大州の形勢を察するに、到底、鎖国の旧套を守るべきにあらず。ゆえに大小諸侯を会同して、さらに時宜に適する国是を議せしめ、全国一致の意見をもって朝旨をうかがい、我より使節を各国に出して、開国の攻略を行われるべしとの主意でございます」

大久保は了解して、

「さらば、ご持論のごとく閣議を一変すれば、越公は旧のごとく登営されるか」

ときいた。小楠は、

「登営せずとあっては、越公の無理というもの」

と答えた。大久保は、

「しからば、閣議の変更は拙者が担当する。越公の登営は貴下が担当してほしい」と提案した。小楠は、

「いよいよ閣議が一変された上は、橋公（慶喜）よりご書翰をもって、条約を改めること、諸侯を会同せしめること等、すべてご同意云々を仰せ遣わさるべく、また早々、登営あるようにとの趣意をも書き添えていただきたい」

といった。

小楠は翌日、春嶽に大久保との対談の次第を報告して「橋公より書翰を遣わされたらば、断然ご登営を希（ねが）いたく」と申し立てた。

春嶽は容易には聞き入れず、「書翰を遣わされし上で、熟考したい」と答えた。しかし、慶喜からは「来月三日、出発の上、上京の予定は都合ありて両三日延引した」との通知があっただけだった。

三十日の閣議で、大久保は、小楠の弁明を陳述した。閣老等は異議を挟まなかったのに、意外にも慶喜が強硬な反対意見を述べたのである。

「勅許をも俟たず調印した条約は、不正といえば不正でもあるが、すでに取り交した上は、万国並みに交通するよりほかにいたし方はない。しかるに、この節、従前の条約は不正だから破却すべし、との議がある。これは内国人だからいうのであって、外国人との関係では政府と政府との間で取交した条約であれば、決して不正とはいわない。

ゆえに、たとい日本から談判におよんでも、外国が承諾しないのは鏡をかけてみるよりも明らかで

ある。また、必戦の覚悟を定めるべしとの議論も、外国が談判を承諾せずに兵端を開けば、外国が間違いで日本は正しいというのだろうが、外国が不正の条約としていない以上、これを破ろうとする方が間違いで、守ろうとする方を正しいとすべきである。もし、そうなったら、諺にいう水かけ論で、その曲直は定まらない。

ゆえに、戦争を始めれば、天下後世は何というだろう。たとい、日本が勝っても名誉とすべきではない。いわんや敗衄（はいじく）を取るにおいてをや。また、諸侯を会同すべしとの議も、諸侯がもし時勢に適さない愚論を申し出たらどうするか。政府はかえって説諭に苦労する。これが、拙者が同意しないゆえんである。

かつ、こういう意見を立てたのは、すでに幕府をなきものとみて、もっぱら日本全国のためを謀らんとしているからだ。このように時論に苟合（こうごう）（みだりに迎合）せんとするものは、まったく間違っている。拙者の決心は、すでにかくのごとし。この上、春嶽殿にもあれ、その他の人にもあれ、意見あらば、速やかに説破されたい。もとより拙者の望むところである」

この堂々たる慶喜の正論に、大久保は絶句した。その日、小楠は閣議の内容を知ろうと、大久保をたずねて、慶喜の反対意見を聞かされ、しばらくは声も出なかった。

「橋公に、このような卓絶の高慮がおありとも知らず、これまで姑息未練の議論を進め、特に書面をも奉呈したのは、今さら恐懼慙愧（きょうくざんき）に堪えません。今よりのち、外国に関するご処置には一切言を発しませんので、従来の失態は幾重にもご寛恕をこうむりたい」

と述べたあと、

「さて越公（春嶽）が、どう申されるかはわかりませんが、橋公に、さる高慮がおありとはご存知ないので、逐一、陳述いたします」

一礼して去るや、取って返して中根に報告した。

「五十余歳の今日まで、かかる失敗を取ったことはありません。実は橋公は、いまだご若年（二十六歳）なれば、第一等の議を進めてもご負担にたえられまいと、第二等の議を進めたのが今日の失敗を取った根元で、眼識がおよばなかったのは慙愧（ざんき）のいたりです。今日の次第は、拙生より公に申し上げるべきですが、何とやら面目ない心地ですので、貴下より申し上げられ、しかる上、公にも橋公のご趣意にご同意であれば、明朝はご登営あらせられるのがよろしいかと思います」

中根はただちに執政らに小楠の心境と述懐を告げ、ともに春嶽のまえに出て、小楠の進言を陳述した。春嶽はジッと考え込んでいたが、

「過日来、橋公は上京の上、開国説を上奏すべしと申されたのみで、さる深慮あることまでは明かされなかったゆえ、こちらは勅旨を奉ずるをもって専要とし、条約破却云々の意見を立てたものである。されど、天地の公道にもとづき、国家百年の計を立てることは、もとより自分の素願であれば、改めて同意を表し、明日は登営する」

と答えた。春嶽も小楠も本来の開国論者ゆえである。

翌十月一日、春嶽は登営する前に小楠を引見し、あらためて慶喜の意見をたずねて「今日は登営す

るつもりである」と語った。小楠は、

「開国しなくては、天地間の道理は適わざることは、かねて申し上げたごとくですが、これは、その人を得なければ行われ難いと考えたゆえ、過日来、条約破却云々の議を進めたものです。しかるに平四郎、人を視る眼識に暗く、今回の失敗を取るに至り、今さら慙愧に堪えません。今日、橋公に会われたら、平四郎、深く恐れ入りおるよしを仰せ立てられ下さりませ」

と述べて退座した。

登営した春嶽は、慶喜にたいし「近々、ご上京の際、朝廷へ奏上されるべきご主意を、昨夜、大久保越中に横井平四郎が承り、即、今朝、拙者も聞いてその大要は承知しましたが、なお委曲をうかがいたい」と述べた。慶喜は、その意見を繰り返し「何分、一歩でも進む方になったなら奉承すべく、退く方なれば、どこまでも分疏（弁解）する決心である」と述べ、春嶽も同意したので、慶喜は喜び、

「ただし、当節、開国論を主張するなどと世上に流伝しては、たちまち大害を惹起するであろう。ゆえにこの主意は、これまで周防（板倉勝静）・越中（大久保忠寛）のほかには相談していない。過日来、会津（松平容保）が、攘夷に決せられた廟議をうかがわなければ、上京はし難い、と申し立てておるが、ありのままを語れば、ほかに漏泄する恐れもあるゆえ、やはり話しはしなかったが、しばしばの催促には、ことのほか困却いたした」

と語った。幕議は、不日、慶喜が上京して開国説を上奏すると決した。およそ十月九日の出発予定である。大久保は、小楠に手紙を出して慰めた。

「とかく下々はいろいろいうけれども、天地を恥じざるの心にて、後世を期すのほかありません。楽翁（松平定信）侯が在職中も、一時はたえかねるほどの世評であった由、父などの話もきいております。強いて世評を気にして勤められぬように祈っております」

小楠は、しかし、判断を間違えたのだ。

もともと開国論者だから、慶喜の思いもよらぬ毅然たる意見に感服したが、慶喜は小楠の政治改革論のかなめである「諸侯を会同し国是を議せしめる」という点も否定している。ともあれ慶喜が開国論を貫いてくれさえすれば、あとはよい方に転ぶだろうと期待したのだったが……。

その日、京都所司代より、

「三条、姉小路の正副勅使が、土佐藩主の山内豊範に護衛されて東下することになったので、伝奏衆より、慶喜の上京を十一月後に延期するように、との達しがあった」

という通報が届いた。

だが、二日には「出発準備がすでに整ったなら、予定通り上京せらるべき」旨、いってきたので、十月九日に発途と決めた。

ところが三日夜、さらに「酒井雅楽頭（忠績）が参内を仰せつけられた際、天盃は下し賜われたけれども、至尊（天皇）は出御せられず、これはご不予（不快）のためとの噂で、また近々、一橋が上京しても拝謁は仰せつけられまいとのご内評にて、態と出御されないとも取り沙汰されている」と報告してきた。

慶喜は当惑し「これは再考せねばならぬ」と、幕閣は評議のすえ、「京師のご主意の存するところをうかがう」ことになり、四日、所司代に急使を送り、出発は延期された。

福井藩邸では同日、春嶽が登営前に小楠、執政らをあつめて評議させた。

「これは東西のご主意があい反し、氷炭あいいれざることは識者を俟たずしても明らかである」

「姑息の処置にたいする咎めだから、この際、幕府は深く自反して従来の因循気風を脱却し、大いにわが日本国を振起する実をあげなくては、その説は高尚だが、到底、空論に帰し、橋公の奏上はもちろん、眼前、勅使に対する御請にもはなはだ困難である」

そういう見解を春嶽も納得し、慶喜に相談すると、慶喜も同意し閣老との相談になった。しかし、趣意に賛意は表したものの詮議にはならず、春嶽は翌五日、登営して板倉に「第一に幕府旗下の士をして、旧習の因循を脱却し、大いに敵愾の気象を振起せしむるは急務である」と述べた。

それをきいた板倉と小笠原（長行）は開悟して詮議に入ったが、春嶽は、〈積年の流弊ゆえ、尋常の改革では到底その目的を達するのは難しい〉と考え、八日に慶喜に伝えた。

「過般、小拙が無謀拙策のきらいがあるにもかかわらず、攘夷破約の議を申し立てたのは、懦夫をして志を立てさせるには、必ず効験あると見込んだゆえだが、貴卿（慶喜）の高論はもとより至当なので速やかに同意しました。しかるに開国主議の奏上は、そうでなくてさえ因循をこととする人情であれば、そこから脱し得ないのはやむを得ないところである。されば、この際、貴卿が奏上される開国主議を、もし朝廷がいれられなければ、幕府は断然、政権を返上する覚悟を定め、この覚悟をもって人心を鼓舞してはいかがであろう」

慶喜は「事がすこぶる重大なれば、閣老等に申すのはなお考案の上、明朝、改めて相談したい」といった。

しかし、翌日、慶喜は「閣老に申したら、定めて同意とは申すだろうが、その後、果たして事実を決行するかどうか予測できない。ゆえに須臾(すゆ)（しばらく）明言せず、事態の難艱に窮して閣老より申し出るのを俟つ事にしたい」といって評議しなかった。

その覚悟がなかったのである。堂々たる開国論は口先だけだ。その人間的弱さは、その後の重大局面であらわれてくる。

四　破約攘夷・全国会議

ここで、勅使東下は待遇問題という波乱を引き起こした。

三条実美が、京都守護職松平容保の先発で入京した家臣を呼んで、「大原勅使の待遇が遺憾であったので、今度は相当の礼遇をつくせ」と要求。「公然の達書ではないが」といって要望書を家臣にもたせ容保に届けさせた。

これを容保が閣議に提出すると、板倉は不機嫌になり、「定例通り。変更せず」として「朝廷の沙汰は伝奏より所司代に達するのが例規である。それを（家臣が）藩士の身分で書面を受け取ったのも不都合、肥後守（容保）が不都合を不都合としなかったのは、いかなる心得か」と論難した。

容保は「その筋を経ずに書面を下付したのは、幕府が注意して礼遇をつくすことになれば、朝幕双方に圭角（かどがたた）なくてよろしかるべしとの意で内々の扱いになった。朝廷は実はご懇篤の筋なるべし」と善意の解釈をしたが、板倉は耳も貸さず、慶喜も賛同するようだった。春嶽は容保と同意見であったが、一言も発せず退営した。

翌十二日から春嶽は、病と称して登営を断り、小楠と重臣を呼んで、「幕府在職の輩が、朝廷を尊奉する意なきことかくのごとし。ゆえに、あくまで論破すべきかとも思ったが、多数の諸有司をことごとく反省させるのは容易ならず。さればとて、このまま見過ごすことはもとより本意にあらず。よってはこの際、断然、当職を辞せんと思うがどうか」ときいた。

一同は「そういう次第では、かねて君臣の分を明らかにし、尊奉の実を挙げんとされるご素志をとげられないから、仰せのごとくご辞職のほかない」と答申、それに決した。

翌十三日、「神思憂鬱」の病名で辞職することとし、「幕府がとかく因循苟且（まにあわせ）で、旧来の陋習より脱却せず、一橋慶喜には幕政を刷新更革する意気なく、いたずらに閣老等に付和雷同し、而して幕府が前過を悔謝して天朝を尊奉するの誠意を欠き、当面の勅使待遇問題さえも従来の旧慣を株守せんとするはいかん」という主旨の長文の覚書を提出して辞職を請うた。

小楠は同日、大久保忠寛から招かれた。

実は小楠は大久保も板倉と同様と思い、大いに論駁しようと乗り込んだのだが、彼は閣議のことをいっさい知らず、かえって、

「叡慮をもって仰せ出されたことを遵奉せずに、開国も真の開国にいたらぬ。防州（板倉）は元来、俗腸（俗心）を脱しないのはもちろんだが、橋公までを俗論に引き入れ、勅使待遇のごとき些細なことさえかれこれ申されるとは、さてさて驚き入った。幕議がそういう次第では、到底、公武の一和は望むべからず。天下の衰運、すでに極まれりというべきである」

と憤り、

「しかし、明日はなお力をつくして廟堂の私論を打破しましょう」

と語った。小楠は、案外の正論に驚き、互いに嘆息して別れた。

その翌十四日、長州藩の周布政之助が福井藩邸に中根をたずねてきて、「幕府の俗論の魁（かしら）は大久保忠寛である。彼を説服すべく面会を求めたが、当人は肯（がえ）んじないから、この上は越藩の力をかりて面会するほかない」と申し込んだ。

中根は周布に、「昨日、小楠が大久保と会見して、その卓見にはなはだ感心したといっていた」と語ると、周布は驚いて、「それならもはや、面会するにおよばず。さてさて、臆察（憶測）の人言は軽々しく信ずべからず」とぼやいて帰った。

一方、勅使は十二日、京都を発駕、土佐藩主山内豊範が五百余の兵を率いて従った。このとき、豊範の父容堂は在府中で、事態を憂慮して、「本来は攘夷論者ではないが、京都の形勢の容易ならざるとき、幕府は勅命をそのまま奉承するほかなし」とみて動いた。

まず慶喜に会い、次いで閣老に談判した。岡部との議論で容堂は「天保以前の、黒船とみれば二念なく打ち払うべしとの無謀な攘夷ではないが、元来、この攘夷は征夷府として（幕府の）当然の職掌ゆえ、もし勅命を奉承されなければ、〝攘夷〟よりも〝攘将軍〟の議におよばないとも測られず」と脅した。「攘将軍」の警句は効いた。

驚いた岡部が閣老に伝えると、当惑しつつ「叡旨は奉承せられざるべからず」との趣を慶喜に話した。慶喜も「そうするしかないだろう」といった。

ともあれ、春嶽が引き入っていては決定できず、岡部は十八日に春嶽をたずね、容堂の一件を伝え、「明十九日、明後二十日の両日中には、ぜひとも決めざるを得ない。されば明日は暫時なりともご登営を」と促した。しかし、春嶽は即答を避けた。

容堂は同日、春嶽に手紙を送り、岡部との談論を「（彼の）三寸の舌もほとんど切れていたが、結局、そこまでは気がつきませんでしたというくらいで別れました。明日は登城し、閣老を責めたいと思います」「この徳川氏の危急を救うべき家柄といい職掌といい、この時に当たり、（春嶽が）鬱々、病に臥せっていてよい訳がないでしょう。僕は不才非力でも尽くすだけ」と登営を勧告し、さらに十九日には直接、たずねた。

春嶽が事の次第を打ち明けると、容堂は驚いて理解をみせ、「結局、大開国でなければ富強の実はあげらない。この節、攘夷の叡旨遵奉云々というのは、実は一時、人心を鎮静せしめるための策にほかならない」といった。

慶喜は十九日夜、春嶽に手紙で「容堂より申し聞いた趣、とくと考えれば、お請けしたほうが都合がよいと思う」と伝えた。さらに二十日、書面で「容堂の説破によって勅使待遇の改正と攘夷勅旨の奉承を内決した」として春嶽の登営を希望した。

なお将軍家茂も同日、大久保を使いに春嶽の病状を問わしめ、一日も早く登営するよう促したが、翻意はしなかった。

容堂が翌二十一日、春嶽を訪れて経緯を報告し、「拙者が大声を発したため、駿州が辟易したのは、ずいぶん面白かったが、廟堂のにわかに形勢を変ずるにいたったのは拙というべきである。一橋も案外の無気力で、いうに足りません」と自慢した。

ところが慶喜は同日、閣老に対して後見職辞任の内意をもらし、二十二日、松平豊前守、水野和泉守、板倉周防守、井上河内守、小笠原図書頭（ずしょのかみ）の五人に宛て、辞表を出したのである。勅使の到着を直前に、この挙は幕閣を困惑させた。

この事態を憂いた小楠は二十三日、春嶽に、

「容堂公が周旋せられ、近日は廟堂もまったく一変して、朝旨を奉承されるよし。されば、この上にも登営せずとあっては、容堂公に対し友義に背かれる疑いもあります。特に近々、勅使下着の上、万一、幕府に失態あらば、関以西はたちまち大乱にもいたるべきか。さては、徳川家の興廃のみにとどまらず、天下の安危に関すべきことです。この際、一層、ご憤発あって衰運挽回の偉業を立てられんことを希望いたします」

と進言したが、春嶽は「されば、なおよくその事実を聞き合わせ、しかる上で決心する」というに留

まった。

同日夕、容堂が春嶽を訪ね、「廟堂の議、もはや叡旨を奉承することに一決し、かつ閣老等、攘夷の真意をも了解しましたぞ」と告げた。しかし、春嶽は、なお幕閣の誠意を疑った。

そこへ幕閣を代表して松平容保が訪れた。

容堂の退出後に面会すると、容保は、

「過日来、公には長々と登営せられず、人心は危懼を懐いておりますのに、今また橋公にも引き籠もられ、内閣はほとんど暗夜のようでございます。ゆえに閣老はじめ大いに当惑し、ついに従前の非を悟り、叡旨を遵奉し、かつ勅使をも旧例にかかわらず敬待することに一決しました。されば明日よりご登営あらんことを希望します。もっとも病気中であれば、ご都合により何時でもご退営されて結構です」

と懇情した。

とうとう春嶽も登営を決意したが、今度は慶喜を説得する立場だ。いろいろ説いても、慶喜の意志は崩れず、ついに二十六日朝、三回目の訪問で、

「危急の場合なればこそ、拙生、容堂をはじめ閣老がくれぐれもご勧告におよんでいる。しかるに、なおききいれられずとならば、もはやお勧めいたしませぬ。過日も申し上げたように、尊卿のご職掌は叡慮をもって仰せ出された上に台命を下されたことであるのを、ご一身のご都合のみをもって、強いてご登城されなければ、つまるところ、勅旨を蔑視し、台命を忽諸（こつしょ）（なおざりに）されることになる。

そのままには差し置かれがたきゆえ、定めて台慮の次第がありましょう」

といい放った。

ついに慶喜も折れた。明後日は勅使の到着だ。ふたりは同道して登営した。これで閣議も成立して、

「勅使待遇は君臣の分を明らかにして旧套によらず」と決したものの、勅使に対する根本策にはおよばなかった。

この時期、大久保忠寛の見解が注目される。

さる二十日、将軍の使者として春嶽をたずねた際、役目を終えた大久保を、春嶽は別室に案内し、小楠も交えて懇談した。その時、彼は、こういうことをいった。

「今度はどこまでも攘夷は国家のために得策ではない旨を仰せ立てられ、しかる上、万一、京都でお聞き入れなく、やはり攘夷を断行すべき旨を仰せ出されるならば、この節、断然、政権を朝廷に奉還せられ、徳川家は神祖（家康）の旧領、駿・遠・参の三州を請い受けて一諸侯の列に降られるべきである。もし政権を奉還せられたらば、天下はどうなりゆくか、あらかじめ測り知られぬことだが、徳川家の美名は千歳（年）に伝わり、かの無識の覆轍（ふくてつ）を履（ふ）み、千歳の笑いを招かれるよりは、万々勝っておりましょう」

小楠は「ご所説、卓見なり」と感服した。この時点で、ここまで明快な大政奉還論をもっていたのは大久保ぐらいだ。

また、容堂も二十三日に春嶽を訪れた際、

「今日、営中において大久保越中に会ったら、越中は大開国論を説いたので一々感服のほかなかった。越中は当世、第一等の人物なり。このほど岡部駿州にたいしては大声を放ったが、越中にたいしては声は次第に細くなってしまった。この節柄、かかる人物を四、五人得たら、天下のことは憂うるに足らず」と述べた。しかし、大久保は幕府にとって剣呑な人物となる。

十一月三日、慶喜が登営した春嶽に、

「以前から越中守が俗論家のために忌嫌されていると聞いていたが、この節、それが一層ひどくなり、登城途中で暗殺すべしなどと密々相談している者があるそうだ。この際、その憎悪の勢いを少しくじくために、一時他職に転じてはどうか」

と持ちかけた。

だが、春嶽は、

「俗論家に忌嫌されるところが越中の越中たるところで、得がたい人物である。君側を遠ざけるのは適当でない。風説のようなものはもとより取るに足りないことだ」

と反駁して物別れとなった。

翌日、慶喜が話を蒸し返し、

「春嶽殿が越中を贔屓されるので、不平を抱く者が多い。彼一人のために多数の有司が不平では何事も円満に進行しない。惜しい人物だが、この際、一時転職させたほうがよい」

といった。春嶽は、

「拙者は越中を贔屓するに相違ない。天下の重寄《ちょうき》（重大な任務の寄託）にあたる身分である。正人端士を贔屓せずして、いかなる人を贔屓すべきか。百事（万事）、私を去って公に従わんとする今日なれば、広く天下の正人端士を挙用すべきである。転職させることは拙者の取らざるところである」

と切り返した。

　春嶽が板倉に意見を聞くと、「ご両説ともごもっともで、どちらがよいとは申し上げかねる」と逃げた。しかし、さらに聞くと、すでに講武所奉行に転任する辞令が決定して、将軍の裁可を受けるばかりと判った。春嶽は「それなら自分に相談する必要のないことだ」と憮然とした。

　左遷はこれに止まらなかった。

　十一月二十日朝、将軍が閣老を呼び出し、「井伊直弼の不届きの行為および、それに関係した年寄りたちのふつつかな行為は処罰しなければならないが、急を要するので、今日中に取り調べ実行せよ」と台命を発した。

　井伊家はじめ主立った人物の処分に続く第二次処分で、大久保は京都町奉行の経歴を問題にされ、お役御免、差し控えとなったのである。勝は慨嘆した。

「殊に惜しむべきは、大越（大久保）また座せられたり。これは当時、京都の市尹《しいん》（町奉行）たりしが、青蓮院宮（の）女犯の吟味に当たりしゆえならんと推察される。ああ、官途近来の遷転反覆、掌《たなごころ》を反《かえ》すのごとく、朝野愕然せざる者なく、官員も恐怖して、首を縮め、私営（こっそり働く）するのみ。そもそも誰が誤《あやまち》ぞ」

勅使は十月二十八日、江戸へ着いた。翌日、待遇の式は勅使が用意した十二カ条を示し、これに定まった。

攘夷の件は十一月二日、営中で評議の結果、「勅諚があったら奉承する」と決した。しかし、十日になって慶喜は、「心にもない攘夷論に雷同して、勅を奉ずるは、天聴を欺罔（ぎもう）するに等しく、一時の倫安に百年の悔を遺すよりも、むしろ引退するにしかず」と、またしてもひき入り、十五日に後見職辞退の願書を出した。

将軍家茂は狼狽し、直使や春嶽が再三にわたって勧告し、閣老、諸有司の懇願もあって、ようやく勅使入城前日の二十六日に登城したものの、攘夷奉勅には難色を示した。

二十七日、将軍の病を理由に遅れていた勅使の入城があり、勅書を授けた。勅命は「早く攘夷の策略を定め、将軍自ら上洛して攘夷の期限を奏聞するように」とあった。

十二月四日、勅使はふたたび入城して、

「勅諚の趣を早々に評決の上、諸大名に布告すべし。攘夷の策略ならびに拒絶期限は早々に列藩と衆議をつくして叡慮をうかがうべきも、多少の時日を要すべきゆえ、追って言上すべし。ただし精々、急に衆議を集め、年内もしくは明早春にも言上すべし」

との沙汰を伝え、五日、三度目の入城で、将軍は攘夷奉勅の旨を奏上、奏答書に「臣家茂」と署名した。勅使は七日、帰京した。

勝が十一月十九日に小楠をたずね、

「いま、世間は開鎖の論をいい争い、服さざるところです。しかし、開鎖は往年、和戦を論じたのと同断で、ただ文字が変わったのみ、何の益がありますかな」

ときいた。小楠は、

「実に然り。いましばらく、この違いはいわないほうがいい。攘夷は興国の基をいうのと似ているのです。しかるに、世人が徒に夷人を殺戮し、内地に住まわせないことをもって攘夷だと思うのは、はなはだよくない。いまや急務とすべきは、興国の業を先とすることです」

といっている。


将軍の上洛は明年二月と決まり、これに先んじて慶喜、春嶽、容堂が上京することになった。

京都では朝廷の政治活動がますます活発で、十二月九日には国事掛を設置して二十九人を任命、小御所で国政を議することになった。激派公家の三条実美、姉小路公知（あねこうじきんとも）は長州・土佐藩を頼み、勤王の志士を自負する浪士の跳梁跋扈（ちょうりょうばっこ）は、穏健派の関白近衛忠煕（このえただひろ）、青蓮院宮らの反発を誘った。

三条勅使や長土藩の尊攘派が東下したすきに薩摩藩の藤井良節らは入京し、近衛関白や鳥取・宇和島藩主、徳島藩世子、熊本藩公子らと気脈を通じ、長州排斥を開始した。

また、薩藩の高崎猪太郎は出府して春嶽に意見書を出し、

「幕府に一、二の名侯がいても、諸有司が因循姑息ならば何事もなりはしないから、英傑の名望ある者は、一人ももらさず廟堂に召集して、ともに政事を討論することが肝要である。それには島津三

郎（久光）をも、その一人にくわえられるべく、同人は朝廷のお覚えも悪くないので、外夷拒絶の期限、策略の緩急等を朝廷に論建する場合にも都合がよろしいであろう」

と売り込んだ。

この動きをみて小楠は「薩藩を誘って共に計画すれば事がなるのではないか」と考えた。このため、「島津父子を入京させ、関東から春嶽、容堂らが馳せ上り、青蓮院宮をはじめ近衛関白らの公卿と謀って尊攘派を一掃し、公武一致の国是を定めるよう」建策した。春嶽は小楠に、薩摩藩の高崎猪太郎、岩下佐次衛門、吉井中介らと謀議させた。

十一月十四日朝、岩下と吉井が春嶽をたずねた。

近日中に吉井が国許に出発し、前藩主薩摩守（斉彬）への官位ご追贈の件を報告、かつ横井小楠の議に敬服して、修理大夫（島津茂久）父子に上京を促すためという。そして「三郎（久光）は、もっぱら謙遜を主とし、もはや国外には出ないと申しておる由なれば、尊公（春嶽）よりぜひ、速やかに上京するようにとのご一言を請いたい」と頼んだ。

春嶽に異存はない。二十六日、容堂が春嶽をたずね、小楠に筋書きの説明を求めて、それに同意した。

春嶽が登城しなかった二十八日の暮れ、突然、慶喜がたずねてきて、思いもよらぬ計画を打ち明けた。

「京師の容易でない情勢にくわえ、仏朗西（フランス）新聞によれば大坂へ軍艦が派遣されるという。これを幕府が放置すれば、畿内はどうなるか痛心にたえない。ゆえに将軍上洛の前に自分は二万ばかりの兵を率いて大坂に上り、京師を守護し海岸を防御したい。閣老以下はほぼ賛成だ。春嶽殿は島津三郎と京都で国家の大計を立てる決心ゆえ同意しないかもしれないが、それは容堂と内談しただけであるし、かつは廟堂が従前の因循に似ず自分に同意を現わしたのは、人心振起の端（はじめ）でもあるべきだから賛成してほしい」

という。

要は外圧を利用して京坂を威圧し、幕府の勢力を示したい考えで、これでは春嶽らの計画がぶちこわしになる。「おたずねの件は、軽からぬ事なれば、なお熟考の上にこそ」と保留し、とりあえず兵を率いる案は消えた。

翌二十九日朝、春嶽は破約必戦・諸侯会同の計画について板倉同意のうえ、慶喜、水野・小笠原両閣老からも「至極の良策なるべし」との返答を得、翌日の退営後に容堂と三閣老を自邸に召集し、いよいよ異議なしとの決議になったので、十二月一日、薩藩の高崎を招いて久光への伝言を委嘱し、近衛関白、青蓮院宮に奉呈すべき書翰各一通、久光への書面を托し、着ていた羽織を脱いで与えた。

四日、慶喜は十五日に下坂するよう台命を受けた。七日、勅使は、急遽、帰京した。山内豊範、毛利利定もあい前後してしたがった。「島津久光が近衛関白と謀り、京師の形勢を一変しようとしている」という情報があったためだ。

ところで小楠は二日、春嶽に「攘夷三策」という建白書を提出している。

これは、「攘夷実行にかかる前に、将軍が速やかに上洛して誠意を披瀝し、尊王の実を示し、もって天朝を尊崇し奉るべきと、外夷の賤しむべきとを天下に知らせなければならぬ」とし、さらに、「駐留諸国の外交官を江戸城に集め、勅使も将軍も諸大名も出席して、現行の条約は幕府が誤って結んだもので、国内に大混乱をひき起こしたゆえ、政令を一新し、勅許なく開いた諸港は鎖すのでひき取ってもらいたいと通告する。なお、この件については、それぞれの本国へ使節を派遣して通知し、急ぎありあわせの蒸気船で、その役を果たすだけの力をもつ人物を派遣する。相手が聞き入れず、戦争になる場合は、曲は彼にあり名義もあるから、決戦すべきだ。その上で、たとえ日本人種をつくして全滅しても、国体を辱しめず遺憾ではあるまい」と、これは勅使、朝廷に対する威嚇でもあるが、主眼は使節派遣にあった。

十日には、尾張藩の田宮弥太郎が尾張殿の使いで春嶽に会い、その後、中根を同道して旧知の小楠をたずねた。

小楠が「来春には京師において、国是を定めん」との議を話すと、田宮は感服して、「親藩にありては、ことに同心・戮力（協力）、衰運を挽回せざるべからず」等々、述べて夜三更（午後十一時から午前二時）におよんで帰った。

小楠と中根は十四日、前尾張大納言（慶勝）に招かれた。田宮ら重臣たちが饗応し、小楠は「尊王の大義および改新の気運到来せる今日なれば、幕府はもっぱら従前の〝私〟を棄て、公議に従われざるべからず」と持論を展開して皆の感服、同意を得た。これを慶勝は襖越しに聴き、さらにふたりを座前に召して、横井には硯箱一個、中根に硯箱一個と手ずから印籠一個を与えた。

十五日、慶喜は陸路、江戸をたったが、当初の予定を変えて、まず入京することになった。同日、春嶽に、翌十六日、容堂に、それぞれ、将軍上洛に先立ち西上するようにとの台命が下り、春嶽は海路上洛したいと願い出たため、幕船順動丸を貸与されることになった。小楠が同道するのはもちろんである。

ところが、事態が急変した。小楠が襲撃されたのである。

五　士道忘却

しばらく前から、小楠の身には危険が迫っていたのである。

文久二（一八六二）年九月四日、長州藩の桂小五郎が福井藩邸をたずねたさい、応接した中根靭負に、こう忠告していた。

「世人は横井小楠を、勤王の志のない人が春嶽の参謀とあっては、天下のためによろしくあるまい、と評し合い、壮年（元気な）の輩は彼に出会い次第に容赦なく刺殺すると申しており、また熊本藩士の中にも、横井は本藩人ゆえ、彼を刺し殺すに他藩士の手をからず、と申す輩もあるよし。この節、横井には外出しないほうがよろしかろうと存ずる」

十四日には同藩の周布政之助が佐久間佐兵衛と来邸し、やはり中根と面会したときに、周布が、

「江戸には安井息軒ら大儒先生が少なからずいるのに、わざわざ辺陬（片田舎）の肥後より横井ごとき田舎学者を呼んで、大政改革の議に容喙させるのが不平の根本で、この節、ごうごうたる議論におよんでいるよし。もとより愚論なるはもちろんだが、京師でももってのほか評判よろしからずとのこ

とゆえ、ご上洛の際、万一召し連れられることがあると、あるいは島田左近のように暴行を受けるやもしれない。今のうちに品よく福井表へ遣わされてはいかがか」
と注意をあたえた。

周布、桂らはその一週間後に小楠とじかに会って話を聞き、疑念を氷解させたのは前述するところだが、尊攘激派は実際に彼と会わないで、「奸物」とみなしたのである。土佐藩の尊攘派にも闇討ちの計画がある、と、これは土佐藩から忠告があった。

そういう不穏な情勢のなかで、十二月十九日、小楠は、肥後藩江戸留守居役の吉田平之助と会った。

吉田が近く京都に行くというので、「今夕、幸いに閑ができたから七ツ（午後四時）過ぎから会合したい」と申し込み、夕方、檜物町（ひものちょう）（八重洲一丁目）にあった吉田の妾宅をたずねた。その二階で、同じく近々たつ予定の都築四郎に同輩の谷内蔵允（くらのすけ）もまじえて話し合った。

用談のあと女どもも交えて送別の宴となった。

谷が先に帰って夜五ツ（午後八時）を過ぎたころであった。

突然、覆面をした男がふたり、抜刀して掛け声をあげて酒席に躍り込んできた。階段を駆け上がる気配はあったが、誰か懇意の者が酒興に乗じてやってきたかと思い、警戒はしなかったのだ。

小楠は階段に近い所に座っていたが、刀は大小とも床の間に置いてあり、彼の場所は一番、遠かった。

とっさに小楠は〈死んでたまるか〉と思った。〈福井藩邸は近い。刀を取りに戻ろう〉、身を翻して階段を駆け下りる途中で、もうひとり覆面、抜刀の男と出くわしたが、たくみにすり抜けて藩邸まで走った。

三人の襲撃者も逆上していたのだろう。小楠の脱出にはかまわず、吉田と都築に斬りかかった。女たちは狂乱し逃げ惑った。

都築は床の間に近かったが、刀に手を伸ばす暇もなく斬りつけられた。吉田は斬り込んでくる刃を、わずかに右にかわし、間髪いれず迫った刃を右手で受け止めて組みついた。絡みあったところへ、後から来た襲撃者が吉田の頭に一刀を浴びせ、さらに股を刺した。吉田は組みあったまま、次の間の中二階へ転げ落ちた。

相手は小窓から逃げようとし、吉田は追いすがったが、そのまま共に庭に落ち、曲者は逃げた。都築は襲撃者の手許に飛び込んで組み伏せ、しばらく格闘して相手の刀を奪ったが、もう一人が斬り懸けてきて、眉の上から右眼にかけて斬られ、流血で眼が見えなくなり、その間に刺客は逃げ去った。

常盤橋の藩邸は十町（一キロメートル）ほど、疾走すればすぐだ。

かけもどった小楠は、外から大声で「内藤、内藤！」と呼んで、「襲撃された！　差し替えの刀を持ってこい！」、刀をつかむや、腰に差すのももどかしく現場へ走った。

この騒ぎで、内藤泰吉のほか福井藩の千本弥三郎、近藤篤太郎その他十人ほどがあとを追った。小楠が現場に着いたときは、曲者の姿はなく、ふたりが倒れていた。

吉田は頭と股に深手を負い、都築は顔と頭を負傷していた。吉田は感染症がもとで二カ月後に死んだが、「相手の耳たぶに噛みついたので、必ずその傷が残っているはずだ」といい残した。吉田は井伊大老が権勢をふるった際に、井伊方でいろいろ取り計らったため、土佐藩のものが憎んで、最近は吉田の妾宅を偵察していたという情報があった。いずれにせよ、小楠と吉田をねらった凶行とおもわれた。

小楠をかこみ、中根靭負らが善後策を論じ、翌日、肥後藩邸には中根が奇禍の顚末を書いた届け状をもってゆくことになった。ところが、二十日朝、中根が出かけないうちに、肥後藩家老の沼田勘解由が訪れた。

「昨夜の刺客は、吉田を狙うたものであるとの評判でござる。三人の挙動には差別はあるが、なにぶん一連のことなれば、さようの不調法を、そのまま、さし置きては恐れ入る次第なれば、横井平四郎を当藩邸にひき取り、謹慎させたく存ずる」

肥後藩邸では、小楠が朋友を死地に残して、ひとりで脱出したのは、「武士にあるまじき振る舞い。士道忘却だ」との非難がごうごうと起こった。

このため、小楠の身柄を福井藩よりひき取って国許に送還することに一決した。沼田が国許へ送った報告書では、「自発的に切腹するのが最も好ましい」とある。肥後武士道の面目である。

沼田が帰って、中根が春嶽にその趣旨を言上すると、「肥後藩の処置が案ぜられる。沼田に直接、会うて話をしたい」といった。

中根が沼田をたずね意向を伝えると「参邸つかまつる」と答え、

「昨夜、当藩足軽の黒瀬市郎助と安田喜助が亡命いたしました。その者どもが出邸の際に、今夜は遅くなり、自然に門限も切れれば、もはや帰るまい。さようなりたる節は、ぜひ吉田を斬り捨ててゆく、と同輩に申し置いた由なれば、刺客は吉田が目当にて横井平四郎には関係なきこと明白になり申した」

と告げた。

　沼田はほどなく参邸した。

　春嶽は引見して、

「横井平四郎は、沼山津（ぬやまづ）に閑居しておらば、無事であろうのに、強いて招聘し、かつ深く信頼しておったばかりに、かかる災難が勃発したのだと思うと、はなはだ気の毒にて心痛にたえない。尊藩の掟をかれこれいうべきではないが、どうか、それがしの心中を察して、寛大なる処分におよぶようお願いいたす」

と頼んだ。

　沼田は、「委細、かしこまりました」と述べて退座したが、控え所で中根に、こういった。

「不慮のこととはいいながら、場所柄もよろしくなく、その上、婦人なども交じっていた様子で、罪を重きほうにしようとすれば、いかようにも重科になる情勢であるが、せっかく懇篤なる御意（ぎょい）であるゆえ、せいぜいしかるべく取り計らいたい。しかし、いずれにせよ、横井平四郎の身柄は当藩邸にひき取りたく存ずるが、勤王家も多くおるので、はなはだ心配しております」

　夜、中根から話を聞いた小楠は、「この上、皆様を煩わせるのは本意ではござらぬ」と、病気を理由に帰国願いを出した。

また「前夜の事情、なおまた熟考したところ、その節は急速のきわで思慮がおよばず、腰に刀がなくては、と駆け帰り、ふたたびまかり越した次第、いまとなって思えば、あの時、二階から下りて、すり鉢でもすりこぎでもおっとり、打ってかかればよかったものを、その場で腰刀のことを思っただけ、後れをとってしまい、武士道が立ち申さぬことになってしまった。士道へかけてのお懸け合いは一切これなく、武士は棄り候となし置かれるように」具申した。

士道が立つように交渉すれば、死罪になる前に自刃するのが最善の選択になる。しかし、小楠は「武士は棄れた」と開き直った。

もともと彼の意識では、自分は「士」であった。それは幕藩体制の支配階級である「武士」ではなく、儒教の士、すなわち堯舜のような名君を補佐して、天下万民のための政治をする者である。武士を士に変えなければいけない。武士は廃さなければならないのである。

それは体制にとって危険な思想であった。この危難を逆手にとって、「武士は棄れた」ということこそ、小楠の思想の誇らかな宣言になる。いま、自分は天下の政治を望ましい方向に動かしつつある。ほかに誰がこの使命を全うできるというのか。小楠の内面の忸怩たる思いは自分でも驚くほど早く吹っ切れた。

熊本藩に比べて、小楠の儒教的理想論に感化された福井藩の意見は、さすがに違っていた。斬り合いをさけたのは、「命さえあれば、なすべき事があるという見識であって、瑣々たる小節をもって論ずべきではない」という見解が多数をしめた。

その夜、肥後藩の清田新兵衛が福井藩邸に来て、大道寺七右衛門へ申し入れた。

「横井平四郎は貴藩へお貸ししてあるが、この度のふつつかなる始末もあり、かような者をお手許にさし出しておくのは、なんとも恐れ入り、かつ不安心しごくであるから、龍ノ口（肥後藩邸）にひき取り、藩主の意をうかがって処分したい」

大道寺は「春嶽さま、ただいま不在ゆえ、帰邸のうえ、なにぶん取り計らう」と述べた。清田を帰したあと、福井藩の重役たちは対策を評議した。

「この際、万全の策とてないが、これまで寵遇せられた先生を手放して危地にさらしては、春嶽公もただに愛士の誠意が立たぬのみならず、ひいては天下有志の信望を失う。とにもかくにも先生を引き渡してはならぬ。もともと先生は、春嶽公が肥後藩主と直接交渉して借り受けたのだから、明春、上京の上で肥後藩主と直接に交渉すべく、それまでは先生の身柄を当方に預かるのが上策である」

こう評決し、春嶽が帰邸するや、この次第を上申した。

春嶽も「至極、もっともである」と同意したので、明朝、家老の岡部豊後と中根が肥後藩邸におもむき、この旨を申し入れることになった。

二十一日朝、福井藩邸は留守居役の草尾精一郎を肥後藩邸の清田新兵衛のもとにやって申し入れ、委細は後刻、岡部、中根の両人が参邸して申し述べるとし、四ツ時（午前十時）に沼田を訪ねた。岡部は、こういった。

「肥後には肥後の藩法もあることなれば、横井平四郎をひき渡すべきはずはいうまでもなく、また当人からもすでに暇を取って帰国したき旨を願い出てもいるが、ひき渡してあとの彼の身辺の危険を思うと、すこぶる懸念にたえない。肥後藩ではいかに取り計らわるるか、それを承知して安心したい、との春嶽さまの意向でござる」

沼田は答えた。

「横井平四郎の身柄ひき取り方は、役柄上、取り計らわねばならぬが、同人の安危の保証はいたしかねる。横井は越前では非常の待遇を受けているが、肥後では一介の平侍である。国許へやるにも当人と従僕のほかには護衛をつける訳にはいかず、また、国許に帰ったとて、なかなか安心の見込みがつきませぬ」

岡部らは重ねて、

「当藩は、この際、同人を福井にやるのが最も安全だろうとの議にまとまっているが、さようまかせてもらえまいか。それも無体に願う訳ではない。明春早々、春嶽さまが上京せば、越中守（細川韶邦）さまと対面のうえ、直々話し合いたいから、それまでは今のまま横井平四郎を借り受けたいとの意向である」

と述べた。

そう出られて沼田は、

「もともと横井平四郎の身柄は、両藩侯のあいだで取り決められた事であれば、越侯の意向に違背はできませぬ。しかし、当藩では横井平四郎が友人の危害をもかえりみず逃げ帰ったと議論が沸騰し、役柄上、ほとほと困りぬいております。そこで、それがしよりは、あくまでもひき渡しを申し入れ、越藩では越侯の意向を、どこまでも申し入れられたい。さすれば、当方は枉げて承諾する運びになりましょう。これは他人には口外しがたき打ち割っての密談でござる」

といったから、岡部と中根は「沼田殿のご厚意、なんとお礼を申し上げてよいかわからぬほどである」と告げひき上げた。

春嶽に報告すると、「それはよかった。先生は明春、越中守さまに直談におよぶまでは、ただいま通りさし置きたき旨、返答するように」と命じたので、中根はそれを文書にして翌二十二日、沼田にさし出した。

それを読んだ沼田は「厚き思し召しをもって仰せられたことであれば、これによりお請けつかまつるべく」と答えたので、中根は「ご承諾さえいただければ、今夜にも横井平四郎を福井に発たせたい」と述べ、「事が万一、外にもれたら途中の危難も計り難いから極密を要するが、さればとて、これまで通りとあっては疑惑も生ずるゆえ、表向きは、遠からず同人を国許へつかわすというくらいにして置かれたい」と頼んだ。

その夕方、沼田から書面で「誠に余儀なきご事情もあれば、この上、しいて引き取りの儀は願い難く、まず御頼談の旨に応じ」うんぬんとあって、交渉は落着した。

二十二日夜、福井藩邸では、小楠を警護するため千本弥三郎と近藤篤太郎が早駆けの支度をした。

出発の刻限が迫ると、春嶽はひそかに小楠を呼んで別れの盃を交わした。ふたりとも落涙し、無言の別離となった。春嶽は身につけた印籠、煙管（きせる）やタバコ入れなどを与えた。小楠は平服のまま、所用があるようにみせて西門から出た。千本と近藤は東門から出て、三人は呉服橋で合流した。小楠は駕籠に乗り、闇にまぎれた。

その四日後、横井大平と内藤泰吉も福井にたった。出発前夜、春嶽はふたりを引見して、慰めの言葉と贈りものを与えた。春嶽は大平に「いくつになったか、立ってみよ」といい、「十二でございます」との答えに「ことのほか大男よのう」と目を細めた。

中根らが小楠の帰国を国許へ報じた書面に「小楠を失い、一邸、光輝これなきさまの心地、万歎千息、なんの益もこれなく候」とある。

他方、襲撃犯の詮議では、失踪した黒瀬と安田に嫌疑がかかったが、もうひとりがわからなかった。ところが翌文久三年三月二十二日、京都南禅寺山内の瀧ノ山にある大日堂で自殺した浪士がいた。まもなく長州藩の者がきて、東山山内の霊山に手厚く葬った。

墓碑には南季二郎とあったが、その後、肥後脱藩浪士の堤松左衛門義次の仮名と判明した。着ていた白衣には「臣、嚮（さき）に江戸にあるや　売国の士横井小楠を斬らんとす、不幸にして事ならず。生を愉しみ今日にいたるその罪大なり、故に自刃してもって国家に謝す」と血書してあった。

彼は外様足軽の堤定次の二男で、肥後勤王党の宮部鼎蔵（ていぞう）に武術を習い、河上彦斎（げんさい）、大野鉄兵衛らと交わって志士となり、文久二年十月に脱藩して長州にはしった。

そこに集まった浪士のあいだでは、幕府の和議・開国の罪を小楠に帰し、破約攘夷をすすめるには「小楠を暗殺すべし」との論がさかんで、堤は肥後藩の奸物をのぞくに他藩同志の手をかりるのを潔しとせず、数名の同志と江戸にむかった。

小楠に面会を求めてかなわず、黒瀬と安田の協力を得て暗殺に走ったが失敗した。三人は西に逃走し、堤は京都まできて、小楠を討ちもらした責めと国法を犯した首謀者としての罪を藩主に謝すために、長州、土佐の同志のなだめもきかず、二十五歳の命を終えたのだった。

共犯の安田と黒瀬は、その後、長州藩の馬関戦争に参加し、長州軍にくわわって元治元年の蛤御門の変で戦い、敗戦後は長州にもどったが、安田は反対派のために暗殺された。黒瀬は慶応元年の長藩内乱で鴻城軍の銃隊長となって功があったが、その後、長州から消えた。

死亡した吉田平之助の長子己久馬（きくま）は、敵討のため若党をつれて諸国を歩き、帰国して捜索しているうち、慶応三年暮れ、仇のひとりらしい者が松山藩にいると知って、都築四郎父子とともに大坂の松山藩邸で調べると、松山城下の郷士の食客竹永確助が黒瀬らしく、堤と安田はすでに死亡したことを確認した。

松山城に着くと、鳥羽伏見の戦で藩主松平定昭は朝敵とされ追討、藩主父子は蟄居（ちっきょ）、家中は総閉門とあって、同藩は竹永を肥後領鶴崎へ護送し、龍興寺で郡代立ち合いのもとに吉田、都築らと対決させ、自白したため、ついに討たれた。

第十一章　未成

一　小楠不在

文久二年十月から翌年初めにかけて、福岡藩、広島藩、久留米藩など十数藩の大名が上京してきた。将軍後見職の一橋慶喜も正月五日に入京、十三日に老中格の小笠原長行（ながみち）、そして二十五日に山内容堂が、翌二月四日に政事総裁職の春嶽、そのほか尾張藩主、肥後藩主が着した。

春嶽と容堂は当初、慶喜に次いで上京の予定であったが、島津久光が将軍上洛見合わせを申し出たため、春嶽のみ延期した。久光は十二月、大久保一蔵を京都に送り、建白書を提出して将軍上洛の延期、さらには攘夷実行延期をはかったが失敗したので、春嶽も上京した。

先行して京都入りした中根靭負が、慶喜に随従してきた大目付の岡部駿河守に会うと、

「京都の情勢は、過激の攘夷論のみにて、なんとも申すべきようもなし。橋公にも、ことのほか心痛せられ、事理をつくして論弁されたが、いっさい貫徹せず、無二無三に鎖港すべしとの議であった」

と嘆息した。

二月十一日、長州の久坂玄瑞（げんずい）や肥後の轟武兵衛らが、鷹司関白に「速やかに攘夷の期限を確定し、言路を開き人材を挙げ、時勢の急に応ぜられたい」との建白書を提出し、公卿らもその議を実行せよと迫ったため、関白は参内上奏。孝明天皇は廷臣を召集して意見を徴し、同夜、三条実美（さねとみ）ら公卿は、慶喜の宿所の東本願寺に乗り込み、攘夷期限の即答を迫った。

このため、慶喜は春嶽、容堂、京都守護職の松平容保らを集めて協議して、翌日早朝におよび、「期

限を定めるのは軽率、至難」という春嶽の主張もむなしく「将軍帰府二十日後、外夷拒絶」と決め、十四日、朝廷に奉じ公布した。これで開国論への道が閉ざされてしまった。

天誅が続いていた。

二月二十二日夜には、尊攘激派が洛西等持院にあった足利尊氏・義詮・義満三代の木像の首と位牌を盗み、賀茂の河原にさらした。

その立て札に「名分を正すの今日にあたって、鎌倉以来の逆臣をいちいち吟味し、先ず巨魁であるこの三賊の醜像に天誅をくわえるものなり」と書き、また三条大橋の制札場に足利将軍十五代の罪を攻撃する一文を貼った。

「今の世にいたり、この奸賊になお超過する者あり。その党あまたにして、その罪悪、足利等の右に出る。それらの輩ただちに旧悪を悔い、忠節をつくし、鎌倉以来の悪弊を掃除し、朝廷を補佐奉り、古昔に復し、積悪を償うの処置なくんば、満天下の有志、おいおい大挙してその罪を糺すべきものなり」

足利氏を徳川氏にみたてた倒幕の脅迫である。

京都守護職の松平容保は激怒した。

探索の結果、浪士の三輪田綱一郎ら九人を捕縛したが、長州藩世子の毛利定広が赦免を願い出、公武合体派であった青蓮院宮（中川宮）さえ京都守護職を批判、人心のおりあう処分を申し入れるなどの圧力で、諸藩御預けとなった。

将軍家茂は、ついに二月十三日、約三千人を供に江戸を発し、三月四日に京都、二条城にはいった。

この時、春嶽は大津まで出迎え、職を辞する覚悟で将軍に辞職を迫り、翌五日も意見書を出して、再度、辞職を勧めるとともに、総裁職を辞めたいと願い出た。幕府有司は「この期におよんで何を」という空気であった。

慶喜は攘夷実行を約すかわりに政務委任を取りつけようとした。同日、慶喜が家茂の名代として参内すると、「征夷将軍の儀は、すべてこれまでどおり委任する。攘夷についてできるだけ忠節をつくすように」との勅命があったが、七日に家茂が参内すると、「攘夷は委任するが、国事の儀は、ことがらにより、直接、諸藩に対して指令することもあろう」と変わっていた。国事御用掛(がかり)の裏面工作であった。

「小楠ありせば……」

春嶽は術策つき果てた。

九日、病と称し政事総裁職辞任の内願書を出してひき籠もった。

これに容堂らは反対し、慶喜はじめ閣老たちも留任を勧め、「どうあっても辞任するなら、生麦事件だけは片付けてもらいたい」とまでいった。英国は前月、幕府に賠償金を求め、薩摩には速やかに犯人を処刑し弔慰金を出すよう三カ条の請求を突きつけていた。

その島津久光は三月十四日に到着、近衛殿に参候し、そこで慶喜、容堂らが集まり公武合体派の勢力回復策が話し合われた。

久光は、

「過日来、外夷拒絶を急がせられる由なれど、これは方今、決して行うべきではない。また、堂上方に国事掛を命ぜられてあれど、これは害ありて益なければ、速やかに廃されるよう、さらに生麦事件は、英軍艦を薩海へさしむけられるべし。応接の上、時宜により償金をもさし出す」と意見を述べた。

これに対し国事扶助の青蓮院宮が「国事掛を廃するにはいたりがたし」と返答した。

また久光は慶喜に「外夷拒絶とは、何とたやすくお請けになったか」と難詰したが、慶喜は返事をしなかった。

その後、何の沙汰もないのを不満に思った久光は十八日、帰国してしまった。

万事休す。

春嶽は十五日、辞職を再願したが、許可が出ず二十一日、勝手に退京して二十五日、福井へ帰った。このあと総裁職罷免と逼塞を命じる幕府の達書が出た。

容堂も二十六日、伊達宗城(むねなり)も二十七日に帰国、青蓮院宮は国事扶助を辞し、公武合体派連合勢力は京都からいなくなった。

福井に帰った小楠は、足羽川(あすわがわ)河畔に用意されていた新しい客館にはいった。

この屋敷は、三岡らと『国是三論』の富国論実践にあたって、利便を考えて配置されたもので、河畔の福井城側に産物会所と客館があり、対岸に三岡の屋敷が置かれた。小楠と三岡はひんぱんに舟で往来するわけだ。

二月三日には、熊本から甥の左平太と至誠院の甥の不破源次郎が福井に着いている。大平とともに手許において自分が教育したいと思ったのだ。しかし、諸般の不穏な情勢から五月には帰国させることになった。

京都の情勢は最悪の道を進んだ。傷心の春嶽を待ちうけていたのは、藩の動揺である。内外危機のときに政事総裁職の大任を去ったのは、いかに道理があるとはいえ、無為無策のとがめと無責任の評は免れない。藩の面目も失墜してしまう。せっかく興隆した藩の士気も一致和協の精神も危うくなった。

事態を憂えた小楠は四月、春嶽と家臣に忌憚のない忠言「処時変議」を草し、「年来の士気に拍車をかけ、これまでの民の利益を中心とする積極的経済政策を断乎維持せよ」と激励した。

また、党派抗争が起こらないよう、藩主茂昭に「朋党（ほうとう）の病」について建言した。

小楠は活気を取り戻した。

藩では失墜した名誉回復のため、小楠を中心に議論が続いた。

藩論は、とりあえず小楠を支持する勢力が握っていた。家老では松平主馬、本多飛騨、長谷部甚平は寺社町奉行に転じたが、勝手方も兼務、三岡八郎が奉行見習から正規の奉行（勘定奉行）に昇進、目付の村田氏寿、千本藤左衛門といった陣容で藩政を掌握している。小楠の主導する藩論は次のように固まっていった。

「無謀な攘夷論はいよいよ激烈となり朝廷を動かし、一方、幕府はみずから成算もない横浜鎖港談判を開こうとしている。外国が承諾するはずがないばかりか、朝旨によると知っている外国は、いつ軍艦を摂海に乗り入れるかもしれない。そうなったら、皇国の安危は容易ならざる次第である。その暁には、当藩一致、上京して京畿の守備にあたるべきはもちろん、こうなる前にすみやかに二、三の大藩と協議して、朝廷・幕府に建議し、進んで皇国安危の国是を確立すべく努力するのがよい」

京都では、将軍家茂と慶喜が、朝廷に将軍の摂海巡視と攘夷実行のための東帰を奏請したが、逆に「将軍直筆で攘夷期限を答えよ」と要求され、四月二十日に、「五月十日から」と返事した。「どうせできない攘夷だから、時期の表明は早い方がいい」というのが慶喜の考えである。

江戸へは慶喜が帰り、攘夷を実行することになった。家茂は大坂湾を視察して、勝安房に神戸海軍操練所建設許可を与えただけで京にもどる。

春嶽は、廟議の動向を探り自説を開陳させようと、五月七日、中根靱負を京都に派遣、さらに情勢視察のため千本弥三郎、堤市五郎を九日に送った。中根は十日、千本らは十二日に入洛した。

中根は老中板倉勝静（かつきよ）に春嶽の意見書を提出した。これは小楠の手になるもので、昨年の〝破約必戦・全国会議・真の開国〟論をさらに発展・飛躍させたものである。

その要点は、

「外夷拒絶が決定された今更、とかくいってもしようがないが、元来、攘夷の策略は、わが国が直をもって外国の曲を討たなくては、天地間の道理上において条理が立ち難いということは天下に確定した輿論であれば、これに従い拒絶するには尚更その筋を明らかにしなければ、世界に対し国辱ともなる。全世界の道理、地球上の全論にかけても大丈夫なものでなければいけない。だから、日本側では全国の大名・諸藩の有志・草莽の輩まで外国側の言い分を検討し、外国側でも日本の国是を列国間で論議する。そうやって条理をもって押しつめて応接におよび、和戦ともに互いに必是必直、双方内外、少しも遺憾のないところへ帰着させよう」

というものだった。

幕府は十七日、春嶽の逼塞と茂昭の目通り差し控えを免じ、福井藩内はとりあえず安堵した。

攘夷期日の五月十日、幕府が積極的行動をとらないよう命令したにもかかわらず、長州藩尊攘派は攘夷を決行した。

この日の夕方、アメリカ商船ペムブローグ号が周防灘から下関海峡を通過しようとして、風波と潮流のため豊前国田野浦沖に投錨した。たまたま長州藩の軍艦庚申丸が下関にきたので、久坂玄瑞らが乗り込んで、癸亥丸とともにペムブローグ号を急襲、同船は豊後水道に逃げた。

二十二日夜に豊浦沖に仮泊したフランス軍鑑キンシャン号が、翌二十三日早朝、壇ノ浦などから長州藩砲台の砲撃を受け、庚申丸、癸亥丸も砲撃して急迫、キンシャン号から砲撃の理由を聞こうとボートが出たが砲弾で粉砕され、やむなく応戦、玄界灘に脱出した。

小楠は春嶽、茂昭をはじめ重臣たちに重ねて主張した。

「そもそも朝廷が幕府に押しつけた攘夷は、決して道理ではござらぬ。まして長州のごとく、いきなり関門海峡で発砲するのは、もってのほかである。しかし、攘夷がいったん〝国是〟となってしまっては、ここから問題を出発させるしかない。そこで、在留の夷人を京師に呼んで大会議を開くというのは、道理ではない国是を、道理の方向へ修正するための起死回生の手段である。夷人に通告するところまでは不道理が続くが、むこうが反論し、こちらが道理をもって応じれば、会議は道理へ転換してゆくことになる」

さて五月八日に江戸へ戻った慶喜が十四日、「攘夷実行は到底不可能」と辞表を出した。予定の行動だ。小楠はあらためて慶喜という人物にあきれ果てた。

「そもそも京都で橋公が、できもしない攘夷の朝命を異議なくひき受けたのが、春嶽公と議論が合わなくなった原因なのに、今日になって辞職とは誠に言語に絶する」

重臣会議で小楠は論じた。

「江戸では、家門・譜代大名連合して上京、将軍帰府の談判におよぶ動きがある（五月下旬、江戸の留守幕閣が在京老中に無断で、老中格小笠原長行を挙兵上洛させるが、入京は阻止された事件となる）。幕府はいま、将軍帰城のことしか考えておらず、帰城が実現すれば大権返上との内議があるとのことだ。朝廷においても鷹司関白が辞意、一条左大臣に内命があったが拒否、二条右大臣も同様で、関白のひき受け手がない。朝廷と幕府がこういう状態では、放っておけない」

小楠の発議により、越前藩では、近日、大議論を発し、夷人が摂海に乗り入れるのを待たず、春嶽を押し立てて一藩を挙げて上京、朝廷と幕府に必死に言上しようということになった。この策を朝廷と幕府に取り上げさせるには、福井一藩が身を捨て家を捨て国を捨て「一藩君臣再び国に帰らざる覚悟」でなければむずかしいのである。建議の内容はこうなった。

その第一は、攘夷は到底行われるべきではないが、すでに天下に布告した以上、鎖港の談判にあたってあくまでも条理をふみ、日本の汚辱にならぬようにしたい。それには、在留の各国公使を京都に呼び、将軍・関白はじめ関係者全部が出席して談判を開き、彼我の意見を十分に攻究して、開鎖か和戦か結論を出そう。

第二に、近来、幕府の施政には失態が多い。これは将軍を補佐する幕府有司に人を得ていないからで、今後は朝廷で万機を主宰され、賢明の諸侯を機務にあずからしめ、諸有司も幕士にかぎらず列藩より適材を選抜するように定めるべきである。

このころ二度、坂本龍馬が福井を訪れている。

龍馬は文久二年に勝麟太郎（海舟）と会って意気投合し、以来、門生である。春嶽と小楠にも面会している。翌三年の三月下旬から四月初旬、京坂滞在が続く勝にかわって、龍馬ら土佐の五人が江戸の大久保忠寛（一翁）に上方の情勢を伝えた。

このとき、大久保は龍馬の人物を見込んで、京都の春嶽に宛てた二通の書簡を託し、また福井の小楠宛てには直接、六日付けで出し、龍馬らのことも以下のように書いた。

「過日、勝に従う土佐の有志五人が拙宅に来て、京都の情報を伝えてくれたが、ただただ嘆息しました。その来人中、坂本龍馬、沢村惣之丞の両人は大道を解すべき人物と見受け、談話中に刺される覚悟で懐ろを開き、公明正大の道はこのほかあるまいと、かねてからの思いを話したところ、両人だけは手を打つばかりに理解したので、さらば（君たちが）早々上京の上、何とか尽力すべしと話したところ、およぶだけは死力をつくし具申しますが、春嶽様へも手紙をと頼むので、かねてご存知のことではあるけれども、なお愚論を書き、当月三日、龍馬の出立に託しました。なお、決してお見捨てなきよう、御国のため幾重にもお願いします。龍馬はお国許（福井）までもまかり出で、是非正大のところをもって出勤お進め申し上げると申しております」

大久保は、春嶽が京都にいると思ったが、すでに無断で退京していた。龍馬は紀州藩の海防助言依頼で和歌山にいた勝を訪ねて、ともに大坂に戻り、大久保の手紙を届けるため四月十六日に福井へ行ったのである。

五月の福井行きは、翌年発足する海軍操練所と勝の海軍塾の費用捻出を福井藩に求めるためだった。勝は龍馬に村田氏寿宛ての書簡を託し、五月十六日、福井に派遣した。二日後、神戸の勝を訪ねた中根靱負に「一昨日、坂本龍馬を貴国に遣わし、ご相談におよばせた」と述べた。

龍馬は二十日、福井に到着した。宿から使いを出すと、あいにく村田も中根も不在で、小楠からは「早く来い」との返事があって、足羽川河畔にある客館に訪ねた。

「先生！　しばらくでござります」

「おお、坂本君ではないか。大久保様より、君がたずねてくるからよろしくと便りがあったぞ」

人なつこい龍馬の顔をみて、小楠の日々緊張した神経もほぐれる。勝が目をかけている若者を小楠も好いていた。

「先生、大変でございましたな」

「ウム、君のように聞きわけの良い刺客なら歓迎じゃがの」

「先生、ご冗談、ご冗談。それにしても命はひとつ、無刀のまま刺客に斬られて死ね、とはマッコト難儀な肥後武士道ですなあ」

手をふって、さっそく胡坐をかいた龍馬に、小楠は「チクといくか」。いうと、自分で台所にたって徳利をさげてきた。

龍馬は、いろいろ話したいことがあったが、小楠が先んじた。もう止まらない。龍馬もユッタリとした口調で感心する。外も暗くなり酔いもだいぶ進んだころ、「三岡君のところに行こう」、小楠が立ち上がった。

「おーい、おーい」と呼ぶ声が川の方からするので、三岡が庭に出ると、小楠の舟がやってきた。小柄な小楠のそばに大きな男がいた。

「先生、危ないですよ、足元にお気をつけて」と呼びかけると、「おい、紹介するぞ。土佐の坂本君じゃ。勝先生のお弟子じゃ」

早速、宴会がはじまった。みな明るい性格だ。話題は事欠かない。三人が思いのたけを論じ合い、ついに夜を徹して呑み明かした。

翌日、小楠は、龍馬からの借金の話と勝の村田宛ての書簡、および大久保の書簡を春嶽に上げた。この結果、福井藩より千両が貸与された。ちょうど藩は長崎で蒸気船の黒龍丸を購入し、近々、敦賀に到着する。その運用を検討しているさなかで、勝の海軍塾への協力依頼は歓迎するところであった。

二　失意

小楠が熊本の社中に送った書簡の「追啓極密」によれば、福井藩の大評議は五月二十四日から始まった。

その日の夜、攘夷派公卿の急先鋒、姉小路公知（あねのこうじきんとも）が暗殺され、京都の朝幕関係はさらに悪化した。また幕府は同月九日、小笠原長行の独断専行という形をとって、英国に十一万ポンド（一万ポンドは東禅寺事件の償金）を支払っていて「生麦事件の償金を勝手に支払ったことは江戸の取り計らいで、こちらでは一切知らなかった」と弁明、「将軍が在京では致し方ないので、一刻も早く帰国して、違勅の輩を誅伐し、将軍が自身で攘夷拒絶したい」と申し出た。

これで、なおさら難しくなった。朝廷は「将軍を京都から外に出せば、攘夷も役人誅伐もできないから大権を返上したいといってくるのではないか」と疑心暗鬼で動きがとれない。

また、朝廷でも天皇や関白、中川宮などは攘夷ができないことがわかって苦悩しているが、国事掛など暴論家の公卿が幕府の偽欺を憎んで妥協点がみつからない。

「こんなことでは、外国のことよりも公武大不和大争端の方が一大事である」と君臣大評定になった。

小楠の建議に基づき、結論はこうである。

春嶽、茂昭も出京する。家老以下藩士ほとんど全員が供をし、君臣ともに必死を誓い、皇国に尽力する。天朝と幕府間の周旋ということでは一切なく、天下に大義理を立てとおす趣意である。福井藩は開国論だと列藩に知れわたっているので、上京すれば、どんな暴発の変難が起こるかわからないから、君臣必死、再び帰国しないとの覚悟をかためた。

「人心大いにふるい、義勇感動は格別であった」と小楠は書く。

決定の上は遅滞ないように二十六日、まず大番頭の牧野主殿介が一隊を率い出京を命じられ、四、五日うちに出立となった。二十七日から士分以上が両君の前で直に決心の表明を聞く予定。率いる兵隊は家中の若者を選りすぐり、それに農兵精練を選び、精兵は四千人ほどをつれていくが、本隊はもう少し状況を見きわめてから出発する。また列藩へも相談しなくてはならない。

六月一日に藩士一同を城中に集めて酒肴をふるまって、この決定を布告した。小楠はいった。

「日本国中共和一致の政事となり、終に治平に帰す」

士気は大いにもりあがった。

ところが、である。

五月三十日に京都から帰ってきた中根靭負が自重論を唱えた。

「上京は未だその機にあらず。かつ藩士の中にもなお異議をいだく輩なきにあらざれば、とくと熟議ありてしかるべきと存ずる」

六月四日に、また重臣会議が開かれた。小楠は提言した。

「両公、上京のことはすでにご決定のことなれども、ご発途の期日はいま一応、人を京都に出し、投ずべきの機を認められしうえ決定せらるるがよろしかろう」

春嶽、茂昭が諒解し、重役たちも同意した。すぐに牧野主殿介、青山小三郎、六日に村田氏寿が京都へ送られ、薩摩、肥後、加賀、若狭、会津、尾張諸藩の在京重臣に報じて意見を徴し、京師の事情を探査した。

そこへ、六日、「将軍東帰が決定した（九日出発）」との報があった。これで計画は大手違いとなった。「大樹公、発途のもよう、はなはだもって残念の次第。そうなればこの方の挙動もいささか変わらなければならないが、何分、朝夕の変態とあって見据え難きこと」で、「老生、一生に再びこれなきことにて、実に心肝つくしている」小楠だったが、酷暑が続く中、盛り上がった勢いも出口を失い、藩論は分裂し始めた。

藩内から「大樹公が東帰すれば、藩主（茂昭）は出府の年にあたり、六月中旬には江戸へ行かねばなるまい」との議が起こった。藩の上洛計画は不穏当とみている中根が参府を支持し、再度の出京命令にも応じなかった。

これにたいし、松平主馬、本多飛騨、長谷部甚平、三岡八郎らは、「藩主は参府を延期し、あくまでも春嶽公とともに上京して、既定の計画に従事すべし」と主張し、小楠も同意見だった。

六月七日、中根とのあいだで大論戦となり、中根は八日からひき籠もり、ついに十四日、「内外を疎隔し人心を害(そこな)い候段、不届き」という理由で、蟄居謹慎を命じられた。

小楠は同日、京都で動いている村田と青山に「君側、大破にあいなり、笑止のいたりである。しかしこの乱は、ついには大破におよぶことで、今さら驚くことではなく、雨降りて地堅(かた)まりの方だから、この一乱でいよいよもってご上京は堅まりの方と思われる」と書いた。しかし、小楠の見方は楽観に過ぎた。

村田、青山、牧野らの京都探索は難航した。村田が薩摩の高崎猪太郎に会って見解をきくと「藩議はもっとも至極の趣意だが、それを言上されるのは、なお機会を待たれた方がよろしいのでは」と語り、吉井仲介にも会ったが同意見であった。福井藩ともっとも近いはずの薩摩がこうである。

翌日、牧野とともに肥後藩の沼田勘解由、元田八右衛門（永孚）と会見、さらに藩主韶邦の弟長岡良之助（護美(もりよし)）の上京を懇請した。しかし、「良之助の出京には困難な事情があり、京師の形勢は挽回の気運になく、進出の時期ではない」という判断であった。沼田と元田は、福井藩から熊本と薩摩へ使節を派遣する予定だときいて、急遽、その話を受けないよう国許へ進言するため、元田が帰国した。

後日。

「元田が、そういいましたか……」

小楠は、帰藩した村田より、元田が「福井藩の国議がすでに決し、ここに小楠先生のご意見があるといえども、熊本藩のために慮(おもんぱか)り、時世の勢いを察するに大いに同じからず」と発言したときき、少なからず衝撃を受けた。

福井から熊本への使者は、家老の岡部豊後、側用人の酒井十之丞、奉行の三岡八郎である。七月五日にたち、蒸気船に乗り、七夕のころには着く予定である。

小楠は六月二十四日付けで、沼山津の家族に宛て、

「左平太と大平が、宿にたばこかそうめんでも持って（使者を）見舞いに行け。今回は急ぎの御用ですぐ薩摩に行くので、逗留も四、五日。沼山津には行かれないので、至誠院さま、おつせ共に坂口（不破家＝至誠院実家）まで出かけ、酒井、三岡に会い、自分のことを聞くように」

と指示した。

小楠はこの使節に期待した。

いま、肥後藩の主流は公武合体派といってよく、実学党も影響力を強めている。この時点では、まさか心を許した元田が反対意見とは知らなかったのである。

その元田は使節より先に熊本に入ろうと、六月二十六日に京都をたち、七月七日に着いた。熊本藩では、すでに福井藩の藩議のことは小楠社中から通じていて、議論が進んでいた。

岡部ら福井藩使節は七月三十日、藩主の韶邦に謁し、春嶽父子からの親書を呈した。岡部が藩議の要旨を説明したあと、別室で春嶽からの小楠処分の軽減懇望の趣旨を伝えた。

八月上旬、彼らは熊本藩主と公子（長岡良之助）より春嶽父子へ宛てた返書をもらい、薩摩へむかった。その返書は「出京の上は、なおさらご腹蔵なくお指図下されたく幾重にも願い奉り候」と前むきであった。

鹿児島では、家老の小松帯刀と側用人の大久保一蔵が応接、島津久光父子は出京協力の要望に「ご趣意、一々異議これなく」との返書を与えた。

久光は、京都で勢力を挽回すべく画策していたのだ。

肥後・薩摩とも京都藩邸の対応とは違い、使節の役目は上首尾とあって、八月十四日に帰途についた。ところが、鹿児島から長崎に着いた彼らは驚愕する。

なんと小楠が、榊原幸八、平瀬儀作、末松覚兵衛、海福雪の四人をともなって福井から帰ってきたのに偶然出会い、「藩論一変」という驚愕の事態を知らされたのである。


これより前。

福井藩では藩主参府を延期し、六月二十八日、「持病の脚気を発症し、長途の旅行いたしがたいので、養生して全快次第、出仕いたす」との届けを幕府に提出したのと行き違いに、「早々出府するように」との閣老連署の奉書や達書が来た。

藩内には中根に同調する者も少なくなく、「この上、参府しなければ、親藩の義務を欠く」との異議が頻発した。

そもそも挙藩上洛は「侮幕・排幕・抗幕」の態度ではないか、というのである。親藩の武士という限界が露骨に出始めた。

それでもまだ既定の藩議はゆるがず、二度にわたり「茂昭の病、未だ快方に赴かぬので参府を延期したい」との届けを出し、側用人の毛受鹿之助を参府させて事情を説明しようとした。しかし、ますます「宗家を推して朝廷を奉ずるこそ、本藩の本意とすべき」という中根に同調する声が強まった。

京都の村田は七月四日、公武合体派の近衛前関白に拝謁したが、「急ぐと事を仕損じるから、朝廷より指図あるまで待つように」といわれた。六日、帰国して「ことごとく慎重論であった」と報告すると、事態は急変した。藩議を再審議することになり、急報で毛受は途中から福井にひき返した。

数度の審議をへて、七月二十三日に藩論は急転し、「藩主茂昭は近く参府」に決した。

藩主の出府に反対し、中根を処罰した挙藩上洛派の本多飛驒、長谷部甚平、千本藤左衛門を解任、二十五日には松平主馬が罷免され、長谷部は蟄居処分となった。村田は京都での尽力を認められて罪は軽く、監察から御側物頭へ転じられた。

九州に派遣されている岡部、三岡も処断は免れない。帰国後、三岡は蟄居を仰せつけられ、翌文久四（一八六四・二月二十日より元治元）年二月十四日、本多飛驒（加増知行二百石取り揚げ蟄居）、松平主馬（同）、牧野主殿介（隠居の上逼塞）、千本藤左衛門（足高百石取り揚げ番外に差し置き遠慮）らの追罰とともに岡部も御役御免となる。

小楠は失望していた。

悲痛な思いであった。独り、夜、酒を呑んだ。苦い味であった。

〈春嶽さまは、わしについて来れんようになった！　もはや福井に滞留すべきにあらず！〉

小楠は福井藩との契約を打ち切って熊本に帰りたいと暇を請うた。ただ、建前では挙藩上洛がまったく放棄された訳ではなく、京師より指図があれば上洛することになったので、春嶽と茂昭は引き留めたが、再三の懇願によりついに許可した。春嶽は熊本に派遣した岡部らに、小楠の罪を軽くしてくれるよう依頼状を持たせていたから、その返事をみてからにしたかったのだが。

小楠の帰国にあたって春嶽は、正使に榊原、副使に平瀬らをつけて熊本へ行かせ、小楠を多年借用した謝辞と、処分について再度の依頼をのべさせることにした。

八月九日夜、春嶽と茂昭は御座所で小楠の送別の宴をひらいた。

家老の本多興之輔、酒井外記、稲葉采女、御用人の島田近江が相伴を仰せつけられた。すでに小楠の同志である本多飛騨、松平主馬らは処分されている。宴は気まずいものになった。

春嶽は昼、わざわざ庭でゴイサギを獲って、「吸い物にせよ」と持参した。精一杯の心遣いである。春嶽と茂昭は小楠に手酌してねぎらった。小楠はありがたく頂戴した。五つ半（午後九時）前、小楠は礼を述べて下がり、仮御用部屋に移って酒肴と軽い食事を出されて四つ（同十時）ごろ退出した。

熊本藩主宛ての直書をもった使者と小楠一行は、八月十一日に福井をたった。反対派が途中で襲うとの風説があり、夜陰にまぎれて足羽川を下り、三国へ出て翌日の船で長崎へむかった。

十九日に着くと、そこで薩摩からもどってきた岡部、酒井、三岡と出くわしたのだ。福井から同行した四人のうち海福は鹿児島へ行った。

八月二十五日、小楠は陸路を北から歩いて熊本にはいった。城の北方三キロメートルほどの山伏塚（やんぼしづか）

まで、嘉悦氏房、安場保和、山田武甫ら門人が出迎えた。みな、緊張で蒼白な顔色だ。

なにしろ、藩内では「小楠は士道忘却の廉で悪ければ死罪、軽くても士席剥奪」との噂でもちきりであった。そうなったら、横井家の家名に傷がつくのは当然ながら、門人たちも世間にたいして顔むけならぬ。

彼らとて肥後武士道の空気のなかで成長している。そこで衆議一決、小楠を城下に入れず、西山のほうに連れて行って、適当なところで切腹を勧めようという策をたてた。悲愴な覚悟である。

遠く小楠の姿が見えてきた。

今度という今度は、さすがの師匠も悄然としているだろうと思いきや、なんと手をふり、元気な足取りで近づき、笑いながら「諸君、出迎え、ご苦労であった」と大声で叫んだではないか。何の屈託もない笑顔に、門生は気を呑まれた。

「お帰りなさいませ」

「遠路、お疲れでございました」

そういうのがやっとである。

「どうした、そげん萎れた顔をするな。わしは元気じゃ。士道忘却など気にするな。わしの武士は廃れた、武士をやめたぞ。君らも知っておろうが。わしはもともと〝士〟じゃったけん、これからは武士ではなく士で行くんじゃ。わかったか。ワハハハハ」

豪快に笑い飛ばして、「では、諸君、行こうか！　そうじゃ、福井藩のお使者が追って到着する」

小躍りするように先頭に立って歩き出した。

門生は困惑し、ひそひそと「オイ、お前、いえ」「いや、お前こそ」といい合っている。

「どうした、早う来んか！」

師匠の威勢のよさに気押されて皆、ついに諦めてゾロゾロついて行くしかなかった。

小楠は、直ちに藩に届け書をさし出した。

福井藩の榊原、平瀬らは夜、熊本藩の御客屋（迎賓館）にはいり、松平春嶽と茂昭連名の細川藩主宛て直書、春嶽から長岡良之助宛て直書、福井藩老臣より熊本藩老臣への書簡を提出した。

小楠と都築四郎の処分審議が始まった。

福井藩主父子から寛大な処置を依頼してきているので、腹を斬らせるわけにはいかないが、軽い処分という見込みもなかった。

元田は家老の小笠原備前に「天下変乱の秋（とき）、賢姦忠邪あい争う日に、私闘の旧律を株守するのは当を失すること甚だしい」と二人の処罰に寛容であるよう願っている。

罪が決まったのは十二月十六日であった。

小楠は「（なりゆきも顧みず）その場を立ち去る未練の次第、士道忘却いたし御国恥にも係わり、重畳（ちょうじょう）不埒（ふらち）のいたりにつき、屹度（きっと）仰せつけられ候筋もこれあり候えども、ご宥儀（ゆうぎ）をもって」「知行召上げられ士席差放たれ」ることになった。

都築は、手疵を負ったとはいえ、吉田平之助も深手を負い、ともに力を合わせ相当のことができたのに、その場を立ち去った様子に聞こえ、「未練の次第、士道忘却致し御外聞にも係わり、不埒のいたりにつき」「当役差し除かれ、知行家屋敷召上げ、士席差放たれ」であった。

ところで、小楠が福井をたった直後の八月十八日、京都で政変が起きた。

いわゆる八・一八政変で、暴威をふるう長州系尊攘激派を京都から追い出すための宮廷クーデタである。

薩摩・会津両藩士と中川宮が計画をたて、天皇の真意を確かめたうえで、激派公卿の参内をさし止め、彼らの政治機関の国事参政・国事寄人を廃止、三条実美ら公卿は天皇から切り離されて無力化し長州へ亡命した。

主導権を握った島津久光は、公武合体派雄藩が連合して開国の方針を決めようとし、春嶽、容堂、伊達宗城（むねなり）、将軍家茂、将軍後見職の慶喜の上洛を促した。春嶽は喜んで応じた。

小楠は十一月三日付け海舟宛の手紙で、

「越老公もご上洛とは承り申し候。黜斥（ちゅっせき）（退けて用いない）の諸有志再用のところ、恐くは出来申すまじき、二、三の人物をさし置き、その他は凡輩のみにて、誠に言語に絶し候」

と書き期待しなかった。

はたして年末から翌文久四年正月（二月二十日より元治元年）にかけて成立した久光や春嶽らの参預会議は、幕府、各藩の政争の場と化した。

横浜鎖港について慶喜が「幕府は天皇の意にそうため遂行する」と主張し、久光、春嶽らは反対。

長州対策も一致せず、二月末に容堂が参預辞任を願い出て帰藩、三月に、慶喜、春嶽、伊達宗城、久光、松平容保らが辞任し参預会議は崩壊した。

文久四年二月初め、春嶽は京都から帰国する茂昭に直書を与えて訓戒し、小楠を批判している。それによれば「小楠堂の論議は允当（いんとう）（理にかなう）のことは多々あったけれども、また説を誤って国政を紊乱（びんらん）する義も多々あった」。

第一に「君君たらずとも臣臣たるの道をつくす」ということに小楠は反対で「君が不才庸劣であれば、閉蟄せしめて他から養子を迎え君主を新たにして国家を治めるのが君職である。治めることができなければ君といえども君ならず。臣あっての君で、そうすれば社稷（しゃしょく）国家には換えがたいゆえ、君を閉蟄しても国家を保つことが肝要である」という儀は、ことあるごとにきかされた。

この小楠の意見が「君臣の紀綱紊乱の端緒を開けり」「それよりして、その説に乗じ云うべからざるの説紛々蜂起し、終（つい）にはこの説よりして朝廷幕府の上にも関係致し、朝廷を軽蔑し幕府を侮慢するの説頻りに起こり、幕命参府の事これあり候をも、越前守（茂昭）の東行を拒絶する類は、他ならず皆なこの名分説を誤り候より起原いたし候事顕然」なのである。

また「小楠堂は大いに芸術のその徒法を矯（た）めんとして、かえって大いにその弊害を生じた」、また「節倹を廃して奢侈の弊を生じた」「士道を衰弱させた」とも非難し、小楠の挙兵上洛論に従っていたら、国力つき果て大方の笑いものになっていただろう、と結論づけた。

春嶽は結局、小楠が『書経』の堯舜三代の治を理想主義的に読み変えて、あえていえば民を豊かにする儒教的民主国家ともいい得る体制を目指しているのについていけなかったのである。

それでもなお「国是の義は、先年小楠堂建言し、中根師質の執筆をもって論定相成り候三論、今にいたるも廃すべからざるなり。これを国是としてつとめずんばあるべからず」とせずにはいられなかった。

三　沼山津閑居

士席を剥奪された小楠の沼山津閑居が始まった。

家族は、兄嫁で養母の至誠院、甥の左平太・大平、妻のつせ、長男又雄、長女みや子、それに女中の寿加である。四時軒には門生が代わる代わる数人、来塾している。

屋敷は転居したころより敷地も広くなり、建物も増築などで大きくなっている。福井藩招聘で経済的に豊かになったからだが、一介の浪人になっては、まず生計費にも困る。

しかし、くよくよしないのが小楠だ。ときに門人や家族が愚痴ともつかぬことを口にすると、

「オイは、天の寵児じゃ!」

カラカラと笑って、屈託を吹き飛ばした。

小楠は、閑居生活を楽しむのだ。読書、散歩、囲碁、酒、園芸は野菜もつくるが、特に菊作りに熱中した。釣りと銃猟はあい変わらず熱心だ。むろん天下のことを忘れたわけではない。

門人の河瀬典次がよく網打ちのお供をして出かけたが、河瀬が魚の群れているのをみかけて、「先生、魚がおります」、小楠に告げても、網を打とうとせず、しばし瞑想ののちに「いま、大事な考えが浮かんでおったところだ」といって網を打ち続けた。

釣りをしていても、突然、「おお、ここだ！」と叫んで釣り竿を投げ出し、腕組みして考え込むことが多かった。

愛しい子供たちは、格別のなぐさめであった。

「小法主」の又雄（時雄）に、「びくに（比丘尼）」のみや子である。

むろん、至誠院の実家不破家に嫁に行った姪のいつ（逸）、甥の左平太、大平に対する愛情も深かった。とくに左平太は将来、横井家を継ぐ身であるから、養嗣子にして、その修業には心をくだいた。大平にも英学を学ばせるなど、世界を視野にいれた教育をめざした。

長男への期待はむろん、強いものがあって、子煩悩の半面、読書修行、英学もすすめ、時にきびしいしつけもした。

又雄が八歳か九歳ごろ、夕ご飯においしいおかずが出て飯がすすんだが、おかわりを何杯かしたあと、半分ばかり食い残してやめた。小楠の顔色が変わって、雷が落ちた。

「わが食う飯の量がわからんような者は、俺の子ではない！」

又雄はしくしく泣き出した。

みや子は女の子ゆえもあって、ずいぶんかわいがられた。

小楠が時たま、昼寝をするとき、小さかったみや子はいっしょに寝た。みや子は自分が父親を寝かすつもりなのである。

小楠が眠ったころ、ソッとふところからぬけ出し、脱ぎ捨てておいた着物を抱いて、ぬき足さし足で廊下まで出る。「もう大丈夫」、そこから長い廊下をトントンと音を立てて祖母（小楠の義母至誠院）の部屋へいく。

小楠は眠ってはいない。

「抜き足さし足がおかしかった」

とあとあとまで笑った。

そのみや子を一度だけ叱ったことがある。

小楠は食事のとき、左右にみや子と猫をはべらせる。そして猫に自分の肴をおしげもなく与える。となりでお相伴をしながら、みや子がとりとめもないおしゃべりをしてみんなを笑わせる。

ある日、夕ご飯の席で卵焼きをつくったところ、みや子がめずらしいものと思って、一番先に手づかみにし食べようとした。小楠は、

「おばあ様にもあげないうちに」

怒って、やにわにみや子を抱いて二階につれていこうとした。二階にあげられたら、幼いみや子は、まだひとりで降りて来られない。

「もうしません、決してしません」

泣きじゃくりながらあやまって、元の席にもどされた。

小楠は、若いころから「男子、厨房に入らず」のしきたりにも無頓着だ。

よく台所に来て料理の指図をし、手伝いもし、面白い話をしてみなを笑わせた。

「どうじゃ、この鯰（なまず）はうまそうじゃろ」

池でとってきた大鯰を、

「オイが焼いてやる」

串に刺してあぶっていたが、「アリャリャ」、鯰の身は火中にぼろぼろ崩れ落ち、小楠は頭をかきかき逃げ出した。

「ミイシャン、散歩じゃ、さあ、来い来い、よい子じゃ」

みや子をおんぶした小楠は、近所の散策に出る。

竹やぶをへだてた隣に、百姓の惣四郎の家がある。

「おたみ、変わりはないか？」

女房に気軽に声をかける。

「おみやちゃん、ととさまと一緒でよろしいですね」

はたからみれば、たぶん、孫をおぶったご隠居にしかみえないだろう、と小楠はおかしくなる。

みや子は、ニコニコ微笑んでいる。

「おたみ、いまごろのみそ汁の実には何がよいかの」

そんな他愛のない話をして、また散策をつづける。背中に娘のあたたかさを感じて、小楠の至福のときがすぎてゆく。

この家には、又雄と同年齢の息子、敬蔵がいる。

小楠になついて、かわいがられた。

「先生」

縁側で書見をしていた小楠に、庭先から敬蔵が声をかける。のこのこ上がりこんできて、

「お肩をもみましょう」

もう、肩もみに入っている。

「うーむ、気持ちよか。おまえは力が強かのう」

目を細めて、おだやかな日常が過ぎていく。

「ぼうず、風呂に入ってゆくか」

「ハイ！」

敬蔵は屈託がない。

一生懸命、風呂で背中を流してくれる。

「おーい、寿加」

大声で寿加を呼び、

「敬蔵に握り飯をやれ。背中流しの褒美じゃ」

白米なぞめったに食べられない敬蔵は、目を輝かした。

時には『論語』などを教えてやる。だが、喜び勇んで帰った敬蔵に、惣四郎夫婦は戸惑って、「百姓の子が本など読むんじゃねえ」

敬蔵は悲しくなった。

小楠は底抜けに善意なところがある。

ある日、村の氏神の祭礼があった。

敬蔵は母が出してくれた羽織がよごれていて、「こんなものを着ていくのはイヤだ」とごねて、母は「百姓の子のくせになんだ」とひどく怒った。

母子喧嘩をしていると、そこへやってきた小楠は、「どうした」と訳をきき、「待っておれ、又雄のがある」と家にかえって紋付の羽織をもってきて、母にわたした。敬蔵は大喜びで祭礼にいった。

こういう話もある。

敬蔵は子供ながら小舟をあやつるのがうまく、よく小楠が釣りにいくお供をした。

ある日、敬蔵が棹の遣い方をあやまり、小舟が大きくゆれたはずみに、小楠は川の中に落ちた。

敬蔵の衝撃は大きかったが、小楠は「怪我（不測の事態）だ、怪我だ、仕方がないさ」、そういって、叱ることなく、あがってきた。

平穏な日々。

だが、小楠の酒乱がときどきはおこって、家族や門人に迷惑をかける。

翌日、「やってしもうたな」、遅くに起きてきた小楠は、ソッとみなの顔色をみる。みなは知らん顔だ。どうもバツが悪い。

と、「寿加、ちょいと馬になれ」「アレ、いやだよう、先生、おやめなされ」ワーワー叫ぶのに、またがって「ハイドウドウ」としたとたん、ふいに寿加が立ち上がったので、小柄な小楠は畳にひっくり返り、「イタタ」。さすがにみな爆笑し、なごやかさがもどった。

寿加はかつて小楠の愛を受けたこともあったが、いまでは家族同様の存在で、生涯、横井家に忠誠をつくし、晩年は盲目となって世話を受けて、明治四十四年に八十五歳で死んだ。

沼山津には呑み友だちもいた。

裏門から川伝いにゆくと、素封家の弥富千左衛門の家がある。沼山津には東・中・西の弥富三家があり、ここは西弥富といった。妙にウマが合って、小楠は生活面で困ったことがあると、なんでも千左衛門に相談した。

よもやま話のはては酒となる。この家には毎日のように、中小路（なかしょうじ）にある弥富家（中弥富）の女主人で夫に死別後、最勝院と称した男勝りの「中庄司のお袋」がやってきて、これが酒も弁舌も小楠の好敵手であった。

ここで、小楠は、しばしば「呑んだくれ」となって弥富夫妻を困らせた。つせ子は、たびたびお詫びの書状を書いた。

泥酔の翌日は朝寝坊をする。ある夏の日、弥富夫人が竹筒に朝顔をいけて、使いにもたせ「夢にでもご覧ください」と口上をそえた。風流に皮肉もまじっている。

小楠はいつになく、すぐに起き上って、裸体のまま紙に筆をとって使いに返した。こういう駄句が書いてあった。

朝顔の花がみたくて起きにけり

二月二十日の午後、門を叩いた大男に小楠は驚かされた。

「先生、お元気で何より。勝先生より遣わされました」

坂本龍馬が立っていた。

軍艦奉行並(なみ)の勝麟太郎は二月五日、二条城で慶喜から長崎出張を命ぜられた。四国連合艦隊が長州を攻撃する噂の実情をさぐり、できれば阻止し、もう一つは朝鮮の国情を調べるため対馬にわたる計画だった。

兵庫を十四日に出航、龍馬ら十四人の門人も同行。長州藩が関門海峡を封鎖しているので、豊後佐賀関で下船、鶴崎から陸路をとり、熊本に寄ったときに沼山津の小楠のもとへ龍馬を派遣したのである。

「よかとこですな、先生」

「静かなること、天下一品じゃ」

この小さな老人が、大きな悲運にもかかわらず、あい変わらず意気軒昂なのが、龍馬はうれしかった。彼は、旅の目的から最近の情勢について話しはじめた。

勝は「わが邦より船を出し、ひろく亜細亜各国の主を説き、横縦連合共に海軍を盛大にし、有無を通じ学術を研究せずんば、彼（ヨーロッパ人）が蹂躙を遁がるべからず。まず最初、隣国朝鮮よりこれを説き、のち支那におよばんとす」と、日本・朝鮮・清朝中国の三国同盟を構想している。

「先生ご承知の通り、勝先生のお考えも、実は神戸海軍操練所を幕府のものとせず、日本国内共有の海軍局となして、三国同盟のかなめにするというものです」

小楠は、龍馬と話しながら、「わしは暇じゃから、忙しい勝さんにかわって海軍論を書いてみよう」といった。

いろいろな話のあと、龍馬は「失礼ながら」と遠慮がちに、勝から贈られた金をさし出した。「誠にご厚情痛み入る」、小楠の目に光るものがあった。

「ひとつ、勝さんに頼みがあるんじゃが」

そういって、小楠は甥の左平太と大平、それに門人の岩男俊貞を海軍塾に入門させたいと依頼した。

小楠は『海軍問答書』の執筆にかかった。

「いま、幸いに天朝・幕府、兵庫において海軍を起こすの命令を出されたり」

それは幕府諸藩一致・共和一致の海軍でなければならない。

「それ非常の海軍を起こさんと欲せば、まず非常の費を弁ぜずんばあるべからず。非常の費用を弁ぜんには非常の事業を起こさずんばあるべからず」

それには銅山・鉄山を開き、木材を貯える三大事業を「一大経綸局」をもうけておこなう。『国是三論』の富国論の方法論をとりあえず海軍経営にもちこんで、全国一致の政治的突破口にしたいのである。

小楠は『海軍問答書』を河瀬典次にもたせて、三月二十三日に長崎の勝にとどけた。そのとき、すでに京都の老中から勝に「対馬にわたるのはやめて、長崎の用が終わったら上京せよ」と命令があった。連合艦隊の下関攻撃中止交渉は、オランダ総領事やイギリス領事と談判し「神奈川で幕府の回答を待ったうえで」との了解をとりつけた。

勝は四月四日、長崎をたち六日に熊本にはいり、龍馬を沼山津にやって左平太・大平をあずかった。神戸海軍操練所正式発足の前に始めた塾に入門させるためである。岩男は後日、出立の予定だ。

八日、勝は内ノ牧から久住(くじゅう)へ向かう途中、京都から帰ってきた細川護久（藩主韶邦弟・長岡澄之助）一行とすれ違った。ここで、参預会議が壊滅し、諸侯もほとんど帰国したと知った。

小楠も京都に出ていた嘉悦氏房からの手紙でそれを知り、四月十二日、嘉悦と山田五次郎、宮川小源太、江口純三郎らに返事をだした。

「（京都の事情は）誠にいたし方なき勢いになった。いまの京師・関東には、とても天下を起こそうとする思いはなく、ここに落ち着いたのは当然の結局かと存ぜられる。（略）幕府のご政事にかえり、またまたしばらくは太平となるだろう。海軍のこともおこなわれそうもない。『海軍問答書』は無用に帰した。こうなっては、兵庫の海軍操練所も諸生修行くらいにて、よろしく存ぜられ候」

勝は孤立したが、それでも操練所は五月に正式発足した。
俸禄を失った小楠にたいし、福井藩から家計援助をしたいとの意向が肥後藩にあったが、ようやく五月十六日になって、「いっこうにさしつかえない」と返事を決めた。手違いで返事が遅れたと恐縮し、珍しく「親切に助けてもらえれば、小楠も喜ぶだろうから急いで連絡せよ」と在京の奉行副役に指示した。

熊本も変わってきている。

八・一八の政変のあと、京都で肥後藩は福井、薩摩とならんで公武合体派雄藩連合の一翼をにないかけた。しかし、参預会議は瓦解し、藩主の弟の護久に続いて、より評価の高かった弟護美（良之助）も京都を引き上げ、在国していた。

六月五日、新選組が池田屋を襲撃し、長州の吉田稔麿（としまろ）、肥後の宮部鼎蔵らを殺した。

佐久間象山が七月十一日、暗殺された。

七月、長州は京都へ軍隊を送り、十九日、禁門の変を起こし、尊攘激派は壊滅。八月には四国連合艦隊に攻められて十四日、講和。二十四日、勅命により幕府は長州征討を全国諸侯に命じ準備にはいった。第一次長州戦争である。八月五日、四国連合艦隊は下関を襲撃した。勝は攻撃中止を交渉するよう命令され、豊後姫島にむかうが手遅れだった。

小楠は禁門の変の結果について八月六日、勝に手紙で、

「御許航海（海軍操練所）、この節、好機会かと存じます。さだめてお乗り出しのご趣向があるでしょ

う。薩摩と肥後がこの節は一致してきて大いに都合がよろしい。この両藩主が（勝の）大海軍育成策の助力をするよう尽力しています」

と書いたが、幕府は幕威回復に懸命で、九月には二年前に小楠と春嶽の主導で改革した参覲交代制を旧にもどしてしまった。

薩摩の西郷が大島吉之助の変名で、同藩の吉井友実と福井藩の堤市五郎、青山小三郎も同道して、大坂の宿に勝を訪問したのは九月十一日であった。

松平茂昭が征長副総督に任命されたが、総督も決まらず、将軍の上京が必要と判断し、勝に何とかしてもらいたいとの相談だったが、勝は断った。西郷が摂海へ異人が迫っている事態への対策をきくと、勝はこう説いた。

「幕吏の談判ではだめだから、この節、明賢の諸侯四、五人も御会盟にあいなり、異艦を打ち破るべき兵力をもって、横浜、長崎の両港を開き、摂海のことは筋を立てて談判し、ちゃんとした条約を結べば、皇国の恥にならないようになり立ち、異人はかえって条理に服し、この末、天下の大政も立ち、国是も定まる時期である。そういう方向に行けば、明賢諸侯の出そろうまでは、自分が責任をもって幕府を動かし、異人の摂海への来航を引き留める」

西郷は〈幕吏の勝が、そこまでいうのか〉と驚き、勝を介して小楠の共和政治の考え方を知ったわけだ。大久保一蔵への手紙で、

「勝氏へ初めて面会したが、実に驚き入った人物で、最初は打ち叩くつもりで出むいたところ、頓（とん）

と頭を下げました。どれ丈か智略のあるやら知れぬ塩梅に見受け、まず英雄肌合の人にて、佐久間（象山）より事ができる点では一層も越えているでしょう。学問と見識において佐久間は抜群だったが、現時点では、この勝先生であると、ひどくほれました」

と書いた。

その翌日、西郷と吉井は、肥後の長谷川仁右衛門、嘉悦氏房、山田五次郎、いずれも小楠の影響下にある人物たちと勝をたずねた。この結果、長州征討について肥後と薩摩が相談することになった。

吉井は国許の大久保に手紙で、

「肥藩も長谷川仁右衛門ら四、五輩、横井派の者、上京」し、「大久保越州（忠寛）・横井・勝などの議論、長を征し幕吏の罪をならし、天下の人才を挙げて公議会を設け、諸生といえどもその会に出づべき願いの者はさっさと出し、公論をもって国是を定むべしとの議であるよし、このほか挽回の道はない」と報告した。

さらに十一月十日の手紙では「薩・肥・越の三藩が合意すれば、その余の諸藩も響応すべく、何分この三藩一致のところが第一で、天下公共の国是を立てたいと思っています」と述べている。

第一次征長戦争は、征長総督参謀になった西郷が戦わずして勝つ戦略をとり、長州藩も俗論派が政権をにぎって、十一月三日、西郷と長州藩支族の岩国藩主吉川経幹が、禁門の変の責任者の三家老を処罰し、長州に亡命した五公卿の他藩への移転、山口城の破却などの条件で収拾をはかった。

総攻撃は十八日の予定だから、三家老の首はすぐ広島に送られた。総督府は総攻撃延期を通達、五公卿の筑前藩移転の了解がつき、十二月二十七日に撤兵令が出た。

この年、九月の秋晴れの日、時習館居寮生の井上毅（こわし）、二十二歳が、友人と沼山津を訪れ五十六歳の小楠と大論戦を展開し、小楠思想のエッセンスを『沼山対話』に著した。のちに大日本帝国憲法の起草に参加するなど中央集権国家の確立に尽力する男だ。

小楠は「古の学はみな〝思〟の一字にあり」と強調し、「思うて得ざるときに、これを古人に求め書を開いてみるべし」といった。

すでに文久元年初めに「孔孟程朱の奴隷にならない」と表明したが、「〝知る〟と〝合点〟とは違う。いかに多く知ったとて、かえって応物の活用をなすことができない」「合点とは、書を参考に、その理を心に合点（会得）いたせば、理は我が物になって、その書はもう糟粕（そうはく）（かす）にすぎない」し、我が物となった以上は、この理がよく新しい理に通じて活用できる。我が〝思〟という〝心の働き〟は、宇内（宇宙全体）におよび、我が心にひびくゆえ、格物（事物に本来そなわる理に窮め至ること）も空理にならないのだ。

井上は耶蘇教について質問する。

小楠は「外国の八分通りは耶蘇を奉じ」「人に善を勧めることを主としている」「仏教は倫理を廃し、耶蘇は倫理を立てたので、仏教の害がはなはだしい」と答えた。

「耶蘇教に聖人の道に合った義はないのか」との問いに、

「昔の耶蘇教は愚民を教解するまでの浅近なものだが、近来は西洋の士大夫たる者は信仰とは別に経綸究理（政治・経済・物理）の学を発明し」「火輪船、蒸気車、伝信器をはじめ民生日用に便利なものを講究造作し究め、紅海の海峡を掘って海路とするなど莫大な利がある。そのうえ万国に交通して交易の利を広くするゆえに、国富み兵強く民の利は厚く租税は少ない。これは経綸の功業、聖人の作用を得たるものと申すべきだ」

と答えた。

井上は「経綸」とは「仁の功用」だが、西洋人も「仁の功用」を得たのか、と問う。小楠は「そうだ」と答える。仁の功用とは他を利することだからだ。それなら「オランダはジャワを旧国王に還し、イギリスはインドをやはり旧王に還すべきではないか」と井上はきく。小楠はいう。

「そうはいかない。各国は割拠見（自国本位の見方・利己主義）の気習をいだき、自分を利する心で、至誠惻怛（他人を心底思いやる気持ち）の根元がないから、天をもって心として至公至平の天理に則ることができない。ただ、不仁不義がついには患をまねくと知って、はなはだしい暴虐はせず、人の国を奪取しない。インドは交易の便で大切にし、寛政をおこなっているだけだ。西洋人の仁は末があって本がない。元来は利害上から出たもので、〝向こう捌き〟の仁なのだ」

「彼らは、しょせん戦争をしなければ日本人の心を交易にむけられないと思っているに違いない。そういう計算は精密だが、枝葉末流の精緻さで、至誠惻怛から発したものとは違う。各国の割拠見で惨憺たる戦争を引き起こし、真実公平の心で天理に法り割拠見を抜けたワシントンの国アメリカでさえ南北戦争をひきおこし、その遺意は失われた」

小楠は、西洋列強の利己的な帝国主義、国際政治の冷徹な現実を説く。しかし、だからこそ、日本は同じ道を歩んではならず、道理を踏まえて至誠惻怛をもって世界と交われ、というのである。井上は、開国論や西洋前代の形勢と現代の実情、諸藩にみる朋党の憂いと解消法などを問い、長時間の対話を終えている。

四　大義を四海に

しかし、現実はどうか。

小楠は十一月十日の勝宛て書翰で、こう嘆くしかない。

「幕庭ご威光ご旧復につきては御許（おもと）風波増長、ご痛心のほど想像いたします」

この時、勝は幕府主流派ににらまれて、十月二十二日に江戸へ召還され神戸にいなかった。神戸海軍操練所が「脱藩浪人や激派を養成している」として探索の手がおよび、「雄藩連合派の拠点のようになっている」ことも問題とされたのだ。十一月十日に免職、寄合となった。

翌元治二（一八六五・四月七日から慶応元）年三月九日、神戸海軍操練所廃止の布達があり、教育の場を失った左平太・大平や岩男俊貞は、英語を勉強するため長崎の洋学所へ移った。

五月初め、小楠は「勝先生、海軍総督仰せ付けられ」という情報を得た。これは大誤報だったが、さらに幕府張威を主導する牧野忠恭（ただゆき）、諏訪忠誠（ただまさ）両老中が免職、将軍家茂が長州再征を親征するため江戸出発予定との朗報もあって大喜びし、「先は大いに都合よろしき方にあいなり候」と五月七日、長崎の岩男と野々口為志へ手紙を書いた。

岩男からは坂本龍馬の身のふり方について依頼があったので、「岩男君ご紙面、今朝あい達し、龍馬のこと委細承知しました。この変動で定めてどうかすべきでしょう。沼山に参るよう重々待っております」と返事した。

龍馬は海軍操練所がつぶされて困ったが、薩摩藩が目をつけて、龍馬ら操練所の仲間を大坂藩邸にかくまい、利用しようとした。龍馬は小松帯刀と長崎に行って、亀山に社中をつくり、海運業をはじめた。これが海援隊になる。薩摩と長州のために物資輸送を行い、薩長間の融和提携をはかった。

五月二十日、坂本龍馬が四時軒にあらわれた。

「薩摩から帰りがけです」

笑顔でそういった。

この時、龍馬は薩長同盟の構想を立てて、薩摩の西郷を訪れ賛成を得、鹿児島から三条実美のいる太宰府をへて長州に行く途中であった。

小楠は「うむ、そうか」といって、何の用かはきかなかった。きかれても龍馬は答えられなかっただろう。

十一畳の客間に通された。荻生徂徠の大幅がかかっていた。

「春嶽公よりいただいたものじゃ」

「よかもんですねえ」。

「坂本君、男ぶりがあがったな」

「これですか」

龍馬は着ていた白の琉球絣の単衣の両袖をひっぱってみせ、「大久保一蔵がくれよりました。この刀もそうです」と、鍔細の大小も見せた。

「薩摩拵えか。よか刀装じゃ」

小楠は褒めて、「徳富君、ちょっと来てくれ」と奥に声をかけた。

「紹介しよう。一番弟子の徳富一敬君じゃ」

小楠は、ちょうど来ていた徳富を紹介した。

最古参の門人はすで四十三歳。生真面目で「酒と女子(おなご)はほどほどに」と師匠を諌(いさ)めるチト煙たい存在だ。徳富は〈これが龍馬か。色の黒か大男じゃ〉と思い、そのゆったりとした語り口に好感を持った。

「酒じゃ、酒じゃ」、小楠は機嫌がよかった。

酒宴は大いに盛り上がった。

「先生、天下の事、衰頽救うべからずです」

龍馬は感慨をもらしたあと、

「薩摩の西郷はすばらしかですが、大久保もよかですぞ。事を共にすべし、と思いました。小松帯刀がまたよか」

「うわさは聞いておる」

「西郷には去年の八月に会いましたが、これはまあ、馬鹿、それも大馬鹿でござります。しかるに、小さく叩けば小さく鳴り、大きく叩けば大きく鳴る。その馬鹿の幅がさっぱりわかりませぬ」

「それぞ、まさしく大人物じゃ」

そこから人物談議が始まった。小楠がきく。

「徳川では誰じゃ？」

「天下の人物といえば、もちろん勝麟太郎、それに大久保一翁」

「同感じゃな。越前にはおるか？」

「そうですな、三岡八郎、それに長谷部甚平」

「うむ、で、長州は？」

「桂小五郎、高杉晋作」

「うんうん、それでは肥後はどうじゃ？」

「もちろん、小楠先生ただひとり」

「わはは、そうか、そうか。で、わしは何をするのじゃ？」

龍馬は莞爾と笑ってゆるゆると、

「先生ア、まあ二階に御座って、綺麗な女どもに酌でもさして、酒をあがって、西郷や大久保共がする芝居を見物なさるがようござる。大久保どもが行きづまったりしますと、そりやあちょいと、指図をしてやって下さるとようございましょう」

「ワッハハ、とうとう二階にあげられたか」

小楠は大笑して頷き、

「そして、土佐に坂本龍馬あり」

「いえいえ、私は皆様の太鼓持ちでございます」

「とんだ太鼓持ちじゃ！」

薩長同盟策は成立までに難航した。龍馬や同志の中岡慎太郎が鹿児島、長崎、下関をひんぱんに往来して談議し、ようやく翌慶応二（一八六六）年一月に約束が交わされた。

長州再征は、将軍が親征と称して大坂城まで出て来たものの、いっこうに進展しない。八月二十七日、小楠は長崎の弟子たちや左平太、大平に手紙を送って憤懣をあらわにしている。まず左平太・大平には、

「京師の事情は別紙のとおりで言語に絶する。さまざまの内症があって征長はとてもできず、どう落着するのか痛心している。ひっきょう幕府の〝私〟ゆえにこうなった。せめて国許の正議が立つよう思っている。正議さえ立てば、いかなる変化にも応ぜられる。天下の事は成り行きに処置するほか尽力の致し方もないが、今日の勢いは決して妄動してはならず、これより種々、どう変化するか知れない。先々、静かに修行せよ」

長崎の社中へも同様に「将軍の上洛は、まったく幕威更張のためで、政治を一新する気配などさら

さらない。そこで朝廷の方は憤激し、鎖港という横紙破りの旧方針を持ち出して幕府を困らせているらしい」等々を述べた。

晩秋、元田八右衛門が沼山津に小楠をたずねた。

元田は福井藩の挙藩上洛策に反対し、気まずくなっていた。そこで関係を修復したいと思い、「沼山に道の修練を積んだ真人があって、その胸中は氷雪のごとく清らかだ。（略）自分はこの真人に随って、ともに遊びたくて夜中など思慕の情切々と禁じることが出来ない」という内容の漢詩を書いて小楠の耳に入るよう期待した。

小楠も、まんざらでなく、会えば、「終日の閑話に、積年の情懐をつくしたり」となって、元田は小楠の談話を『沼山閑話』にまとめた。大意はこうである。

小楠は朱子学を批判して「宋の大儒は天と人は一体であるとの理を発明し、その説論を主張したが、現実の世界・国家社会について思惟を欠く。その天とは主として天理で、天そのものを問題にしないから、堯舜三代の工夫とは自然に別のものになった」という。

その「堯舜三代は、天帝が上に在るごとく、目に視、耳に聞く万物の動きすべて天帝の命を受けるごとく自然に敬畏した。その心得で、山川・草木・鳥獣・貨物に至るまで格物の用をつくして、土地を開き、山野に路をつけ、厚生利用した。水・火・金・土・穀の功用を尽くして利用しないものはなかった」。

だが「宋儒の治道論には三代の経綸がない。近世の西洋では航海が開け、四海に百貨があふれ、交通が自由で、その経綸の道是は宋儒の説に符合すべきなのに、一として合致しない」「しかるに堯舜三代の治績は、西洋に符合すること書（『書経』）に載るごとし。（だから）堯舜が当世に生きていれば、西洋の砲艦器械、百工の精、技術の功、その功用を尽くして当世を経綸し天工を広め、西洋のおよぶべきにあらず」。

なぜなら「西洋の学はただ事業上の学で、心徳上の学ではない。事業はますます開けたが、人情にわたることを知らず、交易談判も事実約束を詰めるだけだから、ついに戦争となる」「心徳の学があって人情を知らば、西洋列国の戦争は止むべきなり」。もし、わが国で「三十万石以上の大名に、その人物を得て、三代の治道を講究し、そのうえに西洋の技術を得て皇国を一新し、西洋に普及すれば、終には戦争を止めることができるだろう」という。

幕末の革新思想家として小楠と並ぶ佐久間象山は、西洋文化の受容のかたちを「東洋の道徳」「西洋の芸術（技術）」といい、小楠は「堯舜三代の道」「西洋器械の術」といった。象山の「東洋の道徳」は中国古代の封建制度を意味し、その理想に近いのが徳川封建制だった。

それにたいして小楠は「堯舜三代」ないし「堯舜孔子」の道といい、これは制度論ではなく「仁」や「至誠惻怛の心」という理念であり、「西洋器械の術」より上に置かれるものだった。

そして、慶応二年四月二十七日、左平太・大平がアメリカへ留学するとき、小楠は自分の理想を凝

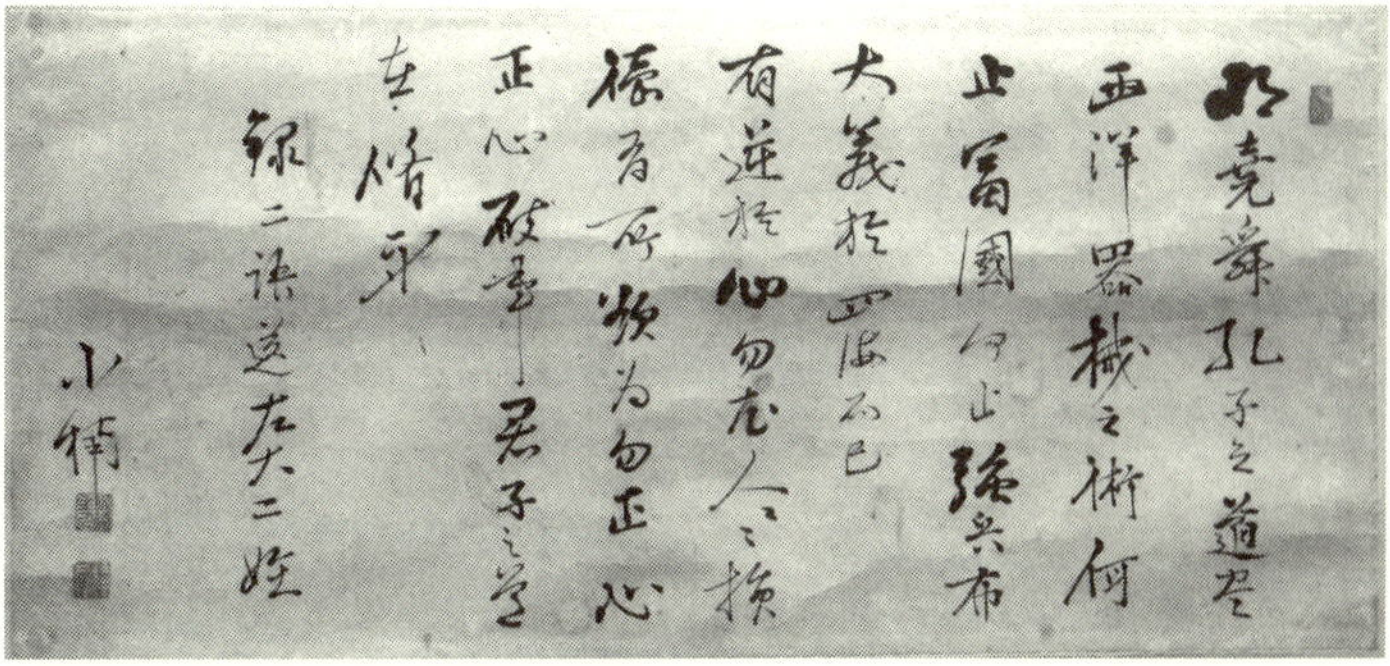

漢詩「堯舜孔子之道」（横井小楠筆）（横井和子氏蔵　横井小楠記念館寄託）

縮させた次の言葉を与えた。左平太は二十二歳、大平は十七歳であった。

堯舜孔子の道を明らかにし
西洋器械の術をつくさば
なんぞ富国に止まらん
なんぞ強兵に止まらん
大義を四海に布かんのみ

そのころ、長州再征問題は、フランスの援助を期待した幕府が、いまさら中止ともいかず、次第に追い込まれていた。

薩摩は薩長同盟を結び、前回とは一転して公然と出兵を拒否し、福井など多くの藩も再征に反対を表明した。

勝安房は四月二十三日付けで小楠に手紙で「今におよび候ては名節（名誉節操）これなく、同族あい食む」再征に反対を表明した。

小楠のところには春嶽の意を受けて毛受鹿之助が見解を聞いてきたので、七月三日付けで「内は列藩の人心服従せず、外は各国、兵端を開かんとするのみぎり」だから、やめた方がいいと回答するが、すでに戦争がはじまっていた。
しかし、肥後藩は出兵説が勝利を得て、六月十一日に溝口蔵人が小倉へ先発し、十七日には長岡監物（先代監物の長男・米田是豪）の二番手がたち、下津休也が隠居の身ながら部隊の軍事参謀を命じられた。長岡は出兵反対を上書したが、退けられたのである。

小楠によれば、七月二十七日、肥後軍は長州軍と戦って三百余人を討ち取り、味方の死者は七人、手負い十人余という非常のはたらきをした。

この勝利を潮合にして、監物は幕府軍小倉口総督の老中小笠原長行に談判、引き上げを決めた。熊本でも護久、護美の努力で藩議は撤兵に決まった。この肥後軍の撤兵で小倉口の幕府側布陣は壊滅、小笠原は軍艦で長崎に逃げた。小倉藩兵は城を焼いて退き、幼主豊千代以下六百人を預かってくれと肥後藩に頼んできた。

肥後藩は征長戦の今後の処置について国議を幕府に建白したが、これについて小楠は「拙者献白の通り、両公子（護久・護美）思し召しにあいかない、政府俗議ことごとくご論破にあいなり、誠に感心のいたり」と八月八日付けの左平太・大平宛ての手紙に書いた。

時勢は移り、このころ、藩は小楠の意見を求めるようになったのだ。建白の内容はこうである。

「仰願は、速やかにその本に反られ、これまでの儀、断然ご自責遊ばされ、上は天朝に謝せられ、天下は諸藩へご布告、ご誠意あい顕れ候はば、もとより御一己の罪に帰せらるべき様これなし。天下列藩は申すにおよばず、恐れながら天朝も篤とご自反あらせらるべし。随って長防二国のご鎮撫筋も、天意より発せられ、ご沙汰の品によりては必ず自咎(じきゅう)悔悟の念を生じ申すべし。然る時は上下始めて一新一和して、同胞あい食み、全国自殪(じえい)（みずからたおれる）し候様の失計には陥り申すまじく、方今、世運、ご恢復(かいふく)はこのご自反ご更始（あらたまって始める）のほか他事これなく、かつ洋外の五大州を圧倒すべきご大策もまた、このご更始よりあい立ち申すべしと存じ奉り候」

肥後藩の門人宮川小源太が出京して八月七日、福井藩の本多修理に話したところによると、肥後では護久を藩主の養子にたて、護美を国政にあずからせることに決めたが、これに関連して、小楠を召し出して国事に関する意見をたずねようとの議が起こった。

小楠は「白骨同様になれる身」だからと固辞したが、どうしてもというので、やむをえず七日ばかり熊本に逗留して意見を述べ、沼山津に帰った。そのあとはいくら呼んでも出て来ないので、重役や担当者が沼山津まで出向いて諮問するようになった。

実は、小楠は病と闘っていた。

本人によれば「淋疾」いわゆる花柳病で、沼山津に閑居したころから、排尿時に痛みが走るようになった。

小楠はもとより酒も女も大好きな人間味あふれた男だ。ありふれた病と軽く見た。ところが、症状はだんだん重くなり、治療もうまくいかなかった。もっと深刻な病（尿道と腎臓の結核説がある）であったようで、正座や歩行がつらくなるようになっていった。症状は消長があったけれど、悲しいことに病は気力や知力も萎えさせる。

これより先、七月二十日に大坂在陣中の将軍家茂が脚気衝心のため二十一歳で急死した。継嗣も決まっておらず喪は伏せられ、八月二十日に発表された。相続予定者は一橋慶喜だが、まず徳川本家の相続だけ承知した。じらして多くの推薦を得たいと思ったのだ。

しかし、慶喜が征夷大将軍に補任される十二月五日までが政治的空白期となり、朝廷の反幕勢力が伸長した。岩倉具視の台頭である。

さらに十二月二十五日、孝明天皇が三十六歳で崩御、死因は疱瘡だが、毒殺説が流れた。佐幕派の孝明天皇は討幕派にとって障害だからだ。翌三年正月九日、第二皇子、睦仁親王十六歳が践祚して天皇となる。

慶喜は、陣頭指揮で長州に勝ってみせると宣言、「大討込」と称して孝明天皇の大賛成を得た。だが、小倉城落城の報もあり、勝利の見込みがなくなって方向転換、将軍の死を理由に勅命で休戦命令を出させ、軍艦奉行の勝安房に停戦交渉を依頼、勝は厳島で長州藩の代表広沢兵助（真臣）、井上聞多（馨）らと会見し、幕府軍の撤退を長州藩兵が追撃しないことにして協定は成立した。

小楠は十二月七日、左平太・大平に宛てて書いている。

「肥後藩政府は因循そのものだ。もちろん護久と護美には内実はわかっており、実学連でなければ人材はいないと見抜いているが、人事に手をつけて騒ぎになるのを恐れ、機会を待っている。ただ、長岡監物の弟の虎之助（虎雄）が監物の養子になって家老見習いとなり、護美とは懇意で万事相談している。自分を非常に信頼して、元田を中継ぎに万事相談があるので、思いついたことはなんでもこの人に申しておくと、すぐに護美に伝わる。今は大因循だが、二、三年の内には変化があるだろう」

「福井はだいぶ好都合だ。下山尚が九月二十日、長崎の帰りに沼山津に寄り、家老からの伝言で当今の存念を承りたいというので、意見を書いて渡したところ持ち返って評議、春嶽・茂昭両公も深く感心した。自分の貧窮ぶりをきいて、救援しようとの議がおこり、両公から百両、社中から五十両を送ってきた。社中は、処罰を受けた本多飛騨、松平主馬、岡部豊後、三岡八郎みな元気で、いよいよもって心術の一途に帰し、集会もはなはだ盛んだそうだ。とりわけ三岡の修行は実地に帰し、以前とは人物うち替り、家臣中でも、町村でも信望が厚いので、遠からず復職するのではないか」

慶応三年四月二十七日、左平太・大平に宛て、「肥後藩政府が二人の遊学費を補助することが決まっている」と報せた。この頃の小楠は幕府に甘く、慶喜の評価が高い。情報不足である。一方、甥のアメリカ報告にたいし手紙で感想を伝えた。

「富国強兵、器械のことにいたりては、誠に驚き入りたる事業」

「利の一途に馳せ、いっさい義理これなし」

「西洋学校は、職業の一途にて、徳性をみがき知識を明らかにする学道は絶えてこれなし。ワシントンのような徳義ある人物は生じる道理がなく、戦争の惨怛はいよいよもって甚だしくなると申すべきだ」

「道においては堯舜孔子の道のほか世界にこれなき、いよいよもって明らかだ」

「福井藩はこの道が十分に興起し、春嶽もよほど良くなり、三岡らは道の一途に帰着したが、将軍のいる京師のなり行きは、とても見込みなし」

京都では薩摩主導の島津久光、山内容堂、伊達宗城、松平春嶽による四侯会議が解散し、慶喜は自信をつけた。

小楠は九月十二日、福井藩士の松平源太郎に宛て「幕庭、公共正大のお運びにあいなりかね、無限の遺憾に存じ奉り候」と書き、幕府を非難し、慶喜を見かぎって帰国した春嶽を支持したが、しかし、「国々割拠のかたちにおちいり、それぞれ違う外国に親懇するようでは、邦内生霊の惨怛をひき起こし、ついには外国に征服されるのではないかと心配でたまらないが、心配のしすぎであろうか」とも述べた。

そのころ、土佐藩の後藤象二郎が六月に坂本龍馬から「船中八策」を聞かされ、自分なりに暖めた大政奉還論を容堂に提案、藩論として十月三日、慶喜につきつけた。

慶喜は十月十四日、大政奉還の上表文を朝廷に提出、翌日、承認された。討幕に進む長州の先手を取ったかたちだが、同じ時、疑惑の「討幕の密勅」が薩摩藩主島津茂久（忠義）・久光父子、長州藩主毛利敬親父子に授けられた。

大政奉還を小楠に報せたのは、京都にいた山田五次郎だ。新政権ができると思い込んだ小楠は、当然、出京すると予想した春嶽宛てに十一月三日、新政権のための「献白」を書いて、まず安場一平にみせ、それを山田まで送らせて春嶽に呈した。

「（大政奉還は）幕庭ご悔悟、ご良心発せられ、誠に恐悦のいたりなり」

「すぐに四藩（越前・薩摩・土佐・宇和島）が出京して朝廷を補佐、慶喜も滞京して大久保忠寛ら正議の人々を挙用、ご良心ご培養、これ第一の希うところなり」

「朝廷もご自反ご自責遊ばされ、天下一統人心洗濯、希うところなり」

「大変革の時、議事院を建てよ。上院は公武ご一席、下院は広く天下の人才ご挙用。議会兼執行部、まず四藩が執政職の位置を占め、あとは賢名の聞こえある諸侯を追って登用していく。外国奉行や開港地奉行所の役人には、旧幕府旗本から一人、他は下院から選挙し、目付などは廃止、記録・布告等は下院がおこなう」

「勘定局で、とりあえず五百万両の紙幣を発行する。この引当には、全国から一万石につき百石の税を徴収するのだが、幕府がなくなって、その関係の負担が消滅するから十分の一の貢米は当然だ」

「海軍は神戸に設け、はじめは勘定局から金を出すが、外国貿易が盛大になるにつれて、交易の商税をこれにあてるよう切りかえていく。この運用は議事院中から人傑が出て、うまくやるに違いない」

「条約は、この機会に改正して、公共正大百年不易の条約にする。交易は、これまでの実績では日本が損、外国は大利益をあげている。これは一つには、こちらから外国に乗り出さないためだから、世界各地に日本の商館を建て、国内には大名でも商人・百姓でも自由に入れる商社をつくって船を仕立てる。まだまだ大切なことがたくさんあるけれども、とりあえずの急務は、以上のようなものである」

春嶽は十一月八日に出京し、十日と二十日に慶喜と会って話し合った。議事院のことも出たが、「どうも見込めない」状況だったものの、諸侯会議の上に新しい政体を立てる構想を本気でやろうとした。

十一月十五日、坂本龍馬と中岡慎太郎が、京都見廻組の佐々木只三郎らに暗殺された。

のちに凶報をきいた小楠は絶句した。天を仰いで「惜しいことを……」と嘆息するしかなかった。

他方、「討幕の密勅」を得た薩長藩士は、京都に藩兵を集結させる。土佐藩、芸州藩も誘いに乗じて上京した。尾張、福井の藩兵も滞京している。

その軍事力を背景に大久保、西郷、岩倉らを首謀者とする十二月九日のクーデタで、天皇が王政復古の大号令を下し、幕府支配は崩壊した。

朝廷の旧施政官職は廃止、新たに三職（総裁・議定・参与）を任命した。総裁は有栖川宮熾仁親王。議定にふたりの親王、中山忠能ら三卿、これに徳川慶勝、松平春嶽、浅野茂勲（長勲）、山内容堂、島津忠義の五人。参与は大原重徳、万里小路博房、長谷信篤、岩倉具視、橋本実梁の五卿、さらに尾張、福井、安芸、土佐、薩摩の五藩から三人ずつ参与を任命することになった。

容堂の企図した、天皇制のもとに諸大名の列藩会議、封建連邦をつくる構想は裏切られた。

激動する維新への動きは、天皇の政治的存在を急速に大きくしていった。

しかし、小楠の理想は、尭舜三代の理想政治である。君主は器にあらざれば取り換えなければならないのである。安政四年春の「沼山閑居雑詩」に、

「人君、何ぞ天職なる、天に代わりて百姓を治ればなり。天徳の人に非ざるよりは、何を以て天命に惬わん。尭の舜に巽る、是れ真に大聖為る所以なり。迂儒（頭の固い儒者は）此の理に暗く、以えら

く之れ聖人の病と。嗟乎血統の論、是れ豈に天理に順ならんや」とある。

春嶽が茂昭に小楠を批判した中に「君が不才庸劣であれば、閉蟄せしめて他から養子を迎え君主を新たにして国家を治めるのが君職である。治めることができなければ君といえども君ならず、臣あっての君で、そうすれば社稷国家には換えがたいゆえ、君を閉蟄しても国家を保つことが肝要である」ときかせた、とあるが、これが原則である。

その思想は、万世一系の天皇制にとって危うさをはらむ。リアリストの小楠は次第に政治論としての天皇を意識し始める。むろん勤皇の心はあった。「小楠」の号も、楠木正成の子正行（小楠公）への敬慕である。ただし、歴史好きの彼は、神がかりの尊皇思想には縁がなかった。時習館居寮長時代に書いた『戊戌（天保九年）雑志』に、皇位継承争いについて書いている。

「天皇大友が即位するに、大海人皇子が叛き、遂に大友を弑して即位した。これが天武天皇である。当時、臣民はその簒逆をはばかって、大友を正統の天皇ではないとした。西山公（徳川光圀）が『大日本史』を編纂するに及んで、千秋（長年）の冤（無実の罪）が啓かれた。真に特筆すべきことである。按ずるに諸皇子が後継を争い互いに殺害することは、履中天皇以降、非常に多くなった。仁徳崩じ、履中がまだ即位しないうちに住吉皇子が反乱し、兵を挙げて宮殿を囲んだので、帝は逃げた。やがて瑞歯別皇子が住吉皇子を誅し、履中帝が初めて即位した。（略）履中帝より持統帝即位の際に至るまで、諸皇子の乱がないことはなかった」

また嘉永三年ごろ『南朝史稿』を書きかけてやめている。

君主論は尊皇論と次元が違う。天皇が君主となれば、天皇は君主の器でなければ困るのだ。ともあれ、幕府ではない新政権が誕生した。天皇がどれほどの君主か知らないが、そこに自分の占める場所ができるなら、そこから始めることがあるはずだ。そして、機会はやってきた。

五　暗殺

十二月十八日の三職会議の結果、すでに議定、参与となっている者にくわえて、島津久光、長岡護美、横井小楠、木戸孝允らを呼び寄せることが決まった。岩倉具視が小楠を、明快な富国強兵の国家論をもつ人物として評価したのである。

十八日夜、肥後藩在京重役の三宅藤右衛門・溝口孤雲に伝えられ、二十一日付けで国許に報せたが、「同人は御案内通りの身分にて、天下のご政道を議す参与局などにさし出しては、何とも不都合」と懸念をみせた。

熊本へは大晦日に報せが届いた。慶応四年正月三日、小楠は左平太、大平へ手紙で「拙者も一両日には上京仰せ付けらるべきご模様にあい聞こえ、内々、用意いたしおり」「全体の見込み、幕府、薩州平穏の都合にあいなれば、その余は格別の難事とも存ぜられず」と楽観したが、この日、鳥羽伏見の戦争が始まった。

ところが、藩政府は京都留守居を通して「平四郎は近年、病体で朝廷の御用にさし出せない」と登用を断った。藩も新政府にどう対処するか態度が固まらず、長岡護美についても一度、断った。正月二十五日には安場一平、山田五次郎が徴士内国掛を仰せつけられたが、「他藩との釣り合い上、多すぎる」と請願、被免になった。真意は実学派が多くなっては、小楠へのお召しも断れなくなる恐れがあったからだ。

いろいろあって、結局、護美は二月十一日に出発し、三月一日、参与に任命された。護美は同五日、岩倉具視に「小楠の召命を辞す」との書を送った。しかし、翌六日、岩倉は「過去の問題について心配はいらない、かねて人才と聞いて召されたのだから、早く出京させるように」と催促し、八日にも重ねて、「早々、上京させよ」と命じた。

さすがに肥後藩も抵抗できなくなり、三月二十日付けで、小楠と都築四郎の士席を元にもどし、小楠へは「二十二日、用意でき次第、出京するよう」命じた。門人、知友たちの歓びは大きかった。その中で、元田だけが「時期尚早」とみて賛成しなかった。小楠の君主論を危惧したのだ。ふたりの距離が空いた。

小楠は四月八日に江口純三郎、下津鹿之助（休也の子）らをつれて熊本をたった。

熊本外港の百貫石港から藩船の凌雲丸に乗り、大坂に着くとまもなく四月二十三日、参与に命じられた。天皇は親征を唱えて大坂に行幸、行在所（あんざいしょ）に留まっていた。

大坂には三岡八郎（由利公正）が待ちかねていた。ふたりは再会のよろこびにひたった。三岡は前年十二月十八日に参与拝命し、会計事務掛を経て会計事務局判事、太政官札の発行など財政政策の中心人物となり、五カ条の誓文の最初の草稿をつくることになる。

天皇は閏四月八日に京都に帰った。小楠は四日に入洛、当初は大宮通四条下ルの灰屋八兵衛方にいて、すぐに高倉通丸太町南の井上九兵衛方に転居した。風邪でしばらく休んだが、八日、春嶽から病気の見舞い状と品物が届き、癒えてから訪問した。十二日に太政官に出勤、制度局判事を拝命した。

小楠は「太政官中、第一の年かさ、自然と上下よりも推し立てられ」、識見も飛びぬけていたため、「総裁局顧問に」という声も多かった。が、召し出しには積極的だった岩倉が「この人、議論はずいぶん見識もあって面白いが、その弊害も少なからず。顧問のポストにつけて不都合があっては万事草創の際で困るから」と逡巡し、議定の春嶽に意見をきいた。

春嶽は「小楠を招請して議論の大意が大いに国益になった」と述べながらも、福井藩に驕奢の風を持ち込んだこと、密事漏洩、飲酒の三つを述べて反対した。そこで、まず制度局に入れ様子をみることにして、小楠にも暫定的な処遇だと説明した。

二月三日から施行されている八局制で、総裁が有栖川宮熾仁、副総裁に三条実美、岩倉具視、顧問に小松帯刀、木戸孝允、後藤象二郎、四月二日から大久保利通がくわわった。

小楠は、まず福岡孝弟（たかちか）と副島種臣が起草した「政体書」の検討を命じられた。

これを「議政（立法）と行政をはっきり区別した非常にすぐれた見解である」と評価したうえで、この案では、議政官の参与に人材が集中し、行政の責任者の輔相が議政官の上位でもある。それでは貢子として採用されている人たちが将来、下院（衆議院）の一員として能力を発揮する余地がまったくなる。輔相は「至尊」を補佐する行政官であり、議定も参与もともに立法官である。ところが岩倉具視は議定、輔相でありつつ参与だから、輔相は大権の最高責任者である天皇を補佐する役目に専念すべきだとした。

閏四月二十一日、「政体書」を発布、三度目の制度改革である。

太政官のもとに議政、行政、神祇、会計、軍務、外国、刑法の七官を置き、参与は人数を大幅に削り、議定とともに議政官の上局を構成。新しい参与は、小松帯刀、大久保利通、木戸孝允、広沢真臣（さねおみ）、後藤象二郎、福岡孝弟、副島種臣、由利公正（三岡姓を明治三年に改める）、それに横井小楠の九人で、薩長土が各二人、肥前・肥後・越前が各一人。小楠は翌日、従四位下に叙せられた。

三月十四日、勝と西郷によって江戸無血開城の諒解がついた。四月、慶喜は水戸へ退去。五月、奥羽越列藩同盟が成立、彰義隊壊滅と続き、徳川宗家の家達（いえさと）が駿河府中七十万石に封じられた。

会津との戦には反対論が多かったが、小楠は主戦論をとった。肥後藩は護美が軍務官副知事なのに動けず、ようやく監物の弟の米田虎之助が肥後藩征東軍総帥に任じられ、六月二日、大坂に着し、すぐ京都に来て小楠と相談した。新政府から軍旗や肩章三百人分などを与えられ下坂するが反対論が強い。

小楠の米田宛六月十日付けの手紙では、「江戸の津田山三郎が一統の定論（穏和説）で、みなその影響を受け、安場保和（一平）が帰ってきたが同論なので論破した。みんな〝鎮撫〟の意味をとり違えている」という。「安場も追々、申し上げた通り、思慮浅き生（性）質で独り離れも出来かね、実にもって気遣っている」と愛弟子にきびしい批判をした。

小楠は臥せっていた。慢性化していた病が上洛後に悪化し、五月下旬からひき籠もった。治療をつくしたが、七、八月には下血、小便も出ない。死ぬかもしれぬと、四条からなる「遺表」を門弟らに口授する。

この第一条で明治天皇の人間としてのありようを記した。

「人の良心は道の本である。この良心は時に不発ということなく行われるのが、すなわち道である。誠である。誠でなければ、人を動かし、物を動かすことはできない。人主は民を愛して政を施し、順を賞し、逆を罰する。みなこの心に基づく。天下が服するゆえんである。天命を奉じて天下を治めるほかにない。この良心に従って、これを行うのみである。しからずして、ただ富強の事に従うのは覇者の術である。

西洋各国をみるに、その崇ぶところ耶蘇（キリスト教）をもって宗とし、道は人の良心に基づくことを知らず、その精励の出ずるところ、人事の行われるところ、ただ利害の一途に出で、倫理綱常を廃棄し、刻剥（薄）を極めて、我の欲をなすにいたる。実に宇内の大患なり。独り本朝は未だこの害を蒙らず、たまたま仏教が行わるといえども、みな愚婦愚夫上のことにして、士大夫以上これを信ずる者は少ない。この時にあたって、皇上能くこの心を推して政を施したまわば、人心、自然に王路に帰し、大道はじめて分明なるべし」

小楠がみた天皇は君主たるべき人であったか。

「ご気量（容貌）を申し上げ候へば、十人並みにもあらせらるべきや、唯、並々ならぬ御英相にて、誠に非常の御方、恐悦無限の至りに存じ奉り候」（五月二十二日沼山津宛て）

「主上、当年御宝算御十七歳、いまだ御幼年に在らせられ候へども、非常に御聡明、誠に驚き入り奉り候」（九月二十一日、弥富千左衛門宛て）

まずは及第点であった。

小楠の耶蘇教理解は大きく変わった。

『沼山対話』では「耶蘇教もまた人に善を勧めるのを主といたす」と答えたが、それを「邪教」として否定したのは、八月ごろから数回、英国留学から帰国した薩摩の森有礼、鮫島尚信と談話したからだ。

彼らはアメリカに行って、宗教家トマス・レイク・ハリスに会い、理想社会を追求している彼の見解を伝えた。

「世界すべて邪教に落ち入り、利害の私心に渾化せん（すべてそうなった）。実に人道の滅却なり。いまだ邪教の入らざるは、日本とアメリカの内、何とかいう国のみなり。日本は頼みある国なれば、この尽力は十分にいたしたきこと」

小楠は甥たちに、ハリスの見解は「拙者、存念と符節を合わせたり」「実にこの利欲世界に頼むべきはこの人物一人と存ずるなり」と書き、「都合がつけば必ずたずねてみよ」とすすめた。

七月十七日、江戸を東京と改める。九月八日、明治と改元、一世一元の制が定められた。二十二日に会津藩が降伏、十月十三日、江戸城を皇居とし、東京城と改称した。

小楠は九月初旬にやや回復し、九月十五日より出勤。同月下旬、岩倉具視が小楠に秘密の相談をした。「天皇教育の根本、指針を考えてもらいたい」。そこで小楠は「中興の立志七条」を書いた。

一、中興の立志今日に在り。今日立つことあたはず。立たんことを他日に求む。豈此の理あらんや。（天皇の立志は今に在る）

一、皇天を敬し祖先に事ふ、本に報ずるの大孝なり。

一、万乗の尊を屈し匹夫の卑に降る。人情を察し知識を明にす。（天皇は雲の上に身を置くべきものではなく、匹夫の野に降って民情を察し、知識を明らかにすべき）

一、習気を去らざれば良心亡ぶ。虚礼虚文、此心の仇敵にあらざらんや。（天皇のあり方の根本は良心にめざめること、虚礼虚文がこの心の仇敵だ）

一、矯怠の心あれば事業を勉ることあたはず。事業を勉めずして何をか我霊台を磨かんや。（天皇の職務は民の生活を豊かにする事業にある）

一、忠言必ず逆ひ、巧言必ず順ふ。此間痛く猛省し私心を去らずんばあるべからず。（臣下の忠言に耳を傾けることだが、忠言は耳逆らい、巧言は耳に順いがちで、痛烈に反省し私心を去るべきだ）

一、戦争の惨憺万民の疲弊、これを思い又思い、更に見聞に求むれば自然に良心を発すべし。（戦争の惨憺は万民の疲弊だから、可能な限り避けるべき。これを思い、さらに見聞を求めると、自然に「良心」がわきあがる）

十月六日、柳川藩の立花壱岐が小楠をたずねてきた。

壱岐は小楠に強い影響を受け、若くして家老となり、安政六年九月から文久二年九月まで全権として大改革に打ち込んだが、神経性疾患となって辞し隠居した。

王政復古のあと慶応四年一月二十七日、全権に復帰し三十八歳で藩の大改革に着手したが、六月に徴士として刑法局判事になるよう求められ、これを辞退しようと上京したのだ。

壱岐は小楠の颯爽たる活躍を期待していたが、その憔悴した姿に驚いた。小楠は、それでも、こういった。

「今日、当路の三職以下をみるに、いずれも目前のことに処するだけで、『治道の本源』に志ある者を聞かない。ただ顧みて思うのは、上聖上陛下（明治天皇）のご英明と岩倉輔相のみである。当今、貴殿が論じて倦まないのは、この卿お一人であろう。惜しいかな、いま天皇に供奉されて東上しておられるので、いずれご帰京の後、お会いになったら、きっと面白いお話もあろうかと存ずる」

数日後、また会うと、小楠は、

「当今の人物を見るに、一官一事の任に当たる小粒者ばかりで、『治道の本源』を究めようとする者はいない。池辺（藤左衛門）なども会計官判事となってからは、そのことばかりに執着して、もはやそれがしなどとは話が合わぬ。これでは数十年来の親交も水の泡でござる。貴殿も一日も早くご全快のうえ、『治道の基礎確立』について十分ご尽力願いたい」

壱岐は、「治道の本源とは、どのようなことでござるか」とたずねた。小楠は、

「恐れ多くも陛下におかれては諸藩にご巡幸あって、諸侯を召され、勅命によりお指図あれば一挙に治道の基礎はできようかと存ずる」と答えた。

壱岐は愕然とした。〈小楠、老いたり！〉、この理想主義者は激烈な口調で異議を唱えた。

「当今の急務は、朝廷の政体を改正し、わが国の政体を創立するべき時です。いま朝廷においては、王政維新以来、諸藩の名君、すぐれた国老藩士などを召されて三官九職に登用され、その実績が日増しに上がっているというのに、諸藩は旧来のままで、政令は天下に波及していない。すると、王政とはいっても京都付近のみで、わが国全体にはおよんでいない。徴士に漏れて居残る諸侯国老は、愚人ばかり多く、よしやご巡幸あっても、そういう愚人どももと政治を議し給うたからといって、何の益にもならぬ。経国の基本は、わが国の政体を創立するにあって、治道の基礎というのは、制度の確立にあると考える。しかる後にご巡幸というのが、物の順序でござろう」

小楠は、病み衰えた顔をゆがめて、「もとより、そうである」と小さく答えた。

〈わしは、どうかしておる、どうなったのか……〉

これまでの小楠なら、主張すべきは版籍奉還、廃藩置県であったはずなのに。

会見のあと、壱岐は〈昔日の勇なきなり。げに争われぬは、歳なり〉と嘆息した。宿にもどって、小楠に手紙を書き、自著の『山吹』と『井蛙（せいあ）天話』の二論文を送りつけた。壱岐は十月七日、参内して刑法局判事を辞任する口上書を提出し、十四日に承認された。そこへ小楠から手紙が届いた。

「お手紙、かたじけなく拝見しました。先日はご病気中にもかかわらず、お出でいただき、ご厚情かたじけなく存じております。さて、免役のお願いもあい済み、ご安心なされたでしょう。ついては早々にご帰国の予定でしょうが、近日中にお会いいたし、縷々申し述べたいと思っております。お書きになられた二冊については、ゆっくりと読ませていただき、それぞれ敬服のいたりでございます。すぐにでも上に上げたいと思っております。小生もいまだに全快にいたりません。一両日は寝たままで、ひっ込んでおります。まずはご返事まで、とりあえずさし上げます」

壱岐は会わなかった。失望がまさっていた。さらに、議定たる松平春嶽にも会い、福井藩を動かしたいと思ったが、これにも失望した。東京の柳川藩公に十一月十三日、手紙を書いた。

「横井小楠には二度ほど会いましたが、先年とは違い、病気の体で、もうろくしているようにみえ、いっていることも判然とせず、有益なことはあまりありませんので、その後は疎遠となりました。越前公も以前とは違い、有志に人望がありません。ご誠意も薄く、お志も怠け気味のように見受けられました……」

十一月も小楠は不調で時々、欠勤した。

下旬には沼山津へ「このまま良くならなければ辞職して帰るほかあるまい」と書く。十二月、病状が再び悪化。「正月十五日ごろを目途として、治らなければ辞表、万一治れば家族を呼び寄せという方針」で、さらに目途を二月半ばに修正して明治二（一八六九）年の正月を迎える。

入洛して以来、病は小楠の体力と気力、知力さえも奪い、ままならぬ身を歎いて頻繁に癇癪をおこし、門人たちは心を痛めた。

十二月十三日、小楠は手狭になった井上方から寺町通竹屋町上ルの大垣屋の広大な家に転居している。米田虎之助が肥後藩征東軍総帥として凱旋の帰途、京都に寄るために準備したのも理由のひとつだった。

明治二（一八六九）年正月五日午前、底冷えのする陰鬱な冬の日であった。

病体の小楠は駕籠に乗り、烏帽子（えぼし）、直垂（ひたたれ）の正装で太政官に出仕したが、疲れを覚えて、皆より早く八ツ（午後二時）過ぎに退庁した。

駕籠脇には、若党の松村金三郎がつき添い、五、六間（約一一メートル）あとに同じく若党の上野友次郎、門生で当日の護衛番の横山助之進と下津鹿之助は二十間（約三六メートル）ほどおくれて話しながら続いていた。

御所の寺町門から出た小楠の駕籠が、寺町丸太町を下ったあたりだった。突然、銃声がして、それを合図に、黒覆面の一団六人が抜刀して、駕籠めがけて殺到した。

不意をつかれた松村らが応戦したときには、暴漢のふたりが駕籠わきに立っていた。松村は必死に立ちむかったが、右腕を深く斬られて刀がもてなくなった。上野は銃声がきこえた途端、踏み出したが、背後から横腹に一刀をうけ、ふり返ったところを頬から首にかけて斬られた。

おくれて歩いていた横山と下津は、すぐに駆け出したが、数人の敵が斬りかかって乱戦となり、頭や肩に手疵を負いながら敵にも手負わせた。

下津は、ひとりの太刀を打ち落とすや、つけいって肩を深く斬り下げた。手応えがあった。ウトウトしていた小楠は、銃声と駕籠が乱暴に降ろされた衝撃で目を覚ました。怒声と激しい足音が迫っていた。

「来たか」

不思議に平静だった。

駕籠の左右から刀が突っ込まれた。

小楠は転がり出て、自分でも驚くような早さで立ち上がり、駕籠を背にして抜いた短刀を構えた。黒覆面の刺客が四方から迫ってきた。そこまでだった。病の老体に短刀では勝負にならない。

下津が「先生！　先生」と叫んだときには、幾太刀か受け、横から斬られて倒れた。ひとりが首級をあげて、丸太町を西に逃走した。

ほかの襲撃者も続いた。横山と下津があとを追った。

そのとき急を聞いた若党の吉尾七五三之助(しめのすけ)が、邸宅から駆けつけた。彼は〝八町次郎〟とあだ名をとった俊足で、富小路夷川(えびす)のあたりで追いついた。敵は首を投げつけ、吉尾が拾う間に逃げ去った。

凶報に廟堂には驚愕が走った。

天皇は、この凶報がもたらされると「深く震怒、悩(くるし)まれ、早速、悪徒召し捕りを厳重に処置いたすべき」旨、仰せ出された。

「朝威が立つか立たざるかは、このご処分にこれあり。京府、厳重手配、すみやかに悪徒を召し捕り候よう、よろしく差配いたすべく」

早速、召し捕り糾弾の儀が命じられ、寓居には勅使が派遣された。

小楠の遺骸はまもなく寓居に運ばれ、変事をきいた人々が続々と集まってきた。遺骸は門人たちの手で清められ、通夜が行なわれた。

六日、朝廷より細川韶邦へ、葬儀のため三百両を下賜するとの沙汰があって、七日、葬儀が営まれ、肥後藩と関係の深い南禅寺山内天授庵の墓地に葬られた。享年六十一である。

小楠の遭難は、数日後、早打ち（馬）で熊本に達し、一族、門人、知己を驚愕、悲嘆のうちにつき落とした。

妻のつせ子は、小楠の看護をしようと上京を決め、いとまごいのため、義兄の竹崎律次郎宅を訪れていた。

沼山津からの急報をうけた竹崎の娘の律子は、叔母に小楠の死を告げかねて、病気といって帰した。つせ子は三十九歳で寡婦となった。黒髪を切って小楠の霊にそなえ、子供たちを立派に育てると誓った。

その日、安場一平（保和）らは、久しく病床にあった下津休也を見舞っていた。

ご隠居をなぐさめるために、庭の池のまわりで子供らが「馬追い」の遊びをするのに大人もまじってにぎわっていたところへ、悲報がとどいた。みな打ちしおれ、涙にかきくれた。

息子の時雄は、十三になったばかりだったが、従弟の不破唯次郎と沼山津川から釣りをしてもどってくると、家中、悲嘆に沈んでいた。訳をたずねたが、誰もこたえなかったので、それ以上は気にせず、獲物の多寡をあらそうのに夢中になった。

その後、父の死を知らされて、悲しみのあまり、折々、押し入れに隠れて泣いていた。

徳富一敬は郷里の葦北にいて、小楠の病を案じていたが、ある夜、師を襲う刺客を斬りはらう夢までみて心配のあまり、つせ子の上京をうながそうと、妻の久子を沼山津にいかせた。久子は熊本に着いて凶報を知り、下男を葦北へやって父に知らせ、夜道を沼山津へいそいだ。

沼山津には岩男俊貞が遺髪を持ちかえり、瘞髪（えいはつ）式が村民総出でおこなわれた。

横井家の菩提寺は熊本城下の浄土宗、往生院だが、沼山津には同派の寺がなく、真宗の光輪寺を借りて往生院僧侶により葬儀がすすめられ、遺髪はほど近い丘陵の一角に埋められた。

大久保利通は十日に小松玄蕃頭（帯刀）、伊地知壮之丞、吉井幸輔に宛てた書簡中に、犯人はいわゆる攘夷社中とみえ、横井ひとりに止まらず、ほかに参与中、除かなければならぬ者もあるという説や、福岡孝悌もとくに恐れをなし候模様と伝え、

「すなわち、今のところ、朝廷根軸いっそう屹立（きつりつ）抜くべからざるのご威権、あい立て申さず候ては、あい済まずと苦心の折り」なのに、かえって勢い、鼻息をひそめ候すがたにて、なんとも慨嘆切歯にたえ申さず、刑法官など謂うべからざるの次第これあり、「この機会をもって朝廷を動かし立て候種

類もまた少なからず。実に危殆(きたい)のありさまにござ候」と書いた。

大久保は藩政改革のため鹿児島に帰る予定だったが、「京情すこぶる紛糾せし」をもって帰藩を中止した。

木戸孝允は二十日付け手紙で、岩倉具視にこう述べた。

「横井平四郎の一条、ひっきょう朝廷のために恐れ入り候ことにてござ候。彼（小楠）、近ごろ、いかようの説をあい立て候かは存じ申さず候えども、今日、言路開明のご時節、このごとき儀これあり候ては、後来、何をもって朝威あい立て申すべきや。なにとぞ、朝憲の屹度(きっと)凛然あい立ち候ようにはご処置あらせられたく存じ上げ奉り候こと」

捜索は峻厳をきわめた。

下津の一太刀をあびて重傷を負い逃走した浪人の柳田直蔵は、その日の夕方、中町夷川通りの中村屋梅吉方の便所にひそんで自殺をはかったところを発見され、捕縛されたが、十二日に死亡した。

持っていた斬奸状には、

「この者、これまでの姦計、枚挙に遑(いとま)あらず候えども、姑(しばら)（暫）くこれを舎(お)（置）く。今般、夷賊に同心し、天主教を海内に蔓延せしめんとす。邪教、蔓延いたし候節は、皇国は外夷の有(もの)とあいなり候こと顕然なり。しかしながら、朝廷ご登用の人を殺害におよび候こと、深く恐れ入り奉り候えども、売国の姦、要路にふさがりおり候ときは、前条の次第にたちいたり候ゆえ、やむをえず天誅をくわうるものなり」

とあった。

とんだ誤解というものである。

実行犯は、石見国郷士の上田立夫三十歳、備前国上道郡の名主のせがれで土屋延雄（本名・津下四郎左衛門）二十三歳、大和十津川郷士の前岡力雄二十六歳、おなじく十津川郷士の中井刀禰尾二十四、五歳（推定）、元住職の鹿島又之允二十四歳、柳田は二十五歳だった。

暗殺計画は、旧知の上田と土屋が、前年十二月中旬に京都で出会い、「小楠、討つべし」と一致し、十津川郷士の顔役であった上平主税の丸太町の家（十津川屯所などと呼ばれていた）で建議、下旬には六人が盟約をむすんだ。彼らには、維新政府の洋夷許容の風が、すべて小楠のせいのように思えたのだ。

事件後、土屋は十四日、捕吏に出会って自首した。上田、鹿島、中井、前岡は高野山中の旅籠商家に潜伏していたが、十六日、探索の手がおよんで、上田と鹿島は捕縛され、中井と前岡は十津川へ逃亡した。前岡は翌三年七月、垂井宿で捕縛され、中井は行方不明となった。

尊皇派は、小楠暗殺を快挙とした。

政府内でも、刑法官知事の大原重徳は急先鋒で「ああいう奸人が有志の手で片づけられたのは、皇天が聖朝のご維新を助けるために照鑒（しょうかん）を垂れたもうたのだから、その天意にしたがって、下手人たちは非常出格の寛典に浴すべきだ」と意見書を出した。

九月には弾正台が、「国賊」ともいうべき人物を殺したものは罪一等を減ぜよと建議した。証拠固めに、大巡察の古賀十郎を熊本に派遣して、出てきたのが小楠の著述という『天道覚明論』である。

古賀が阿蘇神社に参詣すると、その一両日前夜に「社頭に落ちていた」と大宮司の阿蘇惟治（これはる）から渡された。それに記された「堯舜湯武の禅譲放伐を行うことができないなら、その亡滅をとる」、つまり「血統論は天理に順でない」という主張が国賊の証左とされた。小楠の論を知悉（ちしつ）する者によった捏造であろう。明治三年二月十三日付けで阿蘇惟治から神祇官に提出した書面には、「横井平四郎の著述という証左はない」と明言してある。

小楠、死して一年十カ月後、ようやく同年十月十日、廟議一決して犯人の刑を執行した。行方不明の中井をのぞく実行犯四人は「参与横井平四郎儀、邪説を唱うるとの浮説を信じ、擅（ほしいまま）に殺害におよび、剰（あまつさ）へその場を立ち遁（のが）るる条、朝憲憚（はばか）らず、不届き至極につき梟首（きょうしゅ）申しつくる」と即日、処刑された。また関係者三人が、暗殺の密議にくわわり、刺客を隠匿した等の廉で終身流罪、ふたりが禁錮三年、ひとりが同百日、その他約二十人が処罰されている。

三岡八郎は、当時、建議して発行した金札が東京で流通しないという問題があって、命を受けて東下していて、十日に大阪に着船し、はじめて師の横死を知って驚愕した。

ただちに府庁にいって刺客捜索のことを協議し、数日して入京、小楠の寓居を訪れ、「その寂莫として、ふたたび師の温容をみるあたわず、そぞろに悲痛の感にたえなかった」。

柳川にもどっていた立花壱岐は、柳川藩中老の十時兵馬からの急報で、小楠の死を知った。

「なんという馬鹿なことを！」

ふりしぼるような叫びをあげ、慟哭した。

〈なにゆえに、最後の会見の申し出に応じなかったか……〉

悔いてもあまりある思いにさいなまれた。

病を得た小楠は新政府で精彩を欠き、その暗殺とともに忘れ去られた。

明治国家・大日本帝国は、ひたすら西洋列強のあとを追って富国強兵の道を進み、ついに大義を世界に布くことはなかった。

あとがき

勝海舟をして「おれは、今までに天下で恐ろしいものを二人みた。それは横井小楠と西郷南洲だ」と言わしめた小楠は、幕末を動かしたユニークな思想家にして政治家である。

そのわりに知名度が高くないのは、残念なことだ。

小楠は熊本藩士の二男に生まれ、儒学者の道を歩み、次第に実学を完成させ、儒教を理想主義的に読み変えて独自の公共思想を生みだした。

その人生は挫折と失意の連続であった。

福井藩主の松平春嶽に招聘されて、ようやく実力を発揮する。藩政改革に腕をふるい、幕府の政事総裁職になった春嶽の私的ブレーンとして、幕政改革にも胸のすくような活躍をする。

諸侯による全国会議をくわだてて、国論を主導しようとする寸前、刺客に襲われた。宴会のさなかで刀が手元になかったため、刀を取りに藩邸に戻った行為が熊本藩から士道忘却の罪に問われ、士席を剥奪されて蟄居(ちっきょ)、隠棲する。

もし、この事件がなかったら、幕末の政局も変わり、明治維新のかたちも違ったものになったかもしれない、と思わせるような小楠の活躍ぶりであった。

明治新政府に召されるが、病気で真価を発揮できないうちに暗殺された。残念なことである。

思えば、私の小楠との出会いは、ずいぶん昔のことになる。

四十年以上前だが、大学で政治学をかじった私は、ゼミ論のテーマに悩み、海舟の『氷川清話』を読んで、小楠に関心を持った。たまたま神田の古書店でみつけたのが、小楠研究の基本文献である山崎正董の『横井小楠』上下巻であった。

しかし、当時の私に儒教と漢文、難解な漢字の壁は厚く、ついに諦めてしまった。

結局、もうひとつの関心事であった全体主義をやろうと思い、そのころ読んで面白かった『国体論及び純正社会主義』を書いた北一輝を選んだ。

もっとも、北の晩年、三井財閥から巨額の生活費を引きだすような生き方に幻滅して、論文は中途半端なものに終わってしまった。しょせん学究の資質がなかったのである。

以来、新聞記者の生活を送っていたが、書棚の片すみに置かれた『横井小楠』は、常に気になる存在であった。

それを小説にしたいと思うようになった機縁は、日本思想史の泰斗、源了圓先生との出会いである。先生の書かれた『型と日本文化』をテーマにインタビューにうかがって、以後、大変かわいがっていただき、「私の若い友人」とまで言ってくださるようになった。

ある日、その先生が「小楠は私のライフワークです」とおっしゃった。私の古い思いがよみがえった。

「実は私も小楠には関心があります。先生のご本が出ましたら、それを勉強させていただき小説にしたいと思います」

先生は「ぜひ、そうしてください」と励まされ、私は少しずつ小楠関係の資料を集めにかかった。

それからまた、ずいぶん歳月が流れ、私は新聞社を辞めて作家になった。

ときどき、先生にご研究の進捗度をうかがうと、「まだまだです」と答えられた。

二〇〇九年は、小楠生誕二百年で、私は雑誌の『致知』に小楠の小伝を書いた。

また、以前から、旧知の藤原書店社長の藤原良雄さんが、この年にあわせて源先生の本を記念に出したいと言われていたので、先生にうかがうと、「まだまだです」というご返事であった。

十二月になって先生からお電話があり、「とりあえず横井小楠の特集を藤原書店の別冊『環』で出すことになったので、紹介記事を書いてほしい」と頼まれ、『日本経済新聞』の文化欄「文化往来」に寄稿した。

しばらくして、別件で藤原さんと懇談したとき、源先生の『横井小楠』が話題になった。私が、「むかし、先生のご本が出たら私が小説を書きます、という約束をしたんですよ」と話すと、「うちの『環』の紙面を提供するから、ぜひ連載してほしい」ということになった。

先生にそのことをお話すると喜ばれたが、「あと一年はかかります」と言われるので、のんびり構えていたところ、翌年の正月になって、藤原さんから「先生のご本は大幅に遅れそうだから、連載のほうを先に始めてほしい」という依頼があって驚いた。早速、先生のご了承をえて、大慌てで小説にとりかかることになった。

連載当初は、一回に四百字で五十枚、二年の連載で四百枚程度のものにする予定だったが、途中で、このペースではとても書ききれないと観念し、藤原さんに枚数を倍にしていただいた。結局、連載は二〇一〇年春号から二〇一二年夏号まで、予定を大幅に超える長丁場になってしまった。本著はそれをもとに加筆修正したものである。

先生にお話しすると、「小楠は長くなるんです」とおっしゃった。九十歳を超えてなお探究の手をゆるめられない先生にはほんとうに頭が下がった。

いま先生の大著も完成し、藤原書店におさめられ、刊行の準備にはいっている。順序が逆になり、先生の新著も読まないままで（むろん、前に書かれたものは拝読しているが）、小説を完成させたのが悔いである。

書くまえに「思想家は小説になりうるのだろうか」という不安があった。その思想に踏み込めば、たちまち難解になり、避けて通れば、真の小楠像に迫り得ないことになるからだ。

このため、小楠の書いたものすべてを、できるだけわかりやすく現代語訳し、ほぼ、そのまま記述することにした。熟読玩味していただければ、小楠思想の魅力が伝わってくるはずだ。

小楠研究には多くの労作がある。拙著が小楠入門のとっかかりにでもなれば幸甚である。

最後に、この長編小説を書く動機をあたえてくださった師である源了圓先生、その連載を快諾され、完成を辛抱強く待っていただいた藤原良雄さん、編集作業に苦労された小枝冬実さんに心からお礼を申し上げたい。

二〇一二年十二月

小島英記

- 北条時行 ― 時満 ― 時任 ― 時利 ― 時永（横井に改姓）― 時勝 ― 時延
  - 時泰
  - 時雄
  - 時朝…也有（俳人）
  - 時久…千秋（国学者）・時冬（文学者）
  - 時春
    - 時助
    - 時次（熊本横井家の祖）
      - 時久
      - 時国
        - 時慎
        - 時昭 ― 時秀 ― 時元（時庸　嫡男）＝よせ（永嶺家　女）
          - 時昆（病身のため家督を継がず）＝しゅん（寺井家　女）
        - 時庸 ― 時元
      - 時重
      - 時長

- 時明（左平太　郡代定役）＝きよ（清子）（不破敬次郎　二女）
  - いつ（母の実家不破家に嫁す）
  - 玉子（女子美術学校創立）＝時治（左平太）（元老院権少書記官）
  - 時實（大平）（熊本洋学校創立に尽力）

横井家略系図

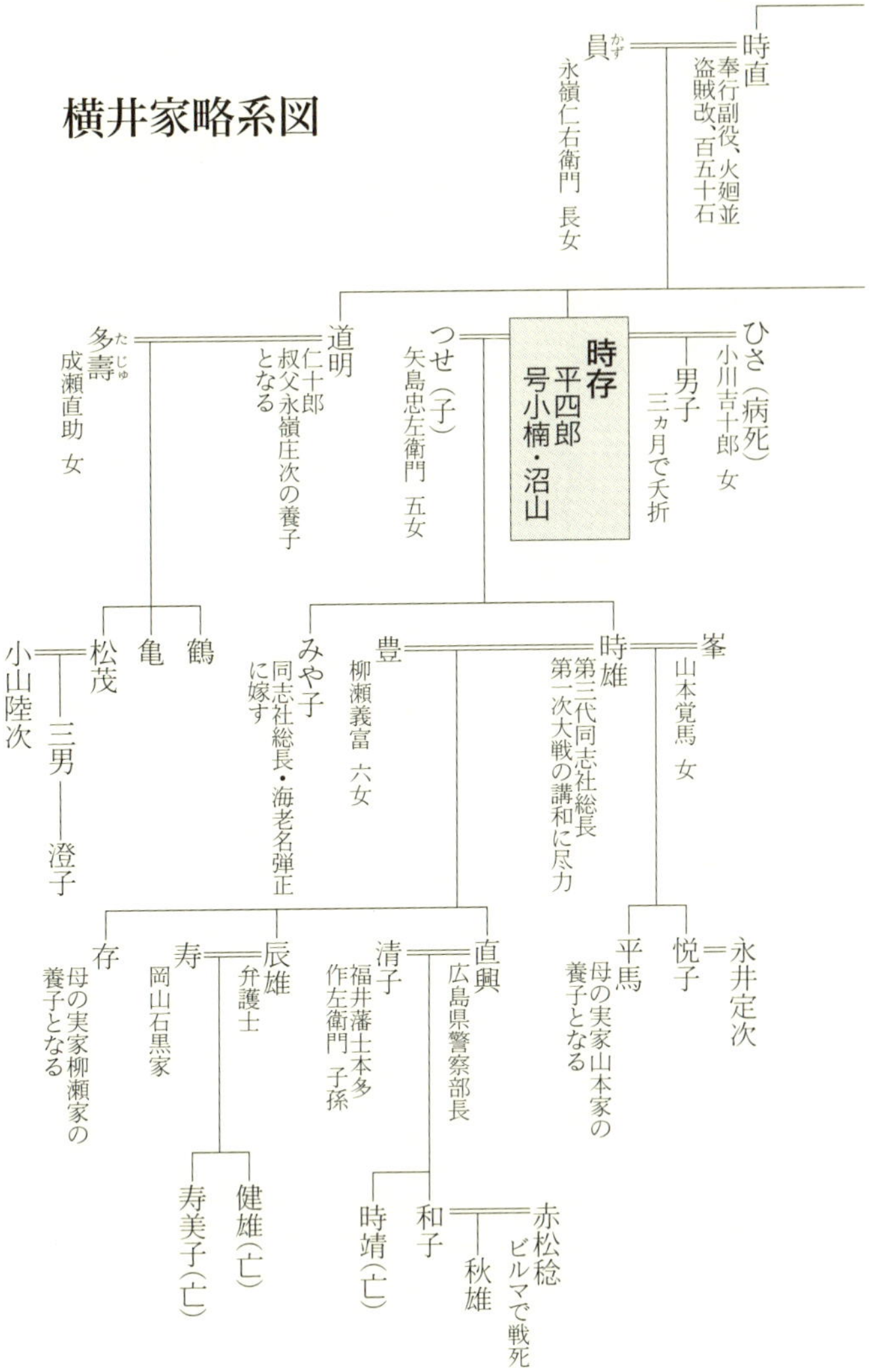

＊山崎正董『横井小楠　伝記篇』、源了圓・花立三郎・三上一夫・水野公寿編『横井小楠のすべて』（新人物往来社、一九九八年）を基に作成。

主要参考文献

『横井小楠　上巻　伝記篇』山崎正董著、明治書院、一九三八年。

『横井小楠　下巻　遺稿篇』山崎正董著、明治書院、一九三八年。

『横井小楠――儒学的正義とは何か』松浦玲著、朝日選書、二〇〇〇年。

『横井小楠』松浦玲著、ちくま学芸文庫、二〇一〇年。

『横井小楠漢詩文全釈』野口宗親著、熊本出版文化会館、二〇一一年。

『横井小楠の実学思想――基盤・形成・転回の軌跡』堤克彦著、ぺりかん社、二〇一一年。

『公共する人間3　横井小楠――公共の政を首唱した開国の志士』平石直昭・金泰昌編、東京大学出版会、二〇一〇年。

『別冊環17　横井小楠 1809-1869　「公共」の先駆者』源了圓編、藤原書店、二〇〇九年。

『環』44号（小特集・横井小楠）藤原書店、二〇一一年。

『幕末維新の個性2　横井小楠と松平春嶽』高木不二著、吉川弘文館、二〇〇五年。

『熊本藩の法と政治――近代的統治への胎動』鎌田浩著、創文社、一九九八年。

『伝記叢書76　竹崎順子』徳富健次郎述、福永書店、一九二三年。

『蘇峰自伝』徳富猪一郎著、中央公論社、一九三五年。

『日本の名著30　佐久間象山　横井小楠』責任編集・訳松浦玲、中央公論社、一九七〇年。

『日本の名著31　吉田松陰』責任編集・松本三之介、中央公論社、一九七三年。

『日本の名著29　藤田東湖』責任編集・橋川文三、中央公論社、一九七四年。

『日本思想大系55　渡辺崋山・高野長英・佐久間象山・横井小楠・橋本左内』岩波書店、一九七一年。

『日本思想大系54　吉田松陰』岩波書店、一九七八年。

『江戸の思想家たち』上・下、相良亨・松本三之介・源了圓編、研究社出版、一九七九年。

『世界の名著3　孔子・孟子』、責任編集・貝塚茂樹、中央公論社、一九七八年。

『世界の名著19　朱子・王陽明』、責任編集・荒木見悟、中央公論社、一九七八年。

『日本の思想19　吉田松陰集』、奈良本辰也編、筑摩書房、一九六九年。

『松平春嶽全集』（全四巻）、松平春嶽全集編纂委員会編、原書房、一九七三年。

『昨夢紀事』中根雪江著、東京大学出版会、一九六八年。

『再夢紀事』中根雪江著、日本史籍協会叢書、東京大学出版会、一九七四年。

『続再夢紀事』中根雪江著、日本史籍協会叢書、東京大学出版会、一九七四年。

『松平春嶽』川端太平著、吉川弘文館、一九九〇年。

『由利公正伝』三岡丈夫編、光融館、一九一六年。

『子爵由利公正伝』由利正通編、三秀舎、一九四〇年。

『高杉晋作全集』上・下、堀哲三郎編、新人物往来社、一九七四年。

『橋本景岳全集』続日本史籍協会叢書、東京大学出版会、一九七七年。

『啓発録』橋本左内著、伴五十嗣郎全訳注、講談社学術文庫、一九八二年。

『維新前夜の群像第1　高杉晋作』奈良本辰也著、中公新書、一九六五年。

『大久保一翁――最後の幕臣』松岡英夫著、中公新書、一九七九年。

『維新前夜の群像第4　木戸孝允』大江志乃夫著、中公新書、一九六八年。

『維新前夜の群像7　岩倉具視』大久保利謙著、中公新書、一九九〇年。

『明治天皇――苦悩する「理想的君主」』笠原英彦著、中公新書、二〇〇六年。

『明治天皇紀』第一、宮内庁編、吉川弘文館、一九六八年。

『維新前夜の群像 第3　勝海舟』松浦玲著、中公新書、一九六八年。

『勝海舟』松浦玲著、筑摩書房、二〇一〇年。

『勝海舟と西郷隆盛』松浦玲著、岩波新書、二〇一一年。

『勝海舟全集1　幕末日記』勝海舟全集刊行会（代表・江藤淳）、講談社、一九七六年。

『勝海舟全集別巻「来簡と資料」』勝海舟全集刊行会（代表・江藤淳）、講談社、一九九四年。

『氷川清話』勝部真長編、角川文庫、一九七二年。

『海舟座談』巌本善治編、岩波文庫、一九八三年。

『勝海舟』石井孝著、吉川弘文館、一九八六年。

『徳川慶喜公伝』(全四巻)、渋沢栄一著、東洋文庫(平凡社)、一九六七―八年。

『佐久間象山』大平喜間多著、吉川弘文館、一九八七年。

『川路聖謨』川田貞夫著、吉川弘文館、一九九七年。

『井伊直弼』吉田常吉著、吉川弘文館、一九八五年。

『藤田東湖』鈴木暎一著、吉川弘文館、一九九八年。

『西郷隆盛』上下、井上清著、中公新書、一九七〇年。

『西郷隆盛全集』(全六巻)西郷隆盛全集編集委員会編、大和書房、一九七六―八〇年。

『西郷隆盛』田中惣五郎著、吉川弘文館、一九八五年。

『西郷隆盛――西南戦争への道』猪飼隆明著、岩波新書、一九九二年。

『大久保利通』佐々木克監修、講談社学術文庫、二〇〇四年。

『大久保利通と明治維新』佐々木克著、吉川弘文館、一九九八年。

『維新前夜の群像第5　大久保利通』毛利敏彦著、中公新書、一九六九年。

『幕末維新の個性3　大久保利通』笠原英彦著、吉川弘文館、二〇〇五年。

『小松帯刀』高村直助著、吉川弘文館、二〇一二年。

『坂本龍馬全集』平尾道雄監修、宮地佐一郎編集、光風社出版、一九八八年。

『坂本龍馬と明治維新』マリアス・ジャンセン著、平尾道雄・浜田亀吉訳、時事通信社、一九七三年。

『検証・龍馬伝説』松浦玲著、論創社、二〇〇一年。

『坂本龍馬』松浦玲著、岩波新書、二〇〇八年。

『維新前夜の群像第2　坂本龍馬』池田敬正著、中公新書、一九六五年。

『坂本龍馬日記』上・下、菊地明・山村竜也編、新人物往来社、一九九六年。

『龍馬の手紙――坂本龍馬全書簡集・関係文書・詠草』宮地佐一郎著、講談社学術文庫、二〇〇三年。

『オランダ風説書――「鎖国」日本に語られた「世界」』松方冬子著、中公新書、二〇一〇年。

『ペリー来航』三谷博著、吉川弘文館、二〇〇三年。

『幕末の長州――維新志士出現の背景』田中彰著、中公新書、一九六五年。

『王政復古――慶応三年十二月九日の政変』井上勲著、中公新書、一九九一年。

『幕末政治家』福地桜痴著、岩波文庫、二〇〇三年。

『安場保和伝 1835-99――豪傑・無私の政治家』安場保吉編、藤原書店、二〇〇六年。

横井小楠年譜（一八〇九—七〇）

和暦（西暦）	齢	関係事項
文化6（一八〇九）	1	8・13熊本城下内坪井町に生れる。肥後藩士横井時直（世禄一五〇石）の次男。
文化13（一八一六）	8	このころ藩校時習館に入学。
文政4（一八二一）	13	経国の志をおこし下津久馬と他日国事の振興に当ることを約束する。
文政5（一八二二）	14	このころ熊本城下水道町に転居。
文政6（一八二三）	15	11月句読・習書・詩作出精につき金子二〇〇疋を受ける。12月藩主にお目見え。
文政12（一八二九）	21	犬追物・芸術・学問・居合・槍術・游の出精により、藩主より賞詞を受ける。
天保2（一八三一）	23	7・4父時直死去（享年五三歳）。11月兄左平太（時明）家督相続。
天保4（一八三三）	25	6・23時習館居寮生となる。
天保6（一八三五）	27	9月肥後藩士伊藤石之助ら時習館訓導宅へ放火。翌年士分一九人、百姓六四人処罰。
天保7（一八三六）	28	4月講堂世話役。11月居寮世話役。
天保8（一八三七）	29	2・7居寮長に昇進。毎年米一〇俵の心付。2月大塩平八郎の乱。
天保9（一八三八）	30	時習館内の菁莪斎に寝食する間、『寓館雑志』を執筆。
天保10（一八三九）	31	3月江戸遊学の命をうけ出発、4・16江戸着。林大学頭に入門、佐藤一斎・松崎慊堂・藤田東湖らと交る。12・25藤田東湖の酒宴に出席。

和暦（西暦）	齢	関係事項
天保11（一八四〇）	32	2・9酒失の故をもって帰国命令を受ける。3・3江戸を出発、4月熊本着。12月逼塞七〇日の処分をうける。アヘン戦争（〜42年）。
天保12（一八四一）	33	**『時務策』**を執筆（天保14年説あり）。幕府、天保の改革（〜43年）。
天保14（一八四三）	35	長岡監物・下津久也・荻昌国・元田永孚と講学（実学党のおこり、天保12年説あり）。このころ私塾を開く。入門第一号は徳富一敬、ついで矢島直方入門、塾生漸次増加（徳富一敬自伝では弘化2年入門とあり）。
弘化2（一八四五）	37	「感懐十首」をつくり、親友に実学への決意を披瀝。
弘化3（一八四六）	38	兄に従い熊本城下相撲町に転居。一室を居室兼講義室とする。
弘化4（一八四七）	39	3月塾舎を新築し、小楠堂と名付ける。塾生二十余人寄宿。
嘉永2（一八四九）	41	福井藩士三寺三作、西国巡歴の際、10・15小楠をたずね、二旬に及び小楠堂に滞在、11・10熊本を離れる。11・9肥後藩主細川斉護三女・勇姫、福井藩主松平春嶽に嫁す。
嘉永3（一八五〇）	42	12月吉田松陰九州遊歴。12・9〜13熊本滞在、池辺啓太、宮部鼎蔵と会う。
嘉永4（一八五一）	43	上国遊歴。2・18熊本出発、北九州・山陽道・南海道・畿内・東海道・北陸道の二〇余藩を遊歴し、8・21帰国。門生徳富一義、笠左一右衛門随行。6・12〜6・20及び7・6〜7・20福井に滞在。
嘉永5（一八五二）	44	福井藩の学校の制についての諮問に、3月**『学校問答書』**を執筆し送る。
嘉永6（一八五三）	45	1月**『文武一途の説』**を執筆し福井藩に送る。2月小川ひさと結婚。6月ペリー浦賀来航。7月プチャーチン長崎来航。10月吉田松陰熊本に来て、小楠らと会合。10月ごろ**『夷虜応接大意』**を執筆。
安政元（一八五四）	46	7・17兄時明病死（文化4・1・27生、享年四八）。9月家督総続。

安政2（一八五五）	47	3月ごろ長岡監物と絶交。5月熊本郊外沼山津村に転居（四時軒）。10・29生後三カ月の長男死去、その一〇余日後11月妻ひさ病死。『海国図志』を読み、この年より開国論を主張。
安政3（一八五六）	48	矢島つせと再婚。「沼山閑居雑詩十首」を作成。
安政4（一八五七）	49	5・13福井藩士村田氏寿、松平春嶽の命で来熊し小楠招聘の意を伝える。10・17長男・又雄誕生（のち時雄）。
安政5（一八五八）	50	3・12ごろ熊本を出発、安場保和、河瀬典次、池辺亀三郎随行。4・7福井着。福井藩は賓師の礼をもって迎え、五〇人扶持を与える。8・17弟永嶺仁十郎死去（文化12・7・7生、享年四四）。12・15福井出発、竹崎律次郎、河瀬典次のほか福井藩士三岡石五郎（八郎、のち由利公正）、榊原幸八、平瀬儀作をともない、翌年1・3熊本着。
安政6（一八五九）	51	4月下旬従者二、三人と熊本を出発、5・20福井着。福井藩の富国策を推進する。矢島源助来福し、母かず重病の知らせにより直ちに12・5福井出発、同18日沼山津着（母はすでに11・29死去していた、享年七二）。
万延元（一八六〇）	52	3月3度めの福井藩招聘に応じて福井に赴く。『**国是三論**』を執筆。7月おこり病にかかる。10月、高杉晋作が訪ねてくる。松平春嶽と国許家老らの対立「東北行き違い」を小楠が解決する。
文久元（一八六一）	53	松平春嶽の招きにより3・24福井を出発し、4月中旬江戸に着く。春嶽・茂昭の諮問に応える。8・20江戸を出発、9月初旬福井着。10・5福井を出発し帰国。福井藩の書生七人（松平正直、青山貞、堤正誼ら）随行、10・19沼山津着。11・26榜示犯禁事件（禁猟場での発砲）をおこす。
文久2（一八六二）	54	3月榜示犯禁に対し「先平常通り心得る様」との処分がある。4月、福井藩の書生帰国。5月三岡石五郎来熊。6・10ごろ熊本を出発、福井に向う。三岡のほか内藤泰吉、横井大平ら六人が随行。途中松平春嶽の急使に迎えられ、小楠のみ江戸に向い7・6着府。7・7春嶽は小楠の進言により政事総裁職就任を決意。小楠は春嶽のブレーンとして活躍。「**国是七条**」（7月）「攘夷三策」（12月）を幕府に建白。9・15長女みや誕生。12・19肥後藩江戸留守役吉田平之助、同藩士都築四郎と酒宴、刺客に襲われ、脱出（士道忘却事件）。12・22江戸をたち福井へ赴く。

和暦（西暦）	齢	関係事項
文久3（一八六三）	55	4月、福井藩のため「処時変議」「朋党の病を建言す」を執筆。4月福井藩の挙藩上洛計画を主導。5月挙藩上洛の藩議成立。8・11上洛計画の中止により福井を辞し、帰熊。8・25熊本着。8・18八月十八日の政変。12・16士道忘却事件の判決があり、知行召上げ・士席剥奪される。これ以後、明治元年まで沼山津に蟄居。
元治元（一八六四）	56	勝海舟の長崎出張に同伴した坂本龍馬はその往路2月と帰路の4月に沼山津四時軒を訪問。「**海軍問答書**」を執筆し、長崎の海舟に献策。横井左平太・大平の二甥と門人の岩男俊貞神戸海軍操練所入門のため龍馬に同行。秋、井上毅は小楠と対話、「**沼山対話**」を執筆。6・5池田屋事件。7・19禁門の変。
慶応元（一八六五）	57	5・19坂本龍馬は薩摩からの帰途、沼山津四時軒を訪問。晩秋、元田永孚は小楠と談話、「**沼山閑話**」を執筆。肥後滞在中の松江藩士桃節山、10・28、11・16四時軒を訪問。
慶応2（一八六六）	58	4・27二甥横井左平太・大平、長崎から出帆、米国へ向う。送別の漢詩をおくる。9・20福井藩士下山尚来訪。福井藩に時事についての意見を提出。
慶応3（一八六七）	59	1月福井藩に「国是十二条」を贈る。8月柳川藩士曾我祐準、四時軒来訪。11月新政について松平春嶽に建言。12・18朝廷より召命、熊本藩は断る。
明治元（一八六八）	60	3・8再度の召命。肥後藩は士席を回復し、上京を命ず。4・8百貫石港から肥後藩船凌雲丸で上京。4・11大坂着。同23参与を拝命。閏4・4入洛。同5制度事務局判事を拝命。同21上局参与拝命。同22従四位下に叙せられる。5月下旬病状募り欠勤、「遺表」を門弟らに口授、8月ごろから数回、英国留学から6月帰国した森有礼、鮫島尚信と談話。9月初旬、快復。9・15より出勤。9月下旬、「中興の立志七条」建白。11月時々欠勤。12月病状再び悪化。
明治2（一八六九）	61	1・5太政官に出仕した帰途暗殺される。1・6朝廷より三〇〇両下される。1・7京都南禅寺天授庵に葬られる。
昭和3（一八七〇）		11月特旨を以て正三位追陞。

（＊別冊『環』⓱「横井小楠 1809-1869」中の水野公寿氏作成の年譜をもとに、著者が修正し作成した。）

ま　行

や　行

ら　行

わ　行

た　行

な　行

は　行

事項索引

＊「主な登場人物」の頁と「あとがき」以降の頁を除く。

あ行

か行

さ行

ら　行

わ　行

や　行

ま　行

な 行

は 行

た　行

さ 行

か行

主要人名索引

＊本書登場人物中、随所に登場する横井小楠（又雄、平四郎、時存）、「主な登場人物」の頁、「あとがき」以降の頁を除く。

あ 行

著者紹介

小島英記（こじま・ひでき）

1945年福岡県八女市生まれ。早稲田大学政治学科卒業。日本経済新聞社のパリ特派員、文化部編集委員などを経て作家となる。剣豪小説に『卜伝！』『天下一の剣　伊藤一刀斎』や柳生石舟斎の生涯を描いた『孤舟沈まず』（いずれも日本経済新聞出版社）、針ヶ谷夕雲を主人公にした『転覆記』（講談社）などがある。ほかに『剣豪伝説』（ちくま文庫）、『宮本武蔵の真実』（ちくま新書）、『第二の男』（日本経済新聞出版社）、『男の晩節』（日経ビジネス人文庫）、『山岡鉄舟』『強情・彦左』（いずれも日本経済新聞社）、『宰相リシュリュー』（講談社）など多数。

小説（しょうせつ）　横井小楠（よこいしょうなん）

2013年3月30日　初版第1刷発行 ©

著　者　小島英記

発行者　藤原良雄

発行所　株式会社　藤原書店

〒162-0041　東京都新宿区早稲田鶴巻町523

電　話　03（5272）0301

FAX　03（5272）0450

振　替　00160 - 4 - 17013

info@fujiwara-shoten.co.jp

印刷・製本　中央精版印刷

落丁本・乱丁本はお取替えいたします

定価はカバーに表示してあります

Printed in Japan

ISBN978-4-89434-907-0

シベリア出兵は後藤の失敗か？

後藤新平と日露関係史

（ロシア側新資料に基づく新見解）

V・モロジャコフ
木村汎訳

ロシアの俊英が、ロシア側の新資料を駆使して描く初の日露関係史。一貫してロシア／ソ連との関係を重視した後藤新平が日露関係に果たした役割を初めて明かす。

第21回「アジア・太平洋賞」大賞受賞

四六上製　二八八頁　三八〇〇円
（二〇〇九年五月刊）
◇978-4-89434-684-0

知られざる後藤新平の姿

無償の愛

（後藤新平、晩年の伴侶きみ）

河﨑充代

「一生に一人の人にめぐり逢えれば、残りは生きていけるものですよ。」後藤新平の晩年を支えた女性の生涯を、丹念な聞き取りで描く。初めて明らかになる後藤のもうひとつの歴史と、明治・大正・昭和を生き抜いたひとりの女性の記録。

四六上製　二五六頁　一九〇〇円
（二〇〇九年一二月刊）
◇978-4-89434-708-3

総理にも動じなかった日本一の豪傑知事

安場保和伝 1835-99

（豪傑・無私の政治家）

安場保吉編

「横井小楠の唯一の弟子」（勝海舟）として、鉄道・治水・産業育成など、近代国家としての国内基盤の整備に尽力、後藤新平の才能を見出した安場保和。気鋭の近代史研究者たちが各地の資料から、明治国家を足元から支えた知られざる傑物の全体像に初めて迫る画期作！

四六上製　四六四頁　五六〇〇円
（二〇〇六年四月刊）
◇978-4-89434-510-2

名著の誉れ高い長英評伝の決定版

評伝 高野長英 1804-50

鶴見俊輔

江戸後期、シーボルトに医学・蘭学を学ぶも、幕府の弾圧を受け身を隠していた高野長英。彼は、鎖国に安住する日本において、開国の世界史的必然性を看破した先覚者であった。文書、聞き書き、現地調査を駆使し、実証と伝承の境界線上に新しい高野長英像を描いた、第一級の評伝。

四六上製　四二四頁　三三〇〇円　口絵四頁
（二〇〇七年一一月刊）
◇978-4-89434-600-0

「近代日本」をつくった思想家

別冊『環』⑰

横井小楠 1809-1869

「公共」の先駆者

源了圓編

I 小楠の魅力と現代性
〈鼎談〉いま、なぜ小楠か
平石直昭＋松浦玲＋源了圓　司会＝田尻祐一郎
II 小楠思想の形成――肥後時代
源了圓／平石直昭／北野雄士／吉田公平／鎌田浩／堤克彦／田尻祐一郎／野口宗親／八木清治
III 小楠思想の実践――越前時代
沖田行司／本川幹男／山崎益吉／北野雄士
IV 小楠の世界観――「開国」をめぐって
源了圓／森藤一史／桐原健真／石津達也
V 小楠の晩年――幕政改革と明治維新
松浦玲／小美濃清明／源了圓／河村哲夫／徳永洋
VI 小楠をめぐる人々　松浦玲／源了圓
〈附〉系図・年譜（水野公寿）**関連人物一覧**（堤克彦）

菊大並製　二四八頁　**二八〇〇円**
（二〇〇九年一一月刊）
◇978-4-89434-713-7

龍馬は世界をどう見ていたか？

龍馬の世界認識

岩下哲典・小美濃清明編

黒鉄ヒロシ／中田宏／岩下哲典／小美濃清明／桐原健真／佐野真由子／塚越俊志／冨成博／宮川禎一／小田倉仁志／岩川拓夫／濱口裕介

「この国のかたち」を提案し、自由自在な発想と抜群の行動力で、世界に飛翔せんとした龍馬の世界認識は、いつどのようにして作られたのだろうか。気鋭の執筆陣が周辺資料を駆使し、従来にない視点で描いた挑戦の書。

［附］詳細年譜・系図・人名索引

A5並製　二九六頁　**三二〇〇円**
（二〇一〇年二月刊）
◇978-4-89434-730-4

近代日本随一の国際人、没百年記念出版

近代日本の万能人・榎本武揚 1836-1908

榎本隆充・高成田享編

箱館戦争を率い、出獄後は外交・内政両面で日本の近代化に尽くした榎本武揚。最先端の科学知識と世界観を兼ね備え、世界に通用する稀有な官僚として活躍しながら幕末維新史において軽視されてきた男の全体像を、豪華執筆陣により描き出す。

A5並製　三四四頁　**三三〇〇円**
（二〇〇八年四月刊）
◇978-4-89434-623-9

●近刊

横井小楠　源了圓

横井小楠とその弟子たち　花立三郎（2013年春予定）

国是三論　横井小楠　花立三郎編＝訳（2013年秋予定）

還暦の記　元田永孚　花立三郎訳（2014年秋予定）

後藤新平の全仕事に一貫した「思想」とは

シリーズ 後藤新平とは何か

——自治・公共・共生・平和——

後藤新平歿八十周年記念事業実行委員会編

四六変上製カバー装

■後藤自身のテクストから後藤の思想を読み解く、画期的シリーズ。

■後藤の膨大な著作群をキー概念を軸に精選、各テーマに沿って編集。

■いま最もふさわしいと考えられる識者のコメントを収録し、後藤の思想を現代の文脈に位置づける。

■現代語にあらため、ルビや注を付し、重要な言葉はキーフレーズとして抜粋掲載。

自　治

特別寄稿＝**鶴見俊輔・塩川正十郎・片山善博・養老孟司**

医療・交通・通信・都市計画・教育・外交などを通して、後藤の仕事を終生貫いていた「自治的自覚」。特に重要な「自治生活の新精神」を軸に、二十一世紀においてもなお新しい後藤の「自治」を明らかにする問題作。

224頁　**2200円**　◇978-4-89434-641-3（2009年3月刊）

官僚政治

解説＝**御厨 貴**／コメント＝**五十嵐敬喜・尾崎護・榊原英資・増田寛也**

後藤は単なる批判にとどまらず、「官僚政治」によって「官僚政治」を乗り越えようとした。「官僚制」の本質を百年前に洞察し、その刊行が後藤の政治家としての転回点ともなった書。

296頁　**2800円**　◇978-4-89434-692-5（2009年6月刊）

都市デザイン

解説＝**青山佾**／コメント＝**青山佾・陣内秀信・鈴木博之・藤森照信**

植民地での経験と欧米の見聞を糧に、震災復興において現代にも通用する「東京」を構想した後藤。

296頁　**2800円**　◇978-4-89434-736-6（2010年5月刊）

世界認識

解説＝**井上寿一**

コメント＝**小倉和夫・佐藤優・V･モロジャコフ・渡辺利夫**

日露戦争から第一次世界大戦をはさむ百年前、今日の日本の進路を呈示していた後藤新平。地政学的な共生思想と生物学的原則に基づいたその世界認識を、気鋭の論者が現代の文脈で読み解く。

312頁　**2800円**　◇978-4-89434-773-1（2010年11月刊）